Anonyme

Revue de Belgique

Tome Premier

Anatiposi

Anonyme

Revue de Belgique

Tome Premier

Réimpression inchangée de l'édition originale de 1869.

1ère édition 2023 | ISBN: 978-3-38220-147-0

Anatiposi Verlag est une marque de Outlook Verlagsgesellschaft mbH.

Verlag (Éditeur): Outlook Verlag GmbH, Zeilweg 44, 60439 Frankfurt, Deutschland
Vertretungsberechtigt (Représentant autorisé): E. Roepke, Zeilweg 44, 60439 Frankfurt, Deutschland
Druck (Imprimerie): Books on Demand GmbH, In de Tarpen 42, 22848 Norderstedt, Deutschland

REVUE

DE

BELGIQUE

Typ. de Ve Parent et fils, à Bruxelles.

REVUE

DE

BELGIQUE

TOME PREMIER.

BRUXELLES

AU BUREAU DE LA REVUE

CHEZ Mme Ve PARENT ET FILS, ÉDITEURS, MONTAGNE DE SION, 17.

1869

Le *Journal historique*, de l'abbé Kersten;

Le *Conservateur belge*, recueil ecclésiastique et littéraire;

Le *Nouveau Conservateur belge;*

La *Revue de Bruxelles*, directeurs spéciaux : MM. Ad. Dechamps et P. De Decker.

La *Revue générale* et la *Revue catholique*. Ces deux revues, de création récente, existent encore.

Cependant, ni ces revues catholiques, ni le *Messager des sciences*, ne devaient suffire à l'activité intellectuelle d'un pays libre; à partir de 1830, plus d'un recueil essaya de s'assurer l'héritage de l'*Observateur* et du *Mercure belge*.

C'est la *Revue belge*, de Bruxelles (1 vol. 1830). C'est le *Bon Génie, gymnase encyclopédique* (hebdomadaire), par *Une Société de professeurs et d'hommes de lettres* (4 vol. in-4°. 1829-1832). C'est le *Recueil encyclopédique belge*, par la *Société encyclopédique*. (Méline, 5 vol. in-4°. 1833.) C'est l'*Artiste* (1833-1837), etc.

La succession échut à la *Revue belge*, de Liége : En 1835, une *Association nationale* était instituée « pour l'encouragement et le développement de la littérature en Belgique; » son siége était à Liége; son but principal était la publication d'un recueil littéraire, et la *Revue belge* parut aussitôt. Un de ses secrétaires portait un nom qui devait devenir grand : Th. Weustenraad. Là, les Polain, les De Decker, les Ch. Faider, les Borgnet, les Ducpétiaux firent leurs premières armes. Le succès fut franc et se maintint neuf années. Cette collection, continuée en 1847 sous un autre titre, ne compte pas moins de 33 volumes.

Mais la *Revue belge* n'absorbe pas tout notre développement littéraire. Son succès, au contraire, provoque de nouveaux efforts. Chaque parti, chaque éditeur veut donner un organe à la renaissance des lettres nationales. Le libéralisme entame une lutte qui doit aboutir aux élections du 10 juin 1847 : cette lutte est représentée, à Bruxelles, par la *Revue nationale*, que publie M. P. Devaux (19 vol. in-8° 1839-1847), et à Gand, par la *Flandre libérale* (1 vol. 1847). Un éditeur, M. Wouters, publie le *Trésor historique*, vaste entreprise de contrefaçon des historiens français; il y ajoute le *Trésor national*, revue mensuelle (8 vol. in-8° 1842-1844). Un autre éditeur, M. Jamar, publie des collections nationales, historiques, artistiques, scientifiques; il fait plusieurs essais pour y joindre une revue litté-

Enfin, la *Revue belge*, avant de cesser de paraître, était déjà remplacée : Ed. Wacken avait fondé, à Bruxelles, la *Revue de Belgique*, et une jeune pléiade d'écrivains s'était groupée autour de lui pour donner à la capitale un organe littéraire. (1re série in-8°, 1846-1848; 2e série in-4°, illustrée, 1848-1850.)

Les rédacteurs de la *Revue de Belgique* aimèrent mieux l'abandonner que la négliger : *Mieux vaut choir que déchoir*, dirent-ils; alors, le vide qu'elle laissait et le besoin de la remplacer devaient se manifester en diverses tentatives plus ou moins heureuses, jusqu'à ce que, en 1854, parut la *Revue trimestrielle*, digne héritière de ses aînées; et M. Eug. Van Bemmel put dire dans la préface : « Personne ne le conteste, une revue proprement dite est presque indispensable dans notre pays. Il faut un centre d'action à notre esprit littéraire... »

Ainsi, depuis 1775, notre littérature persiste à s'affirmer.

« Un petit-maître lettré, — dit le *Littérateur Belgique*, le 10 avril 1775, — condamnait cette feuille, il y a quelques jours, « sur son titre. Injuste citoyen, il insultait à sa patrie ! » Et l'auteur répond aux objections en invoquant Érasme, Grotius, André Vésale, Vondel et Juste Lipse.

Depuis ce moment, les partis diffèrent, le sentiment ne varie pas et le résultat est le même : on cultive la vie intellectuelle du pays; on veut rendre à l'histoire nationale « son âme », comme dit l'*Observateur*, au lendemain de Waterloo.

La *Revue belge* n'avait point de parti-pris en politique. M. De Decker y fraternisait de la plume avec MM. Weustenraad, Ch. Faider et Polain. Voici comment elle énonçait son but supérieur :

« Dès qu'un pays est admis à prendre rang parmi les États » européens, il contracte, envers le reste de la grande famille » des peuples, l'obligation de verser au foyer commun son con» tingent de lumières; il éprouve le besoin de concourir, pour » sa part, à acquitter le tribut de savoir que l'Europe doit au » reste du monde. »

On ne pouvait exprimer mieux notre devoir de citoyens belges et de membres de l'humanité.

M. Nothomb avait dit ailleurs, en aussi bons termes :

« Une nation qui a la conscience d'elle-même est à la fois » une puissance intellectuelle et politique. La Belgique poli» tique s'est reconstituée. La Belgique intellectuelle doit re» naître également. »

La *Revue nationale* entre résolument dans la lutte des partis :

« Affermir et féconder la nationalité », telle est la « double » tâche imposée, dit-elle, à l'activité et à l'intelligence de la » génération contemporaine. » Et cette tâche, l'organe du libéralisme la confie à l'histoire et aux belles-lettres.

La *Revue de Bruxelles*, organe du parti opposé, ne parlera pas autrement au point de vue littéraire :

« La Belgique a triomphé successivement de bien des préjugés » qui accueillirent sa renaissance ; un seul reste à vaincre. »

La *Revue de Belgique*, de Wacken, était plutôt démocratique que libérale. Son but était le même :

« Le monument qui consacre et perpétue la nationalité, disait-elle à sa première page, c'est une littérature. »

La *Revue trimestrielle* adopte le libre examen, qui la conduit au même résultat. Chacune de ses pages est empreinte de ce sentiment patriotique qui fonde les monuments littéraires.

L'œuvre ainsi se continue de génération en génération et se transmet même dans les familles comme un legs de patriotisme ; il est des noms, comme les Van Meenen, les Van Bemmel, les Delmotte, les Jottrand, les Hennebert, etc., qui perpétuent de père en fils l'héritage du *Littérateur Belgique*.

La *Revue trimestrielle* a duré quinze années. Le soixantième volume, qui vient de paraître, sera le dernier. Mais son directeur n'a pas besoin de dire, comme Wacken : *Mieux vaut choir que déchoir*. La *Revue trimestrielle* s'arrête en plein succès. Après avoir payé pendant si longtemps son tribut, on a le droit de demander des successeurs.

Ces successeurs sont prêts. En 1869, comme en 1775, notre littérature peut s'affirmer ; en 1869, comme en 1854, une revue littéraire *est indispensable* au pays. La nouvelle *Revue de Belgique* aspire à continuer cette longue suite de publications qui forment toute une bibliothèque.

Faut-il à une œuvre ainsi préparée un programme ? Notre programme, il est dans toutes ces revues qui prouvent notre activité littéraire ! Notre programme, le titre seul de 1775 l'a exprimé, contre ces sceptiques qui *insultent à la patrie*. Notre programme, il s'est maintenu, de génération en génération, dans une série de revues qui comptent leurs années d'existence par quart de siècle. Notre programme, M. Van Meenen l'a fait en 1815, M. Nothomb en 1832, M. Weustenraad en 1833, M. De Decker et M. Moke en 1837, M. Devaux en 1839, M. Wacken en 1846, la *Revue trimestrielle* de 1854 à 1868, et cette persistance parle plus haut que tous les manifestes.

Ce serait une étude bien intéressante que celle qui suivrait notre développement intellectuel, pas à pas, dans ces publications que nous n'avons pu qu'énumérer. On y verrait revivre nos traditions, se former notre esprit historique et littéraire, au grand foyer du XIXe siècle, et l'on y suivrait, pour ainsi dire, dans ses diverses phases embryonnaires, notre originalité renaissante.

Un des nôtres l'a dit ailleurs : « Sauf un public nombreux, impossible dans un petit pays, rien n'a manqué à cette œuvre. Fallait-il juger de haut l'Empire tombé, étudier les péripéties de l'Europe disloquée, défendre dans les heures mauvaises la liberté de penser et d'écrire, vulgariser les sciences économiques et sociales qui naissaient, apprécier le mouvement littéraire qui donnait à l'Europe Goethe et Schiller, Byron et Walter Scott? Fallait-il en même temps rendre au pays son histoire, lui rappeler ses antiques franchises, l'aider dans la renaissance des arts, le convier à reconquérir son indépendance aussi dans les lettres? Nos prédécesseurs étaient là. Jamais ils n'ont manqué à ce double devoir de prendre une large part à la civilisation universelle et de se rattacher avec amour à notre individualité nationale.

» La *Revue trimestrielle* a poursuivi cette tâche, et il s'y est trouvé des hommes pour fraterniser et s'entr'aider dans ce devoir. Si la philosophie ou la science jetait quelque part de nouvelles lumières, si des congrès internationaux discutaient les questions vitales de l'époque, si la Russie affranchissait ses serfs, si l'Allemagne préparait la révolution sociale par le crédit ouvrier, si les grands problèmes du libre-échange, de la réforme électorale, de l'éducation, des lettres et des arts s'agitaient, la *Revue trimestrielle* était toujours à son poste de vigie ; ses rédacteurs parcouraient le monde en tous sens, par la pensée ou dans des voyages; ils nous tenaient au courant des tendances, des essais, des progrès; ils observaient la vie du siècle, avec le regard de l'homme libre et le cœur d'un peuple qui sait que tous les peuples sont frères ; ils s'efforçaient de porter au monument de la civilisation moderne une pierre, la petite pierre de notre expérience de trente années de liberté. Quand une grande République se leva pour dire à l'esclavage : Tu n'iras pas plus loin, — un de nos amis était là pour assister à ce fait, le plus considérable de l'histoire contemporaine.

» Ainsi, nos aînés se sont placés au cœur de la civilisation moderne; ils ont respiré à pleins poumons l'air vital du XIXe siècle.

» Mais nous sommes Belges, et rien ne leur est resté étranger de ce qui intéresse la patrie.

» Une des grandes nécessités de cette rénovation intellectuelle était d'échapper à l'imitation, quelle qu'elle fût, et surtout à l'influence de celle des littératures étrangères qui menacent le plus notre originalité. M. Nothomb a très-bien caractérisé ce devoir. « Pour se constituer comme puissance » intelligente, la Belgique, par le fond de la pensée, doit rester » neutre entre l'Allemagne, l'Angleterre et la France, n'ac- » cepter de ces trois peuples que ce qui peut s'approprier à son » génie, à ses traditions, au but personnel qu'elle se propose. » Les matériaux dont elle a besoin, elle ne doit pas les acquérir » de seconde main. » Et M. Ch. Faider, en 1839, étudiait de même les conditions de notre originalité intellectuelle et posait en principe que notre littérature peut être indépendante et qu'elle doit l'être.

» Trop souvent peut-être, nos écrivains s'étaient laissés aller à porter les modes parisiennes; nous avions eu tour à tour nos Millevoye, nos Delavigne, nos Barthélemi; et combien n'a-t-on pas vu défiler de contrefaçons de Béranger, de Hugo, de Lamartine et d'Alex. Dumas! Mais, petit à petit, nous avons rompu avec ces entraînements; et plus qu'aucune autre, la *Revue trimestrielle* a remonté péniblement, lentement, mais victorieusement, ce courant mauvais.

» On parle deux langues dans notre pays, et la langue qui nous relie à la civilisation du Nord est un bon auxiliaire de notre indépendance de pensée. Si nous répugnons à toute idée d'unité, qu'elle nous vienne de la frontière du Nord ou du Midi, c'est pour tendre chez nous à l'union fraternelle qui fait la force des nations. Quand Clavareau traduit Helmers; quand Jottrand écrit son voyage dans la Flandre française; quand la *Revue belge* de Liége nous fait, une des premières, connaître Van Marlandt; quand Ed. Delinge traduit, de Conscience : *Ce qu'une Mère peut souffrir*, pour la *Revue de Belgique*, et Vanderplasche, le *Conscrit*, pour la *Nation*; quand nos poètes traduisent les poètes anciens ou modernes de la Flandre, — on pourrait ajouter vingt autres faits, — notre littérature sert une juste cause : la fraternisation de deux races et de deux langues pour une œuvre de liberté.

» Mais la patrie n'est pas tout; notre horizon ne s'arrête pas à nos frontières. « L'art doit être progressiste, » a dit l'un des nôtres ; et nous ne manquons pas à ce mot d'ordre. Notre petite littérature est progressiste dans l'histoire où vous la voyez relever les martyrs du peuple et les traditions de la démocratie, avec les Laurent, les Gérard, les Altmeyer, les Borgnet, les Polain, les Hénaux, les Wauters, etc., etc.

» Progressiste dans l'enseignement, avec Guilliaume quand il essaie de naturaliser la méthode Frœbel ; avec Laveleye, avec Tempels, quand ils cherchent les moyens d'instruire le peuple ; avec la *Ligue de l'Enseignement* tout entière, quand elle s'efforce de demander à l'instruction tout ce qui peut créer des hommes libres.

» Progressiste dans la science avec les Plateau, les Houzeau, les Dupont ; progressiste dans la famille et dans l'État, avec nos publicistes, avec nos économistes, avec nos romanciers, avec nos poètes. »

Ainsi, dans cette suite de travaux, qui remontent au siècle dernier, l'on voit peu à peu notre littérature dépouiller la livrée de l'étranger et du passé, pour prendre la toge virile de notre indépendance et du XIXe siècle.

Cette étude du développement sériaire de notre esprit national serait le plus utile des programmes. Elle conclurait à la devise de tout ce qui a vie : la lutte ; au mot d'ordre de tout ce qui a conscience : le devoir. Ce legs de plusieurs générations, nous essayerons de le recueillir, avec la volonté de le conserver intact dans nos mains, et nous nous efforcerons d'en transmettre l'héritage accru à nos successeurs.

DU DRAME ANCIEN ET MODERNE.

I. — DE L'UTILITÉ DU THÉATRE.

En lisant tour à tour les pièces du théâtre antique et du théâtre moderne, j'ai toujours été frappé de l'esprit différent qui les anime. Le contraste qu'elles présentent me paraît utile à mettre en relief, parce qu'il fait bien voir ce qui distingue la civilisation moderne de celle des anciens. Mais, avant de faire ressortir ce contraste, de l'examen comparatif de quelques œuvres généralement connues, je me sens arrêté par une question préliminaire : Le théâtre, dans son essence, dans ses effets, est-il utile ou nuisible; est-il moral ou ne l'est-il pas? Y a-t-il place pour lui dans les sociétés démocratiques de l'avenir?

Cette question semblera peut-être oiseuse. Et pourtant, dans ce moment-ci même, le théâtre paraît déjà si peu en rapport avec nos besoins d'esprit ou d'art, qu'il ne se soutient que par des subsides peu justifiables. Que sera-ce dans un siècle? En parlant du théâtre, je ne songe qu'à des œuvres semblables à celles qu'ont créées les maîtres : Sophocle, Eschyle, Euripide, Corneille, Racine, Voltaire, Gœthe, Schiller, Shakespeare. Je ne m'arrête pas à ces pièces malsaines qui ne doivent leur succès qu'à un engouement passager, à quelque scandale, à des jeux de mots graveleux ou vulgaires. Je songe au théâtre tel qu'il a été et qu'il peut être, non tel qu'il est. S'il fallait ne considérer que ce que nous envoie aujourd'hui Paris, j'estimerais heureux le pays où ce ruisseau de fange ne passe point. Le théâtre que nous empruntons au second Empire n'est qu'une école et un foyer de mauvaises mœurs.

Trois puissants génies, que la philosophie et les lettres invoquent avec orgueil, appartenant à des civilisations différentes, partant de principes souvent opposés, jettent à la tragédie un commun anathème, au nom de la vertu qu'elle mine, au nom de la vérité qu'elle méconnaît. Ces trois grands esprits, dont il faut pourtant écouter la voix, sont : Platon, Bossuet et Rousseau.

Rousseau, dans sa *Lettre à d'Alembert contre les spectacles*, dit : « Le spectacle est un amusement ; il n'y a d'amusements permis que ceux qui sont nécessaires, et les spectacles ne le sont pas. Tout amusement est un mal pour un être dont la vie est si courte et le temps si précieux. »

A un point de vue purement ascétique, je comprends l'objection de Rousseau. Spinosa définit quelque part la vie : la méditation de la mort, *vita meditatio mortis*, et cette méditation serait, en effet, troublée par les spectacles.

Mais cette vie ascétique peut-elle être la vie d'un peuple ou même d'un grand nombre d'hommes ? N'est-ce pas l'existence exceptionnelle, privilégiée, si l'on veut, de quelques élus de la religion ou de la philosophie, d'un saint Thomas ou d'un Kant, d'un Albert-le-Grand ou d'un Spinoza ?

Pour presque tous les hommes, la vie c'est le travail, non le travail de l'esprit qui élève, mais le travail aux champs, à l'atelier, dans l'industrie, dans le commerce ; le travail qui a pour but le pain de chaque jour et qui, tendant au gain, attache l'âme aux intérêts matériels. Or, le travail fait, le bénéfice encaissé, l'on a de quoi se loger, se vêtir, se nourrir ; les besoins du corps sont satisfaits, avec raffinement, avec luxe même pour quelques-uns. Mais est-ce là tout ? La destinée de l'homme est-elle remplie ?

Non. Au-dessus de cette vie des sens, il est une autre vie : la vie de la pensée et des sentiments, la vraie vie humaine, celle dans laquelle s'épanouit la sociabilité, l'idée de Dieu, l'amour des hommes, la charité dans toutes ses nuances.

Mais qui donc ouvrira à l'homme de travail les portes de cette vie de l'esprit ? La religion ou la philosophie, dira-t-on peut-être ; soit ; mais aussi les arts, et surtout les spectacles et le théâtre, le plus pénétrant de tous les arts.

Oui, quoi qu'en dise Rousseau, les arts, le théâtre, sont nécessaires au développement de l'humanité.

La plupart d'entre nous vivent dans le sensible et par les passions. Si donc on veut avoir prise sur nous, c'est par nos sens, par nos passions qu'il faut nous saisir. C'est en charmant nos sens, en enivrant notre imagination par l'harmonie des vers ou de la musique qu'on nous fera goûter peu à peu le beau pur et la vérité. C'est en nous intéressant à la lutte des passions sur la scène qu'on nous pénétrera le mieux de l'amour de la vertu et de l'horreur du vice.

Faudrait-il peut-être se contenter d'imprimer les vérités morales dans le cœur, sous forme de préceptes? Entrer de plain pied dans la vie de l'esprit et embrasser la vérité sans déguisement, ne vaudrait-il pas mieux que l'entrevoir et la poursuivre sous les voiles souvent trop épais de l'art et de la poésie? Un traité de morale, à ce compte, serait supérieur à toutes les tragédies du monde.

Seulement, il n'est pas donné à la grande masse des hommes d'arriver au vrai par cette voie haute, mais ardue. Pour goûter les lois morales, ainsi présentées sous forme abstraite, il faut être déjà un philosophe ou un sage. Or, dans le genre humain actuel, combien en compte-t-on?

Trop absorbé encore dans les sens, l'homme de la charrue, de l'atelier, du comptoir, se détourne vite des plus nobles vérités, quand elles ne parlent ni à ses sensations, ni à ses sentiments. Tout sermon le fatigue vite et le renvoie au cabaret. Pour s'élever à l'idéal, il a besoin d'ailes; pour se traîner vers le bien, il lui faut des béquilles. Ces ailes, c'est la poésie; ces béquilles, ce sont les spectacles.

Certes, vous pouvez inculquer à l'enfant ou graver dans la mémoire de l'homme des leçons de morale. Vous pouvez lui répéter qu'il doit aimer Dieu et ses semblables, respecter son père et sa mère, se dévouer à la patrie. Vous pouvez lui faire apprendre par cœur un *épitome* de devoirs, un catéchisme de vertus.

Mais cela suffit-il pour lutter contre le torrent des appétits grossiers qui nous entraîne sans cesse? Non, d'ordinaire cela ne suffit pas. Ces principes de morale, on les a dans la tête; mais on agit tout autrement qu'ils ne le commandent. Ces belles maximes de notre enfance, reléguées dans quelque case perdue du souvenir, n'exercent plus qu'une trop faible influence sur nos actions de chaque jour.

Pour être efficaces, il faut que ces lois morales prennent vie en nous, qu'elles descendent de la tête au cœur, qu'elles circulent dans nos veines avec notre sang. Ce sera l'œuvre de l'art, qui, par le plaisir des yeux ou de l'imagination, nous entraînera au bien; ce sera l'œuvre du théâtre, qui peuplera notre mémoire d'une foule de types admirables, qui nous élèvera peu à peu au-dessus de la sphère vulgaire où nous vivons.

Un exemple récent peut nous faire apprécier quelle puissance l'art peut communiquer à un principe. Point d'iniquité plus généralement condamnée que l'esclavage; mais on n'y pensait pas; on oubliait ses souffrances, ses misères sans nom. Un petit livre paraît, un simple conte, écrit de la main d'une femme (1); et soudain tous les cœurs sont émus; les larmes coulent, un cri d'indignation traverse le monde; l'Angleterre et l'Amérique tressaillent de pitié. L'esclavage est ébranlé jusque dans ses bases, et bientôt une guerre héroïque l'extirpe du sol à jamais.

Or, si c'est là l'effet d'un roman, que ne pourra pas le drame?

Cette puissance des idées mises en scène et incarnées dans l'art, n'a été méconnue par aucune religion. Partout le drame naît dans le temple. L'Inde, l'Égypte, la Grèce, le moyen-âge ont tour à tour compris qu'à l'homme il fallait des divertissements, des spectacles, et que, pour arriver à son âme, il fallait frapper ses sens. Nul culte plus que le catholicisme n'a su tirer parti de l'art, pour graver dans les âmes ses dogmes les plus abstraits, les plus obscurs. C'est par l'art qu'il vit et qu'il fait encore des conquêtes.

Quiconque a travaillé toute la semaine, le dimanche, a besoin de repos, plus que de repos, d'amusement, pour détendre son corps, pour retremper son âme. Il lui faut une *récréation*. Récréation, mot profond qui indique que le plaisir semble donner une existence nouvelle.

Or, s'il est vrai qu'à certains jours celui qui est engagé dans une fonction active a besoin de plaisirs pour oublier un moment sa tâche et pour se préparer à la reprendre le lendemain, quel genre d'amusements choisir?

Rousseau prône les exercices du corps, courses à la rame, marches militaires, jeux d'adresse, tirs, etc. Rien de mieux, c'est la gymnastique des anciens, l'éducation du corps.

Mais les anciens ne s'en contentaient pas. S'ils formaient le corps par la gymnastique, ils formaient l'âme par les leçons des muses, par la musique et la poésie, par le théâtre.

Or, quelles leçons à la fois plus vives, plus éloquentes, plus salutaires que celles de la tragédie? Voici comment j'en comprends les effets :

Voyez un de ces hommes que l'industrie moderne a jetés dans une de nos fabriques. Il a passé six fois quatorze heures au milieu de ces machines qui crient et qui hurlent, sans un rayon de soleil pour ses yeux, sans un rayon de pensée pour son intelligence. Le septième jour venu, il va au théâtre. Il voit agir, parler devant lui des types immortels de héros et de grands hommes, des créations sublimes à qui les poètes ont prêté leurs plus nobles sentiments, leur plus divin langage. Il écoute tour à tour Athalie et

(1) *La Case de l'oncle Tom.*

César, Auguste et Mahomet, Guillaume Tell et Egmont. En les écoutant, il s'élève dans ce monde supérieur, il commence à vivre de cette vie humaine qui est sa destinée. C'est ainsi que le drame peut faire pénétrer les lueurs de l'idéal jusque dans les plus humbles existences.

Au contact de ces grandes âmes, qui ne se sentirait grandir? En entendant ces nobles pensées, si noblement exprimées, qui ne se sent devenir meilleur? Un mâle enthousiasme élève l'esprit et trempe le caractère.

Pour produire cet effet, rien ne saurait remplacer le drame. Voulez-vous faire comprendre et aimer la vertu, le courage, le dévouement, incarnez toutes ces qualités dans des personnages et mettez-les en action dans une tragédie. La morale abstraite ne saurait enflammer le cœur de la foule.

La Révolution française a essayé d'instituer des fêtes en l'honneur de l'amitié, du dévouement civique, du malheur; elle a complétement échoué. Le peuple qui, depuis plus de mille ans, adore ses saints, parce que ce sont des vertus faites hommes, a délaissé ces froides allégories.

Si l'on veut donner des leçons de morale, la tragédie, mieux que l'histoire, présente des modèles à suivre. Les plus grands hommes ont des taches. Il y a en nous un tel fonds de misères, que les meilleurs de notre race ne résistent point à l'étude historique. Ainsi l'histoire glace l'enthousiasme. Le drame procède comme l'épopée ou la légende. Il nous montre le héros dans un moment donné et, dans ce moment, il peut, sans cesser d'être vrai, nous le peindre sans ombre fâcheuse, sans petitesse, sans faiblesse, transfiguré, idéalisé, semblable à un demi-dieu.

Ainsi naissent les types auxquels les hommes essaient plus tard de s'égaler. Ainsi l'imagination populaire, dépouillant le grand homme de tous ses côtés terrestres, le transfigure et crée le mythe; dans l'antiquité, Hercule, Agamemnon, Achille; au moyen-âge, Roland, Charlemagne, Arthur, Siegfried, le Cid, Guillaume Tell, et ces créations sublimes du drame et de l'épopée ont cela de merveilleux qu'elles poussent les hommes à s'élever à leur niveau.

Aujourd'hui on n'estime que la critique historique. A sa place, elle a sa valeur; mais ce n'est pas elle qui produit les mâles vertus et qui enfante les héros. Tell n'a peut-être jamais existé; qu'importe? sa légende a donné à la Suisse l'amour, la passion de la liberté et c'est là le principal.

Rousseau disait : Les spectacles ne sont point nécessaires, donc ils ne sont point permis. J'ai essayé de faire voir que, tels qu'ils sont sortis des mains des maîtres de la scène, ils sont utiles et que par suite ils méritent une place dans les sociétés de l'avenir.

Quelques pages plus loin, dans la même lettre, Rousseau prétend que le théâtre, loin d'imposer au public les lois du goût et de la morale, en reçoit de lui et qu'il aggrave les vices et les préjugés d'une nation.

Ce reproche a été souvent fait aux poètes dramatiques, et pourtant il n'en est pas que le vrai poète ait moins mérité.

Est-ce qu'Eschyle et Sophocle flattaient les Athéniens, lorsqu'ils leur répétaient sans cesse, sous toutes les formes, que la fortune est inconstante et que qui triomphe aujourd'hui peut succomber demain? Non, ils avaient pour but, par ces maximes qui reviennent si souvent dans les pièces antiques, de modérer le caractère léger et présomptueux du peuple d'Athènes et de lui inspirer une sage prudence.

Corneille suivait-il le goût de ses contemporains, lorsque, au milieu de ces beaux esprits, tout infatués des galanteries alambiquées de l'hôtel Rambouillet, il évoquait les images de ses fiers Romains? Molière se soumet-il aux préjugés de son temps, lorsqu'il en livre les ridicules, les défauts ou les vices à la risée publique?

Non, le drame, loin d'être l'esclave du public, en a souvent été l'instituteur et parfois l'apôtre. La haute pensée des poètes juge le présent et prépare l'avenir. Elle en appelle des préjugés et des vices du temps, au goût du juste, inné dans le cœur de l'homme. Le poëte se sert du théâtre pour répandre les idées qui l'animent. Toute belle pièce est une prédication vivante.

Sans remonter plus haut que le XVIIIe siècle, *Nathan-le-Sage*, de Lessing, n'est-ce pas l'appel le plus touchant, le plus chaleureux en faveur de la tolérance?

Voltaire, dans *Mahomet*, ne dénonce-t-il pas à l'indignation l'hypocrisie et le fanatisme religieux? N'est-ce pas dans son Brutus que la Révolution française chercha son plus fier langage? La France n'a-t-elle pas répondu, avec Valérius, à l'Europe liguée contre elle :

> Rome ne traite plus
> Avec ses ennemis que quand ils sont vaincus.

La dernière œuvre de Schiller, *Wilhem-Tell*, n'est-ce pas le chant de la Suisse échappant au despotisme, c'est-à-dire la revendication des nationalités opprimées, un hymne au droit éternel de l'humanité?

Gœthe lui-même, l'impassible Gœthe, ne nous fait-il pas, dans *Egmont*, entrevoir le triomphe de la liberté?

Sa prévention contre les lettres a égaré Rousseau. Les vrais poètes dramatiques, comme les autres grands poètes, ont toujours désiré et hâté l'éclosion d'un meilleur avenir, ne fut-ce que par ce seul motif qu'ils voient de plus haut que les autres hommes.

J'arrive à une autre difficulté plus sérieuse à laquelle il est plus difficile de porter remède. Cette difficulté, c'est Platon qui l'indique. Je veux la montrer dans toute sa gravité.

Le théâtre est le tableau des passions. Mais il ne peint pas seulement les belles passions, il peint aussi les mauvaises. A côté de l'homme vertueux, il nous montre le méchant. Racine a créé Néron ; Shakespeare, Richard III, Macbeth, Iago ; Schiller, Philippe II ; Gœthe, Méphistophélès ; et, sans ce contraste du bien et du mal, où serait la lutte? Il faut l'ombre pour faire ressortir la lumière.

Mais comment le dramaturge s'y prendra-t-il pour peindre le caractère du méchant? Lui suffira-t-il d'évoquer dans son souvenir le portrait d'un homme infecté du vice qu'il veut mettre en scène ; de noter ce qu'il a dit, ce qu'il a fait dans telle ou telle circonstance, et de transporter dans sa pièce ces paroles ou ces actions? On fait souvent ainsi aujourd'hui ; mais cela ne suffit pas. On ne produira jamais ainsi qu'une image froide et décolorée, un calque sans vie de la réalité. C'est tout autrement qu'il faut procéder.

Un jour, un des amis du Dominiquin va le visiter dans son atelier. A la porte, il s'arrête, il écoute. Des éclats de voix d'une violence extrême frappent son oreille. Le peintre semble en proie à une effroyable colère. Il entre dans l'atelier et il voit le Dominiquin seul, se promenant de long en large et portant sur ses traits toutes les contractions de la fureur. Il le croit fou ; il l'interroge. — « Voyez cette toile, répond le Dominiquin, je dois y représenter l'un des bourreaux du Christ dont la colère est poussée jusqu'à la rage par l'inaltérable patience de l'homme divin. Je ne puis saisir l'expression de son visage. Je tâche de me mettre dans sa position, d'exciter en moi le même sentiment qui devait l'animer en ce moment, afin d'arriver ainsi à saisir la réalité sur le vif. »

Voilà ce que doit faire le poète dramatique qui veut exprimer une passion perverse. S'il veut peindre le méchant, il faut qu'il en prenne momentanément le caractère. Il doit ouvrir son âme à tous les instincts vils et abjects qu'il veut étaler sur la scène, afin d'en inspirer l'horreur. Il doit descendre au fond de lui-même, jusque dans les derniers replis de son cœur ; il faut qu'il y découvre ces germes du mal qui ne manquent chez aucun de nous, même chez les meilleurs. Il faut qu'il souffle sur cette étincelle, qu'il la ranime, qu'il la fasse éclater en une passion ardente, dominante. Ambition, convoitise, haine, jalousie, avarice, soif du meurtre et de la vengeance, il faut qu'il s'inocule le virus de toutes ces maladies, afin d'en mieux exposer les ravages. Ces difformités, ces monstruosités morales, il faut qu'il soulève le voile dont nous les cachons d'ordinaire, afin de nous les montrer dans toute leur horreur.

Or, n'y a-t-il pas quelque danger pour le poète à faire sur lui ces épreuves répétées? Ces vices, auxquels il a donné entrée dans son cœur, n'y prendront-ils point racine? Son âme conservera-t-elle toute son intégrité, toute sa pureté? Protée poétique, son caractère ne souffrira-t-il pas de ces transformations successives? Je m'efforce de devenir Tartufe ou Iago : ne conserverai-je pas avec eux quelque trait de ressemblance?

Le dramaturge rappelle, en quelque sorte, le *Plongeur* de la ballade allemande. Le jeune nageur se précipite dans l'abîme; puis, revenu au jour, il décrit les formes effrayantes, les monstres hideux, toute cette population d'êtres difformes qui peuplent le gouffre de Charybde. Le roi, avide de mieux connaître ces mystères des eaux, y jette sa coupe d'or. Le jeune homme replonge et reparaît. Le roi n'est pas encore satisfait, il veut une description plus précise, un tableau plus détaillé de ce monde sous-marin. Il promet sa fille au hardi plongeur. Celui-ci disparaît de nouveau sous les flots, mais il n'en ressort plus. Il a péri victime de ces monstres du gouffre qu'il a eu l'imprudence d'aller visiter de trop près. Ainsi peut succomber le dramaturge qui, ne se contentant pas de peindre à sa surface cette mer mobile du cœur humain, aura voulu descendre dans ses abîmes, pour étudier et décrire les passions viles ou perverses qui s'y cachent.

En résumé, la composition du drame exige la peinture du mal, et la peinture du mal offre un danger pour le poète qui se l'inocule afin de l'étudier sur lui-même; voilà l'objection.

Voici, me semble-t-il, ce qu'on peut y répondre.

D'abord, n'est pas qui veut ce Protée, prenant tour à tour le caractère des personnages qu'il met en scène. Chaque poète dramatique a un genre de caractère qu'il excelle à peindre, une passion qu'il sait faire agir. C'est le caractère qui se rapproche du sien, la passion qui le domine. Ainsi, Corneille se plaît à mettre dans la bouche de ses héros ces sentiments de mâle vertu, de fier stoïcisme, qu'il avait puisés dans la lecture de la *Pharsale* et de Sénèque. L'âme tendre de Racine se révèle dans la peinture de l'amour, de ses soupirs, de ses luttes, de ses ardeurs, de ses violences, de ses coupables transports. Mais peu, bien peu de poètes dramatiques sont parvenus à représenter le mal dans sa perversité profonde. Je vois bien paraître devant moi des tyrans, des méchants qui débitent des maximes cruelles et qui parlent de tuer ou qui tuent en effet. Mais leurs instincts mauvais sont à peine analysés, l'égoïsme barbare de leur âme ne m'est pas dévoilé. Ce sont des monstres à fleur de peau, si je puis m'exprimer ainsi. Ce sont des traîtres de mélodrame, des Croquemitaines en cothurne. Le dramaturge leur a donné le caractère convenu. On sent qu'il n'a pas suivi le procédé du Dominiquin et qu'il n'a pas décrit ce qu'il éprouvait.

Shakespeare, et Molière dans Tartufe, font seuls peut-être exception. On est stupéfait de voir avec quelle vérité égale, Shakespeare, ce prodigieux poëte, a su peindre toute sorte de caractères et de nuances de caractères. On frémit à écouter Iago, lady Macbeth, Richard III, tant la perversité humaine éclate dans son effroyable profondeur.

Ainsi, je constate d'abord que chaque auteur dramatique ne parvient à représenter dans toute sa force qu'un genre de passions, et que peu sont parvenus à peindre le mal d'après leurs propres impressions.

En second lieu, le dramaturge ne montre jamais le mal pour en inspirer le goût, mais pour en inspirer l'horreur. Le but final est toujours un but moral. Il s'ensuit que, s'il parvient réellement à développer en lui le germe d'une passion, à évoquer un vice avec son caractère propre, avec ses tendances, avec ses combinaisons, avec ses ressorts, avec ses ruses, s'il parvient à créer le type du méchant dans toute sa hideuse ressemblance, plus cette ressemblance sera grande et plus le poëte s'en éloignera. Mieux le vice sera senti, compris, plus il en détournera son âme.

Nul n'aura plus horreur de la maladie que le médecin, au moment où il l'étudie pour en montrer les ravages.

D'ailleurs, si le métier de dramaturge était un métier malsain, nous devrions découvrir dans la vie des poëtes dramatiques des traces de la contagion. Or, quelle noble et belle vie que la leur!

Voyez Eschyle, vie de guerrier et de poëte, combattant à Salamine et à Marathon pour défendre la Grèce; Sophocle, vie majestueuse et régulière, comme ses tragédies; Corneille, Racine, vie paisible de l'homme de bien et du chrétien; c'est après avoir fait leurs tragédies que leur piété devient plus austère. Ils regrettent même ce qu'ils ont écrit pour le théâtre. Racine traduit les *Psaumes*, Corneille rime l'*Imitation*. Dans la vie de Molière, plus agitée, plus mêlée, quelle bonté touchante, quelle haine de l'injustice, quelle tendresse toujours!

L'âme de Schiller semble grandir à mesure qu'elle s'approche du terme; c'est dans les dernières années de sa vie que son enthousiasme l'enlevait le plus haut dans les sphères de l'idéal.

Quant à Shakespeare, les détails intimes sur son évolution intérieure nous manquent. Son rival, Ben Johnson, l'appelle souvent *My gentle Shakespeare* (mon aimable Shakspeare), et nous savons qu'il a voulu finir sa vie où il l'avait commencée, aux bords de l'Avon, idée touchante qui empêche de croire que la composition de ses drames l'ait perverti.

Résumons-nous. Platon croyait qu'on ne pouvait impunément peindre le mal et composer un drame. Aussi expulse-t-il de sa république le poète dramatique. J'ai essayé de montrer que le danger redouté par Platon n'était pas aussi grand, ni aussi fréquent qu'il le croyait, et que rien dans la vie des auteurs de tragédie n'autorisait à croire qu'ils se fussent pervertis en représentant les méchants.

J'arrive à une objection présentée par Bossuet, avec cette profondeur et cette énergie qui lui sont habituelles.

Que veut, dit-il, le poète tragique? Exciter en nous les passions qui animent ses héros. Et il faut qu'il y parvienne, sinon il manque le but de l'art. Il en résulte qu'on s'éprend des belles personnes, qu'on est prêt à les servir comme des divinités et à tout leur sacrifier. L'auteur et le spectateur se complaisent dans la vue de ces passions auxquelles ils ne doivent penser qu'avec horreur. Ce qu'on appelle, au théâtre, belles passions, sont la honte de la nature raisonnable, l'empire d'une fragile et fausse beauté. Cette tyrannie flatte la vanité d'un sexe, dégrade l'autre, et les asservit tous deux au règne des sens.

Et ne croyez pas que Bossuet se place ici à un point de vue purement ascétique. Non ; déjà Platon avait adressé au drame, au nom de la philosophie, le même reproche que Bossuet lui adresse au nom du christianisme.

Cette objection, il est difficile de nous en dissimuler la gravité, car nous l'entendons sans cesse répéter autour de nous. C'est le texte habituel de toutes les prédications contre le théâtre.

Voici ce qu'on peut y répondre.

Ce que Bossuet proscrit surtout, c'est la mise en scène, la représentation de l'amour. Or, est-il vrai que cette représentatio augmente de beaucoup la malignité de cette passion, et qu'un pareil spectacle conduise à tous les désordres?

Quant à moi, je pense tout le contraire. Je crois que la poésie dramatique, comme l'ont comprise les grands auteurs, loin de dénaturer et de pervertir l'amour, l'ennoblit et le purifie.

En effet, quelle est la nature propre de ce sentiment puissant, qui joue un si grand rôle dans la vie et sur la scène? Pour répondre à cette délicate question, je me servirai des paroles d'un autre orateur de la chaire, dont l'étincelante éloquence, quoique bien différente de celle de Bossuet, rappelle quelquefois pourtant cet incomparable écrivain :

« L'amour, cette merveille la plus incompréhensible de notre être, à quoi nous passons toute notre vie, jusqu'à ce que nous ayons désespéré de nous assez pour ne plus chercher à en réaliser le mystère, l'amour n'a qu'une cause unique, cause rare et passagère dans l'humanité. Je voudrais en cacher le nom; je me reproche jusqu'à un certain point de le nommer dans cette chaire, mais il m'est impossible de ne pas le prononcer. L'amour n'a qu'une cause, et cette cause, c'est la beauté. Que l'homme soit mis en présence d'une nature où resplendit ce don terrible, à moins qu'il ne soit couvert d'un bouclier divin, il en ressentira les coups; si rebelle, si orgueilleux qu'il soit, il viendra comme un enfant se courber aux pieds de ce quelque chose qu'il a vu et qui l'a subjugué par un regard, par un cheveu de son cou, *in uno crine colli sui*, dit admirablement l'Écriture. »

Voilà donc, suivant Lacordaire, l'amour, naissant de la beauté. Mais ce sentiment venant à s'éveiller dans l'âme, qu'en ferez-vous? Tenterez-vous de l'étouffer? Ce sera en vain, vous n'y réussirez pas; sentiment vivace, il renaîtra toujours et toujours se prendra à quelque chose, souvent à ce que vous voudrez le moins.

Tenterez-vous de le concentrer en un élan vers la divinité. J'y consens, mais à une condition : c'est que vous y réussissiez; sinon, vous aboutirez aux plus graves désordres. Pascal l'a dit : Il y a en nous l'ange et la bête, et le malheur est que qui veut faire l'ange fait la bête. — Cela veut dire que qui veut s'élever trop haut tombe plus bas que le point de départ. On veut faire des saints; on fait souvent moins que des hommes. Tel que vous croyez conduire tout droit au Ciel, vous ne le menez qu'en Cour d'assises.

Ne pouvant ni étouffer l'amour, ni le concentrer en Dieu seul, que reste-t-il à faire? Il reste à suivre le conseil de Platon, dont je prononce ici le nom à dessein, parce que nul n'a parlé mieux que lui de la beauté et de l'amour. L'amour, comme tous les ressorts que nous trouvons en nous, peut devenir un moyen de perfectionnement quand il est cultivé et dirigé vers l'idéal. Par le goût du beau physique, on peut habituer l'âme à se diriger vers le beau moral, vers le bien. Le bien uni au beau, tel était le but suprême de l'éducation platonicienne. Et, si par hasard une belle âme était contenue dans un corps indigne d'elle, Socrate engage ses disciples à ne pas dédaigner cette âme, parce que la beauté spirituelle est infiniment supérieure à la beauté que perçoivent les sens.

Et, remarquez-le bien, cette purification de l'amour par l'idée du bien n'est pas chose facile. Qu'est-ce que l'amour chez l'homme primitif? Un pur instinct, un appétit brutal. Le sauvage prend la première femme venue, sans s'inquiéter de ses qualités morales, à peine de ses qualités physiques. La femme, pour lui, est une proie. Il s'en empare par la force, par la violence. La mutuelle sympathie n'a rien à faire dans ces sortes d'unions, semblables à celles des bêtes. Ainsi se font les mariages dans la nouvelle Hollande, comme ils se faisaient dans l'Europe antique. A Rome, l'une des cérémonies du mariage était un simulacre d'enlèvement, pour rappeler, disait-on, les unions des géants, c'est-à-dire des peuples primitifs.

Quelle différence, quel abîme, dirais-je, entre cet appétit brutal, brutalement satisfait, et l'amour tel que nous le concevons maintenant, ce sentiment tout de dévouement, qui place le bonheur de celui qui aime, non dans sa propre félicité, mais dans celle de l'être aimé; qui a sa racine la plus forte dans l'union des cœurs, et qui survit à la beauté qui l'a fait naître; ce sentiment puissant qui veut survivre à la mort; qui, dans son élan, ne se contente pas des bornes trop étroites de cette vie, mais veut s'étendre dans l'éternité pour y durer toujours!

Or, la distance qui sépare ce sentiment de l'instinct grossier du sauvage, — et remarquez que le sauvage vit toujours au fond de nous sous l'homme civilisé, — comment a-t-elle été franchie? Par quels moyens cette transformation s'est-elle opérée? Par la religion et par la philosophie? Sans doute, mais surtout par les arts, par la poésie; parce que la poésie, ainsi que nous avons essayé de le montrer, agit sur les sens et sur l'imagination. Or, le barbare et le jeune homme vivent par les passions et par l'imagination. C'est par là qu'on aura prise sur eux; c'est par l'art qu'il faut élever leurs instincts et ennoblir leur âme.

Je voudrais montrer par un exemple comment je comprends que la poésie purifie l'amour. Ne voulant point reculer devant la difficulté posée par Bossuet, je prendrai un drame, et un drame où l'amour est peint avec les plus vives couleurs : *Roméo et Juliette*. Certes, dans aucune langue, il n'existe de l'amour une peinture plus forte et plus séduisante. Les *Épithalames* de Catulle, le *Cantique des cantiques* de Salomon, sont bien inférieurs, parce que, à travers l'éclat des images et les ardeurs de l'imagination, on ne sent pas autant rayonner l'âme.

J'ouvre le drame de Shakespeare : dès le début, l'amour se montre avec son véritable caractère. Juliette n'a pas aimé; elle est prête à épouser son cousin Pâris; mais, à la fête que donne son père, elle aperçoit Roméo. Elle ne l'a vu qu'une fois et son sort est décidé. Elle ne sait qui il est et pourtant elle dit à sa nourrice : Va demander le nom de ce jeune homme; et aussitôt elle ajoute : S'il est marié, un cercueil sera mon lit nuptial. Dès l'instant que ce sentiment puissant envahit son âme, tout le reste disparaît. Elle ne songe pas que la vie lui offre d'autres perspectives. Elle ne croit pas qu'on puisse oublier et aimer une seconde fois. Non, si elle n'épouse pas Roméo, sa vie n'a plus de but; il ne lui reste qu'à mourir. Voilà ce sentiment nouveau, « plus fort que la mort, » inconnu à l'homme primitif. Ce n'est pas un égoïsme, ce n'est pas un appétit, c'est une sorte d'exaltation qui arrache tout l'être au sentiment de sa propre conservation et qui le fait vivre dans autrui. La littérature antique ne nous offre pas l'image de cette passion, à la fois pure et ardente, pure jusqu'à la chasteté, ardente jusqu'au suicide.

Quel sera maintenant l'effet que ce drame produira sur l'âme? Déchaînera-t-il en nous les passions abjectes, les tendances grossières? Quant à moi, je ne le crois pas.

J'avoue bien que ce drame n'inspirera aucun éloignement pour l'amour; au contraire, la représentation de ce sentiment, à la fois si noble, si élevé et si puissant, ne peut manquer d'éveiller en moi les affections tendres. Comme disait saint Augustin : *J'aimerai d'aimer*. Cela est vrai; mais de quel amour? voilà la question. Sera-ce d'un amour bas, matériel, de l'amour du sauvage? Non. Le type admirable créé par Shakespeare ne parlera pas à la partie inférieure de notre être. Il s'adressera à notre âme. C'est avec l'âme que nous voudrons aimer. Tous les désirs qui nous viendraient des sens nous paraîtraient indignes de cette créature céleste. Nous voudrions nous élever au-dessus de nous-même pour nous rendre dignes d'Elle.

Tel sera l'effet produit par *Roméo et Juliette* et par toutes les compositions de cet ordre. Voilà comment l'enthousiasme poétique transforme un instinct brutal en un noble sentiment.

Voulez-vous saisir cette transformation sur le fait? Souvenez-vous d'une scène de Werther. Werther et Charlotte se sont rendus à une fête champêtre. Un orage a interrompu les danses. Charlotte, par son entrain, par les jeux qu'elle organise, est parvenue à faire oublier aux jeunes filles les frayeurs que leur causaient les éclairs. Tandis que les éclats de rire recommencent, Charlotte, elle, s'approche d'une fenêtre ouverte; elle regarde fuir à l'horizon les sombres nuages; elle aspire la fraîcheur de la nuit et les émanations des fleurs, ranimées par la pluie. La nature parle à son cœur; mais la sensation est transformée par un souvenir poétique. Elle redit un vers de Klopstock; Werther, ému jusqu'aux larmes, se penche sur sa main qu'il embrasse, et elle ne s'en aperçoit pas.

Vous voyez ici, peinte avec une grande vérité et une grande simplicité, cette transformation que je vous indiquais. Charlotte et Werther sont jeunes tous deux, un sang ardent bouillonne dans leurs veines; mais l'enthousiasme divin d'un souvenir poétique les transporte dans une autre sphère. Leur amour s'élève au-dessus des sens. L'auteur de la Messiade purifie leur cœur et les entraîne loin de la terre.

Tel est, suivant moi, l'effet que doit produire toute composition où, comme dans *Roméo et Juliette*, l'amour est peint avec des couleurs dignes de lui.

Ainsi, loin de craindre avec Bossuet que le théâtre, en représentant les passions, ne les déchaîne et n'introduise le désordre dans l'individu et dans la société, je pense que le drame, tel que l'ont compris les grands écrivains, améliore l'individu et civilise la société, parce qu'il ne met en scène que des types supérieurs à la foule et des sentiments toujours ennoblis et purifiés.

En résumé, l'art n'est peut-être pas le meilleur chemin pour arriver au bien et pour élever les sentiments des hommes; mais c'est le plus large, le plus aisé, le plus humain. La philosophie pure est une plus fière école; mais à combien d'individus peut-elle servir de moyen d'édification? Quoi qu'on en dise, l'art, la religion — qui n'est qu'une certaine philosophie incarnée, — la poésie, le drame sont indispensables pour chasser la barbarie de nos cœurs.

Je trouve dans un des dialogues de Lucien le passage suivant : « D'ailleurs, nous avons des théâtres publics où se rassemblent tous les citoyens. Là nous instruisons encore la jeunesse par des tragédies et des comédies qui leur mettent sous les yeux les vertus des héros de l'antiquité et les vices les plus ordinaires, afin qu'ils évitent les uns et s'empressent d'acquérir les autres. » Telle était l'admirable mission du théâtre dans l'antiquité. Telle elle devrait être encore dans une société que gouvernerait la raison (1).

Si nous aimons comme des gens civilisés, et non plus comme des cannibales; si en nous, d'ordinaire, l'homme l'emporte sur la brute; si la femme est pour nous une compagne que l'on respecte et non plus une proie dont on abuse, c'est aux lettres, à la poésie, au théâtre que nous le devons en grande partie. Le théâtre se meurt et la poésie est morte, dit-on. Je ne sais; mais, en tout cas, ils renaîtront quand un ordre meilleur nous aura fait des mœurs plus pures, plus viriles, plus favorables au grand art.

ÉMILE DE LAVELEYE.

LE FILS DE LA VOISINE.

I

Le soleil rayonnait sur la terre et l'embrasait; le fruit rougissait, le blé mûrissait. Des volées de petits oiseaux emplissaient les haies de leur joie, c'était comme des actions de grâces à la vie, tandis que les fleurs, dans les prés, dans les buissons et dans les jardins, embaumaient l'air et semblaient exhaler le parfum enivrant de la nature.

Le village s'étalait capricieusement tout le long d'un grand chemin; les maisons aux toits couverts de chaume, de tuiles rouges ou d'ardoises, de construction capricieuse, donnaient du charme au pittoresque, alliant ainsi le désordre du travail de l'homme naïf à l'irrégularité séduisante des productions naturelles. A l'endroit où le chemin s'était élargi pour ainsi dire de lui-même, on avait fait la place publique; on y voyait : une fontaine en pierre bleue, à large vasque; une petite église honteuse de sa laideur; l'école, hélas! plus misérable encore que l'église; un cabaret dont le premier étage servait aux réunions du conseil communal; l'habitation du curé, à la fois modeste et luxueuse, au milieu d'un grand jardin plein d'arbres à fruits; deux ou trois petites fermes rustiques entourées de pommiers et de noyers; une villa appartenant au bourgmestre, pavillon prétentieux à colonnades, dont l'aspect humiliait son entourage; enfin, au haut de la place, une autre maison confortable et un petit châlet moderne, se faisant vis-à-vis, à l'endroit où le chemin, en se rétrécissant, redevenait rue.

C'était le matin, vers dix heures. Le village, quasi désert, paraissait dormir. Quelques petits enfants presque nus jouaient à l'ombre des haies; les bœufs, dans les étables, poussaient de temps à autre un mugissement; les coqs chantaient; dans l'air tout bleu, passaient des couples de pigeons, enivrés de soleil et battant des ailes avec un bruit éclatant.

La porte de la jolie maison, située à gauche en montant la place, s'ouvrait à chaque instant; une femme âgée poussait la tête au dehors, interrogeait l'espace, écoutait les bruits et rentrait; puis, elle revenait; l'inquiétude et l'impatience l'empêchaient de se tenir tranquille.

Soudain, un son de vieille ferraille s'entendit à petite distance; et, au moment où la porte de la maison s'ouvrait de nouveau, une voiture, arrivant au petit trot d'un cheval endormi, débouchait à l'angle du chemin.

Bientôt la voiture s'arrêta devant la porte, sur le seuil de laquelle la femme âgée attendait, le visage épanoui.

Lorsque le cocher eut ouvert la portière, un homme d'une cinquantaine d'années en descendit; puis un carton apparut, puis un autre carton, puis un, puis deux, puis trois paniers, puis encore un carton, puis une ou deux boîtes, puis un bouquet de fleurs des champs, puis des parapluies et des ombrelles, puis encore des paniers.

« Ce ne sera donc jamais fini, Marguerite ? » demanda le monsieur.

Un éclat de rire d'enfant, frais et sonore, lui répondit, et la femme âgée fit chorus, pendant que le cocher continuait à servir d'intermédiaire entre la voiture et la maison.

Enfin, le déménagement étant terminé, une toute jeune fille, qui semblait âgée de dix-sept ans, descendit de la voiture, ou plutôt en sauta, et alla embrasser sur les deux joues la femme âgée; le monsieur paya le cocher, qui s'en alla avec sa voiture; on entra dans la maison, la porte se ferma.

Les petits enfants curieux, qui étaient venus s'extasier, les mains derrière le dos, restèrent là sous le soleil, muets, à regarder la porte.

Aux croisées de quelques maisons, derrière les vitres verdâtres, des visages continuèrent également à regarder, pareils à des portraits dans des cadres de pierre, pendant que, chez eux, le monsieur, la jeune fille et la vieille femme se mettaient à table et déjeunaient.

« Voilà ! Françoise, nous sommes maintenant installés, dit le monsieur.

— Oui, monsieur le docteur.

— Demain, j'irai avec Marguerite faire une visite au bourgmestre, au curé, aux voisins; nous pourrons après cela nous livrer à nos travaux habituels.

— Tu sais, dit Marguerite à son père, que je veux des poules et des pigeons.

— C'est entendu, répondit le docteur.

— Il y a au-dessus de la remise un petit grenier dont on pourra faire un poulailler et un pigeonnier, dit Françoise ; nous aurons des œufs frais et des pigeonneaux.

— Oh ! toi, dit Marguerite, tu n'as que des idées pratiques. C'est comme les paysans qui disent, en regardant un vieux chêne : « Voilà un beau sommier. »

— Eh bien ! dit Françoise, n'est-ce pas vrai ?

— *Utile dulci !* dit le docteur. Cela prouve que toutes choses peuvent être vues sous des aspects différents. »

II

Au crépuscule, les travailleurs revinrent des champs, le village s'anima. Les enfants, sortis de l'école, organisèrent des jeux, que les grands chiens, couchés au seuil des portes, suivaient d'un regard admiratif, comme s'ils avaient eu envie de s'y mêler. De ci de là, se formèrent des groupes de villageois, fumant leur pipe, tout en devisant de choses quelconques, avec un calme inaltérable. Autour de la fontaine rustique qui décorait l'immense place publique, les ménagères allaient, venaient, puisant de l'eau, rinçant du linge. Et, tandis qu'à l'ouest le soleil disparaissait dans de longues bandes de feu, le croissant de la lune radieuse montait au sud, dans l'éther sans nuage.

Un dernier frémissement agita les grands arbres ; les oiseaux attardés regagnèrent leurs refuges ; un calme profond enveloppa le village.

Alors, au milieu de ce silence délicieux, une voix se mit à chanter.

C'était une voix jeune et pure, qui disait des vers sur un air mélancolique ; une voix plus forte que celle d'un enfant, moins sonore que celle d'une jeune fille.

Marguerite, la fille du docteur, arrivé dans la matinée, était au jardin, avec Françoise, sa nourrice et sa vieille amie. A elles deux, elles faisaient des projets qui avaient surtout pour but de satisfaire leurs goûts personnels, en bouleversant le tracé du jardin. Françoise voulait planter et semer beaucoup de légumes ; Marguerite désirait des fleurs tout le long des chemins et même au milieu des grands carrés de terre où, les autres années, le locataire semait des carottes, des oignons ou des épinards.

« Vous n'êtes pas raisonnable, Marguerite, disait Françoise. On ne mange pas de fleurs. Avez-vous jamais entendu dire qu'on eût fait une soupe de roses?

— Et toi, répliqua Marguerite, as-tu jamais vu faire un bouquet d'oignons pour le présenter à une jeune mariée, le jour de ses noces? »

Françoise demeura stupéfaite devant une aussi triomphante réponse, et, tandis que Marguerite riait aux éclats, elle restait appuyée sur une bêche, dans l'attitude recueillie que les sculpteurs ont donnée à la statue de la méditation.

A ce moment, on recommença de chanter; Françoise voulait justement faire une observation à Marguerite; mais la jeune fille ne l'écouta point.

« Qui chante là? » demanda-t-elle.

Sans doute elle questionnait sans désirer une réponse, car elle mit sa main sur le bras de Françoise qui se disposait à satisfaire sa curiosité :

« Écoute donc! » ajouta-t-elle tout bas.

Tant qu'on chanta, Marguerite resta immobile, le cou un peu tendu, souriant de plaisir, respirant à peine. Lorsque le chant eut cessé, elle se tourna vers Françoise; son visage marquait la plus grande admiration, une admiration pleine de sensibilité.

« Qui est-ce? dit-elle.

— Je ne sais trop, répondit Françoise. Depuis avant-hier que je suis ici à ranger dans la maison, et à vous attendre en m'ennuyant beaucoup...

— Oh! Françoise, il faut savoir qui chante ainsi. Quelle belle voix!...

— Il me semble que je l'ai entendue tous les soirs.

— Et tu ne t'es pas informée?

— J'avais bien autre chose à faire. Les chambres étaient pleines de poussière; il y avait de la moisissure et des toiles d'araignée; j'ai dû laver, frotter...

— Voilà qu'on recommence! » s'écria Marguerite en s'élançant vers la haie qui longeait le chemin.

Françoise, restée seule, hocha la tête.

« Ah! que c'est jeune! se dit-elle. Ça n'a pas de poids dans la cervelle. »

Marguerite, debout contre la haie, qu'elle dépassait de toute la tête, écoutait, émerveillée; tout en écoutant, elle suivit la direction de la voix, et elle n'eut pas de peine à découvrir le chanteur.

De l'autre côté du chemin, une jolie maison, en forme de châlet suisse, avait été bâtie au fond d'un assez grand jardin. Pour arriver au seuil de la porte de cette maison, il fallait monter cinq ou six marches en bois. Sur ces marches, quelques jeunes garçons de treize à quatorze ans étaient assis. Le chanteur se trouvait au milieu d'eux.

« Oh! la belle voix! murmura Marguerite, lorsque le chant eut cessé. Jamais je n'en ai entendu de pareille. Et comme l'enfant chante bien, avec simplicité et avec goût! Il doit être musicien. Il faut qu'il vienne chez nous; je l'accompagnerai au piano, et mon père sera aussi charmé que moi. »

Elle resta là longtemps encore, espérant que le chanteur recommencerait. Mais les enfants se mirent à jouer dans le jardin; bientôt l'ombre couvrit le village de son manteau à la fois sombre et transparent; Françoise appela Marguerite, qui rentra. Le docteur l'attendait pour souper, déjà assis à la table et sa serviette dépliée sur ses genoux.

« On n'y voit plus; que faisais-tu toute seule au jardin? demanda-t-il.

— J'écoutais chanter cet enfant, père. Non, tu n'as jamais rien entendu qui approchât de cela; j'en aurais bien pleuré. Demain soir, tu viendras avec moi près de la haie.

— Les légumes refroidissent, dit Françoise, ne vous servez-vous pas?

— Je me passerais volontiers de souper, si l'enfant voulait chanter encore, dit Marguerite.

— Quel enthousiasme! dit le docteur.

— Je t'y attends demain, reprit-elle, et nous verrons si tu garderas ton sang-froid après le premier couplet. »

III

Vers onze heures, le lendemain matin, Marguerite descendit la première, habillée pour faire les visites. Françoise l'attendait, voulant comme une mère avoir l'impression de cette beauté, qui était autant dans la jeunesse que dans la beauté même. Encadrée de blancheur légère, Marguerite semblait ne plus avoir de poids; elle ne marchait point, l'air la portait, elle effleurait la terre.

« Oh! dit Françoise, qui si souvent pourtant l'avait vue dans cette toilette virginale, que vous voilà belle! Laissez-moi vous embrasser, mademoiselle. »

Et naïvement, mettant ses bonnes grosses mains derrière elle, pour ne pas toucher Marguerite, elle lui donna sur les joues deux bruyants baisers.

Des pas retentirent dans le corridor, et le docteur entra, tout vêtu de noir. Il s'arrêta sur le seuil de la salle et sourit.

« Qui donc veux-tu séduire? dit-il.

— N'est-ce pas, monsieur, qu'elle est belle ainsi?

— Trop belle, reprit le père; nous n'allons pas au bal. Pour faire une visite à des hommes sérieux, il faut avoir des vêtements simples, même austères.

— Dois-je mettre une robe noire? demanda Marguerite avec une physionomie attristée, — la malicieuse.

— Non, puisque te voilà ainsi.

— Si tu veux!...

— Hypocrite! si je disais oui, tu m'obéirais, le cœur gros... »

Ils sortirent. Il n'y avait personne sur la place, sinon une jeune femme à la fontaine. Le soleil brûlait; Marguerite ouvrit son parasol.

Le bourgmestre était un citadin qui avait là sa maison de campagne. Il avait bien voulu acquiescer au désir des campagnards, qui étaient venus lui offrir une candidature pour le conseil communal. Le roi, le sachant conservateur, l'avait nommé bourgmestre. L'hiver, on ne le voyait guère, le premier échevin le remplaçait. Il faisait de haut les affaires de la commune. L'espoir d'une croix de chevalier disait son dévouement au pays.

En sortant de chez le bourgmestre, le docteur dit à Marguerite :

« Comment trouves-tu ce voisin?

— Important, dit-elle, c'est le seigneur du village. »

Et tous deux se mirent à rire, tandis qu'ils se dirigeaient vers la cure.

Le curé était dans son jardin; tout en lisant son bréviaire, il examinait les fruits, il tirait les mauvaises herbes, soignant ainsi le corps et l'âme.

Il avait eu des renseignements; le docteur n'était pas un parfait chrétien; d'ailleurs, un docteur!... Sa fille ne sortait pas du couvent et ne songeait pas à y entrer; l'entrevue fut froide et courte. Comme le docteur prenait congé, le curé lui dit : « Notre église est pauvre, monsieur. Permettez-moi de vous la recommander.

— En quoi est-elle pauvre, monsieur le curé? demanda le docteur en s'arrêtant.

— Ses murailles sont nues; son pavement est froid; ses autels manquent d'ornement; la Vierge n'a qu'une couronne de fleurs artificielles.

— Et dans quel état était l'étable de Bethléem? » demanda le docteur.

Ils continuèrent leurs visites ; ils allèrent s'asseoir dans des maisons plus modestes, chez le petit fermier, chez le boutiquier, chez le charron ; on les reçut avec une bonne grâce gauche et des sourires de satisfaction où il y avait de la contrainte. Le docteur offrit ses services comme docteur et comme voisin. Il dit qu'il avait de quoi vivre honnêtement ; qu'il s'était établi là, dans ce village où l'air était pur et vivifiant, pour fortifier sa fille, dont la santé avait besoin des plus grands soins. Il dit son nom — docteur Lefebvre — et se fit aimer dès le premier jour. On trouva Marguerite si belle que c'est à peine si on osa tourner de son côté un regard timide, curieux : elle éblouissait. Mais sa robe blanche et son ombrelle ne l'empêchèrent pas de prendre sur ses genoux les petits enfants et de baiser leurs visages joufflus, un peu souillés.

« Oh ! mademoiselle, ils vont vous salir.

— Ils m'aimeront, » dit-elle.

Vers midi, se retrouvant encore une fois sur la place, le docteur dit : « Voilà ! Je crois que c'est fini...

— N'allons-nous pas aussi frapper à la porte du châlet ? demanda Marguerite.

— Tu as raison, ne fût-ce que pour satisfaire ta curiosité.

— C'est là que l'enfant chantait, » dit-elle.

Ils traversèrent le jardin, dont la claie était ouverte, et montèrent les marches en bois qui conduisaient à la porte. Le docteur frappa du doigt sur le chêne. Une voix de femme cria : « Entrez ! » Ils entrèrent. Dans le vestibule, quelqu'un vint au-devant d'eux, une dame vêtue de noir, mince et grande, l'air imposant, et calme, et triste.

« Votre nouveau voisin, le docteur Lefebvre, et sa fille Marguerite, désirent vous présenter leurs respects, madame.

— Veuillez entrer, monsieur, et soyez les bienvenus. »

Elle les fit asseoir et s'assit elle-même ; avec beaucoup d'aisance et de simplicité, elle causa, parla du village, de la tranquillité dont on y jouissait, du caractère serviable des habitants ; mais en peu de mots, sans faire de phrases. Ses vêtements noirs, la tristesse qui approfondissait ses regards, tout disait qu'elle était veuve. Elle l'était, en effet, et, dans le cours de l'entretien, elle parla de son unique enfant. Aussitôt Marguerite lui fit une question.

« C'est lui qui chantait hier soir ?

— Probablement, répondit-elle ; Félix a une passion pour le chant ; son père lui avait appris la musique, et il la lit à vue.

— Sa voix est si belle ! dit Marguerite.

— Quel âge a-t-il donc ? demanda le prudent docteur.

— Il achève sa quatorzième année.

— Eh bien, reprit-il, Marguerite pourra continuer son éducation musicale; elle lui servira de sœur aînée : le permettrez-vous, madame?

— J'en serai très-heureuse, monsieur; nous en recauserons.

— N'est-il pas ici? demanda Marguerite.

— Non, mademoiselle : le jeudi, les enfants du village ont congé et Félix va avec quelques-uns d'entre eux dans le bois; les courses lui font du bien. Depuis trois mois que nous sommes ici, l'enfant est devenu tout autre : sa pâleur a disparu, et sa maigreur aussi; ses grands yeux bleus ne sont plus cerclés de noir. L'air pur l'a transformé.

— Tu entends! dit le docteur à Marguerite. Voilà le grand médecin et le grand remède, l'air pur, la vie en plein champ. Tu vas devenir toute ronde.

— Oh! pas si ronde que cela, j'espère, dit Marguerite.

— Coquette! » fit son père.

La voisine leur plaisait et ils plaisaient à la voisine; déjà ils étaient comme d'anciennes connaissances. Le docteur, du reste, homme simple de manières et de langage, gagnait facilement la confiance de ceux qui eux-mêmes étaient droits de cœur, sains d'esprit. La voisine se nommait madame Suzanne Berthier; elle était veuve du major Berthier, mort au camp, l'été précédent. Elle vivait là seule avec son fils, par qui elle se rattachait à la vie; elle le disait intelligent, soumis et tendre, très-enthousiaste, trop pour son âge.

« Je ne veux pas, ajouta-t-elle, qu'il aille à l'école; aussitôt que sa tête travaille, il a la fièvre. Il bêche au jardin, il m'aide dans le ménage, comme une fille de seize ans. Si je le laissais aller à ses rêveries, il pâlirait de nouveau. Quelquefois, pendant la journée, je lui lis un ou deux chapitres d'un livre où il y a plus de science que de poésie. Je le voudrais mettre aux mathématiques, et je n'ose; j'ai peur qu'il ne se passionne même pour les chiffres. Les contes d'enfants, les plus inoffensifs, excitent son imagination. Je ne crois pas, monsieur, que vous ayez rencontré jamais une nature plus délicate, plus sensible, plus prompte à la compréhension de toutes choses. Ai-je raison d'agir comme je fais, et croyez-vous que je pourrai maintenir ce régime?

— Votre amour maternel me paraît avoir trouvé la véritable voie, dit le docteur. Il faudra prendre garde à la musique, qui est très-passionnante. L'étude de la botanique lui serait meilleure, car il serait obligé de parcourir les champs et les bois.

— J'aime déjà l'enfant, dit Marguerite.

— Il n'y en a pas de plus aimable, dit madame Berthier. Il est trop aimable, trop parfait, trop savant sans avoir rien appris : et cela me donne des inquiétudes.

— Nous tâcherons de lui donner des instincts nouveaux et d'en faire un sauvage, » dit le docteur.

En une heure, ils se lièrent ainsi. Quand ils sortirent, Marguerite était enchantée de la voisine ; le docteur, ému, soucieux, songeait à ce petit homme qui vivait si vite et si fort.

« Ce soir, s'il chante, tu entendras !... dit Marguerite.

— J'aimerais mieux, se dit à lui-même M. Lefebvre, le voir aux prises avec quelque enfant de fermier, jouer des poings, menacer, se battre, rentrer chez lui avec du sang aux joues ; la séve, en s'épanchant toute dans le cerveau, finit par faire perdre l'équilibre à l'organisme, et une crise se prépare. Fortifier les muscles, durcir les nerfs, épurer le sang, quel problème ! »

IV

Dès ces premiers jours, le docteur Lefebvre eut beaucoup d'occupation. Il n'y avait de médecins qu'à la ville voisine, ils se faisaient payer cher, on ne les envoyait chercher qu'à la dernière extrémité ; aussi, quand on sut que M. Lefebvre était une sorte de médecin amateur, retiré des affaires, comme on disait, on vint le trouver pour le moindre bobo, sa réputation de générosité naturelle ayant bientôt fait le tour du village.

Plus tard, lorsqu'il s'aperçut qu'on abusait de sa serviabilité, il usa d'un stratagème pour obtenir un peu de liberté : il déclara partout qu'il se ferait payer ses visites lorsqu'on le dérangerait sans raison.

Mais, en ces premiers jours, on aurait cru que tout le village agonisait ; il dut aller, pour ainsi dire, de porte en porte ; les vieillards écrasés par les années se croyaient momentanément affaiblis ; les enfants étaient trop petits ou trop grands pour leur âge ; les amoureux en querelle avaient la fièvre ; un ou deux ivrognes se plaignaient que leur estomac ne fonctionnât plus. Puis, il y avait de vrais malades, dont l'incurie entretenait la torpeur ou la faiblesse, et il fallut les soigner sérieusement. Le soir, en rentrant, le docteur disait : « Ne croirait-on pas que le pays est malsain, à voir la besogne qu'on me donne ? Si j'étais un peureux, et si je n'y voyais pas clair, je partirais demain. Des hommes de quatre-vingts ans,

Marguerite, se plaignent de ne plus pouvoir lire sans lunettes! »

C'est pendant ces courses du docteur que madame Berthier vint avec son fils pour lui faire une visite.

Il pleuvait, Marguerite était à son piano. Françoise introduisit les visiteurs, en disant : « Mademoiselle, il y a une dame pour vous.

— Et mon père qui n'est pas ici, dit Marguerite, en se levant et venant avec effusion serrer les mains de Madame Berthier.

— A-t-il donc déjà des malades?

— Un grand nombre, madame, mais des malades pour rire. »

Elle fit asseoir la veuve et son fils. Tout en causant avec beaucoup de bonne grâce et de vivacité, elle admirait l'enfant qui chantait si bien. Il était beau comme les enfants qu'on voit en rêve. les cheveux bruns bouclés, les grands yeux bleus, mélancoliques, le nez droit et fin, la bouche sérieuse, très-rouge, ce qui faisait un peu pâlir les joues; le front bien développé, l'ovale du visage allongé : un ensemble d'une distinction rare. Marguerite ne pouvait en détacher ses regards. Elle lui adressa la parole, rien que pour entendre sa voix; il répondit avec un peu de trouble, en baissant et relevant les paupières, et il parut à Marguerite que cette voix la pénétrait comme un parfum. Le voyant timide et troublé, elle ne lui rappela point son chant, mais elle continua de l'admirer, en causant avec la mère, et, de temps à autre, elle lui adressa la parole.

Mince et frêle, sa taille lui donnait plus de quatorze ans. Il eût paru avoir quinze ans si, dans la douceur angélique de ses grands yeux, il y avait eu une clarté moins vague; si, dans toute l'expression de sa physionomie, on avait pu découvrir, soit une ardeur virile encore sourde et latente, soit une malice plus ou moins voilée, quand la pensée se manifestait. Mais non; c'était la grave innocence, l'intelligence à son aube, des aspirations indécises, un feu couvert : l'enfant, prêt pour les transformations successives, attendait, peut-être inquiet; mais inconscient, avide, sans toutefois se rendre compte.

Que vit Marguerite de tout cela? Rien. La beauté seule, la forme exquise, l'onctueux langage la ravirent. Elle-même s'était-elle dévoilée déjà? Non, elle avait vécu, elle avait cultivé son cerveau, elle avait aimé le père et la nourrice, la mère étant morte jeune. Toutes ses sensations étaient de nature enfantine, à peine si les rougeurs premières étaient venues brûler ses joues, lorsqu'un regard de jeune homme l'avait déclarée belle; dix-sept ans, c'est l'aurore, et Marguerite ne devançait pas de beaucoup dans la vie Félix Berthier.

« Nous avons tous les deux besoin de grand air, lui dit-elle; vous connaissez le pays; il faudra me le faire voir; vous êtes jardinier, vous me donnerez des leçons. Voulez-vous que mon poulailler et mon pigeonnier soient sous vos ordres?

— Je ferai, dit-il, ce que vous voudrez, mademoiselle.

— Mademoiselle! reprit-elle. Dites-moi : Marguerite; n'est-ce pas, madame? Je ne pourrais jamais vous nommer monsieur Félix.»

Il ne répondit point; sa mère accepta pour lui les propositions de Marguerite.

Il n'était ni farouche ni sauvage, mais concentré. Il n'osait parler, ne comprenant point encore le tumulte de ses aspirations et l'éveil de ses désirs. Il faisait des vers, il parlait aux oiseaux, aux fleurs, aux étoiles, ces objets des premières amours. Il avait de grands enthousiasmes sans cause précise, des abattements sans raison, des joies fébriles qui éclataient soudain et dont le pourquoi était un mystère pour les autres comme pour lui-même.

Un jour, dans la bibliothèque de sa mère, il découvrit la *Jérusalem délivrée* du Tasse; il emporta le volume, le lut en cachette, à la campagne, dans les bois, ou dans un coin du grenier, tandis que sa mère le croyait au jeu avec ses camarades. Il dévora ce poëme plein de volupté, d'héroïsme et d'extravagance. Il en devint comme fou. Il se figurait être Tancrède; les grands combats avec Argan troublaient son sommeil; les jardins d'Armide le faisaient rêver innocemment; la puissance des muscles et l'audace des héros le transportaient. Un soir, il sortit de chez lui en courant, brandissant un bâton, criant : « Je suis Tancrède! » Il força un jeune garçon de son âge de se mesurer avec lui et il eut le malheur de le blesser à la tête. Alors son exaltation tomba, il trembla de tous ses membres, il pleura abondamment, en baisant le front rougi du blessé et en lui demandant grâce. Le délire le prit; il fut malade pendant huit jours.

Une autre fois, le hasard lui mit dans les mains les poëmes religieux de Lamartine. Il en satura son jeune esprit, et son imagination en reçut un coup funeste. Seul, dans sa chambre, le matin, le soir, quelquefois pendant le jour, il se mettait à genoux, priait tout haut le Dieu des chrétiens; ses tendresses inassouvies et son héroïsme inoccupé l'emportaient en des lieux inconnus et le livraient sans défense aux influences du monde imaginaire. La grande puissance d'assimilation de ce jeune être était prête à chaque instant à le désorganiser.

Il fut bientôt assidu chez le docteur Lefebvre. Madame Berthier en était charmée, espérant que le docteur s'éprendrait de Félix, et voudrait lutter avec cette nature si impressionnable, pour lui donner plus de résistance. En effet, le docteur, attentif aux manifestations de cette existence, réfléchit, calcula, combina et ne trouva rien de mieux que ce qu'avait trouvé la mère : beaucoup de mouvement, le travail manuel, un régime fortifiant, peu d'étude, si ce n'est la botanique et le dessin d'après nature. De cette façon, lors même qu'il eût été d'un tempérament plus ou moins paresseux, on le forçait de vivre en plein air. Mais il n'était point mou ni contemplateur : l'idée de M. Lefebvre lui sourit autant qu'à sa mère.

V

Le docteur connut bientôt le village et ses malades. En quinze jours, il sut son monde sur le bout des doigts. A moins d'accidents imprévus, il put jouir de sa liberté, consacrer une partie de sa journée à Félix ; il s'éprit fort de l'enfant, nature exceptionnellement chaude et tendre ; il devint son gouverneur en toutes choses.

Le matin, de bonne heure, ils partaient, et Marguerite les accompagnait. Ils revenaient avant midi, après avoir tout doucement fait trois ou quatre lieues. Dans l'après-dînée, on classait les plantes et on les étiquetait. Avant le crépuscule, nouvelle sortie, l'album sous le bras. L'album, du reste, était emporté toujours, afin que Félix ne manquât point une occasion de dessiner un vieux chaume, un tronc d'arbre, un bout de rocher.

Lorsqu'ils s'arrêtaient dans quelque clairière, au fond du bois, ou près d'une masure, Marguerite s'asseyait à l'ombre, tirait son ouvrage de son petit panier, ou un livre. Le docteur continuait aux alentours ses recherches, pendant que Félix dessinait, que Marguerite brodait ou lisait. De temps à autre, elle se levait et venait regarder le travail de l'enfant. Elle se tenait debout derrière lui, un peu penchée, tandis qu'il attendait en silence un mot de critique ou d'approbation. Sans avoir beaucoup dessiné, elle avait le sens droit et pouvait assez facilement juger, ayant sous les yeux le modèle et l'imitation. Mais elle n'avait pas le sens artistique très-développé, elle se contentait trop facilement d'un portrait plus ou moins correct de l'objet représenté. Elle ne savait pas que, pour le peintre, la nature n'est que le sujet, la cause, le prétexte ; qu'il ne s'agit point seulement de la *portraiter* fidèlement, qu'il faut dépasser l'impression photographique et dire l'impression que l'image réelle a faite sur le cerveau. Félix, au contraire, sans se rendre compte pourquoi, n'était pas satisfait ; les résultats obtenus, quoique intelligents, presque remarquables pour un enfant, le laissaient froid. Il ne paraissait pas se passionner pour son travail. Il commençait avec ardeur chaque nouvelle image, il la terminait avec découragement; et déjà le docteur, Marguerite, Madame Berthier allaient l'accuser de manquer de persévérance.

Un jour, au crépuscule, ils étaient dans les champs. L'atmosphère, chargée d'électricité, pesait sur eux et les suffoquait. Un calme profond régnait. Tout l'espace était plein de gros nuages lourds, aux contours durs, qui semblaient immobiles. Les oiseaux, muets, se hâtaient de rentrer dans leurs abris. Les chiens, inquiets, haletaient autour des maisons. Lorsque l'orage éclata, le soleil venait de disparaître. Ce n'était plus le jour, ce n'était point la nuit; une lueur vague faisait distinguer encore les objets éloignés.

Il y eut d'abord un grand coup de tonnerre; puis un silence profond. Mais des éclairs incessants déchiraient les nuées; on eût dit un combat; les profondeurs de l'espace s'illuminaient tout à coup et laissaient voir des couches de nuages superposés, montagnes de feu aussitôt éteintes. Pendant ces rapides déchirements, le ciel devenait sublime; la vie paraissait s'y être concentrée, et le mouvement, et la beauté; la terre sombre n'était plus là que comme spectatrice pétrifiée, comme repoussoir. Le vent se taisait, la foudre aussi. Rien que des éclairs palpitants faisant d'immenses trouées dans l'espace et découvrant aux yeux fascinés des perspectives éblouissantes.

Assis sur un tronc d'arbre, au bord du chemin, le docteur dit à Marguerite : « N'est-il pas étonnant que cet enfant, si nerveux, ne montre point de frayeur par un pareil orage?

— Il reste calme comme une pierre, » dit-elle.

L'enfant, debout au milieu du chemin, les mains derrière le dos, ne détournait point ses regards fixés sur l'horizon.

Le docteur et Marguerite se levèrent et vinrent doucement se placer à deux mètres de lui.

A chaque renouvellement des éclairs, il murmurait.

« Oh! que c'est beau!... Oh! encore!... C'est toujours plus beau!... Toujours plus beau!... Jamais de ma vie... Rien de plus beau!... »

Ils le laissèrent et retournèrent s'asseoir. Pendant dix minutes, il resta là à contempler; il ne sentait point la pluie, qui commença bientôt de tomber; on l'arracha presque de force à cette véhémente contemplation, le docteur dut faire sa grosse voix. L'enfant rentra chez lui sans parler : on crut qu'il boudait.

Le lendemain, il plut, et chacun resta chez soi. Le soir, madame Berthier vint chercher le docteur et Marguerite.

« Venez voir ce que Félix a fait, » leur dit-elle.

L'enfant, tout impressionné par l'orage de la veille, avait essayé de traduire cette impression avec le crayon noir sur le papier. Le docteur et Marguerite virent là quelque chose d'étrange, un tohu-bohu, un chaos; en réalité, la sombre image, illuminée par les zigzags de la foudre, ne parut pas les satisfaire.

« On ne voit pas bien ce que c'est, dit le docteur.

— Ce n'est pas assez fini, c'est une ébauche, ajouta Marguerite. Là, au milieu, est-ce la montagne ou un groupe d'arbres?

— Ce n'est pas un dessin, c'est un cauchemar, reprit le docteur; vous avez mal digéré, mon garçon. »

Félix ne disait rien; il rougissait, il pâlissait. Tout à coup, il se tourna vers Marguerite.

« C'est comme ça que j'ai vu, dit-il. La montagne n'était plus une montagne et je ne retrouvais plus rien de ce qu'on voit pendant le jour. Le ciel était le maître : dites, Marguerite, n'est-ce pas vrai? Avez-vous vu autre chose que le ciel? Et mon ciel ne donne-t-il pas une idée du désordre dans les nuages?

— Oui, — ainsi... peut-être bien.

— Voyez donc, dit tout bas madame Berthier au docteur, comme son visage est animé et quels yeux il a!

— Le dessin ne l'a jamais mis dans cet état, vous avez raison.

— Vous êtes donc content de votre travail, Félix? » demanda Marguerite.

Il ne répondit pas tout de suite.

« Oui, » dit-il tout à coup avec force.

Il rougit encore; ses regards ne se détachaient pas du dessin; ses yeux étaient pleins de larmes. Marguerite, debout derrière lui, avait posé les deux mains sur son épaule; elle le sentait vibrer, en était très-impressionnée et n'osait rien dire. Le docteur rompit le silence.

« Allons, allons, nous en ferons un artiste!

— Le voudriez-vous, Félix? » demanda Marguerite.

D'un mouvement brusque il se tourna, lui jeta ses bras autour du cou et pleura avec expansion en disant : « Marguerite! Marguerite!... Oui, oui... »

La mère s'effraya. Le docteur lui dit tout bas : « Laissez-le pleurer; ce n'est pas mauvais. Cet enfant a besoin de s'épancher. Il est comme un volcan, il doit faire des éruptions par périodes; Marguerite vaut mieux que nous pour l'écouter, l'encourager, sécher ses larmes. Et, s'il veut être peintre, laissez-le faire : il travaillera beaucoup en plein air et développera en même temps sa santé et son intelligence. »

EMILE LECLERCQ.

(*La suite à la prochaine livraison*).

POÉSIES.

—

L'ALOUETTE.

« Astres, rangez-vous quand je passe ! »
Crie une comète aux longs crins;
Mais l'astre, maître de l'espace,
Roule en paix dans les cieux sereins.

« Suspends ton vol, aigle intrépide! »
Dit l'étoile qui file en l'air;
Mais l'aigle, sans voir le bolide,
Monte aux régions de l'éclair.

L'aigle à son tour: « Place au génie ! »
Mais l'humble alouette, au réveil,
Pour chanter sa douce harmonie,
Comme l'aigle vole au soleil.

—

LA MORT DE LA FONTAINE.

Historique.

La Fontaine mourait, le bon Jean La Fontaine,
Cet ami des enfants, qu'aiment tous les partis,
Qui, se faisant petit avec les plus petits,
    Atteint à la grandeur humaine.
Un abbé, dont le nom n'aurait rien d'important,
Lui parlait de l'enfer, où l'âme fait naufrage,
Du Dieu vengeur qui peut le damner dans l'instant...
— « Le damner! dit Margot, ne l'effrayez pas tant !
    Dieu n'aurait jamais ce courage !... »

—

LE SABRE ET LA PLUME.

Le Sabre dit un jour : « La plume enfin me blesse !
La dépouille d'une oie, aux mains de quelque oison,
Prétend tout mettre à la raison.
Il est temps que cela cesse ! »
Son ministre lui dit : « Sire, vous pouvez tout ;
Mais il est des plumes partout ;
Avant d'être un levier au vol de la pensée
Insensée,
Elles portent au ciel l'oiseau.
Détruisez l'oie, on va recourir au corbeau ;
Vous verrez le dindon, le cygne, le vanneau
Prêter leur aile à la parole. »
— « Eh bien ! tuons tout ce qui vole !
Tout ce qui vole me déplait. »
Sabre-le-Grand allait exécuter l'arrêt,
Lorsqu'un autre ministre
Entre et, d'un air sinistre,
Jette une boite au tapis vert :
Un Anglais, sûr de la vogue,
Avait fait pour l'idéologue,
D'un vieux sabre brisé, mille plumes de fer.

—

LES MALHEUREUX.

L'aube, en sa splendeur infinie,
Embrase la terre et les cieux ;
Tout est beauté, grâce, harmonie !
Oh ! malheureux l'homme sans yeux !

De vieux parents fêtent leurs gendres :
Quels francs amis, causant en chœur !
Quels beaux enfants ! quels époux tendres !
Ah ! malheureux l'homme sans cœur !

Ch. Potvin.

CHRONIQUE.

—

ASSAINISSEMENT PUBLIC.

Partons du déluge. Que fit le sage patriarche Noë pour écarter de son arche, peste, choléra ou fièvre jaune que les productions, émanations et exhalaisons malflairantes des habitants bipèdes et quadrupèdes auraient pu attirer dans ce logis? La Genèse garde sur ce sujet un silence modeste. Mais, comme se taire n'est pas répondre, jamais question peut-être n'a été plus agitée, mieux étudiée que celle-là. Mahomet la trouvait obscure, tout prophète qu'il était; il ne put la résoudre, même avec le secours du merveilleux. Le chanoine Jacques Buteo, quoique géomètre, ne fut pas plus heureux, au XVe siècle. L'Anversois Delrio, quoiqu'il eût un commerce étroit, mais en tout bien tout honneur, avec les sorciers, resta camus comme ses devanciers. Le Bavarois Drexelius, quoique jésuite, ne put pas davantage pénétrer les secrets d'intérieur de Noë. Enfin, mais seulement vers la fin du XVIIe siècle, un savant Rouennais, Jean Le Pelletier, plus habile que tous les autres, résolut la question, ou sembla la résoudre à la satisfaction de tout le monde. Il était temps. Le public commençait à s'impatienter. Il devinait d'ailleurs qu'il y avait d'autres questions d'assainissement d'un intérêt plus prochain pour lui. Les résoudre, celles-là, c'était la besogne assignée au XVIIIe siècle et à ses descendants, si par hasard il ne terminait pas lui-même cette tâche.

Franchement, qui de nous n'aurait voulu vivre au temps heureux où la question de l'arche de Noë était la grande question d'assainissement qui préoccupait les hommes? Ils étaient alors ou peu s'en faut, en plein âge d'or sans doute. Ils étaient satisfaits de tout, vivants dans une atmosphère saine. Que nous sommes loin de ce bon vieux temps, quoiqu'il ne soit guère éloigné de nous !

Heureuse époque que celle où le langage n'avait pas de terme pour exprimer l'idée de rendre sain ce qui est malsain ! Les vrais classiques n'ont pas connu le mot *assainir*. C'est une conquête que les lexiques doivent au XVIIIe siècle. Quant au mot *assainissement*, s'il était tombé dans l'oreille d'un membre de l'ancienne académie, il l'eût renversé, de son poids, et laissé pour mort sur place. M. Vitet un des premiers, je crois, a osé l'employer, et cette audace ne lui a cependant pas fermé les portes de l'académie. Enfin M. Anspach et ses collègues de l'hôtel de ville ont donné définitivement droit de bourgeoisie au mot *assainissement*.

Si, ce qui est vrai d'une incontestable vérité, une langue a des termes pour exprimer tous les maux et tous les désirs de ceux qui la parlent, il faudra avouer qu'il n'y avait jadis rien à assainir, et que nos aïeux, s'ils n'avaient pas lieu d'être contents de tout, n'étaient du moins empoisonnés de rien. Tandis que nous, ... après que nous aurons assaini notre rivière, ce qui est fait ou à peu près, il nous restera encore bien des choses à assainir dans la vallée de la Senne et lieux circonvoisins.

Mais il convient pent-être de ne pas passer sans transition du déluge à la Senne, du temps de Noë, notre ancêtre, au temps d'Anspach, notre bourgmestre. Cette transition, ce sera le XVIIIe siècle.

Loue qui veut sa philosophie. Elle a fait du bien, ce dit-on. Mais tout le bien qu'elle a fait ne compense pas, à notre avis, le mal produit par une seule page de *l'Émile*, nous voulons dire la diatribe contre La Fontaine. Le projet de substituer, comme exercices de lecture, aux fables du bon homme, des billets où « il s'agit d'aller demain manger de la tarte à la crême, » cette plaisante idée de Jean-Jacques a fait surgir une nouvelle école d'écrivains, auteurs d'ouvrages destinés à l'enfance, où la puérilité se trouve dépourvue de la grâce qui en doit être la compagne inséparable, où la vulgarité règne sous le couvert de la simplicité, où la trivialité se rencontre, sans le rire naïf qui en est l'assaisonnement indispensable.

Notre littérature est riche en ce genre d'ouvrages. De tous ces livres, le plus populaire est le *Nouveau livre de lecture ou choix de morceaux d'une difficulté graduée, propres à familiariser les élèves avec le mécanisme de la lecture*, A LES HABITUER A LA

RÉFLEXION ET A DÉVELOPPER EN EUX LE SENTIMENT RELIGIEUX ET MORAL, *par M. Th. Braun, professeur de pédagogie et de méthodologie à l'école normale de l'État à Nivelles, chevalier de l'ordre Léopold.*

Peu d'écrivains de génie ont eu de leur vivant un succès pareil à celui de M. Braun, dont le livre est parvenu aujourd'hui à sa vingt-troisième édition. Il ne faut pas d'autre preuve pour décider que cet ouvrage, comme nous l'allons voir, n'est pas un travail ordinaire. Prenons au hasard ; par exemple, la description d'une maison :

« Il y a plusieurs choses à remarquer dans une maison. — Au dehors, on voit quatre murs, un toit, plusieurs fenêtres et une porte. Les *quatre* murs sont *perpendiculaires*. Ils empêchent le froid et la pluie d'entrer par les côtés dans la maison... La lumière pénètre dans la maison par les fenêtres. On peut les ouvrir pour renouveler l'air. Dans quelques maisons, il y a de petites fenêtres, dans d'autres les fenêtres sont aussi grandes que les portes. La porte se trouve percée dans le mur de devant. Elle est faite en bois et de manière à pouvoir facilement s'ouvrir et se fermer. Les habitants de la maison demeurent dans une des *places* pendant le jour. On appelle ordinairement celle-ci la *place* à manger. Dans d'autres *places*, ils dorment; ce sont les chambres à coucher. Il y a des gens qui ont une chambre d'étrangers, une chambre pour les enfants et une chambre pour les domestiques. Il y a encore un rez-de-chaussée, le salon, la cuisine, le garde-manger, le vestibule. Dans la maison est aussi un escalier, qui conduit du rez-de-chaussée à l'étage ou au grenier... La *place* située sous le rez-de-chaussée est la cave. Dans la cave, il fait assez humide... »

Notons d'abord un flandricisme qui se trouve répété à satiété dans ce passage. C'est le mot *place* dans le sens de chambre ou de *pièce* d'un logis. On pourrait exiger comme première qualité d'un livre de lecture que le langage en soit correct. Mais M. Braun, qui se promet de développer la réflexion, la religion et la morale, ne s'est pas engagé à apprendre le français à ses jeunes élèves. On pourrait dire encore que ce livre ayant été « sur la proposition de la commission centrale de l'enseignement primaire, adopté par le gouvernement, » cette commission, composée de messieurs les neuf inspecteurs provinciaux et présidée par M. le Ministre de l'intérieur, aurait dû, ce semble, ne pas donner son approbation à l'ouvrage avant d'en avoir fait corriger les barbarismes. Mais ce serait faire un reproche bien mesquin à la commission. Elle a montré par cette tolérance, que les hommes qui la composent sont d'un esprit trop élevé, trop sérieux pour prêter leur attention à de semblables minuties !

Faisons donc comme M. le Ministre et MM. les neuf inspecteurs, fermons les yeux sur ces légers défauts et ne chicanons pas M. Braun de ce qu'il se donne la liberté d'user de termes à lui, comme par exemple, lorsque parlant de la mer, il dit : « Le goût salé de son eau la rend *impotable.* »

Examinons plutôt comment il entend développer le jugement. Un nouvel exemple fera mieux comprendre sa méthode :

« Dans une forêt, il y a beaucoup d'arbres ; il y en a de grands, de petits, de vieux et de jeunes. Ils ne sont pas plantés en *rangées*, mais irrégulièrement. Ordinairement, on trouve dans une forêt des chênes, des hêtres, des bouleaux, des pins et sapins. »

Rousseau reproche à La Fontaine de ne pas nous dire si le fromage que le corbeau tenait en son bec était « un fromage de Suisse, de Brie ou de Hollande. » Ce reproche très-sage, il ne pourrait l'adresser à M. Braun, écrivain consommé qui possède l'art, on le voit, de bien déterminer les objets dont il parle ; mais continuons.

« Les sapins et les pins ont des feuilles *aciculaires*. La forêt est la demeure de beaucoup d'animaux...

» Le renard prend la volaille ; le loup vole les moutons, et, quand il est affamé, il attaque l'homme même. Cependant on ne les laisse pas faire tranquillement... »

Faire remarquer aux enfants que les maisons ont quatre côtés perpendiculaires, une porte et des fenêtres, et que les hommes ne se laissent pas croquer vifs par les loups sans protestation, c'est faire des remarques assurément très-justes. Elles peuvent développer le jugement, je le veux. Mais le jugement de l'élève de M. Braun ressemblera plutôt, je le crains, au jugement de M. de La Palisse, qui en avait beaucoup, qu'au jugement de Blaise Pascal, qui l'avait grand.

Et encore : « Celui qui n'a qu'un petit jardin, ne fera pas de larges allées s'il veut que son jardin produise le plus possible. » Est-il d'une nécessité absolue de faire des observations pareilles pour ouvrir l'esprit des élèves ? M. Braun est Allemand, dit-on ; Rousseau était Suisse. Que cette méthode soit nécessaire pour les naturels du Valais, de la Souabe, de la Westphalie, de la baronnie de Tunder-ten-Tronck ou du grand-duché de Gérolstein, je n'ai garde de le nier ; mais que mes petits compatriotes naissent si stupides et le demeurent durant leur enfance, comme Belge, je le nie.

D'ailleurs, si des exercices d'une sécheresse si rebutante par leur excessive puérilité sont indispensables, je ne comprends pas que l'auteur s'avise d'enchâsser, au beau milieu de ce verbiage, des termes de très-difficile explication. Comment! à des élèves à qui vous devez apprendre que, dans une forêt, il y a des arbres, des grands et des petits, des jeunes et des vieux, vous leur parlez en même temps de feuilles *aciculaires!* A ceux qui, paraît-il, ne semblent pas se douter qu'il y a un escalier dans une maison, vous parlez de *perpendiculaire*. A ces mêmes enfants vous dites : « Dans le *haut du corps* sont placés le cœur et les poumons; dans le *tronc du corps* se trouvent l'estomac, les intestins ou boyaux, *le mésentère*, le foie, la rate et les reins. » *Haut du corps*, — *tronc du corps*, — *mésentère*. — « Tron de l'air! le beau langage! » dirait un enfant de Marseille. *Mésentère* est surtout beau. Et dire pourtant, à ma honte, que j'ai passé cinquante ans ou à peu près sans connaître le sens de ce mot-là. Mais, ce qui est certes plus neuf, c'est la façon dont M. Braun place le cœur et les poumons. Jusqu'ici le tronc, c'était tout le corps, moins la tête et les quatre membres. Je ne dis toutefois pas que M. Braun ait tort. Il pourrait me répondre, comme Sganarelle dans une question pareille (il s'agissait aussi du foie et du cœur) : « Oui, cela était autrefois ainsi; mais nous avons changé tout cela, et nous faisons maintenant la médecine d'une méthode toute nouvelle. »

A quoi je ne pourrais, comme M. Géronte, que répondre : « C'est ce que je ne savais pas, et je vous demande pardon de mon ignorance. »

Mais permettez-moi de revenir au *mésentère* . Il ne faut pas jeter un regard distrait sur les belles choses! On a rejeté nos vieux livres classiques, sous prétexte, d'après Rousseau, qu'ils contiennent des choses qui dépassent l'intelligence des enfants. Je serais curieux de savoir si, dans La Fontaine ou dans le Télémaque, il y a un terme moins facile à expliquer que celui de *mésentère*. Ce ne serait pas à coup sûr *phénix*, ni *allécher*, mots qui causaient tant d'effroi à Rousseau.

Un jour Alcibiade entra dans une école primaire d'Athènes. Il demanda au maître de quel livre se servaient les élèves. Celui-ci lui montra maints beaux petits volumes, tous revêtus de l'approbation du collége des archontes, de la grande prêtresse de Pallas Poliade et du visa du vicaire général de Jupiter Olympien. — Ce n'est pas cela ce que je vous demande, dit Alcibiade, mais Homère. — Vous savez qu'Homère était en Grèce un vieux classique à la façon de Fénelon et de La Fontaine chez nous. — Le maître d'école avoua qu'il n'en avait pas un seul exemplaire. — A ces mots et sans plus attendre, Alcibiade appliqua sur la joue du magister le plus magnifique soufflet qui jamais retentit sur face humaine ou bestiale. C'était très-brutal; nonobstant, si j'étais ministre de l'intérieur et qu'Alcibiade vînt à Bruxelles, je n'aurais rien de plus pressé que de le nommer inspecteur, non pas cantonal, non pas provincial mais général, de l'enseignement.

Mais revenons à M. Braun, dont nous ne nous sommes pas éloignés autant qu'on le pourrait croire. L'ordre qu'il a suivi ne semble ni le plus simple, ni le plus naturel. Aux huitième et neuvième leçons, il parle des bourgmestres, des commissaires d'arrondissement, des juges de paix, des gouverneurs, des avocats, des greffiers, sans omettre MM. les huissiers, les ministres, les sénateurs, les représentants et la gendarmerie nationale. Ce sont personnages fort peu intéressants, je dis pour les enfants, sauf MM. les gendarmes, dont le magnifique bonnet en poil d'ourson excite la terreur et l'admiration de nos bambins. A la dix-septième leçon seulement, l'auteur parle des animaux, sujet bien plus agréable, je dis toujours pour les enfants. Ne serait-il pas plus logique, méthodologique et pédagogique de parler d'êtres naturels d'abord et d'êtres artificiels ensuite ? C'est une simple question.

Si nous avons été tenté de reprocher à M. Braun de n'être pas assez Français dans son langage, nous serions presque disposé à le trouver trop Français dans ses sentiments. Qu'à propos des prétendues merveilles dont Napoléon Ier a doté la Belgique, M. Braun nous dise que « des routes, des ponts, des canaux furent décrétés de toutes parts, à la voix du premier consul; » c'est beaucoup. Mais qu'il ajoute : « Chaque soldat pouvait aussi aspirer aux premiers grades de cette armée dont les chefs étaient sortis de leurs rangs ; enfin, le commerce et l'industrie embrassèrent dans leur essor la vaste étendue de la domination française ; » cela passe les bornes.

Ne parlons que des routes. Il ne faudrait pas se donner beaucoup de peine pour prouver que notre pays avait plus de chemins pavés avant l'invasion française qu'après. Les malheurs dont nous comblèrent Napoléon Ier et ses hommes, la dépopulation des campagnes, les misères de tous, se montrent encore chaque jour par des révélations nouvelles. Je n'en citerai qu'une seule.

Il y a quelques années, les habitants d'un village aux environs de Bruxelles voulurent faire paver un chemin. C'était pour eux un ouvrage d'une nécessité absolue. Ils se mirent à l'œuvre. Devinez leur étonnement lorsqu'ils s'aperçurent que leur travail était besogne faite.

En creusant le sol, on découvrit une route intacte, paraissant toute nouvelle. Qui l'avait faite? Les moines d'une abbaye, au siècle passé. Par quelles causes avait-elle été enfouie sous terre? Par l'incurie des magistrats qui, sous le gouvernement impérial, avaient bien d'autres soucis que celui de soigner leur voirie communale. Lorsque les Français partirent, personne, dans ce village, ne se rappelait la route. C'est ainsi qu'en Asie, on découvre encore tous les jours, sous le sol, enterrés par les mêmes causes, des débris de l'industrie humaine.

Qu'a fait donc le gouvernement français relativement aux routes? Avant la conquête, les villes, au prix des plus grands sacrifices, s'étaient unies les unes aux autres par de bonnes chaussées. Les Français viennent, confisquent ces propriétés communales au profit de l'État, et laissent aux villes dépossédées le soin de payer ce qu'elles avaient emprunté pour les faire. Aujourd'hui même, dans le Brabant, deux petites villes n'ont pas encore pu payer, aux héritiers de leurs créanciers, les frais judiciaires seulement que ceux-ci avaient faits pour obtenir la reconnaissance de leurs droits.

Voilà pour les routes. On nous dispensera de parler des autres bienfaits énumérés si complaisamment par M. Braun.

Je prie M. Braun de me pardonner ces remarques. Je serais fâché qu'elles lui fussent désagréables. Mais, depuis trois ans, ses ouvrages m'ont causé des mouvements de mauvaise humeur, de colère même, auxquels je n'ai pas toujours su résister. Depuis trois ans, j'ai un enfant dans une école communale, aussi bien organisée qu'aucune autre. Pendant deux ans, il fut tenu sur le livre dont nous nous occupons. La troisième année, je le croyais enfin délivré. Pas du tout; le livre changea, l'auteur resta le même. Le livre fut remplacé par le *Cours gradué de lecture à l'usage des écoles moyennes, des pensionnats, des colléges et athénées.* Ici l'auteur avait une besogne plus facile. Il n'avait qu'à choisir les meilleurs morceaux de la littérature française. La mine est inépuisable. Mais que fait M. Braun? Quels sont ses modèles? C'est Thomas le boursouflé, c'est Alletz, c'est Veuillot, c'est l'abbé Gaume, l'abbé Hug et Monseigneur Malou, c'est Colin de Plancy. Je ne lui pardonne même pas de prendre Horace, quoique Horace ait le mérite de ne ressembler ni à Thomas, ni à Colin de Plancy. Mais, quand nous avons *le Rat de ville et le Rat des champs*, de La Fontaine, il faut avoir la main bien malheureuse pour choisir, au lieu de cette fable, où le poëte lutte si avantageusement avec le satirique romain, une lourde et pesante traduction en prose de l'épître d'Horace. En outre, de demander, comme fait M. Braun, des modèles de style à Balzac, à l'auteur du *Père Goriot* et de l'*Histoire des Treize*, c'est avoir sur la beauté du style des idées plus originales que justes. D'où je conclus que mon vieux maître d'école, bénie soit sa mémoire! qui me faisait lire assidûment La Fontaine et Fénélon, avait meilleur goût et meilleure méthode que nos professeurs de méthodologie et de pédagogie.

A l'élève qui va à l'académie, si le maître veut enseigner le beau dans les formes humaines, il ne lui fera pas copier l'image de Quasimodo. A l'enfant qui entre à l'école pour apprendre la beauté du langage, le professeur ne doit présenter que les grands auteurs qui écrivirent dans un temps où la langue avait atteint la plus grande perfection.

Demandez à Paul-Louis Courier, il s'y connaissait, quel fut ce temps. Il vous dira en outre que ces auteurs, sous une forme irréprochable, avaient les idées les plus simples, les plus naturelles, par conséquent les idées les plus accessibles aux enfants.

Nous sommes dans le siècle des congrès. Chaque année en voit éclore quelque nouveau, et c'est pour le mieux, à cause des grandes lumières que ces assemblées répandent dans le monde. Non le moins utile, à mon avis, serait un congrès de bambins auquel on demanderait lequel, dans son opinion, des deux auteurs est le plus intéressant, ou M. Braun ou Jean de La Fontaine, lequel des deux donne le moins de dégoût de l'étude. La solution de la question, donnée par de semblables juges, me semblerait beaucoup plus sûre que l'avis de la commission des neuf inspecteurs, du jugement de laquelle je me défie, s'il faut le dire, à cause de sa trop grande complaisance à approuver certains livres d'éducation.

Mais on ne veut plus aujourd'hui pour nos enfants de ces aimables livres qui ont occupé notre enfance; il faut un livre de lecture fait exclusivement à l'usage des élèves Belges. C'est une très-bonne idée et de facile exécution. Après avoir critiqué M. Braun, je vais lui donner la recette pour composer, sans beaucoup de peine, un excellent livre, tout d'intérêt national, avec des fragments des meilleurs écrivains français, de ceux du bon siècle.

Ces vieux auteurs ont d'abord un grand avantage pour nous sur ceux d'aujourd'hui. Ils louaient ce qui était louable chez nous, tandis que les Français contemporains s'attachent à dénigrer tout ce qui se fait chez nous, nos lois, et, ce qui vaut mieux qu'elles, ce qui reste encore de nos vieilles mœurs. Je ne dirai pas ce que je pense de messieurs les écrivains parisiens contemporains, ni surtout de leur façon d'agir; mais je n'hésite pas un moment à déclarer que leurs devanciers étaient des gens polis, aimables, avec cela justes dans leurs appréciations, sachant qu'il n'est pas de bon goût de dire du mal, à tort et à travers, de ses voisins, et que le meilleur moyen de justifier le titre d'Athéniens modernes qu'on se décerne, ce serait d'avoir et de montrer de l'atticisme. Mais que dis-je? Ces bonnes gens avaient trop de tact et trop de finesse dans l'esprit pour se parer d'un titre si beau, et par leur silence à cet égard ils semblaient le mériter mieux que d'autres qui s'en décorent.

Écoutez-les, pour un moment, parler leur beau langage. Écoutons d'abord Mgr de Bellei. C'est un évêque, c'est l'ami de saint François de Sales. De la bouche du bon Camus ne sortiront que paroles d'évangile :

« Ceux qui connaissent la candide humeur des Flamands et l'honnêteté de leur vie, savent que si l'honnêteté était bannie de tout le reste de la terre, elle aurait son refuge en cette contrée, où, pour dire la vérité, elle est triomphante et glorieuse, et comme la valeur aux anciens Romains, elle peut être appelée une vertu commune et populaire. »

Franchement, cela est trop flatteur. Cet éloge que Camus fait de nous dans son ouvrage intitulé : *les Événements singuliers*, pouvait être mérité par nos ancêtres, mais quant à leurs descendants, je n'ose affirmer qu'ils en soient exactement dignes : ils ont fait trop de progrès! Passons.

Qui a lòué notre Artevelde, en plein règne de Louis XIV, lorsque nos pères n'osaient murmurer chez eux, le nom du grand tribun? Un jésuite, s'il vous plaît, le père Lemoyne. Parlant du roi de France, vainqueur des Gantois, il dit :

Et l'énorme Artevelde, abattu de sa foudre,
D'une mort de géant fera fumer la poudre.

Il doit être beaucoup pardonné par nous, Belges, aux enfants de Loyola, pour ce mouvement poétique de l'un des leurs.

N'est-ce pas un autre jésuite de la même époque, le père Lecomte, qui nous apprend qu'un empereur chinois, épris des beautés de la langue flamande, se la fit enseigner par le Père Verbiest? Un journaliste parisien nous soutiendrait peut-être que l'empereur de la Chine n'avait pas, en matière de beautés de langage, le goût plus sûr que M. Braun; il ne m'importe; comme Flamand, je suis fier de savoir qu'un petit-fils de la Lune ait ambitionné la gloire de parler ma langue maternelle.

Après l'évêque et le jésuite, écoutons le sectaire protestant. Dans son rude poëme, *les Tragiques*, d'Aubigné s'écrie :

> O François, ô Flamens (car je ne fay de vous
> Qu'un peuple, qu'une humeur, peuple bénin et doux),
> Anvers, Cambray, Tournay, Mons et Valenciennes,
> De vos braves témoings nos histoires sont pleines;
> Pourrais-je desployer vos morts, vos brulemens,
> Vos tenailles en feu, vos vifs enterremens!
> Je ne fay qu'un indice à un plus gros ouvrage
> Auquel vous ne pourrez qu'admirer davantage
> Comment ce peuple tendre a trouvé de tels cœurs
> Si fermes en constance ou si durs en rigueurs.

L'opinion des grandes dames nous est tout aussi favorable. Ce n'est pas seulement l'élégante et coquette nièce de Mazarin, Marie Mancini, qui accourt à Bruxelles, « où j'avais, dit-elle, une grande passion de demeurer. » C'est une autre contemporaine des Précieuses, Madame de la Guette qui, allant à Gand, dit :

> « Le lendemain de mon arrivée, quatre dames de qualité me firent l'honneur de me rendre visite, Mme la princesse de Stenius en était une, Mme la comtesse d'Acelle, Mme la baronne de Limalle et Mme la baronne de Rode. Je veux croire qu'elles s'en donnèrent la peine à cause de mon accident, (Mme de la Guette s'étoit déboîté le bras en voyage), jugeant bien que je ne serois pas sitôt en état de leur rendre ce qui leur étoit dû, et qu'ainsi elles avoient bien voulu me combler de leurs faveurs, étant des dames les plus honnêtes et les plus obligeantes du monde, dont je reçus toutes sortes de courtoisie pendant trois mois que je demeurai là. »

Comme les femmes du monde louaient le bon ton, les mœurs polies de la haute société belge, les hommes de lettres n'épargnaient pas les éloges à nos écrivains, les princes de l'église admiraient naïvement la beauté de nos grand'mères. Le saint prélat de Bellei mentionne Bruges : « où les beautés sont si » vulgaires que pour en tirer une du commun, il faut qu'elle

» soit superlative. » Un littérateur, Deslandes, auteur d'un *Art de ne point s'ennuyer*, livre qui, soit dit en passant, est loin d'être amusant, cite en ces termes l'Anversois Sidronius Hoschius : « un poëte flamand, celui d'entre les modernes qui a le » mieux imité Tibulle et Properce. »

Il nous serait facile d'étendre ces citations et d'en former un volume, mais ce qui précède suffit sans doute.

Je ne sais si nos écrivains sont aujourd'hui moins habiles que le jésuite Hoschius Sidronius, si le temps a enlaidi nos femmes, si notre noblesse s'est abêtie, si nos villes sont en décadence, ou si nos voisins ont d'autres yeux pour nous que leurs ancêtres; quelles que soient les causes, il est certain que les vieux Français nous appréciaient plus amicalement que les Français de ce jour et qu'ils nous louaient plus que nous n'oserions nous louer en secret nous-mêmes. Cela prouvé, et c'est assez pour que nous puissions les lire sans craindre d'affaiblir le sentiment national si nécessaire quand il ne va pas à l'extrême, voici, M. Braun, l'ouvrage dont je vous garantis succès pour vous et profit pour nos enfants.

Vous êtes, M. Braun, un homme de mérite, un professeur de talent. Ceux qui ont eu l'honneur d'être vos élèves l'assurent et je veux les en croire. Il vous sera donc facile de faire quelque chose de mon idée, si vous daignez la faire vôtre.

Écrivez, M. Braun, un voyage. Vous devez savoir combien ce mot a d'attrait pour les jeunes enfants; un voyage le long de nos grands fleuves, soit, par exemple, sur les bords de la Meuse depuis la frontière française jusqu'à Liége seulement, ou plutôt — c'est là mon idée, — au lieu de faire vous-même le voyage, et, si vous ne voulez pas le faire faire par nos grands écrivains, nos chroniqueurs, même par nos vieux poëtes trop oubliés, faites-le vous raconter par les écrivains français les plus grands et les plus purs; chose facile.

Ainsi, à Dinant, je me ferais raconter les suites grotesques d'une journée d'élection en 1577, dont le récit me serait fait par la gracieuse Marguerite de Valois. Ses mémoires, vous le savez, furent un des livres créateurs de la langue française, l'évangile du beau langage, que les premiers membres de l'Académie avaient incessamment sur le bureau et sous les yeux, en composant leur dictionnaire; et, dans ces mémoires, cette page comique est un joyau de style. A Namur, toujours accompagné de la reine Margot, j'écouterais un bien grand écrivain aussi, le plus grand peut-être après Bossuet, le duc de Saint Simon, disant ses premières armes au siége de 1692, et la haine héroïque des bons moines de Marlagne contre l'étranger : « Ils ne pouvaient » regarder un Français après la prise de la place, et un d'eux » refusa une bouteille de bière à un huissier de l'antichambre » du roi, qui se renomma de sa charge et qui offrit inutile- » ment de l'échanger contre une de vin de champagne. » Pas mal vraiment pour un moine du bon vieux temps, tel du moins qu'on se les représente d'ordinaire.

Je ferais intervenir aussi Racine, l'historiographe, s'avouant non guère meilleur guerrier qu'Horace, et avec une naïveté digne du *relicta non benè parmula.*

A Huy, Marguerite, toujours Marguerite, me dirait, spectacle nouveau pour nous, les colères du fleuve, gagnant soudain, sans crier gare, les quartiers les plus hauts de la ville, noyant tout, sans pitié, sur son passage. A Liége aussi, je retrouverais Margot, mon aimable compagne.

Hé Dieux ! j'allais oublier celui qui nous doit être le plus cher parmi les princes dans l'art de bien parler, le flamand Commines. Vous me direz, M. Braun, que son style est vieux. Gardez-vous bien de telle parole, vous souvenant qu'un de vos collègues en pédagogie, Messire Jacques Bénigne Bossuet, faisant l'éducation d'un fils de roi, donnait comme lecture à Monseigneur le Dauphin, la Chronique de notre compatriote. Et notez en quel temps, lorsque la France, fière de sa langue qu'elle avait portée au plus haut degré de délicatesse, méprisait comme gothique tout ce qui était écrit de la veille. Comme il est beau pour nous, Commines, quand il parle de cette industrieuse cité de Dinant, ravagée par le brutal Bourguignon, et de ses habitants jetés dans le fleuve. Comme il intéresse, quand il nous parle de ses six cents Franchimontois, sortis « d'un pays d'aspres montagnes, » pour secourir la ville de Liége contre un autre bandit Bourguignon.

Pour les autres événements tragiques qui ont ensanglanté les rives de la Meuse (ou de l'Escaut, c'est tout un), que de pages émouvantes et charmantes nous donneraient à pleines mains les vaillants capitaines français, les Pontis, les Chavaignac, les Puy-Segur et la foule de leurs compagnons d'armes qui, sans autre souci que celui de faire preuve de bravoure, venaient, au nom de notre ennemi le roi de France, combattre, en Belgique, notre autre et plus mortel ennemi, l'Espagnol, *sur cette terre où,* — c'est le mot de Marguerite, — *la noblesse pouvait aller se saoûler de guerre.*

Que d'autres souvenirs j'entremêlerais à ces pages! Tout le cycle carlovingien ne se pourrait-il pas dérouler, depuis la Roche-Bayard jusqu'à ce malingre et ridicule faquin en robe de chambre et à cheval que Liége, — ô décadence profonde de l'art dans notre terre des arts, — a osé placer l'an dernier au beau milieu de sa cité, et qu'elle a baptisé du nom de Charlemagne. O Charlemagne, où est votre Joyeuse, sœur, par la lame, de Durandal? Est-ce cette allumelle qui vous pend au côté? Où est votre puissant destrier? Est-ce le cheval anglais et enrubanné que je vois là? Où est cette barbe « blanche comme fleur en avril » et qui n'avait de comparable dans le monde que celle de l'émir « aussi blanche que l'aubépine. » C'est dans la *chanson de Roland* et dans la *chronique d'Eginhard*, et non sur le quai d'Avroy, qu'il faut chercher Charlemagne.

La *Chanson de Roland* et bien d'autres œuvres moins anciennes, m'objecterez-vous, sont d'un langage suranné, que les hommes faits eux-mêmes ne comprennent pas. Et qui vous dit le contraire? Mais faites pour ce langage ce que Racine faisait au roi Louis XIV pour le français d'Amyot. D'ailleurs, ce vieux langage français est plus français que le français de Thomas, de l'abbé Hug, de l'abbé Gaume, de Colin de Plancy et d'Honoré de Balzac; ce vieux langage, c'est plus, c'est celui dans lequel nous avons eu des écrivains immortels, c'est l'une des deux anciennes langues de notre patrie, c'est le wallon, (et c'est pour cela que je l'aime. Ne me croyez pas si vous voulez, mais croyez-en Pasquier, en ses *Recherches*, travail encyclopédique et qui écrase, par son immense érudition, l'Encyclopédie de d'Alembert et toutes ses filles, mal bâties, boiteuses et rachitiques.

Or, voici ce que dit le docte Pasquier en ses dites *Recherches*
« Le wallon approchait plus près de la naïveté du vieux gaulois
« (que ne le fait le langage roman), distinction qui s'est trans-
« mise jusqu'à nous, car aux Pays-Bas, ils se disent parler le
« *wallon* et que nous parlons le *roman*. »

Donc, si les auteurs du grand siècle ne nous suffisent pas, reprenons toute cette vieille littérature; reprenons Froissart et Commines, c'est notre bien, donnons-les en pâture à nos enfants, bien entendu en y faisant, mais d'une main prudente, respectueuse surtout, les changements indispensables, à la phrase jamais, rarement au mot, plus souvent à l'orthographe.

Après que vous aurez recueilli cette moisson dorée, vous aurez soin de la trier, de la mettre dans un cadre de récit bien simple.

Cette partie de votre livre devra nécessairement être de votre crû. Rappelez-vous, avant de vous y mettre, qu'il est indispensable pour un auteur de savoir la langue dans laquelle il veut écrire, surtout lorsque ce livre est un centon des meilleurs écrivains. Il vous sera donc utile de vous appliquer à l'étude du français, ayant bien fixement empreint dans l'esprit que Quintilien, ce maître par excellence des pédagogues et des méthodologues, ordonne : *ne sit vitiosus sermo nutricibus*, et que, s'il veut que le langage même des nourrices soit pur et correct, à plus forte raison il exige ces qualités d'un savant professeur comme vous. C'est une chose, convenez-en, à laquelle vous n'aviez guère pensé en écrivant votre livre de lecture. Evitez, en outre, des inadvertances comme celle que commit un de nos écrivains en racontant en famille qu'il est parti avec son sac de nuit de *la station du Nord*, pour aller de Bruxelles à Namur. *Maxima debetur puero reverentia.*

Enfin, quand vous aurez pris toutes les précautions que j'ai l'honneur de vous indiquer, si vous pouvez, par bonne fortune, obtenir de Stroobant que « ce maître Ymaigier » daigne aider votre style de son crayon, vous aurez donné à la jeunesse un livre excellent et vraiment digne d'elle.

Si quelqu'un nous demande pourquoi nous donnons notre idée à M. Braun de préférence à tout autre, notre réponse sera courte et bonne ; c'est que, malgré toutes les observations auxquelles son livre a donné lieu, ce livre est encore l'un des moins mauvais en son genre qui nous soient tombés sous la main.

Nous avons un moment hésité cependant; nous étions disposé à offrir notre idée à M. Soudan, auteur du livre intitulé : *Description géographique, industrielle, commerciale, administrative, etc., de la Belgique, sixième édition. Cet ouvrage est porté sur le catalogue officiel des livres définitivement adoptés pour l'instruction primaire. Gand* 1867.

Ce livre a la plus grande affinité avec celui de M. Braun. Tous deux, par exemple, contiennent une description générale de la Belgique, et cette description est, à quelques expressions près, identiquement la même dans les deux auteurs.

Est-ce à dire que M. Soudan ait imité M. Braun, ou que M. Braun ait imité M. Soudan, ou que tous deux aient imité un troisième, ou plutôt que, par une certaine parenté de génie, ces deux écrivains se soient rencontrés, sans le vouloir et sans le savoir, si exactement que phrases, mots, ponctuations, tout est à peu près semblable entre eux, dans cette description ? Nous ne trancherons pas la question ; c'est à ces Messieurs à la débrouiller eux-mêmes.

Toutefois, soit dit à l'honneur de M. Braun, malgré son amour pour les aciculaires, les mésentères et les impotables, il s'est bien gardé de dire, comme M. Soudan : « La *Dorsale* belge sépare les eaux de l'Escaut de celles de la Meuse. » Vous ne trouverez pas non plus dans M. Braun cette phrase ingénue sur les provinces : « Nous avons vu plus haut la *division artificielle* ou administrative de la Belgique en neuf provinces, elle a été tracée *artificiellement* par la main des hommes. » C'est beau! beau comme l'opium qui fait *dormir*, parce qu'il a une vertu *dormitive !*

La description détaillée du pays ne se trouve pas dans M. Braun, mais elle a, dans M. Soudan, des grâces particulières. En voici un échantillon : « La commune de Heyst est un autre petit port de pêche et de bains, où le *trop plein* des baigneurs d'Ostende et de Blankenbergh commence à se réfugier. » Oh! M. Soudan, n'avez-vous pas peur que votre style fasse l'effet de l'émétique sur les viscères voisins du *mésentère*, comme dirait M. Braun ?

Ce qui distingue particulièrement M. Soudan, c'est une teinte d'esprit théologique. Qu'il donne aux élèves, à propos de Notre-Dame de Hal, des conseils sur la manière de faire des pèlerinages, nous ne voyons rien de mal à cela ; mais ce qui nous semble de plus difficile digestion, c'est ce qu'il dit au chapitre de la Religion des Belges :

« Mais *si la loi se montre tolérante*, si elle accorde sa protection à toutes les croyances, si elle en permet la manifestation extérieure chaque fois que cette manifestation ne trouble pas l'ordre public, *il ne peut en être de même de la part de Dieu.* »

Qu'en savez-vous, mon bon Monsieur ? Puis, en mettant ainsi en présence et en opposition, Dieu et la Constitution, ne faites-vous pas faire une triste figure à l'une ou à l'autre ? Ne risquez-vous pas de préparer tout doucement une petite génération de révolutionnaires qui travailleront, en toute sécurité de conscience, à remplacer le pacte de 1830, par les édits de Charles-Quint et de Philippe II ? Ou ne craignez-vous pas, ce qui serait sans doute contraire à vos desseins, de susciter une bande d'athées, en montrant à ces enfants, d'une part, la loi douce, humaine et tolérante, d'autre part, un Dieu farouche et impitoyable ?

Et dire qu'on lit, en tête de ce livre : « Cet ouvrage est *définitivement* adopté pour l'instruction primaire ! »

O père Loriquet, mon doux et infortuné père Loriquet, que le monde a été injuste à votre égard, et de quel cœur je voudrais voir substituer à beaucoup de livres qui ont cours dans nos écoles, les livres si maltraités que vous avez produits ! Le monde vous a accusé d'abrutir les populations. Il est vrai que vous écrivîtes un jour : « En 1809, M. le marquis de Buonaparte, lieutenant général des armées du Roi, entra à Vienne, en Autriche, à la tête d'une armée de quatre-vingt mille hommes. » Mais, si c'est là tout le crime du révérend, ô commission de censure des neuf inspecteurs de l'enseignement, ramenez nos enfants aux livres du bon père Loriquet, nous vous en prions au nom du bon goût, du bon sens, des idées libérales et du progrès de l'intelligence.

D'ici là, nous ne cesserons de crier : Assainissons l'enseignement primaire ! C'est un assainissement, croyez-nous, plus urgent que celui de la Senne !

L'état, les provinces, les communes font les plus nobles efforts pour l'enseignement. Ils bâtissent des écoles, ils forment des maîtres diplômés, ils cherchent les meilleurs systèmes pour la ventilation et l'aérage des classes, ils s'ingénient à ce que les cabinets secrets soient sous la vue de l'instituteur, ils veillent à ce que le nombre de cubes d'air des salles soient en rapport avec le nombre des élèves, ils séparent les sexes ; mais, malgré tous ces efforts et tous ces sacrifices, tant que nous n'aurons pas un livre de lecture aussi irréprochable qu'on peut l'exiger, nous pourrons, avec le fabuliste, dire de la commune, de la province et de l'état :

> Ils n'avaient oublié qu'un point,
> C'était d'allumer la lanterne.

Un bon livre ! mais c'est plus important qu'un instituteur sachant lire. D'un maître aussi savant, on peut à la rigueur se passer. N'avons-nous pas l'exemple de Grosley, ce très savant, très-spirituel et charmant contemporain de Jean-Jacques, qui lutta contre lui au concours de l'académie de Dijon.

« J'eus, dit Grosley, pour instituteur, gouverneur et précepteur une vieille servante... Quoiqu'elle ne sût point lire, c'est elle qui me l'a appris : une demi-heure dans chaque soirée était consacrée à une lecture que je faisais dans les figures de la Bible. J'étais obligé de recommencer chaque phrase, tant qu'elle ne l'entendait pas de manière à en saisir le sens, qu'elle m'amenait par là à sentir moi-même. Quand je lisais sans m'arrêter aux points et aux virgules, elle frappait le livre du bout de son fuseau, en me disant d'arrêter. »

Voilà encore un homme que je choisirais comme Alcibiade pour inspecteur de l'enseignement. Grosley, que M. Sainte-Beuve appelle *le dernier Gaulois*, était avocat, il avait vingt-sept ans et il ne savait pas la première des quatre règles d'arithmétique. Trouvez-moi beaucoup de gens, je ne dis pas dans le barreau, mais parmi les grimauds d'école, aussi intelligents que celui-là! Un certain jour, le ministre lui donne un emploi de comptable à l'armée d'Italie; alors, mais alors seulement, il s'aperçoit qu'il lui reste à apprendre et l'addition et la soustraction et tout ce qui s'en suit. Mais ses parents lui avaient ouvert de bonne heure l'intelligence; en un tour de main, il fut calculateur tout autant que l'exigeait sa nouvelle fonction. Maintenant on dresse l'esprit, dans les écoles, à la science des chiffres; quant à celle du langage, qui s'en soucie? Nos marmots sont des comptables; mais ils n'ont l'esprit capable que de cela.

Assainissons l'enseignement primaire. C'est directement à MM. Braun, Soudan et autres hommes voués à la carrière de l'enseignement que nous nous adressons, disant : M. Braun, vous allez bientôt publier la vingt-quatrième édition de votre livre, et vous, M. Soudan, vous nous donnerez bientôt la septième du vôtre. Mettons à part tout amour-propre; ne songeons qu'aux jeunes générations. Daignez examiner ce que nos observations peuvent avoir de juste; pardonnez ce qu'elles ont peut-être, mais bien certainement malgré nous, d'acerbe. Souvenez-vous que le législateur de 1817 avait déclaré du domaine public tous les livres classiques : *Schoolboeken*, et n'oubliez pas que, si le législateur de 1854 a supprimé cette grande mesure d'intérêt général, et a permis d'accorder une sorte de privilége ou de monopole aux ouvrages *définitivement* ou provisoirement adoptés pour l'instruction primaire, ce ne peut être qu'en vue de mettre dans les mains de nos enfants de bons livres.

MAX. VEYDT.

BIBLIOGRAPHIE.

Au milieu de l'immense production d'œuvres scientifiques, historiques et littéraires, que la librairie accumule chaque jour, il est bien difficile de choisir le livre qui nous intéresse ou qui peut servir à nos études; difficile même parfois d'en connaître le titre. C'est le devoir d'une *Revue* de mettre le lecteur au courant des publications nouvelles, de lui épargner des achats inutiles, de l'aider à satisfaire ses goûts littéraires, à compléter sa bibliothèque en connaissance de cause, tout en lui donnant un aperçu sommaire du mouvement des idées en dehors de sa spécialité, de façon à le servir dans ses études particulières et à le faire participer à l'ensemble des travaux de l'esprit moderne.

Nous ne négligerons rien pour rendre cette bibliographie complète et intéressante.

BELGIQUE.

Bibliothèque de Belgique, *ou catalogue général de l'imprimerie et de la librairie belge, publié par la librairie Muquardt. Nouvelle série, 6e année.* — Quand on parcourt ce catalogue périodique des livres qui s'impriment en Belgique, — après avoir tenu bon compte d'une belle collection de traductions des historiens contemporains (1), d'une autre série de traductions de chants populaires (2) et de diverses productions françaises, imprimées ici pour plus de liberté, comme les œuvres de Proudhon, etc., — si on laisse de côté les livres religieux, les brochures politiques et

(1) Éditeurs Lacroix et Cie.

(2) Mêmes éditeurs.

les mémoires spéciaux, extraits des recueils académiques ou scientifiques, — on ne trouve guère d'activité suivie dans l'imprimerie belge que dans trois catégories générales : les livres d'enseignement, les publications officielles, les revues périodiques. Cependant, chaque année, en dehors de ces catégories, une autre série, plus intéressante, d'œuvres d'histoire, de littérature et d'enseignement, est due à l'initiative personnelle. Tout privées qu'elles sont des ressources que l'abonnement fournit aux revues ou que le gouvernement assure à l'Académie et aux éditeurs de livres admis dans les écoles, ces œuvres ne manquent pas à notre petit pays, sur un marché restreint, qui naturellement ne leur offre ni fortune ni gloire; elles témoignent d'un développement intellectuel d'autant plus vivace qu'il exige plus de désintéressement de ceux qui s'y livrent.

Catéchisme de morale universelle, PAR M. CH. VERCAMER. — Paris et Bruxelles, 1868. — Ce livre a obtenu le prix dans un concours ouvert à Paris et jugé par la rédaction de la *Morale indépendante*. Deux mérites lui ont valu ce succès : sa netteté de méthode et sa hauteur morale, imprégnée de l'esprit de liberté moderne.

C'est avec une grande rigueur de déduction que l'auteur, après avoir montré la raison, le sentiment et la volonté inséparables dans l'homme, en conclut que la vie morale a besoin de leur développement harmonique et que tout enseignement est incomplet s'il ne mène au bien par le vrai et le beau.

Partant de là, il peut chercher, dans sa première partie, les bases philosophiques du bien, sa fin, son organe, et, dans sa seconde partie, appliquer les principes aux cas particuliers : devoirs envers Dieu, envers soi, envers la société, envers la nature. Cette classification, assez ordinaire, n'annonce rien de banal, et ce cadre est rempli avec les sentiments du citoyen. On y trouve, au nombre des devoirs, le culte de la science et des arts, l'empire sur soi-même, le perfectionnement physique autant qu'intellectuel, et par-dessus tout, le travail, source de toute perfection; on y trouve proclamés les droits du libre-examen, de l'égalité, de la propriété, et les grands devoirs de tolérance et de solidarité, résumés en un devoir social suprême : le progrès par l'instruction, par l'exemple et par la justice.

Quand il arrive à l'Etat, M. Vercamer divise les sociétés en deux espèces : celles qui ont une base artificielle, la force ou l'exploitation; celles qui demandent leur base à la nature même de l'homme, à la liberté. Sous le nom, assez mal choisi, de *doctrinaire*, l'auteur oppose au *conservateur*, au *rétrograde* et à l'*utopiste* le portrait de l'homme d'Etat libéral et progressiste.

Les chapitres consacrés aux devoirs du citoyen sont une véritable consécration du *self-government*. L'auteur y conclut à la nécessité d'un enseignement qui prépare la nation à la jouissance de ses droits, à la nécessité d'une politique active pour former l'opinion et mûrir la volonté nationale.

Le même sentiment se retrouve lorsque les principes sont appliqués à tout ce qui s'écarte du devoir, soit que l'auteur condamne l'ignorance ou la paresse, le fanatisme ou l'indifférence, l'aliénation de soi-même ou l'ambition despotique, le mépris de ses semblables ou l'exploitation de l'être humain; soit qu'il réprouve les abus du droit de propriété et l'excès des répressions sociales, la mauvaise répartition des richesses et ces vices des nations qu'on appelle l'orgueil de race et le chauvinisme.

Ce qu'aucun philosophe ne pourra reprendre dans ce *catéchisme*, c'est la revendication, en faveur de la philosophie, du droit d'embrasser la science morale, comme toutes les autres, dans ses principes généraux. Ce que les philosophes y trouveront à redire, c'est que l'auteur ne se soit pas borné là et qu'il n'ait pas laissé à la morale son indépendance vis-à-vis de la religion. C'est surtout dans la préface, ajoutée après le concours, que cette tendance s'accuse fortement. M. Vercamer subordonne la morale, non pas à la religion en général, mais à une religion, le christianisme. C'est là évidemment s'écarter de son titre même, qui annonce une *Morale universelle*. Mais, si l'auteur fait cette concession au généreux désir de rattacher le christianisme à l'esprit de liberté moderne, il reste entier dans ses sentiments d'homme libre, et, dans les mêmes pages, il n'hésite pas à emprunter aux philosophes anciens et modernes, à Cicéron et à Kant par exemple, leurs plus belles maximes qui attestent l'universalité de la morale.

Œuvres poétiques de Boileau, *édition classique*, publiée par Eug. Van Bemmel et Ferd. Gravrand. Mons, Manceaux, 1869. — Voici une excellente édition classique comme il s'en fait rarement. La violente réaction contre Boileau est tombée avec les excès du romantisme, et V. Hugo lui-même n'a pas dédaigné, dans ses *Châtiments*, de rappeler plus d'une fois le poëte classique. On peut donc le juger aujourd'hui en toute tranquillité d'esprit et se demander si, le jour où les études seront l'objet d'une sérieuse réforme, on conservera ses œuvres parmi les livres classiques, ou s'il ne conviendra pas de les analyser seulement et de les citer dans l'histoire des lettres. Boileau a le bon sens, le style clair, le vers soigné et spirituel; il poursuit le mauvais goût, il défend Molière, il prêche la paix à Louis XIV, dont la valeur *est déjà trop allumée;* il dit que son modèle, Alexandre, « de sa vaste folie emplit toute la terre »; il ne craint pas d'attaquer la Justice, qu'on voit « en grosse compagnie, mener tuer un homme avec cérémonie; » et ses partisans ajouteront, non sans raison, qu'il flagelle le vice et le ridicule, avec courage, avec finesse.

Ses adversaires répondront que, — sauf de nombreux passages, éternellement vrais et qu'on peut citer dans les cours d'histoire littéraire et de rhétorique,—ses préceptes, ses sujets même, et sa langue quelquefois aussi, ont vieilli; que ce qu'il faut aux études modernes, ce ne sont pas tout à fait des satires qui concluent que « l'homme n'est qu'une bête, » ou que la raison « est le pire de nos maux, » ou que « c'est Dieu qui tonne... » ou que « la louange agréable est l'âme des beaux vers, » — et l'énumération serait longue, sans parler des trois unités. L'objection deviendrait plus grave lorsqu'on montrerait le flatteur dans le satirique, et qu'on demanderait s'il est bon d'apprendre à des enfants destinés à être des hommes libres, des vers qui représentent, presqu'à chaque pièce, comme allant, « la foudre en main, rétablir *l'équité*, » comme retenant « les méchants par *la peur des supplices*, » ou faisant gémir « les oppresseurs du peuple, » ce roi fourbe et cruel, despote sans pitié, conquérant sans foi, diplomate sans honneur, dont le règne fut une série de trahisons, de crimes et de folies, aboutissant à une chute honteuse.

Boileau, dans ses premières éditions, avait ménagé les hommes et poussé au vif l'idée et le style. Il avait imprimé : L'abbé de P*** pour l'abbé de Pure ; Scutari au lieu de Scudéri, etc.; mais il avait dit bravement : St-Pavin *dévot ;* il avait montré l'impie qui « Presche que trois sont trois et ne font jamais Un ; » il avait osé traduire les *columnæ* d'Horace : *les boutiques murmurent ;* et pour peindre les écarts de Régnier, il n'avait pas ménagé le mot expressif.

Plus tard, il cite les noms propres et il met une sourdine aux idées. Saint Pavin devient *bigot ;* le vers prêté à l'impie contre la Trinité disparaît ; *les boutiques* n'ont plus la parole, et toute hardiesse est nivelée. Horace est loin d'être révolutionnaire, on le sait. Cependant, Boileau, qui lui prend généralement tout ce qu'il peut, lui laisse mille hardiesses, et notamment ses affirmations des libertés de l'art : le droit de tout oser : *quidlibet audendi ;* le droit de rajeunir sans cesse la langue : *præsente notâ ;* le droit d'inventer des types nouveaux, *personam novam ;* le droit d'abandonner les sujets classiques pour l'histoire du pays et les mœurs du temps, *domestica facta ;* le droit de mêler les genres pour se mettre à la portée du peuple, *incolumi gravitate jocum*, etc. — Boileau, flatteur de Louis XIV, reste en arrière de l'ami d'Auguste.

Enfin, pour borner nos exemples, en 1675, au dernier vers de la cinquième satire, parlant du roi à Dangeau, il disait encore :

La France a des sujets qui sont dignes de lui.

Mais bientôt, la France disparaît devant le roi-soleil, Boileau accepte l'éclipse, toutes ses éditions portent aujourd'hui :

Ton prince a des sujets qui sont dignes de lui.

Le débat sera sérieux et passionné, on le voit. Mais, quel que soit l'arrêt qui en sortira, il est utile que de bonnes éditions de Boileau soient dans les mains des élèves, et celle-ci est la meilleure qui ait été faite. La version préférée de Boileau est suivie avec respect, les textes sont collationnés avec soin et avec science; les notes historiques, littéraires, grammaticales, sont exactes, substantielles, pleines de goût et de tact. Chaque pièce, en outre, est précédée d'une analyse sommaire où l'*ordre des idées* est indiqué avec beaucoup de clarté, et qui fait comprendre tout d'abord le sujet dans son ensemble et dans sa suite logique. Cette innovation est des plus utiles.

Enfin, l'exécution typographique est digne du reste; on s'est ingénié à y chercher des fautes, on en a trouvé une seule. P. 54, v. 64.

Choix de lectures pour les petits enfants. I. *Historiettes imitées de l'anglais et de l'allemand; par* Mlle Gatti de Gamond. Bruxelles, 1869. — Une des plus heureuses tendances de notre époque est de mettre les livres à la portée de tous : enfants ou ignorants. Livres d'hygiène, livres de sciences, poésies, lectures, tout vise à ce but utile. Mlle Gatti de Gamond marche sur les traces de miss Edgeworth, de Mme Pape-Carpentier, de Mme Guizot, etc. Son début, très-modeste, car il n'annonce que des imitations, est réussi. Les mères pourront lire ces pages simples et vraies à leurs enfants avant qu'ils ne sachent lire. Un bon livre de lectures graduées est encore à faire; un professeur de pédagogie et un professeur de philosophie l'ont essayé sans y réussir. Peut-être le succès est-il réservé à une femme née avec le génie de l'enseignement.

Almanach des Soirées populaires de Verviers. — Almanach populaire liégeois. 1869. — Même tendance pour d'autres lecteurs. L'almanach est le livre populaire par excellence. Où aucun livre ne pénètre, il va, et les indications sur les fêtes, les foires, les travaux des champs font passer les anecdotes morales ou les données scientifiques. Mais quelle difficulté : trouver la simplicité sans niaiserie, la moralité sans sermonnade, une gaîté qui soit comprise et saine, une science qui n'y paraisse point; — remplacer ainsi les pronostics sur le temps, les préjugés sur les jours fastes ou néfastes, les anecdotes plates ou grivoises, et cette sorte d'alimentation de la superstition et de l'ignorance, par le livre lui-même, — cette tâche est d'autant plus difficile que les almanachs trop écrits, trop savants, trop sages, n'ont aucune chance de pénétrer dans les maisons où l'almanach est le seul livre connu. Les amis du progrès qui, à Verviers et à Liége, ont publié ces deux almanachs populaires, montrent qu'ils ont compris le but; nous n'oserions affirmer qu'ils l'aient atteint. Que de tentatives pareilles ont été faites et n'ont amené que des résultats partiels, insuffisants! Efforts louables, en tous cas, tendance utile, visée excellente! *In magnis voluisse sat est.* Puissent d'autres s'inspirer du même but, profiter de leur expérience, éviter des défauts visibles, et réussir.

L'Oreille, et les soins qu'elle réclame; *par le* Dr R. Hagen; *traduit par le* Dr Ch. Delstanche *fils* (avec gravure). — Si vous avez des enfants et s'ils ont une véritable mère, s'occupant d'eux, ce petit livre ne sera pas d'une heure sur votre table sans que la mère s'en soit emparée, pour le lire jusqu'au bout et en tirer profit. On peut dire que, si l'enfance est l'âge où la mortalité est la plus grande, où les difformités se contractent en plus grand nombre, c'est faute de soins. Cela ne saurait être trop répété aux mères de famille, pour leur faire comprendre la responsabilité qui pèse sur elles, et pour qu'elles sachent bien que la santé, même la vie de leurs enfants, est dans leurs mains; les petits livres d'hygiène se multiplient pour les éclairer dans ce devoir, pour les aider dans cette tâche. Ce petit livre traite une matière importante d'hygiène, c'est un service rendu aux bonnes mères.

Table chronologique des chartes et diplômes imprimés, concernant l'histoire de Belgique, *publiée sous la direction de la commission royale d'histoire, par* M. ALPH. WAUTERS. *Édition académique*, in-4°, t. II. 1868. — Ce volume va de 1101 à 1190. On y voit sous un jour complet l'expansion de notre activité en Europe et notre travail de transformation intérieure. En Europe, les Belges prennent une part glorieuse à tous les grands faits politiques et sociaux : à la Croisade, — à la conquête de l'Angleterre par Guillaume le Conquérant, où les flamands se montrent autant colonisateurs que soldats, — dans les aventures militaires, comme la croisade en Portugal et l'expédition contre les Slaves, — dans le gouvernement des divers pays : en France, où Suger est ministre de deux rois; en Allemagne, où Wibald est ministre de trois empereurs; en Europe où se fixent d'importantes colonies belges, — enfin dans la lutte qui commence entre la Papauté et l'Empire, et plus encore, par l'exemple de l'institution des communes. La transformation intérieure ne donne pas un moins intéressant spectacle; c'est le premier âge des communes; c'est l'époque de décadence de l'Empire, dont nos provinces s'éloignent lentement pour se rapprocher, de la France, par la noblesse féodale, de l'Angleterre, par les alliances des communes. On voit aussi dans toute sa vérité la lutte entre clercs pour la possession des fiefs ecclésiastiques, et leur défense contre l'esprit laïque : de nombreuses chartes sont nécessaires pour trancher les réclamations, pour confirmer les privilèges : dîmes, cens, droit de sépulture, d'hospitalité, de pâture, de tonlieu. C'est toute une restauration après une époque de troubles, une restauration comme toutes celles qui veulent réparer le passé; elles se font en face de l'avenir qui se fonde. Ici, l'avenir appartient aux communes, et l'on assiste à leur institution, à leurs luttes, à leur développement à travers le douzième siècle. Enfin, à cette série d'actes politiques ou sociaux, se mêlent de nombreux souvenirs littéraires. L'ouvrage est fait avec soin.

Dits de Watriquet de Couvin, *publiés par* M. AUG. SCHELER. *Édition de l'Académie*, 1 vol. in-8°. 1868. — Watriquet est de l'école de Bauduin et de Jean de Condé, dont il fut contemporain. Il fut, comme eux, ménestrel d'une petite cour féodale. Il chanta, comme eux, l'honneur, la libéralité, l'amour, dans des apologues moraux. Il ne recula, non plus qu'eux, devant la satire. Dans l'une, il attaque la cour de Rome; dans l'autre, il met en scène, avec une crudité rabelaisienne, des bourgeoises ivres, *plus emboueés que pourceaux*. Comme eux encore, il écrivit des pièces historiques ou politiques : l'éloge de son maître, Gaucher de Châtillon, — une sorte d'élégie sur la mort consécutive de Philippe-le-Bel et de ses fils,—un dit des *quatre siéges* où il glorifie les quatre principaux chevaliers de l'époque et met le comte de Flandre, cet ennemi de la France, sur le même rang que Charles de Valois, et Gaucher de Châtillon, sans oublier le comte de Hainaut, — enfin, une pièce sur la paix, signée en 1320 et scellée par le mariage de Louis de Crécy et de la fille du roi de France. Dans une autre de ses pièces, on sent le reflet des grandes victoires du peuple : l'auteur met en scène un lion plein de félonie et d'orgueil, vaincu par un agneau.

Ces poésies ne sont pas assez belles pour qu'on les publie avec amour. M. Scheler les a publiées avec un soin où l'amour de la science remplace l'admiration des chefs-d'œuvre absents. L'éditeur ne se dissimule aucune des *infirmités* de cette poésie officielle, qui ne peut se donner carrière que dans la satire des ennemis de ceux qui la paient. Mais il réclame en faveur des qualités de Watriquet, qui méritent attention.

Les détails biographiques que l'éditeur a pu recueillir peuvent se résumer en quelques faits : le ménestrel s'appelait Watriquet Brasseniex, était de Couvin, près de Namur, fut ménestrel du comte de Blois et du connétable Gaucher de Châtillon, et vécut dans la première moitié du XIVe siècle. Celles de ses poésies dont on peut fixer la date, vont de 1319 à 1329. Les notes philologiques de M. Scheler sont dignes de ses publications antérieures.

Ch. P.

BULLETIN GERMANIQUE.

Nous nous proposons de donner chaque mois un bulletin germanique ; sous ce titre, nous tâcherons de tenir nos lecteurs au courant du mouvement général des idées en Allemagne, nous signalerons les principaux ouvrages qui y paraissent dans le domaine de la philosophie, de l'histoire, de la philologie, de l'ethnographie et de la littérature ; nous indiquerons en quelques mots leur mérite, leur caractère, leurs tendances. Ces courtes notices ne seront pas des articles de critique proprement dits ; le plus souvent même, nous nous abstiendrons de jugements personnels. Notre seul but est de fournir à tous ceux qui veulent ne pas ignorer ce qui se passe dans le pays de la science, un moyen facile de s'orienter au milieu de ses abondantes productions. Aucun journal belge ou français ne s'est donné cette mission : il y a là une véritable lacune. Peut-être parviendrons-nous à la combler et contribuerons-nous un peu à tourner les esprits vers le véritable foyer des études sérieuses. C'est là notre vœu le plus cher.

PHILOSOPHIE — Après le discrédit où sont tombés presque tous les ambitieux systèmes qui ont surgi dans la première moitié de ce siècle, c'est à KANT qu'on en revient encore pour avoir le secret de la vérité. Cette tendance s'accuse en ce moment plus que jamais. Aussi, pour la troisième fois, publie-t-on une édition de ses ŒUVRES COMPLÈTES; c'est M. Hartenstein, un disciple de Herbart, qui s'est chargé de ce soin. Cette édition se distingue des deux précédentes (celles de Rosenkranz et du même Hartenstein) par l'arrangement des divers écrits suivant leur ordre chronologique. On ne peut qu'approuver cette disposition; grâce à elle, le lecteur est mis à même de suivre toute l'évolution d'un grand esprit, depuis ses plus modestes travaux mécaniques, astronomiques, géologiques, jusqu'aux œuvres admirables qui ont fait une révolution dans le monde de la pensée et signalé l'avénement de la philosophie du XIXe siècle. — La nouvelle édition est complète en huit volumes.

C'est à Kant aussi que se rattache un des écrits les plus remarquables qui aient vu le jour dans ces derniers temps, l'*Histoire du Matérialisme*, par ALBERT LANGE (1 vol. Iserlohn, Bædeker). — L'auteur cherche surtout à faire voir : d'une part, que tous les progrès de la science moderne, loin de favoriser la doctrine matérialiste, en démontrent au contraire l'incurable faiblesse ; d'autre part, qu'une voie unique reste ouverte à la philosophie, celle de l'idéalisme critique. Nous ne connaissons d'une manière certaine qu'une seule chose, l'organisation humaine avec ses lois naturelles, dont tout le reste n'est que la suite. La véritable essence des choses nous échappe et le concept de la chose en soi n'est lui-même que la dernière forme que notre organisation donne à un objet ; nous ignorons si en dehors de l'expérience, ce concept possède quelque valeur objective. M. Lange, on le sent déjà, n'est pas un Kantien strict; il va plus loin que son maître, dont il pousse résolûment les principes jusqu'à leurs dernières conséquences.

Cependant, en dehors de l'école de Kant, le mouvement philosophique est loin d'être arrêté. Sans parler aujourd'hui des disciples de Schopenhauer, qui a conquis depuis quelques années de si nombreux adeptes, ni de ceux de Herbart, voici un grand ouvrage, dont l'auteur a une certaine tendance vers l'Hégélianisme : les *Forces de la nature organique dans leur unité et leur développement* (*Lebens-Seelen und Geisteskraft oder die Kräfte der organischen Natur in ihrer Einheit und Entwickelung*, par WERTHER, 2 vol. Nordhausen Forstemann). — Tous les phénomènes de la nature ne sont que la série graduée des manifestations de l'infini, depuis la force magnétique, son expression la plus simple, jusqu'à la pensée raisonnable et la volonté morale de l'individu spirituel. Telle est sa thèse fondamentale. Mais il ne veut pas, avec Hegel, concevoir ce développement comme purement idéal, il y voit un développement réel et naturel. Pour en rendre compte, il faut donc montrer la nature à l'œuvre et, au lieu d'un progrès dialectique, exposer le progrès génétique. Ce que Hegel appelait l'idée absolue, n'est que la force créatrice absolue; les divers moments de l'idée, sont les forces finies, déterminées. Ce développement est aussi réel pour l'homme que pour les autres choses : l'organisation spirituelle de l'homme n'est que le produit perfectionné de sa force animale. — On voit que M. Werther est *moniste*, comme on le dit aujourd'hui en Allemagne, où le dualisme de l'esprit et du corps ne trouve plus que de rares défenseurs. Cependant, il croit à l'immortalité de l'âme. Ces deux thèses sont-elles conciliables?..... Peut-être.

Plus nombreux que les philosophes proprement dits sont les historiens de la philosophie. M. Erdmann publie un excellent *Abrégé de l'histoire de la philosophie*, *Grundriss der Geschichte der Philosophie* , 2 vol. Berlin, Hertz. — On y trouve condensée l'essence de tous les systèmes qui se sont succédé depuis Thalès jusqu'à Hegel ; un appendice, fort intéressant, conduit même la philosophie allemande jusqu'à nos jours, et il est regrettable seulement que l'auteur n'ait pu y joindre un aperçu des travaux anglais et français pendant la dernière période. — En général, les analyses de M. Erdmann sont faites avec bonheur; chaque doctrine est caractérisée d'une manière nette et précise et rattachée à toutes celles qui l'avaient préparée ou qu'elle engendre elle-même. On peut reprocher à ce livre son point de vue hégélien : mais est-il bien possible d'écrire une histoire de la philosophie purement empirique? N'est-on pas exposé à négliger l'esprit de toutes les doctrines quand on n'a soi-même aucun critérium pour les juger?

M. Conrad Herman a cherché à éviter l'un et l'autre écueil en écrivant une histoire de la philosophie qui ne fût ni dialectique, ni empirique, mais *pragmatique* : *Histoire pragmatique de la philosophie, Geschichte der Philosophie in pragmatischer Behandlung*, Leipsig, Heischer, c'est-à-dire que sans parti pris, de l'étude de chaque doctrine en elle-même, dans ses rapports et dans son développement, il s'efforce d'abstraire la conception qui lui sert de base.

M. Ueberweg vient de terminer le deuxième volume de son abrégé, dont la première et la troisième partie avaient paru il y a quelques années et en sont déjà respectivement à leur troisième et deuxième édition . *Abrégé de l'histoire de la philosophie Grundriss der Geschichte der Philosophie.* Berlin, Mittler. — C'est un ouvrage dont la réputation est excellente. Il est à remarquer que M. Erdmann et M. Ueberweg ont traité avec grand soin les époques si négligées jusqu'ici du moyen-âge et de la renaissance.

HISTOIRE. — M. Weber continue son *Histoire universelle* (Allgemeine Weltgeschichte. Leipzig, Engelmann) qui n'est que le développement de l'excellent manuel d'Histoire universelle, qui a déjà eu onze éditions en Allemagne et dont on a publié en Belgique une traduction française. L'ouvrage, qui aura douze volumes, est arrivé au septième qui comprend l'époque des Croisades et des Hohenstauffen, le déclin de la monarchie féodale et du pontificat. — Jamais œuvre aussi considérable n'aura réuni autant de qualités ; on peut l'appeler un résumé substantiel de toutes les recherches historiques, et quiconque veut connaître l'état d'une question, peut sans crainte s'adresser à ce livre ; aucune source n'a été négligée et le récit des événements politiques est toujours mis en rapport avec le développement des mœurs, de la littérature, des arts en général, de sorte que pour chaque époque on y trouve un tableau complet de l'activité humaine. L'auteur possède un talent particulier à condenser, dans un petit espace, une masse énorme de connaissances positives ; son exposition est un modèle de méthode, de clarté et de précision.

M. Max. Duncker publie une nouvelle édition de son *Histoire des Ariens dans l'antiquité (Geschichte der Arier in der alten Zeit*, 1 vol. Leipzig, Duncker). — On peut, en la lisant, se convaincre des progrès immenses que la science a faits depuis trente ans, dans le domaine des antiquités de l'Inde et de la Perse.

M. Ernest Curtius est arrivé, dans son *Histoire grecque*, à la fin de l'indépendance de la Grèce : dans le troisième volume (Berlin, Weidmann, 1867), on remarque surtout un fort beau tableau de la politique et du mouvement des esprits à Athènes, après la guerre du Péloponèse, et une étude attentive de la situation de la Macédoine, où se préparent les événements dont le quatrième volume doit s'occuper. En général, on peut considérer cette histoire grecque comme prenant le premier rang parmi toutes celles qui ont paru en Allemagne jusqu'à ce jour.

Les études romaines ne s'arrêtent pas encore. On sait que, depuis les travaux de Niebuhr, l'Allemagne avait produit déjà trois histoires complètes de la République, celles de Schwegler, de Peter et de Mommsen. On sait aussi quelle est la renommée de ce dernier. Il la mérite incontestablement par l'admirable perspicacité avec laquelle, des faits en apparence les plus insignifiants, de toutes les miettes de l'histoire, il tire des conclusions aussi lumineuses qu'inattendues, et par l'art consommé qui le guide dans l'analyse des caractères et la peinture des sociétés. Cependant, on lui a reproché de donner à son récit un cachet trop personnel, de juger les hommes du passé avec nos idées d'aujourd'hui ; en un mot, de manquer d'objectivité. C'est M. Peter surtout, dont la propre histoire est fort estimée, qui lui a adressé en ce sens les objections les plus sérieuses.

Aujourd'hui, un nouveau concurrent entre dans la lice et il a été accueilli de la façon la plus favorable. M. Wilhelm Ihne (*Römische Geschichte, 1er Band, von der Grundung Roms bis zum ersten punischen Kriege*. Leipzig, 1868. Engelmann) procède avec beaucoup de critique et de circonspection ; pour lui, l'histoire de Rome, tant extérieure qu'intérieure, est fort incertaine jusqu'aux guerres des Samnites, et on doit même retrancher un grand nombre des guerres dont parlent les anciens annalistes, car ils ont souvent rapporté un seul fait sous une double et triple version ; ce travail d'élimination est très-habilement mené par l'auteur; il s'occupe, d'ailleurs, de l'époque des rois avec beaucoup plus de soin que Mommsen, qui la laisse presque entièrement dans l'ombre. Un des résultats qui semblent bien acquis maintenant à la science et sur lequel il insiste particulièrement, c'est qu'il faut considérer le règne des Tarquins comme une période de domination étrusque, et l'expulsion des rois comme le réveil de l'indépendance latine. Dans la période suivante, tout ce qui se rapporte aux lois agraires est traité de main de maître. Le livre de M. Ihne ne s'adresse pas seulement aux savants, mais à tout le public lettré; il est écrit d'une façon claire et attachante. L'auteur annonce l'intention de ne pas s'arrêter à la République et de comprendre dans son récit toute l'époque impériale. C'est là une bonne promesse.

L'attention commence, d'ailleurs, à se tourner vers l'empire romain. Jusqu'ici, nous n'avions guère en Allemagne que deux beaux livres sur cette période : celui de *Friedlander* sur le *siècle des Antonins*, et celui de *Burkhardt* sur *Constantin-le-Grand*. Récemment, M. *Théodore Bernhardt* a publié le premier volume d'une *Histoire de Rome depuis Valérien jusqu'à la mort de Dioclétien*, et M. *Hertzberg* une *Histoire des Grecs sous la domination romaine*.

Il faut s'arrêter un moment aussi aux études de M. *Stahr*. Ce critique distingué, connu surtout par un excellent livre sur Lessing, s'est donné la tâche assez étrange de convaincre Tacite de mensonge et de partialité, et de relever dans l'opinion publique toutes ses victimes. Tibère est surtout l'objet de sa tendresse, et, quand il peut rompre une lance en sa faveur, il n'en laisse point échapper l'occasion. On conçoit que les attaques n'aient point manqué aux trois premiers volumes de ses Bustes antiques (*Bilder aus dem Alterthume, I Tiberius, II Cleopatra, III Römische Kaiserfrauen*. Berlin, Guttentag). Le quatrième, qui s'occupe d'Agrippine, a reçu meilleur accueil; on y retrouve le même talent à pénétrer dans tous les replis des caractères, le même coloris brillant qui distingue toutes les productions de l'auteur; en outre, une critique plus sévère, plus de justice et moins de paradoxes.

Avant de quitter le sol italien, et sans nous éloigner trop du domaine de l'antiquité dans lequel nous renfermerons aujourd'hui cette rapide revue rétrospective, nous devons mentionner encore l'*Histoire de la ville de Rome*, par Alfred Von Reumont. Berlin, v. Decker, vol. 1-2 et 1re partie du tome III, 1867-68. — On sait que le savant *Gregorovius* avait déjà abordé ce sujet dans son *Histoire de la ville de Rome au moyen-âge*, véritable monument qui, arrivé au 6e volume, n'est pas encore complet. M. V. Reumont n'a pas voulu donner à son œuvre des proportions aussi vastes; il l'achèvera en trois forts volumes : le premier s'étend jusqu'à la chute de l'Empire; le second, jusqu'à la fin du grand schisme (1420); le troisième, dont la première partie vient de paraître, terminera l'ouvrage. — Cette histoire de Rome est, à quelques égards, l'histoire du monde; quels sont les événements importants qui ne se trouvent pas en relation plus ou moins directe avec la Ville Eternelle? M. V. Reumont possède sans doute l'érudition et le talent nécessaires pour répondre aux exigences d'un tel sujet; malheureusement, il est catholique et conservateur, et quelle que soit l'impartialité dont il fait preuve, il est certain que, de son point de vue, il ne peut voir dans leur vrai jour, estimer à leur juste valeur les principaux faits historiques qui doivent se mêler à son récit.

Les mêmes objections pourraient atteindre en partie M. Reim, l'auteur d'une nouvelle : *Vie de Jésus* (*Geschichte Jesu von Nazara in ihrer Verkettung mit dem Gesammtleben seines Volkes*. 1er Band : *Der Rasttag*, Zürich, Orell). — On a signalé ce livre, non pas précisément comme le dernier mot de la science, mais comme l'ouvrage le plus complet et le résumé de tous les travaux antérieurs sur ce sujet. L'auteur, en effet, est théologien. Cependant, Jésus n'est à ses yeux, physiquement et spirituellement, qu'un *homme* et son développement entier est aussi humain que celui de tout autre mortel; mais la puissance divine qui pénètre l'humanité et dont celle-ci n'est que l'expression a produit en lui son plus pur et plus puissant organe. C'est là une conception à laquelle la philosophie allemande nous a habitués et qui au fond laisse tous ses droits à la critique. Le premier volume de M. Reim, qui ne conduit que jusqu'à l'emprisonnement de Jean Baptiste, analyse d'une manière très-complète tous les éléments du problème; la situation politique et religieuse du peuple juif, les tentatives des divers prédécesseurs de Jésus y sont étudiées d'une manière attentive; on y regrette cependant une intelligence plus exacte des rapports qui relient le christianisme avec les idées helléniques. Ce qui distingue surtout ce livre des autres vies de Jésus écrites en Allemagne, c'est qu'il n'est pas seulement érudit, mais de plus composé avec art; le style en est brillant, original, plein de force et de sentiment; ce sont là des qualités qui lui assurent une place à côté de celui de M. Renan.

ETHNOGRAPHIE. — Les Allemands étudient le monde entier, et tandis que la France ne possède pas une seule bonne étude sur ses provinces, la littérature allemande abonde en monographies qui fournissent des connaissances positives sur un pays et ses habitants. Il n'existe peut-être pas un seul canton de la grande patrie germanique qui n'ait sa description faite avec science et, on peut le dire, avec amour. Entre toutes ces descriptions, se distingue celle de la Bavière (Bavaria, en 10 volumes), réunissant tout ce qui concerne le sol, son aspect et ses productions, la faune, la flore, les villes, leurs monuments, la langue, le costume, le type de la population, les mœurs, l'activité scientifique, littéraire, etc.; présentant en un mot un tableau complet de la Bavière et de la vie bavaroise, dû à la collaboration d'écrivains spéciaux des plus compétents.

Mais ce n'est pas à l'Allemagne seule que se bornent ces études. Depuis quelque temps, l'intérêt s'attache aux pays du Danube, qui sont encore presque complétement inconnus. Un Anglais, M. *Ch. Boner*, semble avoir donné l'élan par son livre sur la *Transylvanie*, qui a eu les honneurs d'une traduction allemande. M. *Joseph Roskiewicz* s'est occupé de la Bosnie et de l'Herzégovine (*Studien über Bosnien und die Herzegowina*. Leipzig, Brockhaus. 1868). M. *F. Kanitz* a publié une monographie de la Servie, à laquelle il a consacré plus de dix années et qui est un véritable modèle en ce genre (*Serbien Historisch-Ethnographische Reisestudien*. Leipzig. 1868). Les Serbes, on ne l'ignore pas, sont des Slaves, qui, établis probablement au nord des Carpathes, descendirent en Thrace au VIe siècle. Ils ne sont purs que sur la rive gauche de la Morava; sur la rive droite, ils sont mêlés à des Roumains. De ces derniers, l'auteur ne fait pas un beau portrait : sensuels, pillards, serviles, pleins de fausseté, ils ont tous les vices (1).

Quant aux Serbes, ils sont incontestablement appelés à un grand avenir : c'est une race robuste et fort bien douée, distinguée par une inflexible droiture et un courage viril, unis à une forte tendance vers le mysticisme et la superstition. En général, ils ont conservé d'une manière étonnante leurs anciennes mœurs, leur amour de la famille, de la patrie et de la liberté. Ils montrent un certain dédain pour le travail manuel, peu de sens pour les arts plastiques, mais, en revanche, ils aiment passionnément la musique et la poésie; on connaît l'originalité et le mérite des chants populaires serbes qui ont été réunis il y a déjà quelques années.

Ces contrées nous réservent sans doute encore des découvertes fort importantes. Récemment, M. *Vercovitch* a recueilli dans la région du Despoto-Planina, entre Philippopolis et Sérès, trente-quatre chants épiques slaves-bulgares, formant un ensemble de près de 14,000 vers, et retraçant l'arrivée sur le Danube d'une puissante tribu aryenne. La publication en est attendue avec impatience.

L. V.

L'Art dans ses rapports avec le développement de la civilisation, etc. (*Die Kunst im Zusammenhang der Culturentwickelung und die Ideale der Menscheit*), par MORITZ CARRIÈRE. Troisième volume. Le moyen-âge. Première partie : L'antiquité chrétienne et l'Islam, dans la poésie, l'art et la science. Deuxième partie : Le moyen-âge européen dans la poésie, l'art et la science. LEIPSIC, Brockhaus, 1868. — L'œuvre de M. Carrière, dont il publie aujourd'hui le troisième volume, est venue

(1) Il est à remarquer que M. *Schmidl*, dans son étude sur les montagnes du Bihar (en Hongrie) (*Das Bihar-gebirge*, Wien. 1863), fait exactement les mêmes reproches aux Roumains de cette contrée. Un trait fort étrange, c'est que ce fragment de population parlant une langue romane partage l'antipathie qui distingue toutes les races dites latines, pour les arbres et la nature. Ils détruisent toutes les forêts, en abattant quatre fois plus d'arbres qu'il ne faudrait; pour leurs plus petits ouvrages, ils cherchent les plus beaux sujets, ne les scient pas, mais les coupent avec la hache à hauteur d'homme, en laissant dans le sol tous les troncs décapités.

remplir une importante lacune; il nous manquait, en effet, un ouvrage historique qui examinât, d'une façon complète, les relations que présentent les différents arts entre eux et leurs rapports avec le développement de la civilisation; qui expliquât comment, dans tous les temps et chez tous les peuples, c'est tantôt un art, tantôt un autre qui a donné le ton, et qui montrât la loi à laquelle obéissent ces alternatives. Le premier volume de cette œuvre importante parut en 1863, il traitait des origines de la civilisation et de l'antiquité orientale; le second volume, contenant la Grèce et Rome, fut publié en 1866. On peut considérer l'ouvrage de M. Carrière comme un développement du livre de Herder : *Idées sur l'histoire de l'humanité :* mais avec une direction prédominante en faveur de l'art. Dans son étude sur le moyen-âge, l'auteur ne voit dans cette époque ni une chute de l'idéal sublime de l'antiquité, ni une période de foi naïve et d'affranchissement de l'esprit : il ne tient compte que de la marche ascendante de l'humanité vers la civilisation moderne, oubliant peut-être un peu trop que, dans ces temps troublés, cette marche a quelquefois éprouvé de longs retards et souffert de fatigants détours.

Les trésors spirituels du mysticisme chrétien, la sagesse poétique de l'Orient, les constructions fastueuses de l'architecture romane et gothique, les splendeurs de l'épopée germanique, la pensée profonde de Dante, les grandes figures de la papauté et de l'empire allemand, sont autant de matériaux dont l'auteur a disposé pour élever un Panthéon au moyen-âge. L'exposé de la civilisation islamique offre un tableau richement coloré où revivent dans un ensemble harmonieux le monde oriental, la vie patriarcale des Arabes, leur poésie grammaticale, l'histoire du fondateur du mahométisme, le mouvement littéraire de l'Espagne et de la Sicile, la poésie nouvelle en Perse qui s'assimila le mahométisme, l'ancien esprit iranien et le panthéisme indien. La seconde partie du troisième volume traite du moyen-âge en Europe; après avoir caractérisé les différentes races qui s'y établirent : les Slaves, les Finnois, les Celtes et les Germains, l'auteur montre l'impulsion que chacune d'elles a donnée au développement de l'art.

Il est difficile dans une œuvre semblable, toute composée de généralités, d'échapper au danger d'être plus superficiel que profond; mais l'harmonie que M. Carrière a su établir entre des éléments aussi hétérogènes, l'esprit critique avec lequel il a saisi en toutes choses l'essentiel, la hauteur de son point de vue lui ont le plus souvent fait échapper à cet écueil.

Histoire de l'Esthétique en Allemagne. (*Geschichte des Aesthetik in Deutschland*), par Hermann Lotze. Munich, J. G. Cotta 1868. — L'Histoire de l'Esthétique forme le septième volume de l'histoire des sciences en Allemagne, publiée sous le patronage du Roi de Bavière. Malheureusement, comme il arrive le plus souvent pour les travaux commandés, ce livre n'a pas répondu à l'intérêt que ne manquent jamais d'éveiller les ouvrages d'un savant aussi distingué que M. Lotze. On pouvait espérer de lui un beau et riche développement de l'œuvre de Zimmerman : *Histoire générale de l'Esthétique ;* il nous a donné une série d'appréciations personnelles sur les différentes théories esthétiques qui se sont produites en Allemagne, depuis Baumgarten, tandis que nous attendions un de ces exposés clairs et vivants qui font le mérite habituel des œuvres de l'auteur. Ce livre se divise en trois parties : 1° Histoire du point de vue général ; 2° Histoire des principes esthétiques isolés ; 3° Histoire des théories esthétiques. Cette dernière partie, la meilleure des trois, sera consultée avec fruit par tous ceux qui cultivent l'art.

Espérons que l'admirable développement des sciences esthétiques, dû tout entier à l'Allemagne, trouvera un jour un historien qui vienne combler la lacune laissée ouverte par l'ouvrage de M. Lotze.

Monuments d'architecture (*Die Baukunst in ihrer Chronologischen und Konstruktiven Entwickelung dargestellt und erlautert durch eine Auswahl charakteristischer Denkmale von Alterthum bis auf die Neuzeit*), par George Lasius, architecte. Darmstadt, G. G. Lange. F. N. Lief. 1-12. — M. Lasius s'est proposé de donner, en 50 livraisons, les monuments d'architecture les plus remarquables construits depuis l'antiquité jusqu'à nos jours. En sa qualité d'architecte, il a cherché à mettre principalement en lumière les détails de la construction, et n'a rien négligé pour cela : plan, coupes, élévations et vues perspectives. Dans les vues perspectives, il a rendu visible, par des coupes habilement disposées, les détails de la structure et du plan et leur relation avec les profils extérieurs de l'édifice. Le choix des monuments grecs, romains et italiens, est excellent ; celui des monuments romans laisse à désirer en ce qu'il ne porte pas sur des types suffisamment caractéristiques. Le texte qui accompagne les planches donne une exposition claire et méthodique du développement historique de l'architecture, et les nombreuses gravures sur bois qui y sont intercalées complètent les données des grandes planches. En somme, ce travail important remplacera avantageusement le livre bien connu de Gailhabaud, qui a vieilli, et viendra puissamment en aide aux lecteurs des histoires d'architecture de Kugler ou de Lübke.

Ch. B.

FRANCE.

Auguste Comte. Principes de philosophie positive, *précédés de la préface d'un disciple, par* Littré. Paris, Baillière. 1868. in-18. — Ce volume est la reproduction des deux premières leçons du *Cours de philosophie positive* d'Aug. Comte et de la préface de 1864 de M. Littré. Dans la première leçon, Comte expose le but de son cours ou présente des considérations générales sur la nature et l'importance de la philosophie positive. Il y donne comme une loi du développement de l'intelligence humaine dans ses diverses sphères d'activité, que chacune de nos conceptions principales, chaque branche de nos connaissances passe successivement par trois états théoriques différents : l'état théologique ou fictif, l'état métaphysique ou abstrait, l'état scientifique ou positif. Le caractère fondamental de la philosophie positive est de regarder tous les phénomènes comme assujettis à des lois naturelles invariables, qu'il s'agit de découvrir et de réduire au moindre nombre possible, sans s'occuper de la recherche des causes premières ou finales, recherche absolument inaccessible et vide de sens. On peut faire remonter à deux siècles l'origine de la philosophie positive; seulement, elle ne s'est occupée jusqu'ici que des phénomènes astronomiques, physiques, chimiques et physiologiques; il faut la compléter en y ajoutant les phénomènes sociaux. Cela fait, elle se substituera entièrement à la théologie et à la métaphysique. Il est bien entendu, du reste, que la philosophie positive ne doit s'occuper des sciences fondamentales positives que dans leurs relations avec le système positif tout entier et sous le double rapport de ses méthodes essentielles et de ses résultats principaux. L'importance de la philosophie positive résulte de ce que : 1° elle nous fournit le seul vrai moyen rationnel de mettre en évidence les lois logiques de l'esprit humain; 2° elle doit amener la refonte générale de notre système d'éducation; 3° elle doit contribuer aux progrès particuliers des diverses sciences positives; 4° elle est la seule base solide de la réorganisation sociale. — Dans la deuxième leçon, Comte expose le plan de son cours et donne sa classification des sciences théoriques, ou leur hiérarchie, qui se résume ainsi : Mathématiques, astronomie, physique, chimie, physiologie et physique sociale. — La préface de M. Littré sert en quelque sorte de commentaire à ces deux leçons; elle nous éclaire sur plusieurs points fondamentaux de la philosophie positive. Ainsi, il résume en ces termes la tentative de Comte : Donner à la philosophie la méthode positive des sciences, aux sciences l'idée d'ensemble de la philosophie. Notons encore les points suivants : Le monde est constitué par la matière et par les forces de la matière; la matière dont l'origine et l'essence nous sont inaccessibles; les forces qui sont immanentes à la matière. Au delà de ces deux termes, matière et force, la science positive ne connaît rien. — Propriétés physiques, propriétés chimiques, propriétés vitales, telle est la gradation réelle qu'on observe dans l'ordre du monde, et avec cet ordre doit concorder toute philosophie. La hiérarchie des sciences, leur enseignement encyclopédique découlent de là. — La science positive ne poursuit ni les causes premières, ni la fin des choses; mais elle procède en établissant des faits et en les rattachant les uns aux autres par des relations immédiates. — Aucune réalité ne peut être établie par le raisonnement. Tout doit se tirer de l'expérience et de l'observation, l'ordre moral comme le reste.

— M. Littré nous donne, en outre, quelques détails intéressants sur la personne d'Aug. Comte.

Le petit livre dont nous venons d'indiquer sommairement le contenu, peut donc fournir, sinon une notion complète de la philosophie positive, du moins des données suffisantes pour en saisir la portée. Ajoutons que, tout en faisant nos réserves quant au fond, nous devons rendre hommage aux vues élevées qui se rencontrent plus d'une fois dans Aug. Comte et dans M. Littré, et au langage noble et digne de ces deux hommes éminents, langage que feraient bien d'imiter plus souvent leurs fougueux adeptes.

La révolution religieuse au dix-neuvième siècle, *par* F. Huet. — Paris, 1868. In-18.—Quand un homme, comme M. Huet, qui plus que tout autre de notre temps, peut-être, a sondé l'orthodoxie catholique, vient déclarer, dans toute la sincérité de sa conscience, que « d'une sorte de compromis entre cette orthodoxie et la pensée libre, où il s'était longtemps arrêté, il a passé à la pleine indépendance de la raison, affranchie de tout dogmatisme, de toute attache surnaturelle, » et que « cette évolution s'est accomplie progressivement, pacifiquement, dans ses idées, » c'est là, nous semble-t-il, un fait d'une très-haute gravité et qui doit donner à réfléchir aux plus aveugles promoteurs de l'ultramontanisme, aussi bien qu'à ces esprits honnêtes, qui rêvent une conciliation possible entre le catholicisme et la société moderne.

A ce titre seul, le livre de M. Huet mériterait de frapper l'attention. Mais il a en outre une valeur, une originalité réelle. L'auteur ne se contente pas de se faire l'écho de Strauss, de Baur ou de Renan. Il expose les résultats de la critique moderne au sujet de Jésus, mais en les contrôlant à son tour avec beaucoup de sagacité. Il cherche à reconstituer Jésus selon l'histoire, et dans cette tentative, il montre plus de logique et de sentiment de la réalité que ceux qui l'ont devancé. Il scrute les fondements de la religion chrétienne, mais il sait, mieux que Renan, faire la part du judéo-christianisme, de la révolution paulinienne et de la théologie helléno-johannique; ses vues sur le quatrième évangile sont remarquables et dénotent des études approfondies, dégagées de toute prévention. Il ne s'arrête pas là; il poursuit son œuvre en esquissant à grands traits la constitution définitive du christianisme, la part d'influence qu'il a exercée, en même temps que l'hellénisme, sur notre civilisation, la lutte de la science et de l'orthodoxie, et les progrès de l'esprit moderne, la révolution religieuse qui s'opère de nos jours dans le judaïsme, aussi bien que dans le protestantisme et dans le catholicisme; et il en arrive à cette conclusion que « une religion scientifique et par conséquent progressive, une philosophie religieuse, ou pour mieux dire, la synthèse, la combinaison supérieure des religions et des philosophies du passé, revivifiées, agrandies par le concours de toutes les sciences, telle est l'issue naturelle et nécessaire de la révolution actuelle. » Si tant de questions ont pu être embrassées dans un petit volume de 300 pages, c'est que M. Huet sait réunir au savoir la concision et la clarté, ce qui n'exclut pas ce sentiment, cette chaleur intime que donne la conviction.

Histoire du dogme de la divinité de Jésus-Christ, par ALBERT RÉVILLE. Paris, 1869. In-18. **Histoire du Credo**, par ATHANASE COQUEREL fils. Paris, 1869. In-18. — Ces deux volumes font partie de l'intéressante *Bibliothèque de philosophie contemporaine*, publiée depuis environ cinq ans, par M. Germer Baillière. Nous les réunissons ici, parce qu'ils émanent tous deux de ce christianisme progressif, dont M. Bost a si bien résumé les tendances et le caractère (Voir Bibliothèque de Phil. Cont., le livre sur le *Protestantisme libéral*, Paris, 1865. In-18) dont M. E. Fontanès a expliqué les origines (v. dans la même Bibliothèque, *le Christianisme moderne, étude sur Lessing*, Paris, 1867. In-18), et dont Channing et Parker ont été les apôtres en Amérique (v. *Channing, sa vie et ses œuvres*, par une dame anglaise, avec préface de Ch. de Rémusat. Paris, 1861. In-18, et *Théodore Parker, sa vie et ses œuvres*, par Albert Réville. Paris, 1865. In-18).

M. Réville nous montre comment le dogme de la divinité de Jésus-Christ, lentement élaboré pendant des siècles, n'est parvenu à la suprématie dans l'église chrétienne que vers la fin du cinquième siècle, est resté alors incontesté pendant onze siècles, si ce n'est au sein de quelques hérésies obscures, et finalement, depuis le XVIe siècle, perd peu à peu de son prestige, bien qu'il soit encore la croyance officielle de la majorité des chrétiens. De là, la division de son exposé en trois périodes : période d'incubation et de lente formation qui part des premiers jours du christianisme et s'achève à peu près vers le temps où commence le moyen-âge; puis, période d'immobilité triomphante qui se termine au XVIe siècle; enfin, période de transformation lente et de décadence qui commence à la réforme et se continue de nos jours. « La chrétienté, conclut M. Réville, a épuisé tout ce que pouvait lui fournir la foi *en* Jésus. Elle doit revenir à la foi *de* Jésus, commentée par l'expérience de dix-huit siècles, au sentiment filial de Dieu, et, sans ôter au Fils de l'homme la place qui lui revient de droit comme chef et initiateur de la Foi, s'inspirer de son principe religieux pour en faire application au monde, à l'âme et à la société, à peine effleurée par le christianisme dogmatique. »

M. Coquerel, à son tour, s'attaque au *Credo* et nous montre où l'on a pris les divers articles dont il se compose, par quels motifs, dans quelle intention, par suite de quel ensemble de circonstances, on a inséré dans le symbole telle ou telle affirmation. « Le *Credo*, dit-il, où l'on a voulu voir beaucoup plus tard un résumé du christianisme, fut dans l'origine la négation officielle des hérésies que l'Église catholique condamna depuis l'an 250 jusqu'à 550. Tout dogme qui, à cette époque, n'était point discuté ne fut pas même mentionné dans le *Credo ;* on ne sentit pas le besoin d'affirmer ce que nul ne contestait.»—«Le *Credo* est consacré presque tout entier à la condamnation officielle des doctrines gnostiques. » Il a également fait des emprunts à la légende, par exemple, la descente aux enfers.

En somme, « sur la base chrétienne de la formule du baptême, on voit s'élever peu à peu l'édifice compliqué et tout catholique du symbole dit des apôtres. On y inséra d'abord la mention de l'Eglise *hors de laquelle il n'est point de salut*, qui assure à ses membres la *rémission des péchés* et la *vie éternelle*; puis, au résumé des récits évangéliques, on a ajouté contre les gnostiques la *résurrection de la chair* niée par saint Paul; enfin la *descente aux enfers* et la *communion des saints* ont couronné l'œuvre par deux dogmes entièrement controuvés, étrangers à la lettre de l'Evangile et directement opposés à son esprit. » Après avoir suivi pas à pas cette formation du *Credo*, qui a demandé plus de trois siècles, M. Coquerel trace l'histoire de sa propagation, des résistances qu'il a rencontrées, du rôle qu'il a joué et qu'il joue encore chez les protestants, et ce n'est pas la partie la moins curieuse de son travail. La conclusion, c'est que le *Credo* ne résume exactement ni le christianisme primitif ni le protestantisme du XVIe siècle, ni le protestantisme ni le catholicisme actuels; il n'est que le résumé exact et complet du catholicisme du VIe siècle, « il est bon à garder dans le Musée historique des antiquités de l'Eglise. » M. Coquerel, comme M. Réville, à côté d'un esprit de critique très-large, déploie une chaleur et une énergie de conviction, qui ajoutent à l'intérêt du sujet. Si l'on se rappelle les luttes qu'il a eu à soutenir contre l'orthodoxie protestante, représentée entre autres par M. Guizot, on ne peut qu'applaudir à cette fière parole qu'il ne craint pas d'adresser à ses coreligionnaires : « Je me fais gloire d'être hérétique, de parler à des hérétiques et je vous rappelle qu'hérésie signifie *choix*. »

F. V. M.

La Bible dans l'Inde. Vie de Jezeus Christna, par Louis Jacolliot. Un vol. in-8°. Paris, *Librairie internationale*, 1869. — Les origines indiennes de la civilisation européenne se dévoilent chaque jour. Déjà la science du langage est faite; elle a mis hors de doute que l'ancienne langue sanscrite est la mère de toutes les langues indo-européennes. Les lois de l'Inde ont été étudiées à leur tour et M. Thonissen a exposé à l'Académie de Belgique les concordances de la législation que nous tenons de Rome avec les anciennes lois codifiées par Manou. C'est un spectacle intéressant et plein d'enseignement de retrouver à des milliers d'années de distance les usages de Rome : le mariage, le concubinage légal, le *is pater est quem nuptiæ demonstrant;* les principes sur les contrats, la propriété, le dépôt, les donations, de sorte que M. Jacolliot a pu réunir dans une espèce de tableau les textes mêmes des trois législations : les lois indiennes, le droit romain, le code civil.

L'histoire de la philosophie présente les mêmes rapprochements :

Pyrrhon, Lucrèce, Aristote, Platon, tout se retrouve dans l'Inde. Il eût été logique de supposer que Rome, la Grèce, la Perse et l'Egypte ont profité des travaux intellectuels de l'Inde, leur aînée, comme nous avons profité de la civilisation greco-latine; mais des monuments considérables de la plus haute antiquité viennent prouver, par des preuves écrites, ce que la raison aurait dû nous indiquer depuis longtemps. Les noms eux-mêmes concordent; les noms des dieux, comme les noms des peuples, les noms de héros et de savants : Zeus, Hercule, Thésée, Neptune, Pluton, etc., les Pélages, les Hellènes, les Spartiates, etc. — Pythagore, Anaxagore, Zoroastre, etc., — tous sont du pur sanscrit. Le Manou indien devient Manès en Egypte, Minos en Grèce, Mosès en Judée, et le phénomène se reproduit pour la législation religieuse, car les livres se ressemblent et les noms des révélateurs ne font qu'un : Zeus, Jeseus, Isis, Jésus.

Pourquoi, en effet, la religion échapperait-elle à cette paternité antique, à ces traditions primitives? Le livre de M. Jacolliot est surtout écrit pour ajouter cette preuve à celles de la linguistique et des législations comparées. Il n'est pas une idée, un grand fait, un mythe ou un sacrement, un dogme ou une loi civile ou pénale, dans la Bible ou dans l'Evangile, qu'il ne retrouve dans l'Inde antique : les castes, l'unité de Dieu, le décalogue, le mariage des veuves par le proche parent du défunt, les animaux impurs, les épreuves des femmes adultères, l'impureté de ceux qui touchent les morts, les sacrifices, la purification des accouchées, la défense aux prêtres de posséder, de boire des liqueurs, d'épouser d'autre femme qu'une vierge, — puis le chaos, les anges, leur révolte, leur défaite; la création du premier couple : Adima (qui en sanscrit signifie : *le premier homme;* Héva (*qui complète la vie*); l'île de Ceylan qui leur est assignée, comme le Paradis; la faute originelle d'Adima, la promesse d'un rédempteur, le déluge, la légende d'Abraham (Adgigarta), l'incarnation du Christ dans le sein d'une vierge (celle de Christna remonte à l'an 3500 avant l'ère moderne); la sagesse du Christ enfant, ses persécutions, le massacre des innocents; les prédications du Christ, ses disciples ses paraboles, sa morale (M. Jacolliot en cite de nombreuses maximes); le nom de Jezeus (pure essence) donné à Christna comme au Christ, — la légende des saintes femmes et de Madeleine, le baptême de Christna dans le Gange, sa mort; — puis, les sacrements : la purification du nouveau-né, la confirmation : « Quiconque avant l'âge de 16 ans n'a point fait confirmer dans le temple sa purification par l'onction de l'huile sacrée, dit le livre des préceptes (*Atharva-Véda*) doit être chassé du peuple; » la confession, le mariage, la tonsure du prêtre, les hermites; enfin, la croyance au retour de Christna sur la terre pour terrasser le prince des démons (l'Antéchrist).

M. Jacolliot ne reconnaît pas, en Judée, la pure doctrine des antiques Védas; il y trouve au contraire le brahmanisme autocratique dans sa décadence. Ainsi, le respect de la femme, représentée par Héva qui, loin de faire tomber Adima, le suit dans sa chute par dévouement, est transformé en un mépris qui attribue à la première femme tous les maux de l'humanité; ainsi le Dieu un, bon et grand, la trinité philosophique des Védas, devient le Dieu hébreu de l'extermination et de l'intolérance, et la loi du talion apparaît pour la première fois dans l'histoire.

Ce livre est écrit avec une passion et quelquefois une apreté qui semblent devoir être étrangères à la science. C'est que l'auteur voit toujours devant lui l'ultramontanisme, ennemi de toute lumière; il affirme que « les Révérends Pères Jésuites, Franciscains, des missions étrangères et autres corporations, s'unissent dans un touchant accord, dans l'Inde, » pour y détruire les monuments historiques. « Tout manuscrit, tout » ouvrage sanscrit qui leur tombe entre les mains est immédiatement » exécuté et passé par les flammes. » Mais il a soin d'annoncer que les brahmanes ont l'éveil et défendent leurs livres, et qu'une société s'est formée au Bengale pour recueillir et traduire les Védas. Ces préoccupations d'un homme qui a vécu dans l'Inde expliquent pourquoi il n'a pas conservé la calme sérénité de l'histoire. Mais cette forme n'en est pas moins regrettable, d'autant plus regrettable qu'elle est moins persuasive. Il eût été préférable que ce livre, sans s'inquiéter d'autre chose, exposât tout naturellement le résultat de sérieuses études. Les sauvages seuls n'ont pas d'antécédents et ne procèdent d'aucune race antérieure; il est logique de penser que les anciens ont eu, comme les modernes, une antiquité qu'ils ont étudiée; il était tout simple de prouver que, par l'Egypte et la Perse d'abord, puis par la Grèce et Rome d'un côté, par la Judée de l'autre,—M. Jacolliot aurait pu étendre son étude aux peuples germaniques et c'est une véritable lacune dans son livre— l'Inde est le berceau de notre civilisation.

Ch. P.

L'abondance des matières nous oblige à remettre à la prochaine livraison, la partie de la bibliographie concernant l'histoire.

Nous commencerons aussi dans la seconde livraison notre bulletin de la littérature flamande.

NOUVEAUTÉS LITTÉRAIRES ET SCIENTIFIQUES

DE C. MUQUARDT.

Bruxelles. — Gand. — Leipzig.

L'Homme Fossile, par H. le Hon. *Deuxième édit.* corrigée et considér. augmentée. In-8° avec 100 gravures . . . . fr. 7 50

Influence des Lois cosmiques sur la climatologie et la géologie. Complément rectificatif de l'ouvrage intitulé *Périodicité des grands déluges*, par H. le Hon. In-8° avec figures 2 00

Leçons sur l'Homme, par Carl Vogt. In-8° avec figures 12 00

L'Homme, problèmes et merveilles de la nature humaine physique et intellectuelle, par le Dr Zimmermann. In-8° avec 200 gravures. 7e *édition* 10 00

Physique sociale ou Essai sur le développement des facultés de l'*Homme*, par Ad. Quetelet avec Introduction de sir John F. W. Herschel. Tome I, in-8° avec gravures. 10 00

Météorologie de la Belgique comparée à celle du globe. 1 vol. in-8° avec gravures 10 00

Souvenirs d'un prisonnier d'État, sous le second Empire, par Boichot. 2e édition, in-18. . . . . 2 50

La Question de Demain, Esquisse d'une nouvelle organisation politique et sociale, par Boichot. In-18 . . . . 1 00

Leçons sur les animaux utiles et nuisibles, les bêtes calomniées et mal jugées, par Carl Vogt. 1 vol. in-16 avec gravures sur bois 2 50

La Diffusion, de M. Jules Robert, fabricant de sucre à Seelowitz. Nouveau procédé *d'extraction du jus de betteraves*, par J. Adler, de Vienne. In-8° 5 00

CARTES.

Plan géométrique parcellaire et de nivellement de la ville d'*Anvers*, et des communes limitrophes. Dressé et gravé à l'échelle de 1 : 5000, par A. Scheepers. Publié sous les auspices de l'administration communale. Très-grand imp. folio en carton. 15 00

Carte des Pays-Bas, de la Belgique, du Luxembourg, de la France septentrionale et de l'Allemagne occidentale à l'usage des administrations publiques, touristes, agents de commerce, bureaux, instituts, etc. Dressée d'après les documents officiels à l'échelle de 1 à 400,000, sous la direction et avec la coopération de l'Inspecteur aux chemins de fer de l'État néerlandais, par Nunnink. 6 feuilles in-fol. 12 00

Id., sur toile, dans un carton 22 00

Id., sur toile et rouleau 24 00

REVUE DE BELGIQUE.

REVUE

DE

BELGIQUE

PARAISSANT LE 15 DE CHAQUE MOIS

2e LIVRAISON — 15 FÉVRIER 1869

SOMMAIRE

BRUXELLES

AU BUREAU DE LA REVUE

CHEZ Mme Ve PARENT ET FILS, IMPRIMEURS-ÉDITEURS

MONTAGNE DE SION, 17

REVUE DE BELGIQUE

La REVUE DE BELGIQUE paraît le 15 de chaque mois, dans un format grand in-8° sur papier fort.

Chaque livraison contiendra de 80 à 90 pages de texte : *Roman, histoire, science sociale, poésie*, ainsi qu'une série, aussi complète que possible, de bibliographies, belges et étrangères.

Prix de l'abonnement : . . . . fr. 12 » par an.
Prix de la livraison : . . . . » 1 50
Pour l'Allemagne et la Russie : . . 4 ½ thalers.
Pour la France et l'Italie. . . . fr. 18 »

ON S'ABONNE

Au bureau de la *Revue*, MONTAGNE DE SION, 17, et chez les principaux libraires du pays et de l'étranger.

Pour la Belgique.

BRUXELLES. — *Librairie polytechnique*, Aug. Decq, rue de la Madeleine, 9;
— C. Muquardt, place Royale.
GAND. — Rogghé, place de la Calandre, 8.
LIÉGE. — Desoer.

Pour l'Allemagne & la Russie.

BRUXELLES ET LEIPZIG. — Maison Muquardt.

Pour la France & l'Italie.

PARIS. — Librairie internationale, boulevard Montmartre, 15.

Il sera rendu compte de tout ouvrage dont un exemplaire sera envoyé à M. Fr. Van Meenen, rue de la Prévoyance, 34, à Bruxelles

JEANNE LA FOLLE.

—

Le gouvernement anglais, par les soins d'une Commission Royale des Mémoires et Archives d'État, placée sous la direction du Garde des Rôles de la Chancellerie, publie une collection de documents historiques dont la première série remonte à 1805 et dont la seconde série, ouverte en 1856, compte déjà près de 40 volumes, contenant l'analyse des *State Papers*, relatifs au règne des rois d'Angleterre, à l'histoire de l'Écosse, de l'Irlande et des Colonies, ou extraits des archives de Venise et de Simancas. Ces dernières archives ont été explorées pour le compte du gouvernement anglais, par un savant allemand, M. Bergenroth, qui a déjà publié deux forts volumes; le premier, sur le règne d'Henri VII, présente l'analyse de 605 documents; le second s'occupe du règne d'Henri VIII et 722 pièces y sont analysées. Ces deux volumes ne signalent que quelques documents où il soit question de Jeanne la Folle, de son mariage avec Philippe le Beau, de son voyage en Flandre. Mais M. Bergenroth vient d'y ajouter un supplément qui ne compte pas moins de 568 pages, et qu'il divise en deux parties : l'une relative à Catherine d'Aragon, l'autre à Jeanne (1). Cette fois, les pièces étaient trop importantes pour que l'éditeur se bornât, selon l'usage, à les analyser; il les a imprimées en espagnol, avec une traduction anglaise.

Au moment où ce volume paraissait, M. Bergenroth lui-même

(1) Calendar of State Papers, *supplement to vol. 1 and 2 of Letters, Dispatches and State Papers relating of the negociations between England and Spain, preserved in the archives of Simancas and elsewhere. I : queen Catherina, — II : intended mariage of King Henry VIII with queen Juana, — edited by G. A. Bergenroth. London*, Longmans, 1868.

résumait, dans une revue allemande, les révélations qu'il contient sur Jeanne la Folle.

Ce recueil, composé par un savant distingué, publié aux frais du gouvernement anglais, sous la direction d'une commission officielle de savants, et donnant les textes espagnols, réunit toutes les garanties scientifiques. Cependant ces révélations ne devaient pas être admises sans résistance; aussitôt le débat s'engagea, il prit en Belgique un caractère assez plaisant (1).

La *Revue de Belgique* ne peut rester indifférente à un problème historique qui touche par tant de côtés à nos annales. L'*Indépendance*, qui tout d'abord a publié les pièces préliminaires de la discussion, ayant décliné l'honneur de devenir « le champ du tournoi », nous offrons dès aujourd'hui notre publicité à ceux de nos écrivains qui, comme M. Altmeyer et M. Gachard, peuvent apporter sur ce point des lumières nouvelles.

En attendant, pour ouvrir le débat et pour faire connaître en son entier le problème tel qu'il a été posé en Angleterre et en Allemagne, nous publions la traduction de l'article où M. Bergenroth a exposé cet épisode historique.

L'EMPEREUR CHARLES-QUINT

ET SA MÈRE JEANNE.

Le dernier représentant des deux branches aînées de la maison royale d'Espagne était mort en juillet 1500, et les couronnes de Castille et d'Aragon devaient être réunies sur la tête de Jeanne après la mort de ses parents. Ses droits étaient incontestables et incontestés. Sa mère, Isabelle la Catholique, était sujette, tous les ans, à des accès de maladie dont la violence, toujours croissante, permettait de prévoir une fatale issue. En ce cas, son père, Ferdinand le Catholique, aurait dû, d'après les lois et coutumes du pays, se contenter de son petit royaume d'Aragon (*Coronilla*), tandis que Jeanne aurait été reconnue souveraine du puissant royaume de Castille (*Corona*). Ce partage eût ruiné peut-être à jamais ses espérances, car il n'avait eu toute sa vie qu'un but devant les yeux, celui de fonder l'unité espagnole. Philippe, l'époux de Jeanne, n'était pour rien là dedans. Il n'avait en Espagne d'autre rôle à

(1) Voir plus loin notre *Chronique*.

jouer et d'autres droits à faire valoir que ceux d'un roi titulaire. Son horizon politique était fort borné. Mais tout autant que lui, ses conseillers et ses courtisans, les Flamands et les Bourguignons, aussi bien que les proscrits et les émigrés espagnols qui l'entouraient, avaient compté depuis longtemps s'enrichir en Espagne. Jeanne vivait en hostilité ouverte avec eux. Était-il à supposer que, lorsqu'elle serait devenue reine, elle leur permettrait de mettre au pillage son pays et son peuple?

Son fils Charles était l'héritier présomptif d'Autriche, des seigneuries des Pays-Bas et de Bourgogne, de Castille, d'Aragon et de toutes leurs dépendances. Dans son entourage au moins, on n'avait jamais douté qu'il ne fût appelé à occuper un jour le trône impérial : Dieu l'avait destiné à tant de grandeur et de puissance, pour lui permettre de fonder une monarchie chrétienne universelle, — la *Monarquia*, dont il a été si souvent parlé, — et pour le mettre en état de défendre la seule vraie Église du Christ contre les entreprises des mécréants et des hérétiques! Dès sa plus tendre jeunesse, il n'avait jamais entendu parler autrement des devoirs qu'il aurait à remplir un jour. En 1506, il prit possession du gouvernement des Pays-Bas et de la Bourgogne. L'Autriche et le trône impérial devaient lui appartenir dès que son grand-père Maximilien aurait fermé les yeux. Mais, pour l'Espagne, c'était autre chose; ce royaume devait d'abord revenir à sa mère Jeanne, après la mort de ses grands parents naturels. Jeanne était jeune; il pouvait fort bien se faire, comme ce fut le cas, qu'elle vécût presque aussi longtemps que son fils. Sans l'Espagne cependant, c'eût été folie que de songer à établir la monarchie universelle.

Le malheur de Jeanne, on le comprend, était de compromettre, par ses droits sur la couronne d'Espagne, les plans de son père, la rapacité de son époux et les devoirs supposés de son fils envers Dieu et envers le monde. La bonté de sa cause, la netteté même de ses prétentions constituaient pour elle le plus grand danger. Si elle était morte, son fils, et non son père, lui eût succédé, tandis que son mari aurait perdu jusqu'au prétexte de se mêler du gouvernement de la Castille. Il s'ensuit que Ferdinand et Philippe ne pouvaient satisfaire leurs projets ambitieux que d'une seule façon : par la vie de Jeanne, mais à la condition qu'elle ne fût pas à même d'exercer ses droits régaliens. En arriver là n'était certainement point chose facile. Dieu ne manqua point, comme on en fit alors la remarque, de venir au secours du plus fidèle de ses serviteurs et de le tirer d'un cruel embarras : Philippe le Beau mourut, et Jeanne fut à tel point affligée de sa mort qu'elle en perdit la raison. Jeanne, devenant ainsi inhabile à régner, son père fut nommé régent souverain et à vie de Castille, et eut du temps devant lui pour asseoir et affermir son œuvre d'unification. Quand il mourut, en janvier 1516, tous les royaumes de Jeanne, ceux de Castille, d'Aragon, de Sicile et de Naples, et les possessions dans le Vieux et dans le Nouveau Monde passèrent à Charles-Quint, qui se trouva, dès le début de son règne, en position de croire à la possibilité d'une monarchie universelle. La folie de Jeanne était donc la base sur laquelle reposait toute la politique de Ferdinand et de Charles V. Que Jeanne n'eût jamais perdu la raison ou que sa guérison fût certaine, et leur échafaudage s'écroulait à l'instant même.

Philippe le Beau avait été l'un de ces hommes qui trouvent plaisir à négliger et à maltraiter leurs femmes, mais il y a aussi des femmes qui aiment leurs maris même quand ils se montrent indignes de toute affection. Il est possible que Jeanne fût une de ces femmes. Si nous questionnons sur son compte ses contemporains, nous nous apercevons bientôt que tout ce qu'ils savent de la soi-disant folie de la Reine laisse infiniment à désirer. Maquereau, qui remplissait une charge, soit dans la maison de Philippe, soit dans celle de Monseigneur de Chièvres, assista à la mort du Roi; il en donne les plus amples détails dans son *Traicté et recueil de la maison de Bourgoigne;* mais il ne sait pas un mot de la folie de la Reine. Jean de Looz, abbé de Saint-Laurent, près de Liége, avait bien entendu dire quelque chose, mais il met l'aliénation mentale sur le compte de Philippe et non de Jeanne : *Rex autem Philippus per suam uxorem, est putatur, infeliciter.... vitam amisit et regnum.* Pierre Martyr, qui raconte avec une si grande prédilection les historiettes de cour, ne dit, dans ses lettres qui se rapportent à l'époque de la mort de Philippe, pas un mot de la folie de Jeanne. Sandoval écrivait environ cent ans plus tard, mais il avait à sa disposition des documents dont une partie ne se retrouve plus aujourd'hui, et sa vie de Charles-Quint, malgré de grands défauts, est le premier ouvrage écrit sur cet empereur qui mérite d'être appelé une œuvre historique. Il parle bien de la folie de la Reine, mais il relate en trente-sept mots seulement cette circonstance capitale dans la vie de son héros, et cela dans un livre dont l'édition in-folio d'Anvers ne compte pas moins de 1346 pages; et l'on dirait qu'il veut encore amoindrir l'effet d'une si courte narration en la faisant suivre de ces mots : *puer dicen.* Il est évident qu'il a des doutes et qu'il ne veut pas les faire connaître. Il résulte de tout cela que le fait de la folie de Jeanne, bien que répandu avec un grand zèle, ne trouvait point de crédit auprès des contemporains les mieux informés.

Les archives d'Espagne, et principalement les archives de Simancas, renferment beaucoup de documents originaux concernant la reine Jeanne, lesquels n'ont pas encore été utilisés par l'histoire. La raison en est que ce n'était point chose facile. Les archives de Simancas, par exemple, sont bien accessibles au public depuis vingt ans et plus, mais avec des réserves et des restrictions. Tout récemment encore, il y avait là des papiers réservés que nul œil profane ne pouvait voir, et l'archiviste avait en outre le droit de refuser communication de toute pièce dont la publication pouvait, à son avis, présenter des inconvénients. En présence de pareils obstacles, il devenait souvent impossible de poursuivre et de compléter l'étude des questions les plus importantes. Six ans durant, nous avions négocié sans relâche avec le gouvernement espagnol, lui demandant de lever en notre faveur l'interdit qui pesait sur certaines collections, lorsque, enfin, dans le courant de l'année dernière, nous avons été autorisé à faire un usage libre et sans réserve, dans l'intérêt de nos études historiques, de toutes les archives de l'Espagne. Le premier résultat de nos recherches, qui n'étaient plus gênées en rien, fut de nous faire mettre la main, entre autres papiers d'Etat intéressants, sur une correspondance du marquis de Denia, gouverneur ou, pour mieux dire, geôlier de la reine Jeanne.

Non-seulement cette trouvaille fortifia nos premiers doutes au sujet de la folie de la Reine, mais elle nous démontra assez clairement que Jeanne n'était point, du moins alors, atteinte d'aliénation mentale. Pendant près de cinquante ans, son mari d'abord, son père ensuite, et enfin son propre fils, l'ont retenue en prison, dans le seul dessein de lui dérober une couronne.

Nous publions les plus importants d'entre ces documents, d'après les ordres du gouvernement britannique. Ils forment une partie de la série de volumes paraissant à Londres, sous la direction du « *Master of the Rolls.* » Cette publication diffère cependant en un point des précédents *Calendars* : Au lieu de donner le sommaire de chaque document, nous les donnons tous en entier, en y joignant une traduction anglaise.

Toute question qui touche à un cas de démence est presque toujours embrouillée. Il en est ainsi de celle qui nous occupe. Pour la traiter avec certitude, nous devrons fixer notre attention sur tous les événements importants de la vie de Jeanne qui peuvent avoir exercé, dès son enfance, une influence quelconque sur son état intellectuel.

Jeanne était, on le sait, fille de Ferdinand et d'Isabelle, les rois catholiques. Née à Tolède, le samedi, 6 novembre 1479, elle fut élevée jusqu'à sa dix-septième année, c'est-à-dire jusqu'au moment de son mariage avec l'archiduc Philippe, dans la maison et sous les yeux de sa mère. Ce n'était pas encore la mode en Espagne, dans ce temps-là, que les membres de la famille royale et toute la cour fussent tenus d'assister en personne aux auto-da-fé. Jeanne n'avait donc point été obligée de se familiariser avec ces scènes abominables. La cour de sa mère était toutefois le centre où venaient aboutir les nouvelles les plus fraîches des condamnations au feu, au fouet ou aux galères, et où toutes ces belles choses étaient commentées avec une piété hypocrite et comme de touchants témoignages *de l'amour de Jésus et de sa très-sainte mère.* Dans un pareil milieu, il était de toute impossibilité que Jeanne ne fût point obligée, soit d'étouffer la générosité naturelle de ses sentiments, soit de s'élever contre la manière de voir de ses parents et de ses maîtres. Sa nature meilleure s'indignait, en effet. Mais une pareille protestation ne pouvait être tolérée à la cour d'Espagne, où toute tentative d'émancipation, toute aspiration libérale était considérée à l'égal d'un crime. La reine Isabelle châtia sa fille bien cruellement;

car, s'il faut s'en rapporter au marquis de Denia, écrivant à l'Empereur, quelques années plus tard, elle n'aurait point reculé devant la barbarie et la brutalité des moyens et l'aurait tout bonnement fait mettre à la question.

Jeanne était à peine arrivée dans les Pays-Bas que l'on répandit en Espagne sur son compte des bruits alarmants. Sa mère envoya à Bruxelles, dans le courant de l'été 1498, Fray Thomas de Matienzo, sous-prieur de Santa-Cruz, afin qu'il pût se rendre compte de la vie et des actions de sa fille et, si cela était nécessaire, faire ce qu'il faudrait pour la ramener dans le droit chemin. Le sous-prieur trouva Jeanne en fort bonne santé. Il eut, en outre, la satisfaction de pouvoir s'assurer que les rapports, parvenus en Espagne, étaient exagérés et que Jeanne n'était pas encore tout-à-fait une incrédule. On continuait à célébrer le service divin à sa cour et même à le suivre très-scrupuleusement. Quant au sous-prieur, il fut reçu avec froideur. Jeanne ne lui demanda pas une seule fois des nouvelles de sa mère ou de toute autre personne qu'elle eût connue en Espagne. Elle se laissait arracher une à une les réponses aux questions qui lui étaient posées au nom de sa mère, et le moine offensé se plaignit amèrement de son manque de piété sincère et de son refus de se confesser.

Vers le même temps, Fray Andreas avait écrit une longue lettre à Jeanne. Il avait été son précepteur et il prenait l'intérêt le plus sincère à son bien-être. Le salut de son âme le préoccupait surtout. Il savait que les théologiens de Paris, « *les ivrognes,* » comme il les appelait, avaient exercé une fâcheuse influence sur son ancienne élève. Il la supplia de les renvoyer et de prendre pour confesseur un bon moine espagnol.

Les efforts du sous-prieur et de Fray Andreas demeurèrent sans résultat. Cependant, si nous lisons avec attention les lettres du sous-prieur, nous remarquons bientôt que l'énergie morale de Jeanne avait été brisée par le fait même de son éducation, mais qu'elle conserva toujours un sentiment parfaitement clair et distinct du tort qu'on lui faisait. De temps à autre, elle protestait ; mais, dès que le moment d'agir était venu, elle renonçait à la lutte, ou bien elle se renfermait dans une résistance passive, laquelle au moins était invincible.

Les écarts contre l'orthodoxie espagnole, reprochés à Jeanne, pourront paraître insignifiants à bon nombre de nos lecteurs ; mais il ne faut pas perdre de vue qu'Isabelle avait fait brûler des centaines de ses sujets pour bien moins que cela. Son amour pour Jésus et sa très-sainte mère, si entier qu'il fût, ne pouvait aller jusqu'à exiger d'elle de sacrifier sa fille, et d'ailleurs, Jeanne, une fois mariée à un souverain étranger, échappait à la juridiction espagnole. Mais Isabelle pouvait-elle, en aucune façon, souffrir qu'une princesse, tenue par elle pour hérétique, fût appelée à lui succéder sur le trône de Castille et à menacer dans son existence cette *Sainte Inquisition*, qu'elle considérait comme son œuvre la plus méritoire? C'eût été pour elle trahir Dieu. En outre, Ferdinand et le parti-prêtre, — est-il besoin de le dire? — avaient le plus grand intérêt à ne point rapprocher la mère de la fille, et à voir, au contraire, s'aggraver leurs dissentiments.

En 1501, ou au plus tard en 1502, Isabelle avait trouvé une solution à ces difficultés. Elle proposa, en cette dernière année, aux Cortès, assemblées à Tolède, et qui poursuivirent, en 1503, leurs travaux à Madrid et à Alcala de Benarès, de décréter qu'après sa mort Ferdinand conserverait le titre et les fonctions de gouverneur et de régent de Castille, dans le cas où Jeanne serait absente, nullement disposée ou incapable d'exercer les devoirs de la royauté. Cette disposition ne fut pas seulement acceptée par la représentation nationale, mais elle fit encore l'objet d'un codicile que la Reine ajouta à son testament sans rapporter aucune des dispositions prises antérieurement. Toutes ces mesures furent confirmées à Rome.

Il eût été dangereux d'avouer le véritable motif de cette privation indirecte des droits de Jeanne à la succession au trône. Dans ce temps-là, l'Inquisition et la domination cléricale étaient trop généralement détestées pour que l'opposition de Jeanne, loin d'être pour elle une cause d'exclusion, n'eût pas été, au contraire, aux yeux de la plupart, une recommandation. Il fallait, par conséquent, trouver un prétexte. Ce qui suit prouvera qu'on n'aurait pu rien inventer de mieux que de porter contre Jeanne l'accusation de folie.

Quand Isabelle mourut, en 1504, Jeanne était dans les Pays-Bas. Ferdinand fit dresser sur la place de Medina del Campo, devant le palais, des échafauds du haut desquels il annonça avec grande solennité au peuple assemblé qu'il avait ôté de sa tête la couronne de Castille pour la mettre sur celle de sa fille, mais qu'il continuerait à régner en qualité de gouverneur et de régent à vie.

Les Cortès se réunirent, bientôt après, à Toro, où le vieux roi prononça un magnifique discours d'ouverture de session et eut la satisfaction de voir ses droits reconnus à l'unanimité. Philippe, cependant, du fond des Pays-Bas, fit savoir qu'il protestait. Dans les instructions qu'il donna à Jean Hesdin, il déclara, sans détour, que Ferdinand n'avait inventé et répandu le bruit calomnieux de la folie de Jeanne et autres absurdités du même genre que pour avoir une occasion de s'emparer, contre toute justice, de sa couronne.

Nous voyons ici, non-seulement que le bruit de la folie de Jeanne avait déjà été mis en circulation du vivant de son époux, c'est-à-dire à une époque où elle jouissait de la manière la plus certaine de toutes ses facultés; mais encore de quelle source ce bruit était sorti et quel intérêt le père de la Reine avait à ce qu'il fût répandu. Philippe lui-même se rendit en Espagne, au commencement de 1506, accompagné de Jeanne, et très-décidé à employer la force pour chasser Ferdinand du trône.

Les Grands du royaume se partageaient entre les deux compétiteurs; mais, à mesure que Philippe pénétrait dans l'intérieur du pays, le nombre des partisans de Ferdinand diminuait. Celui-ci, habitué depuis tant d'années à voir tout plier devant lui, s'abandonna à une rage folle, quand il vit, dans l'une des affaires les plus importantes de sa vie, la fortune lui tourner le dos. Il voulut aller seul, la cape espagnole sur l'épaule et l'épée à la main : *Con capa y spada*, à la rencontre de son gendre, de son concurrent détesté, et lui percer le cœur; mais son accès de colère s'apaisa.

Un parti était alors en voie de formation; le connétable de Castille s'en avouait le chef. Il s'agissait d'écarter les deux prétendants en présence, et d'asseoir Jeanne, seule souveraine légitime, sur le trône. Des deux adversaires qu'avait alors Ferdinand, sa fille était le plus redoutable. Elle était infante d'Espagne de naissance et la seule héritière légitime de sa mère. On pouvait donc s'attendre à voir tout le parti national castillan et tous les légitimistes lui demeurer fidèles, dans le cas où elle réussirait à prendre en main les rênes du gouvernement. D'autre part, Philippe était un étranger et un usurpateur. Quelque grands que fussent ses premiers succès, il ne pouvait jamais compter de trouver en Espagne des serviteurs fidèles. Tout bien considéré, Ferdinand résolut de s'allier avec le moins dangereux de ses deux compétiteurs contre l'autre. Il avait passé la nuit du 1er au 2 juin 1506, dans le hameau de Villafranca de Valcarcel; le lendemain matin, il envoya l'archevêque de Tolède à Philippe, avec un message de paix. Il fut convenu qu'une entrevue des deux rois aurait lieu à Villafafila. Le 26 juin, de bon matin, Ferdinand laissa la plus grande partie de sa suite et, accompagné seulement de son premier secrétaire d'Etat, Miguel Perez de Almazan et de quelques autres, il se dirigea, monté sur un âne, vers le lieu désigné pour la conférence, ayant, disait-il, au lieu d'armes offensives, « l'amour dans le cœur et la paix dans la main. »

Ferdinand était alors âgé de cinquante-quatre ans. Ses cheveux châtain-clair, coupés court au-dessus du front, lui retombaient abondamment sur les épaules. Il avait toujours un sourire bienveillant sur les lèvres, et, bien qu'il louchât d'un œil et que la perte d'une dent de devant rendît sa prononciation sifflante, son visage frais, plutôt plein que maigre, et aux rides à peine accusées, inspirait confiance. Son apparente bonhomie et la simplicité de son costume et de son entourage lui donnaient, à lui qui tenait d'habitude dans ses mains les destinées de l'Europe, l'air d'un simple et bon gentilhomme campagnard qui n'aurait jamais eu à s'occuper d'affaires plus hautes que celles du marché voisin. Philippe, au contraire, était jeune, brillant, et, quoiqu'un peu corpulent et sans finesse d'expression, il était bien ce qu'on appelle communément un bel homme. Des grands seigneurs flamands et espagnols s'étaient groupés autour de lui, à la tête de nombreuses troupes armées. Le contraste n'aurait pu être plus grand.

Aussitôt après les premières salutations, Ferdinand invita son gendre à le suivre à l'église. Il ne fut permis à personne d'accompagner les deux souverains. Cependant, ceux qui gardaient l'entrée de l'église pouvaient, de temps à autre, voir Ferdinand et Philippe et les entendre causer, sans pouvoir saisir au passage une seule de leurs paroles. Le roi Ferdinand parla longtemps avec infiniment de sérieux et d'énergie, tandis que Philippe ne lui donnait que des réponses assez brèves et était visiblement embarrassé. Personne ne doutait que Ferdinand ne remportât, là encore, une de ses grandes victoires intellectuelles. Aussi l'étonnement fut général, lorsque, après l'entrevue, le bruit se répandit que, non-seulement Ferdinand n'avait exigé de son gendre aucune concession, mais que, au contraire, il lui avait, de franche et bonne volonté, tout accordé, et même au-delà de ce qu'il avait demandé. Le même jour, un traité fut rédigé, signé et juré, par lequel le gouvernement de la Castille appartiendrait, sans réserves déterminées, à Philippe; seulement, on y ajouta une clause secrète dans laquelle il était dit que Jeanne « *se refusait* » à régner personnellement; que si, cependant, par suite d'une résolution subite ou par le conseil d'autrui, elle se décidait à prendre les rènes du gouvernement, cela ne pourrait que conduire le pays à sa ruine complète. Ferdinand et Philippe en étaient si bien convaincus qu'ils s'étaient engagés vis-à-vis l'un de l'autre à réunir toutes les forces et tous les moyens dont ils disposaient pour éloigner du trône, l'un sa fille, l'autre son épouse. Le motif pour lequel Jeanne était déclarée inhabile à régner était « *sa maladie, que des raisons de dignité et de convenance ne permettaient point de désigner plus clairement.* »

Il est à peu près impossible de ne pas croire que cette prétendue maladie n'était autre qu'une non moins prétendue folie. Ferdinand, qui n'avait plus vu sa fille depuis près de deux ans, avait, par conséquent, dans l'église de Villafafila, prouvé à Philippe, qui voyait sa femme tous les jours, qu'il avait commis une erreur en niant qu'elle fût folle et en disant que c'était là une indigne calomnie. Quoique la chose ne soit pas clairement exprimée dans le traité, nous savons de Ferdinand lui-même qu'en ce moment-là, il avait été question d'enfermer la Reine dans une tour (1).

Philippe, dans la joie de son cœur, publia, le jour même de sa signature, le traité de Villafafila. S'ils n'avaient point eu, lui et ses conseillers : Chièvres, Souvaige, Jean Manuel, Maestro Mota et autres, une trop haute opinion de leur savoir-faire diplomatique, et s'ils avaient connu à fond le caractère de Ferdinand, ils auraient vite reconnu que c'était chose impossible que le roi eût renoncé de cette façon au gouvernement de la Castille. En effet, il n'avait jamais été dans son intention de respecter le traité de Villafafila. La chevauchée à âne « *avec l'amour dans le cœur et la paix sur la main* » n'était qu'une pure comédie, et cela par la bonne raison qu'il s'était rendu au lieu de l'entrevue sans suite et sans armes, afin de pou-

(1) Instrucion del rey don Fernando a Mosen Luis Ferrer. Zaragossa, 29 de Julio de 1506. *Papiers d'État du cardinal de Grandvelle.* — « Item, si por aventura se fablasse en poner en alguna fortaleza a la reina, mi fija, como ya hovieron, platicado en ello. »

voir dire plus tard qu'il était tombé au pouvoir de son compétiteur, qu'il avait été privé de sa liberté et forcé de signer un traité d'alliance.

Sa protestation contre cet acte était déjà prête. Il y disait que, contre tout droit et justice et sous de faux prétextes, Philippe retenait Jeanne prisonnière, et qu'en dépit des traités qui lui avaient été imposés, c'était son devoir, à lui, d'aller rompre ses fers et de l'asseoir sur le trône.

Quelle valeur pouvons-nous accorder au bruit de la folie de Jeanne, quand nous voyons ceux qui l'ont répandu, le déclarer faux et mensonger toutes les fois que leur intérêt ne les pousse point à le maintenir?

Néanmoins, après que Ferdinand eût ainsi expliqué les choses, il annonça qu'il voulait se rendre à Naples pour éloigner tout soupçon et ne point laisser supposer qu'il travaillerait en secret contre « son bien-aimé fils ». Les adieux furent excessivement touchants. Mosen Luis Ferrer, qui avait toujours vécu à la cour de Ferdinand et jouissait de l'entière confiance de son roi, fut laissé auprès de Philippe, en qualité d'ambassadeur, avec la mission générale de veiller aux intérêts de son maître et plus particulièrement de faire ce qu'il faudrait pour décider Philippe à se réconcilier avec Jeanne et à vivre avec elle comme un bon mari.

Il nous est impossible de dire ce que fit Ferrer pour ramener la bonne harmonie dans l'intérieur de Jeanne et de Philippe; mais, pour ce qui concerne les intérêts particuliers de Ferdinand, il sera suffisant d'observer qu'à peine débarqué à Naples, il reçut la nouvelle que Philippe était mort à la suite d'une maladie qui avait duré du dimanche soir au vendredi matin, à onze heures. L'opinion générale fut qu'il avait été empoisonné. Deux médecins, chargés de l'autopsie et de l'embaumement, prétendirent toutefois n'avoir point rencontré de traces de poison. Mais comment avaient-ils procédé? Ils s'étaient hâté de faire ensevelir l'estomac et les entrailles pendant l'opération même de l'embaumement et sans se donner le temps de les soumettre à un examen. Aussi l'empoisonnement fut-il non-seulement généralement admis, mais encore hautement affirmé en public.

Les tribunaux n'osèrent point intervenir, à cause « de la délicatesse » de l'affaire. La crainte d'une divulgation alla si loin que des malfaiteurs, accusés de n'importe quel crime, échappèrent à tout châtiment par cela seul qu'ils déclarèrent savoir comment Philippe avait pris une bouchée — *un bocado* — dont il était mort.

Quoi qu'il en soit, Jeanne était une jeune veuve avec un royaume pour douaire. Les prétendants ne lui manquèrent point. Henri VII, roi d'Angleterre, et Gaston de Foix, protégé par le roi de France, furent du nombre. Mais Ferdinand n'aurait rien gagné par la mort de Philippe, si l'époux de Jeanne avait été remplacé aussitôt par un Henri ou un Gaston. L'un et l'autre étaient des adversaires autrement redoutables que le prince défunt. Raison de plus pour Ferdinand de ne permettre à aucun prix à sa fille de convoler en secondes noces. Il usa encore une fois de stratagème. Il envoya en Angleterre et à toutes les autres cours de l'Europe, en témoignage de sa « *profonde douleur*, » des rapports d'une ambiguité tellement calculée qu'ils servirent de base à de touchants récits sur la démence de Jeanne. Heureusement, pour la vérité historique, nous sommes à même de réfuter ces récits de la manière la plus complète.

Au moment où l'on raconte que Jeanne aurait forcé les Grands de Castille à rendre aux restes de son époux les témoignages de respect qui n'appartiennent qu'à un roi vivant, elle était déjà prisonnière et aucun des Grands n'avait pu entrer en rapport avec elle. Philippe l'avait tenue en une sorte de captivité, et, après sa mort, Mosen Ferrer n'eut rien de plus pressé que de s'assurer de sa personne.

C'est ici le lieu de rappeler l'article secret de Villafafila, la déclaration de Ferdinand disant qu'il avait déjà été question autrefois d'enfermer Jeanne dans une tour, et enfin sa protestation où il est dit fort clairement que, du vivant de son époux, elle avait été privée de sa liberté. Mais Ferdinand ne mérite point qu'on le croie sur parole. D'autres témoignages que le sien nous seront doublement précieux. Lorsqu'au mois d'août 1520, les serviteurs et servantes de la Reine purent parler, sans craindre de se compromettre, ils dirent alors que leur maîtresse avait vécu quatorze ans en prison. Or, si nous reculons de quatorze années, à partir du mois d'août, nous arrivons juste à l'époque qui suivit de près la conférence de Villafafila, et lorsque Philippe vivait encore. On pourrait objecter qu'en calculant en gros, par années, il était possible de se tromper de plusieurs mois; c'est juste; mais les témoins répondent à cela en déclarant que Philippe lui-même avait privé Jeanne de sa liberté et qu'elle ne put jamais la recouvrer. On ne saurait mettre en doute cependant qu'après la mort de Philippe elle fut transportée, à petites journées, de Burgos à Tordesillas, et il n'est pas moins certain qu'en cette circonstance, elle accompagnait les restes de son époux. Ces deux faits ne nous paraissent point être le moins du monde en contradiction avec sa captivité. Malheureusement, des rapports authentiques nous manquent sur le voyage de Tordesillas. Si, cependant, il était permis de juger un fait sur lequel les détails font défaut, d'après sa parfaite analogie avec un autre fait dont nous sommes bien informés, il ne nous serait pas difficile de dire comment furent faits les préparatifs du voyage de la Reine. Nous savons qu'au mois de mai 1522, le marquis de Denia se proposait de transférer la Reine à Arevalo, et qu'il écrivit à l'Empereur que sa mère serait mise de force, la nuit, en litière, et transportée ainsi, sans s'arrêter, jusqu'à sa nouvelle prison. En 1527, il sembla nécessaire *de transférer Jeanne à Toro*. Le voyage, dit le même marquis, dans une lettre qui porte la date du 16 octobre, « doit s'effectuer de la manière que j'ai déjà indiquée, à savoir que » Son Altesse partira d'ici, entre onze et douze heures de nuit, et » se rendra à un lieu appelé Pedrosa, situé à trois milles d'ici. Elle

» devra demeurer là tout le jour. La nuit suivante, elle se remettra » en route à la même heure pour pouvoir encore arriver de nuit » à Toro. On prendra toutes les précautions nécessaires afin » qu'arrivée à destination, Son Altesse ne soit vue de personne. »

Est-ce que de pareils arrangements concernent le voyage volontaire d'une reine ou le transport d'une prisonnière?

Si Jeanne était déjà captive, lors de son premier voyage, l'on ne saurait la rendre responsable de ce que les restes de son mari l'accompagnaient. La chose en elle-même n'était cependant nullement si déraisonnable qu'elle paraît l'être à première vue. Philippe était mort à Burgos et ses cendres devaient reposer dans le caveau royal de Grenade. Comme Tordesillas se trouvait sur le chemin de Burgos à Grenade, on réalisait une économie assez importante, en s'arrangeant de façon à ce que l'escorte de la Reine fût, en même temps, celle du mort.

De nos jours, il ne viendrait à l'esprit de personne de faire de pareilles économies; dans ce temps-là, au contraire, où le manque d'argent était une sorte d'affection chronique, on avait recours aux expédients les plus incroyables pour échapper à une dépense de quelques mille « *scudos.* »

Mais, quoique la raison principale pour laquelle on transporta par la même occasion la Reine et la dépouille mortelle de Philippe de Burgos à Tordesillas, fût une question d'argent, il est presque impossible de ne point croire qu'on n'eût point d'autres motifs pour en agir ainsi.

Un immense char funèbre, ne voyageant que la nuit, à la lueur des torches, et suivi d'une reine captive, devait faire une profonde impression sur l'imagination des peuples, surexcitée par les histoires fantastiques que l'on faisait courir, et toute prête à s'ouvrir à des inventions plus extraordinaires encore. Ce n'est point sans motif que nous prétendons qu'on y avait songé. Le cercueil de Philippe demeura plusieurs années à Tordesillas, parce que le caveau royal de Grenade n'était pas terminé. On ne le déposa point dans le palais de la Reine, mais dans le monastère de Sainte-Claire que Jeanne ne visita jamais. Elle parlait souvent au marquis de Denia de son mari, non comme d'une personne vivante ou comme si elle espérait le voir sortir de son pesant sommeil, mais avec l'entière conviction de sa mort et les sentiments que toute autre veuve aurait pu avoir. Comme elle ne témoigna pas une seule fois, en quinze années, le désir de contempler les restes mortels de son époux, qui reposaient à une centaine de pas d'elle, il ne pouvait être question de procéder pour lui plaire à une exhumation. Il suit de là que, lorsqu'au moment de transporter son monde à Arevalo, nous voyons le marquis de Denia écrire à l'Empereur qu'il se propose d'emmener avec lui la dépouille mortelle de Philippe et que, dans ce dessein, il fait réparer le grand char funèbre, il nous est impossible de ne point soupçonner qu'en agissant ainsi, il devait avoir tout autre chose en vue que d'être agréable à la reine. Le char funèbre avait rendu de si bons services, pendant le voyage de Tordesillas, qu'il ne parut point hors de propos de s'en servir encore une fois, pour agir sur la vive imagination des Espagnols.

Pendant les neuf années qu'il fut donné à Ferdinand de survivre à son gendre, Jeanne demeura dans une si étroite prison qu'elle n'apprit rien de ce qui se passait dans le monde, et que le monde ne sut rien d'elle. Ce fut à ce point, comme nous allons le voir, que même la nouvelle de la mort de son père ne parvint pas jusqu'à elle. Ferdinand mourut le 23 janvier 1516.

Dans l'intervalle de sa mort et de l'arrivée de Charles en Espagne, le cardinal Cisneros fut vice-roi de Castille. Il envoya l'évêque de Mallorca à Tordesillas avec l'ordre de veiller à ce que les mesures prises par le roi Ferdinand pour la garde de Jeanne, fussent observées avec la même rigueur après sa mort. L'évêque constata à cette occasion que Mosen Ferrer avait exercé des cruautés qui mettaient en danger « *la santé et la vie* » de la Reine. Cisneros le destitua. Cela ne suffit point pour forcer Ferrer à se tenir tranquille. Il adressa au cardinal, sous la date du 6 mars 1516, un mémoire faisant connaître ses griefs et sa justification. Il se représentait comme un homme persécuté le plus injustement du monde, et, cependant, il avouait tout crûment avoir, sur l'ordre de Ferdinand, employé la « *cuerda* » contre la Reine. La « *cuerda*, » c'est-à-dire la *corde*, était un supplice autrefois usité en Espagne. Il consistait en des poids qu'on attachait aux pieds après avoir suspendu la victime à une corde par les deux mains. Nous avons plus d'une fois eu l'occasion d'étudier le procédé jusqu'en ses moindres détails, dans le cas célèbre d'Aruna, évêque de Zamora, par exemple, et nous avons toujours vu que le juge prévenait l'accusé du danger qu'il allait courir de voir ses os rompus, tout son corps désarticulé, et même de mourir dans les souffrances les plus épouvantables. Le cardinal envoya le comte Hernando de Andrada à Bruxelles pour apprendre à Charles ces faits et lui demander de confirmer la démission de Ferrer. Est-il croyable que Charles ait pu entendre un pareil rapport sans châtier aussitôt l'auteur des cruautés commises contre sa mère? Quiconque connaît à fond son caractère et celui de son époque ne s'étonnera point de savoir que, non-seulement Charles ne fit entendre aucun mot de reproche à l'adresse de Mosen Ferrer, mais qu'il blâma l'évêque de Mallorca et même le cardinal Cisneros de s'être mêlés d'une affaire qui ne les regardait en rien. « Comme le soin de veiller sur l'honneur, le bien-être et la » consolation de la Reine, ma Dame, n'appartient à personne plus » qu'à moi, il faut que ceux qui s'en occupent à ma place n'aient » point de bonnes intentions (1). »

(1) Ceux de nos lecteurs qui n'ont point été amenés à se rendre compte du grand désordre moral de cette époque, auront peine à comprendre comment Charles pouvait parler de l'honneur de sa mère et d'autres choses du même genre au moment même où il s'agissait pour lui de savoir si elle devait oui ou non être appliquée à la

Cisneros, dans l'âme duquel une brutale rancune jouait le premier rôle, n'était certes pas homme à s'apitoyer sur le sort d'une reine hérétique. Ce qui l'avait poussé, c'était une haine irréconciliable contre le parti aragonais en général, et plus particulièrement contre les Ferrer père et fils. Il maintint la démission donnée à Mosen Luis Ferrer contre la volonté de Charles, et nomma en son lieu et place, Fernan Duque de Estrada, gouverneur de la maison de la reine. Nous croyons devoir observer ici que *Duque* n'est point un titre, mais un nom patronymique, car l'on pourrait s'y tromper. Le titulaire conserva sa charge jusqu'au moment où Charles, au printemps de 1518, vint à Tordesillas rendre à sa mère une courte visite. Le 15 mars 1518, don Bernardo de Sandoval y Rojas, marquis de Denia et comte de Lerma, fut nommé gouverneur-intendant de la personne et de la maison de la reine Jeanne, avec pouvoir absolu sur la domesticité, les autorités municipales et la bourgeoisie de Tordesillas. A partir de ce moment, les nouvelles sur le compte de Jeanne, jusqu'alors insignifiantes et incomplètes, sont abondantes et très-suivies. Les lettres de Denia renferment des rapports pour ainsi dire journaliers sur tout ce qui se passait dans le palais de Tordesillas. Toutefois, avant d'examiner ce qu'on y trouve de plus curieux, devons-nous faire observer que la correspondance de Charles-Quint et du marquis de Denia était double : l'une destinée à être lue par les conseillers royaux et impériaux, l'autre pour Charles seul. Charles écrivait à Denia, le 19 avril 1518, qu'il ne devait jamais parler à la Reine en présence d'autres personnes, pas même des femmes qui la gardaient à vue, et il ajoutait : « Vous aurez soin » de n'écrire qu'à moi seul les choses qui concernent Son Altesse, » et d'expédier toujours vos lettres par des messagers bien sûrs, » car ces affaires-là sont importantes pour moi et de nature très- » délicate. »

Le 27 du même mois, le marquis répondait qu'il était pénétré de la nécessité et de l'importance qu'il y avait de garder scrupuleusement le secret, et que, pour cette raison, il écrivait de sa propre main toutes les lettres qui y avaient rapport, évitant ainsi l'embarras d'avoir son secrétaire pour confident. Personne, disait-il, n'apprend quoi que ce soit sur la véritable situation de la Reine. Il était vrai qu'il avait adressé une lettre à l'infant Ferdinand peu avant son départ pour la Flandre ; cela avait été de sa part un devoir indispensable ; mais sa lettre, ne contenait aucune nouvelle importante, et « quand même », ajoutait-il, l'Infant vivrait cent ans dans ce pays, je ne lui dirais rien de ce qui se passe ici. » Du moment que le fils de la Reine, le frère de Charles, ne pouvait pas même savoir la vérité, la correspondance secrète avec Charles est la seule source que nous puissions consulter si nous ne voulons

question. Le fait est pourtant incontestable. De semblables paroles, qui étaient dans la contradiction la plus formelle avec la vérité, n'ont que trop souvent égaré ceux qui n'avaient point l'occasion d'aller au fond des choses. (*Note de l'auteur.*)

point être induit en erreur, et cela est d'autant plus vrai que les lettres du marquis, destinées à passer sous les yeux de différentes personnes, ne contiennent absolument rien d'important. Elles ne traitent d'habitude que de faits administratifs, et ne parlent de Jeanne que le moins possible, pour dire par exemple : « La Reine se trouve dans son état habituel, » ou bien : « Elle est mieux », ou bien encore : « Elle va plus mal. » On pouvait comprendre cela comme on voulait.

Ce qu'on appelait le palais de Tordesillas était un bâtiment de peu d'étendue, se distinguant à peine pour le nombre de ses pièces d'une maison de campagne bourgeoise. La façade méridionale regardait le Duero, avec son vieux pont de pierre, au delà duquel on ne voyait qu'une vaste plaine sablonneuse, égayée, d'avril à septembre, par la verdure des vignobles, mais qui, le reste du temps, n'offrait pas la moindre apparence de végétation. L'hiver, il soufflait un vent des plus froids, et, l'été, la chaleur était insupportable. L'habitation, distribuée à la mode espagnole, contenait une grande salle dont les fenêtres avaient vue sur la rivière, et une foule de petites chambres étroites, mal éclairées et sans ventilation. Jeanne n'avait qu'une petite partie de ces pièces à sa disposition. Les autres étaient occupées par Catalina, sa fille cadette, par le marquis de Denia, sa femme et ses enfants, par le confesseur et le gouverneur de l'Infante, par les femmes qui surveillaient Jeanne et le reste de la domesticité. Bien que la grande salle fût par décence attribuée à la Reine, il lui était défendu de s'y arrêter, parce qu'un passant aurait pu l'apercevoir et l'entendre, si elle lui avait demandé secours pour sortir de prison. Elle devait passer ses jours et ses nuits dans une chambre qui n'avait point de fenêtre, et où une lampe brûlait incessamment; si elle en sortait quelquefois, elle était surveillée de près. On avait d'abord fixé pour ses dépenses une somme de 30,000 scudos, qui fut dans la suite réduite à 28,000, puis à moins encore. Pas une pièce d'argent ne passait par ses mains. Son trésorier, Ochoa de Olanda, avait l'ordre exprès de ne point lui délivrer la moindre somme. Un relevé officiel, fait trente ans plus tard, il est vrai, nous apprend que les rentes annuelles des vingt et un ducs espagnols variaient entre 60 et 125,000 scudos, et que, même entre les marquis, il y en avait plusieurs qui possédaient 40,000 et jusqu'à 60,000 scudos de rente, comme c'était le cas pour le marquis de Priego et le marquis de Vallaij, de la maison de Cortez. La Reine était, par conséquent, plus pauvrement pourvue que bon nombre de ses sujets, et si nous prenons en considération que, sur le montant de ses revenus, il fallait d'abord payer le marquis de Denia, sa femme et ses autres serviteurs et domestiques, nous ne pouvons plus guère nous étonner d'apprendre que la pauvre princesse manquait parfois de tout. Le nombre des femmes qui la surveillaient n'était jamais inférieur à douze, et il fut quelquefois beaucoup plus élevé. On comprend facilement que le marquis et sa femme avaient beaucoup de mal à se donner pour maintenir tout ce monde dans l'obéissance.

En juillet 1518, il envoya son secrétaire particulier, Pedro de Arues, à Charles, pour lui présenter d'amers reproches concernant les geôlières. « Ce sont de bien mauvaises femmes, » disait-il. Comment pouvait-il en être autrement? De braves personnes n'eussent point été disposées à faire un pareil métier. S'il adressait à l'une d'elles une réprimande ou bien s'il voulait la punir, elles entraient toutes en révolte, « *comme eussent fait des soldats,* » et déclaraient que « ce que l'on ferait à l'une, elles le considéreraient comme fait à toutes. »

Le principal grief que fait valoir le marquis caractérise la situation. Il n'y avait pas un mariage, un baptême ou un enterrement de gens avec lesquels ces femmes étaient apparentées jusqu'au quatrième degré, qu'elles ne témoignassent le désir d'y assister. Pour empêcher qu'on ne se passât de sa permission, le marquis avait ordonné aux factionnaires d'arrêter ces femmes au passage, mais les soldats ne lui obéissaient point. Les conséquences de ces sorties ne se faisaient pas attendre. Ces femmes, en se retrouvant en de pareilles occasions avec leurs maris, leurs amies et leurs compères, ne pouvaient s'empêcher de rapporter ce qui se passait à l'intérieur du palais, et, quand elles y rentraient, de commenter entre elles tout ce qu'elles avaient appris; et cela pouvait faire craindre qu'une chose ou l'autre ne vînt aux oreilles de la Reine. Des membres du conseil privé, écrit encore le marquis, se sont informés auprès de lui de choses qu'ils ne pouvaient avoir entendues que de la bouche du nommé Alarcon, dont la femme, Léonore Gomez, avait été l'une des femmes chargées de surveiller la Reine. Il n'est pas bon, pense-t-il, que des femmes mariées soient employées au palais, et les femmes de membres du conseil privé moins que les autres; et cela « parce » qu'il est absolument nécessaire que tout ce qui se passe ici » demeure caché à tous les hommes et plus particulièrement aux » membres du conseil privé. » Qu'est-ce à dire? Si Jeanne avait été sujette aux bizarreries les plus extraordinaires, aux extravagances les plus inconcevables, il n'y aurait eu aucun danger à voir la vérité se répandre. Ces récits, au contraire, n'eussent fait que confirmer le bruit de sa folie, intentionnellement propagé. Mais, si sa manière d'être était celle d'une femme raisonnable, on comprend parfaitement pourquoi il fallait que personne ne fût au courant de la vérité et les membres du conseil privé moins que les autres. Ajoutons que, dans les années 1518, 1519, 1520, la puissance de Charles n'était pas encore fermement établie en Espagne.

Quand on considère la vie que menait la Reine, on ne peut guère s'étonner qu'elle ait été souvent malade. Jamais, cependant, un médecin ne fut appelé auprès d'elle. L'infante Catalina gagna la gale, en 1518; les suivantes entreprirent de la guérir, et cette tentative eut pour conséquence une grave maladie. La présence d'un médecin devint alors absolument nécessaire. Le marquis se donna beaucoup de mal pour trouver un moyen d'introduire dans le palais un médecin, de telle sorte qu'il ne pût voir la Reine. Mais il ne trouva rien, et resta convaincu que la chose était impossible. Il fallut donc avoir recours à quelque autre combinaison. Il y avait alors à Tordesillas un docteur Soto, qui avait été autrefois le médecin particulier de la Reine, mais qui, aussitôt après son emprisonnement, avait été congédié et privé de ses gages. Comme il était probable que Soto avait deviné ou savait une partie du secret d'Etat, il sembla au marquis qu'il convenait d'avoir recours à lui, de préférence à un étranger, et qu'après tout, Charles-Quint, qu'il en prierait, achèterait son silence en lui donnant quelque témoignage de sa bienveillance.

La manière dont la Reine était traitée quand elle tombait malade, mérite d'être connue. En voici un exemple. En 1519, le marquis de Denia écrivait à Charles : « Son Altesse a eu, dix jours durant, une » forte fièvre. Elle désirait qu'un médecin fût appelé. Cependant, » comme la fièvre s'est calmée d'elle-même, j'ai jugé à propos de » n'avoir point recours au médecin. » La fièvre s'est calmée, voilà l'excuse, comme s'il avait fallu attendre ce moment et laisser, pendant les dix jours où la fièvre était *forte,* la Reine sans secours!

Pendant qu'on manquait de médecins au palais de Tordesillas, il y avait, au contraire, abondance de prêtres. Le P. Juan de Avila ne quittait jamais la maison, et le P. Antonio de Villegas et autres allaient et venaient. Le motif de ce déploiement de forces cléricales était que Charles avait résolu de convertir sa mère, qui, autrefois, s'était constamment refusée à se confesser, et qui maintenant ne voulait plus ni se confesser ni entendre la messe.

Le 22 juin 1518, le marquis de Denia écrivait à Charles : « Pour » ce qui concerne la messe, nous nous en occupons sans relâche. » Son Altesse désire qu'elle soit célébrée dans ce même corridor où » elle s'est rencontrée avec V. M., tandis que je désire que la messe » soit dite dans une chambre qui touche à son appartement. Que ce » soit en l'un ou en l'autre lieu, il ne se passera plus longtemps sans » que nous entendions la messe. »

Le 30 juillet suivant, il n'avait que ce peu de mots à dire sur cette matière : « Il n'y a point de jour que nous nous occupions de » l'affaire de la messe. Si la chose traîne en longueur, c'est unique» ment que nous attendons qu'Elle (Jeanne) veuille bien y donner son » consentement. Ce serait ainsi pour le mieux. Toutefois Dieu » aidant, et, quoi qu'il arrive, Son Altesse ne tardera point à » assister à la messe. »

Enfin, en septembre, on dressa dans le corridor une chapelle drapée de noir, et, le 12 du même mois, la messe fut dite une première fois. La Reine et l'Infante, alors âgée de douze ans, y assistèrent. Les seules personnes présentes furent le P. Antonio de Villegas, comme officiant, et le P. Juan de Avila, comme enfant de chœur. La Reine demeura à genoux tant que dura la grand'messe, on l'arrosa d'eau bénite, et chacun put l'entendre lire à haute voix ses prières dans son livre d'heures. Cependant, quand vint le moment où, suivant l'usage d'une grand'messe dite pour des personnes royales, on lui offrit l'Evangile et le baiser de paix, elle ne put se faire violence au point de les accepter, et fit signe qu'on eût à s'adresser à sa fille. Le marquis garde le silence sur les moyens qu'il employa pour amener cette conversion subite. La Reine, qui savait par expérience combien la torture fait souffrir, peut avoir été intimidée; ou bien, comme elle espérait encore, dans ce temps-là, devenir reine d'Espagne, aura-t-elle cru qu'elle ne devait pas, en bonne politique, pousser trop loin sa répugnance pour les cérémonies de la religion. Quoi qu'il en soit, il reste acquis qu'elle n'avait point été convertie. On le vit bien, quand, après la répression de la révolte des Comuneros, ayant perdu tout espoir de recouvrer sa liberté, Jeanne s'éleva avec force contre le joug religieux qu'on lui faisait subir. Le 25 janvier 1522, le marquis manda à l'Empereur que, pendant la célébration de l'office divin, Jeanne était sortie de sa chambre, avait troublé la cérémonie et arraché l'Infante de l'autel. Des scènes du même genre s'étaient renouvelées, et le marquis s'était cru obligé, non-seulement d'appeler auprès de lui un plus grand nombre de prêtres, mais de supplier l'Empereur de l'autoriser formellement à employer la « premia » contre la Reine. Il l'avait fait, dit-il, dans une autre missive du 23 mai 1525, quoique ce fût, pour un sujet, chose extrêmement « sérieuse » d'employer contre sa dame souveraine un pareil moyen. — En effet, c'est bien là chose sérieuse, puisque la *premia* n'est autre que le terme technique et juridique pour le genre de torture appelé vulgairement « la cuerda » dont Mosen Ferrer s'était servi. Charles n'osa point accorder une autorisation directe jusqu'au moment où le marquis de Denia, à propos du transfert projeté de la Reine à Toro, lui écrivit, sous la date du 11 octobre 1527 : « Si Votre Majesté ordonne que » Son Altesse soit traitée avec des égards, Votre Majesté agit en » bon fils (comme je me suis permis de le mander au secrétaire » d'Etat Covos), mais on doit pouvoir supposer que, bien que vassal, » j'aie le pouvoir de faire tout ce qui peut tourner au bien de Son » Altesse. » Charles ne pouvait point se méprendre au sens de ces paroles, par la bonne raison que le marquis lui avait écrit à plus d'une reprise que « rien ne serait aussi profitable à la Reine que la torture »; que, par son emploi, « on rendrait un service évident à Dieu et à elle-même, » et que, d'ailleurs, on avait pour soi l'exemple de la reine Isabelle qui, elle aussi, avait donné la question à sa fille. Il paraît constant que l'Empereur ne répondit aux propositions de Denia que par une approbation tacite. En agissant ainsi, il pouvait continuer à recommander la déférence et les attentions pour sa mère, et être certain que le marquis aurait recours à la torture aussitôt qu'il croirait pouvoir obtenir par là quelques avantages. Le P. Juan de Avila était d'avis que, pour assurer le salut de l'âme de Jeanne, tous les moyens étaient bons, mais que, ce résultat une fois assuré, elle devait être traitée avec amour et respect. Après que Jeanne se fût décidée, en septembre 1518, à assister à la messe, le P. Juan devint son serviteur dévoué et son ami, et il exhorta sérieusement et très-sincèrement Charles à renoncer aux mauvais traitements vis-à-vis de sa mère. Mais les exigences de Charles et de Denia, son instrument docile, concernant Jeanne, allèrent plus loin que celles du prêtre. Ils désiraient obtenir d'elle quelque chose de plus que sa présence à la messe. Il n'est dit nulle part, dans les correspondances, de quoi il s'agissait et l'on n'y rencontre que rarement des allusions, aussi obscures que prudentes, aux instructions verbales que Charles avait données concernant cet objet. Si cependant nous examinons mûrement toutes les circonstances, nous sommes amené à supposer qu'il s'agissait d'arracher à la Reine une abdication formelle. Il est facile de comprendre que, dans de pareilles circonstances, le P. Juan devenait gênant. C'est pourquoi, bien qu'il eût rendu des services signalés du temps des Comuneros, on le maltraita, on le chassa de Tordesillas et on alla jusqu'à le poursuivre au fond de son cloître. Ses dernières lettres ont quelque chose du cri d'angoisse d'un homme qui se noie : d'instant en instant, la voix est plus faible, jusqu'à ce qu'enfin l'on n'entende plus rien.

La plus jeune des filles de la reine, l'infante Catalina, partagea sa prison jusqu'au jour où elle fut mariée au roi de Portugal. A l'âge de dix ou de onze ans, elle commença à écrire de petites lettres à son frère Charles, qu'elle n'avait jamais vu et qu'elle aimait de tout son cœur. Ces lettres respirent le sentiment d'une entière satisfaction. Le monde dans lequel elle vivait, était étroit, mais parfait en soi. Le marquis, la marquise, leurs filles, les PP. Juan et Antonio, même les femmes, qui gardaient la reine, évitaient toute occasion qui pût leur attirer le moindre reproche. Catalina était née pendant le voyage de sa mère, de Burgos à Tordesillas, et elle n'avait jamais connu une autre vie que celle qu'elle avait eue entre les quatre murs d'une prison. Il faut admirer ici la souplesse de la nature humaine qui peut s'habituer à tout, ou bien se dire qu'il y a là une énigme dont il faut attendre l'explication. L'explication est venue, mais bien différente de ce qu'on pourrait croire. Au mois d'août 1521, l'Infante trouva l'occasion de faire tenir à l'Empereur, à l'insu du marquis de Denia, un mémorial et une lettre d'elle. Elle avoue que toutes ses lettres précédentes lui ont été arrachées, qu'elles ne contiennent qu'un tissu de mensonges. On la surveillait de si près qu'il ne lui était pas même possible de causer librement avec ses suivantes ou celles de sa mère. Toutes les personnes qui l'approchaient étaient fouillées — et cela lui était arrivé à elle-même — pour qu'on fût certain qu'elles n'apportaient ni n'emportaient aucune lettre. Le marquis, sa femme et ses filles, traitaient l'Infante avec arrogance, les filles surtout, qui se permettaient de lui prendre ses robes et ses bijoux et de s'en revêtir. Catalina supplie l'Empereur de ne point permettre qu'elle soit traitée ainsi dans la maison de sa mère. Elle lui demande en grâce de ne point consentir à ce que le P. don Juan de Avila soit chassé, parce qu'il est le seul homme au monde qui soit capable de consoler la Reine dans son malheur. « Au nom de l'amour de Dieu, « je conjure Votre Majesté de permettre à la Reine, ma bonne Dame, « de se promener dans le couloir, du côté de la rivière, et dans celui

« où l'on conserve les nattes de Sparterie, et qu'on ne puisse non « plus l'empêcher de venir prendre le frais dans la grande salle. »

Quand il arrivait à la Reine de se rendre dans l'appartement de sa fille, la marquise et ses filles l'y suivaient sans être vues, et, cachées dans quelque coin d'où elles pouvaient tout observer, elles faisaient signe aux femmes de chambre de ramener aussitôt leur royale maîtresse dans son réduit obscur. L'Infante en parle à son frère pour lui demander que cela ne se fasse plus. La lettre, jointe au mémorial, porte la date du 19 août. On y trouve un postscriptum autographe conçu en ces termes :

« Je prie Votre Majesté de m'excuser si je lui adresse une lettre « écrite d'une main étrangère. Je n'en puis plus ! »

Quelle vie pour une jeune fille, à peine nubile, qui était princesse de la maison d'Autriche et destinée à être reine un jour!

Jeanne, à qui il n'était permis de causer avec personne, si ce n'est avec son noble geôlier, avait avec lui de fréquents et longs entretiens. Il lui arrivait de causer avec lui pendant cinq ou six heures de suite, de son emprisonnement ou de divers sujets politiques. Quand nous lisons les résumés de ces conversations, nous nous croyons transporté dans une maison d'aliénés. Des personnages, morts depuis longtemps, se redressent, sortent de leurs tombes, conversent avec les vivants et se mettent à diriger les affaires de ce monde. Les assertions insensées, toutefois, ne partent pas de Jeanne, elles sont du fait du marquis de Denia.

Le roi Ferdinand était mort le 23 janvier 1516. Jusqu'au mois d'août 1520, le marquis prétendit qu'il vivait et était roi d'Espagne. Jeanne en doutait, nous ne savons trop pourquoi, et le marquis lui donna sa parole qu'il lui avait dit la vérité. Charles-Quint avait dû, par respect pour les convenances, faire en 1518 une courte visite à sa mère. On ne pouvait donc nier sa présence en Espagne. Quoiqu'il fût alors roi depuis deux ans, le marquis raconte à la Reine que son voyage n'avait pas eu un autre but que de supplier le roi Ferdinand, qui était mort, de traiter sa mère avec moins de cruauté. On sait que l'empereur Maximilien était décédé en janvier 1519. Jusqu'au mois d'août 1520, Denia prétendit qu'il était toujours de ce monde. Il raconta même à la Reine, sur son compte, une histoire de sa composition, aussi sentimentale qu'absurde : Par amour pour son petit-fils, Charles-Maximilien aurait déposé, en 1520, la couronne impériale et décidé les électeurs à donner à Charles le titre d'empereur. Denia alla si loin qu'il montra à Jeanne une lettre de Maximilien (cette lettre, l'Empereur étant mort, était naturellement fausse), dans laquelle il annonçait son abdication en faveur de Charles. Denia demanda à Jeanne de vouloir bien écrire, de sa propre main, à Maximilien, une lettre de remerciements. Toutes les nouvelles que le marquis donnait à la Reine étaient du même genre.

Pourquoi se plaît-on ainsi à en imposer systématiquement à la Reine? Il faut entendre là-dessus le marquis lui-même.

En 1519 — cette lettre autographe n'est point datée — il écrit à Charles : « J'ai dit à la reine, ma Dame, que le roi son père, » mon Seigneur, vivait encore, afin de pouvoir prétendre qu'on » avait suivi ses ordres et sa volonté dans tout ce qui déplait à » Son Altesse. L'affection qu'elle lui porte a pour conséquence de » lui faire paraître son sort moins affreux que si elle savait qu'il » est mort; d'ailleurs, ceci présente pour Votre Majesté de nombreux avantages. »

Il n'est pas difficile de savoir quels pouvaient être ces avantages. La principale preuve à l'appui de la folie prétendue de Jeanne, était qu'elle se refusait de croire à la mort de Philippe. Si on avait pu l'amener à parler également, après leur mort, de Ferdinand et de Maximilien comme de personnes vivantes, c'eût été une précieuse confirmation de sa folie; mais une lettre d'elle à l'empereur défunt eût été tout à fait hors de prix.

Quand on sait quel traitement Jeanne subissait dans sa prison, on ne pourra trouver surprenant que sa raison ait fini par succomber. Il nous faut donc rechercher avec soin si nous pouvons découvrir en elle les premiers indices d'un dérangement d'esprit. Les circonstances les plus accablantes que le marquis, qui avait le plus grand intérêt à la faire passer pour folle, aient pu produire contre elle, sont celles-ci : elle ne se couchait point à la même heure; elle négligeait sa toilette; elle prenait irrégulièrement ses repas, et, une fois, il lui était arrivé de battre ses suivantes. Si nous considérons cependant les conditions de son existence, la chambre privée de la lumière du jour, dans laquelle elle passait tout son temps, nous devons admettre que ces reproches qu'on lui fait peuvent fort bien ne point être mis sur le compte d'une aliénation mentale. Mais, tandis que, d'une part, les témoignages de folie font totalement défaut, il ne manque point, d'autre part, de faits qui nous amènent à la conclusion, que, même dans sa prison, elle conserva un jugement clair et vif. Elle savait fort bien qu'elle était captive, et tout le talent que déployait le marquis de Denia ne suffisait point pour lui faire accepter comme vraies ses inventions. Il lui était impossible, au fond de sa prison, d'apprendre ce qui se passait au dehors; elle s'efforça donc de prouver au marquis qu'il ferait bien de l'en tirer, ne fût-ce que pour peu de temps. Tous les prétextes imaginables furent recherchés par elle; elle parla du mauvais air qu'elle respirait, de ses douleurs névralgiques, etc., pour démontrer la nécessité d'un séjour à Valladolid. Elle déclara même qu'elle était disposée à ouïr la messe dans le couvent de Sainte-Claire, et cela dans l'espoir qu'elle aurait ainsi l'occasion d'apercevoir d'autres visages humains. Elle fit connaître ses désirs et ses doléances, non-seulement d'une manière parfaitement intelligible, mais encore avec une véritable éloquence.

« Ses paroles sont si touchantes (tantas buenas) qu'il est difficile » à la marquise et à moi de leur résister. » — « Il est impossible » de la mettre en contact avec qui que ce soit, car tout homme se » laisserait gagner par elle. » — Ses plaintes me remplissaient

» d'une profonde pitié pour elle. » — « Ses discours pourraient » émouvoir des pierres, (mover piedras). »

Tels sont les termes dont se servait le marquis en écrivant à l'Empereur. Et tout cela pour en arriver, en fin de compte, à la conclusion qu'il fallait de toute nécessité redoubler encore de rigueur.

Il n'est pas besoin d'autre commentaire pour comprendre pourquoi il demandait que ses lettres ne fussent montrées à personne et anéanties après avoir été lues, pourquoi il désirait se servir dorénavant d'un chiffre, ne se sentant point le courage de confier à l'écriture vulgaire toute la vérité.

Bien que notre cadre soit borné, nous ne croyons pas pouvoir nous dispenser de donner ici quelques extraits d'une de ses lettres (1) :

« Après que j'eusse écrit ma dernière lettre à Votre Majesté, » Son Altesse me fit appeler à deux reprises. Elle me pria d'écrire » au Roi, son Seigneur (Ferdinand le Catholique), qu'elle ne pouvait » pas supporter plus longtemps la vie qu'elle menait ; qu'il y avait » déjà un temps infini qu'on la retenait ici prisonnière ; qu'elle était » sa fille et qu'il lui devait au moins cette preuve d'amour de la » traiter mieux. Le simple bon sens, disait-elle, voulait qu'elle pût » vivre dans un endroit où il lui serait au moins possible d'apprendre » quelque chose de ses propres affaires. »

Le marquis lui répondit que Ferdinand l'avait fait transporter à Tordesillas, parce que cette ville était au centre de son royaume ; qu'elle serait traitée comme elle le méritait, etc., etc.

La Reine répondit qu'elle ne lui avait fait connaître ses sujets de plainte que pour soulager son cœur. Elle se plaignit aussi de ce qu'on avait éloigné l'Infant (Ferdinand), parce que, depuis la mort du Roi, son Seigneur (Philippe), elle n'avait plus d'autres consolations que lui (Ferdinand) et l'Infante.

« Il est maintenant en Flandre, et quoique ce soit là un meilleur » pays que l'Espagne, j'aimerais encore mieux avoir mon fils près de » moi et pouvoir le voir ; car je crains toujours que là-bas on ne lui » donne quelque chose pour le faire mourir. Elle exprimait sur ce » sujet ses appréhensions de mille manières différentes. »

Était-ce là chose extraordinaire de la part de la veuve de Philippe, qui était mort empoisonné, de la part de la fille de Ferdinand qui s'était débarrassé, par le même procédé, de deux membres de sa famille ?

Le marquis poursuit ainsi son rapport : « Elle se préoccupe » beaucoup, depuis quelques jours, de l'Infante qu'elle fait venir auprès » d'elle à chaque instant. Je lui ai demandé pourquoi elle faisait » cela. Elle m'a répondu : Je crains que le Roi, mon Seigneur » (Ferdinand) me la prenne, comme il a fait déjà de l'Infant. Mais

(1) C'est la 48e de la collection de documents que nous publions. (*Note de l'auteur.*)

» je vous le dis, si cela devait arriver, je me jetterais par la fenêtre » ou je me frapperais au cœur d'un coup de couteau. »

Comment il a pu se faire que Charles soit resté froid à la lecture de lettres pareilles, cela ne sera compris que par celui qui sait combien grande était l'impassibilité et la dureté des hommes du seizième siècle.

Au mois d'août 1520, les Comuneros vinrent à Tordesillas. La première et la plus importante question qu'ils eurent naturellement à décider, fut de savoir si la Reine était folle ou si elle ne l'était point. Ses serviteurs et employés qui, pendant de longues années, l'avaient approchée journellement et suivie dans toutes les épreuves de sa vie, furent appelés en témoignage. C'est une grande perte que leurs déclarations ne nous aient pas été conservées. On les aura probablement anéanties sur l'ordre de Charles. Les lettres du cardinal Adrien, qui était alors vice-roi d'Espagne, renferment cependant le résumé le plus substantiel de tout ce que ces témoins déclarèrent. Il écrivait, le 4 septembre 1520, entre autres choses, ce qui suit :

« Presque tous les officiers et serviteurs de la Reine déclarent » que S. M. a été traitée avec injustice et retenue par force, pendant » quatorze ans, dans cette forteresse, et cela sous le prétexte que sa » raison l'avait abandonnée. Il n'en était rien cependant; elle a été » constamment aussi raisonnable et présente d'esprit qu'elle l'était » dans les premiers temps de son mariage. »

Et plus loin, dans la même lettre : « Il ne s'agit plus ici d'une » perte d'argent, mais d'une ruine complète et perpétuelle, puisque » Votre Altesse (Charles) a usurpé le titre royal, et que la Reine, » qui jouit de la plénitude de ses facultés intellectuelles, a été » arrêtée et retenue de force prisonnière, sous le prétexte de folie » d'après les confessions que j'ai rapportées. »

De semblables déclarations se trouvent dans presque chacune des lettres d'Adrien appartenant à cette époque, et il ne manque pas d'ajouter expressément que, en général, on tient Jeanne pour tout aussi capable de régner que l'était sa mère Isabelle. On ne saurait douter après cela que les serviteurs de la Reine ne l'aient déclarée parfaitement saine d'esprit. Et, dans ce cas, quel avantage auraient-ils pu trouver à parler contrairement à la vérité, puisqu'ils s'exposaient par là à être considérés comme complices d'un des crimes les plus odieux qu'il soit possible de commettre?

Durant 103 jours, c'est-à-dire aussi longtemps que les Comuneros demeurèrent les maîtres de Tordesillas, la Reine put jouir d'une liberté presque complète. Le marquis de Denia fut renvoyé en septembre 1520, et sur la demande de Jeanne, ses suivantes furent congédiées. Elle ne conserva qu'une seule femme auprès d'elle. Ses actions, néanmoins, furent constamment celles d'une personne parfaitement raisonnable. Au commencement, elle était, comme de juste, un peu excitée par les événements qui fondaient en quelque sorte sur elle ; puis, elle se calma peu à peu et, au mois de novembre, nous trouvons que la négligence dans sa toilette, qui lui avait été reprochée jusqu'alors, avait fait place à des soins minutieux pour sa propre personne et pour l'extérieur de sa fille. Les discours tenus par elle dans les audiences qu'elle accorda aux députés des villes ont été consignés mot à mot par des notaires. On ne saurait prétendre que ces actes authentiques ne méritent aucune créance, par la raison que les émeutiers avaient intérêt à faire passer la Reine pour raisonnable. S'il était arrivé aux notaires de ratifier des faits qui n'eussent point été conformes à la vérité, Adrien n'aurait certainement pas manqué de révéler cette circonstance. Non-seulement il ne l'a point fait, mais ses agents secrets à Tordesillas, qui assistaient à ces audiences et qui lui adressaient leurs rapports, ne dirent rien qui ne fût parfaitement conforme aux actes notariés. Nous n'avons pas ici l'espace suffisant pour entrer dans les détails des négociations qui eurent lieu entre Jeanne et les députés, et nous devons nous borner à rapporter en peu de mots les résultats de l'audience du 24 septembre.

Le Dr Zuniga, de Salamanque, portait la parole au nom de la Junte. A genoux devant la Reine, il lui fit connaître tous les griefs des Espagnols contre Charles-Quint et ses conseillers. Elle lui ordonna de se tenir debout devant elle, afin qu'elle pût mieux l'entendre. Toutefois, comme le discours était excessivement long, elle ordonna qu'un coussin fût apporté, afin qu'elle pût s'asseoir, car, disait-elle, « je veux tout entendre mûrement et à mon aise. » Le coussin fut apporté, la Reine s'assit et Zuniga termina à genoux son discours. Dans la réponse fort étendue qu'elle fit, elle ne parla que peu de sa captivité. Elle mentionna seulement les mauvaises gens qui l'avaient entourée, qui lui avaient caché la mort de son père et qui lui avaient menti de différentes façons. Quant aux Flamands, qui avaient maltraité l'Espagne, elle ne sut rien dire en leur faveur, et s'étonna seulement que des Espagnols eussent supporté de pareilles infamies, sans en tirer vengeance. « Tout ce qui est bon, disait-elle, a mon assentiment, mais je maudis tout ce qui est mal. » Elle parla avec affection de Ferdinand, et pour excuser ce qu'il était impossible de nier, elle donna à entendre que sa belle-mère ne fut sans doute point sans exercer sur son père une fâcheuse influence. Elle évita avec soin tout ce qui aurait pu faire paraître Charles sous un mauvais jour. En terminant, elle promit de faire tout ce que lui permettrait le mauvais état de sa santé pour aplanir les difficultés et les inconvénients qui lui étaient signalés. Afin d'être aidée dans cette tâche, elle pria les députés de choisir dans leur sein quatre personnes avec lesquelles elle pourrait s'entretenir des affaires de l'Etat. Le P. Juan de Avila proposa qu'elle eût une fois par semaine à conférer avec les délégués ; à cela elle répondit : « Aussi souvent » que ce sera nécessaire, je veux les voir et leur parler. »

Est-ce là la conduite d'une folle?

Le résultat de tout ce que nous avons rapporté jusqu'à présent est bien, si nous ne nous trompons, celui-ci : Les personnes qui avaient le plus grand intérêt à répandre le bruit de la folie de Jeanne s'accusent mutuellement de mensonge, dès qu'elles n'obtiennent point un avantage immédiat; elles échouent dans toutes leurs tentatives pour pousser Jeanne à des actions capables de servir de preuves au dérangement de sa raison; ses domestiques la tiennent tous pour parfaitement raisonnable; ses discours et sa manière d'être prouvent qu'elle jugeait de tout avec tact et en parfaite connaissance de cause; enfin sa correspondance familière, qui seule peut être invoquée, ne porte pas un fait qui pourrait faire croire à une apparence d'insanité.

Avant de terminer, il nous reste à débattre une question importante.

Comment a-t-il pu se faire que Jeanne, après avoir recouvré sa liberté, ait pu se résoudre à rentrer sous les verrous?

Elle a dit elle-même qu'elle aimait ses sujets de toutes les classes et nous n'avons point de raison de douter de sa sincérité. Elle n'avait cependant jamais imaginé ou seulement entendu dire que des avocats, des professeurs, des médecins et des marchands eussent un droit quelconque à s'occuper d'affaires ayant rapport aux droits de la couronne. Ce droit ne revenait, dans des cas tout à fait exceptionnels, qu'à la haute noblesse et aux conseillers royaux. Où sont les Grands d'Espagne? Où est la noblesse? Telles étaient les questions qui la préoccupaient incessamment pendant sa captivité. Elle ne s'était pas demandé une seule fois : Où donc est mon peuple?

Les Grands ne faisaient rien pour elle, et c'était le peuple qui s'était mis en révolte ouverte, qui avait dirigé une armée sur Tordesillas et qui l'avait délivrée. Il est parfaitement vrai que le but principal de la rébellion n'était point de mettre en liberté la Reine; mais ce serait une grave erreur que d'accepter l'appréciation des faits telle qu'elle fut répandue plus tard avec préméditation et de dire que les Comuneros ne s'étaient portés sur Tordesillas que dans l'intention de se servir de la Reine pour autoriser la révolte.

Longtemps avant que la révolution n'éclatât, le marquis de Denia s'était plaint, à plusieurs reprises, que le secret d'Etat avait transpiré et qu'on l'insultait publiquement en le traitant de tyran et de geôlier.

A la place de Jeanne, un homme d'Etat n'eût pas hésité un seul instant sur le parti à prendre.

Les Comuneros étaient, pour ainsi dire, poussés au désespoir par le joug le plus ignominieux que jamais pays eut à porter. Charles et ses conseillers venus des Pays-Bas avaient non-seulement pris aux Espagnols leurs biens et leur argent, ils avaient joint l'expression de leur mépris à cette spoliation générale. Comme dans les temps plus modernes, on voit les Indous se révolter pour avoir été dédaigneusement traités de « nègres », la haine nationale des Espagnols s'enflamma contre les Flamands à cause du sobriquet « d'Indiens » qu'on leur donnait.

Jeanne n'avait plus eu le moindre rapport avec les Pays-Bas, depuis la mort de Philippe, et son élévation au trône aurait nui à l'instant même à une union détestée. Une autre cause de la rébellion était le joug religieux, devenu insupportable. Depuis qu'Adrien était grand-inquisiteur, l'Inquisition se montrait plus âpre dans son action que du temps de Torquemada. Sa cruauté presque insensée à l'endroit de Blanchina, une femme qui, dans ses vieux jours, gardait le lit et ne savait guère ce qu'elle disait, avait valu à l'Eglise d'Espagne le mépris de l'Europe et avait fait qu'en Espagne même l'Eglise était plus détestée encore. L'audacieux attentat, commis à Cuença par les inquisiteurs et leurs familiers et approuvé par Adrien, avait d'autant plus soulevé tous les cœurs qu'il n'avait pas même pour excuse la défense de la religion.

Ainsi s'explique que, dans ce temps-là, il y avait peut-être en Espagne plus de partisans de Luther qu'en Allemagne même (1). Si Jeanne était luthérienne, l'opposition générale contre l'Eglise catholique d'Espagne aurait formé un lien étroit entre elle et le pays. Elle aurait donc pu être certaine que les villes et la bourgeoisie, en général, lui eussent été fidèles.

D'un autre côté, la noblesse avait été enrichie par Philippe, Ferdinand et Charles, au moyen des domaines de la couronne, lesquels, légalement, étaient inaliénables, et tout cela s'était fait évidemment dans le dessin de gagner des sympathies à l'usurpation. Dans le cas où les trois derniers gouvernemeuts eussent été déclarés illégitimes, les nobles auraient dû rendre leurs injustes profits. En outre, on ne saurait mettre en doute qu'ils ne fussent généralement bons catholiques et qu'il leur eût été impossible de considérer froidement la soi-disant hérésie de la Reine. Les préjugés eussent fait le reste de la besogne. Les grands n'étaient pas encore accoutumés à considérer les classes moyennes comme composées de concitoyens ayant une valeur politique quelconque.

Nous avons souvent rencontré cette manière de voir, mais nulle part cependant exprimée avec autant de force que dans une circulaire par laquelle le marquis de Villena invitait la noblesse à instituer une contre-junte pour faire opposition aux villes. « Dieu, dit-il, dans sa sagesse et sa justice, a établi, dès la création du monde, la différence des conditions sociales; c'est par là un devoir pour tout chrétien de fouler aux pieds la révolution. » Si ridicule que serait de nos jours la production d'un pareil argument, il n'en est pas moins vrai que, dans ce temps-là, c'était une croyance généralement répandue, et que, comme tout préjugé sincère, elle était capable d'exercer une grande force morale. Vis-à-vis d'un pareil état de choses, Jeanne ne pouvait pas compter sur le parti de la noblesse.

Toute résistance cependant eût cédé à l'instant, si elle s'était décidée pour les Comuneros. Adrien lui-même, qui était d'abord

(1) Voir les instructions données les 12, 13 et 14 avril 1521, au duc d'Albe, concernant ce qu'il aura à mander à l'Empereur, au nom du gouvernement, de la noblesse et des prélats d'Espagne. (*Archives de Simancas.*)

le seul et qui fut plus tard le premier représentant de Charles-Quint, en Espagne, déclarait, dans chacune de ses lettres que, si Jeanne signait une seule proclamation disant qu'elle se mettait à la tête du gouvernement, la lutte contre elle serait impossible, et qu'il quitterait à l'instant même le pays. Quant aux Grands d'Espagne, ils étaient tous disposés dans ce cas à faire leur paix avec la Reine et à chercher à obtenir d'elle les meilleures conditions possibles.

Jeanne avait, par conséquent, son sort dans ses mains.

Mais comment lui était-il possible de connaître la situation des choses et les intentions des partis?

Après quatorze années d'une cruelle prison, elle se retrouvait, sans transition, au beau milieu des affaires d'Etat, et il lui fallait prendre sans retard les décisions les plus importantes. Le comte de Denia l'avait trompée si longtemps. Quelle garantie avait-elle maintenant que les Comuneros lui eussent présenté les choses sous leur véritable jour? Elle n'était entourée que de gens appartenant à un même parti et, qui plus est, au parti dont l'influence, quoique moralement bien fondée, était contraire aux lois existantes et les violentait. Pouvait-elle s'abandonner à ce parti?

Les préjugés et les sympathies dont avaient été nourries ses jeunes années l'attiraient de l'autre côté. Nous avons déjà mentionné la vive affection avec laquelle, en prison, elle parlait de son fils Ferdinand et de sa fille Catalina, mais il convient d'ajouter qu'elle avait complétement pardonné à son fils aîné Charles la grande injustice dont il s'était rendu coupable envers elle.

Lorsque les députés des villes lui observèrent que Charles s'était injustement et à son détriment attribué le titre de roi, elle l'excusa en prétendant que les mœurs espagnoles autorisaient le fils aîné d'une reine à prendre ce titre du vivant de sa mère, et, tout en parlant ainsi, elle savait certainement qu'il n'en était rien. Quand, après cela, les députés déclarèrent en outre que Charles avait appelé de grands désastres sur l'Espagne, elle s'écria : « Que nul ne tente » de me brouiller avec mon fils. Ce qui m'appartient est à lui et je » sais qu'il s'appliquera au bien du royaume. »

Les députés des villes comprirent fort bien quel désavantage c'était pour eux que la Reine n'eût point l'occasion d'entendre la voix du parti contraire. Ils invitèrent en conséquence le cardinal Adrien à vouloir se rendre à Tordesillas accompagné des conseillers royaux, afin de prendre avec eux des mesures nécessaires en présence de la Reine. Hadrian se vanta auprès de l'Empereur d'avoir répondu à cette ouverture d'une manière bien différente de celle que les Comuneros avaient attendue de lui. Tandis qu'il évitait avec soin toute discussion qui aurait pu éclairer la Reine, il la faisait endoctriner par ses agents secrets, Fray Francisco de Léon, Fray Juan de Avila et autres dont les noms sont tus à dessein. Il lui faisait représenter les Comuneros comme étant des rebelles de la pire espèce, dont le but était de faire d'abord usage de son nom, et de la jeter ensuite dans une prison encore plus étroite. Il lui donnait, d'autre part, l'assurance que le parti des Grands voulait la rendre à la liberté, et il ajoutait que, bien qu'il fût persuadé qu'une proclamation signée d'elle fût suffisante pour la porter sur le trône, il la suppliait de n'en rien faire, parce qu'elle donnerait par là un grand avantage à la Révolution et marcherait à une perte certaine. Charles parlait sur le même ton : « Je ne saurais exprimer en » paroles la douleur que je ressens, » écrivait-il le 7 octobre 1520, « quand je songe à l'incroyable insolence et au dédain avec lesquels » (les députés des villes) traitent la Reine, ma souveraine Dame. »

Les Grands allèrent plus loin encore. Le connétable de Castille, par exemple, ne parlait pas d'autre chose que de « la sainte entreprise » consistant à délivrer la légitime reine et souveraine des mains « d'une soldatesque barbare » qui la retenait prisonnière.

Dans toutes ces lettres et proclamations qui furent répandues dans le pays en grand nombre d'exemplaires et communiquées à la Reine par les soins d'Adrien, il n'y a pas un mot qui puisse être considéré comme faisant allusion à son état mental ou à toute autre incapacité de sa part de ceindre la couronne. Dans sa foi entière à la sincérité de son fils, du pieux cardinal et de la noblesse, Jeanne sut amuser la Junte, renvoyant sa décision de jour en jour et de semaine en semaine, et cela avec une habileté qui étonne et qui prouve une profonde connaissance des affaires. Son but était de donner au parti de la noblesse le loisir de réunir une armée. Quand enfin celle-ci fut en marche sur Tordesillas, les députés des villes eurent recours aux moyens désespérés. Ils se proposaient de refuser à la Reine, comme à l'Infante, toute nourriture jusqu'à ce que, pressée par la faim, elle se déclarât prête à user de ses droits souverains. Cependant, dès qu'ils virent qu'elle n'était pas femme à se laisser intimider, ils tombèrent à genoux devant elle et lui présentèrent la proclamation en même temps qu'une plume et de l'encre, et la supplièrent d'y mettre son nom, afin de sauver, elle et le pays, du malheur et de la ruine. Ce fut en vain. Deux jours plus tard, les Grands arrivaient devant les portes de Tordesillas. Ils firent savoir à la Reine, par un héraut, qu'ils étaient venus en bons et loyaux sujets pour la servir. Jeanne ordonna en conséquence aux bourgeois d'ouvrir les portes de leur ville en disant : « Les Grands et la noblesse sont mes loyaux serviteurs, ils ne feront tort à personne. » Les membres de la Junte et les bourgeois, qui connaissaient mieux la noblesse, se gardèrent bien d'obéir. Dans la nuit du 5 décembre 1520, l'assaut fut donné et la ville emportée et livrée au pillage. La Reine avait fait ouvrir toutes grandes les portes de son palais, elle reçut à l'entrée ses prétendus sauveurs. Don Juan Maurique et Don Geronimo Padilla, qui arrivèrent les premiers, ramenèrent la Reine et l'Infante dans leur appartement. Peu à peu, les chambres se remplirent de Grands d'Espagne et de hauts dignitaires du royaume. Jeanne était heureuse de se voir enfin entourée de la noblesse de Castille, et elle avait pour chacun une bonne parole.

Parmi les Grands, il y avait un personnage qui ne lui était que trop bien connu : c'était le marquis de Denia. Quelques jours plus tard, elle était de nouveau sa prisonnière. Telle fut « la sainte entreprise pour la délivrance de la reine légitime »; elle n'eut d'autre résultat que de lui donner pour prison une chambre sombre et étroite où il lui fut loisible de déplorer son erreur, avec la torture pour lui apprendre la résignation et l'obéissance.

Ce second emprisonnement de Jeanne fut plus dur que le premier. Le marquis de Denia était irrité ; il éprouvait le besoin de se venger sur sa prisonnière et sur tous ceux qui sympathisaient avec elle, des outrages que les Comuneros lui avaient fait subir. La Reine elle-même avait des impatiences, elle supportait mal ce retour au régime de la captivité. Des mesures plus sévères que par le passé furent mises en usage. L'Infante fut éloignée de sa mère et mariée au roi de Portugal. On avait calculé que la Reine ne survivrait point à cette séparation. Son sort devint après cela plus cruel que la mort même. Condamnée à n'avoir plus de rapports qu'avec son maître-geôlier et à gémir jour et nuit sur l'intrigue dont elle était la triste victime, il est assez naturel que sa raison s'altéra à la fin. Dans les dernières années de sa vie, elle se croyait entourée de mauvais esprits qui refoulaient en elle tous les sentiments nobles et généreux. Elle voyait en imagination l'ombre d'un gros chat qui déchirait à belles dents les mânes de son père et de son mari, et faisait mine parfois de s'élancer sur elle. Dans l'intervalle de ces crises, elle avait des moments de calme pendant lesquels elle mesurait toute l'étendue de son malheur. Physiquement parlant, elle tomba dans un état de complète bestialité. Elle ne quittait plus son lit qui recevait toutes ses déjections. Elle continua à végéter ainsi au milieu des immondices. Tel fut le sort de la princesse dont la maison impériale hispano-autrichienne tire son origine!

La mort devait être pour elle la délivrance. Enfin, au mois d'avril 1555, après une captivité de quarante-neuf années, elle approcha de sa fin. On aurait dû la laisser mourir tranquille. Mais l'honneur de la maison d'Autriche exigeait qu'elle se confessât et qu'elle reçût l'extrême-onction. Des scènes terribles paraissent s'être passées dans sa chambre mortuaire. Ses cris de détresse furent entendus dans les maisons du voisinage et dans la rue. D'après une lettre du marquis de Denia, un fils de celui qui avait été son geôlier, lettre adressée au secrétaire d'Etat Juan Varquez, il paraît que Jeanne serait morte sans confession et sans extrême-onction. S'il faut, au contraire, en croire une lettre de la princesse Jeanne, fille de Charles, elle aurait consenti à communier au moment suprême. Quoi qu'il en soit, le 12 avril 1555, le matin, entre cinq et six heures, elle rendit l'âme en remerciant Dieu de ce qu'il consentait enfin à la délivrer de ses souffrances.

Maintenant, quelques mots encore sur les principaux personnages qui, pendant la révolte des Comuneros, abusèrent de la confiance de la Reine pour lui ravir sa liberté. C'étaient les trois gouverneurs ou vice-rois : le cardinal Adrien, l'amiral et le connétable de Castille.

Adrien avait toujours eu en Belgique, sa patrie, et généralement dans le nord de l'Europe, la réputation d'une grande piété et d'une vie très-pure, tandis que les Italiens voyaient en lui l'un des plus grands hypocrites de son siècle. Les Espagnols disaient de lui, pendant sa régence, que c'était un homme qui avait les meilleures intentions du monde, mais dont la connaissance du cœur humain était si pauvre qu'il se laissait tromper par le premier venu. Si nous voulons le juger, non pas d'après des biographies, mais d'après ses actes et sa correspondance, nous trouvons qu'il était facile de l'induire en erreur, toutes les fois que la connaissance de la vérité lui aurait été contraire, mais qu'il était, au contraire, difficile de se jouer de lui quand la vérité pouvait lui être avantageuse. Nous devons avouer que nous doutons de la sincérité d'un pareil caractère, nous croyons plutôt que c'est justement à sa souplesse et à sa science d'éviter avec soin les vérités désagréables qu'il doit de s'être élevé de la plus modeste des positions jusqu'à la charge la plus haute de la chrétienté et d'avoir conservé, à travers un monde corrompu, la réputation d'homme vertueux.

A l'égard de Jeanne, sa conduite fut ce qu'on pouvait attendre de lui tel que nous le connaissons. Quand il supposa que la puissance de Charles en Espagne était perdue à jamais, il ne craignit point de dire la vérité assez franchement. Sur ces entrefaites, le marquis de Denia, qui avait été chassé de Tordesillas et se rendait à Lerma, s'arrêta à Valladolid. Le 21 septembre, il dîna avec le cardinal et eut, après le dîner, un court entretien avec lui. Ce qu'il lui raconta sur le compte de la Reine est facile à deviner; Adrien trouva sans doute qu'il était de son intérêt d'y croire aveuglément. A partir de ce moment, il ne parla plus, dans ses lettres, de la Reine, sans ajouter chaque fois qu'il la tenait pour folle.

Lorsqu'enfin le moment fut venu où la défaite des Comuneros n'était plus qu'une affaire de temps, il ne parla qu'avec mépris du bruit qui avait couru que Jeanne jouissait de la plénitude de ses facultés. Un homme faible peut modifier ses opinions selon le cours des événements, sans qu'on puisse l'accuser de manquer de franchise. Dans le présent cas, cependant, nous ne pouvons nous décider à défendre l'honnêteté d'Adrien au détriment de son jugement. Il suivit l'armée victorieuse à Tordesillas et demeura là un certain temps. Il devait savoir à coup sûr que la démence était mise en doute par nombre de gens. Il lui appartenait, comme étant revêtu de l'autorité supérieure en Espagne, de s'assurer par lui-même du fondement de ce bruit; cependant, il ne vit pas une seule fois la Reine. Craignait-il peut-être qu'une vérité gênante lui fût révélée? Encore plus suspecte nous paraît être une question qu'il lui arriva de poser directement à l'Empereur. « Est-il dans les intentions de l'Empereur, demande-t-il, d'attendre que sa mère soit morte pour devenir roi d'Espagne? » Il savait, par conséquent, qu'il s'agissait, au fond, de l'usurpation de la couronne et non pas de la folie supposée de la Reine. Les apparences qu'il se donne de ne rien deviner ne seraient, d'après cela, qu'un leurre et nous rappelleraient le mot du duc de Sessa, qui, quelques années plus tard, quand Adrien, devenu pape, gémissait sur la corruption de la cour romaine, ne trouva rien de mieux à répondre à la vertueuse indignation du Saint-Père que de s'écrier : « Pur radotage que tout cela ! Il ne lui plaît point d'entendre la vérité. »

Don Iñigo Fernandez de Velasco, connétable de Castille et frère de son prédécesseur Bernardino, qui, du temps de Philippe, s'était rangé du parti de Jeanne, était un ami déclaré du marquis de Denia et sa conduite vis-à-vis de la Reine avait été ce que l'on pouvait attendre d'un pareil homme.

L'amiral héréditaire de Castille, don Fabrique Henriquez, au contraire, était un personnage d'une plus haute valeur morale. Il avait refusé longtemps de recevoir le titre de vice-roi, parce qu'il entendait entrer en charge, en publiant une amnistie générale. Lorsque les révolutionnaires furent vaincus, il écrivit à l'Empereur que la seule indemnité qu'il prétendait recevoir pour ses grandes pertes personnelles était la grâce des rebelles. Il chercha à procurer à la Reine une position honorable qui lui eût permis de prendre une part quelconque, quoique restreinte, aux affaires de l'État. Les autres grands l'emportèrent sur lui par la raison que donne le Comendador-Mayor Fernando de Vega, dans sa lettre du 8 décembre, où il dit que « ce serait pour l'Espagne le plus grand malheur que » d'avoir deux souverains à la fois. »

On avait prétendu en sa présence que la Reine était faible d'esprit, il n'avait pas hésité à témoigner son mécontentement et à dire franchement : « Moi, je la tiens pour raisonnable. »

La conduite de Charles-Quint envers sa mère révolte la nature, et cependant nous ne pouvons nous empêcher de prétendre que, si nous ne nous laissions point gagner par les apparences flatteuses d'une époque, toujours admirée à l'excès, mais que si nous descendions au fond de la conscience, nous serions forcés de convenir que Charles n'était point, à coup sûr, le plus immoral parmi les hommes d'Etat de son époque. Jamais il ne tomba assez bas pour ne savoir plus discerner ce qui était juste et légitime de ce qui ne l'était point, et la fameuse théorie qui veut que la qualité du but puisse changer en œuvres saintes des actions en soi fort mauvaises, lui demeura toujours étrangère. Cependant, il savait fort bien qu'un grand empire ne saurait être fondé sans troubler personne dans ses droits de possession ni sans causer de grandes injustices et de grands dommages ; mais il était prêt à supporter toutes ces conséquences prévues. Il nous montre assez clairement ses sentiments à ce sujet, dans une mémorable circonstance. Nous voulons parler de la présence de Luther à la diète de Worms. La fraction la plus fanatique du parti catholique reprocha à l'Empereur d'avoir tenu sa parole et d'avoir permis ainsi, par de fausses considérations d'honneur et de loyauté, à un hérésiarque, qui mettait en grand danger les plus hauts et plus saints intérêts de l'Eglise de Dieu, de sauver sa misérable vie, alors qu'il le tenait en son pouvoir. Ces reproches furent faits si haut et si aigrement que Charles jugea à propos de publier une justification de sa conduite. Il se garde bien, en cette occasion, de pousser les choses à l'extrême, comme le fit, un peu plus tard, l'évêque Claude Tolomeï, lequel, dans un mémoire destiné à servir de guide à la politique papale, nie l'idée morale et lui enlève toute valeur et toute signification. Bien au contraire, il déclare que le meurtre de Luther eût été une action criminelle; il ajoute toutefois, comme correctif à cette déclaration et sans détour aucun, qu'il entre quelquefois dans la mission des grands rois de commettre des forfaits, ou, pour mieux dire, d'immoler leur propre conscience. : *Sacrificar sa consciencia*. Il ajoute que, quiconque ne s'en croit pas capable, n'est point appelé à veiller sur les destins de la chrétienté. Comme nous n'avons ici d'autre but que de nous rendre compte de la valeur morale de l'Empereur, nous pouvons nous dispenser de passer en revue les motifs spéciaux pour lesquels, dans un cas particulier, il ne jugea point à propos de remplir son devoir, en attentant aux jours de Luther.

Dans le cas où nous aurions réussi à nous rendre un compte exact de son caractère, nous ne saurions point, en vérité, qui il conviendrait de plaindre davantage : de lui, que l'intérêt de sa politique obligea d'être toute sa vie le plus cruel ennemi de sa propre mère, ou de Jeanne qui s'éteignit lamentablement. Ce fut chargé de ces crimes et de cent autres, dont le moindre écraserait de son poids la conscience d'un homme de notre temps, que Charles se retira au monastère de Saint-Juste avec le sentiment que tant de sacrifices supportés par sa conscience, l'avaient été inutilement.

Maintenant, si nous voulons apprécier à sa juste valeur l'assertion tant de fois répétée que le progrès des sciences et la diffusion des lumières sont destructifs de toute religion et de toute morale, nous n'avons qu'une chose à faire, c'est de comparer les violations du droit qu'un homme d'Etat de nos jours croit pouvoir se permettre avec la profonde immoralité au-dessus de laquelle un prince du seizième siècle, profondément religieux et comparativement juste, n'aurait pu s'éleverqu'à son détriment.

La correspondance de Charles-Quint pourrait aujourd'hui être rassemblée d'une manière à peu près complète. Une collection de cette nature serait une œuvre colossale, mais aussi les révélations qui en sortiraient concernant le grand œuvre de la civilisation européenne, compenseraient amplement les peines qu'on se serait données, l'argent qu'on aurait dépensé. Tout ce qui a été fait et se fait jusqu'à présent dans ce but est fragmentaire et trop imparfait pour suffire à un jugement définitif. N'y aurait-il point de par le monde un gouvernement qui serait disposé à entreprendre sur une large base un travail de cette nature?

BERGENROTH.

Monsieur,

Nous avons l'honneur de vous annoncer la publication d'une nouvelle *Revue de Belgique,* destinée à tenir ses lecteurs au courant du mouvement littéraire, historique et scientifique moderne, et de la part qu'y prend notre pays, autant qu'à donner une tribune indépendante aux nombreux écrivains belges qui cultivent les diverses branches de la pensée, et dont quelques-uns se sont déjà si honorablement distingués.

Sauf quelques lacunes, que nous ne désespérons pas de combler, vous verrez, par notre liste de rédacteurs, que nous nous sommes assuré de sérieux concours.

Cette œuvre de désintéressement et de patriotisme, que le fondateur de la *Revue Trimestrielle* a déclarée *indispensable,* n'est possible qu'avec l'appui de tous les Belges qui savent, comme l'a dit M. Nothomb, qu'une nation qui a conscience d'elle-même, doit être « une puissance intellectuelle autant qu'une puissance politique. »

Nous espérons, Monsieur, que vous voudrez bien vous associer à nos travaux et nous honorer de votre souscription.

Agréez l'expression de nos sentiments distingués.

Pour les membres fondateurs :

FR. VAN MEENEN,	P. TEMPELS,
CH. POTVIN,	HENRI MARICHAL.

REVUE

DE

BELGIQUE

PARAISSANT LE 15 DE CHAQUE MOIS.

La REVUE DE BELGIQUE paraît le 15 de chaque mois, dans un format grand in-8°, sur papier fort.

Chaque livraison contiendra de 80 à 90 pages de texte : *Roman, histoire, science sociale, poésie*, — ainsi qu'une série, aussi complète que possible, de bibliographies, belges et étrangères.

Prix de l'abonnement. . . . fr. 12 » par an.

SOMMAIRE DE LA PREMIÈRE LIVRAISON :

INTRODUCTION. — ÉMILE DE LAVELEYE : *De l'utilité du théâtre*. — EMILE LECLERCQ : *Le Fils de la Voisine*. — CH. POTVIN : *Poésies*. — MAX. VEYDT : *Chronique*. — BIBLIOGRAPHIE : *Belgique, Allemagne, France*.

Les livraisons suivantes contiendront, entre autres travaux, les articles suivants :

EUG. VAN BEMMEL : *L'Homme préhistorique*.

J.-C. HOUZEAU : *Études sur l'Amérique*.

P. TEMPELS : *La loi dans les gouvernements représentatifs*.

F. GRAVRAND : *Erreurs et préjugés littéraires*.

ALEX. ERDAN : *Le théâtre moderne en Italie*.

Des *romans* de MM. CH. DE COSTER, ÉMILE GREYSON, ÉMILE LECLERQ, EUG. GENS, etc.

Bibliographie. — Chaque livraison contiendra une série de bibliographies, belges et étrangères.

Au milieu de l'immense production d'œuvres scientifiques, historiques et littéraires que la librairie accumule chaque jour, il est bien difficile de choisir le livre qui nous intéresse ou qui peut servir à nos études, difficile même parfois d'en connaître le titre. C'est le devoir d'une *Revue* de mettre le lecteur au courant des publications nouvelles, de lui épargner des achats inutiles, de l'aider à satisfaire ses goûts littéraires, à compléter sa bibliothèque en connaissance de cause, tout en lui donnant un aperçu sommaire du mouvement des idées en dehors de sa spécialité, de façon à le servir dans ses études particulières et à le faire participer à l'ensemble des travaux de l'esprit moderne.

Nous ne négligerons rien pour étendre cette partie de la *Revue* aux publications germaniques.

PRINCIPAUX RÉDACTEURS.

AMÉRIQUE.

MM. J.-C. Houzeau.
Ed. Sève.
Ern. Van Bruyssel.

ESPAGNE.

J. de Pedruna.

ITALIE.

Alex. Erdan.

PARIS.

H. Chavée.
Alfred Michiels.

ANVERS.

Eug. Dubois
Eug. Gens.

BRUGES.

Ferd. Gravrand.

BRUXELLES.

J.-B. Annoot.
H. Bergé.
Dr Breyer.
Félix Bovie.
Ch. Buls.
Er. Cambier.
Ch. De Coster.
R. De Deyn.
Ed. De Linge.
H. Delmotte.
Ad. Demeur.
Vital Descamps.
MM. Ern. Discailles.
G.-J. Dodd.
G. Duchaine.
J. Dupont.
M.-J. Dulieu.
C.-A. Duvivier.
P.-A.-F. Gérard.
Ch. Graux.
Emile Greyson.
Paul Janson.
Gust. Joris.
Gust. Jottrand.
Emile Leclercq.
Ad. Le Hardy de Beaulieu
H. Lehon.
C. Leirens.
J. Ludvig.
H. Marichal.
Ad. Mathieu.
Eug De Molinari.
X. Olin.
Alb. Picard.
Edm. Picard.
Alex. Pinchart.
Cam Piqué.
Ch. Potvin.
Ch. Rahlenbeck.
Ad. Samuel.
Aug. Scheler.
N.-C. Schmit.
P. Tempels.
F. Tielemans.
G. Tiberghien.
MM. Eug. Van Bemmel.
L. Vanderkindere.
Ed. Vanderplassche.
Fr. Van Meenen.
Max. Veydt.

CHARLEROI.

C.-P. Vanderelst.

GAND.

J. Fuerison.
Fr. Hennebert.
D. Keiffer.
F. Laurent.
P. Voituron.
A. Wagener.

LIÉGE.

Émile De Laveleye.
Alfr. Guinotte.
Ferd. Hénaux.
Vict. Hénaux.
G. Humblet.
God. Kurth.
J. Stecher.

MONS.

P.-E. De Puydt.
Ch. Le Hardy de Beaulieu

NAMUR.

P. Mallet.

VERVIERS.

Ph. Bost.

LIBRAIRIE DE M. DESOER,

A LIÉGE.

BULLETIN DE SOUSCRIPTION.

Le soussigné

demeurant à

déclare prendre un abonnement pour une année à la REVUE DE BELGIQUE, *au prix de 12 francs l'an.*

, *le* 1869.

(SIGNATURE.)

On est prié de remplir le présent bulletin et de l'envoyer, sous bande affranchie, à l'adresse de M. Desoer, libraire-éditeur, place Saint-Lambert, à Liége.

N. B. — *L'affranchissement est de* UN *centime.*

Si rapide que fût la marche du peintre flamand, la maladie, plus prompte, avait terminé son action lugubre avant qu'il franchît les portes d'Anvers. Il ne put guère atteindre la ville qu'à la fin du mois de novembre; sa mère était morte le 19 octobre, comme le prouve son épitaphe. Il la trouva enterrée dans l'église de l'abbaye Saint-Michel, lui fit élever un monument et composa lui-même son inscription funèbre, dont les premiers mots seulement sont dignes d'attention : *Mariæ Pypelingiæ, prudentissimæ, lectissimæ feminæ,* etc. Lorsque au milieu de sa douleur, il avait voulu faire l'éloge de sa mère, elle s'était surtout offerte à sa mémoire comme une femme intelligente et prévoyante. Il sentait combien il lui avait d'obligations, et pour la manière adroite dont elle avait dirigé le sort de sa famille, et pour la prudence qu'elle lui avait transmise.

J'ai raconté longuement le séjour de Rubens dans les principautés ultramontaines, parce que c'est une phase importante de sa vie et parce que tous les renseignements publiés autrefois sur cette époque sont faux d'une manière absolue, ou présentés sous un faux jour, ce qui revient au même. Non seulement la tradition avait tout défiguré, mais les biographes avaient inventé des anecdotes qui ssaient pour authentiques, et produisent maintenant l'effet d'un nte ridicule. Telle est la suivante, mise en circulation par Weyer-n. Le duc, si l'on en croyait ce hâbleur, visitait fréquemment bens dans son atelier. Comme il passait près de la porte entr'ou-te, un jour que l'artiste peignait un épisode de l'Énéide, il l'entendit réciter à haute voix, pour enflammer son imagination, ces vers du dixième livre :

> Là, des champs paternels vint le fils glorieux
> Du Tibre et du Manto, prophétesse des cieux,
> Ocnus, à qui tes murs doivent leur origine,
> O Mantoue ! et le nom de sa mère divine (1), etc.

Il en était là, lorsque le prince, entrant tout à coup, le sourire sur la bouche, lui adressa la parole en latin; il croyait faire une espiéglerie et le mettre hors d'état de répondre, au moins dans la même langue, car on peut comprendre un idiome et ne pas savoir

(1) Ille etiam patriis agmen ciet Ocnus ab oris.
Fatidicæ Mantus et Tusci filius amnis, etc.

Nous avons emprunté la traduction de Barthélemy. Campo Weyerman dit que Rubens peignait alors le Combat de Turnus et d'Énée; mais les vers n'ont aucun rapport avec cet incident. Tous les compilateurs ont néanmoins répété la phrase de Weyerman.

le parler. Mais Rubens lui prouva qu'il se trompait, car il fit usage du style le plus pur, des locutions les plus élégantes dont se servissent les Romains. Le duc fut enchanté de voir qu'un seul homme possédât tant de mérites divers.

Tel est le récit apocryphe. Tous ceux qui auront lu les pages précédentes le réfuteront par un sourire. Jamais le hautain Gonzague ne traita Rubens avec cette familiarité, jamais il ne vint le surprendre au milieu de ses travaux, qui l'intéressaient médiocrement. De peur sans doute que l'anecdote ne fût pas assez dénuée de valeur, Descamps rapporte d'une manière bouffonne le dernier incident : « Le duc qui l'avait écouté, dit-il, entra en riant et lui parla en latin, croyant l'embarrasser et qu'il n'entendait pas cette langue. » Si Rubens n'avait pas entendu le latin, il n'aurait pas compris les paroles qu'il débitait, et s'il les avait débitées sans les comprendre, il aurait fait une sottise, laquelle, dans tous les cas, n'aurait pu lui monter l'imagination.

Et dire que l'histoire a été jusqu'à nos jours entrelardée de fables pareilles, quand les fables mêmes ne composaient pas la pièce principale du ragoût !

. . . .

Alfred Michiels.

LE FILS DE LA VOISINE.

(Suite.)

VI

Dès ce jour-là, la botanique fut à peu près abandonnée, mais on continua les longues promenades dans les champs. Félix fut laissé libre d'employer à sa manière ses facultés : quelquefois il continuait à dessiner d'après nature, il faisait des images très-sereines, très-correctes, qui l'initiaient aux formes des choses, au caractère des arbres et des plantes; d'autres fois, l'esprit saisi par quelque effet de soleil ou par la physionomie des objets les plus vulgaires vus à certaines heures, de certaines façons, il tentait de reproduire les sensations faites sur son cerveau par les images. Après sa première ébauche, il marcha de tâtonnement en tâtonnement; il se trouva le plus souvent dans des ténèbres; l'image échappait à son désir ardent de la fixer à jamais. Il eut des défaillances nombreuses, il passa par des crises qui le secouèrent comme autant de maladies. Le docteur voulut s'interposer, lui parler raison ; il se regimba avec une énergie extraordinaire : le feu de l'art le brûlait. Après chacune de ses défaites, après chacun de ses triomphes relatifs, il se réfugiait près de Marguerite, s'apaisait là comme un enfant entre les bras de sa mère. Mais le lendemain, le feu, couvert un moment, reprenait, chauffait, flambait peu à peu ; la nature accumulait en lui les impressions, jusqu'à ce que, nourri d'images réelles, soudain ces éléments accumulés, unis à quelque merveilleux spectacle un moment entrevu, le forçaient pour ainsi dire à la production et amenaient de nouvelles crises.

Peu à peu aussi, il avait bien voulu chanter, devant M. Lefebvre, tandis que Marguerite l'accompagnait au piano. Le soir, on ouvrait les croisées à l'air plus frais, on allumait la lampe, on descendait les stores, et le concert intime commençait.

Félix eût ravi de grands artistes; sa voix était souple, d'une sonorité virginale; il disait bien, avec simplicité. C'était comme la voix d'une jeune fille, avec un accent déjà empreint de puberté.

Sur la place du village, des hommes, des femmes et des enfants écoutaient, ravis d'admiration.

Plus tard, Marguerite et Félix chantèrent des duos. Leurs voix se mariaient très-bien, quoique celle de Marguerite fût plus pénétrante, peut-être même un peu âpre.

Ainsi, peu à peu, les premières relations de voisinage devinrent une union étroite, vraiment familière, embellie par les arts et par eux affranchie des banalités ordinaires de l'existence bourgeoise, absorbantes au village comme à la ville.

Les deux enfants s'aimèrent, d'une affection profonde dans son inconscience. Les premières et vagues rêveries de Marguerite, le besoin d'expansion en dehors de la famille, eurent un objet et trouvèrent une sorte de satisfaction. L'éveil du cœur, le vagissement de l'amour, cette nécessité d'un rayon de soleil pour la passion en germe, tel fut pour Félix l'effet de la présence de Marguerite. Rien de romanesque ni d'exagéré : les enfants s'aimaient sans se le dire, sans trouble aucun, sans inquiétude; ils vivaient ensemble et ils devaient s'aimer. Vivre, n'était-ce pas, n'est-ce pas aimer, à cet âge où les vices inhérents à l'existence sociale n'ont pas même effleuré l'esprit vierge, à cet âge heureux où les perspectives de l'avenir sont enfermées dans la seule espérance du lendemain?

Marguerite n'était point encore une femme, Félix n'était plus tout à fait un enfant; l'une s'attardait en son printemps, l'autre, à cause de la précocité de son efflorescence, devançait un peu l'ordre naturel. Tous deux, cependant, étaient encore à ce moment de la vie où l'être est dans l'attente et sait à peine à quel genre il appartient. Leur affection était neutre : l'adolescence n'est qu'un germe, un bouton, un espoir. Aussi n'étaient-ils heureux que d'une aspiration vague au bonheur. Nulle soif à étancher; se voir, se parler, travailler ensemble, chanter, rire; point de silences effarouchants; point de rougeurs délatrices : la sérénité de l'aube dans un ciel pur.

Il y avait de la grande sœur dans Marguerite, mais non du frère cadet dans Félix; ils ne se tutoyaient pas. Cependant une égalité parfaite affermissait leur union. Marguerite, plus savante, pouvait donner davantage; Félix la payait par ses élans d'artiste. Elle ne l'eût voulu ni plus docile ni plus rebelle; il était parfait pour elle, comme elle était parfaite pour lui.

Félix voulut faire son portrait; elle posa; il n'arriva qu'à une image froide, ressemblante seulement dans les traits. M. Lefebvre et Mme Berthier déclarèrent le dessin très-beau, à cause de cette ressemblance. Il ne dit rien, mais il le déchira.

« Recommencez ! » dit-elle.

Il s'y remit avec la même ardeur; la physionomie lui échappa encore : c'était Marguerite, sans la vie.

« Je vous vois pourtant bien, disait-il avec inquiétude ; qu'est-ce qui m'empêche de faire ce que je vois? Dans cette image-ci, il me semble que vous n'êtes pas mon amie.

— Oh ! alors, elle ment, dit Marguerite.

— C'est comme si vous aviez une sœur, que je n'aimerais pas.

— Plus tard, vous recommencerez encore et vous réussirez mieux. Peut-être que je ne pose pas bien.

— Oh! dit-il, cela n'est rien; je pourrais vous dessiner de mémoire. »

Une après-dînée, par un temps orageux, Marguerite, assise près d'une croisée, brodait. Accablée par l'air étouffant, elle laissa ses mains inoccupées sur ses genoux, baissa la tête et s'endormit. Félix entra ; la voyant ainsi, il respecta son sommeil et resta sur le seuil de la porte. Cette tête un peu penchée sur l'épaule, ce visage tout rose, ces cheveux blonds qui flottaient aux tempes, doux et fins, ces paupières délicates, cette bouche jeune, d'une forme exquise, quel ravissement pour le cœur de l'artiste ! Il s'assit loin d'elle, près de la porte, la regarda, la regarda encore, s'enthousiasma jusqu'aux larmes. Un léger bruit la fit tressaillir et s'éveiller; elle vit Félix, elle vit ses yeux tout pleins de pleurs.

« Eh bien, qu'y a-t-il encore, méchant enfant?

— Vous étiez si belle, dit-il, et je me désespérais en songeant que je ne sais pas faire votre portrait. »

Elle l'attira à elle, souleva ses cheveux bruns, contempla ce beau front si pur et le baisa,

« Mon ami n'est pas sage.

— Oh ! Marguerite ! »

Il leva sur elle ses grands yeux qui demandaient grâce.

« Allons, allons, je vous pardonne ; ne me regardez pas ainsi. »

Le front de Félix arrivait juste à ses lèvres; elle le baisa de nouveau. Puis, le tirant par la main, elle le conduisit jusqu'à une chaise, vis-à-vis de celle qu'elle occupait tout à l'heure.

« Qu'avez-vous fait de votre matinée?

— Rien, Marguerite.

— Rien du tout?

— Je suis resté dans ma chambre jusqu'à dix heures, et de dix heures à midi j'ai été m'asseoir dans le berceau, au fond du jardin.

— Et vous n'avez rien fait?

— Rien.

— A quoi donc avez-vous pensé, dites?

— Oh! à tant de choses!

— Mais encore?

— J'ai été bien triste; hier M. Lefebvre disait que sans doute vous ne resteriez pas toute votre vie au village.

— Eh bien?

— Eh bien, dit-il avec désespoir, si vous partiez, qu'est-ce que je deviendrais? »

Elle réfléchit un moment.

« Mais vous-même, et votre mère, resterez-vous ici?

— Où irions-nous? demanda-t-il anxieusement.

— A Bruxelles, avec nous.

— Maman tient à son châlet; c'est mon père qui l'a acheté; elle ne voudra pas le quitter. »

Il pleura soudain avec une grande violence; puis tout à coup se levant, il s'échappa. Marguerite se leva en même temps et le suivit aussi vite qu'elle le put, jusque sur le seuil de la porte.

« Félix! Félix! »

Déjà il disparaissait au détour du grand chemin, derrière la haie. Marguerite rentra, très-émue, rêveuse. Il lui sembla qu'elle était oppressée, qu'elle avait envie de pleurer également. « Ne plus nous voir! cher enfant!..... » Et elle sentit qu'elle l'aimait fort, et que ce serait une injustice de la séparer de lui.

VII

Le lendemain il revint, timide et malheureux. Marguerite lui parla maternellement; elle lui donna des raisons. M. Lefebvre avait loué sa maison pour trois ans; en trois ans, il se passe bien des choses. Trois ans!... c'est toujours. Ainsi du moins parut penser Félix, qui se tranquillisa aussi vite que son désespoir était venu.

Il était tout sensation; il vibrait comme un instrument; il fallait à peine le toucher. Ses propres pensées lui servaient de stimulant et d'excitant, et il semblait ne prendre de repos que pour regagner les forces perdues, en faire de nouvelles qui l'aidassent à supporter des impressions qu'il sentait prochaines. Il ne pouvait rien contenir en lui, ni bonheur, ni tristesse, et le calme n'était pas possible.

Aussi, malgré les soins, malgré le grand air, s'usait-il, au lieu de se développer. Il maigrissait, il pâlissait presque à vue. Certains jours il paraissait avoir repris, comme une plante, pendant la sécheresse, qu'on arrose et qui revient à la vie. Mais l'amélioration constatée par la mère ne se maintenait pas : l'intérieur brûlait toujours lentement, consumait le sang.

Ou bien il rêvait solitaire, ou bien il travaillait avec une ardeur fiévreuse. Près de Marguerite seulement il semblait se rafraîchir, respirer pleinement, vivre avec effusion. Ses encouragements le transportaient; la moindre parole de blâme le troublait jusqu'à l'angoisse.

Le docteur ne voyait pas tout; la mère aussi laissait échapper des signes caractéristiques qui l'eussent effrayée. Il dormait seul, dans une petite chambre; il aurait fallu veiller même sur son sommeil, qui aurait pu tout révéler. Il vivait presque autant la nuit que le jour; il rêvait tout haut, parlait clairement, avait de longs entretiens avec des personnages invisibles. Il s'occupait beaucoup de Marguerite. Le cauchemar quelquefois était un ennemi qui le faisait souffrir et il avait alors des oppressions, il sanglotait, il appelait avec des cris de désespoir; d'autres fois il se trouvait dans des pays imaginaires, enchantés; il voyait des paysages sublimes éclairés par une lumière inconnue, douce comme celle de la lune, éclatante comme celle du soleil. Partout Marguerite était présente, tantôt enfant, tantôt plus âgée, et au bras d'un jeune homme; elle était le souffle et la vie qui animaient tout; le jeune homme, c'était quelquefois lui-même.

Ces rêves, cette existence de somnambule, accablaient l'enfant, l'écrasaient. Le matin, il avait l'air fatigué; il ne pouvait manger; la mélancolie voilait ses yeux; bientôt l'air vif en l'excitant semblait lui rendre la vitalité, mais c'était encore une force artificielle qui le faisait vivre trop vite, comme s'il y avait eu dans l'atmosphère trop d'oxygène.

M. Lefebvre dut s'absenter pour quelques jours; il emmena Marguerite. Pendant tout le temps que dura cette absence, Félix fut morne, insensible à tout, inquiet, allant et venant, fébrile. Quelquefois sa mère le surprenait debout derrière la haie du jardin, en face de la maison du docteur.

« Que fais-tu là?

— Rien, maman.

— Que regardes-tu avec cette obstination?

— Rien, maman. »

Une autre fois, elle le trouvait assis dans le berceau, les deux mains étendues sur ses genoux, à la façon des sphynx.

« A quoi rêves-tu? Tu ne travailles pas.

— J'ai la tête vide.

— Souffres-tu?

— Mais non. Ai-je l'air malade?

— Maintenant tu es trop pâle; tantôt tu étais rouge. Il faut me dire tout, cher enfant.

— Eh bien, je me demande quand Marguerite reviendra. »

Le soir, il allait s'asseoir près de Françoise, parce que Françoise parlait toujours de Marguerite : un bavardage décousu, sautant d'une idée à l'autre, passant d'un récit à une question, montrant Marguerite enfant et Marguerite jeune fille, dans la même minute. Il écoutait, muet, immobile. « Et puis? » disait-il quelquefois.

Le matin, furtivement, il montait à la chambre de Marguerite, tout palpitant, et posait des fleurs fraîches dans un vase plein d'eau, sur la cheminée.

Il regardait la chambre, les rideaux blancs, les meubles bien propres, lustrés, fermés, le grand ordre qui régnait. Tout à coup, comme s'il avait craint d'être surpris, il sortait, il glissait sur la rampe de l'escalier, il entrait dans la salle à manger, s'y asseyait, comprimait son cœur, et respirait difficilement.

Il s'occupait aussi beaucoup des poules et des pigeons, que Marguerite avait rendus très-familiers. Il s'asseyait sur un banc rustique, dans la cour, et la troupe des volatiles accourait lui faire bon accueil. Les pigeons, d'un coup d'aile, descendaient des toits; en tremblant un peu, l'un deux venait se poser sur son genou, ou sur son épaule; aussitôt un second et un troisième suivaient. Il ne bougeait pas; il avait si souvent vu Marguerite ainsi entourée!

L'absence de M. Lefebvre et de Marguerite dura cinq jours. Ils revinrent un soir, vers neuf heures; Françoise, qui ne les attendait plus, était allée se coucher. Mme Berthier et Félix se promenaient dans leur jardin et allaient rentrer. Tout à coup Félix arrêta sa mère en lui touchant le bras :

« Écoute! » dit-il.

Elle écouta un moment, immobile dans l'ombre, à côté de lui plus immobile encore.

« Je n'entends rien.

— Une voiture! C'est Marguerite qui revient.

— Je n'entends absolument rien. »

Il était haletant, le cou tendu, les yeux largement ouverts. Il commença de trembler.

« Allons, calme-toi. Si ce sont eux, tant mieux. Et Françoise qui est couchée.

— Allons l'avertir, maman...

— Mais, mon ami, je t'assure que je n'entends rien. »

Il l'attirait vers la porte du jardin, ne voulant plus écouter. Ils sonnèrent chez le docteur, Françoise descendit de sa chambre, ouvrit la porte.

« Mon Dieu! qu'y a-t-il?

— Félix prétend que M. Lefebvre et Marguerite arrivent, qu'il entend rouler leur voiture, dit Mme Berthier.

— Écoutez donc, vous l'entendrez aussi, » dit Félix.

Ils écoutèrent, et en effet bientôt un bruit sourd, venant de très-loin, se perçut vaguement. Quelques instants plus tard, on vit apparaître au détour du chemin les lanternes de la voiture. Au moment où M. Lefebvre et Marguerite en descendirent, Félix se tenait muet contre sa mère.

« Et vous ne me souhaitez pas la bien-venue? » dit Marguerite en l'apercevant.

Il ne répondit pas; il avait les yeux fermés, il chancelait; on dut le porter à l'intérieur de la maison. Là, il revint à lui, et sourit à Marguerite d'un sourire ineffable.

« Venez donc m'embrasser, lui dit-elle.

— Il ne vous aime plus, » dit Françoise en riant.

Il quitta sa mère et alla à Marguerite; elle lui baisa les joues; il laissa sa tête tomber sur l'épaule de son amie et là il s'évanouit tout à fait, mais en continuant à sourire. Mme Berthier se mit à pleurer et le visage du docteur devint grave.

VIII

Le lendemain, tandis que Marguerite et Félix déchiffraient, au piano, un morceau de chant qu'elle avait rapporté de son voyage, M. Lefebvre alla frapper à la porte de Mme Berthier. Il s'assit à côté d'elle, dans un petit salon très-modeste, dont les deux croisées donnaient sur la place du village.

« Je pensais à vous, lui dit Mme Berthier. Je me disais que votre absence m'avait été un grand ennui. En deux mois, est-il possible qu'on ait tant d'amitié l'un pour l'autre, qu'on ne puisse plus se passer l'un de l'autre?

— Pourquoi non? répondit le docteur. Il y a entre les caractères des affinités, des attractions, comme il y a des antipathies; dès le premier jour que je vous ai vue, que j'ai vu Félix, je me suis déclaré votre ami, comme dès le premier jour que j'ai vu M. le bourgmestre je me suis bien promis de ne plus le revoir. Le sentiment a sa logique comme le raisonnement.

— C'est probable. Votre présence ici a été pour moi une force, un soutien, mon cher docteur. J'étais encore sous le coup de la mort de mon mari; votre amitié m'a toute réconfortée.

— Votre voisinage m'a rendu également mon séjour ici réellement aimable.

— Et voyez nos enfants, comme ils sont bien ensemble!

— Hum! oui.

— Pendant ces cinq jours d'absence, Félix a été une véritable âme en peine, comme on dit. Il n'a pas travaillé, il n'a pas chanté une note...

— Hum! oui. J'ai bien vu, à notre arrivée, quelle impression il a reçue.

— Ce matin, il est descendu de sa chambre plus dispos que je ne l'ai jamais vu; il m'a embrassée avec une expansion, une effusion!... Il a mangé avec appétit, puis il est allé travailler au jardin.

— Oui, oui, ma chère voisine, — j'ai vu tout cela sur son visage, tout à l'heure.

— Vous n'avez pas l'air satisfait, docteur.

— Je ne sais pas de quoi j'ai l'air, mais à coup sûr je suis tourmenté par quelque chose; ma visite a une cause, peut-être grave. Tenez, je vais aller droit au but. Que nous ayons de l'amitié l'un pour l'autre, cela est très-bon : elle nous servira à nous soutenir mutuellement aux jours d'épreuve. Je suis très-heureux de vous estimer, de vous aimer, d'avoir quelqu'un à qui je puisse parler à cœur ouvert. Plus on vieillit, plus on sent le besoin de s'appuyer quelque part. Entre nous, il n'y a point de danger : j'ai cinquante ans bien sonnés, vous en avez trente-sept, et nous pouvons rester amis sans même appeler sur nous la malignité publique. Mais...

— Vous hésitez?

— Non pas, je cherche mes phrases... Mais nos enfants!... Avez-vous jamais pensé qu'ils pourraient s'aimer autrement que fraternellement?

— Non, mon cher docteur. Félix n'a pas quatorze ans...

— Je le sais bien. A quatorze ans, la nature n'a pas dit son mot : l'œuvre du développement est loin d'être parfaite. Mais... Félix, chère madame... Félix n'est point un enfant comme les autres. Il a des sensations très-vives; il souffre déjà comme s'il avait dix-huit ans; si bien que c'est à peine s'il peut supporter ses émotions. Rien de véritablement vivant ne l'effleure; il est touché jusqu'au fond de l'être. Ce qui est caprice passager à cet âge, chez lui devient passion. Vous avez observé cela vous-même et m'avez averti dès notre première entrevue. Une pareille nature, développée dans un sens, deviendrait prodigieuse ; on doit la contenir toujours, lui mettre des freins. Élevé inintelligemment, Félix vivrait en dix ans toute sa vie : il mourrait à vingt ans, presque un grand homme, épuisé. Il faut donc autant que possible l'arrêter dans cette croissance, dans cette efflorescence pareille à celle des plantes dans les serres, rafraîchir les organes, calmer le système nerveux. Si j'avais songé à tout, il ne nous aurait pas vus aussi souvent : Marguerite est là, l'enfant l'a aimée — l'aime avec passion.

— Oh ! que me dites-vous donc là ? Avec passion !...

— Oui ; mais il faut nous entendre. Ne vous alarmez pas avant l'heure. Félix ne fait rien sans passion, et son innocent, son inconscient amour pour Marguerite est aussi passionné que s'il avait vingt-cinq ans ; seulement, il ne se rend pas compte de son trouble, les sensations restent à l'état de sensations. Il est peut-être encore temps de le distraire, par un détour quelconque, en donnant une nouvelle proie à son agitation d'esprit et de cœur, qui est dévorante. Comment ? Que faire ? J'y ai pensé toute la nuit.

— Docteur, vous m'effrayez.

— Le problème est difficile, mais non insoluble.

— Et Marguerite ?

— Oh ! elle ne peut pas rester inactive, elle doit nous aider : ce sera peut-être notre partenaire le plus précieux.

— Mon cher docteur, je vous assure que vous m'effrayez. A mesure que vous parlez, il me semble que j'y vois. Mais qu'allons-nous faire ? Qu'avez-vous résolu ?

— C'est sur l'innocence même de Félix que nous devons fonder la conduite à tenir, ce me semble. Avant qu'il se soit douté de ce qui se passe en lui, il faut aviser à ce qu'il ne le sache point ; pour mieux me faire comprendre, j'userai d'une image forcée : lui fermer les yeux avant qu'il les ait ouverts.

— Et comment cela, mon cher docteur ?

— Je ne veux pas user d'un moyen quelconque de comédie ; c'est la réalité que j'appelle à notre secours. J'avais des projets, j'en commencerai l'exécution un peu plus tôt. C'est le voyage que nous venons de faire qui m'a donné cette idée. Nous sommes allés voir, — et je veux tout vous dire le plus brièvement possible, — un vieil ami à moi, qui habite Namur, où il est négociant. Il a trois enfants, et, entre autres, un fils âgé de vingt-quatre ans. Eh bien, notre rêve à tous deux, c'est que ce fils, qui s'appelle Ernest, épouse plus tard Marguerite. Ma fille est trop jeune, d'une constitution trop délicate pour que je songe à son mariage avant qu'elle ait atteint sa majorité; c'est donc encore quatre années d'attente. Mais je pense que Marguerite et Ernest pourraient se voir quelquefois, qu'il est même nécessaire de les rapprocher peu à peu, afin de laisser à la secrète attraction qu'on nomme amour le soin d'agir entre eux. Ne croyez pas, madame, que je veuille en quoi que ce soit influencer ma fille, et que mon ami, M. Lepage, ait l'intention de peser sur la volonté de son fils pour lui faire contracter cette union. Nous ne sommes pas de ces niais qui imposent un mariage comme un contrat forcé, et qui font le malheur de deux jeunes gens pour satisfaire des intérêts de famille ou des convenances étrangères à leur bonheur futur. Marguerite et Ernest ne sauront rien; ils auront toute liberté de s'aimer ou de ne point s'aimer. Nous ne serons que les complices mystérieux du hasard, nous leur aiderons sans les avertir en rien. Et même nous leur susciterons quelques obstacles, afin que leur bonheur ne soit pas tout rose et s'enracine plus profondément par cela seul qu'il aura dû vaincre des difficultés. Voilà notre complot. Le trouvez-vous raisonnable?

— Il me semble que oui, répondit Mme Berthier. Vos calculs secrets, en tous cas, ne peuvent contrarier vos enfants.

— C'est mon avis — naturellement. Eh bien, je vais écrire à Lepage qu'il insinue à son fils de nous venir voir le plus tôt possible. Il restera un jour ou deux avec nous. Bien certainement, dans le village, on dira que c'est le futur mari de Marguerite. J'espère que cette pensée arrivera jusqu'à Félix, et qu'elle suffira pour le maintenir, le calmer, en caractérisant nettement sa situation. Peut-être la première nouvelle — car il faut songer à tout — aura-t-elle pour effet d'attrister Félix; mais je compte alors que le temps adoucira cette impression; si Ernest Lepage lui plaît, j'ai la certitude que notre projet aura les meilleurs résultats. Qu'en pensez-vous, chère madame?

— Mon avis sera le vôtre, docteur. Vous avez plus d'intelligence et d'expérience que moi. Donnez de la santé à mon fils, agissez ainsi que vous le trouverez bon, je ne puis que vous approuver. Cet enfant est toute ma vie; et je l'aime d'autant plus qu'il me tient le cœur dans de continuelles inquiétudes. Si je le perdais!...

— Oh! mais nous n'en sommes pas là; ne faites pas l'avenir plus noir qu'il ne l'est réellement! Les natures très-nerveuses ont des ressources en harmonie avec leurs besoins. Ce qu'il faut, c'est prévenir les crises, afin de leur opposer des remèdes préventifs relativement sûrs.

— Je remets en toute confiance sa vie et la mienne entre vos mains, cher docteur.

— Dans les limites du possible et de mon savoir, je vous suis tout dévoué, répondit le docteur, car j'aime l'enfant et je vous aime aussi. Vous n'êtes pas une femme ordinaire, puisque vous n'avez pas eu peur de la solitude après une grande douleur. Quant à Félix, c'est l'enfant le plus intéressant que j'aie rencontré. Vous voyez que mon affection n'est point aveugle, et qu'elle a, outre la sympathie naturelle, de bonnes raisons pour exister.

— Merci, mon ami.

— Je vais maintenant écrire à mon ami Lepage. »

IX

M. Lefebvre écrivit le même jour à Namur. Et, sans doute, son ami trouva immédiatement un prétexte pour lui envoyer son fils, car Ernest Lepage arriva au village trois jours plus tard. C'était un beau garçon, de taille assez élevée. Ses manières simples et aisées, sa gaîté contenue, sa physionomie ouverte en faisaient un jeune homme très-aimable ; rien d'extraordinaire dans le caractère n'attirait irrésistiblement vers lui ; on l'aimait vite, mais point jusqu'à la passion. Pour une toute jeune fille, c'était presque l'idéal. Aussi Marguerite, qui avait vécu en pension jusqu'au mois de septembre de l'année précédente, s'était-elle ingénuement laissé séduire par cet extérieur élégant, ce langage correct et ce bon ton qui ne sont que les vernis de l'homme. Et comme elle était sincère, elle manifesta le plaisir qu'elle éprouvait de voir Ernest Lepage, de causer avec lui, d'être gaie de sa gaieté.

Ce premier jour, après le dîner, on alla faire une promenade dans les champs avec Mme Berthier et Félix. L'enfant fut un peu intimidé par ce bel inconnu, ce grand jeune homme, qui causait haut avec tant de grâce et osait exprimer ses pensées, donner son avis, contrarier doucement M. Lefebvre sur des sujets sérieux. Il l'admirait, il aurait voulu être aussi grand et aussi âgé que lui. Muet, il marchait à côté de sa mère, enviant la place de M. Lepage à côté de Marguerite et n'osant aller près d'elle. Il souffrait de se sentir tout à coup isolé; son cœur se gonflait; déjà de vagues accusations se formulaient dans sa conscience. Pourquoi ne l'avait-on pas laissé chez lui, réellement seul? Qu'avait-il à faire dans cette promenade? Marguerite riait, Marguerite écoutait si bien, Marguerite répondait avec tant de vivacité, Marguerite oubliait qu'il était là. Félix n'avait plus aucune importance, il sentait son peu de valeur, sinon sa nullité. Pendant cette promenade, son cœur se remplit d'amertume; son imagination surexcitée s'exagéra chaque phrase, chaque mouvement, qu'il interpréta au plus mal; tout lui parut hostile à lui, dans ce milieu où jusqu'alors les tendres paroles et les regards caressants lui faisaient une béatitude que ses seules infirmités assombrissaient de temps à autre.

« Qu'avez-vous, Félix ? vous ne paraissez pas content, » dit tout à coup M. Lefebvre, qui l'observait.

Il rougit, comme si on venait de lire ses pensées sur son front.

« Je n'ai rien, » dit-il d'une voix étranglée.

Marguerite, qui marchait en avant, avec Ernest Lepage, se retourna et rencontra le regard profondément triste de l'enfant. Elle lui sourit et lui fit un signe de tête affectueux, mais sans venir à lui, sans l'appeler près d'elle.

« Vous n'avez pas pris votre album? dit-elle.

— Non.

— Nous avons donc un artiste avec nous? demanda complaisamment Ernest Lepage.

— On vous montrera ses œuvres tout à l'heure, ajouta M. Lefebvre, en passant près de Félix et lui caressant les joues. Et si vous êtes bien sage, on vous fera entendre une voix comme vous n'en avez probablement jamais entendue.

— Oh! oh! » fit Ernest, avec un mouvement de tête admiratif.

Marguerite sourit de nouveau à Félix, puis reprit sa conversation avec Ernest. L'enfant crut s'apercevoir qu'entre eux il était question de lui; son malaise augmenta; son cœur battit avec force; il sentit ses joues s'empourprer et brûler; il eût voulu s'éclipser, aller tout seul à travers champs, chercher un coin solitaire où il eût pu s'asseoir et se livrer tout entier à ses tristes pensées. M. Lefebvre et madame Berthier le firent parler, et peu à peu quelque quiétude lui revint. La promenade fut longue ; on ne rentra qu'au crépuscule, vers sept heures. Pendant trois heures, Marguerite et Ernest avaient été presque constamment ensemble. Félix était content de rentrer, pour que ce tête à tête, qui lui était si douloureux, eût une fin.

On soupa, puis on causa. Il fut de nouveau question du talent de Félix, mais on remit au lendemain l'exhibition de ses paysages. M. Lefebvre alors lui demanda de chanter, et tout de suite Marguerite alla s'asseoir au piano, pour l'accompagner. Une grande émotion l'étreignit soudain et il lui sembla qu'on lui serrait la gorge, qu'il allait étouffer. Un grain d'amour-propre le soutint; il voulut obtenir une sorte de triomphe, étonner l'étranger, attirer de son côté l'intérêt de tout le monde, ramener Marguerite à lui. Tout cela, confusément, emplissait son cerveau, et c'étaient bien plutôt des sensations que des pensées. Il alla se placer près du piano; Marguerite, tout en plaquant quelques accords, le regardait. Ce qu'il éprouvait, et qu'il n'eût su formuler, était si violent, qu'il avait les yeux pleins de larmes.

« Qu'avez-vous? lui demanda-t-elle à voix basse. Cela vous fâche-t-il qu'on vous prie de chanter? »

Il fit non d'un mouvement de la tête.

— Vous ne causez pas, on vous prendra pour un sauvage.

— Eh bien, je causerai, Marguerite.

— Voulez-vous chanter : « Salut, demeure chaste et pure, » de *Faust?*

— Oui. »

Il chercha le morceau parmi les cahiers de musique, d'une main tremblante; il le plaça sur le piano; il commença de chanter, d'une voix émue, paralysée; peu à peu les battements de son cœur s'accélérèrent, la sueur perla sur son front, un voile couvrit ses yeux noyés de pleurs, sa voix s'éteignit, il s'arrêta.

« Je ne puis pas... je ne puis plus, dit-il.

— Il ne faut pas continuer, dit Mme Berthier en se levant. Voyez dans quel état il est! »

Elle l'attira à elle, lui baisa les yeux, essuya son front. Marguerite tenait une de ses mains, qui se crispait; tout son corps était agité d'un tremblement nerveux.

« Venez avec moi faire un tour de jardin; le grand air vous remettra, » dit Marguerite.

Ils sortirent, ils se rendirent au jardin. Il faisait une belle nuit étoilée, que la lune éclairait joyeusement. Marguerite avait passé un de ses bras sur l'épaule de Félix; ainsi, elle paraissait le protéger; ce mouvement tout maternel suffit pour calmer l'esprit de l'enfant. Ils se promenèrent en silence pendant quelques moments.

« Marguerite, dit enfin Félix, je vous fais de la peine.

— Êtes-vous malade? Qu'avez-vous? demanda Marguerite. Ai-je dit ou fait quelque chose qui vous déplût?

— Non, non...

— Ce n'est cependant pas sans raison que vous avez ainsi pleuré.

— Je ne sais pas... Il me semble que je suis si malheureux!

— Pourquoi, Félix? Tout le monde vous aime...

— Et vous aussi, Marguerite...

— Moi aussi, certainement. En doutez-vous? En avez-vous pu douter? Ne suis-je pas votre amie et n'êtes-vous pas mon ami?

— Aujourd'hui, il m'a semblé... que je n'étais plus rien.

— Pourquoi? Parce que j'ai causé avec M. Lepage? Ne faut-il pas être polie? M. Ernest est le fils d'un vieil ami de mon père, Félix. Qu'aurait-on dit si je ne lui avais pas fait un accueil affectueux, puisqu'il est aimable et bon?

— J'ai peur... Il vous aimera... Et vous...

— Allons, méchant garçon, chassez toutes ces vilaines pensées, et rentrons, pour qu'on ne soit pas inquiet. Ne chantez pas, si vous voulez, mais soyez gentil. Je veux que mon ami plaise aux autres comme à moi-même; je ne veux pas qu'on dise qu'il est farouche et insociable; je veux en être fière et heureuse; je ne veux pas qu'il se fasse du chagrin.

— Marguerite... Oh! Marguerite!

— Taisez-vous; je ne vous aime plus; vous êtes un méchant. »

Elle lui baisa le front, puis elle ajouta : « Là! c'est fini; rentrons maintenant. »

Il la suivit docilement, traversa la cour, entra dans le vestibule et arriva avec elle jusqu'à la porte du salon. Marguerite ouvrit cette porte, se tourna vers lui, et du regard l'invita à entrer. Il hésita un moment, regarda Marguerite avec angoisse, puis soudain s'échappa, sortit de la maison et disparut dans l'ombre. Marguerite l'appela en vain. Mme Berthier, le docteur et Ernest vinrent la trouver sur le seuil, d'où elle explorait la place; ils ne le virent point. Après quelques réflexions, Mme Berthier les quitta en disant : « Il sera sans doute à la maison. » Elle prit congé.

« L'enfant est-il boudeur? demanda Ernest.

— Non pas, répondit vivement le docteur; il a des sensations très-violentes, il ne sait pas leur résister et alors il cherche la solitude pour s'épancher.

— Mais quelles sensations peut-il avoir eues aujourd'hui qui l'aient mis en cet état?

— Ces jeunes intelligences sont pleines de mystères, » répondit vaguement le docteur.

Marguerite fut pensive toute la soirée et s'endormit difficilement.

EMILE LECLERCQ.

(*La fin à la prochaine livraison.*)

DEUX EXPOSITIONS PARTICULIÈRES

A BRUXELLES.

Ceux qui suivent avec attention la marche des arts en Belgique ont pensé trouver une source de précieuses observations, ces jours derniers. Deux petites expositions, organisées en dehors de l'action officielle, ont été ouvertes au public. L'une, au passage Saint-Hubert, galerie du roi, par les soins de la *Société libre des Beaux-Arts*; l'autre, rue Royale, au profit des crèches d'abord, puis au bénéfice des résidents allemands pauvres. La première est visible le soir à la lumière de nombreux becs de gaz, façon d'éclairage toujours défavorable à la peinture. La seconde est installée de façon à recevoir le jour d'en haut; les tableaux y sont admirablement placés.

On a parlé de ces deux expositions en les opposant l'une à l'autre, en présentant la première comme une sorte de jalon posé par des pionniers impatients des chemins battus et se frayant un passage. La seconde collection venait à l'appui de cette thèse; elle fournissait la preuve, disait-on, de la décrépitude et de l'impuissance désormais évidente des anciens artistes qui depuis trop longtemps égarent le goût. Conséquence naturelle : Expulsion des vendeurs du temple! place aux jeunes révélateurs de la bonne nouvelle!

Entrevues de si haut, ces deux expositions prenaient tout à coup une importance exceptionnelle. Nous craignons fort que ces riantes perspectives n'aient aucune consistance. Quelque riche imagination les a évoquées à force de les désirer en des rêves de patriotique ardeur. La réalité est loin de ce renouveau.

Qu'il y ait fatigue, épuisement, absence complète d'un signe quelconque de force, de virilité, d'énergie réelle et agissante, parmi ceux qui d'ordinaire sont distingués de la foule, nous le voulons bien; mais révélation, messie, novateur inspiré quelque part, nous le cherchons en vain. Comme la sœur Anne, nous sondons l'espace. Au loin, nous n'apercevons que la poussière de la camaraderie qui poudroie, que l'herbe ennuyeuse et banale de la réclame qui verdoie. Il n'apparaît pas à l'horizon le moindre cavalier rédempteur. Ah! qu'il accoure donc et se presse! Viendra-t-il? Est-il en route seulement et notre détresse lui est-elle connue? Peut-être, bien loin de nous encore, attardé dans une de ces brillantes hotelleries que nous voyons le soir scintiller dans l'espace, prolonge-t-il là-bas indéfiniment un joyeux coup de l'étrier!

Le baron Gros, un des grands peintres de ce XIXe siècle, à coup sûr maître habile dans l'art de guider les aptitudes de ses nombreux élèves, puisque la plupart des meilleurs artistes de ces derniers temps sortaient de son atelier, — Gros, pour encourager leur persévérance, racontait souvent à quelles études peu attrayantes son père, peintre assez obscur, l'avait assujetti. Le pied de Laocoon était surtout une de ces histoires. Tout enfant, pour obéir à son père, il avait dû parfaire, longuement et avec le plus grand soin, trente-sept études consécutives de ce pied. Tous les détails de l'antique avaient ainsi défilé devant lui, complétant peu à peu son éducation. Puis, il était entré chez M. David, disait-il, et M. David lui avait fait recommencer les mêmes études, mais entendues autrement. Et Gros de s'attendrir alors sur le génie de M. David, resté tellement dominateur dans son imagination, qu'auprès de lui il se croyait indigne du nom de peintre d'histoire.

Il n'est peut-être pas hors de saison de rappeler cette rude gymnastique d'apprentissage chez nos devanciers, alors qu'on voit avec quel sans-façon, quelle ignorance du dessin, d'études premières de toute espèce, on aborde aujourd'hui la pratique de la peinture. On a tant parlé de naïveté, d'intuition primesautière, des conseils que l'artiste ne doit écouter que de la nature seulement, s'il veut se tenir en dehors de la convention et du parti-pris de l'école, que difficilement celui qui se sent attiré par les fascinations de l'art, se décide à prendre leçon de qui que ce soit. Aussi, de toutes parts, des gens de loisir s'intitulent volontiers peintres, parce qu'ayant acheté chevalet, pinceaux et couleurs, s'étant arrangé un somptueux atelier, il leur convient de malmener de pauvres toiles qui n'en peuvent mais.

Ainsi que la photographie, c'est la maladie de notre temps. Il est aisé de le constater en allant visiter l'exposition de la *Société libre*. Et ce qu'il y a de plus pénible à rencontrer parmi les audacieuses débauches qui sont là étalées, c'est qu'il n'y manque pas de côtés fins et neufs, ni d'émotion véritable parfois en face de la nature, échappées inconscientes comme les saillies spirituelles de l'enfance ; mais qui prend pour de l'éloquence ces confus bégaiements ? Personne assurément, à part quelque père trop engoué de sa progéniture.

Au milieu de ces essais tumultueux, deux noms ont frappé nos regards et ce sont des noms aimés du public éclairé, ceux de MM. Degroux et Félicien Rops. Comment se fait-il que, parmi les nombreux dessins et eaux-fortes qu'il a publiés, M. Rops ait envoyé la plupart de ses plus médiocres, quand il avait à choisir ceux qui vraiment ont fondé sa réputation ? Exceptons-en pourtant un dessin qui présente des qualités réelles et d'un ordre élevé, nous voulons parler de la *Buveuse d'absinthe*. Voilà une observation saisissante et prise sur le vif. La tête est une étude frémissante qui vous pénètre jusqu'à la moelle. Le restant du dessin n'est pas à la même hauteur d'interprétation. En dehors de l'attitude, qui est bien vue, les vêtements n'ont qu'un mérite de bizarrerie, non d'exécution. Quant à M. Degroux, le tableau signé de lui n'a rien, mais ce qui s'appelle absolument rien des séductions ordinaires de sa palette. La peinture est léchée sans être achevée ni correcte. C'est fini, détaillé, sans relief ni vérité. Nous sommes tenté de prendre cette peinture pour un très-ancien essai de M. Degroux et de ne pas juger par cet ouvrage ses tendances actuelles. Ce serait pour nous une pénible déception, si nous arrivions à connaître qu'aujourd'hui M. Degroux entend la peinture de cette façon. Mieux vaut ne pas s'en enquérir.

Nous avons dit que l'exposition de la rue Royale se compose de tableaux signés par des maîtres contemporains, noms connus et pour lesquels depuis longtemps la critique n'a que des formules élogieuses. Qui croirait pourtant que ce ne sont point les bœufs ni les animaux de Troyon, les figurines de Meissonnier, les arbres de Koekkoek, les paysages alpestres de Calame, ni les portraits de M. Dewinne, ni les esquisses de M. le baron Leys, ni les vues de terre et de mer des Achenbach, ni la Marguerite et le Faust de M. Koller, ni même, qui l'oserait imaginer ? une tête charmante de jeune fille de Delaroche, non plus que Mignon de Scheffer, si connue par la gravure, ni enfin Madou, Robert Fleury, etc., qui produisent l'effet le plus puissant sur le visiteur ? Non, pas le moins du monde ; tout cela rappelle une foule de réminiscences. On se dit : J'ai vu tout cela. Peut-être aujourd'hui l'artiste a mis à droite ce qu'autrefois il avait placé à gauche dans d'autres tableaux, mais rien de neuf et de vraiment trouvé.

Une seule toile dans ce petit salon ne produit pas cette impression de satiété. Elle représente une foire, une fête champêtre des environs de Paris. Par les costumes exacts de cette foule de tout rang qui forme une immense cohue, on peut juger que le tableau a dû être exécuté de 1832 à 1835. Il est signé : Garbet. Ce nom est tout à fait inconnu. On prétend que Garbet n'a jamais peint que deux compositions : celle qui figure à la rue Royale, et une autre qu'un marchand de tableaux de Paris ne veut céder qu'à un prix exorbitant.

Examinons ce Garbet, qui, à ce que prétendent les gardiens, fort ignorants et ne pouvant donner que de vagues informations, n'avait fait aucune étude régulière et qui, employé chez un banquier, faisait de la peinture avec rage, dans les moments perdus que lui laissaient les comptes courants de son patron.

Ce qui frappe le plus dans cette étrange peinture, dont l'auteur, à coup sûr, n'avait jamais étudié le pied du Laocoon, c'est l'intensité de l'effet lumineux répandu dans toute la scène ainsi disposée : au centre, de grands arbres peu définis par le feuillé, marronniers ou hêtres ; tout à l'entour, des baraques de marchands de jouets, de friandises, de victuailles; saltimbanques, danses animées, joueurs de boules, enfants, sautant, courant, se culbutant; ivrognes, soldats, amoureux, marchands ambulants, foule immense de deux à trois cents figures, s'étendant à perte de vue sur tous les plans de la perspective.

Jamais on ne vit peinture, coloris, dessin, plus vrais, plus spirituellement indiqués par le geste, l'expression, le ton exact et précis, joints à une ignorance plus complète des proportions et des procédés. Telle figure a les mains et les pieds doubles de la tête, et pourtant elle vit, elle reproduit un type, elle redit une impression sincère. Le coloris est d'une richesse et d'une vigueur incroyables. Et l'on se prend à demander par quels moyens le peintre malhabile y est arrivé? Les gris, les bruns, les jaunes, les mille colorations de vêtements de cette vaste fourmilière, grouillant dans l'ombre ou pétillant au soleil, ne sont plus des gris, des jaunes, des tons rouges ou bleus, fournis par la palette, c'est de la lumière éclatante qui les dore, les baigne et les fait miroiter comme autant de pierres précieuses, serties au hasard par un insouciant bijoutier.

Ce n'est que vers 1839 que Daguerre exposa ses premières

plaques photographiques. Il est facile de se rendre compte, par les costumes des personnages, que Garbet a vu ses modèles avant cette date. D'ailleurs, le naturel de cette composition n'est point le résultat d'une levée prise au daguerréotype, c'est une vérité d'observation, d'arrangement, d'opposition intentionnelle, cherchée, trouvée laborieusement, à la suite de la forte sensation provoquée chez l'auteur par la vue de la nature. Cela se voit et n'a pas besoin de démonstration.

Néanmoins, il y a dans certaines parties du tableau des détails dont l'achèvement microscopique semble avoir suivi les minutieuses annotations de la photographie.

Ce tableau, à quoi pourrait-on le comparer? à rien de connu; nul souvenir de maître ne rappelle une pareille inexpérience unie à tant de qualités précieuses. Au Louvre, on voit un des premiers tableaux de Craesbeck : le portrait d'Adrien Brouwer qu'il est en train de peindre. Mais, à la vue de cette peinture de Craesbeck, il est impossible de s'imaginer que celui qui l'a exécutée a toujours été boulanger, et n'a pas dans sa première jeunesse commencé les fortes études de dessin auxquelles on s'exerçait alors. Les têtes, les mains sont modelées; les attitudes sont fortement motivées autant que finement intentionnelles. Quelques accessoires sont exécutés d'une façon magistrale, ainsi le grand vase du premier plan. Ici, dans la fête faubourienne de Garbet, rien de tout cela. Si vous prenez une figure en détail, elle fond en quelque sorte sous le regard. Vous n'y retrouvez ni attaches, ni plans arrêtés, ni geste déterminé, à l'état fixe et permanent; cela semble une rapide vision qui parfois se révèle et se dissipe comme une inconsistante, comme une incorporelle vapeur, quoique pourtant l'impression subsiste et produise une commotion réelle sur l'esprit.

Il est fâcheux qu'un peintre si original, doué si heureusement, ait disparu sans laisser d'autre trace de son passage en ce monde que deux tableaux. On raconte que son patron les lui a achetés tous les deux, les a payés douze cents francs et les a revendus douze mille. En admettant qu'il les ait gardés une dizaine d'années, on conviendra que ce n'est pas de l'argent mal placé. Ce banquier, ajoute-t-on, très-épris du talent de son employé, désirait le voir consacrer tout son temps à la peinture, et lui offrait de lui prendre tous ses tableaux. Mais Garbet, à ce qu'on prétend, s'y refusa. Les difficultés qu'il essayait de vaincre l'avaient rebuté. La peinture le fatiguait tellement qu'il y renonça définitivement et mourut quelques années plus tard, obscur commis, sans avoir essayé de nouvelles luttes avec la nature. Devons-nous regretter cette détermination, devons-nous l'admirer? Peut-être, ce pauvre Garbet avait-il donné sa mesure tout entière, épuisé toutes ses munitions, tout son souffle, en ses deux compositions. S'il avait vécu, s'il avait continué à produire, qui nous dit qu'il ne se fût pas répété, qu'il n'eût pas reproduit les mêmes formules, ânonné, comme tant d'autres, jusqu'à la fin de sa carrière, la chanson qui d'abord s'était échappée de son âme par une force d'impulsion qu'il n'avait pu maîtriser, mais qui plus tard serait devenue une ennuyeuse antienne, un rebâchage insupportable?

A ce propos, nous faisions, à part nous, cette remarque qu'il est dans l'œuvre de l'artiste le plus fécond bien peu de travaux vraiment originaux. Les plus grands maîtres se répètent. Leurs personnages ont des têtes, des proportions, des mouvements, qui reviennent d'un tableau à un autre tableau. Tel a un jet de draperie, tel autre des nus, un clair-obscur, des ciels, des constructions, des accessoires qu'il introduit partout. Il semble que pendant un certain temps les artistes, même les plus grands, aient fait provision d'études qu'ils n'ont plus le courage ni la conscience de renouveler, enivrés qu'ils sont peut-être par les éloges et le succès.

Le procédé, le poncif, la reproduction sans émoi, sans recherche, sans gestation importune, est plus commune qu'on ne le pense généralement. Quand un homme est arrivé à la célébrité à l'aide de certaines œuvres originales, il lui est doux et commode de les reproduire par à peu près. C'est plus simple que de renouveler ses efforts et ses essais. D'ailleurs, par la répétition, l'exécution devient plus ferme, plus décidée, et le vulgaire l'accepte comme un progrès. C'en est un, mais c'est trop souvent un progrès purement industriel.

En définitive, l'homme est un mauvais plagiaire, réduit à se copier lui-même quand il ne peut imiter quelqu'autre. La nature seule est toujours jeune et neuve en ses créations. Elle se répète pourtant aussi. Le jour succède au jour, après une nuit d'intervalle. Chaque année nous ramène un printemps, un été, un hiver, de la pluie, de la verdure, des frimas. Mais la nature fait toutes ces répétitions avec une telle grâce et de si ingénieuses combinaisons; elle a tant de cordes à son arc, la rusée, que celui qui le mieux la sait observer est celui qu'elle trompe et enchante le plus.

P. MALLET.

CHRONIQUE.

AMENDE HONORABLE.

O matre pulchra filia pulchrior.

O commission des inspecteurs, ô messieurs les auteurs qu'elle patronne, pardonnez-moi si, le mois dernier, je ne vous ai pas traités avec tout le respect que vous méritez. Je vous croyais quelque peu répréhensibles. J'ai eu tort, je l'avoue. En comparaison des gens dont j'ai à parler maintenant, vous avez droit à notre admiration.

Or discendiam quaggiù nel cieco mondo, comme disait Dante. Descendons aujourd'hui dans le second cercle des ouvriers qui travaillent pour la jeunesse. Dans le cercle supérieur, nous avons rencontré les pédagogues qui s'imaginent, de bonne foi sans doute, faire un bon livre. Ils échouent; est-ce leur faute? On rêvait de faire un vase; la roue tourne : hélas! c'est une cruche qui sort des mains du potier. *Amphora cœpit institui : currente rota, cur urceus exit?* Mais il n'y a pas là de quoi maudire l'artisan maladroit.

Peut-on être aussi indulgent pour les éditeurs qui, sous le masque d'austères moralistes, défigurent les grands écrivains, dénaturent leurs chefs-d'œuvre? Si M. l'abbé Gaume nous permettait de lui emprunter une expression célèbre, nous dirions que ces falsificateurs de livres sont de véritables vers rongeurs. Vous ouvrez le livre où ils se sont introduits sous un honnête prétexte, qu'y trouvez-vous? Le ver a mangé la pulpe savoureuse. Ce qu'il a laissé en échange, goûtez-le, si le cœur vous en dit!

Qui a donné commission à ces audacieux? Sont-ce les papes les plus sévères du seizieme siècle? Mais voyez, à propos du *Décameron*, avec quels ménagements ils l'attaquent, avec quelle délicatesse ils y touchent, mais en même temps avec quelle véhémence tous les Italiens orthodoxes défendent le texte original et intégral! Les négociations durent de longues années; et les papes sont obligés de transiger. C'est toute une histoire enfin. Et, à propos de Boccace, n'oubliez pas, ô dévots chatouilleux, que le premier qui brûla des exemplaires de son livre, ce fut un hérétique qui devait être brûlé lui-même : Savonarole.

Est-ce Louis Vivès? Il était Espagnol, il était sujet de Charles-Quint, il professait à Louvain. Voilà bien des titres pour se donner carrière d'épurer les livres suspects. Cependant, remarquez avec quelle retenue, avec quelle hésitation s'exprime cet Espagnol sur les deux grands comiques latins : « *Je désirerais* qu'on retranchât de l'un et de l'autre tout ce qui peut tourner au vice l'esprit des enfants. — *Ex utroque cuperem...* (De tradendis disciplinis, lib. III).

Est-ce Érasme? Oh! celui-là est plus respectueux encore. « Si le maître, dit-il, est doué d'un esprit habile, et qu'il tombe sur quelque chose qui puisse entacher la pureté de l'âge tendre, il fera en sorte que ce passage, au lieu d'être nuisible aux mœurs, leur soit utile ; il détournera l'esprit de ce qui est bas pour l'élever à de plus hautes pensées. Que, par exemple, le maître ait à expliquer la seconde églogue de Virgile, il préparera ou plutôt il prémunira, par une introduction convenable, l'âme de ses auditeurs. Ainsi, il pourra dire que l'amitié ne se forme qu'entre personnes qui se ressemblent..... » Érasme continuant fait une magnifique leçon de très-haute morale que vous pourrez trouver en son traité *De ratione studii deque pueris instituendis.* Et cela au sujet du *Corydon ardebat Alexin!*

Vous avez, il est vrai, Messieurs les découpeurs de livres, deux grandes autorités, les Jésuites et les Jansénistes. Ils *expurgèrent* beaucoup, trouvant plus facile de tronquer les textes que d'élever les âmes.

Les Jansénistes changeaient quelques vers à Térence et aux poètes latins; mais ils disaient carrément à leurs élèves : Vous ne lirez ni la Jérusalem délivrée, ni Daphnis et Chloé, ni aucune de ces œuvres pleines de grâces, fleurs charmantes épanouies en des temps de décadence. Je les approuve, en ce sens que mieux vaut proscrire un livre que de le déchiqueter. J'applaudirais également à la décision radicale des Jésuites qui déclaraient Térence *inexpurgible* et en conséquence le condamnaient : *Ne rerum qualitas animorum puritatem offendat*, comme dit leur Règle des Études, imprimée à Anvers en 1635.

Tout cela est très-bien. Mais attendez un peu. Voici venir Bossuet. Il s'adresse au pape, il lui soumet sa conduite dans l'éducation du Dauphin et il fait l'aveu suivant : « On ne peut dire combien il s'est diverti agréablement et *utilement* dans Térence... *Il a vu les trompeuses amorces de la volupté et des femmes*, les aveugles emportements d'une jeunesse... *que l'amour tourmente*... Nous ne pardonnions pourtant rien à ce poète si divertissant, et nous reprenions *les endroits où il a écrit trop licencieusement*. » Donc, Bossuet donnait à son élève, et quel élève, Térence au naturel.

Admettons que Bossuet ait tort, que le Saint-Père ait failli en ne le reprenant pas, qu'Érasme ait été imprudent en le conseillant, que les Jésuites et les Jansénistes seuls aient raison, Messieurs les éditeurs d'aujourd'hui en seraient-ils plus autorisés à agir comme ils font?

En effet, dans les ouvrages où ces messieurs promènent sans façon leurs ciseaux et dont ils remplissent les vides par les élucubrations de leur beau génie, il n'y a le plus souvent rien qui intéresse les mœurs, rien qui ait aucun rapport, même le plus éloigné, avec les passions ou la foi. Mais il y a fine satire ou gros rire, et, de par ces gens graves, c'est corrompre l'enfance et la jeunesse que de la faire sourire et de l'égayer.

Vous connaissez la joyeuse satire de Swift, le voyage de Gulliver à Lilliput. Villemain l'a appelée « un conte de fées pour les enfants. » Ce jugement du célèbre académicien semblait devoir mettre le livre à l'abri de toute censure ou découpure. Point. Sous l'inspiration d'un certain sieur Lejeune, chanoine de profession, un certain sieur Lehuby, libraire-éditeur à Paris, a bouleversé tout le chef-d'œuvre de Swift, et pourquoi, s'il vous plait? Parce que, quand le feu fut au palais du grand roi de Blefuscu, Gulliver « se mit à uriner en si grande abondance et appliqua l'eau si adroitement, qu'en trois minutes, le feu fut tout à fait éteint. »

Traiter les appartements d'une impératrice, comme Gargantua traitait la populace lorsque, séant sur les tours de Notre-Dame, il paya sa bienvenue aux Parisiens, c'est, nonobstant la bonne intention, chose assez inconvenante et même irrévérencieuse. Mais les blondes et pudiques Anglaises ont ri et pardonné depuis longtemps. Érasme, j'en suis certain, aurait été aussi indulgent qu'elles. Je le vois et je l'entends, ce me semble, l'œil à demi fermé, riant de son fin sourire, faisant, à ce propos, cette leçon-ci ou telle autre qu'il vous plaira : — « Voyez, chers enfants, combien sont contemptibles et méprisables les biens terriens, que Dieu les laisse périr, sans souci du prince auguste qui les possède, et qu'un gros pataud, avec une eau infecte, les peut préserver de destruction. Donc, chers enfants, n'attachez votre cœur qu'aux vrais biens qui n'ont pas besoin du secours d'une braguette pour être conservés. »

MM. Lehuby et Lejeune, qui n'ont pas dans l'esprit les ressources d'Erasme, mais qui en ont d'un autre genre, au lieu de mettre en note, tout en respectant le texte, un gentil petit sermon moral, comme celui dont nous donnons l'esquisse, remplacent l'horrible phrase par celle-ci : « Je portais dans une de mes poches de côté une bouteille d'osier plate, mais d'une assez grande capacité. Elle pouvait contenir plusieurs muids d'eau. Cette provision pouvait m'être d'un grand secours contre la soif. Voyant les] flammes gagner de tous côtés, je songeai à ma bouteille d'osier, je la débouchai... » On devine le reste.

Il ne me chaut, ma foi, que l'incendie de Blefuscu ait été étouffé par l'eau que Gulliver avait dans sa poche ou ailleurs, mais la version nouvelle a un léger défaut dont les auteurs ne se sont pas doutés, c'est qu'elle déforme toute la suite de l'histoire.

On sait que l'impératrice ne veut plus rentrer dans ses appartements souillés, et qu'elle finit par faire condamner Gulliver, pour son impudente action, à mourir de faim, après avoir eu préalablement les yeux crevés. Comme la cause de cette condamnation n'existe plus ici, M. Lehuby donne pour motif de ce bel arrêt qu'il « était défendu, sous peine de mort, de causer des inondations dans l'enceinte du palais impérial. » Ce serait très-bien, si l'éditeur parisien n'oubliait que, quelques lignes plus haut, il dit que, avant l'arrivée de Gulliver sur le lieu du sinistre, les Lilliputiens s'efforçaient d'une façon aussi légale que naturelle, d'éteindre le feu à grand renfort de seaux d'eau.

O mon cher chanoine Lejeune ! vous pouvez dire aujourd'hui comme Virgile : *liquidis immisi fontibus apros*, ce que vous pourriez traduire ainsi : en chargeant Mons Lehuby d'épurer le docteur Swift, j'ai lâché un grand maladroit dans un parterre de fleurs.

Mais laissons aux Anglais le soin de défendre leur littérature ainsi falsifiée ; parlons de nos vieilles légendes nationales, non moins torturées par des mains d'une merveilleuse gaucherie.

Les éditeurs des Flandres réimpriment tous les jours à foison l'histoire facétieuse d'Uilenspiegel, telle qu'elle a été *expurgée* sous le gracieux gouvernement d'Albert et d'Isabelle. Ils n'omettent même pas l'avertissement plus orthodoxe que poli, écrit il y a deux siècles, pour prémunir le lecteur contre le poison des éditions d'Amsterdam, et pour recommander leur édition orthodoxe, *playsant en recreatief*.

Ce qui dans cette édition, est particulièrement *playsant* et *recreatief*, c'est la sagacité de l'éditeur. Partout où un personnage d'église est la dupe d'Uilenspiegel, l'histoire est impitoyablement raturée, ou tout au moins l'ecclésiastique devient « un monsieur, (*eenen heer*). » Ainsi disparaît l'aventure du curé de Baesrode, si bon et si patient, qui, après avoir été victime des tours d'Uilenspiegel, au lieu de se fâcher, se contente de sourire et, ne pouvant garder l'espiègle chez lui, lui donne la fonction de clerc de village. Uilenspiegel, de deux volailles à M. l'abbé, en a mangé une; crime dont le digne bénéficier ne s'émeut guère. Mais, pour ne pas laisser entamer l'inviolabilité de droit et de fait de tout homme et de tout bien d'église, les blaireaux d'éditeurs ont effacé une bonne, joviale et tolérante figure de curé flamand. O bélîtres! En cent autres endroits, habileté pareille.

Nous n'avons pas le loisir de nous arrêter à toutes ces peccadilles. Arrivons à Colin de Plancy, grand artiste en vandalisme. Celui-ci renchérit encore sur les éditeurs de l'époque espagnole. Ils avaient du moins laissé, à la fin du livre, la scène plaisante où le clergé et l'échevinage de Damme, légataires d'Uilenspiegel, ouvrent le coffre, grand et lourd, qui doit contenir l'héritage du défunt. A la grande stupéfaction des assistants, au lieu de ducatons et d'écus au soleil, ce bahut ne renferme que des cailloux. Le curé suppose charitablement que le magistrat a, par façon subtile, détourné ce trésor. Le magistrat, de son côté, a soupçon identique à l'égard du vénérable ecclésiastique; fureur des co-héritiers. Ils s'apaisent enfin et décident que le corps d'Uilenspiegel, quoique dûment déposé en terre sainte, sera ôté de sépulture et placé sous le gibet. Cet épisode avait trouvé grâce devant les censeurs et inquisiteurs de la foi (1). Colin a été plus sévère; il l'a fait disparaître sous son lourd rabot.

(1) On sait du reste que cette scène avait déjà été substituée à une autre, beaucoup plus fortement épicée.

Permis de dire que nos ancêtres avaient parfois une jovialité brutale, des éclats de rire capables d'irriter les nerfs de nos graves, polis et malingres contemporains. Mais que dire pour justifier les attentats dont le bon Jean de La Fontaine est victime sans cesse? Si les éditeurs modernes ne poussent pas l'impudence jusqu'à placer franchement ses fables parmi

Ces méchants écrits,
Qui gâtent tous les jours tant de jeunes esprits.

Ils ne font guère moins, si toutefois ils ne font pis encore, en emondant, taillant, tranchant et retranchant, non avec des ciseaux délicats, mais à coups de couperet, les plus fines pensées, les plus jolis vers du fabuliste. Et cela est fait dans des éditions qui portent au titre : *Ad majorem Dei gloriam*. Si ces travaux font gloire à Dieu, je n'en sais rien ; mais ce que je sais bien, c'est qu'ils ne font pas grand honneur au bon goût ni à l'intelligence de leurs auteurs.

Telles sont les *Fables de La Fontaine, nouvelle édition classique par M. A. Mazure, ancien inspecteur d'Académie;* A. M. D. G. que vous trouverez en *la librairie catholique de Périsse frères.* Achetez-les, lecteurs, vous nous épargnerez le travail fastidieux d'analyser, l'une après l'autre, ces fables.

Ab unâ disce omnes : je prends celle intitulée *Conseil tenu par les rats*. Les vers suivants, vous les chercheriez vainement :

On se quitta. J'ai maints chapitres vus,
Qui pour néant se sont ainsi tenus;
Chapitres non de rats, mais chapitres de moines,
Voire chapitres de chanoines.
Ne faut-il que délibérer.....

Ces vers sont remplacés par celui-ci :

On se quitta — s'il faut délibérer.

Pourquoi ce retranchement? Serait-ce une hérésie, une doctrine dangereuse, immorale, corruptrice, que d'avancer qu'une assemblée de moines ne fait pas toujours bonne et utile besogne? Nous allons avoir, cette année-ci, un grand concile œcuménique. Veuille Dieu que les vers supprimés du bonhomme ne soient pas bientôt appliqués à cette solennelle assemblée!

Lorsqu'un officier de l'Université de France lacère aussi cavalièrement La Fontaine, aurions-nous encore bonne grâce à chicaner un Collin de Plancy d'avoir traité avec égal sans façon les maîtres de l'immortel fabuliste, les auteurs du Roman du Renard? Pardonnons-lui donc d'avoir gâté, avec un incontestable succès, la confession de Renard, chef-d'œuvre en lequel le vieux poëte flamand fait parler le faux pénitent avec une hypocrisie, avec une finesse et une délicatesse à laquelle n'atteindraient pas les écrivains de cour dans les époques de la politesse la plus raffinée. C'est surtout le passage où ce maître libertin avoue ses privautés avec dame Hersinde, la femme de son oncle, et laisse entrevoir, par un mot à double entente, combien est vaine sa repentance, combien il est tout disposé à retomber dans son détestable péché, « cette action, dit-il, que j'aimerais mieux avoir à faire encore que de l'avoir déjà faite, » ou, comme traduit M. Potvin,

> Dieu pardonne à ces méchants traits!
> Je fis à la belle commère
> Un affront tel que je voudrais
> Que la chose encor fut à faire,
> Plutôt que d'en garder d'inutiles regrets.

Tout cela et bien d'autres détails spirituels ont disparu dans le travail de révision, opéré par Collin et approuvé par une foule de prélats, sans doute plus zélés que lettrés. Mais les traits étaient piquants. Ceux de La Fontaine, même les plus acérés, sont si doux! Ils chatouillent, blessent-ils jamais?

Et, toutefois, M. Mazure a été implacable, le cruel! Prenons un livre du recueil au hasard : *Le mal marié*, qui n'est qu'une leçon de douceur pour les jeunes filles, disparaît tout entier. La morale un peu goguenarde du *Rat qui s'est retiré du monde* est raturée; celle du *Héron* est écourtée pour n'avoir pas à donner la fable intitulée *la Fille*. Le pendant du Pot au lait, *le Curé et le mort*, est également biffé. Enfin, sur dix-huit pièces de ce septième livre, dix seulement sont reproduites. Les autres parties de l'ouvrage ne sont pas plus épargnées. Voilà ce que le sieur Mazure appelle une *Édition classique des fables de La Fontaine*!

Tous nos sincères éloges, au contraire, à M. De Closset. Il a, lui, l'honnêteté de mettre en tête de son édition : *Fables* CHOISIES *de J. de La Fontaine, accompagnées de notes*. Cela dit, nos applaudissements s'arrêtent. Pouvons-nous souscrire à un jugement tel que celui-ci :

« Avant nous, dit-il, les meilleurs commentateurs (M. Ma-

» zure et autres Collins, sans doute), avaient blâmé notre poëte » en plusieurs de ses apologues. Aussi, *nous étonnons-nous* qu'un » critique célèbre « la pureté irréprochable » de La Fontaine. » Cette indulgence extrême n'aura-t-elle pas fait sourire celui » qui a dit :

> Il avait du bon sens, le reste vient ensuite.

» Certes nous ne pensons pas qu'il faille juger *sévèrement* » le grand fabuliste : ce n'est ni un prédicateur, *ni un mora-* » *liste.* »

Si M. De Closset ne juge pas *sévèrement,* ce lui semble, La Fontaine, au moins ne se gêne-t-il pas pour le taillader impitoyablement. De la fable *l'Alouette, ses petits et le maître d'un champ*, après le vers :

> Les alouettes font leur nid
> Dans les blés quand ils sont en herbe,

l'éditeur efface les lignes suivantes :

> C'est-à-dire environ le temps
> Que tout aime et que tout pullule dans le monde,
> Monstres marins au fond de l'onde,
> Tigres dans les forêts, alouettes aux champs.
> Une pourtant de ces dernières
> Avait laissé passer la moitié d'un printemps
> Sans goûter le plaisir des amours printanières.
> A toute force enfin, elle se résolut
> D'imiter la nature, et d'être mère encore.

Ces vers effacés, M. De Closset remplace ce joli tableau par ces mots .

> Un peu plus tard pourtant une se résolut
> D'imiter la nature et d'être mère encore.

Je me suis longtemps cassé la tête pour deviner le motif de cette coupure. La tirade serait-elle immorale, licencieuse? J'ai un bon motif de croire le contraire et un bon garant pour affirmer que rien n'est plus honnête que ces vers innocemment condamnés. Ce garant, c'est l'*Ad Majorem dei gloriam* du sieur Mazure. Lui, si scrupuleux, lui, doué d'un œil de lynx pour découvrir des lubricités là où, pauvres myopes, nous ne voyons que d'innocents propos, ce Mazure, enfin, ce *criterium* de pureté, de chasteté et de virginité, ne se fait pas scrupule d'imprimer intégralement, sans en omettre une syllabe, pas même un iota, le passage détruit par M. De Closset.

Quoi donc a pu induire M. de Closset à tant de sévérité? Il est professeur de belles lettres à l'école militaire. Se serait-il rappelé l'observation de Voltaire que les gens de guerre, même les plus célèbres, à l'exception de Charles XII, ont tous été sensibles aux attraits du sexe, et aurait-il voulu éviter, autant qu'il en avait le pouvoir, de favoriser ce penchant trop général, en écartant de l'imagination de ses élèves, ces idées de *pulluler*, *d'amours printanières*, etc., etc? Nous donnons notre langue aux chiens et, sans chercher davantage à pénétrer un mystère pour nous impénétrable, nous nous hâterons de descendre dans le troisième cercle des auteurs qui font des livres d'éducation.

Ici nous attendent de plus grands coupables. Ici nous allons parcourir des lieux désolés; plus de verts feuillages, mais une végétation de couleur noirâtre; plus de fruits, mais des épines et du poison :

Non frondi verdi, ma di color fosco;
  Non rami schietti, ma nodosi e'nvolti;
  Non pomi v'eran, ma stecchi con tosco.

Ici ce ne sont plus les rogneurs de textes, ce sont les orgueilleux dont l'orgueil est poussé jusqu'à la démence, ce sont les pygmées qui s'imaginent plus grands que les géants, ce sont ceux qui ont l'ambition et la foi de surpasser les maîtres que la postérité déclarait des modèles inimitables.

Hélas! je le dis avec douleur, ce mal semble être né chez nous, ou, pour être plus exact, je devrais dire à Schaerbeek.

En ce village vivait, il y a une vingtaine d'années, un très-honnête homme; on dit qu'il était notaire. Or, cet homme, vraiment original, s'imagina qu'il pourrait faire oublier ce dangereux La Fontaine,

Ce maudit animal,
Ce pelé, ce galeux, d'où venoit tout le mal.

Il se mit donc courageusement à l'œuvre. Mais d'abord il crut devoir remarquer :

1o Que La Fontaine ne savait pas la langue française, — et il le prouva en découvrant des *lapsus* dans *La cigale et la fourmi;*

2o Que ledit La Fontaine ne savait pas la versification française, — et il le prouva en signalant des chevilles dans la même fable;

3o Que le susdit La Fontaine ne connaissait, pas même par ouï dire, la morale, — et il le prouva victorieusement en substituant à la fin de sa fable cette fin-ci : *Plaudite cives !*

Madame la butineuse
Possédait tout ce qu'il faut.
— Que faisiez-vous au temps chaud,
Dit-elle, à cette emprunteuse?
— Nuit et jour, les prés, les champs
Retentissaient de mes chants.
— J'entends! mais je crois, ma bonne,
Qu'il faut aussi travailler :
J'ose vous le conseiller.
Sachez que le travail donne
L'abondance et la santé
Qui font la félicité.
Avec ces grains, mon amie,
Regagnez votre logis,
Et ne chantez, je vous prie,
Que quand greniers sont remplis.

Vous croyez sans doute que la France accueillit avec un éclat inextinguible de rire ce La Fontaine à la portée des épiciers philanthropes. Vous vous trompez. La France fit plus que de l'approuver. Elle imita, elle copia le fabuliste Schaerbeekois. Le Français qui a eu cette heureuse idée, s'appelle *Louis Ratisbonne;* le livre est intitulé *La Comédie enfantine*, et le corps qui couronna ce Ratisbonne... je vais vous le dire tout net, car vous mettriez un siècle à deviner vainement, — ce corps, c'est l'ACADÉMIE FRANÇAISE, séant à Paris, palais de l'Institut, proche le quai Voltaire; celle-là même et pas du tout une autre.

Voyons un peu ce que contient le lauréat Ratisbonne. D'abord une cigale et une fourmi. La fable est refaite dans le même esprit que celle que Schaerbeek vit germer. Mais, pour en rendre la morale plus niaise, la cigale n'est pas seulement *la voisine* de la fourmi, mais encore « son amie et sa cousine » ce qui donne une rime très-riche. De plus, elle fait à la fourmi cette irrésistible promesse :

Et surtout, foi d'animal,
Vous aimerai très-fidèle.

L'Agneau et le Loup est pareillement corrigé. Au moment

où la méchante bête va commettre sa mauvaise action, un chasseur

> Lui décharge d'un coup son fusil dans la tête.
> L'agneau joyeux se sauve, et paf! le loup est mort.
> Les agneaux ont raison; les loups ont toujours tort.

En France, assurément; mais, dans mon pays, M. Ratisbonne, je ne sais s'il en est toujours ainsi.

La Poule aux œufs d'or est remplacé par *la Poupée ouverte*, dont la morale est que :

> Il ne faut pas aller trop au fond du plaisir,
> Ou l'on devient triste à mourir.

Délicieux!

Mais La Fontaine n'est pas le seul coupable. Il a un complice, c'est Florian. Nous ne lirons plus *le Château de cartes* qui a tant ému notre enfance, nous aurons désormais *le Petit Architecte*, où, au lieu d'enfants tels qu'ils sont, nous admirerons un petit stoïcien qui voit « crouler ses desseins d'un cœur inébranlable. »

M. Ratisbonne n'est pas seulement un habile savetier qui ressemelle les travaux des grands hommes, il travaille également à neuf, et nous serions injustes si nous ne donnions pas quelque échantillon de son savoir-faire en ce genre.

Dans certaines pièces, il verse le sel à grosses poignées. Exemple : Une mère explique à son enfant ce qu'étaient les délateurs à Athènes :

> On les nommait d'un nom affreux : des sycophantes.
> — Co...sy...phante! Ah! mon Dieu!

C'est le trait final. Ah! mon Dieu! que vous êtes joli, que vous me semblez beau, M. Ratisbonne, dans vos traits d'esprit!...

Voulez-vous du pathétique? Prenez *Une dent perdue*. Louise avait donc perdu « une dent de devant »; son père « la garda pour s'en faire un bijou... et la porter au cou. » Bon père, va! La mère survient et dit à sa fille :

> Ah! mon Dieu! tu viens donc de perdre une dent-là!
> L'enfant dit simplement : « Je ne l'ai pas perdue,
> Papa l'a. »

M. Ratisbonne trouve ce mot-là si beau que, dit-il,

> ... Si je connaissais quelque gentil poëte
> Je le ferais monter en or (ce mot!) dans un sonnet.

Or, comme M. Ratisbonne l'a inséré dans sa pièce de poésie, je suppose que l'auteur se juge modestement « un gentil poëte. »

M. Ratisbonne semble faire plus de cas des poëtes étrangers que de ceux de son pays. Ceux-là, il les imite, en les citant quelquefois, d'autres fois sans les citer, comme le *Pater* d'Andersen, que le traducteur termine par ce vers :

> Je priais le bon Dieu, car le pain, c'est bien sec,
> De nous donner toujours un peu de beurre *avec*.

Ainsi, en imitant les auteurs germaniques, M. Ratisbonne a l'art, dans son français, d'être plus allemand qu'eux. Il a des tournures de phrase à lui ; il invente des mots. Mais ce n'est sans doute pas pour ce mérite que l'Académie a récompensé cet auteur. Après avoir mûrement médité, nous avons fini par nous demander si ce ne serait pas la *Chanson du Coquillage* qui lui a rallié les suffrages des Quarante. En voici le début :

> *Hou, hou, ho!... Hou, hou, ho!... Ho! ho!*
> « Quel bruit tu fais, ô coquillage ?
> De l'Océan es-tu l'écho ?
> — *Hou, hou, ho!* Je viens de voyage...

Cela doit avoir un sens profondément beau, mais ce sont beautés perdues pour nous qui ne comprenons pas le langage des huîtres. Hâtons-nous de l'apprendre ; quand nous serons initiés à ses finesses, nous n'aurons plus aucun goût pour ce La Fontaine qu'un sieur Paul Albert (*La Poésie*. Paris, Hachette. 1868), vient de mettre définitivement à l'*index*. Écoutons cet Argus de la morale :

« Qui s'avise de faire de La Fontaine *un moraliste ?* Quelle autorité a-t-il jamais eue ? Qu'on ne le mette pas entre les mains des enfants, comme on le fait, j'en suis d'avis, d'abord parce qu'il y a peu d'auteurs plus difficiles à entendre complétement ; ensuite parce que ses leçons n'ont rien *d'édifiant ;* mais pas de diatribes et d'anathème contre ce poëte, je ne dirai pas immoral, ce qui serait excessif et supposerait une certaine énergie, mais *indifférent aux règles du devoir*, aussi bien dans ses vers que dans sa vie. »

Jusqu'à cette heure, nous avions cru avec Fénelon (un archevêque doit se connaître en morale), nous avions cru, dis-je, que personne mieux que le fabuliste n'avait « paré la philosophie et *la morale* d'ornements poétiques plus variés et *plus attrayants.* » Mais voici deux fois, l'une par M. de Closset, l'autre par M. Albert, que ce fabuliste est jugé n'être pas un moraliste. Quoi! ce récit si simple où le vice de l'avare fourmi et le défaut de l'insouciante cigale sont également notés, cette leçon qui imprime dans l'esprit que la vertu, comme tous les grands philosophes l'ont pensé, dit et répété, réside dans le juste milieu entre les vices opposés, cette leçon et ce récit ne seraient pas l'œuvre d'un moraliste! Quoi! toutes ces fables où la ruse des habiles, la vanité des sots, la violence des puissants, ces ressorts qui font mouvoir la tragi-comédie du monde, sont mis en action et en lutte, ne seraient pas un spectacle aussi moral qu'instructif! Quoi! cette fable des Deux Pigeons, déclarée admirable par les Aristarques les plus difficiles, ne serait pas morale non plus! Non! M. Mazure en détruit sans hésitation une partie. M. De Closset fait plus; il détruit et il change. L'apostrophe : *Amants, heureux amants*, a paru dangereuse. M. De Closset trouve utile de la remplacer par ces mots : *Amis, heureux amis.* Voilà les sacrifices qu'exige la farouche pruderie de ce siècle, chatouilleux à l'écorce, mais profondément dépravé dans le fond. Ce sont là les scrupules de notre époque, proscrivant ce qui est fin et vrai, n'admettant en morale que ce qui est niais, comme les moralités de Ratisbonne : « *Les agneaux ont raison; les loups ont toujours tort.* »

Ne vous étonnez pas, Messieurs les nouveaux moralistes, si les jeunes gens élevés à votre école disent, par forme de commun proverbe : *C'est bête comme la morale.* Ont-ils tort? Et la drogue que vous leur servez, peut-elle être qualifiée autrement?

Malheureux La Fontaine, que d'outrages n'a-t-on pas faits à l'œuvre de ton génie! Ce n'était pas assez qu'au siècle passé, un Père Valette, et une sœur Massuau, religieuse d'Orléans, missent tes fables « sur de petits airs »; qu'un sieur Nau les mît « en chansons, vaudevilles et pots-pourris »; que, dans ce siècle-ci, un sieur Pierre Philibert Lebrun, magistrat, en fit « disparaître un nombre considérable d'hiatus, d'inversions forcées, de constructions vicieuses, de termes impropres, etc. » ce qui du moins, comme le dit M. Robert, couvrit le nom de l'éditeur d'un ridicule ineffaçable; il fallait qu'au nom de la morale, avec l'approbation des critiques et avec la coopération des éditeurs, Schaerbeek et Paris te lacérassent, te travestissent et traduisissent ton beau langage en un jargon inepte et barbare!

O commission de censure des neuf inspecteurs de l'enseignement, comprenez-vous maintenant tous nos regrets, et, pour dire le mot vrai, nos remords de vous avoir fait de petits reproches; c'est pour d'autres coupables que nous eussions dû réserver toute notre indignation. En effet, ô commission, si vous accordez votre faveur à des ouvrages qui ne sont pas précisément parfaits, au moins n'avez-vous dans votre sein, ni Villemains, ni Saint-Marc-Girardins, ni Saint-Beuves, ni Sacys, ni Patins, ni aucun de ces savants éplucheurs de syllabes qui se sont fait un nom comme critiques, et cependant vous n'eussiez pas poussé la maladresse jusqu'à couronner *La Comédie enfantine.*

PAULO MAJORA CANAMUS.

Muse! qui inspiras messer Ariosto, prête-moi ton secours. Je vais chanter l'ire juvénile d'Altmeyer qui se vantait de venger la reine Jeanne,

Sopra re Carlo, imperator romano.

Je dirais aussi de Pichot qui, d'homme si sage qu'il était estimé auparavant, devint *furioso.*

Or, Altmeyer étant en quête d'érudition, chassait un jour dans la forêt dite *Revue historique de Sybel.* Il y rencontra un savant respectable ayant nom Bergenroth, lequel lui fit le récit suivant: Jeanne, dite *la Folle*, mère de l'empereur Charles, fut déclarée folle authentique, parce qu'elle ne raffolait pas de son confesseur, ce qui sembla si déraisonnable à tous ses augustes parents qu'ils n'hésitèrent pas, tout d'une voix, à la déclarer sinon folle à lier, au moins folle à enfermer en bonne et étroite chartre privée.

Altmeyer, transporté d'une noble fureur, jura « de traîner, en traits fulgurants, aux gémonies de l'histoire ces fanatiques bourreaux. » Dans le transport qui l'inspirait, il confia à certain journaliste belge qu'il avait découvert dans un auteur allemand qu'un savant allemand avait découvert, pour le compte du gouvernement anglais, dans des paperasses espagnoles, que Jeanne n'était pas si folle qu'on le croyait généralement.

En quoi Altmeyer fit une grande faute, comme il le connut bientôt après; car Pichot, outré d'indignation de ce que notre vaillant champion de Jeanne s'était approvisionné d'érudition à une autre boutique que la sienne, qui a pour enseigne *La Revue Britannique*, lui déclara incontinent la guerre.

Voici les discours que se tinrent les deux héros, tenant les lances en arrêt et prêts à éperonner leurs puissants destriers. Pichot, comparable aux immortels, commença ainsi : « En Angleterre, l'opinion de M. Bergenroth n'est nullement partagée par M. Fronde à qui je crois pouvoir attribuer un article qui la *réfute* dans la livraison de janvier du *Frazer Magazine.* »

Interrompons ici le récit des beaux coups d'épée qui se donnèrent pour faire une petite digression. Nous avons lu l'article cité par M. Pichot et nous y avons trouvé que l'auteur ne réfute pas du tout l'opinion de Bergenroth sur Jeanne la Folle, par le motif qu'il y est uniquement occupé de Catherine d'Aragon, sœur de cette reine. En qualité de prude et de loyale anglaise, la Revue de Fraser se fâche tout rouge contre l'Allemand coupable d'avoir insinué que Catherine eut des privautés avec son confesseur particulier, ce qui ferait de Henri VIII un Sganarelle non imaginaire, chose tout à fait impossible, au dire de la Revue.

Il serait en effet trop triste de penser que de ces deux sœurs, l'une, Catherine, fut expulsée par son époux pour avoir trop aimé son confesseur, et l'autre, Jeanne, fut emprisonnée pour n'avoir pas assez aimé le sien. Qui nous dirait à quelle limite entre le trop et le trop peu doit s'arrêter une honnête femme?

Mais qui, diable, nous dirait ce que veut M. Pichot avec son *Frazer Magazine* où il est à peine fait mention de Jeanne la Folle?

Mais qui surtout expliquerait pourquoi le même M. Pichot gourmande ce pauvre M. Altmeyer, en somme bien innocent, à part sa seule et unique faute de s'être renseigné dans une Revue allemande, au lieu d'avoir pris ses renseignements dans la Revue française de M. Pichot, où du reste il aurait appris les mêmes faits et serait arrivé aux mêmes conclusions, ou peu s'en faut?

Voici ce que disait dans la Revue Britannique la correspondance de Londres, datée du 6 décembre 1868 :

... Ce mois-ci, aucun roman ne vaut pour moi la *dramatique révélation* que nous fait M. G.-A. Bergenroth sur l'infortunée Jeanne la Folle, la mère de Charles-Quint; M. Bergenroth avait obtenu du gouvernement espagnol un libre accès aux archives de Simancas ; il avait déjà publié deux énormes volumes de documents qui laissaient sur son piédestal de grande reine Isabelle la Catholique et n'attribuaient à Ferdinand, son époux, que cette dissimulation politique, considérée par l'histoire comme une des conditions du métier de roi. Le consciencieux compilateur s'est aperçu un peu tardivement qu'on lui avait caché des lettres et des dépêches qui pouvaient compromettre l'honneur des deux monarques à qui l'Espagne moderne doit son unité. A force de sollicitations, il a obtenu enfin que ces pièces lui seraient communiquées comme les autres, et il en a composé un volume de suppléments qui, démentant les deux gros volumes antérieurs, l'autorisent à proclamer Isabelle une mauvaise mère, Ferdinand un père trois fois pire encore et leur petit-fils Charles-Quint assez mauvais fils pour tenir, pendant quarante ans, sa mère prisonnière, sous prétexte qu'elle était folle, tandis qu'elle avait toujours joui de sa raison. *J'ai lu avec une attention soutenue* ces suppléments; il me semble que M. Bergenroth a un peu exagéré les torts d'Isabelle envers sa fille et interprété avec quelque prévention les instructions données par Charles-Quint à ceux qui sous son règne, restèrent préposés à la surveillance de sa mère. *Ce qui paraît plus évident*, c'est que Jeanne qui, selon M. Bergenroth, « aurait pu être une grande reine » *ne devint réellement folle que par le traitement que lui fit subir l'ambitieux et avare Ferdinand*, intéressé à considérer comme une folie déterminée les accès d'une aberration passagère, intéressé surtout à la proclamer folle, tandis que Charles-Quint, au contraire, aurait toujours respectueusement sauvegardé la dignité royale de sa mère et éludé même le terme de *folie* pour parler de sa maladie.....

Vous penserez comme moi que *l'introduction* de M. Bergenroth serait *facilement rédigée sous la forme d'une chronique*, laquelle ne perdrait rien de son intérêt dramatique à être légèrement modifiée par le chroniqueur de Charles-Quint (1). Vous devez avoir lu avant moi cette curieuse publication, et avant moi vous aurez pensé à l'utiliser pour la *Revue britannique*.

En même temps, la revue de M. Pichot annonçait :

EN PRÉPARATION POUR PARAÎTRE PAR EXTRAITS DANS LA *Revue Britannique* (ANNÉE 1869) :

La Chronique de Jeanne la Folle, d'après les correspondances SECRÈTES *des archives de Simancas publiées en Angleterre, par A.-G. Bergenroth.*

EXTRAIT DU SOMMAIRE. — La réunion des royaumes d'Espagne sous les rois catholiques (Ferdinand et Isabelle). — Leur politique. — La *monarquia* espagnole, première condition de la monarchie universelle. — La naissance de Jeanne. — Son éducation. — Son mariage avec l'archiduc

(1) M. Amédée Pichot lui-même.

d'Autriche. — Son départ pour ses provinces flamandes. — *Son refus de se confesser à un moine espagnol.* — *Soupçonnée d'hérésie.* — Administration de Fray Andreas. — *Infidélités de l'archiduc.* — Retour en Espagne. — Testament d'Isabelle. — Querelle de Ferdinand et de Philippe. — *Leur réconciliation et leur accord pour priver Jeanne du gouvernement de Castille.* — L'entrevue de Villafila. — Mosen Ferrer, agent secret de Ferdinand. — Mort de Philippe. — LA VÉRITÉ *sur le cortége funèbre et le deuil de la reine.* — *Était-elle réellement en démence?* — Heures lucides. — *Fut-elle mise à la torture?* — Ses gardiens. — — Trente-sept ans de captivité. — Scènes de violence. — Épisode de la rébellion des Comuneros, etc., etc.

Après cette annonce, aussi et plus alléchante qu'aucun programme de théâtre forain, nous nous attendions au récit des scènes les plus dramatiques pendant *trente-sept ans de captivité*, ce récit devant être fait *d'après les correspondances secrètes publiées par Bergenroth.*

Mais tout à coup M. Pichot s'aperçoit avec douleur qu'il n'a pas le mérite d'avoir seul fait connaître la découverte du savant Allemand. Voyez ce que peut l'amour de la gloire dans un noble cœur! Ce mérite lui étant enlevé, M. Pichot, par une habile manœuvre, de cornac qu'il était, se fait subitement l'adversaire de Bergenroth.

« *J'ose le répéter* ici, dit-il, comme dans *la Revue britannique*, avec *toutes les pièces* sous les yeux (les pièces de M. Bergenroth et *d'autres encore*) :

» *Non*, la reine Jeanne n'était point hérétique ni incarcérée pour être ramenée au catholicisme;

» *Oui*, elle était réellement folle, lorsque Charles-Quint s'assit sur le trône, n'importe à quelle date antérieure on puisse faire remonter sa démence. »

La *Revue des Deux-Mondes*, sans nommer M. Pichot, mais avec un esprit d'autant plus remarquable que rarement elle abuse de l'esprit, dans son numéro du 15 janvier, dit de *la Chronique* de Madame de Maintenon par La Beaumelle :

« Ses têtes de chapitres attirent l'attention et déjà promettent:
» *la Belle Indienne.* — *Pauvreté de Mme Scarron.* — *Amans de*
» *Mme Scarron.* (Notez qu'il finira par reconnaître la vertu ou
» l'insensibilité de son héroïne; mais n'importe, le titre a piqué
» la curiosité.) — *Indigence et conduite de Mme Scarron.* —
» *Qu'est-ce que les Contemporains ont pensé de sa vertu?* — *Fou-*
» *quet.* — *Villarceaux.* Il est bien clair qu'il tourne à dessein
» autour du feu, et que son intention est d'affriander le
» lecteur. »

Peut-on être plus méchant que de forcer le lecteur à penser à M. Pichot, à propos de La Beaumelle?

M. Pichot a presque l'air d'un homme fâché lorsqu'il donne à M. Altmeyer le conseil de consulter « ses confrères érudits, MM. Gachard, Henne et Th. Juste. » Mais ce conseil a mal tourné à son auteur. Voilà M. Gachard, indirectement interpellé, qui répond : « D'après des documents d'une autorité irréfragable, que j'ai eu la bonne fortune de rapporter d'Italie, » on ne peut plus admettre ni que Jeanne ait été hérétique, ni qu'elle ait subi des traitements indignes en punition de ses sentiments religieux. M. Gachard va bientôt publier les résultats de ses recherches et de ses études.

D'où il résultera : ou que notre savant archiviste prouvera que les assertions de M. Bergenroth sont erronées, et, en ce cas, ce sera lui, M. Gachard, et non M. Pichot, qui recueillera la gloire d'avoir confirmé une vérité ancienne ; ou bien M. Gachard échouera dans sa tentative, et, dans ce dernier cas, M. Pichot, pour avoir embrassé le plus mauvais parti, fera sans doute une assez triste mine.

Quoi! après s'être donné tant de peine et de tracas, après avoir fait appel aux savants de tous pays et de tout acabit, depuis M. Mignet jusqu'à M. Fronde, sans même oublier M.Th. Juste, obtenir si mince profit! Hélas! oui ; voilà ce qu'apportent les querelles littéraires à leurs auteurs. Que l'exemple de l'infortuné M. Pichot nous apprenne donc à avoir, comme disait feu mon vieux curé, « déprisement incroyable de tout ce pourquoy les humains tant veiglent, courent, travaillent, naviguent et bataillent. »

MAX. VEYDT.

NOUVEAUTÉS MILITAIRES

DE C. MUQUARDT

A BRUXELLES, A GAND ET A LEIPSIC

Les Luttes de l'Autriche en 1866. Rédigé d'après les documents officiels par l'état-major autrichien, traduit de l'allemand, annoté et publié avec approbation de S. E le Ministre de la guerre de l'empire, par Crousse, capitaine au corps d'état-major belge. Tome I avec le portrait de l'empereur d'Autriche, deux cartes et dix-sept tableaux. Un volume gr. in-8°. fr. 7 50

Les Établissements maritimes d'Anvers dans leurs rapports avec les chemins de fer. Exposé fait par le Département des Travaux Publics. In-4°, 38 p., avec un grand plan in-folio. (Pas dans le commerce.) fr. 5 00

Manœuvres et tactique de l'infanterie prussienne, d'après les ouvrages du colonel von Kessel et du major J. Campe, de l'infanterie prussienne, par Fisch, lieutenant répétiteur à l'école militaire. 1 vol. in-8° avec 3 gr. planches. fr. 2 50

Études sur les formations et les manœuvres de l'infanterie à propos de la révision des règlements belges, par H. Girard, capitaine du génie. Grand in-8°. fr. 2 50

Fusée à double effet à force centrifuge pour projectiles creux emplombés, etc., par H. Romberg, capitaine commandant d'artillerie. Une brochure grand in-8° avec 2 gr. planches. fr. 2 50

Études sur les Fusées. Deuxième partie. Suite à la brochure précédente, par H. Romberg. Gr. in-8° avec 2 planches. fr. 2 50

Projet de création d'une colonie pénitentiaire aux Nouvelles Hébrides (Polynésie) par E. Walton. Une brochure gr in-8°. fr. 1 00

CARTES DU DÉPOT DE LA GUERRE.

Grande carte topographique de la Belgique en 72 feuilles, à l'échelle de 1/40,000. (En cours de publication). La feuille fr. 6 50

Carte routière de la Belgique en 4 feuilles, à l'échelle de 1/160,000. » » 2 75

Carte topographique des environs du camp de Beverloo, à l'échelle de 1/20,000; 20 feuilles avec feuille d'assemblage. La feuille fr. 2 75

Cartes chromophotolithographiées de la Belgique, à l'échelle de 1/20,000. La feuille fr. 2 75

Plan géométrique, parcellaire et de nivellement de la ville d'Anvers et des communes limitrophes. Dressé et gravé à l'échelle de 1/5000 par A. Scheepers, conducteur des travaux communaux. Publié sous les auspices de l'administration communale. Gr. imp in-folio. fr. 15 00

Carte des Pays-Bas, de la Belgique, du Luxembourg, de la France septentrionale et de l'Allemagne occidentale à l'usage des administrations publiques, touristes, agents de commerce, bureaux, instituts, etc. Dressée d'après les documents officiels à l'échelle de 1/40,000 sous la direction de l'inspecteur aux chemins de fer de l'État néerlandais par Nunnink. 6 feuilles grand in-folio. fr. 12 00

Collé sur toile en feuilles dans un carton. » 22 00
Sur rouleau et toile.

SOUS PRESSE

Traité de fortification polygonale, par le colonel Brialmont. 2 gros vol. grand in-8° et atlas in-folio. fr. 45 00

PUBLICATIONS DE LA MAISON A. LACROIX, VERBOECKHOVEN ET Ce, ÉDITEURS

BOULEVARD DE WATERLOO, 42, A BRUXELLES

MÊME MAISON A PARIS, LEIPZIG ET LIVOURNE

Histoire du développement intellectuel de l'Europe, par J. W. Draper, docteur en médecine, docteur en droit, professeur de physiologie et de chimie à l'Université de New-York, etc. — 3 vol. in-8°. Le volume fr. 5 00

Traduction française de l'anglais, par L. Aubert. — Seule édition française autorisée. Les tomes 1 et 2 ont paru.

Histoire de la Révolution française, par J. Michelet. Deuxième édition, revue et augmentée. 6 vol. in-8°. Le volume fr. 5 00

Les tomes 1 à 4 ont paru.

Vies des savants illustres, par Louis Figuier. Dix-septième siècle. 1 vol. in-8°. fr. 10 00

Hepworth Dixon. La Nouvelle Amérique, traduction de l'anglais, avec une préface et la biographie d'Hepworth Dixon, par Philarète Chasles, professeur au collége de France, etc. — Seule édition française autorisée. 1 vol. in-8°. fr. 7 50

SOUS PRESSE :

L'Homme qui rit, par Victor Hugo. 4 vol. in-8°.

La Création, par Edgar Quinet.

Histoire de la peinture flamande depuis ses débuts jusqu'en 1864, par Alfred Michiels. Paris, Librairie internationale, 15, Boulevard-Montmartre, et A. Lacroix, Verboeckhoven et Ce, à Bruxelles, Leipzig et Livourne. 8 vol. in-8°. Le volume fr. 5 00

Les six premiers volumes ont paru.

REVUE

DE

BELGIQUE

PARAISSANT LE 15 DE CHAQUE MOIS

3e LIVRAISON — 15 MARS 1869

SOMMAIRE

BRUXELLES

AU BUREAU DE LA REVUE

CHEZ Mme Ve PARENT ET FILS, IMPRIMEURS-ÉDITEURS

MONTAGNE DE SION, 17

REVUE DE BELGIQUE

La REVUE DE BELGIQUE paraît le 15 de chaque mois, dans un format grand in-8° sur papier fort.

Chaque livraison contiendra de 80 à 90 pages de texte : *Roman, histoire, science sociale, poésie,* ainsi qu'une série, aussi complète que possible, de bibliographies, belges et étrangères.

Prix de l'abonnement :	fr.	12 »	par an.
Prix de la livraison :	»	1 50	
Pour la France et l'Italie.	»	18 »	
Pour l'Allemagne et la Russie :	thalers.	4 ½	

ON S'ABONNE

Au bureau de la *Revue*, MONTAGNE DE SION, 17, et chez les principaux libraires du pays et de l'étranger.

Pour la Belgique.

BRUXELLES. — *Librairie polytechnique,* Aug. Decq, rue de la Madeleine, 9;
— Office de Publicité, rue de la Madeleine.
— C. Muquardt, place Royale.

GAND. — Rogghé, place de la Calandre, 13.

LIÉGE. — Desoer, place Saint-Lambert.

Pour l'Allemagne & la Russie.

BRUXELLES ET LEIPZIG. — Maison Muquardt.

Pour la France & l'Italie.

PARIS. — Librairie internationale, boulevard Montmartre, 15.

Il sera rendu compte de tout ouvrage dont un exemplaire sera envoyé à M. Fr. Van Meenen, rue de la Prévoyance, 34, à Bruxelles.

Tout ce qui concerne la rédaction doit être envoyé à M. Ch. Potvin, chaussée de Vleurgat, 61.

LES PHÉNOMÈNES DE L'INCONSCIENCE.

—

Philosophie des Unbewussten. Versuch einer Weltanschauung, von E. v. HARTMANN. Berlin, 1869.

Il est dans le monde un ordre de phénomènes étranges. La réflexion n'y a aucune part. Et cependant ils s'accomplissent avec autant de régularité que si la réflexion les conduisait vers un but marqué d'avance. Autrefois on y voyait la main de Dieu ou la main du diable; aujourd'hui on les attribue au hasard ou à la providence, ce grand réceptacle de tous les problèmes inexpliqués. Mais la philosophie moderne, qui ne meurt pas malgré tous les dédains dont on l'accable, y concentre son attention; elle semble y avoir porté quelque lumière, et je voudrais, en m'inspirant de travaux récents, introduire un instant le lecteur dans le domaine naguère si obscur et toujours si intéressant de l'inconscience.

I

La philosophie réaliste du XVIIIe siècle ne concevait que deux ordres d'actions, les unes mécaniques, les autres réfléchies, celles-là obéissant aveuglément au fatalisme de la matière, celles-ci dues au travail de l'esprit qui, apercevant une fin, s'efforce de l'atteindre; pour elle, toutes les œuvres humaines étaient des œuvres réfléchies : religions, formes du langage, mouvements des peuples, constitution des sociétés, tout avait été voulu avec conscience, prévu et exécuté d'après un plan plus ou moins ingénieusement combiné. Reconnaissons-le, cette conception semble bien propre à l'esprit latin qui, n'aimant pas la nature, n'arrive pas aisément à sentir sa grande action secrète et mystérieuse; il est rare, en effet, que dans ses créations, même les plus belles, palpite cette vie intime qui fait l'harmonie de l'univers, se décèle cette indéfinissable puissance qui d'un brin d'herbe a su faire pour nos yeux une merveille. Partout s'y trahit l'artificiel, s'il est permis d'appeler ainsi le travail de l'homme qui poursuit avec conscience l'idéal qu'il s'est formé par la réflexion, sans se soucier des charmes ou des exigences de la réalité. Amour de la poésie classique, qui par la rhétorique de convention remplace l'élan spontané du cœur et qui découpe de pompeuses périodes, comme le jardinier cisèle, en forme d'animaux ou de vases, ces arbres qu'on ne pouvait admirer dans leurs grâces libres et leur sauvage abandon; dédain de la chanson populaire, cette source d'émotion si pure qui jaillit des âmes simples; oubli exagéré de la tradition, recherche du convenable, c'est-à-dire du conventionnel; sacrifice de l'individualité en faveur de l'ensemble, mille détails montrent chez les races latines la prédominance de cet élément factice, inventé, et, jusque dans l'organisation de la société, on y a vu l'effort hardi, sublime, si l'on veut, mais certes bien insensé, de remplacer toutes les institutions du passé par des créations rationnelles et de toute pièce. Pour celui qui n'a point le sens profond de la nature et ne découvre dans l'univers que l'œuvre d'un hasard souvent maladroit, rien ne paraît, en effet, plus simple et plus conforme à la raison que de lui substituer l'œuvre consciente des hommes.

L'esprit allemand devait ouvrir d'autres aperçus, révéler en quelque sorte la nature, avec ses beautés naïves et ses ressources profondes, la retrouver sous tous ses déguisements, active aussi bien dans les évolutions des sociétés et dans la vie collective des peuples que dans la formation du cristal le plus élémentaire ou de la plus simple cellule. Au fond, c'est là toute l'œuvre philosophique du XIXe siècle, et il est bien permis de l'appeler germanique, car germanique est, sans conteste, cette faculté idéaliste qui, à travers les enveloppes et les apparences, arrive à l'esprit des phénomènes et découvre dans les êtres le mobile qui les fait agir et dont ils n'ont pas conscience eux-mêmes. Quand, à la fin du siècle dernier, l'esprit allemand se réveille, quand Lessing entrevoit la véritable essence de l'art et de la religion, quand Herder renouvelle la conception de l'histoire et découvre la chanson populaire, quand Schiller fait ressortir l'opposition de la poésie naïve et de la poésie sentimentale, quand Gœthe enseigne qu'il faut savoir honorer toutes les manifestations de l'activité humaine, alors la pensée entre dans une ère nouvelle et c'est de là que le philosophe doit dater l'apparition de la notion de l'*Inconscience;* c'est là que commence ce grand travail qui, du milieu des œuvres réfléchies des hommes, cherche à dégager leurs œuvres instinctives et les rattache tous l'un à l'autre dans l'humanité, par un lien nouveau, invisible, mais indissoluble, celui de la nature.

Toutefois, ce travail ne s'accomplit pas en un seul jour ; la science y consacre ses forces depuis près de cent ans et, dans tous les ordres de recherches, les conclusions auxquelles elle est amenée sont diamétralement opposées à celles qu'avait adoptées le XVIIIe siècle.

Le XVIIIe siècle considérait le langage comme une œuvre artificielle, accomplie de propos délibéré ; on a compris aujourd'hui que la conscience n'y a qu'une très-petite part et qu'il se forme et se transforme par l'accord unanime, mais non réfléchi, de tout un peuple. Comme, à certains jours, par un chaud rayon de soleil, les chrysalides se dépouillent de leurs enveloppes et deviennent papillons, ainsi, à un moment donné, tous les mots d'une langue se modifient dans un sens déterminé. Quoi de plus frappant, par exemple, que cette loi phonique, connue sous le nom de *loi de Grimm*, parce que le célèbre philologue l'a formulée le premier? Il y a dans l'histoire des langues germaniques une période où elles se séparent de leurs sœurs aryennes; alors, par un étrange phénomène, toutes les consonnes explosives subissent, en quelque sorte, un glissement; c'est-à-dire que les tenues deviennent aspirées, les aspirées moyennes, et les moyennes tenues; le cercle est complet, chaque classe a avancé d'un degré. Quelques siècles se passent et voici que dans cette famille germanique une division s'opère : d'une part, les dialectes qui doivent constituer le bas-allemand n'éprouvent plus de permutation consonantique essentielle; de l'autre, ceux qui formeront le groupe haut-allemand sont soumis à une nouvelle poussée analogue à la première, qui fait progresser encore toutes les consonnes d'un degré, de telle sorte que les tenues primitives, demeurant aspirées dans le bas-allemand, deviennent moyennes dans le haut-allemand, que les aspirées deviennent tenues, et ainsi de suite. Il est incontestable qu'on ne peut supposer dans ces transformations une action combinée et réfléchie; des peuples entiers ne se sont pas entendus pour changer à jour fixe et par un inexplicable caprice, tous leurs *d* en *t*, tous leurs *b* en *p*, etc.

La formation des langues romanes, issues du latin avec une régularité parfaite, nous fournit un exemple identique et nous impose une conclusion plus précise encore; c'est que, même dans les temps historiques, les langues ne se métamorphosent et ne s'organisent que par un travail intime, inconscient.

Même phénomène dans les créations religieuses primitives. Le temps devrait être bien loin de nous où l'on ne voyait en elles que des supercheries pieuses, l'exploitation habile des masses par des prêtres ambitieux ou cupides. A l'origine des religions, il n'y a pas de prêtres, il n'y a que des hommes qui interprètent, d'une façon naïve et poétique ce qu'ils voient autour d'eux, sur la terre et dans les cieux. La nature parle directement à l'imagination des peuples enfants, elle y suscite une végétation touffue de mythes, qui, par l'activité inconsciente des esprits, s'étendent, se ramifient sans cesse et finissent par former un système complet de mythologie, que chacun porte, en quelque sorte, virtuellement avec soi, que chacun contribue à enrichir, sans s'en douter, jusqu'à ce qu'il se soit cristallisé en un corps de doctrine, enseignée ou écrite.

On peut se représenter tout ce travail de construction intérieure en songeant aux destinées de la chanson populaire. Éclose sur les lèvres de l'un, continuée par l'autre, transformée par un troisième, sans cesse élargie et refondue, elle devient l'œuvre collective d'une nation entière, sans que personne puisse dire encore qu'elle a eu un auteur déterminé. Reposant dans quelque coin de la mémoire, un beau jour elle se réveille, mais avec quelles métamorphoses! Elle est due tout entière à l'inspiration fugitive du moment; c'est ce qu'indique bien ce mot de la paysanne italienne, à qui l'on observait qu'elle ne reproduisait pas deux fois les mêmes paroles, quand on lui faisait répéter une chanson, et qui répondait : Je n'en puis rien, *mi viene cosi*. Poésie inconsciente, tel est bien son nom; murmure harmonieux, qui s'échappe naturellement des esprits les moins cultivés, plus que toute autre forme de l'art, elle révèle le caractère de la nation qui la chante. On peut dire que certaines œuvres réfléchies sont de tous les temps et de tous les pays; point la chanson populaire. Récitez en Allemagne ces plats refrains grivois dont font leurs délices les paysans de France ou ces chants d'amour siciliens qui respirent toute la chaude passion d'une terre brûlée par le soleil, ils ne trouveront aucun écho dans la patrie du lied sentimental et rêveur.

Plus étrange est peut-être encore la formation de l'épopée : un sujet choisi instinctivement par un peuple entier, un poëme dont tout le monde est un peu le poëte, dont le plan n'a été tracé par personne, et dont l'unité incontestable n'est cependant que virtuelle! Qui avait jamais récité ou entendu réciter, d'un seul trait, l'Iliade en Grèce, le Kalewala en Finlande? Chacun en possédait quelques fragments qu'il savait relier vaguement à un grand ensemble indistinct. Ils existaient néanmoins ces étranges poëmes populaires, et, quand on s'est mis à en réunir tous les éléments qui n'avaient jamais été qu'épars, on a vu naître devant soi des œuvres complètes et parfaites, qui présentaient sans doute quelques lacunes et beaucoup de redites, mais dont l'unité était frappante.

Ainsi se montre, d'une manière indéniable, l'unité morale et intellectuelle d'une nation, s'affirmant par des créations qui, sans être réfléchies, portent cependant, par leur régularité et leur harmonie, le cachet de la finalité et arrivent même à une perfection qu'atteint rarement l'effort intentionnel.

C'est encore ainsi que se sont constituées les premières sociétés, non par des contrats puérils et impossibles, mais par l'entente réelle, quoique tacite, de tous leurs membres. C'est ainsi que les principes de la morale ont, suivant la valeur diverse des peuples, trouvé leurs formules, non par une révélation venue du dehors, mais par la révélation intime et constante de l'homme à l'homme lui-même. Ce qu'on nomme la voix de la conscience n'est, en réalité, qu'une voix tout inconsciente. La langue française confond sous le seul mot de *conscience* deux idées bien distinctes : la connaissance du soi, le sens intime, *das Bewusstsein*, et la conscience morale, qui approuve ou condamne, *das Gewissen*. Cette dernière est précisément la chose du monde la moins réfléchie ; l'homme avant d'agir, l'homme naturel surtout, ne se demande pas : Quelle est la prescription de ma conscience? Quand elle parle, elle parle immédiatement ; ses arrêts ne se font pas attendre : ils surgissent comme par une évocation magique.

Ces exemples, choisis au hasard et nécessairement incomplets, suffisent cependant pour nous révéler un premier ordre de faits dans lesquels l'intelligence et la volonté ont incontestablement leur part, et une très-large part, mais dont la fin ne peut être clairement aperçue par l'agent ; celui-ci les accomplit directement par un acte volontaire, mais ils ne lui apparaissent pas dans la pleine lumière de la conscience, ils n'ont pu être réfléchis, combinés et répartis d'avance entre tous ceux qui ont dû y concourir. C'est bien ici sans doute qu'il faut réserver une place à la notion de l'Inconscience.

Qu'est-ce donc que l'Inconscience, ou plutôt qu'est-ce qu'un phénomène inconscient? D'une manière générale, c'est celui, sans doute, qui s'accomplit sans l'intervention d'une intelligence consciente ; mais plus spécialement il convient d'entendre sous ce nom l'action qu'un être fait spontanément, en vue d'un but à atteindre, sans qu'il puisse cependant, en aucune façon, avoir connaissance de ce but. Tout phénomène inconscient suppose donc deux conditions : en premier lieu, qu'il soit accompli non pas mécaniquement, en vertu des simples lois physico-chimiques, mais avec choix et discernement ; en second lieu, qu'il ne soit pas révélé à la conscience de son auteur. En ce sens, le mot est à peu près synonyme d'instinct ; toutefois, son acception est plus large, comme on a pu déjà l'entrevoir.

Au fond, cette notion sommeille dans tous les grands systèmes de métaphysique modernes. Quand Hegel, par exemple, dépeint l'évolution de l'idée qui devient autre qu'elle-même dans la nature, et qui, dans l'esprit, revient à soi, que veut-il indiquer si ce n'est l'activité, toujours régulière, toujours conforme à une fin rationnelle, des forces naturelles qui s'ignorent elles-mêmes et qui, dans les êtres intelligents seulement, sont éclairées par la conscience?

Mais il ne suffit pas qu'une notion repose en germe dans une conception générale du monde, il faut encore qu'elle trouve son expression exacte; car on ne pourra mesurer son étendue et son importance qu'après l'avoir analysée et nettement définie. Plusieurs philosophes ont parlé de l'inconscience. Leibnitz l'avait entrevue vaguement dans ses *perceptions confuses*, où il découvre le lien qui unit chaque être avec le reste de l'univers; mais, en les transformant en *petites perceptions*, dont la faiblesse seule est cause qu'elles n'arrivent point à la conscience, il dénature leur véritable caractère et laisse échapper les conséquences qu'il eût pu tirer d'un ingénieux aperçu.

Schelling, qui fait souvent mention de l'inconscience, la définit : « l'élément éternellement inconscient qui, comme un soleil dans le royaume des esprits, se cache par sa propre lumière, » — « la racine invisible dont toutes les intelligences ne sont que des puissances, le médiateur éternel du subjectif et de l'objectif, le fondement de l'ordre dans la liberté et de la liberté dans l'ordre. » Toutefois, ses vues ne sont jamais très-précises sur cette question, et, dans d'autres passages, il semble même ne vouloir reconnaître le concours de l'inconscience que pour la production de l'œuvre esthétique.

Je ne puis passer en revue tout ce que les autres grands philosophes modernes ont dit sur le même sujet; j'en viens directement à Schopenhauer, qui, à mon sens, a contribué plus que tout autre à faire mûrir la conception de l'inconscience; si elle n'est pas encore plus généralement reconnue, c'est, ne l'oublions pas, que sa philosophie est restée pendant quarante ans dans l'obscurité la plus complète. L'astre hégélien attirait à lui tous les regards, et alors seulement qu'il s'approcha de l'horizon, on se souvint du penseur négligé qui avait osé trop tôt être indépendant et original.

A plusieurs égards, en effet, la philosophie de Schopenhauer forme l'antithèse de celle de Hegel. Pour celui-ci, c'est l'idée qui est la chose en soi, la formatrice de l'univers. Reconnaître l'évolution de l'idée, telle est la mission du philosophe. Tout ce qui est réel est rationnel, puisque l'idée, la raison, préside au développement de l'univers. Nous avons ainsi une philosophie logique, dans laquelle le premier rôle est donné à l'intelligence. Mais où est le principe de la réalité? En quoi l'idée se manifeste-t-elle? Comment rendre compte de l'existence de la nature? Comment expliquer que l'idée s'oublie elle-même et s'ignore? Hegel ne peut répondre à ces questions, et toutes ses tentatives d'explication se réduisent à des représentations imagées. Suffit-il, en effet, de dire que l'idée « s'abaisse, se sacrifie, devient autre qu'elle-même? »

Pour Schopenhauer, le problème a changé de face; sa philosophie n'est plus logique, mais volitionnaire; la chose en soi n'est plus l'idée, mais la volonté. C'est la volonté dont les actes successifs produisent toutes les manifestations du monde; c'est elle qui tourne vers le pôle l'aiguille magnétique, elle qui, par les affinités électives, unit ou sépare les corps, elle qui attire la pierre vers le centre de la terre, par qui le cristal s'accroît, qui végète dans la plante, sent et veut dans l'animal. Quant à l'intelligence, elle n'est que la faculté secondaire; elle n'agit pas, elle connaît seulement; l'univers s'était développé sans elle jusqu'au jour où apparut le premier cerveau pensant; alors on peut dire que la lumière s'est faite; mais auparavant, dans l'obscurité de l'inconscience, la volonté n'en travaillait pas moins sans relâche et poursuivait son but. Ce but n'est pas rationnel, puisque l'intelligence n'y a pris aucune part; et voilà pourquoi le monde est si mauvais, mais il n'en est pas moins un but.

Certes, il y a ici encore une grande lacune. Où est le principe de l'intelligence? Et comment la faire naître de la volonté, qui n'a rien de commun avec elle, et qu'elle a même pour mission suprême de paralyser et de détruire? En face de ce *salto mortale*, n'a-t-on pas bien le droit d'hésiter? Mais je n'ai pas à faire voir ici les faiblesses de la conception métaphysique de Schopenhauer. C'est précisément par cette séparation si nette, — trop nette peut-être, — de l'intelligence et de la volonté qu'il a réussi à présenter dans leur vrai jour les phénomènes où l'une intervient sans l'autre; il a pu remarquer que la volonté n'exécute pas seulement les plans qui lui sont fournis par l'intelligence consciente, mais qu'elle est active alors déjà que la pensée n'a pas encore fait son apparition lumineuse. Par là, il a décidément ouvert la voie à cette notion de l'inconscience qui me paraît destinée à prendre un rang sérieux dans tous les systèmes philosophiques, et, si je ne m'abuse, c'est par cette conception qu'il a séduit tant d'esprits en Allemagne. Grâce à elle, un philosophe qui nie résolûment l'existence de Dieu, qui regarde le monde actuel comme le plus mauvais des mondes possibles, qui ne croit à aucune immortalité personnelle et qui déclare que la pensée est étroitement liée aux éléments matériels du cerveau, a porté les coups les plus rudes au matérialisme, et tous ceux qui ont sérieusement médité ses écrits, sont devenus les adversaires déclarés de cette doctrine, aussi superficielle que tranchante.

La philosophie critique doit se mettre en garde contre la tendance de supprimer une partie de la réalité, par horreur de la métaphysique; ce serait devenir doctrinaire pour échapper à la doctrine. Poser en principe que nous ne connaissons que les phénomènes, c'est une affirmation trop absolue, que rien ne justifie; en fait, les connaissances que nous avons des phénomènes n'ont pas plus de valeur objective que celles que nous pourrions avoir sur leurs lois ou leurs principes. Il ne faut pas oublier qu'il y a place dans la science pour les hypothèses : si elle les rejette indistinctement, elle s'appauvrit de gaîté de cœur.

A ce point de vue comme à beaucoup d'autres, il me paraît intéressant d'étudier tout ce qui a trait à l'inconscience, et je suis heureux de rencontrer sur ce sujet un livre que distinguent des qualités sérieuses.

M. von Hartmann, un nouveau venu dans l'arène philosophique, a cherché à analyser le plus exactement possible une notion jusqu'ici trop négligée; il a même entrepris d'en faire la base d'un système complet de philosophie. J'esquisserai rapidement tout à l'heure quelques traits de cette conception nouvelle; mais, avant de passer à ces conclusions, qui sont du domaine de la métaphysique, je crois nécessaire de m'adresser à un ordre de faits qui feront mieux comprendre la nature des phénomènes dont il s'agit dans ces recherches. Les résultats de la critique historique, religieuse et littéraire, tels que je les ai résumés au début de cet article, sont, en effet, d'essence assez délicate et soulèvent quelquefois, dans les esprits peu habitués à l'intelligence des choses du passé, des objections qu'une étude longue et attentive est seule en mesure d'écarter. Heureusement, les sciences naturelles, la physiologie, et notamment l'étude du système nerveux, apportent, comme j'espère le faire voir, un contingent de faits plus décisifs et en partie plus faciles à atteindre. Le travail de M. Hartmann m'aidera considérablement dans cette partie de ma tâche.

II

Quand on descend dans les étages inférieurs de la vie animale, les phénomènes, devenant moins complexes, se laissent analyser avec plus de précision, et, pour arriver à comprendre les facultés obscures de l'homme, il n'est pas de meilleur chemin que de passer par ce monde imparfait que n'éclaire pas la raison humaine ; c'est là qu'on atteint en quelque sorte l'inconscience sur le fait. L'intelligence réfléchie a trop de rayonnement; tout s'efface devant elle; à la vue des prodiges qu'accomplissent l'observation patiente et l'abstraction soutenue, on est tenté d'attribuer à leur action combinée tout le jeu de la vie. Ce serait une erreur, contre laquelle la comparaison avec les animaux vient heureusement nous mettre en garde. Quelque opinion qu'on embrasse sur la question de la descendance réelle du genre humain, un fait est certain, c'est que les animaux doivent être placés avec l'homme dans une même série continue, autant dans l'ordre spirituel que dans l'ordre physique; ils n'ont sans doute pas toutes nos facultés, mais celles qu'ils possèdent sont semblables aux nôtres, dont elles ne diffèrent qu'en degré, et ce serait rompre le lien naturel qui unit tous les êtres que d'attribuer à l'éducation chez les uns ce qu'on reconnaît être chez les autres un don de l'instinct. Si donc nous constatons chez les animaux une activité inconsciente, nous aurons du même coup émis de fortes présomptions en faveur d'une activité de même nature chez l'homme.

Or, que voyons-nous chaque jour? Des êtres, placés très-bas sur l'échelle de la vie, accomplir des travaux longs, difficiles et compliqués pour atteindre une fin qui doit leur être totalement inconnue. Ne semble-t-il pas vraiment que chacun soit guidé par une voix secrète qui lui dit : Voici ce que tu dois faire pour conserver l'existence, et voici ce que tu dois faire pour assurer la perpétuité de ton espèce ?

Deux oiseaux à peine éclos ont été arrachés de leur nid ; on les a élevés soigneusement, on les a nourris; mais ces beaux arbres verdoyants sur lesquels sautillent et se poursuivent tant de gais chanteurs, leurs petits frères, ils ne les ont vus que de loin, à travers les barreaux de leur volière. Cependant, le printemps est venu, et dans un chaud rayon de soleil, ils ont trouvé tout simple et très-bon de se prodiguer mille caresses. Croyez qu'ils n'ont pas attendu pour cela des leçons du dehors, comme Daphnis et Chloé. Mais il ne suffit pas de céder au doux attrait de l'amour, il faut encore élever ses petits. Devant ce grand devoir, ils ont pris une grande résolution : ramassant tous les brins de mousse qu'on avait semés autour d'eux, ils ont, avec la précision d'un architecte qui exécute pour la centième fois le même plan, construit un nid semblable en tous points à ceux qui, depuis des siècles, ont servi de berceau aux autres oiselets de leur espèce. Dans ce nid, la femelle a déposé un œuf, deux œufs, quatre œufs ;

puis gravement elle s'est mise à couver. Qui leur avait enseigné cette ingénieuse pratique; qui leur avait inspiré cette tendre sollicitude pour une progéniture inconnue? Quand l'homme bâtit, au cœur de l'été, une habitation assez chaude pour que les froids de l'hiver ne puissent l'y atteindre, assez solide pour que la fureur des vents soit impuissante à la renverser, il a dans l'esprit le souvenir de sa vie passée; son expérience lui a enseigné quelle est la rigueur habituelle des saisons. Il n'en est pas ainsi de notre oiseau; pour lui, qu'est-ce qu'un œuf, et où a-t-il appris quelles espérances sont renfermées dans ces petits globes fragiles? Lui-même a vu le jour dans un nid, c'est vrai; mais s'en souvient-il? Nos enfants se souviennent-ils de leur naissance? Qui lui a dit que ces œufs dussent être échauffés? Il ne sait rien, et cependant, tout d'un coup, résolûment, avec une sûreté d'action qui ne laisse rien au hasard, il a agi comme il devait agir.

Prétendra-t-on que, si ce n'est point l'expérience personnelle ou l'éducation qui l'éclaire, il tient de l'hérédité cette science instinctive et qu'il est entraîné fatalement à reproduire les actes que toute la série de ses ascendants a accomplis avant lui? Difficultés nouvelles et plus graves encore! Est-ce dénouer un problème que de le faire remonter à l'infini? Pourquoi le premier oiseau s'est-il mis à couver? Le hasard sans doute l'aura conduit à demeurer immobile pendant vingt jours et plus, et alors, tout heureux de voir de petites têtes sortir de dessous ses ailes, il aura recommencé cette intéressante expérience dont finalement il a su transmettre l'habitude à sa race entière.

On ne réfute point d'aussi vaines hypothèses. Comment expliquer, d'ailleurs, l'instinct des insectes qui, pendant leur courte existence, ne pondent qu'une seule fois et meurent immédiatement après, sans pouvoir connaître le résultat de leurs soins? Que dire du nécrophore, qui, habitué lui-même à une nourriture végétale, va chercher un cadavre pour y déposer ses œufs, afin de fournir à des larves qu'il n'a jamais vues, l'aliment dont elles ne peuvent se passer? Que dire du *Cerceris*, qui, pour procurer des provisions toujours fraîches à ses enfants posthumes, réunit dans leur berceau, avant de le clore, un grand nombre de chenilles qu'il a préalablement blessées de son aiguillon à un point déterminé du système nerveux? Cette piqûre, faite à ce point et à ce point-là seul, a pour effet d'engourdir l'animal, sans lui enlever la vie (1).

(1) Voir MILNE EDWARDS, *Rapport sur les progrès des sciences zoologiques*, p. 411.

Ici, il n'y a pas de milieu. Le premier *Cerceris* a dû exécuter ce travail aussi régulièrement que tous ses descendants, ou sa race était à jamais anéantie. Et l'on ne pensera pas sans doute que le hasard lui a donné des notions si précises sur l'anatomie et la physiologie des chenilles.

D'ailleurs, conçoit-on cette prétendue transmission héréditaire qui donnerait à un animal la faculté de connaître par intuition une nécessité dont rien dans sa propre vie n'a pu lui inspirer l'idée? A coup sûr, chez l'homme, il ne se présente rien de semblable. Que le volume du cerveau s'accroisse, que les facultés se développent par l'exercice, et que par l'hérédité elles se transmettent ainsi agrandies et améliorées, qu'elles apportent aux générations nouvelles une intelligence plus fine et plus large, le don d'observer mieux, de juger plus sainement, en un mot de résoudre avec plus de sagacité un problème dont les données sont fournies, rien de plus simple. Mais dans les manifestations de l'instinct, la difficulté est d'une tout autre nature : il s'agit de résoudre un problème dont on n'a même pas conscience.

Dans certains cas, les opérations de l'instinct sont tellement extraordinaires qu'elles semblent ne pas appartenir au monde dans lequel nous vivons. Le coucou ne peut couver lui-même ; ses œufs exigent en effet, pour mûrir dans l'ovaire, non pas un ou deux jours comme chez les autres oiseaux, mais de sept à onze jours, et par conséquent les premiers seraient gâtés avant la ponte des derniers. Que fait-il? Il les dépose dans des nids étrangers, et naturellement chaque œuf dans un nid différent, qui se trouve prêt à le recevoir. Voilà déjà un instinct bien remarquable. Mais il y a plus : si l'oiseau dont il usurpe les soins s'aperçoit de cette introduction frauduleuse, il n'hésitera pas sans doute à expulser l'intrus. Dans ce péril, le coucou a encore des ressources ; il sait, en effet, donner à ses œufs la couleur de ceux à côté desquels il les place. D'où tire-t-il cette faculté inexplicable? Supposera-t-on que la vue des œufs étrangers agisse assez puissamment sur son organisation pour modifier la coloration des siens? Mais il y a certains nids à ouverture si étroite qu'il ne peut y pousser la tête et qu'il est obligé d'y introduire son œuf en le tenant par le bec. Il ne reste plus à invoquer ici qu'une sorte de double vue inconsciente.

Ces exemples peuvent être multipliés à l'infini. Parlerai-je de la larve du capricorne mâle qui se creuse un gîte deux fois plus grand que son corps, afin de réserver une place aux cornes qui doivent lui pousser, tandis que la femelle se contente d'un espace de moitié moindre? Demanderai-je comment ce singulier strepsiptère, qui ressemble lui-même à un papillon nocturne et ne vit que quelques heures, réussit à découvrir sa femelle, petit ver informe caché dans les anneaux de l'abdomen d'une guêpe, d'où une minime partie de son corps fait seule saillie? Rappellerai-je l'habileté des chats qu'on emporte dans des sacs pour les perdre et qui, à plusieurs lieues de distance, retrouvent leur logis? Quand on veut parler de l'instinct, la difficulté n'est pas d'accumuler des exemples, mais de savoir les restreindre.

Ceux que j'ai cités prouvent surabondamment que l'instinct n'est point une faculté consciente. Mais n'est-il pas dû à un simple mécanisme? Sans doute il y a une correspondance nécessaire entre l'organisation d'un être et les manifestations de sa vie : un oiseau ne peut pondre sans ovaire, ni voler sans ailes. Mais la présence d'un organe n'est pas encore le motif qui en détermine l'activité. Avec une organisation identique, on rencontre des instincts différents; ainsi, toutes les araignées ont le même appareil glandulaire; cependant, telle espèce fait des toiles rayonnantes, telle autre des toiles irrégulières; une troisième se renferme dans un trou dont elle tapisse les parois et qu'elle munit d'une porte. De même, si les animaux choisissent pour s'unir des femelles de leur espèce, ce n'est point là un simple effet de leur organisation; car l'accouplement serait possible entre espèces très-éloignées.

D'autre part, les mêmes instincts se présentent avec des organisations très-différentes; ainsi, le hamster transporte dans ses larges abajoues ses provisions d'hiver, tandis que le mulot accomplit le même travail sans aucun organe spécial qui lui vienne en aide.

Il ne suffit pas non plus de dire que chaque mouvement instinctif est lié à un sentiment de plaisir qui y provoque l'animal; car cela n'expliquerait en rien la complication et l'harmonie qui apparaissent dans les détails d'exécution. Si l'araignée, dit fort justement M. Hartmann, au lieu de tisser sa toile, laissait simplement s'écouler le suc de sa glande pour ressentir le plaisir de cette évacuation, personne n'y verrait de l'instinct. Le caractère d'un grand nombre d'actes instinctifs est, d'ailleurs, de porter l'animal au sacrifice de son bien personnel et même de sa vie. Quand deux oiseaux s'unissent, il semble au premier abord très-vraisemblable d'y voir uniquement la recherche du plaisir; cependant, réfléchissons-y bien. Pourquoi cessent-ils de s'accoupler dès que le nombre d'œufs normal est atteint? Est-ce que leur instinct sexuel a disparu? Il n'en est rien; car si on leur enlève ces œufs, ils se remettront à l'œuvre et l'on a eu des exemples dans lesquels la femelle ne cessait de pondre que lorsque, épuisée, elle tombait morte sur son nid.

Quand on parle de mécanisme, on oublie qu'une machine agit régulièrement, fatalement, sans aucune déviation intelligente; à telle pression répond tel mouvement. Quand deux corps lancés dans l'espace sont sur le point de se rencontrer et menacent de se briser en mille pièces, les voit-on s'écarter l'un de l'autre pour éviter ce choc désastreux? Les animaux, au contraire, faut-il le répéter, offrent non-seulement des traces évidentes de vie intellectuelle; ils pensent et veulent, ils savent être rusés, attaquer avec adresse et se défendre avec prudence; mais encore, dans leurs actions instinctives elles-mêmes, ils apportent des variations, suivant les besoins du moment. Dans les pays chauds, les oiseaux ne couvent pas ou ne couvent que la nuit, et même ceux qui nichent dans nos serres européennes apportent dans cette fonction moins de zèle que lorsqu'ils se trouvent à l'air libre. Et quels exemples les abeilles ne peuvent-elles pas nous fournir? En leur opposant divers obstacles, Huber les a amenées à changer la forme de leurs cellules; on n'attribuera pas chez elles à la réflexion le talent de savoir qu'un pentagone offre, dans certains cas, plus de solidité qu'un hexagone et ce serait un mécanisme bien peu mécanique que celui qui introduirait un tel changement dans l'ordre de leur travail. Quand leurs rayons deviennent pesants, elles savent renforcer à temps les parois supérieures par une pâte plus consistante et dirigent habilement des contre-forts pour tenir l'édifice entier en équilibre.

En présence de ces faits, toutes les objections doivent tomber. Ils ne comportent qu'une seule explication : l'instinct est une activité spontanée de l'individu, dans laquelle guidé non par une puissance extérieure, mais par sa nature même, il veut, d'une manière inconsciente, atteindre un but, et trouve pour l'atteindre les moyens qui y sont appropriés.

Ce même travail inconscient, je crois avec M. Hartmann qu'on le retrouve dans plusieurs des phénomènes de la vie organique. Chacun sait que presque tous les animaux inférieurs jouissent de la propriété de régénérer des parties entières de leur corps qui leur ont été enlevées; telles sont les pinces des crabes, la queue des lézards, quelquefois même les pattes des grenouilles. D'autres animaux coupés en deux complètent chacun des fragments; à l'extrémité de l'un se forme une tête, à l'extrémité de l'autre une queue avec toutes les pièces intermédiaires. Dans les classes supérieures, il y a des exemples analogues : quand on retranche une partie de la rate d'un mammifère, cet organe mutilé se reconstitue et reprend sa forme primitive.

Comment se rendre compte de cette régénération? Il ne suffit pas de dire qu'elle a lieu naturellement par l'afflux des sucs vitaux. Qui dirige ce travail, qui fournit le plan, qui trace les contours de ces formations nouvelles?

Mais il est possible de généraliser la question. Quelle est la puissance qui préside à l'évolution d'une cellule animale et la conduit, à travers tous les degrés de son développement, jusqu'au but qui lui est assigné? Écoutons M. Claude Bernard, qui certes n'est pas suspect de faire à la métaphysique des concessions complaisantes. « Dans tout germe animal, dit-il, il y a une idée créatrice, qui se développe et se manifeste par l'organisation. Pendant toute sa durée, l'être vivant reste sous l'influence de cette même force vitale créatrice, et la mort arrive lorsqu'elle ne peut plus se réaliser. Tout dérive de l'idée, qui seule dirige et crée; les moyens de manifestation physico-chimiques sont communs à tous les phénomènes de la nature, et restent confondus pêle-mêle comme les lettres de l'alphabet, dans une boîte où une force va les chercher pour exprimer les pensées ou les mécanismes les plus divers. » (*Introduction à l'étude de la médecine expérimentale*, p. 162.) Ainsi, de l'aveu du grand physiologiste français, il est impossible de concevoir le développement d'un être, sans lui donner pour base un type défini, préexistant, une idée organique à laquelle l'organisme se conforme. Un autre savant, M. Vulpian, qui prétend ne voir, dans le monde organique aussi bien que dans le monde inorganique, que des forces aveugles et fatales, reconnaît cependant, dans la régénération d'un organe « une sorte de *conspiration* de tous les éléments. »

Or, cette idée qui dort dans la cellule et dirige son évolution, cette idée qui reconstruit des organes entiers, ne se présente-t-elle pas à notre esprit dans les mêmes conditions que cette autre idée dont j'ai parlé plus haut, qui repose dans l'oiseau, dans l'insecte et y préside à leurs actions instinctives? Dans l'un cas comme dans l'autre, l'œuvre est spontanée, elle a un but bien déterminé, elle est accomplie sans le concours de la conscience.

Il semble vraiment que toute matière organisée renferme en soi une volonté sourde et inconsciente. On sait d'une manière positive, par l'étude des animaux privés d'encéphale, que des ganglions nerveux isolés suffisent pour régler des actions très-complexes : des insectes coupés en morceaux continuent à manger; certaines sauterelles, après qu'on leur a enlevé la tête et le thorax, réduites à l'abdomen seul, cherchent encore leur femelle et s'accouplent; quand on sépare en deux une fourmi australienne, les deux moitiés se retournent l'une contre l'autre et se battent avec acharnement. Ainsi les parties isolées de l'animal témoignent d'une volonté indépendante.

Même dans des formes plus complexes, les centres nerveux secondaires répondent aux excitations extérieures par des mouvements parfaitement coordonnés, qui s'exécutent sans le concours du cerveau. C'est ce que la physiologie appelle, comme on sait, les mouvements réflexes. Or, comment expliquer qu'une sensation inconsciente provoque dans les muscles une activité régulière et qui, dans certains cas, semble dirigée par la pensée? Une grenouille décapitée cherche encore à échapper aux piqûres qu'on lui inflige et se réfugie dans les trous les plus obscurs; de jeunes chiens, dont on a détruit le cerveau et le cervelet, en ne respectant que la moelle allongée pour conserver les mouvements des organes respiratoires, écartent de la patte de devant la main qui leur pince l'oreille. On a cent exemples semblables de mouvements réflexes qui, par leur finalité et leur conséquence, semblent se dérober complétement à une explication mécanique. Ne serait-on pas tenté d'attribuer une volonté réelle, non-seulement aux parties isolées de certains animaux inférieurs, mais, chez l'homme lui-même, à tous les centres nerveux secondaires? « Il y a, dit M. Laugel, qui me semble avoir parfaitement compris tous ces phénomènes, il y a dans l'homme des centres d'activité multiples, non pas absolument étrangers les uns aux autres, mais tous capables d'efforts spontanés, indépendants... Dans les étages inférieurs règne une sorte de volonté qui s'ignore elle-même, si on peut employer le nom de volonté pour une force régulatrice sans conscience, qui travaille aveuglément à conserver le mouvement vital, à renouveler les éléments anatomiques, à perpétuer des caractères spécifiques et des formes héréditaires (1). »

D'après M. Hartmann, il faut considérer tous les mouvements réflexes comme les actions instinctives des centres nerveux secondaires. Il allègue en faveur de cette opinion des considérations importantes, mais qui demanderaient, pour être développées d'une façon intelligible, plus d'espace que je n'en puis réclamer ici. Je crois, d'ailleurs, qu'avant de s'arrêter, dans ce domaine encore bien obscur, à des conclusions définitives, il est prudent d'attendre les éclaircissements que la physiologie ne peut manquer de nous fournir.

Si des mouvements réflexes on passe aux mouvements volontaires, il est permis de voir encore dans ces derniers une coopération de l'inconscience. Ils supposent, en effet, une correspondance entre une volition et un muscle, par l'intermédiaire d'une fibre ner-

(1) A. Laugel. *Les Problèmes de l'Ame*, p. 28.

veuse, et dans chaque cas particulier, la volonté doit atteindre le conducteur nerveux convenable. Or, comment se représenter cette transmission? Il ne suffit pas d'invoquer le *sens musculaire* ou l'habitude. La sensation d'un muscle déterminé explique-t-elle comment la vibration cérébrale, par laquelle se trahit peut-être la volition, frappe précisément l'extrémité centrale du nerf qui doit établir la correspondance? Et quant à l'habitude, comment rendra-t-elle compte du phénomène? Si le hasard a fait trouver une fois la fibre convenable, s'ensuit-il qu'une relation quelconque ait pu s'établir entre les deux extrémités de cette chaîne improvisée? D'ailleurs, ni l'habitude, ni le sens musculaire ne peuvent être invoqués, quand il s'agit des animaux qui, au moment de leur naissance, montrent une adresse aussi grande que s'ils s'étaient exercés depuis longtemps. Qui n'a admiré de jeunes poulets, courant lestement au sortir de l'œuf et saisissant de leur petit bec un insecte agile avec une coordination et une sûreté de mouvements qui ne peuvent être qu'instinctives? Reste encore l'hypothèse mécanique qui suppose une correspondance purement physique entre le cerveau et les muscles; comment permettrait-elle de comprendre la moindre erreur dans les mouvements? Quand une corde vibre à l'appel d'une corde consonnante, le phénomène se reproduit toujours avec une régularité parfaite et ce n'est jamais la corde voisine qui résonne par méprise.

Ainsi, le mouvement volontaire paraît exiger la connaissance inconsciente de l'appareil nerveux et musculaire. Chacun a remarqué la part de l'instinct dans une foule d'exercices corporels, dans le saut, par exemple, où la détermination de la force nécessaire pour franchir un espace donné, est rarement l'œuvre de la réflexion. L'homme est toujours d'autant plus adroit et plus souple qu'il a moins conscience de ce qu'il fait; s'étudier, c'est se condamner à la raideur. Si la grâce est l'apanage charmant de la femme, c'est que, dans toute sa vie, le sentiment, l'instinct ont une très-large part.

Il semble, en réalité, que partout le caractère des actions inconscientes soit d'atteindre le but d'une manière plus directe, plus sûre, plus prompte que toutes celles dans lesquelles interviennent la réflexion et l'effort de la volonté consciente. Rien de plus frappant en ce sens que les phénomènes du somnambulisme. Je ne veux point toucher ici aux questions du magnétisme animal qui demandent à être éclaircies par la science et au sujet desquelles une négation systématique remplace trop souvent la critique impartiale. Sans doute, tous les cas de double vue qu'on présente au public portent en eux le caractère du charlatanisme ; mais ce que l'homme ne peut accomplir de propos délibéré, la nature ne le fait-elle pas quelquefois ? Tous les exemples de prescience ou de pressentiment ont-ils été sérieusement examinés et réfutés ? (1) Quoi qu'il en soit, un fait n'est pas douteux, c'est celui du somnambulisme. Et cette action, étrange entre toutes, d'un homme qui, dans l'obscurité la plus complète s'aventure sur un toit sans en avoir conscience et y marche avec autant d'assurance que s'il foulait la terre ferme, est à coup sûr complétement analogue à l'action des insectes, des oiseaux, qui construisent leurs nids, sans avoir aucune notion de la fin qu'ils poursuivent.

Ainsi, nous rencontrons chez l'homme lui-même des manifestations éclatantes d'une activité inconsciente. Peut-être faut-il ranger dans ce domaine un grand nombre de faits qui ont rapport à l'amour sexuel. Schopenhauer, on le sait, a écrit à ce point de vue une *Métaphysique de l'amour*, où il cherche à prouver que l'amour est une grande illusion, par laquelle la nature, offrant à l'homme le mirage trompeur du bonheur personnel, parvient à le faire concourir à la conservation de son espèce. Mais cette face de mon sujet ne peut être abordée ici ; elle est peut-être assez intéressante pour mériter quelque jour un examen spécial.

Si, de toutes ces observations sur l'instinct des individus, on rapproche celles que j'ai rassemblées dans la première partie de cet article, et qui montrent en quelque sorte les manifestations de l'instinct des peuples, on voit que de toutes parts on est conduit à cette conclusion nécessaire, qu'une action n'a pas besoin d'être réfléchie pour être conforme à une fin rationnelle. J'ai écrit le mot *rationnel*, et, quand j'y songe, il me semble qu'on n'aurait peut-être pas tort de rapprocher plus qu'on ne le fait la raison de l'instinct. Qu'est-ce, en effet, que la raison, telle qu'on la conçoit généralement ? C'est la faculté qui, directement, sans employer les intermédiaires de l'induction et de l'abstraction, révèle à l'homme les principes fondamentaux des choses, c'est la faculté intuitive qui lui fournit les notions de la causalité, du temps et de l'espace, les idées du vrai, du beau, du bien.

Or, si telle est la fonction de la raison, est-on bien en droit de la refuser complétement à l'animal ? Il reconnaît évidemment le principe de la causalité, car il passe de la cause à l'effet et de l'effet à la

(1) Un des livres les plus intéressants qui aient paru sur ce sujet toujours plein de mystères, est celui de M. Max Perty, professeur à l'université de Berne : *Die mystischen Erscheinungen der menschlichen Natur.*

cause ; c'est cette notion qui le met en relation avec le monde extérieur, qui seule lui rend la vie possible ; sans elle, il ne songerait ni à chercher et à saisir la nourriture qui doit apaiser sa faim, ni à repousser les attaques dont son propre corps est l'objet. A la vérité, il possède cette connaissance sans le savoir, il ne peut y appliquer sa réflexion, il en fait usage comme les enfants ou les sauvages ; mais ceci importe peu : consciente ou inconsciente, elle éclaire tous ses actes.

Peut-être est-il plus juste de dire que ce qui creuse un profond abîme entre lui et nous, c'est le défaut de l'abstraction ; livré tout entier à l'impression sensible, l'animal ne voit rien au-delà du moment actuel ; il n'y a pour son esprit que des cas particuliers ; d'un exemple il ne sait pas tirer une formule qui lui serve d'enseignement pour l'avenir ; aussi, n'est-il pas susceptible de progrès. De même le langage, qui suppose sous le signe la vue de la chose signifiée, ne peut exister pour lui. Néanmoins, cette conception peut, à certains égards, paraître trop radicale, et il sera plus sage ici même de n'admettre que des différences de degré.

Quoi qu'il en soit, il est dangereux de vouloir tracer des lignes de démarcation trop précises entre le dernier né de la création et ses frères inférieurs, et il est bien permis de chercher à embrasser sous un même nom les facultés qui paraissent descendre d'une source commune.

Ce qui, chez la bête, est instinct, le don d'agir sans expérience, je dirais volontiers d'agir *à priori* dans le sens nécessaire à la vie, ce qui se manifeste avec les mêmes caractères dans les fonctions animales de l'homme, n'est-il pas pour l'homme complet, pour l'homme dont le cerveau fait l'unité intellectuelle et morale, cette faculté supérieure qui lui donne ses connaissances *à priori* (vraies ou fausses, il importe peu), et qui, de plus, le dirige dans toutes ces grandes œuvres collectives où l'accord est le fruit, non d'une entente préalable, mais d'une inspiration commune.

Qu'est-ce que le génie, sinon l'intuition d'une vérité nouvelle, à laquelle ne conduit ni la recherche approfondie, ni la réflexion laborieuse ? Schopenhauer parle ici comme Claude Bernard. « Toutes les grandes découvertes, dit le philosophe, sont une vue immédiate et, comme telle, l'œuvre d'un moment, un aperçu, non le produit de longs raisonnements *In abstracto*. » Et le physiologiste à son tour, quand il expose le caractère de l'idée *à priori* : « Son apparition est toute spontanée et toute individuelle. C'est un sentiment particulier, un *quid proprium*, qui constitue l'originalité, l'invention ou le génie de chacun. Il arrive qu'un fait ou qu'une observation reste très-longtemps devant les yeux d'un savant sans lui rien inspirer, puis tout à coup vient un trait de lumière. L'idée neuve apparaît alors avec la rapidité de l'éclair comme une sorte de révélation subite. »

Voilà bien, si je ne me trompe, la plus haute manifestation, la forme suprême de l'inconscience.

III

Arrivés à ce point à l'aide des ressources que nous ont fournies l'analyse et l'induction, résumons une fois encore les résultats de cette recherche. La conclusion, à laquelle il est impossible, à mon sens, de se soustraire, c'est qu'à côté de l'intelligence réfléchie de l'homme et des animaux supérieurs, à côté du mécanisme fatal des forces qui régissent la matière, il faut reconnaître dans l'univers un troisième mode d'action, celui de l'instinct inconscient, qui, ne puisant ses règles ni dans l'observation directe, ni dans l'abstraction, atteint cependant son but avec autant de régularité et de précision que s'il avait été réellement pensé et voulu.

Mais, à dire vrai, la pensée et la volonté n'ont-elles aucune part dans les phénomènes inconscients? Qui dit inconscient ne dit pas pour cela involontaire. Si une sensation peut être inconsciente, et c'est ce qu'admettent tous les physiologistes, pourquoi n'en serait-il pas de même d'une volition? Nous imprimons un mouvement à nos muscles, quand nous *voulons*, par leur secours, réaliser un de nos désirs. L'oiseau qui transporte et accumule des brins de paille, ne *veut*-il pas faire son nid? L'insecte qui se retire dans un coin pour filer, ne *veut*-il pas se préparer à sa métamorphose? Est-ce donc un abus de langage, est-ce une hypothèse aventurée de voir dans tous les actes inconscients des manifestations volontaires? L'assimilation n'est-elle pas légitime?

Mais que dire de la face représentative du phénomène? Toute volition consciente est accompagnée d'une représentation; qui veut, veut quelque chose et voit par la pensée ce qu'il veut. Faut-il alors supposer qu'une action inconsciente est également accompagnée d'une représentation? Sans doute, les deux termes ne s'excluent pas mutuellement. « Avoir des représentations sans en avoir conscience, dit Kant (*Anthropologie*, § 5), cela paraît contradictoire; comment savoir, en effet, que nous les avons, si nous n'en avons pas conscience? Cependant, si nous n'avons pas la conscience immédiate que nous avons une représentation, nous pouvons en être instruits d'une manière indirecte. » Mais de la possibilité est-il permis de conclure à la réalité? M. Hartmann n'hésite pas à soutenir que la représentation est inséparable de la volonté. Ce qui est voulu, dit-il, n'existe pas encore, c'est un état futur qui n'est pas contenu *realiter* dans l'acte de la volonté, et qui cependant doit s'y trouver de quelque façon, pour que celui-ci devienne possible; c'est donc *idealiter*, en représentation, qu'il s'y trouvera, et cette nécessité est aussi évidente dans le cas où l'acte est inconscient que dans celui où il est éclairé par la conscience. Seulement, dans le premier, la représentation elle-même est inconsciente.

J'avoue que ce raisonnement ne peut complétement me convaincre, et je pense qu'il est impossible de conclure de nous au reste de l'univers et même de nos actes réfléchis à nos actes inconscients. Ce que nous trouvons conforme aux lois rationnelles conçues par notre intelligence, dit Schopenhauer, ne doit pas nécessairement avoir été accompli par une intelligence. Un sauvage, en présence duquel on débouchait une bouteille de bière mousseuse, s'étonnait, non de voir jaillir une si grande abondance d'écume, mais bien de ce qu'on fût parvenu une première fois à la faire entrer dans un aussi petit flacon. Telle est peut-être l'erreur de ceux qui veulent que la cause soit toujours de même nature que l'effet. Gardons-nous de dépasser les bornes de l'induction légitime.

J'ignore donc si un acte inconscient implique toujours la coopération d'une faculté intelligente et d'une faculté volontaire; ce que je sais, c'est qu'il est indépendant du cerveau proprement dit, et ce que j'entrevois, c'est qu'il peut se montrer chez tout individu vivant, grand ou petit, simple ou composé. En réalité, les animaux supérieurs ne sont que des individus collectifs, composés d'un nombre plus ou moins considérable d'organites élémentaires; la physiologie tend, d'une façon bien marquée, à regarder chaque organe comme possédant une individualité propre et menant, en quelque sorte, une vie parasitaire dans le tout qu'il contribue à former.

Un polype étend ses bras pour saisir les animalcules qui passent à sa portée; de même le cœur se contracte pour envoyer le sang dans tous les vaisseaux. Un fragment d'hydre suffit pour reconstituer tout l'animal; de même la rate des mammifères se régénère, quand on ne l'a pas détruite complétement (1). Chacun de ces organes a donc son individualité, sa vie. Cette vie, qui n'est due peut-être — la question est encore ouverte — qu'au travail des

(1) PHILIPPEAUX, *Études expérimentales sur la régénération de la rate*, etc., dans les *Annales des sc. nat.*, 1867.

forces physico-chimiques, suit pourtant une direction constante, elle obéit à une loi qui certes n'est dictée par aucune conscience. Donc, si cette assimilation n'est pas trompeuse, tous les êtres et tous les organes, depuis la cellule jusqu'à l'homme, se montrent à nous animés d'une force inconsciente, et n'est-on pas porté à souscrire à cette proposition, que chacun est son propre ouvrage, c'est-à-dire que, dans toute la série de ses développements, il préside lui-même au travail organisateur de la vie?

D'autre part, si l'on retourne la question, si de l'atome on passe à l'univers, serait-il absurde de concevoir que tous les individus particuliers soient centralisés dans un individu collectif universel? Si l'homme, en effet, est un composé de cellules, de globules, de centres nerveux et organiques plus ou moins indépendants, qui tous se fondent dans l'individualité supérieure d'un être intelligent et doué de conscience, n'est-il pas permis de poser l'hypothèse d'un tout immense, dont les hommes, les animaux, les plantes, toutes choses, en un mot, ne seraient que des fragments, et qui posséderait cependant son individualité propre, distinguée peut-être par des facultés spéciales, dont nous pouvons aussi peu nous former une idée que les vers intestinaux le peuvent de l'intelligence humaine?

Ce sont là des rêveries téméraires; sans doute. Et on a raison de leur donner ce nom. Mais les rêves, souvent trompeurs, peuvent aussi quelquefois être vrais, et je suis de ceux qui pensent qu'il n'est pas inutile pour la science de formuler toutes les hypothèses possibles. Une idée, quelque fantasque qu'elle paraisse, pourvu qu'elle ne soit pas en contradiction avec les données de la science et de la raison, est digne d'attention, du moment où elle a pris naissance dans un esprit humain et précisément parce qu'elle y a pris naissance. Aux yeux de l'observateur, toutes les combinaisons de la pensée ont leur importance, non par leur valeur intrinsèque, mais parce que la nature du produit jette de la lumière sur celle de l'appareil producteur. Quand on saura quelles sont les idées des hommes de toutes les races et de toutes les classes, enfants, femmes, vieillards, eunuques, fous et sains d'esprit, anciens et modernes, la psychologie aura une existence réelle.

A plus forte raison est-il intéressant de savoir ce que pensent les philosophes. J'engage donc tous ceux qui veulent ne pas ignorer comment on envisage aujourd'hui en Allemagne les grands problèmes de la métaphysique, à s'adresser au livre de M. Hartmann. Ils y trouveront une synthèse remarquable à plusieurs égards, que je suis bien loin de vouloir défendre, mais qui, à côté de points faibles, renferme beaucoup de pensées excellentes.

Partant de la considération des phénomènes inconscients, qu'il retrouve à tous les degrés de la vie, l'auteur fait de l'inconscience le substrat universel, la chose en soi, le grand tout, dont l'esprit et la matière ne sont que des formes plus ou moins élevées. Schopenhauer avait dit : Il ne faut pas supprimer l'esprit, il faut spiritualiser la matière. M. Hartmann applaudit pleinement à cette proposition. Connaissons-nous la matière d'une manière plus objective que l'esprit? L'impénétrabilité est-elle un attribut plus réel que l'odeur ou la couleur? Non. Les atomes ne sont que des forces; l'univers est un système de forces, et l'inconscience, avec ses deux facultés, la représentation et la volonté, préside à toute la série de leurs manifestations.

Cette union indissoluble de la volonté et de la représentation est, je l'ai remarqué déjà, le trait distinctif qui sépare M. Hartmann de Schopenhauer; grâce à elle, il a cru échapper au dualisme de ce dernier, impuissant à rendre compte de l'apparition de l'intelligence dans un monde qui n'est soumis qu'à l'empire de la volonté. Toutefois il n'a fait en réalité que reculer le problème. Qu'est-ce en effet que la conscience? Vouloir la faire naître de l'inconscience, c'est évidemment expliquer le supérieur par l'inférieur. L'auteur a bien senti la difficulté. Comment l'a-t-il tournée? Écoutons ses propres paroles. « La conscience, c'est l'émancipation de la représentation; d'une part la représentation s'arrache violemment de son sol natal, la volonté; d'autre part la volonté est stupéfaite en présence d'une représentation qui n'avait pas été voulue et qui cependant témoigne visiblement de son existence... Avant l'apparition de la conscience, l'esprit est accoutumé à n'avoir d'autres représentations que celles qui sont engendrées par la volonté. Tout à coup la matière organisée met fin à cette paix (par l'apparition du cerveau) et crée une représentation qui pour l'esprit étonné semble tombée du ciel... La grande révolution est achevée. La représentation est séparée de la volonté et dans l'avenir elle se posera vis à vis d'elle comme puissance indépendante, prête à soumettre celle dont elle était l'esclave. Cette stupéfaction de la volonté en face de cette révolte contre son autorité jusque là incontestée, c'est la conscience. »

J'ai bien peur que cette description ne convainque personne; il faut autre chose qu'une baguette magique pour faire éclore cette fleur radieuse de la conscience, qui non-seulement a condensé en elle tout l'arome de la plante, mais qui la reflète encore tout entière dans son miroir mystérieux.

Une autre pierre d'achoppement de toute philosophie moniste, c'est la question de l'individuation. D'où vient la variété dans l'unité? Pour M. Hartmann, les individus sont les actes de volonté déterminés de l'inconscience. « Ces divers actes de volonté se distinguent par leur contenu représentatif pour autant que les rapports locaux de leurs actions sont diversement représentés. Par la réalisation du contenu de la volonté, ces actes entrent dans la réalité objective comme autant d'atomes de force; c'est la première apparition de l'être. » Le medium, le principe d'individuation est pour lui comme pour Schopenhauer, la réunion du temps et de l'espace : mais il ne considère pas ceux-ci comme de pures formes de l'intuition subjective; ce sont des formes de la réalité extérieure, non de l'être transcendant, mais de son activité.

Je ne puis insister davantage sur ces différents points; je me bornerai à demander encore à notre auteur comment on doit concevoir cet être transcendant, qu'il assimile à l'inconscience. Peut-on l'appeler Dieu et lui attribuer une personnalité distincte? En aucune façon. Si la conscience avait existé avant la création du monde, celle-ci serait un crime impardonnable; elle n'est excusable que comme résultat d'un instinct aveugle. Autrement toute l'évolution du monde ne serait qu'une folie, puisque son seul but, l'apparition d'une conscience forte et indépendante, aurait été réalisé déjà auparavant.

Le monde est mauvais, continue M. Hartmann. Il ne faut pas dire qu'il est le plus mauvais possible; peut-être est-il même le meilleur possible; mais tel qu'il est, par suite du caractère fini des individus et de la contradiction qui existe entre tous leurs besoins, il est détestable, le mal l'emporte de beaucoup sur le bien et il eût mieux valu que rien ne fût créé. Toutes les espérances humaines sont trompeuses. Croire que le bonheur peut être atteint dans ce monde, c'est la première phase de l'illusion, celle dans laquelle se plaisaient les anciens et que tout réfute autour de nous. Attendre une vie future qui corrige les maux présents, c'est la seconde phase; elle a disparu à son tour; Spinoza, Fichte, Schelling, Hegel, Schopenhauer, tous les grands philosophes sont d'accord pour nier l'immortalité personnelle. — Reste le troisième degré, celui sur lequel le monde se trouve aujourd'hui et qui consiste à espérer le bonheur, non pour soi, mais pour ses descendants, pour les races futures. Nouvelle illusion, dont la fragilité est aisée à faire toucher du doigt.

Quel est donc le mot de la philosophie pratique? Arriver à l'anéantissement du monde par la négation complète de la volonté.

Voilà certes une conception bien noire. Mais j'avoue que, lorsqu'on a passé quelques années dans l'optimisme de Krause, ce pessimisme ne déplaît pas trop. Un philosophe que j'ai cité peut-être trop souvent déjà, a émis cette réflexion saisissante : Comparez la douleur atroce d'un animal qui se sent mangé par un autre avec le plaisir qu'éprouve celui qui le dévore, et dites-moi ce qui l'emporte dans le monde, de la peine ou du bonheur. — Comment oublier cette pensée, si vraie dans son horreur? Et puis, qui ne serait tenté dix fois par jour de maudire une création où tant de maux s'entrecroisent! Cependant le plus sage ici, comme dans toutes les questions dernières, est de répondre : *non liquet*. Le monde est-il bon? est-il mauvais? Je l'ignore. La série des faits que je puis embrasser d'un coup d'œil, est trop restreinte pour me permettre un jugement fondé sur la direction de cette courbe immense dont elle ne forme qu'une imperceptible portion.

On risque de gâter les meilleures choses en les poussant à bout. La mesure sied dans la vie et elle ne messied pas dans la philosophie. Rappelons-nous cette vérité pour apprécier avec impartialité le livre de M. Hartmann. Sans doute, si l'on était très-rigoureux, on lui reprocherait ses témérités métaphysiques; mais, à côté de la synthèse hypothétique, on y trouve l'analyse positive et celle-ci répond trop bien aux besoins de la recherche actuelle pour que tous ceux qui marchent encore dans la voie un peu solitaire de Platon et de Kant, ne soient pas curieux d'aller lui demander des enseignements.

L. Vanderkindere.

LE FILS DE LA VOISINE.

(Suite et fin.)

X

Félix était rentré chez lui en escaladant la haie du jardin, après avoir fait un détour par les prairies voisines. Il s'était assis sous le berceau de chèvrefeuille, et là, son chagrin sans cause bien précise, — car le mot jalousie n'était pas même tout au fond de son cœur, — l'avait repris. Ce n'est que lorsqu'il entendit et vit sa mère traverser le jardin d'un pas rapide, sonore dans le silence de la nuit, qu'il se leva, s'essuya les yeux et comprima les sanglots qui agitaient sa poitrine.

« Pourquoi t'es-tu sauvé? Ce sont là de vilaines manières. Qu'est-ce qui t'a fait pleurer? A ton âge, on n'est cependant plus si enfant, Félix. Que va-t-on penser de toi?

— J'avais mal à la tête, maman; je m'ennuyais.

— Il fallait le dire : nous serions partis. On aime beaucoup à t'entendre chanter, et je suis toute fière de voir sur le visage des autres le plaisir que tu fais.

— Demain, chère maman...

— Oui, c'est cela, demain; sois plus homme.

— Je suis fatigué; j'ai sommeil.

— Viens! »

Il dormit bien moins encore que Marguerite. Quel monde de pensées confuses, quel chaos dans cette tête enfiévrée, quelles émotions dans ce jeune cœur qui s'éveillait! Trouble inexprimable que fait naître l'amour, en tout pareil à celui du petit enfant qui se sent entraîné, attiré, séduit par la fraîcheur de l'air, la beauté de la lumière et des couleurs, et qui ne s'exclame même pas, tant l'impression est vive, profonde.

Ce qui amoindrissait Félix à ses propres yeux, c'était la taille, la force, l'audace d'Ernest Lepage. Il lui paraissait un géant, capable, comme Tancrède ou Renaud, de pourfendre un Sarazin d'un coup d'épée. Sa grande torture, c'était de se sentir si faible lorsqu'il se comparait vaguement à cet homme, lorsque seulement il se disait : « C'est un homme! » Comment Marguerite ne l'aimerait-elle pas? Il est beau, il cause, il sait beaucoup, il manifeste du dédain pour tant de choses que Félix trouve importantes; il est homme! Ah! si demain Félix s'éveillait tout à coup âgé de vingt ans, avec un front fier, un air ferme, une démarche assurée, et cette taille imposante!... Son imagination aidant, il se voyait ainsi, il s'exagérait la force de ses muscles, il se donnait la virilité de l'esprit et une mâle audace. Il avait une explication avec Ernest Lepage; ils se défiaient; on se rendait au bois, de grand matin, et un duel s'engageait, long, opiniâtre. Enfin, Félix triomphait! Ernest Lepage, étendu sur le gazon, la poitrine trouée, râlait... Cette image bouleversa le pauvre enfant au point qu'il dut se mettre sur son séant pour respirer; une sueur abondante coulait par tout son corps; il eut beaucoup de peine à retrouver un peu de calme.

Enfin, il s'endormit; mais les rêves se pressaient, continuant leurs attaques sur cette organisation délicate, sur ces nerfs si impressionnables.

Vers huit heures, le matin, sa mère, inquiète, entra dans sa chambre. Il venait de terminer sa toilette; il allait descendre.

Elle le trouva pâle et comme affaissé.

« Viens déjeuner; j'ai de si bon lait tout chaud que la fermière a apporté. »

Il ne sut point manger; il but toute une jatte de lait; puis il alla au jardin se promener à pas lents, la tête tournée vers la maison du docteur. Il rentra et mangea d'assez bon appétit. Sa mère excitait son estomac par des choses délicates, du pain exquis, de bons fruits.

« Si vous pouviez le rendre gourmand! » lui disait quelquefois le docteur.

Vers dix heures, M. Lefebvre, Marguerite et Ernest Lepage arrivèrent. Il montra ses dessins, ceux qu'il avait faits d'après nature, s'étant aperçu que les autres, qui lui étaient plus personnels, n'avaient de succès près de personne.

Tandis qu'on feuilletait l'album, Marguerite l'attira près d'une croisée.

« Pourquoi vous êtes-vous sauvé hier soir?

— Je ne sais pas.

— Vous voulez donc me faire du chagrin, vous voulez que je ne vous aime plus autant?

— Oh ! Marguerite !..... Ne dites pas cela.,... Je tâcherai d'être bien..... »

Son beau visage déjà se contractait, la souffrance y mettait son empreinte.

« M. Lepage nous quitte ce soir, » ajouta Marguerite.

Il sourit en regardant Marguerite avec extase ; sa physionomie se transfigura ; de belles couleurs roses apparurent sur ses joues pâlies.

« Oh ! dit-elle à demi voix, le vilain jaloux ! »

Ce mot lui donna une secousse. Tandis que Marguerite se rapprochait du groupe occupé à examiner les dessins, il resta près de la croisée à regarder le ciel, immobile, absorbé par ce mot : jaloux. Il en connaissait la signification d'une manière vague ; ces deux syllabes représentaient surtout pour lui un caractère envieux et méchant. De sorte que l'épithète lui parut injuste, appliquée par Marguerite, et sa tristesse lui revint.

Le voyant là tout seul, le docteur l'appela. Il alla près de la table ; on lui demanda des explications sur quelques-uns des dessins qu'il avait faits après impression reçue, et qui étaient le travail d'un esprit tourmenté par la fièvre de l'art. On eut beaucoup de peine à le faire parler ; la voix, les regards, le sourire de Marguerite, le paralysaient. Il n'était pas ému, mais plutôt rentré en lui-même, concentré ; trop jeune encore pour agir au rebours de ses sensations, pour paraître calme pendant qu'il souffrait, les efforts qu'il faisait dans le sens de la sociabilité n'avaient d'autres résultats que d'accuser davantage son malaise.

Il reprit cependant peu à peu assez d'empire sur sa volonté pour répondre aux questions. S'il y avait eu là un artiste qui lui eût aidé à exprimer sa pensée, sans doute l'examen de cet esprit troublé aurait été très-intéressant. Mais personne ne pouvait se mettre d'accord avec lui pour formuler les idées confuses qui emplissaient son cerveau. Les questions même qu'on lui posait le désorientaient par leur banalité ; et comme il n'avait que l'intuition de l'art et était encore ignorant, il restait devant ses questionneurs comme un enfant étranger qu'on voudrait connaître et qui parle une langue dont on n'a pas les premières notions ; on appuie sur les syllabes, on simplifie les phrases, on ajoute les gestes aux paroles : rien ! la communication est impossible.

L'intérêt, au lieu de grandir, s'affaiblit. La conversation changea de sujet. Les paysages de Félix restèrent à l'arrière plan de la pensée. Soulagé alors, sa physionomie se détendit un peu.

Assis à côté de sa mère, le foyer maternel l'attira ; il laissa — car il était toujours bien enfant — sa tête tomber sur le bras de Madame Berthier. En face de lui se trouvaient Marguerite et Ernest Lepage. Son curieux regard glissa sur eux par intervalles.

Oh! comme il eût voulu pénétrer jusqu'au fond des pensées secrètes de ce jeune homme! Hélas! c'était pour lui une nuit épaisse, un hiéroglyphe, le néant; et ce mystère indéchiffrable donnait un développement d'autant plus imposant à cet adversaire, qu'il admirait malgré lui, et dont Marguerite avait dit qu'il était jaloux. Il pensa que quatre ou cinq années interminables devaient encore s'écouler avant qu'il fût un jeune homme grand et fort, avec cette aisance superbe, et cette voix grave qui se faisait écouter.

Madame Berthier et Félix dînaient ce jour-là chez le docteur; après une visite d'une heure, M. Lefebvre prit congé, avec Ernest et Marguerite.

Restée seule avec son fils, madame Berthier, qui l'avait vu fortement préoccupé, voulut savoir quelle impression Ernest produisait sur lui, et quels résultats le complot de M. Lefebvre avait déjà obtenus.

« Aimerais-tu que M. Lepage demeurât ici? demanda-t-elle.

— Je n'en sais rien, maman.

— Comment, tu ne sais pas si tu serais content de le voir habiter le village, s'il te plaît ou s'il te déplaît!

— C'est un beau grand jeune homme; je voudrais être comme lui.

— Tu le seras.

— Oui, mais c'est si long les années!

— Tant mieux! on peut aimer plus longtemps les gens qu'on aime.

— Oui, maman; mais je voudrais être homme.

— Pourquoi tout de suite?

— Pour mieux faire ce que je veux, pour mieux dire... Il y a tant de choses que je ne puis pas faire, que je ne puis pas dire! Si je m'éveillais demain aussi grand que M. Lepage!...

— Eh bien?

— Ah! tu verrais!... »

Elle continua de causer, et par des détours, par des finesses, essaya d'ouvrir cette jeune conscience, de forcer à parler ce cœur en émoi. Il lui échappa, non par diplomatie ou timidité, mais par simplicité même. La mère n'osa trop directement l'interroger, craignant justement que la lumière ne se fît en lui et qu'il ne fût alors plus possible de fermer ses yeux à l'évidence. Elle crut cependant être assurée que le docteur avait exagéré l'affection de Félix pour

Marguerite, et elle se dit qu'il ne devait y avoir encore dans cet enfant nul sentiment qui ne fût tout fraternel. Lorsqu'elle le quitta, pour s'habiller, elle avait conquis sur elle-même une quasi quiétude d'esprit.

On dînait à quatre heures ce jour là chez M. Lefebvre. M. Lepage quittait le village, à pied, vers sept heures, pour aller prendre le train du chemin de fer à une lieue de là, à la plus prochaine station. Félix passa son après-dînée à rêver, à essayer de faire le portrait de Marguerite, à regarder la maison où elle était enfermée avec son père et Ernest Lepage. Vers deux heures on vint chercher le docteur pour un enfant malade. Félix le vit sortir. Il le suivit des yeux jusqu'à un détour du chemin, puis ramena ses regards vers la maison. Il se représenta Marguerite et Ernest assis dans le salon, causant; cette image produisit en lui un effarement, une sensation douloureuse. Il se rappela le mot de Marguerite : vilain jaloux! Il se dit : « C'est vrai, je suis jaloux, puisque je voudrais être près de Marguerite et que M. Lepage n'y fût pas. » Vingt minutes s'écoulèrent pendant lesquelles il se promena dans le jardin, étrangement tourmenté, voulant aller chez M. Lefebvre et ne l'osant; cherchant des prétextes en lui-même et n'en trouvant point. Il était enfin décidé à entrer chez le docteur, à traverser vivement le vestibule et à demander à Françoise si l'on n'avait pas oublié les poules et les pigeons, lorsque M. Lefebvre apparut à l'autre extrémité de la place. Félix se sentit soulagé en voyant le docteur rentrer chez lui; il attendit l'heure du dîner avec patience. « Après le dîner, ce sera fini! » se dit-il.

XI

L'idée du départ prochain d'Ernest Lepage rendit à Félix sa physionomie des bons jours. Il causa pendant le dîner; il causa même trop, avec un peu de fièvre. Au dessert, il chanta; et quoique sa voix fût un peu altérée par l'émotion, il étonna Ernest. Sa mère l'embrassa; Marguerite le paya d'un regard. Le vif plaisir qu'il lisait dans tous les yeux et quelques phrases louangeuses d'Ernest lui donnèrent du malaise; il se glissa hors de la salle à manger et alla faire un tour de jardin. Là, il songea avec un ravissement profond à la journée du lendemain et à toutes celles qui devaient la suivre.

Ah! pourquoi sa vie ne pouvait-elle pas s'écouler toujours ainsi, entre sa mère et M. Lefebvre, à côté de Marguerite, avec Françoise? Toute interruption de cette existence était une douleur; tout étranger à cette intimité parfaite, qui venait y pousser un regard curieux et la troubler, était un ennemi.

Lorsque M. Lepage sera parti, un long temps sans doute, peut-être un mois, passera avant qu'on ne vienne les distraire de leur bonheur. Puis l'hiver va apporter les mauvais jours; voici déjà la fin de septembre; les feuilles jaunissent; le soir et le matin il fait frais. Qui voudra s'aventurer au village dans la boue, dans la neige, lorsque les arbres ressembleront à des squelettes, lorsque les maisons calfeutrées auront des apparences inhospitalières. Tout l'hiver peut-être passera ainsi, sans nouveaux visages. M. Lefebvre et Marguerite ne s'absenteront pas. Toutes les journées se ressembleront, et les longues soirées s'écouleront heureuses, sans incident, soit chez le docteur, soit chez Mme Berthier; on causera, on travaillera, on chantera; Marguerite sera là, toujours; quand elle lèvera la tête, Félix rencontrera son doux regard...

Ainsi il pensait, déroulant comme un panorama dans sa pensée ces chastes images, cette existence monotone et radieuse.

Mais M. Lepage va partir bientôt. Félix se dit qu'il ne peut pas se montrer sauvage, paraître ou boudeur ou trop satisfait. Toute sa raison lui est revenue; il faut être aimable : Marguerite lui dira qu'il a été comme un homme.

Il va donc pour rentrer. Au bout du vestibule est la cuisine; la porte en est ouverte : Françoise va et vient dans son domaine, avec une activité calme. Elle aperçoit Félix.

« Avez-vous bien dîné? dit-elle.

— Très-bien, Françoise : j'avais bon appétit et votre dîner était très-bon.

— Ah! ah! asseyez-vous là et causons un peu : on prend le café et vous ne pouvez pas en boire. Oui, vraiment, Félix, vous avez bonne mine. A la bonne heure!

— Je me sens si bien, tout à fait bien, Françoise.

— A la bonne heure! Il faut bien manger, pour grandir et devenir un homme.

— Certainement, je ne demande pas mieux.

— Et notre jeune homme, comment le trouvez-vous, Félix?

— Quel jeune homme?

— Hai! Est-ce qu'il y en a deux? Notre jeune homme, M. Ernest!...

— Il est beau, dit Félix avec un peu de contrainte.

— A la bonne heure! Je le crois bien : il n'y en a pas de plus beau.

— Mais il a vingt-quatre ans, dit Félix.

— Certainement, certainement, c'est un homme, un homme bon à marier; et, dans deux ou trois années, il sera encore plus homme. »

Elle se rapprocha de Félix et parla tout bas.

« Vous l'avez deviné, j'en suis sûre; ce n'est pas pour des prunes qu'un jeune homme fait ainsi des visites. D'ailleurs, on le voit bien au visage de Marguerite, n'est-ce pas? Sont-ils gentils, l'un à côté de l'autre! Quel beau couple ils feront! On ne parle que d'eux dans le village, Félix; tout le monde les admire; on dit qu'ils sont faits vraiment l'un pour l'autre. Moi, je voudrais déjà les voir mariés; quel joli ménage!... »

Elle parla encore pendant cinq minutes, répétant les mêmes idées, mettant à contribution tout son pauvre vocabulaire pour bien dire le plaisir qu'elle éprouvait en songeant à ce mariage. Félix écoutait comme dans un rêve : mariage, beau couple, Marguerite, M. Ernest!... ces mots tourbillonnaient dans son cerveau, mettaient un voile sur ses yeux. Il sentait une sueur froide perler à la racine de ses cheveux; il avait chaud dans le dos et dans l'intérieur des mains; des frissons passaient sur ses jambes. Il fermait et rouvrait les yeux; il écoutait toujours : la voix de Françoise faisait dans ses oreilles le même bruit qu'un ronronnement de chat. Il se leva et sortit de la cuisine; du seuil de la porte, Françoise dit encore quelques mots qu'il ne comprit pas. Il se tint à la muraille pour ne pas tomber : Françoise ne vit point cette grande émotion, absorbée qu'elle était par la pensée du mariage de Marguerite. Elle rentra dans la cuisine et continua d'y mettre de l'ordre, tout en se parlant à elle-même. Félix ouvrit la porte de la maison et sortit.

Le ciel était gris, le jour était à son déclin; l'ombre envahissait doucement la terre et la couvrait d'un voile, comme une mère qui dépose un rideau léger sur le berceau de l'enfant, afin de protéger son sommeil.

Au hasard, en vacillant, Félix s'éloigna. Il était comme un homme ivre; les formes immobiles remuaient autour de lui; les arbres changeaient de place, les maisons s'approchaient et s'éloignaient. Le vent pénétrait jusqu'à la moelle de ses os. Les nuages marchaient vite et tout à coup s'arrêtaient. Un pommier couvert de fruits rouges se penchait au-dessus d'une haie; la haie, qui s'étendait en droite ligne tout le long du chemin, eut des ondulations comme une couleuvre qui se glisse sous les feuilles.

Il s'en alla à travers champs, consterné, anéanti : Marguerite allait devenir la femme d'Ernest Lepage!

Cela était pour lui affreux comme un cauchemar, affreux comme un crime. Personne ne lui en avait rien dit; Marguerite s'était tue, l'avait trompé par ce silence. Un désespoir morne succéda au premier anéantissement. Marguerite, fausse et menteuse! Oh! Marguerite! Marguerite!...

Il marcha ainsi longtemps, torturé par la même pensée, le cœur déchiré par la même exclamation tout intérieure : Oh! Marguerite! Marguerite!

Il commençait de pleuvoir : une pluie fine, insupportable; un nuage rasait la terre; le silence et la solitude étaient partout. Félix ne voyait et ne sentait rien que sa propre douleur; la nature attristée l'enveloppait comme d'un suaire; l'espace était plein de lourdes nuées enchevêtrées les unes dans les autres; plus de ciel, plus de profondeurs splendides. Il ne voyait rien; il marchait la tête basse, dans la pénombre, comme un coupable; de temps à autre il soupirait. Ah! qui l'eût vu et entendu alors aurait dit que par la souffrance il était devenu un homme.

Il entra dans un bois; sous les grands chênes, sous les hêtres touffus, sous le feuillage léger des bouleaux, l'ombre était faite, c'était déjà la nuit.

Là, soudain, s'arrêtant, il se jeta les deux bras en avant sur le sol et sanglota éperduement.

XII

Cependant, Ernest Lepage avait fait ses adieux à Mme Berthier et à Marguerite; il sortait de la cuisine, où il venait de dire bonjour à Françoise.

« Je ne vois pas votre fils, madame, dit-il à Mme Berthier.

— Oh! il doit être là quelque part, monsieur Lepage.

— Il est venu tout à l'heure causer avec moi, ajouta Françoise.

— J'aurais voulu lui dire bonjour; cet enfant me plait, il m'attire, ajouta Ernest. J'espère le revoir bientôt... »

Ne pouvant attendre, à cause de l'heure, il prit congé; M. Lefebvre lui donna un pas de conduite jusqu'aux dernières maisons du village. Là, ils se serrèrent la main une dernière fois.

« Ne nous oubliez pas, Ernest.

— Je ne crois pas qu'il soit possible que je vous oublie jamais. »

Il souriait avec un peu d'émotion; il sembla à M. Lefebvre que le nom de Marguerite était dans cette émotion et dans ce sourire.

— Soyez persuadé que nous vous aimons; dites-le de ma part à votre père.

— Je le lui dirai, parce que je vous aime aussi. »

Ils se quittèrent alors. M. Lefebvre reprit le chemin du village. Deux fois il se retourna pour faire de la main un signe affectueux au voyageur, qui, de son côté, regardait derrière lui de temps à autre, comme s'il eût eu regret de quitter ces champs, ces chaumières, ces arbres, ce ciel alourdi par la pluie.

A un détour du chemin, Ernest Lepage disparut.

« Il est délicat, bien élevé, d'une santé irréprochable, se disait M. Lefebvre en marchant; je désire ardemment qu'il aime Marguerite et que Marguerite l'aime. »

Marguerite l'attendait, en la compagnie de Mme Berthier, sur le seuil de sa maison. Lorsqu'il fut à portée de la voix, toutes deux s'écrièrent : « Félix! ne l'avez-vous pas vu? Ne l'as-tu pas rencontré?

— Non!

— Nous sommes inquiètes, ajouta Mme Berthier.

— Il sera allé voir quelque camarade, s'il n'est ni chez vous ni chez nous. »

Vers huit heures, Félix n'apparaissant point, M. Lefebvre se décida à faire une tournée dans le village, à aller dans les maisons où il supposa que l'enfant pouvait se trouver. On ne l'avait vu nulle part. « Où donc peut-il être? » se demanda le docteur avec un peu d'impatience. On attendit encore une heure, cette fois dans une anxiété muette.

« Je ne puis pas rester là assise, dit alors Mme Berthier. Je veux sortir, aller n'importe où.

— Vous avez raison : allons! dit le docteur. Nous irons d'un côté du village, vous et moi; Marguerite et Françoise iront de l'autre. Et nous nous informerons partout. On doit l'avoir vu passer, s'il a quitté la place. Entrons d'abord au châlet, et visitons-le. »

Le châlet, de la cave au grenier, était désert. Ils se mirent en route. Le hasard voulut que Françoise et Marguerite prissent le chemin par où Félix s'était éloigné. Personne, cependant, ne l'avait vu passer. Et elles se trouvaient arrêtées à un carrefour où se croisaient plusieurs sentiers, ne sachant de quel côté se diriger dans l'obscurité, quand un garçon d'une quinzaine d'années vint les accoster.

« Cherchez-vous Félix, mademoiselle? demanda-t-il à Marguerite.

— Oui.

— Il a passé ici et il a pris par là.

— Venez avec nous, lui dit Françoise. Vous nous aiderez..... Et qu'est-ce qu'il allait faire par là, le soir?

— Oh! pour ça, je n'en sais rien. »

Il les accompagna; l'ombre était compacte; la pluie tombait toujours : on ne voyait pas à dix mètres devant soi. Ils arrivèrent bientôt à la lisière du bois où avait pénétré Félix. Là, ils s'arrêtèrent, échangèrent quelques paroles décourageantes, puis restèrent immobiles un moment, et muets, tandis que la pluie continuait à tomber avec son petit bruit monotone et attristant.

« Écoutez! » dit tout à coup, à voix basse, Marguerite.

Ils écoutèrent, le cou tendu.

« Je n'entends rien, dit Françoise.

— J'entends, moi, dit le jeune garçon qui les accompagnait. Dans cette direction-là.

— Allons! dit Marguerite avec énergie, allons vite! »

Ils pénétrèrent sous bois, faisant le moins de bruit possible, s'arrêtant à chaque pas, marchant avec précaution.

« Quelqu'un qui se plaint! reprit Marguerite.

— Oui, oui, c'est vrai!

— J'entends aussi, dit Françoise. Serait-ce le pauvre petit?..... Félix! Félix! »

Elle avait crié d'une voix forte. Un gémissement lui répondit, à ses pieds. Félix était étendu là, devant eux, et l'ombre était si épaisse qu'il était impossible qu'on le vît. Marguerite se baissa, le toucha, cria : « Félix! » Il gémit de nouveau. Elle s'accroupit, toucha son visage mouillé, froid comme du marbre. « Emportons-le; il est peut-être blessé... O mon Dieu!...

— Il est trempé comme une soupe, dit Françoise.

— Tâchez de le placer sur mon dos; vous le soutiendrez; je le porterai facilement, dit le jeune garçon.

— Le pauvre enfant! dit Françoise en aidant Marguerite. Qu'est-ce qu'il lui est arrivé? Il en fera une maladie.

— Félix! cher Félix! » disait Marguerite navrée.

Elles le placèrent à califourchon sur le dos du jeune garçon, une jambe de ci, une de là; elles le soutinrent de chaque côté; Félix laissa tomber sa tête sur l'épaule de son porteur, et ils se mirent en marche. L'enfant était lourd, son poids naturel étant augmenté de la pluie qui avait percé ses habits. Ils arrivèrent au village, harassés, après trois quarts d'heure d'une marche pénible. Le jeune garçon surtout était à bout de ses forces. On le fit souper près du feu, à la cuisine. M. Lefebvre et Mme Berthier étaient rentrés, désespérés.

On déshabilla Félix; on le roula dans des couvertures de laine;

on le coucha dans le lit de Marguerite, qui s'installa à son chevet. Il eut toute la nuit la fièvre et le délire. Le matin, il s'endormit d'un sommeil de plomb.

Sa mère, le docteur, Marguerite étaient assis près du lit, accablés par cette nuit d'angoisse. Quand le jour pénétra dans la chambre, ils se regardèrent et leurs visages défaits les effrayèrent. Mais le pauvre enfant étendu là, immobile, froid, couleur de cire, était-il vivant ou mort? Mme Berthier et Marguerite éclatèrent en sanglots. M. Lefebvre, qui pleurait aussi, murmurait en lui-même des paroles mystérieuses.

XIII

Pendant huit jours, Félix fut sur le bord de l'abîme. La nature lutta pendant huit jours pour ressaisir son pouvoir sur les organes du pauvre enfant. On aurait pu dire que la vie, comme les feux-follets mouvants des cimetières, flottait autour de lui, toujours prête à l'abandonner, mais ramenée par le regret en ce jeune être si digne de vivre. Épuisé, sans résistance, assommé, une inertie profonde répondait à toutes les tentatives que faisait M. Lefebvre pour ramener en lui le souffle qui s'échappait. Mme Berthier était malade elle-même; Marguerite gardait la mère et le fils, avec l'aide de Françoise; mais elle devait recommencer tous les jours les mêmes et suprêmes efforts pour supporter cette tâche, infiniment trop lourde pour elle.

Une lueur d'espoir soutenait les uns et les autres. Ils traversaient dans des ténèbres profondes un désert inconnu; mais de temps à autre, à l'horizon lointain, dans une vague perspective, il leur semblait qu'on apercevait une aube : c'était assez pour que leurs nerfs reprissent un peu d'élasticité; muets et consternés, ils se remettaient à marcher.

M. Lefebvre avait consulté deux de ses confrères de la ville voisine. Rien ne fut épargné pour arracher Félix au grand péril qu'il courait.

L'enfant n'avait guère conscience de l'état où il se trouvait.

Il était presque continuellement assoupi. Lorsqu'il s'éveillait, d'une voix faible il demandait à boire. Marguerite déjà lui présentait la cuiller pleine d'un liquide rafraîchissant. En le humant, il tenait ses regards fixés sur elle, des regards voilés, vitreux, qui ne disaient rien; puis les paupières se refermaient comme les portes d'une prison à peine éclairée. Marguerite se rasseyait, prenait la main de Félix étendue sur la couverture blanche, soupirait longuement et murmurait des syllabes plaintives.

Souvent, le matin, quand il entrait dans la chambre, M. Lefebvre surprenait Marguerite endormie, sa tête échevelée reposant sur l'oreiller, à côté de la tête de Félix. Vaincue par la fatigue, elle s'était laissée aller à dormir près du cher malade. Leurs têtes se touchaient, pâles toutes deux, toutes deux belles et gracieuses, toutes deux pures comme des fleurs.

Le docteur les contemplait douloureusement, en se disant à lui-même que ces deux êtres charmants n'avaient point été faits pour vivre côte à côte, jusqu'à la mort. Le hasard s'était trompé; l'un était venu trop tôt, l'autre trop tard. Et pourtant, qui sait s'ils n'eussent pas été heureux, malgré la différence d'âge qui les séparait. L'homme donne le nom de sagesse à des combinaisons qui souvent n'ont point pour cause première la logique et la loi naturelle. La sagesse n'est pas seulement affaire de réflexion et de calcul; l'instinct de l'enfant est sage quelquefois et il faudrait peut-être y prêter une attention plus sérieuse. Dans quelques années, Félix et Marguerite se fussent trouvés rapprochés de beaucoup; à vingt ans, qu'y eût-il eu d'extravagant à ce que Félix eût épousé Marguerite, âgée de vingt-quatre ans?...

Ainsi pensait le docteur, tandis que les deux enfants dormaient sur le même oreiller, d'un sommeil à la fois lourd et agité. Il les laissait, allait tenter de rassurer Mme Berthier, recommander à Françoise de ne pas les éveiller. Mais, seul avec lui-même, son visage froid et impénétrable devenait anxieux; il voyait arriver le malheur et il en avait, malgré son âge, une grande épouvante. « Félix se meurt, se disait-il; je ne sais quelle horrible chose a brisé tous ses ressorts, annihilé toutes ses forces pour cette lutte suprême. Que deviendra sa mère? Et ma chère fille, quelle secousse va-t-elle recevoir? »

Huit jours passèrent ainsi. Le neuvième, Félix parut revenir à lui-même. Ses regards si faibles, qui ne semblaient plus avoir la force de fixer les choses et d'en déterminer la nature, s'attachèrent aux objets plus intelligemment. Marguerite, penchée vers lui, pâlie et amaigrie, attendait en silence qu'il exprimât une idée.

« Marguerite! dit-il.

— Cher Félix, mon Félix, dit-elle. Dis ce que tu veux! »

Françoise était là aussi; elle venait de poser sur la table une jatte de bouillon pour la garde malade. Félix la vit, et sans doute en la reconnaissant, la mémoire lui revint.

« Ernest Lepage, dit-il.

— Eh bien! Félix?

— Serez-vous.... sa femme.... Marguerite

Il pâlit encore, chose qui paraissait impossible. Françoise aussi devint pâle, comprenant tout à coup qu'elle était pour beaucoup, mais fort innocemment, dans l'état où Félix se trouvait. Marguerite, cependant, avait répondu.

« Non, Félix, il n'est pas question de cela. »

Il ferma les yeux, une rosée de sang colora pendant un moment ses joues creusées.

« C'est Françoise.... ajouta-t-il.... J'ai cru.... »

Il rouvrit les yeux; il essaya de sourire à Marguerite.

« Ne parle pas, » dit-elle.

Elle le tutoyait; son visage se transfigura, devint radieux. Elle se pencha, baisa son front mat, d'un jaune pâle. Elle sentit qu'il serrait un peu la main qu'elle lui avait donnée. Françoise, consternée, immobile, contenait difficilement la violence de ses émotions.

Un peu plus tard, M. Lefebvre entra dans la chambre.

« Il vient de me parler, » dit Marguerite à voix basse. »

M. Lefebyre s'approcha, regarda l'enfant, prit son poignet, écouta sa poitrine, puis, d'un mouvement brusque, se trouva debout.

« Il y a, dit-il, du changement, une amélioration. Voilà la première lueur d'espoir.

— Ah! Monsieur, dit Françoise, en joignant les mains, sauvez-le, sauvez-le!... Pour l'amour de Dieu, sauvez-le, monsieur. »

Elle pleurait avec désespoir.

« Je tâcherai, dit le docteur, de le sauver pour l'amour de nous et de lui.

— Monsieur, c'est moi, c'est ma faute.... Le pauvre petit! Qui aurait pensé cela? Sauvez-le, monsieur....

— Qu'a-t-elle donc? demanda le docteur à Marguerite.

— Mais, père, elle l'aime comme nous, répondit Marguerite, qui pleurait aussi, et tu dis qu'il y a de l'espoir.

— C'est très-bien, Marguerite, mais il ne faut pas faire tant de bruit.

— Je m'en vais, reprit Françoise, je m'en vais. Ah! mon Dieu! mon Dieu! le pauvre petit!...

— Elle a quelque chose, c'est certain, reprit le docteur, tandis que Françoise s'éloignait. Il faut que je sache.... Reste là, Marguerite. Tu m'avertiras si Félix s'éveille.... Oui, oui, embrasse-moi, j'ai de l'espoir. S'il guérit, j'aurai la conscience plus nette.... Car.... il me semble.... mais je te dirai cela plus tard.... »

Il sortit, descendit et alla retrouver Françoise dans sa cuisine. Elle était assise, elle se cachait le visage dans son tablier et continuait de pleurer. Debout sur le seuil, le docteur l'interpella.

« Françoise ! »

Elle découvrit son visage tout rouge, contracté, et se leva.

« Vous avez quelque chose à me dire ?

— Eh bien, oui, monsieur ; mais qui est-ce qui aurait pensé ? Il est si jeune ! Un enfant.... Eh bien, oui, c'est moi qui ai dit que M. Ernest venait pour mademoiselle. Cela n'était-il pas naturel ? Tout le monde le dit au village.

— Il n'y a pas de mal, dit le docteur.

— Mais il aurait pu mourir.

— Calmez-vous, ne dites rien à personne. Je vous dis, moi, que vous n'êtes pas coupable : cela ne suffit-il pas ? Toute la responsabilité de ce malheur pèse sur une autre conscience.

— Et.... et vous le sauverez, monsieur ?

— Oui.... si la nature m'aide. »

XIV

Un mois s'écoula avant que Félix pût entrer en convalescence. La mort et la vie se disputèrent ce jeune être avec acharnement. Aussi, au jour où la lutte parut terminée, on peut dire qu'il ne restait plus de l'enfant que l'armature recouverte de son enveloppe.

Relativement, la convalescence ne fut point longue ; rentrée enfin en possession de ce corps qu'on avait voulu lui arracher, la vie mit une grande activité à le recomposer, à lui rendre le mouvement ; un sang généreux, plus pur, colora la peau ; l'étincelle de l'intelligence ranima les yeux éteints ; les muscles reprirent toute leur élasticité. Quelle joie autour de Félix ! Quelle jouissance en lui-même ! Qu'il était heureux dans ce lit blanc, puis assis sur ce fauteuil ! Que Marguerite était belle, rayonnante ! Quelle bonté, que de caresses, que d'amour dans les yeux de Mme Berthier ! Et Françoise et M. Berthier, comme ils paraissaient heureux de l'écouter parler, de le voir s'essayer à marcher comme un petit enfant ! Françoise déclarait qu'on ne le laissait pas assez manger, et en cachette, elle lui eût donné de bonnes friandises préparées par elle, si « monsieur le docteur, » qui était bien entêté, n'avait veillé sur les faits et gestes de la bonne femme.

M. Lefebvre, pendant la convalescence de Félix, parut absorbé par une pensée. Il eut une ou deux conférences avec Marguerite. Il calcula, il tourna et retourna des combinaisons, les examinant sous toutes les faces, les prenant de trois quarts et de profil, les mettant sens dessus dessous, pour bien en étudier le pour et le contre. Et enfin, un jour que Marguerite faisait la lecture à Félix, il pria Mme Berthier de lui donner un moment d'entretien..

Ils descendirent au rez-de-chaussée ; c'était en novembre ; il y avait du feu dans la salle à manger. Le docteur avança deux chaises près du foyer : ils s'y assirent. M. Lefebvre regarda en silence danser les flammes du charbon de terre.

« Eh bien, cher docteur, qu'y a-t-il? »

Il fit « Hum! hum! » croisa les jambes, tourna les yeux vers Mme Berthier et resta muet, sérieux. Tout à coup, Mme Berthier eut peur.

« Félix! dit-elle.

— Rassurez-vous; il est bien sauvé. Si nous étions au printemps, dans quelques jours il pourrait sortir.

— Oh! mon ami, mon bon et cher docteur!... C'est pourtant à vous que je le devrai.

— Je ne dis pas non, cette idée me charme et me flatte. Entre nous, cependant, je dois avouer que j'ai été pour beaucoup plus dans sa maladie que dans sa guérison.

— Oublions le passé.

— Je ne demande pas mieux ; nous pourrions même nous occuper de l'avenir.

— Est-ce pour cela que vous m'avez fait descendre? »

Il fit oui de la tête, puis se remit à contempler encore les langues ardentes qui s'échappaient, rouges, livides, vertes, du foyer ouvert.

« Vous voilà, dit Mme Berthier, après un silence, bien distrait et absorbé.

— Tenez, répondit-il, je n'irai pas par des détours : avec une femme comme vous on peut marcher tout droit devant soi. J'ai beaucoup réfléchi, bien pesé les raisons ; vous vivez pour votre fils ; moi, je n'ai guère d'autre intérêt dans la vie que ma fille, si ce n'est mon affection pour Félix.

— Oh! mais j'aime Marguerite autant que vous pouvez aimer mon cher enfant, docteur.

— Bon! très-bon! Si vous m'interrompez ainsi deux ou trois fois, tout se fera comme par enchantement. J'ai donc pensé que nous ne devions plus nous quitter...

— Ah! quelle bonne idée!...

— Très-bien! Allez toujours. Voici ma raison, la principale : elle concerne Félix. Je crois que l'organisation passionnée de cet enfant ne peut être mise au même régime, médicamentée comme les organisations ordinaires, les tempéraments les plus nombreux. Lutter avec lui, c'est l'exciter, et l'exciter, c'est positivement le tuer. Il aime Marguerite; c'est sa jalousie qui l'a mis dans l'état où nous l'avons vu; l'éloigner de Marguerite, c'est remettre sa vie en question.

— Oh! mon ami!...

— Vous protestez : c'est toujours très-bien. Donc, il faut, au contraire, que les deux enfants vivent ensemble. La satisfaction de cette fraternité aura pour résultat, j'en suis persuadé, d'envelopper Félix d'une sérénité parfaite. Comprenez-moi bien : il faut que par la communauté des idées, par l'échange des impressions, par l'expansion continue, les enfants deviennent frère et sœur en réalité. Nous avons le temps pour nous. Mettre des obstacles devant Félix, c'est éveiller une résistance dont les effets seraient incalculables; au contraire, lui faire la voie facile, c'est l'endormir; donner une proie incessante à son exaltation, c'est empêcher que la flamme s'accumule en lui et finisse par le consumer.

— Comme vous dites bien cela! Comme je vous comprends bien, cher docteur!

— C'est on ne peut mieux! Donc, nous ne devons plus, nous ne pouvons plus nous quitter. Pour cela, il faudra...

— Eh bien, vous n'achevez pas!

— Il faudra devenir Mme Lefebvre... »

Mme Berthier fit un mouvement; elle regarda fixement le docteur.

« Hum! hum! Voilà!...

— Vous épouser, mon ami!... Je ne comprends pas bien...

— Il faut, chère Suzanne, que Marguerite devienne réellement, vous entendez, réellement, la sœur de Félix. Voilà ma combinaison tout entière. Par notre mariage, nous ne nous quittons plus; Félix devient mon fils et le frère de Marguerite. Songez-y : cela nous donne une puissance, des moyens nouveaux qui nous assurent une victoire aussi certaine qu'une chose peut l'être. Tout de suite j'habituerai Félix à cette idée. Voulez-vous parier qu'il l'accueillera avec transport?... »

Mme Berthier, les yeux baissés, un peu plus colorée que d'habitude, à son tour resta silencieuse.

« Oh! dit le docteur, du moment que vous y avez répugnance, nous chercherons d'autres moyens. »

Elle plaça vivement sa main sur la main du docteur.

« Vous ne doutez point que je vous aime, dit-elle; non, vous n'en doutez point.

— Mais ce n'est pas de l'amour, n'est-ce pas, chère Suzanne? Et le mariage sans amour, même lorsqu'il s'agit de la santé et du bonheur de votre fils, vous refroidit un peu... Ne me répondez pas; je lis dans vos regards. Mais, mon amie, ce n'est pas de l'amour que je vous demande; ne pouvons-nous associer notre existence pour nous entr'aider à rendre nos enfants heureux? Pourquoi demandé-je que vous deveniez madame Lefebvre? D'abord, pour que nous puissions vivre ensemble sans que le public ait à s'occuper de nous; puis, pour que Marguerite devienne véritablement la sœur de Félix. Si vous croyez pouvoir arriver à ce résultat sans mariage, parlez, je suis tout à vous jusqu'aux limites du possible.

— Je serai, répondit-elle avec émotion, heureuse et fière de porter votre nom. Voici ma main, voici mes deux mains, mon ami; et le cœur y est, autant qu'il peut y être. »

Ils se regardèrent en silence; sans doute il n'y avait point dans leurs yeux le feu de la jeunesse et de l'amour; une grande loyauté, une confiance réciproque, peut-être le sacrifice de leur propre personnalité, leur parurent suffisants pour consacrer et rendre indissoluble leur union future.

Ils causèrent longuement; ils s'entendirent sur tous les points. Une secrète joie faisait battre plus vite le cœur du docteur; Mme Berthier, rêveuse, lorsqu'elle fut seule, laissa son esprit errer sur les temps écoulés.

Deux ou trois jours après, tandis que Mme Berthier causait avec Marguerite des changements qui allaient s'opérer dans les deux familles, et que Marguerite approuvait vivement la détermination prise, le docteur insinuait doucement à l'esprit de Félix cette nouvelle, bien faite pour lui donner une grande impression. Tout se passa comme M. Lefebvre l'avait prédit; Félix accueillit avec une joie passionnée cette idée de fraternité réelle. « Nous ne nous quitterons plus! » dit le docteur. L'enfant répéta cette phrase en lui-même à satiété. Quand Marguerite le vit après ces deux confidences, elle lui dit : « Te voilà mon frère, maintenant!

— Et je puis te dire tu et toi tant que je veux, » répondit-il.

—

« Et M. Ernest Lepage? demanda un jour Mme Berthier au docteur.

— Nous en reparlerons plus tard; nous observerons. Qui sait ce que l'avenir nous prépare! »

Émile Leclercq.

DE LA TRADUCTION DES POÈTES.

A Monsieur Fr. Hennebert, professeur de l'Université de Gand.

Mon ami, vous êtes un vaillant champion des études antiques et je me garderai bien de vous en blâmer. J'aime Homère et Lucrèce; j'aime aussi Valmiki et Dante, les *Niebelungen* et le *Kalewala*, le *Gododin* et la *Chanson de Roland*. J'admire Eschyle, Sophocle, Aristophane; je ne me plais pas moins avec Kalidasa et Soudraka, avec Tirso de Molina et Calderon, avec Vondel et Shakespeare, sans oublier Racine et Molière. J'aime à lire la *Pharsale* dans Brébœuf, Plutarque dans Amyot, Hérodote et *Daphnis et Chloé* dans Paul-Louis Courier, OEsope dans La Fontaine; Jean le Bel et Comines dans notre vieux wallon; le *Roman du Renard* et la *Légende d'Ulenspiegel* dans les textes non expurgés. Je prise fort Anacréon et Horace, Théocrite et Catulle, et les maîtres des anthologies grecques et latines, sans mépriser rien de nos riches chrestomathies germaniques; et pas plus tard qu'hier, du fond de la Jamaïque, mon ami Houzeau m'envoyait une petite perle de poésie anglaise, que je me promets bien de mettre en vers. Est-ce que vous me blâmeriez de partager mon admiration et de varier mes plaisirs? Non, sans doute; vous m'en remontreriez, au contraire, en fait de cosmopolitisme comme sur le grec.

Mais il s'agit bien vraiment de mes goûts et des vôtres? Ce n'est pas cela qui mène le monde ni que le siècle consulte. Rien n'est sourd à ces dilettantismes du passé comme un fait; et le fait, le fait moderne, le fait dominant est celui-ci : les langues nouvelles ont détrôné les langues anciennes : d'abord, il y a des siècles, dans l'usage commun; puis, dans les livres de savants; puis, dans la poésie, qui resta si longtemps esclave du paganisme; ensuite, dans les chaires universitaires; enfin, par une suite naturelle, dans les humanités même; la France d'Étienne Dolet et de Villemain a donné l'exemple; fidèle au progrès, la Belgique, depuis 1850, a supprimé aussi l'étude des langues antiques dans la section des athénées qui attire le plus d'élèves, et aujourd'hui, en attendant le tour du latin, le grec, *la vraie antiquité* (1), est menacé de disparaître, ou, ce qui est tout un, de devenir facultatif dans l'autre section.

L'on se récrie et l'on dit avec raison que l'éducation doit être littéraire; qu'on ne forme des hommes qu'en formant des intelligences; que, pour élever les esprits, ce qui convient le mieux, c'est le beau; car le beau est la splendeur du vrai et du bien :

> La grâce à la surface et la sagesse au fond,

dit Homère.

> Le principe et le fond de l'art, c'est la sagesse,

dit Horace, et Sagesse, comme le verbe latin, comme l'adjectif grec correspondant, doit se prendre ici dans sa double et large acception : vérité et vertu, science et sapience.

J'ajoute volontiers que rien n'est propre à cultiver les esprits comme ces œuvres où une forme parfaite s'adapte si bien à de hautes pensées; car tout ce qu'elles ont de particulier aux passions, aux usages, aux cultes des temps évanouis, tout ce que Xénophane et Platon y trouvaient à blâmer, est si éloigné de nos idées, est devenu si étranger à nos mœurs et si inoffensif qu'il n'y reste réellement que les beautés idéales et éternelles : une langue artistique achevée, la vérité du cœur humain, les inspirations du génie; voilà bien les vrais éléments, purs d'alliage, de « ces fortes études où se forment les fortes intelligences, » comme l'a dit très-bien M. Ch. Faider.

A cela, le siècle, armé de la sape héréditaire, répond : « Les études sont encombrées, le temps manque à l'enseignement des sciences nécessaires; il faudra à la fois augmenter les années scolaires et déblayer les programmes. De bonnes traductions suffiront à des élèves dont le grand nombre ne doit pas aborder l'université. »

— « Ah! les traductions! voilà le grand expédient! » C'est vous qui jetez ce cri de dédain!

Ne parlons ni des spécialités ni des exceptions. Quiconque aura besoin du grec, l'apprendra, ne craignez rien; et si l'on ne peut être grand jurisconsulte, savant, philosophe, voire théologien, sans l'antiquité, ne nous inquiétons pas; les grands esprits trouvent toujours le chemin de la grandeur. Ce ne sont pas les études spéciales qui sont en question, c'est l'éducation générale. L'athénée n'est pas une serre chaude du génie, ni une pépinière de spécialités, c'est l'école des masses intelligentes. Mais à cette éducation générale, ce qu'on enseigne de grec et de latin suffit-il? La manière dont on l'enseigne répond-elle au but, et le résultat est-il satisfaisant? Non, tout le monde l'avoue. « C'est un fait incontestable, dit

(1) Expression de M. Faider.

l'inspecteur des humanités, M. Dumont, les beautés littéraires restent *inaccessibles, parce que la difficulté de saisir la forme absorbe l'attention des élèves.* » Aussi, les plus décidés partisans du grec demandent une réforme, une réforme contre la tendance actuelle. L'obtiendront-ils? Est-il possible que l'on rende aux langues anciennes leur prédominance? Se peut-il que les sciences nouvelles restituent aux cours du moyen-âge la place qu'elles ont usurpée, et que le résultat qui nous échappe, avec l'attention des élèves, soit ramené à coups de programme? Cette offensive victorieuse, la reprendrez-vous jamais? Je ne le crois pas et vous ne l'espérez point. Vous êtes, vous resterez sur la défensive!

Le grand nombre, en tout cas, et je puis dire le plus grand nombre, pense avoir mieux à faire. Pour ceux-là, du moins, il y a lieu de chercher un autre moyen de les initier à ces littératures, qui même dans l'état actuel de l'enseignement, leur restent *inaccessibles.*

Cuvier a dit :

« Il est plus nécessaire qu'on ne croit, pour apprendre à bien raisonner, de se nourrir des ouvrages qui passent d'ordinaire pour être bien écrits. En effet, les premiers éléments des sciences n'exercent pas assez la logique, précisément parce qu'ils sont trop évidents; et c'est en s'occupant des matières délicates de la morale et du goût qu'on acquiert cette finesse de tact qui conduit seule aux hautes découvertes. »

Est-ce la langue seule que Cuvier avait en vue, et la traduction ôterait-elle toute influence à ces matières délicates de la morale et du goût?

Oui, l'éducation doit être littéraire; oui, les chefs-d'œuvre de l'antiquité font les études fortes. Mais, si personne, sauf quelques savants, ne les lit avec fruit, si l'esprit du siècle se tourne d'un autre côté, il n'est pas sans intérêt de rechercher comment la traduction peut mettre à la portée du grand nombre, des chefs-d'œuvre que ceux-là estiment fort qui leur attribuent, comme je le fais, une puissance d'éducation *humanitaire*, même dans les pâles reflets d'une copie.

Que l'esprit du siècle soit ailleurs, en voulez-vous une preuve? Je l'irai prendre dans le cénacle même des défenseurs du grec, au sein de ce conseil de perfectionnement qui vient de remporter la victoire en sa faveur. Le moindre résultat de cette étude est sans contredit de laisser dans l'esprit le sentiment des étymologies de la langue française. Piètre résultat, à mes yeux! Car si la suppression de cet enseignement pouvait empêcher le français de s'encombrer de ces barbarismes grecs qui l'envahissent chaque jour et que le plus ignorant peut se payer (*Pasinomie* a coûté cent francs), est-ce qu'il y aurait à prendre le deuil de cette phraséologie, parlant en français grec et latin et quelquefois les deux mêlés ensemble? Ce qui me remet toujours en mémoire la fine satire de Rabelais faisant parler à son Limousin de « l'alme et inclyte académie que l'on vocite

Lutèce. » — Pour moi, je verrais sans regret, — j'allais citer Horace, Boileau me suffit :

> Tomber de ces grands mots le faste pédantesque.

Eh bien! ce résultat, le plus mesquin de tous, voulez-vous savoir comment il est atteint? prenez le compte-rendu des séances du conseil de perfectionnement, examinant la *question du grec;* ouvrez-le à la page 31, vous y trouverez une belle et bonne faute, et des plus élémentaires, contre l'étymologie : *anormale* pour *anomale*. L'attribuer à l'orateur, homme savant, esprit distingué, je ne le peux ni ne le veux. Est-ce au secrétaire qu'il faut m'en prendre? Le secrétaire est un écrivain qui sait sa langue. Au sténographe? Le sténographie est aussi un écrivain. En désespoir de cause, il faudrait remonter au prote. Quoi qu'il en soit, ce mot semble glissé là tout exprès par le démon de l'ironie, comme ce cri du licteur qui rappelait aux triomphateurs romains la vanité des victoires humaines.

Voici qui est plus sérieux : On a dit avec raison que supprimer le grec, c'est préluder à la suppression du latin, et donner le premier coup de cognée aux humanités. Eh! mon ami! le premier coup est porté depuis longtemps, un coup bien autrement terrible, porté en plein cœur du véritable enseignement. On appelle cela la *bifurcation!* La bifurcation, c'est-à-dire la suppression des études générales pour les trois cinquièmes des élèves (1)! La bifurcation, c'est-à-dire l'enseignement formant des spécialités, à l'âge où l'on sait à peine former des hommes, et divisant avant le temps les élèves d'un même pays en deux classes! La bifurcation, qui serait tout aussi funeste aux études antiques que le fut la division de l'Empire romain, lorsque Constantin transporta à Bysance la capitale du futur Bas-Empire, laissant Rome à ses *latifundia*. Eh bien! dans tout ce débat, officiel ou public, dans la presse, dans le conseil, à la Chambre, où les partisans du grec ont lu de beaux discours, prononcé de grandes phrases, écrit de spirituels articles, je ne trouve qu'une protestation contre ce prétendu progrès, contre cette erreur mauvaise. M. Ch. Faider a eu le courage de faire remettre aux voix cette question, et, dans ce conseil, unanime à défendre les études humanitaires, sa proposition contre un enseignement prématurément utilitaire n'a obtenu qu'une voix : la sienne.

Vous voyez bien que le courant nous emporte! Pour moi, j'accorderais de tout cœur la suppression du grec, voire du latin, à qui me rendrait les études communes pour former des hommes, des égaux, des citoyens, avant de livrer les enfants à ces froides

(1) En 1864, 10 novembre : 1575 élèves sur 1022; en 1865 : 1636 sur 1014; en 1866 : 1513 sur 1038; en 1867 : 1452 sur 1074; et en 1868 : 1535 sur 1126. Dans les villes industrielles, la proportion est bien plus forte : ainsi à Anvers, elle s'est élevée en 1864 à 215 élèves dans la section professionnelle sur 57 dans la section humanitaire.

étreintes, à cette division de caste de la spécialité. Alors, au moins, on pourrait donner aux générations dont dépend l'avenir du pays, sinon *une grammaire* aussi solide que celle que doit leur inculquer *l'enseignement philologique sérieux*, comme vous le dites bien, au moins un sentiment du vrai, du grand, du beau, c'est-à-dire l'éducation esthétique de l'homme civilisé, dont parle Schiller avec une conviction si généreuse.

Je me demande donc quelle part les traductions peuvent prendre dans cet enseignement. Mais vous, vous-même, dans votre belle ardeur à défendre le grec, vous oubliez la bifurcation, vous brûlez vos vaisseaux en face de l'invasion utilitaire, et jetez à la traduction, votre alliée naturelle, un imprudent *vade retrò !*

« En vérité, ce ne serait pas la peine d'avoir fait l'histoire des traductions françaises au XVIe et au XVIIe siècle, pour ne pas pouvoir dire son mot là-dessus. Des centaines de traductions nous ont passé par les mains : nous aurions été satisfaits d'en trouver une *parfaitement bonne*, et nous ne l'avons pas trouvée. Ce qui fait la supériorité de Plutarque d'Amyot, c'est justement que ce n'est pas une traduction. Il n'y a pas de traduction *parfaite*, puisqu'il ne peut y en avoir… »

De grâce! mon cher Hennebert, supprimons les mots inutiles, et ne parlons pas de perfection, je vous prie.

La verve quelquefois s'égaye en la licence,

a dit le vieux Mathurin, traduisant Horace et s'exprimant mieux que l'original. La perfection! avez-vous oublié Horace, et oublié Paul-Louis Courier? Le traducteur d'Hérodote vous a répondu d'avance :

« Il y a des gens persuadés que le style ne se traduit pas, ni ne se copie un tableau. Ce que j'en puis dire, c'est qu'ayant réfléchi là-dessus, aidé de quelque expérience, j'ai trouvé cela vrai jusqu'à un certain point. On ne fera sans doute jamais une traduction tellement exacte et fidèle, qu'elle puisse *en tout tenir lieu de l'original*, et qu'il devienne indifférent de lire le texte ou la version. Dans un pareil travail, *ce serait la perfection, qui ne se peut non plus atteindre en cela qu'en toute chose ;* mais on en approche beaucoup… »

Ce mot impossible écarté, il ne reste de votre raisonnement que ceci : « Le Plutarque d'Amyot n'est pas une traduction. » Ne jouons pas sur les mots, je vous en prie aussi. Certes, Amyot ne tient pas lieu de l'original *en tout*, et il a su être lui-même, en traduisant. Mais a-t-il réussi, autant que Plutarque et mille fois plus que ne l'aurait pu faire le texte grec, à exercer sur les lecteurs français l'influence de cette grande œuvre, je dis l'influence esthétique, intellectuelle et morale? Oui, il y a réussi pendant des siècles. Que voulez-vous de plus, d'une traduction? Faut-il qu'elle soit mauvaise à force d'être servile? Amyot a fait revivre Plutarque, en multipliant son œuvre, il a distribué ce pain des forts à toute la France ; voilà le fait d'une bonne traduction.

Les Fables d'Œsope mises en vers par Jean de la Fontaine, (c'est le titre des premières éditions), ne sont pas non plus une traduction. Mais que ne peut-on mettre beaucoup de livres pareils au service des fortes études !

Les traductions vieillissent vite, je le sais, sauf celles qui ne sont pas des traductions parce qu'elles sont des chefs-d'œuvre. Les autres sont écrites dans une langue qui change, pour un goût qui se transforme. Ducis et Letourneur sont surannés, Delille passe, Mme Dacier et Bitaubé tombent ; nous avons eu depuis, le *Paradis perdu* de Châteaubriand, le *Shakspeare* de M. Fr. Hugo, l'essai d'une traduction d'Homère en vieux gaulois par M. Littré. Préférez-vous les dernières aux autres ? Je ne sais. Pour en juger, après que le faux classique a fait son temps et que le romantisme exagéré n'est plus, nous sommes vraiment à l'aise, nous qui survivons — le grand mérite ! — à ces engouements littéraires. Mais qui prétendra que ces travaux aient été inutiles à l'étude des littératures étrangères, inutiles à la langue française ? Quand une traduction met à la portée d'une génération, dans la langue artistique d'une époque, une œuvre immortelle, je la répute bonne. Ne demandons pas l'impossible.

Vous savez mieux que moi que la traduction a été, pour ainsi dire, le creuset où se sont trempées ou transformées les langues modernes. Quel est le premier poète français qui se distingue « par l'invention, la conduite et particulièrement par le style qui l'élève au-dessus de tous les poètes de son temps, » pour me servir des expressions de l'*Histoire littéraire de France* ? Chrestien de Troyes ; il avait commencé par des traductions d'Ovide. Quel est le « Père de la poésie flamande ? » C'est le nom donné par ses contemporains et conservé par la postérité à Van Maerland, un traducteur qui n'a jamais fait que traduire, mais qui, en traduisant, créait une langue poétique. Quel est un des premiers poèmes que l'Allemagne honore encore comme un chef-d'œuvre ? Une traduction du *Perceval* par Von Eschenbach. Plus tard, quand vient la Renaissance, et que la tragédie et la comédie aspirent à remplacer le Miracle et la Moralité, où le théâtre va-t-il puiser l'eau de Jouvence ? Dans la traduction encore. Du Bellay pose en principe : « qu'on pourrait trouver en notre langue une forme de poésie beaucoup plus exquise, laquelle il faudrait chercher en ces vieux grecs et latins, non point ès auteurs françois ; pour ce qu'en ceux-cy on ne sçauroit prendre que bien peu, comme la peau et la couleur, en ceux-là, on peut prendre la chair, les os, les nerfs et le sang ». Lazare Baif traduit, « vers pour vers », *Electre* et *Hécube* ; Des Perriers traduit l'*Andrienne* ; Saint-Gelais, six comédies de Térence ; Ronsard, le *Plutus* ; J. Baif, l'*Antigone*, les *Trachiniennes*, la *Médée*, l'*Eunuque*, l'*Heutontimorumenos* et le *Plutus*, etc., etc. Pelletier, en même temps, traduisait l'*Art poétique* d'Horace, et François Ier faisait mettre Homère « en prose et en vers françois ». Bientôt après, grâce à ce puissant apprentissage, Jodelle, bien qu'il sentît la langue *encore foiblette de soy-même*, pouvait choisir des sujets nouveaux, pouvait abandonner l'idée de

Renouveler toute l'antiquité;

pouvait conseiller :

A la France courage,
De plus en plus oser bien davantage,

pouvait dire enfin bravement au public, dans le prologue d'*Eugène* :

L'invention n'est pas d'un vieux Ménandre,
Rien d'étranger on ne vous fait entendre.

Que ces traductions fussent parfaitement bonnes, ou simplement mauvaises comme un premier défrichement, il importe peu; elles ont suffi à la tâche : le théâtre s'était retrempé dans cette cuve antique.

Qui donc a créé l'allemand moderne? J'ai toujours entendu dire que c'était Luther, en traduisant la Bible, et l'on ajoutait que cette traduction est un chef-d'œuvre..

En quoi consiste donc tout le travail du XVIIe siècle en France, si ce n'est à faire passer dans la langue de Louis XIV les grandeurs littéraires du siècle d'Auguste et de Périclès? De nouvelles traductions ont préparé cette transformation nouvelle.

« Il ne suffirait pas, pour hâter le progrès des lettres, dit Laurentie, que quelques hommes extraordinaires fussent subitement jetés dans le monde; il faut aussi que le reste des hommes ait *quelque moyen* de jouir de leurs lumières et de leurs idées. Cette communication se fait par *une sorte de traduction*, et, lorsque les langues sont différentes, la traduction devient un travail particulier, mais qui suppose toujours l'intelligence des idées de ces hommes rares, appelés à jeter leurs lumières dans tous les siècles. »

Aussi, combien de grands esprits, créateurs eux-mêmes et hommes de génie, se sont-ils exercés dans la traduction, autant pour former le goût du public que pour tremper leur style ! Est-il besoin de nommer Voltaire qui veut s'en prendre à Lucrèce : « Ou je ne pourrai », et Rousseau à Tacite; Gœthe et Chateaubriand, Vondel et Boileau, Alfred de Vigny après Ducis, Barthelemy après Delille? et Cousin, et Lamennais, et Courier !

Si la traduction est bonne à donner la vie ou à rendre la force aux langues modernes, à former le style des grands écrivains et le goût des lecteurs, ne serait-elle inutile qu'aux élèves et aux études?

La France est de l'avis de Courier; elle a institué un grand prix de traduction.

« N'aimez-vous pas mieux, — écrit encore Paul-Louis, parlant d'une copie de la *Cène* de Léonard de Vinci, — n'aimez-vous pas mieux, Madame, cet ancien chef-d'œuvre ainsi reproduit que tant de nouveaux tableaux tout à fait médiocres? Quant à moi, cela me plaît fort. »

Pour moi, je ne serais pas si fier, et il me plairait fort que l'on nous fît comprendre et aimer à tous, ces belles façons de bien penser et de bien dire, dans une langue ou dans l'autre : de préférence dans l'original — cela va de soi, mais essayez-le pour les quatre-vingt-dix-neuvièmes des lecteurs! — au pis-aller, en des copies, parfaites comme La Fontaine, franches et fortes comme Amyot et Courier, ou seulement faites avec l'*intelligence des idées* d'un grand écrivain. Et vous, n'aimez-vous pas mieux aussi d'anciens chefs-d'œuvre ainsi reproduits, non-seulement que ces modèles d'ineptie qu'on appelle livres classiques et dont notre ami Veydt a commencé à faire justice, mais aussi que nos prétendus chefs-d'œuvre français modernes?

Je n'insiste plus. Pour savoir si la traduction est possible et utile, j'interroge ce qu'elle présente de plus difficile : la poésie. Traduire les poètes, on ne le peut qu'en vers, mais, traitée ainsi, la traduction peut-elle, non en tout et pour tous, mais en plusieurs points et pour les ignorants, tenir lieu de l'original : modeste suppléant des œuvres du génie? Nous verrons bien! dit Molière.

Voyez Boileau, il traduit Longin : chaque fois que son auteur cite des vers, il traduit bravement en vers. (1) C'est ainsi que nous avons de lui la belle ode de Sapho :

Heureux qui près de toy, pour toy seule soupire, etc.

Longin, dans ce traité, passe en revue les ressources du style et s'appuie de nombreux exemples d'orateurs et de poètes; Boileau ne trouve pas nécessaire de citer une seule fois le texte modèle, la traduction lui suffit; il ne se voit pas un seul mot grec dans son livre; Boileau dit pourquoi :

« L'auteur justifie ici sa pensée par une période de Démosthène dont il fait voir l'harmonie et la beauté. Mais, comme ce qu'il en dit est entièrement attaché à la langue grecque, j'ay creu qu'il valoit mieux le passer dans la traduction et le renvoier aux *Remarques*, pour ne point effrayer ceux qui ne sçavent point le *grec*. »

Vous l'entendez : Ne point effrayer ceux qui ne savent point le grec! Et il est encore des gens sérieux qui appellent Boileau un pédant!

Comment Gœthe a-t-il traduit le *Reinart?* Vondel, Virgile? De Vigny, *Othello* et *Shylock*, Voltaire, Pope? En vers; et que d'admirables morceaux copiés des grecs et des latins ne rencontre-t-on pas, à chaque page, — je ne parle plus de La Fontaine — dans Régnier, dans Boileau, dans Racine, dans Molière! L'antiquité y ressuscite en toute sa splendeur. « En prenant la fleur de la plus belle antiquité, on fera un ouvrage court, exquis, délicieux, » disait

(1) Le traducteur anglais, William Smith, et le traducteur italien, F. Gori, font de même.

Fénélon, rappelé à propos par M. Faider. Cette chrestomathie est traduite ; les poètes français en ont pris la fleur la plus belle.

Oui, la poésie seule peut rendre la poésie, car la forme lui est aussi essentielle que le fond. Ce qu'il y a de grand dans la conception, de vrai et de puissant dans la mise en scène, les ressources de l'abondance, de la vérité, de la grâce dans les idées et dans les images, ne font pas toute la poésie ; elle veut aussi la forme qui anime cette matière sublime et qui brille autant que la pensée : le diamant doit être taillé. La poésie seule peut rendre les beautés du poète : tantôt en concisant tout un ordre d'idée ou d'action dans un vers fortement frappé ; tantôt en faisant saillir hors du cadre le mot à effet ; tantôt en plaçant en présence, dans les deux hémistiches comme en deux camps, deux idées, deux sentiments, deux hommes :

Atride roi des grecs et le divin Achille.

Tantôt, par des inversions qui mettent en relief le point culminant de la pensée ; tantôt en saccadant le rhythme avec fracas, ou en le berçant avec harmonie ; tantôt en préparant la période en quelques vers aisés, pour la terminer majestueusement dans un vers large et puissant ; tantôt en précipitant l'énumération et l'achevant par un vers coupé vivement en trois ou quatre hémistiches :

Ixion fourbe, Isis en fuite, Oreste en larmes.

Tantôt... mais cette variété de forme que le vers prête à la pensée et qu'elle ne trouve qu'en lui, est infinie.

A toute extrémité, on peut rendre en prose l'idée et l'image, la métaphore et la comparaison ; mais comment reproduire la forme, le mot à sa place, les effets d'hémistiches, d'enjambements, de rhythme, et ces mille artifices qui ne sont possibles que dans le cadre mouvant et varié du vers.

Homère est maître dans ce grand art de varier l'hexamètre. Parlons d'Homère à notre aise, comme dit Montesquieu d'Alexandre. Il n'est pas impossible de donner une idée de son art aux profanes qui ne lisent que des traductions.

Une des plus grandes lois de l'art, une de celles qui le portent aux sublimes hauteurs, veut que la chaîne des événements soit le cœur humain. Il est si facile d'enfiler toutes sortes d'incidents à la suite, comme on fait dans nos mélodrames ou nos romans modernes ; mais il est d'une extrême difficulté de grouper un ensemble de faits, liés les uns aux autres par le développement des caractères, et s'engendrant de la vie naturelle des passions. C'est là, sans contredit, — avec la science du cœur qui fait que chaque parole semble sortir vivante du caractère que le poète met en scène, avec la hauteur de poésie qui, tout en peignant l'époque, place le poème dans les régions de l'idéal et fait planer sur des mœurs violentes les plus nobles sentiments ; c'est là ce qui fait de l'*Iliade* et de l'*Odyssée* deux chefs-d'œuvre éternels. Voyez l'*Iliade*. Le cœur d'Achille en est comme le pivot; autour de ce centre puissant, se déroule toute l'épopée. La grande âme du soldat, qui préfère la gloire à la vie, lui fait sacrifier cette gloire à sa colère contre Agamemnon qui l'a offensé; mais il ne la sacrifie pas sans regret, et son dernier cri, après les injures violentes qu'il jette au roi des rois, le montre bien :

Je pars, cela vaut mieux! Mais je ne puis pas croire
Qu'Atride y gagne rien, si j'y perds de la gloire!

La dignité blessée est le premier intérêt de l'honneur; Achille reste inébranlable; les prédictions de sa colère s'accomplissent sans l'apaiser; les désastres de l'armée font sa joie; en vain Agamemnon plie, désespéré, conseillant d'abandonner le siége, reconnaissant son erreur, lui offrant de riches présents, lui offrant une de ses filles, lui envoyant en ambassade les plus grands rois de la Grèce; rien ne lui fera déposer sa colère. Mais Patrocle s'émeut des malheurs de l'armée; il pleure « comme une jeune fille »; il veut combattre; Achille cède à son ami, lui prête ses armes, et Patrocle tombe sous les coups d'Hector. Aussitôt, toute cette fière inflexibilité s'écroule; l'amitié est plus puissante que le ressentiment dans ce grand cœur :

Que je meure à l'instant, car je n'étais point là,
Pendant qu'on le frappait, pour défendre sa vie!
Et lui, mon compagnon, bien loin de sa patrie,
Périt, en m'appelant pour repousser les coups!
Ah! je dois renoncer à voir mon ciel si doux,
Puisque je ne vis pas même pour la défense
De ces héros qu'Hector immole de sa lance!
Non! de la noble terre inutile fardeau,
Je reste oisif, assis auprès de mon vaisseau!
Moi, qu'aux combats, nul Grec à la forte cuirasse,
N'égale!... Hélas! plus d'un, aux conseils me surpasse!
Périssent la discorde et ses ressentiments
Qui poussent le plus sage aux mauvais traitements!
Se glissant, comme un miel, dans l'âme envenimée,
Bientôt, elle s'y gonfle, ainsi qu'une fumée;
Tel par le roi des rois mon cœur fut irrité.
Mais oublions; cédons à la nécessité!
Oh! maintenant j'irai dans l'arène guerrière!
J'y cherche l'assassin d'une tête si chère :
Hector! — Et puis la mort me trouvera tout prêt,
Quand les Dieux immortels prononceront l'arrêt...

Ses chevaux eux-mêmes pleurent la mort de son ami. « Achille ne trouvera de consolation que lorsqu'il se sera plongé dans la gueule sanglante de la guerre. » Alors, son courage se déchaîne comme un ouragan. Il vengera Patrocle grandement, violemment, cruellement. Tout ce qu'il a amassé de colère et d'ardeur éclate; Hector payera pour Agamemnon, pour Patrocle, pour tout ce qu'Achille a souffert de son inaction, pour sa vengeance qui peut se donner carrière enfin, pour sa gloire dont l'interrègne volontaire lui a été si cruel, et qui trouve au réveil un digne adversaire. Le sang d'Hector ne suffira pas à toute cette furie de sentiments. Sept fois, Achille, vainqueur, traînera son cadavre autour de Troie, sous les yeux de son père, de sa mère, de son épouse, de la ville entière qui s'emplit de clameurs « comme si elle s'abîmait sous l'incendie ».

Ne viens pas m'implorer, chien, ni toi, ni ton père!
Que n'ai-je le pouvoir égal à ma colère,
D'arracher ta chair crue et de la dévorer,
Pour les maux qu'en un jour tu m'as fait endurer!
Personne aux dents des chiens ne soustraira ta tête,
M'apportât-on dix fois le prix de ma conquête,
Me promît-on cent fois et cent fois plus encor,
Et quand Priam voudrait t'acheter au poids d'or!
Ta mère ne pourra soigner ta sépulture;
Des chiens et des oiseaux tu seras la pâture.

Enfin, quand il met le feu au bûcher de Patrocle, Achille répète encore la menace : « Hector ne sera pas la proie du bûcher, mais des chiens. »

Toutes ces scènes de deuil, de combat, de vengeance, depuis le réveil d'Achille, sont d'une impétuosité, d'une énergie, d'une grandeur incomparables. Le poème pouvait paraître complet et s'arrêter là. Sachons gré au génie grec, ce grand maître dans l'art du beau, d'avoir conservé le dernier chant : *la rançon d'Hector.* Homère n'avait garde de laisser son héros sur une inflexibilité où l'on sent surtout la violence de son amitié et de sa douleur, mais qui ne peut durer dans un grand cœur, dont la fougue même atteste la générosité. Priam est aux genoux d'Achille, il a supplié longtemps, invoquant les sentiments humains :

Il dit : Achille ému, songeant à son vieux père,
Tend la main au vieillard, l'écarte avec douceur;
Tous deux se souvenaient! L'un, aux pieds du vainqueur,
Pleurait son fils Hector tombé dans la poussière;
Achille regrettait et Patrocle et son père.
Leurs plaintes remplissaient la tente du héros.
Lorsqu'Achille se fut assouvi de sanglots,
Il relève des mains le vieillard qui se penche,
Et, prenant en pitié sa noble tête blanche
Et sa barbe de neige, il lui parle en ces mots :
Ah! malheureux! ta vie a porté bien des maux!
De venir seul ici comment as-tu l'audace,
Devant moi qui privai ta généreuse race
De ses plus nobles fils? Ah! ton cœur est de fer!
Sieds-toi donc et domptons notre chagrin amer.

Tous deux se souvenaient! est sublime! Le cœur des deux ennemis a battu d'un même sentiment, et toute haine tombe. Achille a songé à son père : il rendra à un père le corps de son fils.

Telle est la grande unité de l'*Iliade*. Une fois posée, le poète a pu s'arrêter avec complaisance aux plus petits détails; car il n'en était pas un qui ne se rattachât à l'ensemble. Il a pu satisfaire au goût du temps, peindre la violence des combats, les usages du culte, les ardeurs au butin, toute son époque enfin; car il a placé cette peinture des mœurs barbares dans l'idéal éternel du cœur humain, et il fait planer au-dessus de son œuvre l'intervention divine. Plus il s'étendra, par exemple, sur les batailles qui deviennent pour les Grecs autant de désastres : plus il donnera d'importance à la colère du héros qui les prive de la victoire, et de grandeur à la péripétie qui doit lui faire déposer sa colère et rendre le succès à la Grèce. Ainsi, l'intérêt se soutient; et, lorsque les chefs de l'armée luttent « comme le feu » pour arracher aux Troyens le cadavre de Patrocle, le poète prépare son dénouement et il fait mieux sentir l'amitié d'Achille et le désir qu'ils ont d'apaiser son ressentiment, dans les efforts qu'ils font pour lui rendre le corps de son ami.

Homère réalise de la sorte la variété dans l'unité et l'*Iliade* tourne sur son essieu d'or, le cœur d'Achille.

Dans l'*Odyssée*, c'est l'amour conjugal, c'est le cœur de Pénélope qui est le foyer d'unité où convergent tous les rayons d'une poésie, plus conteuse, mais non moins belle.

Tout cela, je vous le demande, et bien d'autres grandeurs qui sont dans Homère, ne peut-il pas être compris des élèves qui osent nous dire, comme Henriette à Vadius :

> Pardonnez-moi, monsieur, je ne sais pas le grec.

Il est, dans Homère, d'autres beautés, une inépuisable variété de beautés de forme, dont il n'est pas une qu'on ne puisse faire comprendre, admirer, aimer de l'élève, sans le faire pâlir des années sur des rudiments qui lui rendent le reste inaccessible.

L'*Iliade* s'ouvre par une scène grandiose qui met en action les passions des dieux et des hommes. Chrysès est repoussé, insulté par Agamemnon, auquel il redemande sa fille qui fait partie du butin du chef de l'armée grecque. Le prêtre, irrité, invoque son Dieu; sa prière s'allonge en quelques vers, mais quand il la croit suffisante, ce qu'il désire est exprimé d'un vers dont le premier mot contient toute sa pensée :

> Entends-moi, Dieu de Chryse, à l'arc resplendissant,
> Toi qui tiens Ténédos sous ton sceptre puissant;
> Si jamais je parai tes autels avec grâce,
> Si jamais j'y brûlai quelque victime grasse,
> Chèvre ou taureau; remplis ce vœu de mes douleurs :
> Que tes flèches aux Grecs fassent payer mes pleurs!

Ce dernier vers n'est pas exact; il faudrait dire :

> Fais expier aux Grecs, par tes flèches, mes pleurs.

Car Homère exprime l'idée de vengeance dès le premier mot du vers : Expient les Grecs! Mais il est facile d'expliquer cela aux élèves.

Homère continue, et la scène devient terrible :

> Tel il prie, et Phœbus Apollon qui l'écoute
> Descend, la rage au cœur, de la céleste voûte ;
> Il portait son carquois de plumes hérissé ;
> Les flèches, sur son dos, sous son pas courroucé,
> *Claquaient!* il s'avançait pareil à la nuit sombre !
> Il s'assied à l'écart et lance un trait dans l'ombre ;
> La corde rend un son terrible ; l'arc d'argent
> Frappe d'abord la mule et le chien diligent ;
> Mais les hommes bientôt, sous sa main vengeresse,
> *Tombent*, et des monceaux de corps brûlent sans cesse.

Vous vous rappelez ces beaux vers grecs. Quelle admirable harmonie pittoresque! elle a fait dire à Lessing qu'il est impossible de la faire passer dans aucune langue! Mais ne peut-on la faire comprendre aux élèves sans le secours du grec? Ne peut-on leur montrer quelle force acquiert le mot : *claquaient*, par la place que lui donne Homère au commencement d'un vers. Il était impossible de dire en français :

> Claquaient les flèches sur le dos du Dieu irrité,
> Quand il marchait.

Mais le français a des artifices de style, sinon identiques, au moins correspondants à ceux qu'on peut rencontrer dans d'autres langues, et le mot *claquaient*, placé aussi en tête d'un vers, donne une idée suffisante de l'effet pittoresque de la poésie d'Homère.

M. Littré traduit ainsi :

> Es-vous, au dos du Dieu le carquois a tenti
> De loin, lui cheminant...

La grande erreur de M. Littré, quand il veut traduire, dans la langue des chansons de gestes, le premier chant d'Homère, est d'oublier qu'entre le style du moyen-âge et ces beautés plastiques du génie grec, il y a un abîme.

On peut suivre ainsi le grand poète, tableau par tableau, et le faire admirer, sans fatigue, sans monotonie, comme une belle galerie de chefs-d'œuvre.

Pour me borner aux fragments que j'ai cités en premier lieu, qu'est-il besoin de lire le grec pour faire comprendre la beauté du mot mis à sa place, exprimant une passion vive, dans ces vers :

> Je cherche l'assassin d'une tête si chère :
> Hector!

Ou dans cette sublime idée qui d'un mot peint la profondeur des sentiments humains : *Tous deux se souvenaient*. Ici cependant, une explication serait désirable; elle est possible avec la traduction.

Homère ne dit pas : *Tous les deux*, mais *tous deux;* il ne dit pas : *tous deux*; il dit mieux encore, il le dit d'un seul mot; car il y a un nombre duel en grec, et il s'en sert.

Un autre exemple — il en est mille — du mot mis à sa place, me revient en mémoire : Quand Ulysse, nu et souillé du naufrage, dort sur la rive où Nausicaa joue à la balle avec ses servantes, Minerve se demande quel artifice elle emploiera pour éveiller son héros avant que la princesse ne rentre à la ville. Le moyen qu'elle imagine est la balle qu'elle fera tomber dans la mer. Donc, après les vers où Minerve se consulte, le premier mot du vers suivant sera : *La balle*. M. Ponsard a traduit : *Il advint que la balle*, et l'effet est manqué. Il fallait dire :

Minerve aux yeux d'azur cherche quel artifice
Peut réveiller Ulysse et lui faire aborder
La vierge aux doux regards qui pourra le guider.
La balle que lançait la reine à ses servantes
Leur échappe et va choir dans les ondes bruyantes.
Elles poussent des cris, le divin voyageur
S'éveille, etc.

Les épithètes mêmes du poète ne sont pas sans valeur; qu'on ne les croie pas des redondances ou des remplissages. En général, elles sont de la poésie, de belle poésie. Ainsi, quand Jupiter va s'engager vis-à-vis de Thétis par ce signe de tête qui fait trembler l'Olympe et dont il lui explique lui-même la puissance :

Venant de moi, ce signe annonce à l'Empyrée
Ma résolution immuable et sacrée;
Point de loi révocable et point de serment vain
Lorsque j'ai consenti d'un geste souverain!

le nom que donnera le poète à Jupiter, quand il le fera agir n'est pas indifférent; plus ample sera le vers et l'épithète sonore, plus le récit prendra de grandeur :

Il dit, et Jupiter, *fils de Saturne*, abaisse
L'arc de ses noirs sourcils; sa chevelure épaisse,
Sur le front odorant du souverain des dieux,
S'agite, et de son geste il ébranle les cieux.

Il est d'autres beautés dans les poètes; on peut les faire comprendre toutes. Montaigne cite avec de grands éloges deux fragments de Lucrèce et de Virgile et les « braves formes de s'expliquer » qu'il y rencontre. Un traducteur en prose hésiterait peut-être à rendre ces fortes expressions signalées par Montaigne. La poésie permet ces hardiesses et Boileau lui-même, traduisant Eschyle et Euripide, a dit :

Le palais en fureur mugit à son aspect...

La montagne à leurs cris répond en mugissant...

Là jamais d'aucune eau le sillon arrosé
Ne rafraîchit mon char dans sa course embrasé.

Ce qu'il serait impossible de reproduire en prose et que le vers peut rendre, c'est le mouvement du rhythme, c'est la place où le poète a mis dans le vers un mot culminant, c'est l'enjambement qui donne tant de force à l'expression saillante; c'est, — pour prendre un exemple dans un fragment cité par Montaigne, — c'est l'art avec lequel Virgile fait ressortir la promptitude des séductions de Vénus, qui :

> Réchauffe sur son sein son époux hésitant
> D'une voluptueuse étreinte : au même instant, etc.

Le vers n'est pas fini que le charme est produit.

Il n'est pas de page des poètes antiques qui ne présente de pareilles beautés de forme. On peut en résumer l'infinie variété en une loi qui, comprise des lecteurs, ferait justice de bien des fausses réputations : La forme doit briller et varier avec la pensée, autant qu'elle et pas davantage, comme dans la statuaire antique le vêtement suit les mouvements et les lignes du corps. Car, si l'image brille ou varie plus que la pensée, la pensée disparaît, éclipsée par ce clinquant ou assourdie par ce cliquetis. Mais, splendeur juste de l'idée et mouvement plastique de la forme, le traducteur peut tout rendre, le professeur tout expliquer. En quelques leçons pour Homère, en quelques années pour l'antiquité, on pourrait intéresser les élèves à l'étude des belles-lettres, leur faire aimer des chefs-d'œuvre qui ne leur rappellent trop souvent aujourd'hui que les ennuis du collége, leur donner le goût de la lecture qui paraît à Rollin « un des principaux fruits de l'éducation »; et je m'étonnerais fort si cet enseignement, que j'esquisse à peine, donné avec suite et méthode, n'inspirait pas, mieux que des thèmes et des versions, le désir de connaître cette belle langue, ne la faisait pas étudier avec plus de goût et plus de fruit, et ne fournissait pas aux universités plus d'hellénistes, au pays plus de philologues.

Répandre l'amour d'une langue, au lieu d'*absorber l'attention par la difficulté d'en saisir la forme*, n'est-ce pas le meilleur moyen d'en faire traverser sans dégoût les rudiments, d'en faire poursuivre l'étude avec constance, avec succès? Frœbel savait cela, et comme quoi il vaut mieux amuser et intéresser les enfants, en aidant au développement de leurs aptitudes libres, que de leur imposer un travail ingrat dont ils ne peuvent comprendre l'utilité, dont ils ne sentent que la fatigue et l'ennui.

Qui dit civilisation, mon ami, dit à la fois héritage et affranchissement, tradition et progrès, science et liberté. Mépriser les trésors accumulés du génie serait faire rentrer l'humanité dans l'enfance, mais se confiner dans le passé, c'est enfermer la civilisation dans une tombe illustre. Nous ne reviendrons plus au temps des imitations serviles ni des ignorances barbares. Mais sachons accepter tous les sacrifices nécessaires à l'émancipation de l'homme moderne, aux progrès de l'avenir. Ne regrettons pas les feuilles mortes et laissons notre époque marquer l'enseignement, comme Horace le dit de la langue, de son cachet personnel. La Grèce elle-même nous a donné cet exemple des hommes libres :

En présence de l'innombrable variété non épuisée des sujets de la fable, dans un siècle dominé par les œuvres d'Homère, au moment où l'épopée héroïque revivait glorieusement sur la scène tragique, un poète osa aborder un sujet contemporain, conseiller une poésie nouvelle. Il s'appelait Chœrile; il était d'une grande beauté, dit Suidas, et l'on racontait qu'il avait été esclave à Samos. La victoire de Salamine avait frappé son imagination; il trouvait à cette épopée de l'histoire vivante autant de grandeur qu'aux guerres de Troie, de Thèbes ou de la Toison-d'Or. Il écrivit *la Perséide*. Son poème obtint, dit-on, une récompense en numéraire et l'insigne honneur d'être récité dans les Panathœnées, comme les chants d'Homère. Quelques vers seulement nous restent de ce poète assez puissant pour avoir voulu être libre. Les rares autorités s'accordent à lui attribuer une poésie abondante, plus figurée que celle d'Homère. Ainsi, il nommait les rochers *les ossements de la terre*, et les fleuves *ses veines*, et c'est lui qui le premier a écrit ce vers tant de fois répété :

L'eau creuse le rocher en tombant goutte à goutte.

Diogène Laërce le cite comme une autorité en faveur de l'immortalité de l'âme, enseignée par Thalès. Le poète, qui voulait que la poésie marchât du même pas que l'histoire, avait compris qu'elle doit aussi s'inspirer du progrès de la philosophie. Enfin, Aristote nous a transmis un fragment du début de son poème où éclatent ses sentiments de liberté :

Heureux qui d'Apollon cultivait le trésor
Lorsque ses vastes champs étaient libres encor!
Aujourd'hui tout est clos; les arts ont leur barrière;
Et comme des vaincus on nous laisse en arrière,
Sans qu'il nous soit permis d'embrasser l'horizon
Et de lancer le char dans un nouveau sillon.

Combien n'est-il pas à regretter qu'il ne nous reste rien d'une épopée qui chantait la guerre des Perses avant Eschyle et l'immortalité de l'âme avant Platon, lorsque tant d'œuvres nous sont parvenues pour n'attester que la servilité des poètes!

Faisons de même que Chœrile : embrassons tout l'horizon, non en ignorants, datant d'eux-mêmes, en hommes libres, maîtres de l'avenir autant que du passé. Ce ne sont pas quelques rares lettrés, lisant le grec et parlant un français plus ou moins *anormal*, qu'il faut aux démocraties modernes. Ils n'arrêteront pas l'invasion d'une littérature de décadence, et de ces *éblouissantes longueries*, comme dit Montaigne, qui *artialisent la nature*, au lieu de *naturaliser l'art*. Formons le goût de tous. C'est le goût public qui prépare les grandes civilisations, et dans quelle langue le formerez-vous sinon dans celle que tous comprennent? Ne craignons rien pour les études antiques; plus le bon goût se répandra, plus elles se répandront avec lui. Renforçons, au contraire, ces études dans l'Université et demandons à la France d'ouvrir à nos lauréats son école d'Athènes ; car les savants spéciaux ont, à leur tour, une influence sur l'éducation générale. Qui donc voudrait jeter au vent le sublime héritage de l'antiquité ? L'affranchissement de six siècles, qui a arraché à son despotisme la langue, la science, la pensée et l'art, a-t-il donc entamé en rien sa légitime influence et l'intelligence de ses chefs-d'œuvre ? Ils n'ont, au contraire, jamais été mieux compris.

N'oublions pas non plus que ce n'est pas là notre unique trésor et que nous ne sommes pas déshérités des littératures orientales et germaniques. Si le grec ouvre une place aux études littéraires : place, à côté d'Homère et d'Aristophane, place aux grandes œuvres de l'Inde et de la Germanie, place à Dante et à Shakspeare, à Cervantes et à l'Arioste. Avec les chrestomathies traduites du grec et du latin, mettons dans les mains des élèves les recueils indo-germaniques déjà si nombreux et si riches en Allemagne.

Liberté et cosmopolitisme, est la devise de l'esprit moderne. C'est la vôtre. Ainsi, nous lancerons le char dans un nouveau sillon ! « Un homme, même né dans la servitude, est capable de science, dit Longin, mais nul esprit esclave ne peut être éloquent. » Lisez-vous Longin en grec ? Moi, profane, je ne connais cette grande pensée que par une traduction, ne vous déplaise.

Je vous serre la main,

CH. POTVIN.

CHRONIQUE PARISIENNE.

—

Paris, 7 mars 1869.

J'avais le dessein de commencer cette chronique par une esquisse générale de la situation intellectuelle, littéraire et morale de la France. Cette vue d'ensemble me semblait le point de départ naturel d'une correspondance dont le principal mérite devra être l'exactitude, la fidélité et, s'il est possible, l'ampleur des tableaux. Ne rien omettre, faire venir toute chose à son heure, à son rang, avec sa physionomie vraie, cette tâche conduit nécessairement, par la ligne ondoyante des événements, à varier, selon la minute, tantôt le fond, tantôt la couleur, tantôt le sujet du paysage mobile dont il s'agit de reproduire l'image aux lecteurs. Nous serons jetés aujourd'hui du côté des conférences publiques, demain vers le roman ou le théâtre, plus tard dans les régions sereines de la philosophie ou de la science, une autre fois dans les mêlées de la question sociale, ou des grands intérêts politiques; puis dans la lutte, moins exclusive mais tout aussi ardente que chez vous, de l'esprit clérical et de la libre-pensée. Ni le fond, ni les détails ne nous manqueront : la France, à cette heure, se remue dans le suaire, rompt les bandelettes, déchire le linceul. Gulliver s'éveille et s'agite; peu à peu la fièvre de la liberté gagne ce grand corps; de veine en veine, court la subtile flamme, le pouls s'accélère, les artères battent, les muscles se gonflent; encore un effort et le géant sera debout, debout et libre!

Mais laissons ce tableau, et comment vous parler de littérature et d'art, de philosophie ou d'éloquence? Une grosse question appelle et retient l'attention de tous les amis de la paix européenne, une question belge!

On croyait terminé, — il devrait l'être, — l'incident créé par le projet de cession du chemin de fer d'Arlon à Bruxelles, négociée entre la Compagnie française de l'Est et la Compagnie anglo-belge, concessionnaire de ce chemin. Il n'en est rien. Il semblait pourtant que, maître chez lui, le gouvernement belge n'eût de compte à rendre à personne, sinon au pays, de l'usage qu'il ferait des pouvoirs que vient de lui donner la législature. Point du tout! La loi votée, il faut l'appliquer; et voilà que les plaintes, les récriminations, les menaces de notre presse officieuse et personnelle s'élèvent de plus belle. M. de La Guéronnière est à Paris pour autre chose, dit-on, que les funérailles de Lamartine, et, si les *officieux* disent vrai, le gouvernement impérial demanderait au vôtre des explications que celui-ci ne se presserait point de lui fournir, et l'Angleterre se mêlerait de la question.

A nous, qui ne sommes point diplomates, ces explications paraissent les plus simples du monde. On ne connaît point le texte de la convention, qui n'a pas été publié; mais on peut supposer que le traité ne serait pas seulement un arrangement entre les deux Compagnies, établissant des tarifs communs et une circulation réciproque du matériel et du personnel; il doit s'agir, au contraire, d'une convention de cession ou de fermage, qui ferait purement et simplement entrer la Compagnie française au lieu et place de la Compagnie anglo-belge, en sorte que les tarifs en deçà et au delà de la frontière seraient réglés par la Compagnie de l'Est, et que non-seulement le matériel et le personnel des deux Compagnies seraient admis à circuler sur les rails belges et sur les rails français, mais que l'entretien, l'exploitation, la police, l'administration de la ligne belge, seraient entièrement dans les mains et sous la volonté de la Compagnie française.

S'il en est ainsi, le gouvernement belge a d'excellentes raisons pour n'autoriser le traité qu'à bon escient : raisons commerciales, raisons politiques.

Les raisons commerciales sautent aux yeux, et votre collaborateur, M. Émile De Laveleye, a exposé les principales dans une lettre que le *Temps* a publiée le 20 février.

On veut établir, de Luxembourg, dont la gare est devenue française, à Rotterdam, à travers la Belgique, une ligne directe, ligne de transit par rapport à votre pays. Le tort que cette ligne peut faire au commerce d'Anvers et à vos grandes industries métallurgiques, minières et autres, est incalculable, mais il est très-évident pour quiconque sait avec quelle facilité et quelle puissance les Compagnies de chemins de fer peuvent, par un simple jeu de tarifs, par un abaissement ou une hausse de quelques centimes, bouleverser artificiellement les conditions naturelles de la production et de la consommation. Que l'on n'invoque pas ici les principes du libre-échange, et que l'on n'accuse pas la Belgique de déserter la cause de la liberté économique, c'est le contraire plutôt qui serait la vérité. Les chemins de fer sont un monopole; les chemins de fer n'obéissent qu'entre eux à la grande loi de la concurrence; les luttes qui s'engagent parfois entre les Compagnies ne durent guère et finissent toujours par une entente, dont le public paie les frais. Pour qu'il en fût autrement, pour que le monopole disparût, il faudrait que les tarifs fussent toujours établis, à peu de chose près, au prix de revient, et que les distances et les stations ne fussent pas arbitrairement supprimées ou modifiées par la seule volonté et selon l'intérêt privé des Compagnies.

Mais, dira-t-on, la Compagnie de l'Est sera toujours forcée de subir, pour les tarifs perçus sur le territoire belge, le contrôle du gouvernement belge. Oui, sans doute. Mais le contrôle de votre gouvernement s'arrêtera forcément à la frontière, et, la même Compagnie faisant la recette à la fois en Belgique et en France, il est clair qu'elle pourra toujours annuler, par des réductions excessives sur le parcours français, les élévations de tarifs que le gouvernement belge la forcerait de maintenir sur le parcours belge, en sorte que, par l'effet d'un tarif différentiel bien calculé, elle pourra toujours obtenir le résultat redouté, c'est-à-dire enlever au port d'Anvers, pour le porter à Rotterdam, le trafic des régions de l'Est. Eh bien, non-seulement un tel déplacement des industries est contraire aux intérêts de la Belgique, qui a bien le droit de les défendre, je suppose ; mais, de plus, cela n'est pas juste, et l'on rencontre ici une de ces questions d'intérêt général qui ne doivent et ne peuvent recevoir de décision définitive que d'un concert européen. Est-il juste que, en attendant un tel concert, la Belgique s'expose, parce qu'elle est faible, à faire à ses dépens les affaires d'un autre pays ?

Ainsi, la Belgique, loin de déserter la cause de la liberté économique, voit sa légitime défense se confondre avec une question générale européenne.

Les raisons économiques ne sont pas les seules qui justifient la résistance de la Belgique. Votre gouvernement peut invoquer des raisons politiques qui touchent directement aussi aux intérêts de tous les peuples.

La ligne de Luxembourg à Spa, exploitée déjà par la Compagnie française de l'Est est une ligne stratégique de premier ordre. Cette ligne rejoint, par Spa, la grande artère prusso-belge qui relie à Bruxelles Aix-la-Chapelle et Cologne. En cas de lutte entre la Prusse et la France, cette ligne de Luxembourg à Spa est la première que se disputeront de ce côté les belligérants. Spa se trouve à 132 kilomètres, c'est-à-dire à trois heures de Luxembourg, qui elle-même est à deux heures de Metz et à une heure de Thionville ; c'est par cette ligne que le gouvernement français voudra couper l'invasion prussienne, c'est par la ligne d'Aix-la-Chapelle à Bruxelles que le gouvernement prussien, s'il veut occuper la Belgique, fera descendre ses colonnes.

Or, l'importance stratégique de la ligne de Luxembourg à Spa serait décuplée par la possession d'une ligne directe de Luxembourg-Rotterdam par Bruxelles et Hasselt. Une des premières conséquences d'une guerre entre la Prusse et la France serait probablement l'occupation de la Belgique, et la Belgique deviendrait le champ de bataille des deux armées. Or, non-seulement la ligne d'Arlon à Bruxelles donne une entrée de plus aux armées, mais elle sert de base aux opérations qui se feraient par la ligne de Luxembourg à Spa.

S'il en est ainsi, peut-on nier que la Belgique ait, pour refuser de sanctionner le traité préparé qui livrerait à une Compagnie française deux grandes voies : le *Grand-Luxembourg* et le *Liégeois-Limbourg*, des raisons politiques tout aussi bonnes que les raisons commerciales.

Puissance neutre, la Belgique doit à l'Europe de se refuser à toute combinaison favorable à la guerre, de quelque côté que vienne le fléau. La Belgique est l'ennemie naturelle de la guerre; le peuple belge est le défenseur naturel de la paix; sentinelle vigilante, la Belgique a charge de dénoncer tout signe précurseur des tempêtes et de ne laisser aucun préparatif de guerre empiéter chez elle. Ce n'est donc point son intérêt seul, c'est aussi son devoir qui lui commande ici la résistance.

Nous, qui ne voulons ni l'annexion de la Belgique, ni la conquête par la France des provinces rhénanes, non plus que l'extension de la Prusse dans le Limbourg et le Luxembourg, nous qui pensons que l'indépendance des petits peuples est aussi sacrée devant la justice que l'autonomie des grandes nations, nous pouvons bien le dire sans qu'on nous accuse d'arrière-pensée, la Belgique n'est pas du tout prussienne, elle est plutôt l'amie de la France; mais l'affection naturelle que vous avez pour notre pays, et que la démocratie française rend cordialement au peuple belge, n'est pas une raison pour que vous vous laissiez surprendre et emmailloter! Avant tout, le droit et la justice!

Renversons les termes; mettons, par hypothèse, la Prusse à la place de la France, une Compagnie prussienne au lieu d'une Compagnie française; pourrions-nous souffrir qu'une Compagnie prussienne, traversant la Belgique, vînt pousser, non-seulement ses machines et ses waggons, mais ses tarifs et son personnel, sa volonté, sa force, son action, jusqu'à Bruxelles, et par delà Bruxelles jusqu'à Erquelines? Que ne dirions-nous pas? Comme nous trouverions mauvais, dans la *Gazette de la Croix*, les raisonnements qui s'étalent à cette heure dans la *Patrie* ou dans le *Peuple* de M. Duvernois! Et comme nous verrions clair dans le droit de la Belgique à ne pas livrer son commerce et ses lignes stratégiques à l'étranger!

Autre hypothèse : De quelle façon la France accueillerait-elle la nouvelle d'un traité passé entre une Compagnie belge et nos Compagnies de l'Est et du Nord, aux termes duquel le directeur de cette Compagnie belge, maître de l'exploitation, de Bruxelles à Paris, dicterait ses ordres et enverrait ses agents dans nos gares de Lille, de Metz, de Valenciennes, de Douai, de Nancy, d'Amiens, de Château-Thierry et jusque dans les gares de Paris, dans l'intérieur des fortifications?

Qu'un faux patriotisme ne voile donc point devant la France l'image de la justice! NE FAISONS PAS A AUTRUI CE QUE NOUS NE VOUDRIONS PAS QUI NOUS FUT FAIT! Et lorsque la Belgique défend tout ensemble et ses intérêts et la paix de l'Europe, au lieu de la combattre, ayons le courage de joindre notre voix à ses justes réclamations.

CH. LEMONNIER.

LETTRES D'ESPAGNE.

I

La junte de Madrid et le maréchal Serrano. — Le gouvernement provisoire et le comité de conciliation. — Le mouvement républicain. — Cadix et Malaga. — Les Cortès et le nouveau pouvoir exécutif. — Les candidats au trône.

Madrid, 9 mars 1869.

Quatre jours après la bataille d'Alcolea, la junte de Madrid, qui venait d'armer le peuple pour la défense du programme démocratique, hautement proclamé par la Révolution dans toutes les villes d'Espagne, chargeait le général Serrano de donner un gouvernement provisoire à la nation.

En agissant ainsi, le comité révolutionnaire de la capitale usurpait un droit qui n'aurait pu être reconnu qu'à une junte centrale, composée des délégués de toutes les juntes des provinces. Souveraine à Madrid seulement, la junte madrilène ne pouvait remettre à personne des pouvoirs dont elle n'était pas investie.

Aussi, la plupart des juntes ont-elles d'abord protesté contre la singulière prétention de la capitale de disposer ainsi du sort de l'Espagne. La peur de nuire à la cause de la liberté par des conflits dangereux l'emporta cependant sur l'orgueil provincial et sur le respect des principes ; toutes les juntes finirent par reconnaître le gouvernement de Madrid, malgré le vice de son origine. Mais leurs adhésions, plus ou moins volontaires, dont quelques-unes se firent longtemps attendre, ne réussirent pas à donner au pouvoir central le prestige de la légitimité. Pour cette raison, le gouvernement provisoire, jouissant en fait d'une puissance dictatoriale, n'eut jamais dans le pays une véritable autorité. La Catalogne, et surtout l'Andalousie, ont toujours nourri contre lui une hostilité secrète qui a fini par éclater, on le sait, le jour où ce gouvernement, né d'une violation du droit, abusa de la force pour frapper Cadix et Malaga.

Quand le général Serrano, se présentant à la tête de son armée victorieuse, était venu demander à la junte madrilène un semblant de légitimité dont il éprouvait un grand besoin, celle-ci aurait dû se déclarer incompétente, et profiter de sa position au centre du pays pour convoquer, à Madrid, les mandataires de toutes les juntes. En quelques jours, une assemblée nationale aurait pu se réunir ainsi et constituer un gouvernement revêtu de l'autorité nécessaire pour en finir avec le passé en frappant quelques grands coups. Cette ligne de conduite était indiquée par les traditions mêmes du peuple espagnol; c'est elle qui aurait été suivie si la junte madrilène avait été, dans son ensemble, sincèrement révolutionnaire.

On peut dire, pour l'excuser, qu'elle subissait une pression matérielle et que le général Serrano avait à sa disposition, pour changer en ordres l'expression de ses désirs, des arguments d'une grande vigueur. Mais il ne faut pas oublier que cinquante mille fusils avaient été distribués au peuple de Madrid. Appuyée sur une force aussi imposante, la junte aurait pu, au nom du principe de la souveraineté nationale, obliger le pouvoir militaire à une plus grande réserve.

Il faut se rappeler, en outre, que la révolte des généraux unionistes et progressistes, qui devait être, dans la pensée de ses auteurs, un simple pronunciamiento dont ils resteraient les maîtres, était devenue en quelques heures une grande révolution populaire, assez forte pour imposer son programme aux conspirateurs triomphants.

A la nouvelle du débarquement de Cadix, le peuple espagnol, complétement transformé par la mystérieuse propagande qui le travaillait dans l'ombre depuis des années, ce peuple dont le robuste tempérament n'avait pas été détruit par le despotisme corrupteur, ce peuple viril et fier s'était levé en masse; il avait compris que l'heure de la *grosse* révolution, si souvent annoncée, avait sonné; qu'il allait, enfin, pouvoir user de sa souveraineté, et sa grande voix avait proclamé son propre avénement. Dès leurs premiers pas sur la terre d'Espagne, à Cadix même, les généraux avaient été forcés de courber la tête devant ses représentants naturels. En effet, à leur manifeste, peu révolutionnaire au fond, la junte de Cadix avait répondu par la publication de son programme démocratique, et ce programme, ils s'étaient vus forcés de l'accepter, sans quoi la révolution n'aurait pas débarqué. Dans toute l'Espagne, il en avait été de même. Partout les démocrates avaient profité de l'occasion offerte pour révolutionner le peuple et le mettre debout, de sorte que Serrano, Prim et Topete pouvaient se vanter d'avoir donné le signal de la révolution et de l'avoir rendue possible, mais non pas de l'avoir faite. Ils avaient ouvert l'écluse au flot révolutionnaire, mais le courant les avait entraînés avec une force irrésistible beaucoup plus loin qu'ils ne l'auraient voulu.

En présence de ce grand mouvement national, la junte madrilène aurait pu faire triompher le droit, si telle avait été son intention. Malheureusement, sa conduite a prouvé plus tard que ses principaux meneurs obéissaient à un plan conçu d'avance dans le dessein d'empêcher le développement logique de la révolution.

Elle comptait, en effet, dans son sein les démocrates Rivero, Martos, Becerra et d'autres encore, tous compromis par une secrète alliance avec les conspirateurs unionistes et progressistes. Or, ces transfuges de la démocratie radicale n'avaient pu entrer dans la coalition qu'en sacrifiant quelques-uns de leurs principes et en prenant d'avance l'engagement de se prêter à certaines combinaisons. On s'en aperçut bien le jour où la junte, cédant aux conseils de ces hommes, s'est dissoute en dépit de la résistance opiniâtre de sa minorité radicale.

En laissant ainsi le gouvernement provisoire maître de la situation, en abdiquant entre ses mains tout ce qui lui restait du pouvoir usurpé par elle, la junte commettait une faute beaucoup plus grande que la première. On aurait pu lui pardonner son usurpation, si elle avait continué, jusqu'à la réunion des Cortès, à diriger le gouvernement provisoire, comme elle l'avait fait dans les premières semaines du mois d'octobre. Durant cette courte période, elle avait rendu de si grands services, en dictant tous les jours aux ministres de nouveaux décrets révolutionnaires, que son autorité morale était devenue fort grande. Situation singulière! Elle avait eu tort d'usurper le pouvoir suprême, mais le seul moyen qu'elle eût encore de se faire pardonner sa faute, c'était de conserver ce pouvoir! C'est que, malgré les funestes compromis de quelques-uns de ses membres les plus influents, elle représentait assez bien la révolution de septembre. Tous les partis libéraux avaient concouru à sa formation, et les démocrates, qui avaient moralement fait plus que les autres, y dominaient, tandis que, dans le gouvernement de Serrano, il n'y avait que des unionistes et des progressistes, avec cette circonstance aggravante que ces derniers, plus avancés que les premiers, leur cédaient le pas. Se retirer devant un ministère ainsi composé, lui abandonner tout à fait les rênes, c'était renoncer à pousser la révolution plus loin, c'était permettre aux réactionnaires plus ou moins déguisés d'enrayer le mouvement.

Les conséquences de cette faute ne tardèrent pas à devenir sensibles. Les ministres qui auraient dû se borner à s'inspirer de l'opinion, sans chercher à la diriger au gré de leurs préférences, les ministres jetèrent bientôt le masque et manquèrent de respect à la souveraineté nationale en sortant de la réserve à laquelle ils étaient condamnés par leur position. Ils se permirent de faire tout haut des professions de foi monarchistes, et bientôt on les vit se préparer à faire de leur pouvoir un mauvais usage pour influencer les élections. Ces élections, ils commirent la faute grave de les retarder, comme s'ils redoutaient le jour où ils se verraient forcés de s'incliner devant les mandataires de la nation. Trop attachés en apparence à la dictature, ils ne surent pas s'en servir pour exécuter les volontés du peuple. C'est ainsi que, cédant aux conseils mauvais de M. Olozaga, ils se refusèrent à établir la liberté des cultes, solennellement proclamée par la révolution. Plus timides tous les jours vis-à-vis du parti clérical, âme de la réaction, ils s'armèrent de rigueurs contre les révolutionnaires conséquents. Des nominations maladroites, des mesures arbitraires, des révocations injustes, comme celle du républicain Chas, directeur des télégraphes, des circulaires irritantes enfin, signées par le ministre de l'intérieur, M. Sagasta, mirent le trouble dans les esprits, rendirent l'espoir aux partis vaincus et froissèrent les meilleurs patriotes.

Les républicains étaient devenus très-nombreux en peu de temps, grâce à la propagande faite par les citoyens Orense, Garrido, Castelar, Garcia Lopez, etc., grâce aux journaux : *la Discusion, la Igualdad, el Amigo del Pueblo,* qui se jetant dans une polémique ardente au lendemain des déclarations indiscrètes du gouvernement, s'étaient hâtés d'écrire en tête de leurs colonnes : « Plus de rois ! Vive la république fédérale ! »

Le parti démocratique espagnol avait toujours été républicain, bien que les circonstances lui eussent très-rarement permis d'arborer son drapeau. En 1854, vingt et un députés, parmi lesquels figuraient, à côté d'Orense et de Garcia Lopez, MM. Becerra et Rivero, avaient courageusement voté pour la république en face d'Isabelle II et de son armée. Persécutés depuis, exilés, traqués, ces hommes et le parti qu'ils représentaient n'avaient pas cessé un seul jour de travailler pour la bonne cause. Le mot de république étant proscrit, ils se contentaient de s'appeler démocrates; mais, dès les premiers jours de la révolution de septembre, ils avaient repris, tout joyeux, leur véritable nom. A part ceux qui s'étaient laissés gagner tout récemment par la coalition dont j'ai parlé plus haut et qui, en un mot, trahissaient leur parti à la suite de M. Rivero, tous avaient conservé leur foi.

A leur retour de l'exil, ils avaient trouvé le terrain merveilleusement préparé. Le peuple espagnol, dont le caractère a toujours été fier, indépendant, très-disposé à l'individualisme, s'était ignoré jusqu'alors. Mais un mot avait suffi pour lui révéler son propre génie. Dès qu'il avait entendu parler de souveraineté nationale, il avait compris ; et, comme il est d'un sens droit, il devait aller bien vite jusqu'à la théorie républicaine, conséquence logique du principe de la démocratie. C'est dans les provinces maritimes surtout que la population, moralement plus affranchie que dans l'intérieur, se trouvait prête à accepter dans toute son étendue le programme radical. Aussi ne faut-il pas trop s'étonner de la rapidité prodigieuse avec laquelle le mouvement républicain s'est emparé des grandes, des petites villes et des campagnes même, de Barcelone à Cadix. D'innombrables journaux républicains se fondèrent dans toute l'Espagne, et pendant plusieurs semaines ces journaux publièrent, comme autant de bulletins de victoire, cent récits enthousiastes des grandes manifestations faites partout au cri de « Vive la république fédérale ! »

Toute cette agitation gênait horriblement et les ministres et les progressistes et leurs nouveaux alliés, les démocrates transfuges. Ils voulurent, eux aussi, organiser des manifestations en faveur de leurs idées, mais ils n'eurent pas grand succès. Le *Comité de conciliation* qui représentait la monstrueuse alliance de ces trois partis, naturellement ennemis, avait fait un manifeste au bas duquel on lisait, hurlant de se trouver ensemble, des noms tels que ceux de l'unioniste Rios Rosas, du progressiste Olozaga et de Nicolas Maria Rivero. Sur leur drapeau ils avaient écrit : Monarchie démocratique ! mais les théories, plus ou moins ingénieuses, qu'ils avaient imaginées pour commenter et défendre cette devise absurde et contradictoire, et leurs menées hypocrites se montrèrent insuffisantes contre ce terrible parti avancé, si jeune et déjà si fort.

Alors le gouvernement faisant cause commune avec eux, s'avisa de recourir à une tactique différente. Il commença par calomnier grossièrement les républicains, s'efforçant d'ameuter contre eux les bourgeois timorés. Mais, comme les radicaux, se gardant de tomber dans le piége, ne commettaient point de faute et n'opposaient à toutes les attaques qu'une résistance légale, le ministère semble avoir pris tout à coup la résolution désespérée de les attaquer en face, afin de les détruire. De là, les attentats de Cadix et de Malaga, où des provocations audacieuses réussirent enfin à mettre les armes aux mains de citoyens honnêtes dont le seul tort était d'avoir pris au pied de la lettre les paroles des faux révolutionnaires. Peut-être même avait-on l'intention de profiter du trouble causé dans le pays par les événements de Cadix, pour en finir d'un coup avec la révolution. Le duc de Montpensier, qu'on vit apparaître tout à coup sur le chemin d'Andalousie, offrant son épée au gouvernement provisoire, devait sans doute jouer le principal rôle dans ce nouveau coup d'état; mais cette combinaison ne put heureusement pas réussir. L'Espagne, trompée d'abord par le ministère maître du télégraphe et des postes, avait assisté sans trop s'émouvoir aux égorgements de Cadix, parce qu'elle croyait avoir affaire, dans cette ville, à des insurgés réactionnaires; mais, dès que la vérité fut connue, le peuple s'émut et devint menaçant. La paix se fit et le duc de Montpensier dut s'éloigner en hâte, couvert de ridicule. A Malaga ce fut bien pis. Le gouvernement avait conçu le dessein de désarmer l'une après l'autre toutes les milices nationales. C'est l'unioniste Caballero de Rodas qui s'était chargé de cette besogne. Il s'était mis à l'œuvre avec une sauvage énergie. Mais, quand la nouvelle de ses exploits à Malaga parvint à Madrid, les *volontaires* de la capitale prirent une telle attitude que le gouvernement, tournant court, renonça à s'engager plus avant dans cette voie dangereuse.

Cependant l'époque fixée pour les élections des Cortès était arrivée. Grâce à la centralisation administrative, grâce aux mensonges du ministre de l'intérieur, grâce aux manœuvres des démocrates ralliés, grâce surtout à l'article 1er du décret électoral qui excluait du vote les citoyens âgés de moins de vingt-cinq ans, le gouvernement réussit à faire nommer une majorité, composée, il est vrai, d'éléments hétérogènes, mais très-bien disposée au fond, comme toutes les majorités, pour le ministère dont les efforts avaient protégé sa naissance. Vis-à-vis de cette majorité, formée par l'alliance nécessairement éphémère de fractions politiques jusque-là toujours en lutte, se dresse une minorité républicaine, compacte, respectable par le caractère de ses membres, puissante par le talent, ardente, pleine de foi et d'espoir. En outre, les Cortès constituantes de 1869 contiennent quelques partisans de l'ancien régime et de la dynastie tombée, qui ont réussi à se glisser dans leurs rangs.

Telle est l'assemblée souveraine, entre les mains de laquelle le gouvernement provisoire a déposé ses pouvoirs, le premier mars, après en avoir usé pendant cinq mois de la manière qu'on a vue.

En résumé, ce ministère, mis à la tête de la nation par un comité usurpateur, avait marché dans la bonne voie tant que ce comité l'avait dirigé; plus tard, abandonné à lui-même par ce comité trop complaisant, il n'avait guère fait que des fautes. Faible contre les réactionnaires, il s'était souvent montré l'ennemi des partis avancés; au lieu de rester dans son rôle d'administrateur impartial, il s'était fait chef de parti; cela l'avait conduit à commettre deux attentats contre le peuple; enfin, il avait abusé de son pouvoir pour influencer les élections.

Quelques-uns de ses membres avaient, il est vrai, commencé par acquérir des droits à la reconnaissance du peuple, en prenant l'initiative d'une révolte anti-dynastique; certains décrets excellents étaient dus au zèle de MM. Zorilla, Lorenzana et Figuerola, honnêtes, mais faibles; mais le ministre des colonies, M. Ayala, et le ministre de la justice, avaient donné des preuves de l'incapacité la plus évidente, et M. Sagasta, le ministre de l'intérieur, avait fini par se faire détester de tous les partis, à cause de son arrogance et de ses maladresses. Dans son ensemble, le gouvernement provisoire s'était mal acquitté de sa tâche. Il avait démérité de la révolution.

Malgré cela, on pouvait s'attendre, pour des raisons que je n'ai pas besoin de donner, à voir la majorité des Cortès lui voter des remerciements. C'est ce qui est arrivé dans la séance du 24 février.

Il n'y aurait pas eu grand mal à cela, si cette majorité n'avait pas en même temps chargé l'ex-président du Conseil de former un nouveau ministère, et si M. Serrano ne s'était pas avisé de reconstituer l'ancien sans le modifier. Certains changements étaient indiqués par la composition même de la Chambre dans laquelle le parti démocratique domine évidemment. Il aurait fallu composer le *pouvoir exécutif* de manière à le mettre davantage en harmonie avec la Chambre qu'il est censé représenter. M. Serrano ne l'a pas fait; il sera probablement forcé de s'y résoudre avant longtemps.

La position du gouvernement est, en effet, bien changée. Moralement plus fort depuis qu'il tient son autorité du souverain légitime, le pouvoir exécutif est en même temps moins indépendant, parce qu'il est devenu le mandataire de ce souverain devant lequel il est responsable. C'est pourquoi il ne peut se maintenir — du moins en théorie — que s'il s'applique à représenter fidèlement l'assemblée constituante.

Jusqu'à présent, les séances de la Chambre ont été rendues intéressantes, surtout par les symptômes précurseurs des divisions qui ne peuvent manquer d'éclater bientôt peut-être au sein de la majorité. Quand les débats s'engageront sur le projet de constitution, qui s'élabore en ce moment, elles deviendront tout à fait émouvantes.

Toutefois l'heure de la grande crise ne paraît pas devoir être aussi prochaine qu'on se l'imagine généralement. Avant qu'elle ne sonne, il faut que les Cortès se prononcent sur la question très-complexe des droits individuels. Or, il est probable que certains de ces droits seront discutés avec passion.

Pour ne parler que de la liberté des cultes, assurément la plus importante pour la régénération de l'Espagne, si M. Olozaga, par exemple, persiste à l'attaquer, la majorité, dont il fait partie, risque de se diviser profondément. Mille incidents peuvent en outre se produire pendant le cours des débats et les prolonger beaucoup. Quand ils seront terminés, il faudra qu'on s'occupe de la forme du gouvernement. Il est certain que la majorité votera pour le principe de la monarchie, car rien ne lui sera plus facile que de battre les républicains sur ce point.

Mais cette victoire, à quoi servira-t-elle? Tout sera encore à faire. La bataille décisive ne sera livrée qu'alors, car c'est la question du candidat qui est la grande affaire.

Or, la coalition monarchiste ne peut pas présenter un candidat ayant des chances de réussir pacifiquement.

Les deux prétendants qui restent seuls en présence, sont MM. Antoine de Bourbon-Orléans et Ferdinand de Portugal. Le premier est devenu si impopulaire que M. Serrano lui-même et ses amis les unionistes l'ont renié plus d'une fois. C'est à lui que la révolution aurait dû profiter, puisqu'elle a été commencée pour lui, avec son argent. Si, dès l'origine du mouvement, il s'était montré à Cadix et sur le pont d'Alcolea, pour se présenter ensuite à Madrid, en poussant le cri de : Vive la souveraineté nationale! peut-être les conjurés auraient-ils pu dans ces premières heures de trouble et d'enthousiasme le faire asseoir sur le trône d'Espagne. Mais sa cause paraît aujourd'hui perdue. Il n'a jamais été sympathique au peuple; sa dévotion exagérée le rendait ridicule aux yeux même de la plèbe sévillane qui se rappelait, non sans dégoût, qu'à la suite d'un vœu, le capitaine général duc de Montpensier avait un jour traversé la cathédrale sur ses genoux, en baisant les dalles à chaque pas. Son avarice était bien connue; or, le moyen pour un prince avare d'être populaire? De plus, on racontait qu'il faisait le commerce des oranges de son jardin. Comment les hidalgos espagnols, c'est-à-dire toute la nation, aurait-elle pu ne pas mépriser un grand seigneur, devenu marchand de fruits? Depuis la révolution, son impopularité a toujours été en augmentant. Les lettres lâches et contradictoires qu'il a adressées à sa belle-sœur, trahie par lui, son abstention à l'heure du danger et son échaufourrée de Cadix l'ont rendue complète. D'ailleurs, il est Bourbon d'origine et Bourbon par alliance. Or, le peuple crie encore : A bas les Bourbons! avec la même ardeur qu'au premier jour.

Quant au second, son pays ne veut pas le prêter à l'Espagne. Il a de nombreux partisans dans la Chambre et dans la presse, à cause de la grande idée de l'union ibérique, et ses partisans tiennent tant à cette idée que tous les jours on les entend répéter que, s'ils ne peuvent la réaliser, ils préfèrent la république à tous les rois, surtout au prince d'Orléans-Bourbon. Il paraît que, dans le ministère même, cette opinion est représentée, car le journal de M. Sagasta, *la Iberia*, rompt tous les matins quelques lances pour la défendre. Mais il est à peu près certain maintenant que Ferdinand ne se soucie point d'affronter les hasards d'une entrée royale dans l'Espagne de 1869. D'ailleurs, au moment du vote dans les Cortès, les républicains n'auraient qu'à faire une alliance momentanée avec les unionistes, partisans de Montpensier, avec les carlistes, les *néo-catholiques* et les rares Isabellistes, pour rendre son élection impossible.

Pour conclure, voici donc quelle est en ce moment la position de l'Espagne. Dans l'assemblée investie de la souveraineté nationale, nous avons, d'un côté, une forte minorité républicaine, absolument compacte et très-appuyée par les villes les plus importantes de province; de l'autre, une majorité monarchiste très-divisée, dont la moitié au moins affirme qu'elle est d'accord avec la gauche sur les principes fondamentaux de la démocratie, mais qu'elle diffère des républicains sur ce point seulement qu'elle ne croit pas l'heure de la république arrivée. Si cette majorité avait un candidat possible, rien ne l'empêcherait d'établir une monarchie; mais elle n'en a point. D'où il résulte qu'à moins d'un prodige, l'Espagne, poussée par la force des choses, va droit à la république.

Pour l'arrêter dans cette voie, il faudrait un coup d'Etat. Mais le coup d'État dans ce pays, c'est la guerre civile, en ce moment surtout. Ces sortes de surprises ne peuvent réussir, pendant une période révolutionnaire, que dans les pays centralisés. Or, l'Espagne n'a jamais pu l'être. Le sentiment fédéraliste, qui de tout temps y a été très-vif, a été surexcité dans ces derniers temps par la propagande républicaine. Le jour où le gouvernement central, même appuyé sur la majorité des Cortès, ferait un coup d'État en faveur d'un roi quelconque, la Catalogne et l'Andalousie se soulèveraient, leur *fédéralisme* deviendrait aussitôt du *séparatisme*.

Les hommes qui sont aujourd'hui au pouvoir oseront-ils commettre la coupable folie de se lancer dans des aventures sanglantes pour imposer au pays le gouvernement de leur choix? Nul ne sait où pourraient les pousser leurs ambitions: mais il est certain que l'inquiétude est grande. Quelque temps avant la révolution de septembre, on la sentait venir. Ce qu'on éprouvait alors, on l'éprouve aujourd'hui; si les militaires essaient de s'opposer à la marche logique des événements, une seconde révolution se fera, plus sérieuse, plus terrible que la première.

GUSTAVE COUTOULY.

CHRONIQUE.

LE GREC JUGÉ PAR UN ANE.

Cet âne, Messieurs, c'est moi-même. — Par quelle fantaisie, direz-vous, prendre un titre si peu envié? — Hélas! Messieurs, ce n'est pas par choix ou par caprice; dure nécessité m'oblige à faire ainsi, surtout quand je considère la capacité et suffisance des savants hommes qui, dans notre Chambre des représentants, ont parlé soit contre, soit pour le grec.

M. Rogier a été initié « aux beautés ou, si l'on veut, aux mystères de la langue grecque. » C'est lui-même qui le dit. Notre ministre, M. Pirmez, n'a pas été moins favorisé de Nature... Il nous a fait connaître « les succès qu'il a obtenus dans ses études. » M. Thonissen nous confie qu'il a « continuellement besoin de recourir aux sources grecques. » M. Schollaert nous raconte avec quelle aisance il improvisait, sur la lyre antique, dans la langue d'Horace. Enfin, et c'est ce qui m'accable, M. le chanoine de Haerne confesse lire tous les matins une page d'hébreu. Tudieu! quel homme! Je doute que le digne patriarche Mathusalem, durant sa vie si longue et si bien remplie, en ait fait autant que notre chanoine!

Que suis-je auprès de ces illustres? Moi qui fus invariablement le dernier dans les classes de notre athénée jusqu'au jour néfaste où mes maîtres, jugeant qu'un tel élève n'était qu'une pierre de scandale dans leur établissement, m'enjoignirent, avec plus de véhémence que de politesse, de vider les lieux.

Jeté sur le pavé, au bout de trois années d'études, j'aurais pu faire ce que fit jadis l'*Angélique* Boudon, (c'est le titre que lui ont donné ses biographes), aussi mauvais élève que moi, mais qui devint ensuite, ce que je ne suis pas devenu, un très-éloquent auteur d'ouvrages ascétiques. Ne sachant, comme moi, à quel saint se vouer, Boudon, suivant M. Jean-Darche, « courut se prosterner devant une image de la Très-Sainte-Vierge, mit son rudiment aux pieds de cette douce patronne » et, en récompense de sa foi, reçut la science infuse des lettres antiques. Aurais-je obtenu pareille faveur? J'en doute. Ce n'est pas pour garnements tels que nous l'étions alors que les vierges se donnent la peine de faire des miracles.

Je restai donc ce que je suis encore aujourd'hui, ce que je vous disais être en commençant, ce que m'a prouvé que je suis véritablement la curieuse discussion sur le grec et les faits nombreux qu'elle m'a donné l'occasion d'apprendre.

Parmi nos représentants dont les discours m'ont particulièrement éclairé, remercions d'abord M. Schollaert. Il nous a donné une excellente leçon d'histoire romaine en racontant l'anecdote suivante : « Lorsque Paul Emile expédiait à Rome les marbres dont ses soldats s'étaient emparés, il disait à ceux qui les embarquaient : *Prenez garde! si vous cassez ces statues, vous en ferez faire d'autres!* Paul Emile était un barbare. »

Je m'étais imaginé jusqu'ici que, de tous les citoyens de la vieille Rome, le moins barbare avait été Paul Emile; que par son amour et son intelligence des belles choses, il avait devancé son temps et son pays; que ses contemporains lui faisaient un reproche d'instruire ses enfants « un peu trop curieusement en la discipline grecque, car il ne tenait pas seulement des maîtres de grammaire, de rhétorique et de dialectique, *mais aussi des peintres et des ymaigiers.* » C'est ce que dit Plutarque.

Toujours trompé par ce vieux prêtre de Béotie, je pensais que si les Romains faisaient remonter l'origine de la famille Emilienne à Pythagore, ce sage et doux philosophe grec, c'était sans doute par allusion à l'esprit si grec et si cultivé de Paul Emile. Enfin, lorsque Térence donnait un de ses chefs-d'œuvre pour célébrer les jeux funéraires en l'honneur de Paul Emile, je trouvais dans ce fait là un digne hommage rendu à une vie si polie. Puis encore, j'aurais juré de très-bonne foi que le mot cité par M. Schollaert, était du consul Mummius.

Pour mon excuse, je pourrais alléguer que d'attribuer à un Romain ce qui appartient à un autre Romain est une erreur fort excusable. Non, M. Schollaert, cette excuse ne vaudrait rien, ici surtout qu'il s'agit d'un des personnages les plus considérables de la république. Prêter à ce personnage, comme

Plutarque et moi, — deux Béotiens, — le faisions étourdiment, un caractère aussi différent de celui de ses contemporains, c'est une faute grave. Dorénavant, averti par vous, M. Schollaert, je me garderai bien d'écouter les sornettes de Plutarque.

Vous ne m'avez pas été moins utile pour la connaissance des lettres françaises que pour celle de l'antiquité. C'est, entre autres, par ce passage de votre discours :

« Lorsque je lis certaines pages choisies et *musicales de Saint-Evremond* et de Buffon, par exemple, je ne puis me défendre contre la pensée que ces écrivains avaient la musique des langues anciennes dans l'oreille, et qu'ils ont dû faire, dans leur jeunesse, beaucoup de vers latins. »

Parbleu ! je n'aurais pas été déterrer des pages *musicales* dans Saint-Evremond, par le motif que l'un de ses éditeurs, — on sait la complaisance de cette espèce de gens, — M. Des Maizeaux, trouve que le style de l'auteur qu'il édite, « mâle et pressé » paraît *dur*, que « ses vers n'ont pas assez de *tour* et *d'harmonie*. » Tous les critiques, vous seul, je crois, excepté, qui depuis Des Maizeaux ont parlé de Saint-Evremond, ont tous porté sur son style un jugement semblable. Aussi, à votre place, aurais-je cité de préférence soit Fenélon, soit Molière, soit quelqu'autre de leurs contemporains. Du reste, si je pouvais avoir raison, votre théorie, M. Schollaert, loin d'en être ébranlée, ne serait que plus solide. En effet, Saint-Evremond, durant ses études, fut beaucoup plus remarquable par son adresse aux armes que par ses succès en prosodie latine.

Quant à Buffon, je n'aurais jamais eu la hardiesse de le citer comme vous l'avez fait. Si, malgré les exercices de vers latins que vous lui prêtez, Buffon n'a pas su se laisser toucher à la poésie de *Paul et Virginie*, s'il s'est peu poliment esquivé à la lecture que lui en faisait l'auteur, j'aurais dit que les vers latins ne lui avaient ni formé le goût, ni appris la politesse, ni donné, mais pas le moins du monde, ce qu'on serait en droit d'attendre d'eux, l'intelligence des choses poétiques.

Patience ! M. de Vrière ! je ne vous ai pas oublié. Vous êtes arrivé tard au débat ; il était déjà clos. Mais vous n'en avez pas moins dit de belles choses. Témoin ceci :

« Lycurgue, législateur, tolérant le vol et ordonnant l'oisiveté ; Caton, philosophe, ne rougissant pas de se faire marchand d'esclaves ; Trajan, l'un des meilleurs empereurs, donnant des fêtes où il fait égorger dix mille gladiateurs et onze mille animaux. Diod. Lib. XLVIII, p. 15.

» Voilà quelle était la société chez les anciens.

» Les nations ne s'enrichissant que par les dépouilles des autres nations, le besoin les poussant à la guerre ; la plus riche, la plus prospère, la plus estimée aux yeux du monde étant celle qui savait le mieux se battre et piller davantage. Voilà ce que l'histoire ancienne enseigne. »

Cela est net, mais est-ce exact? M. de Vrière est un savant qui puise ses connaissances, non dans les auteurs de seconde main, mais directement aux sources. Il cite *Diod.* Ce qui doit signifier Diodore. Que Diodore, qui mourut vers le temps de Jésus-Christ, ait été l'historien de Trajan qui vécut un siècle plus tard, cela n'a rien de merveilleux. Saint Bonaventure, après sa mort, ne revint-il pas en ce monde pour achever ses mémoires? Mais disons vite en quoi M. de Vrière a droit à notre reconnaissance.

Vraiment, Monsieur le baron, je ne savais rien ou à peu près rien de ce que vous nous apprenez. Lycurgue, le complice des voleurs! Moi qui le croyais plus ou tout au moins autant qu'un saint! J'admirais sa bonté sans égale lorsque, dans une émeute populaire, Alcandre lui creva méchamment un œil. Vous peut-être, M. le baron, et moi sans doute, à la place du Spartiate, nous eussions couru au commissaire de police, assourdi les tribunaux de nos cris, exigé des dommages et intérêts. Lycurgue fit mieux que nous. Il prit le coupable chez lui, le traita comme un fils, le corrigea de sa violence et s'en fit un ami.

Voilà, pensais-je, quels étaient les hommes chez les anciens : ils avaient le cœur grand et l'âme patiente.

Mais ce qui m'a plus particulièrement étonné, c'est ce que vous dites de l'histoire ancienne. Au fond, l'histoire, tant la moderne que l'ancienne, c'est toujours la représentation des actions de l'homme, animal assez voisin du rapace et du vorace. Mais ce que l'histoire ancienne a de particulier, je le croyais du moins, c'est qu'elle a été écrite et expliquée par des anciens qui étaient d'admirables moralistes. Ne parlons pas de Thucydide, c'est gibier trop seigneurial pour ignorants de notre étoffe, ni de Xénophon pour le même motif, encore que nous ayons une vénération toute spéciale pour ce général qui fut historien et qui, pour la douceur et la grâce de son style, mérita le titre d'*abeille attique*, titre qui, à notre goût, donne à sa personne une dignité plus grande que ne le feraient d'épaisses moustaches, des éperons retentissants, des crachats, des grands cordons et un grand sabre battant le pavé. Mais parlons du plus ancien de tous ces historiens, d'Hérodote, ce vieux conteur si bien à la portée de vieux enfants comme nous. Voici ce qu'il dit quelque part, après avoir narré les moqueries de Cambyse à l'égard des Egyptiens :

« Il est de toute évidence pour moi que Cambyse était un grand fou, autrement ne se fut-il pas efforcé de tourner en dérision les choses sacrées et les coutumes des Égyptiens. Car, si quelqu'un avait la fantaisie d'ordonner aux hommes de choisir entre toutes les lois et coutumes celles qui sont les plus belles, il est certain que chaque peuple, après les avoir toutes examinées, déclarerait que celles qu'il possède, sont les plus parfaites. Il est donc incontestable que personne autre qu'un fou ne peut faire des lois et usages d'un peuple un objet de raillerie. »

Et il continue avec plus de force encore. Si cette leçon de tolérance avait été gravée dans l'esprit des souverains modernes, l'un ou l'autre d'entre eux n'aurait-il pas pu se dire que, si c'est d'un fou de critiquer les usages d'un peuple conquis, c'est d'un tyran de vouloir les changer par la violence.

En outre, ces vieux historiens, pour montrer combien les guerres sont chose absurde autant qu'horrible, se plaisaient à dire pour quels motifs déraisonnables elles étaient entreprises. Ici, disait Hérodote, l'Europe se jeta sur l'Asie, pour ravir une coquette dont la beauté faisait quelque bruit, là pour reprendre une gourgandine que son mari aurait mieux fait de laisser courir. Si Hérodote se trompait sur le motif de ces grandes expéditions, au moins avait-il le mérite de déshonorer la guerre dans ses causes. Ne faisait-il pas mieux que nous, modernes, qui donnons à ces luttes homicides un caractère respectable, en montrant celles du moyen-âge entreprises pour la gloire de Dieu, et celles d'aujourd'hui, pour le succès d'une *idée?*

Voilà, M. le baron, ce que les historiens anciens enseignent et voilà pourquoi je les admirais.

Je suis coupable, monsieur, d'avoir attendu si longtemps pour me convertir à vos idées. J'aurais pu le faire il y a vingt ans. En effet, après 1848, il était de mode de dire que les païens n'avaient ni vertu, ni morale. L'Académie française mit même la question au concours, et, en attendant qu'elle pût couronner M. Louis Ratisbonne, elle distribua ses palmes à une demi-douzaine de sacristains, protestants et catholiques, qui répondirent suivant les désirs de la docte compagnie. Je pensais que ces opinions, qui me paraissaient absurdes, n'auraient guère plus de durée que la gloire de leurs champions, aujourd'hui morte et bien morte, et je ne me doutais nullement que vingt ans plus tard, un homme de votre valeur, monsieur, s'en ferait l'écho.

Après avoir si justement mérité la férule de messieurs de Vrière et Schollaert, après avoir été obligé de me dire cent fois et davantage, parlant à moi-même, ces vers de l'*Onosandre* :

> Apprends, grossier profane,
> Qu'on peut, en courte oreille, estre un bien fort grand âne,

il y aurait de ma part outrecuidance insupportable à me mêler d'attaquer ou de défendre les études grecques. Aussi n'ai-je pas ce dessein, et, si je vous demande la parole, messieurs, c'est pour vous parler, non en qualité de savant, mais en qualité de Flamand.

M. Thonissen, dont les discours ne renferment pas une science aussi originale que ceux de ses collègues, mais dont les paroles n'en ont, et justement pour cela, que plus de poids, nous a dit : « Au seizième siècle, les humanistes belges brillaient au premier rang dans l'admirable épanouissement intellectuel de cette époque. »

Vous êtes bien avare d'éloge, monsieur, à l'égard de vos compatriotes. La Belgique peut se faire gloire de grands humanistes nés soit avant, soit après ce temps-là. La science des lettres antiques ne fut pas chez nous une chose éphémère. Lorsque l'Europe était pleine de barbarie, au quatorzième siècle déjà, Guillaume de Meerbeek traduisait les ouvrages de Proclus, et, certains manuscrits du texte grec ayant disparu depuis, c'est aux traductions de notre vieux compatriote que de nos jours Victor Cousin dût s'adresser pour compléter son édition du philosophe ancien. Depuis la mort du flamand Guillaume Van Meerbeek jusqu'au siècle dernier, quelle série ininterrompue de savants! Vous êtes professeur, vous êtes académicien, vous êtes flamand, M. Thonissen, et nonobstant vous ne savez, dans votre éloquence, trouver que la phrase terne que je viens de reproduire.

Nous étions en droit d'attendre davantage de vous. Il fallait citer tous nos grands hommes pour faire honte à nos contemporains indifférents ou étourdis qui veulent nous empêcher de ressaisir une gloire qui, pendant des siècles longs et féconds, fut nôtre. Il fallait citer même ce Despautères, si souvent mentionné, parfois avec une teinte de malice, par les auteurs français. Mais l'ambition de Port Royal fut de faire, un siècle et plus après Despautères, mieux que lui. Les Jansénistes atteignirent-ils leur but? Je ne le pense pas, surtout quand je vois le père Petau, plus respectable par son immense savoir que par son titre de jésuite, ne pas laisser s'écouler une seule année, sans relire, pour son profit particulier, l'œuvre capitale du savant belge.

Ce que Despautères avait fait pour l'une des deux langues littéraires, son contemporain, Nicolas Cleynaerts, l'avait fait pour l'autre. Comme professeur, il avait étonné les peuples du Midi. Étant à Braga, en Portugal, des enfants de cinq ans, des vieillards, des esclaves maures, tous accouraient à ses leçons, et ce public si différent d'âge, d'aptitude, parlait le latin au bout de quelques mois seulement. L'orgueil lusitanien s'étonnait de voir des Africains, appartenant à une autre race que la nôtre, êtres avilis par l'esclavage, à qui leurs maîtres étaient tentés de refuser une âme humaine, s'énoncer avec élégance, grâce à la dextérité du professeur, dans la langue de Virgile et d'Horace. A la même époque, Josse Badius, dans les loisirs que lui laissait son imprimerie, enseignait le grec à Lyon, à Paris, enseignement qui, dans ces villes, était une nouveauté.

Et ce n'était pas seulement nos savants de profession qui faisaient alors l'admiration du monde savant, mais sachez-le, messieurs de la droite et messieurs de la gauche parlementaire, prélats et hommes politiques trouvaient, en ce temps-là, des loisirs pour leurs doctes travaux. Tandis que l'évêque Torrentius se rendait célèbre par ses commentaires, le diplomate Busbecq rapportait de l'Orient plus de cent manuscrits, sans compter la copie de l'inscription d'Ancyre, si précieuse pour la connaissance de l'empire romain sous Auguste.

Il fallait encore citer : Daniel Heinsius que les étrangers appelaient le Varron du siècle, Elie Putschius qui publia les anciens grammairiens, le médecin Castellanus qui a écrit un agréable traité des fêtes grecques, Jean Bernaert, cet adolescent mort si jeune et dont le commentaire sur Boece est fait avec l'agrément des dialogues antiques, Paul Liepart dont « le savoir, dit Colomiez, le bon goût et le bon sens brillent de toutes parts » et brillent d'autant plus qu'à cette époque le bon goût et le bon sens n'étaient pas les compagnons habituels du savoir, Van Meetkercke cité parmi les plus grands hellénistes, Becanus, Charles De Langhe, Bonaventure Vulcanius ou Smet, François Modius, le père Wolf, le jurisconsulte Gevaerts, Albert Rubens portant dignement un nom si illustre. Je ne nomme ni Juste Lipse, ni cent autres également célèbres. Si nombreux sont les noms, si savants étaient les hommes que leur mérite arrachait au docte Baillet cet aveu très-honorable pour nous :

« On peut dire que ceux qui tiennent le premier rang des savants dans ce pays, conservent ce même rang dans la pensée de tout le monde. Ils ne cèdent le pas à aucun des plus doctes des autres nations pour la connaissance des langues, de la critique des auteurs, de la philologie. »

Voilà l'opinion des critiques, non plus au seizième, mais au dix-septième siècle.

Il n'était jadis si petite localité flamande qui n'eût son écrivain érudit, connu et respecté dans toute l'étendue de la république des lettres. Diest, Grammont, Assche, de moindre villages encore, avaient payé leur dette au progrès des lettres et de la science philologique.

Quand je vois tant d'hommes, en tant de lieux, pendant si longtemps, florissant sur toute l'étendue de notre terre flamande, qui se sont conciliés l'estime du monde savant, ne suis-je pas fondé à penser que la science des lettres était une disposition naturelle des esprits dans ces provinces qui comptaient presque autant d'hellénistes que vous avez, M. Pirmez, de *porions* dans votre pays de Charleroi ? Ne dois-je pas regretter que cette heureuse disposition, contrariée par les malheurs répétés qui accablèrent la patrie, n'ait pas été suffisamment aidée dès le lendemain du jour où notre indépendance nationale fut reconnue ?

Qui fut le plus coupable de négligence ? Vous-même, M. Rogier, parce qu'étant l'un des hommes les plus intelligents, l'un des esprits les plus élevés parmi nos anciens ministres, la plus grande part de responsabilité doit peser sur vous.

Vous avez manqué le but. Il vous était si facile de l'atteindre. Vous aviez compris, en novembre 1847, qu'il fallait former une pépinière de jeunes professeurs. Vous créez une école normale des humanités, mais au lieu de faire une institution forte, vous faites une simple annexe à l'université de Liége.

Que fallait-il faire ? Ce que, il y a bien longtemps, fit le père de Michel Montaigne. Il appela d'Allemagne un fort savant homme aux mains duquel il remit son fils.

L'Allemagne s'est élevée aujourd'hui, par la science philologique, au-dessus de toutes les nations voisines, quoiqu'elle ne soit inférieure à aucune autre dans les sciences physiques, mathématiques et naturelles. Il fallait demander à l'Allemagne de nous rendre la science qu'elle nous a empruntée jadis. Il fallait appeler chez nous quelques-uns de ces jeunes humanistes, dont les Français copient impudemment chaque jour les notes, les explications et les commentaires. Il fallait fonder par eux une forte école dans l'une de nos capitales de l'antique philologie, soit Gand, soit Bruxelles.

La crainte des frais assez considérables auxquels une pareille institution aurait entraîné l'État, vous a sans doute retenu; c'est une circonstance atténuante; mais elle ne vous absout pas. Si vous aviez fait ce qu'il fallait faire, il y a vingt-deux ans, vous n'auriez sans doute pas eu à défendre hier la cause compromise des études grecques, et la Belgique, augmentant le patrimoine de sa gloire nationale, serait peut-être en ce moment à la veille de reconquérir un de ses vieux titres au respect des peuples civilisés. Nous serions un nouvel anneau de la chaîne qui rattache la patrie des Mommsen à celle des Grote et des Thirlwall.

Maintenant pour fortifier les études, il est question d'en jeter par-dessus bord la portion la plus importante. Abandonner le grec pour mieux acquérir la connaissance du latin, c'est une entreprise neuve et scabreuse. Lorsque le gouvernement hollandais, en 1826, présenta son rapport aux États-Généraux sur la situation des écoles, il s'applaudissait du développement qu'il donnait à l'étude du grec dans les colléges des *provinces méridionales* (c'est la Belgique actuelle), afin, disait-il, *de procurer par là aux élèves plus de facilité pour approfondir l'esprit de la langue latine*. Et le gouvernement hollandais avait raison. Comment comprendre Plaute? Dans ses comédies, tous les ustensiles de ménage, tous les objets de luxe, tous les instruments de toilette, ont des noms grecs. Comment comprendre Horace? Les hellénismes fourmillent dans ses vers. Comment comprendre Cicéron qui embarrasse de grec toutes ses œuvres littéraires, lettres ou traités philosophiques. Les élégants de Rome affectaient de se servir du langage d'Athènes, comme nos petits maîtres Bruxellois abusent du jargon parisien. Ouvrez Pétrone, vous verrez que Trimalchion, ce bon garçon, invitait en grec ses convives à boire: « *Quare tenge pnefmonas faciamus, vita vinum est.* » N'était galante du Subure qui eût osé dire à son galant, en l'embrassant, *mon âme et ma vie* en latin. Il fallait que cela fût dit en grec pour avoir du charme; voyez à preuve Juvenal. Les perroquets mêmes, oui, ces oiseaux bavards, ne se permettaient, dans la capitale de l'empire, de parler que grec. *Quis expedivit psittaco suum* ΧΑΙΡΕ. C'est Perse qui l'affirme.

Force est de reconnaître à cette heure le sens profond de saint Grégoire. Suivant ce saint, le démon, prévoyant l'avantage que l'on peut tirer des Belles Lettres, emploie toutes ses adresses pour nous en détourner, afin de nous empêcher de parvenir à l'intelligence des choses de la terre et du ciel : *Ut et sæcularia nesciant et ad sublimitatem spiritualium non pertingant.* La pensée de saint Grégoire fut-elle jamais d'une évidence plus frappante que dans notre Chambre?

Ne fut-ce pas un démon hostile aux lettres qui souffla à M. Rogier cette énumération des mots les plus barbares qui se puissent trouver dans la langue française, si toutefois ils lui appartiennent, pour prouver que nous parlons grec sans nous en douter?

Veut-il nous faire accroire que les contemporains de Racine ont eu besoin, pour écrire leurs chefs-d'œuvre, de termes comme ceux-ci : *antiphilosophique*, *antipoétique*, et toute la famille des *anti* que cite complaisamment M. Rogier; *progéniture, polychrome, physionomie extérieure, pasinomie, philanthropie, statistique, agronomie, races bovine, hippique, porcine; pédagogie, philologie, fantaisiste*, etc., etc. Si ces mots viennent du grec, cachez-le, de grâce. Dissimulez surtout ce jargon scientifique, ces termes de *kilogrammes, hectolitres, kilomètres* et *photophobophthalmie*, et ne nous faites pas connaître qu'une mère si belle ait mis au jour une géniture si affreuse.

Quand M. Schollaert dit : « Je suis en matière *humanitaire* (oh! oh!), adversaire des mathématiques. » que pensez-vous, ô divin Platon, de cet aveu? Certes, ce n'est pas le démon familier de Socrate, votre maître, qui inspirait alors l'éloquent M. Schollaert, mais quelque suppôt de Satan d'un ordre tout différent.

Quand M. Rogier, avec une indignation *bien sentie*, se fâche de voir nos jeunes gens « étudier la grande et belle histoire grecque dans je ne sais quel théâtre où l'on bafoue les héros d'Homère, » n'est-il pas la dupe d'un méchant démon qui lui montre une antiquité toute différente de la véritable? Mais qui s'est plus moqué des héros d'Homère que ses enfants légitimes, Eschyle, Sophocle et Euripide? Nous n'avons plus les drames satyriques de ces poètes, mais il nous en reste des fragments qui montrent avec quelle désinvolture ils traitaient le fougueux Achille, les deux Ajax, le Roi des rois et toute sa bande. Et Homère lui-même, croyez-vous qu'il fut un esprit fort sérieux, du moins dans votre sens? Ne confondons pas, je vous prie, le génie des écrivains grecs avec le style austère et morose de M. Guizot et de son école. Ni ceux-là, ni leurs imitateurs, les hommes nourris de leurs œuvres, ne se sont jamais fait faute de rire, un peu même à tort et à travers. Nous prendrons à l'appui la liberté de vous citer un des plus vertueux, des plus savants continuateurs de Montaigne, le respectable philosophe La Mothe Le Vayer. Lisez, en son *Hexameron rustique*, l'interprétation de l'antre des Muses décrit au treizième chant de l'Odyssée. Quelle chose il en fait, permettez-moi de ne pas le dire. Votre pudeur, la mienne et celle du lecteur le défendent. Enfin, à mon avis, toute révérence gardée à l'opinion des moralistes à face rechignante, il y a plus d'esprit grec dans une scène de la *Belle Hélène* que dans trente colonnes des Annales parlementaires sur le grec.

Tu quoque! vous aussi, M. de Haerne, vous avez été le jouet du Mauvais dont parlait saint Grégoire. Quel autre que Satan en personne vous aurait conseillé de citer le jésuite Wallius dans un discours en l'honneur du génie antique? Le Maudit a dû se frotter joyeusement les mains, quand il vous a entendu dire ceci : « Il est très-naturel que nous fassions des vers à la manière des anciens, » et que vous avez nommé, comme exemple, le Jésuite flamand. Ce n'était, certes, pas un poète sans mérite, mais, dans une discussion comme celle-ci, nommer le paraphraste par excellence, celui qui a eu le triste courage de substituer 82 vers aux 33 du *Nunc est bibendum*, d'amplifier le *Pastor cum traheret*, cette ode admirable, parfaite en son tout et en ses parties, et de dire passablement mal en 90 vers ce que le poète romain avait exprimé excellemment en 33, ce Wallius enfin qui a employé 185 vers pour gâter l'Éloge de la vie rustique, dont Horace avait, en 70, dit tout ce qu'il en fallait dire ; c'est, M. le chanoine, avoir beaucoup d'audace. Lorsqu'il s'agit de défendre le génie antique, lequel, parmi bien d'autres rares qualités, aujourd'hui perdues, avait celle d'exprimer d'une façon si vive, si nette, si concise, si lapidaire parfois, toutes les nuances de la pensée, même celles du sentiment, il ne convient pas plus à vous, M. le chanoine, de mentionner le jésuite Wallius, qu'à M. Rogier d'étayer sa thèse de ce mot énorme et abracadabrant : PHOTOPHOBOPHTHALMIE.

On ne devrait admettre, ce m'est avis, à la Chambre des

représentants, que des hommes qui sussent de mémoire tout Démosthènes. Si cette conduite était rigoureusement observée, le pays ferait une fameuse économie de temps, et voici comment. Tandis que nos Cicérons modernes couvrent de leur faconde d'interminables colonnes des *Annales*, voire même à propos du plus mince sujet, comme, par exemple, s'il convient d'enterrer un tel, plus ou moins bon chrétien, dans tel ou tel coin de cimetière, Démosthènes, au contraire, quand il s'agissait d'intérêts bien autrement vitaux, du salut de la patrie, n'employait pas la cinquantième partie de temps, de phrases, de mots ou d'efforts. Et cependant il parlait, – *nota bene*, — non à une assemblée d'esprits d'élite, comme sont nos législateurs, à des gens pouvant comprendre à demi mot, mais au simple populaire. Pesez les Olynthiennes, comptez, s'il vous plaît, les feuillets des Philippiques. J'avoue qu'en comparaison le discours sur la couronne est notablement plus long. Mais quand l'orateur parle de ce qui le touche de près, est-il possible qu'il soit aussi bref que lorsqu'il parle d'un autre sujet, quelque grand qu'il soit d'ailleurs, voire même du salut de la patrie.

Quant aux jeunes gens qui se destinent à d'autres carrières, sevrez-les de grec, j'y consens, puisque c'est le désir de Monsieur le ministre. Mais vous, messieurs, qui avez eu le bon esprit de lutter contre la volonté ministérielle, peut-être eussiez-vous bien fait, après vous être guindés sur des autorités comme Wallius et Guizot, de vous armer de l'autorité d'un écrivain qui fut l'un des plus révolutionnaires du dix-huitième siècle, qui ne fit pas grand cas, dit-on, de Dieu, moins encore de l'âme spirituelle, mais qui soutint nonobstant, pour la défense de la civilisation, la cause des études grecques. C'est Diderot que je veux dire.

« Sans grec, écrivait-il, on n'est point un homme de lettres... J'estime que l'étude des deux langues (la grecque et la latine) doit marcher de front... les deux langues renferment de si grands modèles en tous genres, qu'il est difficile d'atteindre à l'excellence du goût sans les connaître. Voyager à Rome pour les peintres, voyager à Rome et à Athènes pour les littérateurs. Celui qui a un peu de tact discernera bientôt l'écrivain qui s'est familiarisé avec les Anciens, de l'écrivain qui n'a point eu de commerce avec eux. » Voilà ce que pensait un bien grand et bien célèbre démolisseur.

Et si, après l'opinion de Diderot, vous voulez savoir, messieurs, l'opinion de l'âne dont je vous parlais tantôt, vous la connaîtrez si vous lui permettez d'achever son histoire.

« Quand, — dit-il, — je fus proscrit du docte et inclyte Athénée de Bruxelles, en Brabant, je pris tristement le chemin de l'exil, marchant toujours devant moi. Or, un jour, me trouvant en la cité de Lutèce, comme je gravissais lentement la rue Saint-Jacques, j'entrai, au coin de ladite rue et de la place de Cambrai, en un bâtiment de structure simple et modeste, c'était un collége ouvert gratuitement à tout le monde. Je m'allai asseoir en une classe où se trouvaient des gens de mon âge pêle-mêle avec des personnages chenus. Ils attendaient le maître. Lorsqu'il entra, ce ne furent ni trépignements, ni applaudissements, comme se faisaient pour les professeurs en vogue, mais les élèves et le maître échangèrent un doux et amical sourire, comme un père et des enfants ont accoutumé de faire lorsqu'ils se revoient après une courte absence.

» Le maître était un petit vieillard de soixante à soixante et dix ans, les pommettes et le nez un peu rougeauds, vous eussiez dit le bon précepteur du grand et puissant dieu Dionysios, avec ses joues légèrement empourprées et en tout tel que Virgile nous le représente en l'églogue qu'il lui a consacrée, le montrant entouré d'enfants qui lui demandent de leur faire entendre des chants divins. Et le maître, tirant de la poche de sa redingote vert pomme, un petit volume d'Euripide, semblait dire, comme le doux Silène : *Carmina, quæ vultis cognoscite, pueri.* Il se mettait aussitôt à traduire l'Alceste, cette tragédie incomparable par la grandeur du dévouement. En une heure, il en avait expliqué une cinquantaine de vers. Mais chaque vers lui donnait lieu de nous enseigner et les plus intimes sentiments du cœur humain et la manière dont, en toutes les langues, tant modernes qu'anciennes, les grands poètes les ont interprétés. Tout ce que je sais de littérature et de philosophie, c'est bien peu de chose à la vérité, mais enfin ce que j'en sais, je l'ai appris sous ce maître, et de plus je l'ai retenu, parce que ses explications demeuraient gravées dans notre mémoire avec les beaux vers à l'occasion desquels elles étaient données.

» Ce maître, j'allais oublier de le nommer, c'était Boissonade. Sa méthode devait être bonne, puisque c'est celle du père Broeckaert, précepteur de M. Schollaert et citée par l'éloquent orateur. Son enseignement si savant n'était au-dessus de la portée de personne, puisqu'un aussi détestable élève que moi, aussi légèrement saupoudré du grec que j'avais amassé avec une négligence coupable durant trois années seulement, pouvait néanmoins suivre avec fruit le professeur.

» En deux heures par semaine, Boissonade nous apprenait cent vers grecs. C'était beaucoup et c'était peu en comparaison d'une foule d'autres choses toutes différentes qu'il nous avait enseignées en même temps, comme le mécanisme des langues, leur anatomie comparée, si utile pour la logique, en outre, une foule d'usages domestiques, l'histoire, la fable (qui est peut-être de toutes les connaissances humaines, la plus utile à l'homme). C'était encore la psychologie étudiée sur le vif, dans le cœur et dans l'esprit d'êtres humains, mais d'une taille surhumaine. Ajoutez la littérature, non-seulement dans ses chefs-d'œuvre de tous les temps, mais dans ses beautés et dans ses grâces les plus éphémères, car Boissonade ne négligeait jamais, à l'occasion, de nous citer une expression heureuse de Martial, undicton bien frappé de la vieille langue gauloise, un cri de l'âme échappé à quelque poète castillan, un vers bien fait de Gentil Bernard, une phrase jolie de Florian. Il savait tout, il se préparait à son cours partout, furetant même à l'étalage des bouquinistes en plein vent, pour trouver quelque chose dont il pût enrichir ses explications. Que de fois nous l'avons coudoyé sur les quais, tout entier à feuilleter des livres poudreux et sales. Cher maître, le respect nous obligeait alors à nous écarter de vous, mais votre image, comme celle d'un père, sera perpétuellement en nous. »

Ainsi notre âne finit l'histoire de ses études. Si ce portrait qu'il nous donne de Boissonade est, comme nous avons tout lieu de le croire, bien ressemblant, il faudra convenir que Boissonade ne ressemblait guère à ces originaux qui ridiculisent l'antiquité par leurs vers en un latin qui n'a pas même le mérite d'être macaronique, comme vient de le faire, dans la *Revue de l'instruction publique*, livraison de mars, un monsieur qui est, paraît-il, directeur de l'école normale pour former ou déformer les professeurs de l'enseignement moyen.

A bientôt, monsieur le poète latin! *Lusimus satis*, c'est assez se jouer aujourd'hui. En attendant, Monsieur le ministre, veuillez considérer si, lorsqu'une nation n'a pas meilleur souci des bonnes études, on ne doit pas — pour employer un latin aussi correct, aussi châtié, aussi élégant que celui de votre directeur — dire de l'intelligence de cette nation :

De branchâ in brancham degringolat atque facit pouf.

MAX. VEYDT.

NÉCROLOGIE.

—

LAMARTINE.

Le grand poëte a voulu de modestes obsèques ; mais ce n'est pas — lui qui jugea de si haut les hommes, Napoléon et Mirabeau, par exemple, — ce n'est pas pour éviter le jugement de la conscience publique. Aucun homme n'a ce droit, et le génie n'a pas ce pouvoir. Toute sa vie, Lamartine a regardé à ses pieds la vaine gloire, pour chercher au-dessus d'elle l'apostolat des idées ; après sa mort, il a pu demander le silence sur sa tombe, pour en écarter l'éloge profane, non pour éviter la voix de la justice. La seule manière d'honorer le poète est de parler du devoir.

La France est douée, plus qu'aucune autre nation peut-être, d'une admirable faculté, qui peut devenir un grand danger ; sa foi dans le talent lui fait mettre, sans réserve, à la disposition d'un inconnu de la veille qui montre quelque génie, tous les moyens de servir l'humanité : fortune, gloire, puissance ; elle livre même ses destinées. Lorsqu'en 1820, parurent les premières *Méditations*, la France ouvrit au poëte toute la carrière. On était alors en pleine restauration catholique : Après Chateaubriand, Lamartine ; après le prosateur chrétien, le pieux poëte, c'était dans l'ordre. — On avait cru la religion tuée par la révolution, la poésie morte sous « cette incarnation du matérialisme dans le gouvernement et dans les mœurs » comme Lamartine appelle l'Empire. La religion reprenait toute sa puissance historique dans le *Génie du christianisme*, toute une virginité de poésie dans les *Méditations*. Courier seul, avec Béranger réagissait. *Nos codes sont des odes!* dit-il en vain. « Cette puissance de verbe qui tient du prodige » comme dira Proudhon, charmait la France et l'Europe.

Cependant le souffle de la révolution n'était pas étouffé ; il animait tout ce qui avait vie. De 1820 à 1830, il n'y avait qu'un pas, et de là à 1848, l'étape était marquée. De poésie en poésie, d'action en action, et bientôt, comme député, de discours en discours, Lamartine suivit son siècle. Poëte, il écrit le *Dernier chant d'Harold*, *Jocelyn*, les *Recueillements* où se trouve cette belle pièce, l'*Utopie*. Philosophe, il se prononce pour la religion universelle, qu'il chante si bien dans la Bible primitive de la *Chute d'un ange ;* député, il passe à l'opposition; historien, il publie l'*Histoire des Girondins* : « Il y a une révolution dans ce livre! » s'écrie Mme de Girardin. En effet, Lamartine va proclamer la République.

Ce fut le sommet de sa puissance. Porter le fardeau de la République renaissante, lutter de parole avec l'émeute, dompter la tempête avec l'harmonie de la voix et de l'idée, conspirer avec la foudre pour la diriger, rassurer, rallier peut-être les classes régnantes et l'Europe monarchique, affirmer la paix, tel apparut du haut du balcon de l'hôtel de ville, à la bourgeoisie effrayée, le rôle du poète : nouvel Atlas de la France et de l'Europe. Mais les partis ne se paient point de nobles sentiments. La préoccupation générale était d'effacer le souvenir du passé, de ne rappeler ni les violences de l'ancienne république, ni les conquêtes de l'Empire. Pour éviter les écarts des hommes politiques, on négligea les institutions de l'homme d'Etat, et l'on crut suffisant d'annoncer la paix au monde. Pendant ce temps, les anciens partis conspiraient, l'ennemi entrait dans la place et l'on préparait l'expédition de Rome à l'extérieur et à l'intérieur.

Mais déjà Lamartine était tombé, tombé sous l'ingratitude des classes privilégiées qui s'étaient crues sauvées par lui, mais qui voulaient être sauvées autrement, par d'autres; tombé sous une politique répudiée par le peuple, qui, lui aussi, voulait davantage.

Le poète pouvait rester grand dans sa chute, même sans chercher l'exil pour piédestal. Il avait régné un jour, il avait essayé une œuvre de conciliation, l'œuvre de sa pensée et de son cœur. « La France, je le dis devant Dieu, me doit tout et me paie d'outrage. » Ainsi, il osait parler.

Malheureusement, il ne s'était pas contenté, depuis vingt ans, de la royauté du génie et de l'éloquence. Son siècle l'emportant, il avait voulu affirmer sa gloire par un luxe royal, dans des voyages princiers, par une munificence sans borne et des pensions sur sa cassette de poète. L'heure des revers fut terrible; Lamartine, ruiné, devait expier cruellement son imprévoyance.

Sa première idée, son invariable idée jusqu'à la mort, fut de demander des ressources au travail. Avec quelle ardeur, avec quelle éloquence parfois, le poète devint journaliste, et se fit le *Conseiller du peuple*, pour défendre cette république, qu'il avait proclamée « pour servir d'asile à la société ébranlée! » Mais que les temps étaient changés depuis l'époque où sa poésie charmait la France, où son éloquence dominait Paris. Le poète chantait, l'orateur régnait alors; aujourd'hui, il travaille, travail de plus en plus dur, car l'attention publique le soutient à peine, travail ingrat qui bientôt ne suffit plus à la tâche.

Lamartine a raconté lui-même comment il fut amené à publier ses *Confidences* . « Pourquoi fais-tu cette faute? lui écrit un ami. Est-ce pour de l'argent? c'est le payer trop cher et le chercher trop profond dans tes propres veines? » C'était en effet pour payer ses créanciers. Deux fois, il avait voulu vendre, de sa terre de Milly,

« ce qu'il fallait pour faire cent mille francs. » Mais chaque morceau renfermait un souvenir d'enfance, et un tentateur parisien lui offrait la somme, pour un tout petit livre ! Deux fois, le démon de l'or revint à la charge, accordant trois ans de délai pour que « le lointain effaçât les angles de toutes les difficultés. » Le poète céda, garda sa terre et vendit cette *part de son âme.*

Ce fut le premier pas : *Raphaël* suivit bientôt, et l'on put voir à nu la jeunesse de ce poète qui à l'âge de trente ans, avait paru, dans les *Méditations*, comme l'ange de la poésie chrétienne ; on put voir ce qu'il y avait sous cette religiosité, où la France avait salué avec transport une prétendue renaissance virginale du catholicisme.

Ces sortes de révélations sont faites aussi pour ébranler la foi d'un peuple dans le génie, dont un sot fétichisme veut faire un dieu impeccable et infaillible. Mais, si elles pouvaient lui donner, à la place, la foi dans son propre génie collectif, dans la puissance de l'opinion éclairée, qui seule fait les grandes nations, la faute, payée cher par le poète, profiterait au moins à la France.

De ce moment, les livres se succédèrent sans relâche ; ils n'étaient pas sans valeur, mais l'attrait manqua bientôt ; les souscriptions durent se renouveler, lassant, froissant le public. Ah ! si Lamartine avait pu devenir un Bouchardi ou un Ponson du Terrail ! Ou s'il avait voulu écrire de longs romans, à 100,000 francs la pièce !

C'est alors que l'expiation devient dure : De hauts personnages souscrivent, l'Empereur se met de la partie. Le poète cache cet or dans un coffret : Jamais je ne dépenserai cet argent-là ! dit-il.

La présidence du Sénat impérial est offerte au président du gouvernement provisoire : les appointements seront doublés. Double affront ! Tant d'autres étaient sénateurs ; le poète aima mieux expier que de se vendre !

L'Empereur va jusqu'à vouloir payer ses dettes *sans conditions !*

Paris lui donne le logement gratuit, le Paris de M. Hausmann !

Enfin, la Chambre impériale vote une pension à ses créanciers : « La France m'a tiré un coup de pistolet dans le cœur ! » crie le poète, homme de cœur.

C'est au travail qu'il demande de payer ses dettes, et sa plume de poète devient une rame de forçat. Il se suiciderait, dit-il, dans des pages navrantes, si le suicide n'était crime, et si, eût-il dû ajouter, la vie n'était expiation ; expiation d'autant plus terrible, qu'elle était plus sentie et que l'âme qu'elle frappait était plus généreuse ; expiation en rapport avec la charge d'âmes que se sentait le poète !

En mourant, il dictait, il ramait encore, et l'on a osé prononcer cette dure parole : Lamartine a cessé de se survivre. O dérision ! l'homme qui parlait ainsi est ce tentateur qui avait arraché au poète ses *Confidences !*

La mort a mis un terme au travail de l'écrivain, un terme à cette terrible expiation, due à la conscience publique ! Le poète peut rentrer dans la paix de la gloire. La postérité verra en lui un génie poétique, naturellement grand, sans emphase et sans effort, animé d'un noble idéal de justice et de vérité, mais ballotté au souffle d'une époque transitoire, où une chute momentanée de la Révolution française a rejeté la France, de l'Empire dans la Restauration; où le néo-christianisme a fait place à la liberté, et la religiosité à la République, mais avec des alliages dangereux et des défaillances politiques, conséquences d'un quart de siècle de compression, de violence et de mercantilisme.

La postérité honorera le député qui, au milieu de l'engouement général, osa parler contre le retour des cendres de l'Empereur dans *sa capitale*. La postérité rendra justice au chef du gouvernement de 1848, qui contribua vigoureusement à l'abolition de l'échafaud et à l'institution du suffrage universel, et qui écrivit dans un magnifique langage cette charte de paix qui condamne l'intervention des intérêts d'un gouvernement dans les affaires des nations, et affirme le devoir de solidarité des peuples à intervenir pour la liberté et la justice. La postérité enfin glorifiera le poète qui a fait passer un fleuve d'harmonie dans la langue française!

Et, si elle ose se souvenir de ses jours d'épreuve, c'est lui-même qui lui dictera la sentence; car Lamartine a peint Mirabeau sous la contrainte de l'*impitoyable logique* de son passé, et il a dit :

« La déplorable situation d'un si grand homme dans ces circonstances, est *la plus grande leçon de vertu que l'histoire puisse donner aux hommes de génie.* Malgré l'ingénieux sophisme de Mirabeau sur les deux morales, *la vie est une;* chacune de nos actions est, à notre insu, la conséquence d'une autre... »

Mais la postérité pourra aussi appliquer au poète ce qu'il dit de l'orateur : « Son heure était passée. Chaque homme, quelque grand qu'il soit, n'en a qu'une. Mirabeau était mort avant Mirabeau. Mais il avait donné sa vie à la vérité, son génie à la France, sa parole au monde! »

Ch. P.

BERGENROTH.

Notre correspondant de Madrid n'ayant pu nous donner des renseignements détaillés sur la mort du savant allemand, nous empruntons au *Times* sa correspondance spéciale à ce sujet :

Madrid, 19 février.

Au milieu de l'excitation produite par l'ouverture des Cortès constituantes, à Madrid, il s'est passé un évènement qui est resté presque complétement inaperçu dans ce pays, mais auquel le public anglais ne peut rester indifférent. M. G. H. Bergenroth est mort, samedi dernier, à l'hôtel de *Los Principes*, à la Puerta del Sol, succombant, après dix jours de souffrances, à une fièvre typhoïde. M. Bergenroth, Allemand de naissance, était depuis quelques années occupé à rechercher et à recueillir, dans les archives de Simancas et ailleurs, les lettres, dépêches et papiers d'État, relatifs aux négociations entre l'Espagne et l'Angleterre. Grâce au généreux concours du ministre de l'instruction publique dans le dernier cabinet de la Reine déchue, M. Catalina, qui lui avait permis de compulser des dépôts restés jusque-là inabordables, il avait pu, dans le courant de l'année dernière, compléter par un supplément la publication de deux volumes de documents précieux pour notre histoire.

Ce supplément, relatif surtout à la vie privée de la reine Catherine et au mariage projeté entre Henri VIII et la reine Jeanne, veuve du roi Philippe et mère de l'empereur Charles-Quint, a éveillé l'attention des historiens érudits et modifié considérablement leur opinion sur le caractère des personnages qui ont joué le rôle le plus important dans le drame de cette période des Tudors, que M. Froude a si puissamment éclairée. Après huit années de résidence continue et de recherches non interrompues en Espagne, M. Bergenroth venait seulement de réussir à lever les obstacles soulevés par un despotisme ombrageux contre les savants qui étudiaient les archives espagnoles. La permission accordée à M. Bergenroth par M. Catalina d'examiner sans restriction tous les documents historiques existant dans les archives de l'Espagne, avait été, comme on devait bien s'y attendre, largement confirmée par le ministre actuel, M. Ruiz Zorrilla. Je ne puis vous dire avec certitude jusqu'à quel point M. Bergenroth avait profité de ces avantages pendant les derniers mois de sa vie; mais il est à présumer qu'il avait continué à travailler avec ardeur; ses papiers doivent être actuellement entre les mains d'une dame qui l'aidait en qualité de secrétaire et qui partageait ses travaux. Jusqu'au dernier moment, peu de personnes ont eu connaissance de la maladie de M. Bergenroth. Incapable par suite de la marche rapide de la maladie de signer un chèque, il se trouva, lors de la crise finale, dans une véritable détresse pécuniaire, et ce ne fut pas sans difficulté que la personne qui l'aidait dans ses travaux littéraires, put satisfaire aux exigences de l'hôtelier, lui procurer les secours médicaux et payer les frais d'enterrement. La première idée de cette dame fut de recourir à notre ministre en Espagne, sir John Crampton, auprès duquel il avait été fortement recommandé et avec lequel il avait entretenu pendant quelques années des relations amicales et un échange continuel de visites et de bons rapports. Sir John Crampton, obéissant à des motifs dont l'explication n'a pu être donnée jusqu'ici, ne fit aucune attention aux réclamations de cette dame. La conduite du représentant de l'Angleterre, dans cette circonstance, a produit une sensation excessivement pénible au sein de notre petit cercle de résidents et de voyageurs anglais. Heureusement, des secours ont été réclamés avec plus de succès d'un autre côté : Le ministre de Prusse, le célèbre linguiste et antiquaire, M. Gayangos, sa fille Mme Riaño, et d'autres personnes, prirent à cœur de faire rendre au savant les honneurs funèbres, et procurèrent l'hospitalité et des secours à la dame qui l'avait seule assisté dans ses derniers moments. Conformément à des règles sanitaires inexorables que l'on observe dans ce pays, le corps du défunt a dû être descendu dans la tombe dans les vingt-quatre heures après la mort; les funérailles ont donc été célébrées le dimanche après-midi; six personnes seulement y assistèrent, le ministre de Prusse et quelques Anglais, parmi lesquels M. Gibson Braig. La légation britannique, je regrette de le dire, était entièrement absente. M. Bergenroth a été enterré dans le cimetière protestant anglais de Carabanchel, hors de la porte de Tolède. Il est arrivé, malheureusement, que le colonel Fitch, qui s'occupe si généreusement de l'aménagement de notre champ de repos, était absent de Madrid en ce moment. Si le colonel avait été là, la nouvelle de cette mort se serait immédiatement répandue dans notre cercle d'Anglais et nous aurions tous payé cordialement notre tribut de respect à la mémoire du défunt, en suivant ses restes jusque dans leur dernière demeure. Pour ma part, j'avoue, à mon grand regret, que je n'ai appris la mort de M. Bergenroth qu'après son enterrement.

DAUTZENBERG.

A notre grand regret, nous ne pouvons donner ici la biographie du littérateur flamand, professeur modeste et savant, aimé de ses nombreux élèves, poète distingué, très-apprécié en Allemagne, et homme de cœur, dont les sentiments de justice et de devoir étaient comme une sanction pour son parti, de sorte qu'on a pu dire — et c'est le plus grand éloge — que les littérateurs flamands se demandaient avant d'agir, ce que pensait Dautzenberg.

Notre premier bulletin flamand ne commencera pas, nous y comptons bien, sans rendre ce dernier devoir à notre compatriote.

BIBLIOGRAPHIE.

Physique sociale, *ou essais sur le développement des facultés de l'homme*, par AD. QUETELET. — Bruxelles, tome 1er. C. Muquardt. — Le grand problème de la civilisation sera toujours la conciliation de la liberté et de l'égalité. Ce sphinx, qui a déjà dévoré bien des empires, pose au XIXe siècle son énigme terrible, et c'est par la science, par le faisceau de toutes les sciences sociales, qu'on pourra le désarmer. Trancher la difficulté, rien de plus simple; mais ce n'est pas la résoudre. On l'a tranchée de deux façons : par l'exploitation violente ou rusée de l'un ou de l'autre principe : Tantôt par la liberté des chasseurs d'hommes, et Proudhon soutient avec raison que la guerre qui, dans l'origine, n'avait d'autre but que la rapine, conserve encore aujourd'hui pour cause profonde le malaise social; ensuite par l'esclavage, puis par le servage, enfin par le prolétariat. Tantôt par l'exploitation de l'égalité contre la liberté, et cette voie est plus terrible que l'autre peut-être, car la transition de la liberté à l'égalité, au moins dans notre époque, peut être pacifique, tandis que passer, de cette égalité de la servitude à la liberté, ne semble guère possible sans des violences dont le triomphe serait une réaction libérale qui laisserait encore le problème à résoudre.

Cette question se retrouve partout dans l'histoire; si Proudhon y voit l'explication de la guerre, on peut y trouver aussi, non sans vraisemblance, l'origine de la plupart des révolutions religieuses. Un écrivain italien a consacré quelques pages à décrire l'état de la Chine avant la révolution qui y a introduit le boudhisme, six ans avant l'ère moderne, c'est-à-dire au moment même où des causes semblables allaient préparer la chute de Rome aux mains des chrétiens : « Les multitudes, à la recherche de leur inviolabilité, dit-il, étaient prêtes à tout sacrifier plutôt que de rester sous le joug de la propriété. »

L'empire romain se trouva dans une situation pareille, que Tacite peint d'un mot : *Latifundia perdere Romam.* La solution essayée fut la même en Orient et en Occident; les premiers chrétiens étaient communistes; et cette solution ne manque pas de partisans à notre époque, en présence du problème toujours menaçant.

Ni la force, ni le sentiment de fraternité ne suffisent. La raison seule est compétente, la raison avec toutes les sciences qu'elle a créées. Notre siècle a vu naître plusieurs des sciences morales et politiques, et celle que M. Quetelet, dans sa première édition a appelée dans un sous-titre : *Essai de physique sociale*, et qu'il intitule aujourd'hui en tête de son livre : *Physique sociale*, n'est pas la moins importante, ni la moins utile.

La physique sociale est fille de l'économie politique. Les calculs et les statistiques, qui cherchaient à appliquer la théorie des probabilités à des intérêts privés, pour les rentes viagères, les tontines et les assurances, n'avaient pas manqué d'attirer l'attention des économistes. En 1833, au congrès de Cambridge, une section de statistique fut créée. C'est alors que M. Quetelet entreprit de rassembler les données de l'observation sur tout ce qui a rapport à l'homme, sur tout ce qui l'influence au physique et au moral, sur tout ce qui peut indiquer, avec les causes des misères physiques ou sociales, le moyen d'y porter remède.

Après avoir accumulé les chiffres et suivi l'homme depuis sa conception jusqu'à sa mort, pour découvrir les causes de fécondité ou de stérilité, les influences qui limitent ou accroissent le développement du corps, de l'esprit, de la conscience : influences de la nature, influences des idées et des institutions politiques et religieuses, influences des professions et des divers états sociaux ; après avoir poursuivi les mêmes investigations sur les plaies sociales, la misère, le suicide, les délits et les crimes, M. Quetelet, ayant trouvé partout la même réponse, avait courageusement abordé le sphinx en face et proclamé les grandes lois de la *physique sociale :*

« L'expérience démontre avec toute l'évidence possible que c'est la » société qui prépare le crime et que le coupable n'est que l'instrument » qui l'exécute.....

» Puisque les crimes semblent être le résultat nécessaire de notre » organisation sociale et que le nombre n'en peut diminuer sans que les » causes qui les amènent ne soient préalablement modifiées, c'est aux » législateurs à reconnaître ces causes et à les faire disparaître autant » que possible. *A eux appartient la fixation du budget des crimes* (et de la » misère, pouvait ajouter M. Quetelet, car cela est dans la pensée de tout » son livre) comme celui des recettes et des dépenses du trésor. »

M. Quetelet, en cherchant les causes qui influencent l'homme, n'avait pas reculé devant le reproche de matérialisme qu'il retorque sans peine. C'est sans crainte d'être taxé de socialisme qu'il prit ces vaillantes conclusions; et son livre, écrit en 1835, était un manifeste du progrès social, une mise en demeure du devoir politique. Tout ce qui s'occupe des choses intellectuelles en Belgique doit connaître cette première édition, et plus d'une fois on a pu désirer que ce livre fût refait avec les données des récentes statistiques, beaucoup plus nombreuses, beaucoup plus méthodiques que celles dont l'auteur pouvait disposer, il y a trente-quatre ans. On pensait bien que les conclusions ne changeraient point; mais quel intérêt n'y aurait-il pas à les voir confirmées par plus d'un quart de siècle d'observations scientifiques et de notations officielles? Là était le grand attrait de ce livre et ce qui pouvait lui faire appliquer ce mot d'un écrivain : Un chef-d'œuvre est une conception de l'adolescence exécutée dans l'âge mûr. M. Quetelet n'a pas négligé d'ajouter à son livre les données nouvelles, mais il l'a fait dans des chapitres spéciaux, supplémentaires, ajoutés à chaque occasion. Ainsi, les anciens chapitres conservent les chiffres et les tableaux de la première édition, dont plusieurs données remontent à 1821, voire même au siècle dernier.

M. Quetelet a reculé devant l'immense travail de refonte de son livre, refonte qui eût pu en faire une œuvre nouvelle, considérable dans son unité et son actualité. Cette publication n'est donc qu'une seconde édition augmentée. Mais tel qu'il est, le livre n'a pas vieilli et, quand viendra le second volume, nous aimerons à voir un écrivain, après trente-quatre années, répéter à nos législateurs cette fière parole de sa jeunesse : C'est vous qui, chaque année, fixez le budget de la misère et du crime. CH. P.

Histoire nationale de Belgique depuis César jusqu'à Charlemagne, par P. A. F. GÉRARD. Bruxelles, Rosez, 1868, in-18. « Le chemin qui conduit à la vérité est encombré de tant d'obstacles, mensonges, erreurs, préjugés, traditions populaires, articles de foi, dogmes, que ce n'est qu'à force d'études, de recherches et d'abnégation, qu'on peut espérer de le déblayer. C'est un travail d'Hercule, qu'aucun auteur ne peut avoir la prétention d'exécuter, mais auquel il est permis à tous de prendre part. Pour moi, je m'estimerais fort heureux, si mon modeste coup de balai pouvait laisser seulement quelque trace, perceptible à l'intelligence de mes contemporains. » Ainsi s'exprime M. Gérard, pour nous donner la clef de son petit livre sur l'ancienne histoire de notre pays. Nous n'avons pas affaire ici, on le comprend, à une de ces nombreuses compilations, qui ont vu le jour depuis tant d'années et qui se sont succédé sans interruption, pour aller tomber dans l'oubli. Il s'agit d'une œuvre originale, où l'auteur a résumé en quelques pages le résultat de ses laborieuses recherches. Il débute par contester l'origine celtique des wallons et par prouver l'origine germanique de toutes les peuplades ou tribus qui occupaient anciennement le territoire actuel de notre pays. Puis, il fait bonne justice des bienfaits de la conquête de César et de la domination romaine, qui ont abouti à la dépopulation de nos contrées; car le système des Romains, comme celui des Turcs, était de s'entourer de vastes déserts. « Solitudinem ubi fecerunt, pacem appellant. » La vie réapparaît avec la chute de l'empire latin et l'invasion dite des barbares, notamment des Francs Saliens, dont les institutions et les mœurs attirent l'attention spéciale de l'auteur. L'influence du clergé gallo-romain se substituant à celle des Romains; l'introduction progressive du régime féodal, qui a sa source, non dans les forêts de la Germanie, mais dans les traditions romaines de l'empire; la propagation le plus souvent violente du christianisme, qui, s'appuyant sur la puissance des rois francs a causé du détriment à nos vieilles institutions nationales; la transformation de l'ordre social, qui en est la conséquence; la lutte de l'Austrasie et de la Neustrie, due non à un antagonisme de races, mais à la rivalité des classes dominantes et aristocratiques; puis la lutte engagée pour la possession du sol entre l'aristocratie militaire et le clergé; le triomphe de l'Église, grâce à sa coalition avec cette aristocratie; le rôle des Carlovingiens et surtout de Charlemagne, à qui revient, pour la plus grosse part, l'honneur, comme le dit ironiquement M. Gérard, d'avoir formé l'ordre féodal, cette œuvre de spoliation et de despotisme clérico-aristocratique, et auquel la Belgique du XIXe siècle a eu la naïveté d'ériger une statue: toutes ces questions, tous ces faits se déroulent successivement sous nos yeux et sont traités avec la science et l'esprit de liberté, qu'on est habitué à rencontrer chez l'auteur, qui ne se laisse éblouir ni par les noms célèbres des Guizot et des Aug. Thierry, ni même par celui de l'historien couronné de Jules César. Somme toute, le modeste coup de balai de M. Gérard mérite à tous les égards d'être compté comme un véritable service rendu à ceux qui s'intéressent à l'histoire de notre pays; car il répand de la lumière sur une époque obscure et tourmentée. F. V. M.

Bulletin de la Ligue de l'Enseignement. 1868-69, N° 1. — La *Ligue de l'Enseignement*, on le sait, s'est imposé la mission de « propager et de perfectionner l'instruction et l'éducation en Belgique. » Elle n'a recours, pour réaliser son programme, qu'aux seules forces de l'initiative privée, et elle reste, quant aux questions politiques et religieuses, dans une neutralité absolue.

Néanmoins, elle entre résolûment dans l'arène politique, dès qu'il s'agit de provoquer la révision des lois d'enseignement, « en ce qu'elles ont de contraire à l'esprit de la constitution, à la liberté de conscience, à l'égalité des citoyens et à l'emploi facultatif des langues ». Enfin, elle travaille à élever la position sociale des instituteurs et des institutrices, à développer l'enseignement des filles, à favoriser la création de bibliothèques populaires même dans les plus modestes villages, à organiser partout des conférences ou des cours gratuits, des réunions publiques, etc., etc. Il serait difficile d'imaginer une tâche plus étendue et plus généreuse.

Tout membre de la *Ligue* reçoit, à des époques indéterminées, des *Bulletins* qui rendent compte des travaux accomplis, et de faits recueillis dans le domaine de l'enseignement, tant à l'intérieur qu'à l'extérieur, et susceptibles d'aider l'Association dans ses études.

Ce serait une étude intéressante de retracer l'historique des travaux de cette Association, depuis sa naissance (26 décembre 1864). Nous nous bornons aujourd'hui au dernier bulletin, celui par lequel la *Ligue* a inauguré l'année académique 1868-69. Ce bulletin est une brochure in-8° de 80 pages, contenant une série de matières divisées avec méthode. En premier lieu, on y rend compte de l'assemblée générale annuelle tenue à

Bruxelles, le 24 septembre 1868 : rapport du secrétaire général sur la marche ascendante de l'Association ; comptes de l'exercice écoulé, s'élevant, en dépenses, à la somme de fr. 6,742-70, et en recettes, à celle de fr. 7,186-19; budget, pour l'exercice 1868-69, évalué à fr. 6,693-49. Mais ces chiffres ne représentent que les recettes effectuées par le conseil général ; si l'on y ajoute celui des recettes effectuées par les cercles locaux, on arrive à une somme totale de 12,500 francs environ.

M. P. Tempels présidait cette séance, en l'absence du président. Nous trouvons dans son discours les lignes que voici : « L'enseignement est une des obligations sociales les plus évidentes et les plus élevées ; Elle est du même ordre que la justice. Autant que la justice, l'enseignement primaire a pour objet de produire la sécurité sociale par le respect du droit. Comme la loyauté et le bon sens de ses membres assurent mieux la prospérité d'une Société commerciale que les meilleurs statuts, ainsi une bonne instruction primaire assurerait mieux la prospérité d'une nation que les meilleures institutions politiques. La nation qui néglige l'instruction du peuple est donc aveugle sur son intérêt collectif et injuste envers les victimes de sa négligence. Et, comme notre gouvernement est conduit par la classe éclairée, il en résulte que, dans cette classe, chaque individu a sa part de responsabilité dans la négligence commune. Il s'est trouvé des hommes qui ne veulent pas de cette complicité... Telle est l'origine de la *Ligue de l'enseignement.* »

L'orateur a conclu en annonçant qu'il se disposait à présenter au conseil général des propositions destinées, après examen, par ce conseil et par les cercles locaux, à former les bases du programme de la *Ligue* en matière d'enseignement primaire.

Rien qu'en parcourant ce *Bulletin*, on se convaincra que la *Ligue* ne reste étrangère à aucune des questions qui peuvent hâter le progrès ou la diffusion des diverses branches de l'enseignement. Le rapport de M. Ch. Buls sur les travaux du Congrès des arts de dessin, tenu à Bruxelles les 21, 22 et 23 septembre dernier ; le rapport de M. De Cort sur le Congrès, tenu dans le même temps par les instituteurs flamands (traduit de la *Toekomst*) ; l'analyse des rapports relatifs à l'instruction populaire présentés au 3e congrès tenu à Bruxelles par l'Association internationale des travailleurs ; les résolutions prises par le conseil général et par les cercles locaux, le compte-rendu de l'installation du cercle de Courtrai et du cercle de Gosselies, — et jusqu'à des notices bibliographiques, — toutes ces matières témoignent des vastes et généreuses préoccupations de la *Ligue de l'enseignement*, non moins que de la persévérante activité de ceux qui se vouent plus spécialement au succès de son œuvre.

Dans un pays qui se distingue tout particulièrement par la multiplicité de ses *sociétés* plus ou moins frivoles, une association qui s'est assigné des visées pareilles doit être signalée à tous les gens sensés et recevoir d'eux les plus sérieux encouragements.

V. D.

La science et les systèmes, questions d'histoire et de philosophie naturelle, par Pedro Americo de Figueiredo a Mello, docteur en sciences et professeur à l'Académie impériale des beaux-arts de Rio de Janeiro. Bruxelles, Mayolez, 1869, in-8°. — Sous ce nouveau titre, M. de Figueiredo reproduit la thèse remarquable sur la liberté, la méthode et l'esprit de système dans l'étude de la nature, qu'il avait défendue publiquement avec talent et qui lui a valu le titre de docteur agrégé de l'Université libre (Faculté des sciences). M. de Figueiredo s'est proposé de montrer, par des faits empruntés à l'histoire : d'abord que la science a besoin d'être libre pour fleurir; ensuite qu'il existe une grande différence entre la science et les systèmes exclusifs, les opinions arbitraires et les hypothèses dogmatiques avec lesquelles on la confond trop souvent. Après avoir précisé les notions de la certitude, de l'induction, de l'observation et de l'expérience, il esquisse l'histoire de la méthode avant la renaissance, dans l'antiquité grecque et au moyen-âge, et il a soin d'indiquer le rôle considérable qu'a joué l'art à ces différentes époques de la marche de l'humanité. De la renaissance, date pour lui la fondation de la liberté intellectuelle; et ici encore il cherche à nous montrer comment l'affranchissement de l'art a préparé l'affranchissement de la science. La méthode scientifique se manifeste enfin dans toute son ampleur, grâce aux travaux des Copernic, des Galilée, des Bacon, des Descartes, des Newton, et permet à la science moderne d'atteindre à ce degré de puissance, qui nous entraîne aujourd'hui, comme dans un immense courant. Cette revue historique, pleine d'intérêt et présentée avec d'ingénieux développements, permet à M. de Figueiredo d'aborder enfin les questions vitales de notre époque. Partisan de la vraie méthode, à la fois rationnelle et expérimentale, il combat, en se plaçant sur le terrain même de la science, les doctrines matérialistes, exclusivement empiriques, ou sceptiques, qui paraissent être en si grande faveur de nos jours et vouloir dominer à elles seules dans la sphère des connaissances humaines.

Le livre de M. de Figueiredo présente un intérêt d'autant plus vif, que l'auteur a su allier à un esprit philosophique et scientifique élevé, un sentiment de l'art à la fois éclairé et enthousiaste; cette heureuse combinaison de facultés enlève au sujet traité toute la sécheresse dont on pourrait le croire susceptible à première vue. V. M.

Par suite de circonstances tout à fait indépendantes de la volonté de son directeur, le dernier volume de la *Revue trimestrielle* n'a pu paraître encore. M. Van Bemmel nous prie d'annoncer qu'il sera distribué bientôt.

INDICATIONS BIBLIOGRAPHIQUES.

Une des revues qui méritent le plus l'attention de tous ceux qui s'intéressent aux questions d'enseignement primaire, est la publication flamande : **De Toekomst**, qui en est à sa treizième année. Cette revue pédagogique, paraissant tous les mois, du prix de fr. 5-25 par an, pour la Belgique, est rédigée par un grand nombre d'instituteurs et d'hommes de lettres flamands et hollandais, et dirigée avec talent, par M. Frans De Cort, rue Keyenveld, 7, Ixelles.

Rapport sur l'Exposition internationale d'appareils de pêche qui a eu lieu à Bergen, en Norwège, en 1865, et **Rapport sur l'Exposition internationale de pêche de Boulogne-sur-Mer**, en 1868, par M Émile de Brouwer d'Ostende. — A consulter avec fruit par ceux qui se préoccupent de notre pêche nationale et de son avenir.

Du sauvetage des naufragés en Belgique, par M. A. Bardin, commissaire maritime, sous-directeur du sauvetage à Blankenberghe. Bruges, 1869, in-8°. — Renseignements intéressants sur le service du sauvetage à l'étranger et surtout dans notre pays.

Discours prononcé, le 5 mars 1869, à l'assemblée des commerçants notables de l'arrondissement de Bruxelles, par M. Antoine Dansaert, président du tribunal de commerce. — Bruxelles, 1869, in-8°. — Critique fort juste de la formation des listes des commerçants notables ; compte rendu des travaux du tribunal de commerce pendant l'année 1867-1868 ; renseignements sur les faillites et considérations sur l'application de la loi relative à cet objet.

La Roumanie et le prince Charles de Hohenzollern, précis historique et appréciation commerciale, par M. Aug. Meulemans. — Bruxelles, 1869, in-8°.

Récits et légendes des Flandres, par Mme Caroline Popp. — Bruxelles, in-18. Ces légendes et récits locaux, écrits avec naturel et simplicité, conviennent fort bien aux bibliothèques populaires.

De menschen en de dieren, door Mevrouw Sophia ***. Gent, Rogghé, 1869, in-18. Ce livre, couronné par la Société protectrice des animaux et publié par le *Willems-Fonds*, combat, sous une forme agréable, les mauvais traitements envers les animaux. Il mérite également de figurer dans les bibliothèques populaires.

L'homme préhistorique, par M. Harry Peters. Anvers, 1869, in-8°. Sous ce titre, M. Peters donne un compte rendu développé des intéressantes conférences de M. Carl Vogt, à Anvers, sur les origines de l'humanité.

Étude pratique sur les fumiers de ferme et les engrais en général, par Émile Wolff, professeur de chimie à l'Académie agricole de Hohenheim, traduit d'après la dernière édition allemande, par M. Ad. Damseaux, professeur à l'Institut agricole de Gembloux. Bruxelles, Rozez, 1869, in-18 du prix de fr. 2-50. — La question des engrais est une question capitale pour l'agriculture. Elle préoccupe beaucoup les esprits depuis quelques années. Le livre de Wolff a obtenu un grand succès en Allemagne ; il a été traduit en Russie et en Italie. M. Damseaux a rendu un véritable service en le traduisant à son tour en français et en le mettant à la portée de nos agriculteurs.

REVUE

DE

BELGIQUE

PARAISSANT LE 15 DE CHAQUE MOIS

4e LIVRAISON — 15 AVRIL 1869

SOMMAIRE

BRUXELLES

AU BUREAU DE LA REVUE

CHEZ Mme Ve PARENT ET FILS, IMPRIMEURS-ÉDITEURS

MONTAGNE DE SION, 17

REVUE DE BELGIQUE

La REVUE DE BELGIQUE paraît le 15 de chaque mois, dans un format grand in-8° sur papier fort.

Chaque livraison contiendra de 80 à 90 pages de texte : *Roman, histoire, science sociale, poésie*, ainsi qu'une série, aussi complète que possible, de bibliographies, belges et étrangères.

Prix de l'abonnement :	fr.	12 »	par an.
Prix de la livraison :	»	1 50	
Pour la France et l'Italie. . . .	»	18 »	
Pour les Pays-Bas.	»	15 »	
Pour l'Allemagne et la Russie :	thalers.	4 1/2	

ON S'ABONNE

Au bureau de la *Revue*, MONTAGNE DE SION, 17, et chez les principaux libraires du pays et de l'étranger.

Pour la Belgique.

BRUXELLES. — *Librairie polytechnique*, Aug. Decq, rue de la Madeleine, 9;
— Office de Publicité, rue de la Madeleine.
— C. Muquardt, place Royale.
GAND. — Rogghé, place de la Calandre, 13.
LIÉGE. — Desoer, place Saint-Lambert.

Pour l'Allemagne & la Russie.

BRUXELLES ET LEIPZIG. — Maison Muquardt.

Pour la France & l'Italie.

PARIS. — Librairie internationale, boulevard Montmartre, 15.

Il sera rendu compte de tout ouvrage dont un exemplaire sera envoyé à M. Fr. Van Meenen, rue de la Prévoyance, 34, à Bruxelles.

Tout ce qui concerne la rédaction doit être envoyé à M. Ch. Potvin, chaussée de Vleurgat, 61.

L'EUROPE ET L'AMÉRIQUE.

L'Amérique est un pays neuf, dont on ne parlait guère il y a un siècle, et que l'on commence à peine à entrevoir dans son éloignement. C'est encore, à bien des égards, la terre de la fable et du mystère. On ne sait trop ce qu'il faut en croire et en augurer. Les récits que nous en lisons quelquefois rappellent les relations des anciens sur le fameux pays des Sères et sur la vie étrange des Troglodytes et des Hyperboréens. On se demande où est le vrai, où est l'erreur, où est l'exact, où est le fabuleux. On cherche vainement à se faire une idée juste d'un pays dont on raconte tantôt des merveilles, tantôt des horreurs, et dans lequel — comme pour humilier notre orgueil — les événements se déroulent presque toujours autrement que l'Européen ne l'avait supposé.

Il n'est pour ainsi dire pas de contradiction qu'on n'ait publiée au sujet des États-Unis. Les uns y voient une résurrection des Iles Fortunées, une terre inondée de lumière, voisine du soleil couchant, où les arbres sont chargés de fruits d'or pendant toutes les saisons de l'année, et dont les habitants coulent des jours prospères, au milieu du luxe, des ris et des plaisirs. Pour d'autres, ces mêmes États-Unis ne sont qu'un pays de barbares, sans foi ni loi, sans honneur ni humanité; c'est une terre inhospitalière, comme ces rivages de l'Hellespont où les sauvages mettaient à mort l'étranger assez infortuné pour y débarquer. Les yankees seraient donc un peuple à civiliser, et la Confédération du Sud semblait à ces savants d'Europe avoir fait le premier pas dans cette voie de progrès; car c'eût été une création à demi-latine, brisant avec les caractères purement américains, tant au point de vue des lois qu'à celui des mœurs, des tendances et des institutions. L'empire du Mexique devait venir ensuite, tout latin, ou plutôt tout européen dans son essence, pour porter à la race barbare du nord, comme jadis Rome à la Gaule, la politesse, les idées « justes », le vrai sentiment du devoir et de l'autorité, la *Civilisation* en un mot, avec nos sciences, nos arts et notre culte des vieilles choses.

Ni le tableau des nouvelles Iles Fortunées, ni l'état de barbarie des Américains ne sont des vérités. Il y a un seul fait qui domine, c'est qu'il existe une différence très-marquée entre l'Amérique et l'Europe, différence dont l'Européen ne s'est pas encore bien rendu compte. J'avais vu les trois grandes races de notre partie du monde : la race latine en France, la race saxonne et germanique en Angleterre et en Allemagne, la race slave en Bohême et en Moravie. Leurs différences n'approchent pas de celles qui me frappèrent dès mon débarquement dans le premier port américain. Malgré la multitude d'étrangers qui habitent les grandes villes maritimes des États-Unis et qui en affaiblissent le caractère propre, je fus forcé de dire : « Jusqu'ici, je ne savais réellement pas ce qu'est la couleur locale; je l'apprends aujourd'hui pour la première fois. »

« En débarquant à New-York, dit le capitaine Basil Hall, et en nous rendant du quai à l'hôtel, ce que nous voyions rappelait les ports de mer d'Angleterre, bien qu'il y eût quantité de choses, indiquant que nous étions dans un autre milieu. Les enseignes étaient en anglais, mais les passants avaient un accent différent de celui auquel nous étions habitués. Ils parlaient notre langue, et cependant ils avaient un air étranger. Le costume, surtout celui des hommes, était empreint d'un cachet à lui. Les quais étaient couverts de nègres et de négresses. La forme des voitures était nouvelle pour nous; nous rencontrâmes plusieurs chariots fermés sur lesquels était écrit *glace*... Par moments, tout cela me paraissait un mirage plutôt qu'une réalité. Car il y avait dans ce tableau tant de traits de l'Angleterre que je me surprenais à me croire au pays, et néanmoins tant de traits nouveaux qu'il fallait immédiatement reconnaître une grande différence de contrée. Cette impression confuse, cette espèce de rêve, dura pendant plusieurs jours (1). »

Il est très-difficile de donner une idée exacte d'une société qui a tant emprunté à l'Europe, et qui diffère tant cependant de ce que nous avons tous les jours sous les yeux. « L'habitude où nous tombons, dit De Guignes, de nous représenter les choses d'après les mots qui les expriment, nous induit souvent en erreur, quand nous lisons les récits des voyageurs. Ceux-ci ont vu des objets entièrement nouveaux; mais ils sont forcés en les décrivant d'employer,

(1) BASIL HALL, *Voyage dans l'Amérique du Nord*; tome I, chap. 1.

pour se faire comprendre, les termes équivalents de leur propre langue; or, ces mêmes termes aident à tromper le lecteur, qui se figure sous ces noms les palais, les colonnades, les péristyles (j'ajouterais volontiers les maisons, les chaises, les tables) auxquels il est accoutumé, tandis qu'en réalité ce sont des choses tout à fait différentes (1). »

L'impression diffère aussi selon les voyageurs. Si nous restons peu de temps, nous ne pouvons pas prendre une idée suffisante de ce qui nous entoure. Si nous adoptons ce pays nouveau pour notre patrie, ce que nous y trouvons finit par ne plus nous frapper. Les choses ne font plus d'impression sur nous quand elles cessent de nous étonner.

Lorsqu'on arrive dans une nouvelle contrée, non pour y passer en courant, mais pour y faire un séjour d'une certaine durée, ce qui frappe d'abord ce sont les inconvénients. Le nouveau venu, en effet, arrive avec des habitudes toutes faites, dans un pays organisé pour des habitudes différentes. Il souffre de ce qui lui manque, sans se douter encore de ce qui existe. Il ne retrouve pas ce dont il jouissait dans son pays, et il n'a pas encore découvert les avantages nouveaux dont il pourra jouir dans le pays où il vient demeurer. Il faudra pour cela qu'il apprenne d'abord à connaître ce qui l'entoure; et pour cet apprentissage, il faut du temps, surtout s'il ne parle pas la langue et s'il ne se mêle pas parmi les citoyens.

Ceci explique pourquoi les visiteurs de court passage, les exilés, les agents envoyés par des entreprises qui ont leur siége à l'étranger, trouvent tout mal dans le pays où ils arrivent. Il est incontestable qu'ils perdent au change; ils ne s'assimilent pas assez complétement au pays nouveau qu'ils habitent, pour trouver une compensation aux privations qui les frappent. Leurs récits, tout sincères qu'ils peuvent être, ne présentent qu'un côté du tableau, celui des privations. Ils se taisent sur ce qu'ils auraient pu trouver en échange, par la raison toute simple qu'ils ne le connaissent point. Les mœurs leur semblent barbares, parce qu'ils n'ont pas retrouvé leur café ou leur vin. Les hommes les ont trompés, parce qu'ils n'ont pas su converser avec eux ni s'en faire comprendre. Les lois mêmes leur paraissent injustes, parce qu'ils ne les ont pas trouvées identiques à celles de leur patrie, et que, pour un droit limité, ils ont négligé, par pure ignorance, vingt droits nouveaux qu'on leur accordait.

C'est sous l'empire de ces impressions incomplètes que des cen-

(1) De Guignes, *Voyage à Péking*; tom. II, p. 173.

taines d'Européens ont décrit pour leurs compatriotes la société des États-Unis. De là tant de jugements faux. Comment cependant ne croirait-on pas à la parole de ces narrateurs? Ils ont vu le pays; ils l'ont habité. Revenus en Europe, et en contact journalier avec leurs compatriotes, ils ont pris plus de part à former l'opinion que ceux qui demeurent au loin. Leurs appréciations, d'ailleurs, sont faites pour plaire, puisqu'elles ne manquent pas de flatter indirectement l'orgueil local. Ceux qui les acceptent sans restriction en sont venus à se persuader qu'en effet les États-Unis sont un pays barbare. Ils nous rappellent le fameux rapport du vice-roi de Canton, disant à son gouvernement, à la date pourtant bien récente de 1830 : « Nous avons *constaté* que l'Angleterre et la France sont deux petites îles de barbares, situées à l'extrémité de l'Océan. »

Nous ne trouvons pas plus de vérité dans les exagérations, ou si l'on veut dans les erreurs opposées. Celles-ci viennent généralement d'hommes qui ont prospéré en Amérique, et presque tous ceux qui y restent y prospèrent. Ceux-là voient le pays de leur nouvelle fortune à travers le prisme de leur satisfaction. Ils se sont assimilés à leur patrie adoptive; ils en parlent la langue, en connaissent les lois, en suivent les habitudes et les mœurs. C'est là le secret de leur succès. Mais, tout en sachant user des avantages, ils ont oublié les lacunes qui les frappaient peut-être si fortement dans les premiers jours. Aussi sont-ils fort surpris que ceux de leurs compatriotes qui viennent les rejoindre ne partagent pas leur enthousiasme, ce qui, en vérité, ne serait guère possible.

Pour nous, les États-Unis ne sont pas « un pays barbare, dans une petite île, à l'extrémité de l'Océan »; c'est une nation, déjà nombreuse et forte, qui s'élève sur une terre vierge, dans un monde sans traditions. C'est, par conséquent, une nation éminemment elle-même, ayant des traits d'individualité qui la distinguent fortement entre toutes les autres nations du globe. Ce n'est pas le civilisé, échappé dans les bois, où il redevient sauvage, comme les bœufs et les chevaux des premiers colons; ce n'est pas une race de la Chine qui a descendu l'échelle et qui recommence au point de départ des sociétés. C'est l'homme du dix-neuvième siècle, pourvu de tout ce que les sciences modernes ont produit, qui se crée une vie nouvelle, sur une terre où il trouve une entière liberté.

Où conduira le développement de cette société? Faut-il y voir un simple trait de distinction nationale, de couleur locale, si j'ose m'exprimer ainsi? Ou bien, est-ce une phase nouvelle de civilisation qui commence à poindre, et la différence entre l'Europe et l'Amérique sera-t-elle un jour (dans un siècle, dans deux siècles ou dans trois), du même ordre que celle que nous constatons entre la vieille société de l'Égypte et celle de Rome, entre la Chine de nos jours et la Russie d'Europe? Ce sont là des questions que je n'ai pas le projet d'aborder. Mais, pour mettre sous les yeux du lecteur quelques matériaux qui ne seront peut-être pas sans intérêt, j'entreprendrai de tracer une peinture rapide des *différences* de faits, des différences visibles, incontestables, qui existent entre nous et les Américains.

I. ARCHITECTURE DES VILLES.

Je commence par les différences de l'ordre exclusivement matériel. Dans ce domaine, ce qui se présente d'abord à la vue, c'est la ville, et dans la ville, les maisons. En parlant des cités américaines et de leur architecture, je laisse de côté, bien entendu, ce qui avait été fait par les premiers colons sur le patron des villes d'Europe : Boston, fondée par des émigrants venant d'Angleterre et des Pays-Bas; New-York, appelée d'abord : *Fort Amsterdam*, bâtie par les Hollandais; New-Orléans (Nouvelle-Orléans), avec des rues étroites et sans air qui ont été tracées, il y a un siècle et demi, par l'ingénieur français Bienville; Pensacola, fondée par les Espagnols; et bien d'autres cités de la côte. L'Amérique a été d'abord une pure colonie européenne; c'est seulement avec le temps et avec les générations successives nées dans le pays, que les caractères propres se sont développés. L'architecture des villes américaines n'a été véritablement inaugurée qu'à partir du dessin de Washington, fait par le major Lenfant, en 1791. Là, le nouveau style, avec tout son cachet local, se trouvait pour la première fois consacré sur une grande échelle et dans son ensemble. Là, l'architecture américaine s'est, pour ainsi dire, formulée, avec tous ses caractères, et les villes nouvelles de l'Ouest n'ont fait que suivre ce plan, en accusant d'une manière de plus en plus nette les principes nouveaux. Dès lors, la cité fut l'expression d'une idée. Les quartiers neufs des grandes villes de la côte obéissent aussi, autant que les lieux le permettent, à ce mouvement général. Mais c'est surtout la ville récente, la ville qui date du siècle présent, que je vais essayer de décrire.

Cette ville est *dessinée : laid out*, comme disent les Américains. Cette expression n'éveille pas d'idée précise chez l'Européen, parce qu'il s'agit d'une chose que nous ne pratiquons point. Dessiner une ville, c'est faire le tracé de ses rues, de ses places, de ses parcs, de ses chemins de fer, de ses eaux courantes, non pas au hasard ou par pièces et morceaux, mais dans leur ensemble, d'après des vues générales, et conformément à certains principes qui sont du domaine de l'art.

La première condition d'un dessin de ville, c'est l'espace. C'est surtout dans le midi, où le besoin d'air est plus constant, que cette vérité nous frappe. On étouffe dans les rues étroites et tortueuses des villes d'Italie et d'Espagne; et lorsqu'on retrouve dans l'Amérique espagnole ce même système, introduit par les conquérants, on se demande par quelle folie les hommes se sont entassés dans ces monceaux de pierres, lorsqu'ils avaient une prairie vierge indéfinie, pour tracer leurs allées et pour donner à leurs habitations des jardins et de l'air.

Gardons-nous, d'ailleurs, de penser que la vaste étendue consacrée aux villes américaines soit sacrifiée en pure perte. Ces allées, ces fleurs, ces eaux vives, sont l'un des éléments de la santé publique. L'espace enlevé aux champs cultivés et que l'Européen regarde volontiers comme perdu, est en réalité le fonds rénovateur sur lequel se développe, non pas le blé qui nourrit, mais la population même des villes, saine, forte et vigoureuse. A nos classes ouvrières, malingres et rachitiques, à la mortalité affreuse de nos rues de la Mortellerie, comparez la santé des habitants américains qui vivent dans ces villes-jardins. Quel signe plus frappant puis-je en donner que cet accroissement prodigieux de population, qui exige chaque année le dessin de tant de villes nouvelles, dans lesquelles seront appliqués les mêmes principes d'art et d'édilité?

Dans les plans qu'on adopte aujourd'hui, non-seulement toutes les rues sont vastes; mais de distance en distance, des voies destinées à servir d'artères principales, sont de double ou même de quadruple largeur. Ces grandes coupures à travers la cité ont souvent plus de cent mètres de large; elles sont bordées, des deux côtés, de trottoirs de cinq ou six mètres, trottoirs où les passants peuvent se croiser sans que la moitié d'entre eux aient à descendre dans la boue. Le long du trottoir s'étend une large voie destinée aux voitures et aux cavaliers. Puis, viennent des allées d'arbres, au sol gazonné, pâturé par les chèvres du voisinage; puis, dans le milieu de l'artère, un chemin de fer à double voie, et un ruisseau à fleur de terre où nagent des palmipèdes de basse-cour.

Les essences le plus généralement adoptées pour les allées de rues sont : dans le Nord, le faux acacia (1), qui est ici dans sa patrie; le peuplier aux grandes feuilles luisantes (2); le platane

(1) Robinia pseudo-acacia. — (2) Populus latifolia.

d'occident (1), et l'érable aux fleurs rouges (2), qui se marient aux tulipiers (3) des jardins. Dans le Sud, ce sont l'azédarach de l'Inde (4), des graines duquel les négresses font des colliers; le superbe magnolia indigène (5), et l'oranger (6) qui porte des pommes d'or. Derrière la grille des jardins, fleurissent en abondance, et pendant plusieurs mois de l'année, l'oléandre (7) et les rosiers. Les arbres, alignés sur la voie publique, en face de chaque habitation, appartiennent, ainsi que le trottoir, au propriétaire riverain. C'est lui qui en choisit l'essence, qui les plante, qui en prend soin. Il en résulte une variété qui atteste celle des goûts particuliers, mais qui n'a rien qui blesse, dans ces plantations alliées à celles du jardin voisin.

L'aspect de ces allées est d'ailleurs magnifique par les premières gloires du printemps, lorsque l'herbe jeune repousse avec sa teinte vert tendre et les fleurs variées qui l'émaillent, lorsque les acacias ou les marronniers sont en fleurs. Les troupeaux familiers, qui paissent en liberté devant la demeure de leur maître, respirent un air suprême de bien-être. La mule ou le cheval de l'habitant, libres, sans harnais sur le dos, sans entraves aux pieds, sans licou, viennent se désaltérer à l'eau vive et limpide du canal. Là sont réunis autour de nous les avantages d'une ville et tous les charmes d'un séjour champêtre.

Sur le chemin de fer, d'amples waggons, attelés de chevaux ou de mulets, nous transportent, à prix réduits, dans tous les quartiers de la ville. Ces arches roulantes, comme les nomme Dickens, passent de cinq en cinq, même de trois en trois minutes. Entre les lignes d'arbres s'élèvent d'élégants candélabres qui nous donnent le soir la lumière du gaz. Les vastes trottoirs sont parfois recouverts de galeries soutenues par des colonnes de fonte, qui montent au premier étage des maisons. Ce sont les trottoirs couverts de Berne, mais avec plus d'ampleur et plus d'air, comme il convient à des régions qui ont un été chaud.

A mesure que les ressources de la cité le permettent, ces avenues sont décorées de fontaines, de jets d'eau, de parterres et de statues. Ces embellissements n'appartiennent toutefois qu'à la seconde période de l'histoire de la cité.

Toutes les rues, sans doute, n'ont pas cent cinquante mètres de largeur. Mais il en est peu, dans les villes de création récente, qui

(1) Platanus occidentalis. — (2) Acer rubrum. — (3) Lyriodendron tulipiferas. — (4) Melia azedarach. — (5) Magnolia grandiflora. — (6) Citrus aurantium. — (7) Nerium oleander.

n'aillent à trente ou à quarante mètres. Elles se coupent à angle droit et divisent le terrain en îlets qui forment des carrés parfaits, divisés à leur tour en propriétés particulières.

Il semble, au premier abord, que ce système simple et uniforme de viabilité doive entraîner un caractère fortement prononcé de monotonie. Il en serait ainsi si les maisons étaient partout bâties à front de rue et se touchaient, comme en Europe. Mais la variété, pour ainsi dire infinie, des dispositions adoptées sur chaque terrain particulier, rompt la continuité et l'uniformité des lignes. Les rues conservent le plus haut caractère de simplicité, sans nuire à la grâce, à l'originalité, à la variété des constructions auxquelles elles servent d'accès. L'architecte demeure en possession de toutes ses ressources et pleinement indépendant ; il ne trouve dans la régularité des lignes qu'un nouvel élément de facilité et de succès.

On a fait quelques essais d'îlets en losange, en éventail, en anneau. Aucun n'a réussi. Les ingénieurs y ont entièrement renoncé dans le tracé général ; ils ne les appliquent qu'à des portions tout à fait restreintes de la cité et dans des cas très-particuliers. La règle et l'équerre sont les véritables instruments du dessinateur de villes. Le guingois n'appartient pas à l'art. Les grandes lignes droites rendent les accès faciles, les recherches simples et les aspects libres.

Il arrive cependant que, par suite des coudes des rivières ou de la pente des collines, l'ingénieur n'étende pas à tout son plan une même *ligne capitale*. Il adopte pour les rues deux ou trois *cours* différents, dans les diverses parties de la ville. Celle-ci semble alors la juxtaposition de deux ou trois cités distinctes, dont les carreaux ne se correspondent pas. Ces différents quartiers sont souvent séparés entre eux par des esplanades ou des boulevards.

Mais, lorsque les circonstances s'y prêtent, non-seulement les rues n'ont qu'un seul et même cours, mais ce cours est exactement orienté, sur le nord et le sud dans un sens, sur l'est et l'ouest dans le sens transversal. Cette disposition résulte d'une habitude américaine. Les limites des propriétés rurales sont orientées, et par conséquent les habitations de campagne le sont aussi, pour peu qu'elles soient bâties d'équerre sur les parcelles. On pourrait dire que l'Amérique est un pays orienté. La grande masse des lignes, soit dans les villes, soit dans les champs, court nord-sud et est-ouest. Ce trait paraît d'abord à l'Européen une simple minutie. Nous n'en apprécions pas tout de suite le mérite, parce que nous n'en connaissons pas les avantages : nous n'en avons jamais joui. Les lignes, en Europe, vont en tous sens, au hasard. Nos plans du cadastre forment les échiquiers les plus compliqués et les plus bizarres qu'il soit possible d'imaginer.

En pays orienté, la description des propriétés est simple; les litiges en matière de limites sont extrêmement rares; un point suffit pour tracer une ligne (puisque l'orientation est connue), tandis qu'en Europe il faut deux points. Les descriptions topographiques sont aussi plus simples et se trouvent à la portée de la masse du peuple. Les mots *nord* et *sud*, *est* et *ouest*, introduits dans la conversation journalière, simplifient les désignations et les renseignements; ils éclaircissent les relations des événements, les dépositions faites en justice. Ajoutons enfin que l'orientation des lignes donne l'heure, une heure universelle, par la projection des ombres des bâtiments et des clôtures. Le soleil marque de lui-même, dans toute la ville, dans toutes les campagnes, l'instant du midi, cet instant si important dans la vie civile, dans l'existence de l'homme de travail.

Je renonce néanmoins à m'étendre davantage sur ce point; je renonce à faire comprendre au lecteur européen les mérites de l'orientation. Les choses dont on s'est passé toute la vie ne sont appréciées que par l'usage. L'Indien n'a reconnu les mérites d'une selle qu'en montant, dans sa fuite, le cheval du *Ranger* qu'il avait tué.

Je reviens aux villes américaines. Bien que le dessin couvre sur le plan cadastral un carré de dix ou douze kilomètres de côté, et soit préparé pour une cité de cent ou de deux cent mille âmes, le premier noyau seul est tracé sur le terrain. Mais le plan n'en est pas moins arrêté pour l'avenir; et les constructions disséminées ou les clôtures des champs qui s'élèvent jusqu'à une lieue à la ronde, sont assujetties à observer à l'avance des alignements pour ainsi dire invisibles, qui se trouveront un jour les prolongements exacts des grandes rues ou les transversales régulières qui limitent les îlets reculés. Ainsi, la cité de l'avenir, la cité du siècle prochain, est en germe dans ces faubourgs décousus, clairsemés, où nous n'apercevons que des chemins vagues, menant au plus court d'une ferme à l'autre. Chicago, qui a gagné une lieue en vingt ans, a embrassé dans ses agglomérations cette vaste étendue de campagnes, sans qu'il y eût un hangar à déplacer ou une haie à abattre. Les fronts de toutes les propriétés, les façades des maisons isolées, les clôtures des vieux jardins maraîchers, étaient tous, d'avance, dans les alignements de la cité. Les habitations nouvelles n'ont fait que remplir des vides entre les anciennes, qui jalonnaient en quelque sorte la ville de l'avenir.

L'accroissement de cette ville de Chicago a été prodigieux.

En 1830, ce n'était encore qu'un hameau de 70 habitants; aujourd'hui c'est une cité de plus de 200,000 âmes. La plupart des villes américaines croissent sans cesse. Avant la guerre, on disait de Frederick (Maryland), qu'elle était la seule ville *finie* des États-Unis, parce qu'à trois recensements décennaux successifs, c'est-à-dire à vingt ans d'intervalle, on lui avait trouvé la même population, à cent habitants près.

Dans toutes les villes nouvelles, les rues sont désignées par un simple nombre ordinal. Ce système d'appellation a le mérite de faire connaître la situation de la rue, puisque les nombres se succèdent dans l'ordre naturel. Il reste seulement à distinguer entre les rues qui vont dans un sens et celles qui vont dans l'autre. A cet effet, beaucoup de villes ont adopté les lettres de l'alphabet pour désigner ces dernières rues. On sait d'avance, par exemple, que la *trente-septième rue* appartient au système longitudinal, et la *rue* M au système transversal. Mais il n'y a que vingt-six lettres dans l'alphabet, et ce nombre n'est pas toujours suffisant. Dans d'autres villes, le nom d'*avenue* est affecté aux artères longitudinales, et celui de *rue* est réservé exclusivement aux lignes transversales, bien que les unes ne diffèrent point des autres par l'aspect. C'est ainsi qu'à New-York, dans le quartier neuf, on dit *huitième rue* ou *huitième avenue*, selon qu'il s'agit de la huitième ligne perpendiculaire à la rivière ou de la huitième ligne parallèle.

On a si bien apprécié l'immense avantage des noms systématiques, que, dans quelques villes anciennes où les noms étaient arbitraires, on a tâché d'embrasser ceux-ci dans des vers, afin de les imprimer dans la mémoire. Ces essais rappellent le « jardin des racines grecques », ou bien le distique fait pour retenir les signes du zodiaque. A Philadelphie, par exemple, l'étranger est guidé par les rimes :

Chesnut, Walnut, Spruce, and Pine;
Market, Arch, and Race, and Vine;
Etc.

Dans les villes nouvelles, les noms arbitraires sont universellement bannis.

Un même alignement n'a jamais qu'un nom dans toute son étendue, fût-elle de cinq ou même de dix kilomètres. Dans toutes nos grandes villes d'Europe, le numérotage des maisons, dans les principales rues, va au-dessus de cent. Une fois que l'on accepte trois chiffres aux numéros des maisons, il est aussi aisé, par exemple, de retenir 857 que 257. On ne peut donc invoquer l'élévation des numéros comme un obstacle à la longueur des rues. On a eu beau dire en faveur des rues courtes, qu'elles abrégent la recherche des personnes dont la demeure précise est inconnue. Une longue rue, d'un seul alignement, constitue une unité indivisible. On jetterait dans la cité une véritable confusion, si les extrémités et le milieu de cette rue se trouvaient désignés sous des noms différents.

Avec la multiplicité des noms, qui enfleraient la nomenclature, viendrait la nécessité d'indiquer le quartier, et, par suite, de recourir à une nomenclature binaire. C'est ainsi qu'à Londres, où il y a plus de douze mille rues, le nom d'une de ces rues ne suffit point. Il faut toujours y joindre le nom du quartier dans lequel elle se trouve située. Mais, à Londres, il serait presque impossible de diminuer le nombre des noms distincts, parce que la plupart de ces douze mille rues ne sont que des bouts de rues, bientôt arrêtés et croisés par un autre alignement.

Dans les villes américaines, les îlets carrés (*bloks*) que les grandes lignes droites découpent, sont eux-mêmes numérotés au cadastre. Quelques-uns sont réservés pour places et pour jardins publics. Mais au milieu de la profusion des jardins particuliers, et à quelques pas de la prairie ou de la forêt vierges qui entourent la ville, le besoin des parcs dans l'intérieur n'est pas impérieux comme en Europe. Les *bloks* sont subdivisés en huit, en douze ou en seize parcelles (*lots*), avec défense d'élever plus d'une habitation sur chaque lot.

Les blocs contiennent communément quatre acres ou 160 ares ; ils présentent ainsi sur chaque face un front d'environ 126 mètres. La division en huit donne, sur chaque rue longitudinale, quatre lots de 31 1/2 mètres de face sur 63 de profondeur. Dans ce système, aucune habitation ne regarde les rues transversales, qui sont de simples dégagements. Il en est de même dans la division en seize, où les lots ont seulement 15 ou 16 mètres de face, mais avec la même profondeur de 63 mètres. Dans la division par douze, au contraire, les quatre côtés du bloc présentent les faces des lots. Chacun de ceux-ci a 31 1/2 mètres sur la rue, avec une profondeur qui dépend de sa situation par rapport aux angles du carré. Les lots des coins ont face à la fois sur deux rues, et forment eux-mêmes de petits carrés de 31 1/2 mètres de côté. Ces emplacements sont généralement choisis pour les boutiques de denrées usuelles, telles que les épiceries en détail, etc.

Sur les lots, les particuliers plantent et construisent. Ils ont place pour un jardin de dimensions assez amples, qui admet non-seulement les fleurs et les arbustes, mais les grands arbres. Ils ont place pour les dépendances de l'habitation la plus complète. Le corps de logis s'élève d'ordinaire au milieu du jardin, libre, isolé, fermé sur la rue par une grille ou par un clayonnage, séparé des propriétés voisines par des palanques. Mais, dans les quartiers d'affaires, les façades sont élevées à front de rue, et les constructions vont souvent d'un côté du lot à l'autre, tellement que les maisons se joignent, dans quelques quartiers centraux, comme en Europe. C'est là que les trottoirs sont recouverts de galeries, et transformés pour ainsi dire en *passages*, ouverts sur l'un des côtés.

De la division permanente des lots, faite une fois pour toutes à l'origine, résulte un numérotage permanent des habitations. Les numéros ne sont pas sujets aux remaniements qu'ils subissent de temps à autre en Europe. Il ne vient point s'intercaler de subdivision nouvelle, d'habitation imprévue, qui force les numéros de toutes celles qui suivent à s'élever; ce qui a fait dire à un architecte du Nouveau-Monde qu'en Europe, les seules choses qui marchent sont les maisons. Telle est, en effet, l'idée qu'un changement de numéro doit produire en Amérique. Le numéro d'un lot désigne ici l'emplacement, tout autant, plus même que le rang. Il exprime la distance itinéraire exacte, comptée depuis le pied de la rue. Les numéros impairs sont d'un côté, les numéros pairs de l'autre, et deux numéros voisins, tels que 1 et 2, ou 101 et 102, ou 501 et 502, se font toujours face. Les grands terrains, les bazars, les manufactures, les théâtres, les édifices publics, occupent plusieurs lots juxtaposés sur lesquels ils s'étendent. Dans ce cas, ils portent plusieurs numéros. Les fabricants donnent une idée de l'importance des établissements qu'ils conduisent, en mettant sur leurs adresses : N°ˢ 62 à 70 ou n°ˢ 325 à 331.

Cette manière de numéroter a deux avantages : la permanence et la mesure itinéraire. Nous pourrions aisément l'appliquer en Europe. Il suffirait de prendre le demi-décamètre, par exemple, pour unité de longueur, et de numéroter nos habitations par le demi-décamètre courant.

Quant au dessin d'ensemble d'une cité, on ne peut mentionner jusqu'à présent, dans notre partie du monde, que deux tentatives seulement. L'une est le plan de Carlsruhe, qui a malheureusement de très-grands défauts ; car, les rues principales convergeant comme les rayons d'un cercle, et la ville formant une espèce d'éventail, ce plan sacrifie tout à un seul et unique point de vue, celui du centre; les rues transversales forment des lignes brisées comme les côtés d'un polygone; les constructions, dans toute l'étendue du plan, sont hors d'équerre, les terrains ayant un grand et un petit côté. Ce dessin est donc une tentative d'un caractère tout à fait exclusif, dépourvue d'une véritable appréciation des conditions utiles.

Le quartier neuf de Hambourg, rebâti après le terrible incendie du 4 mai 1842, a été *dessiné* dans le sens que nous attachons ici à ce terme, et les principes du tracé sont meilleurs. Les rues sont d'équerre; mais elles n'ont pas l'ampleur qu'on pourrait souhaiter. Les maisons sont serrées; la verdure est absente ou à peu près; l'irrigation est incomplète. Néanmoins, il y a là une tentative de dessin qui est manifeste.

Timsah, bâtie par des Européens sur le canal de Suez, dans de meilleures conditions d'espace et de liberté, se rapproche davantage des villes d'Amérique. Mais, en dehors de ces rares exemples, où en sommes-nous restés dans la disposition de nos cités? L'absence de dessin est si complète dans les villes d'Europe, que l'image la plus sensible qu'on puisse donner de ce désordre consiste à jeter une poignée de pois secs sur la table; ce sera le plan en relief d'une de nos villes.

Sans doute, le tracé préalable exige un terrain vierge, dans lequel l'ingénieur, le dessinateur ait la faculté de tailler comme en pleine étoffe. Nos villes d'Europe, au contraire, datent de loin; elles se sont formées et agrandies peu à peu, sans loi, au hasard. Les maisons y ont précédé la voie publique; les constructions existaient avant la voirie. « La rue étroite et confuse a dû circuler de porte en porte, à travers un impénétrable dédale (1). »

Cette explication est vraie; mais elle prouve seulement que les fondateurs commençaient l'ouvrage par où ils auraient dû l'achever. Leurs successeurs, étouffés dans ces villes sans air, dans ces rues humides, étroites et tortueuses, au milieu de cet amas de pierres sans verdure, se bornent à élaguer çà et là, sans songer à une conception différente. Ils embellissent les édifices, les éléments constituants de la cité, sans donner à l'ensemble un caractère vraiment nouveau. Auguste se vantait avec quelque raison d'avoir fait de Rome, auparavant ville de briques, une ville de marbre; et Néron prit un moyen plus expéditif, dit-on, pour rajeunir les vieux quartiers. Mais ce fut toujours un entassement, sans aspect général. Même le Paris moderne, après tous ses embellissements, a deux espèces de rues : quelques belles artères, auxquelles n'aboutissent trop souvent que des ruelles. Les Européens n'ont pas profité du développement des grandes villes, pour dessiner quelque chose de neuf au-delà des barrières. Ils continuent la vieille cité, avec des

(1) E. Pelletan, *Profession de foi du* XIXe *siècle*, chap. VIII.

rues peut-être un peu plus droites et un peu plus larges, mais sans caractère différent.

En Belgique, en particulier, la démolition des fortifications dans plusieurs de nos villes, aurait pu fournir l'occasion d'arrêter à l'avance des plans complets d'agrandissement, que l'avenir viendrait peut-être remplir. Mais là encore, on laisse les maisons s'élever le long de quelques sentiers, avant que les rues ne soient tracées. Sur les terrains à pente rapide, nous bâtissons dans le sens de la plus grande pente, au lieu d'adoucir les rampes en prenant les côteaux en biais. C'est ainsi qu'à Saint-Josse-ten-Noode, sur le versant de la vallée de la Senne, les agrandissements de Bruxelles ont doté cette capitale d'un vaste quartier où les rues transversales sont à peine praticables aux voitures!

Reportons-nous de ces villes confuses aux cités de la jeune Amérique, bien inférieures encore pour la beauté des monuments, mais marquées par des dispositions d'un caractère général. Pendant que nous soignons admirablement les détails, l'Américain s'occupe de l'ensemble, que nous ne semblons jamais apercevoir. Notre intérêt s'attache aux édifices publics, aux monuments de l'art, à l'aristocratie des constructions; c'est à peine si nous concevons la cité comme formant un tout en elle-même. L'Américain, au contraire, commence par la vue d'ensemble et ne descend qu'ensuite aux détails.

Ce procédé différent est un signe incontestable d'originalité. En effet, chaque phase nouvelle dans l'architecture est l'expression d'une idée nouvelle dans la pratique de la vie sociale. L'idée chrétienne a produit les cathédrales, la féodalité a créé les châteaux, les communes ont eu leurs hôtels-de-ville, la grande industrie a bâti les usines. Mais, lorsque nous voyons la ville entière recevoir une forme nouvelle, ne devons-nous pas en conclure que la société elle-même, le caractère de cette société, a quelque chose de bien distinct?

Dans les jeunes villes d'Amérique, tout est à la fois neuf et grand. Les maisons sont fraîches, les enseignes sont nouvellement peintes, et le cadre au milieu duquel tout cela se trouve posé, est propre à en relever l'ampleur. Ici, les rues inachevées vont se butter à la forêt vierge. Ailleurs, elles s'ouvrent sur la prairie naturelle, coupée de bosquets sauvages et traversée par des ravins au fond desquels murmurent de rudes torrents. Quelques éclaircies opérées dans les bois marquent le parc communal, le parc extérieur, que la ville enveloppera peut-être un jour dans ses progrès. Les beaux arbres séculaires de la nature, conservés par intervalles, par bouquets, forment une plantation inimitable. Le bûcheron s'est contenté d'élaguer les buissons qui en interdisaient l'approche. Le sous-bois a été enlevé; la futaie demeure. A mesure que la forêt reculera devant les efforts de l'homme, les grands arbres, épargnés par l'ingénieur communal (1), resteront comme des témoins majestueux du passé. J'ai vu des pieds gigantesques de chêne vert (2) et de pacanier (3), conservés dans les jardins et jusque dans les rues. Leur ombre couvrira pendant plusieurs siècles la locomotive qui passe; leur feuillage, qui s'est épanoui pour la première fois au sein de la forêt vierge, sera illuminé longtemps encore par la flamme éclatante du gaz.

Dans ces villes-jardins d'Amérique, on ne vit pas, on ne peut vivre à la façon de la vie d'Europe et comme on le ferait dans nos villes sèches, de briques et de moellons. A la population qui use de ces larges demeures, de ces chemins de fer, de ces préaux publics, de ces fontaines, il faut des ressources différentes, et, en retour, cette population doit être différente par les besoins, par l'éducation, par les préoccupations de la vie, par les idées. Nous ne prétendons point que la ville l'ait transformée; c'est elle qui a transformé la ville, afin de la mettre en harmonie avec un état social nouveau. L'Européen fait passer en première ligne ses jouissances personnelles; il est fier de sa maison, décore ses lieux de plaisir, enrichit ses musées. L'Américain possède avant tout l'idée de la masse, le sentiment de la communauté. Le premier se plaît dans la ville du « chacun pour soi » ; l'autre élève la ville du peuple !

J.-C. HOUZEAU.

(1) *City Surveyor*. — (2) Quercus virens. — (3) Juglans pacan.

ERNEST DE MANSFELD.

—

RUDOLF REUSS. *Graf Ernst von Mansfeld im boemischen Kriege.* 1618-1621. Braunschweig. 1865. 1 vol. in-8°. — COMTE DE VILLERMONT. *Ernest de Mansfeld.* Bruxelles. 1866. 2 vol. in-8°. — LUDWIG GRAF VON UETTEROTH. *Ernst Graf zu Mansfeld* (1580-1626). *Historische Darstellung.* Gotha. 1867. 1 vol in-8°.

La guerre de Trente ans est à la fois le grand événement de l'histoire moderne et le nœud de la question allemande, tranché tout récemment par l'épée de Sadowa. Cela explique d'un mot l'extrême abondance des études qui la concernent et l'importance que le public y attache. Tout n'est point dit encore. Bien des difficultés sont à résoudre, bien des choses à expliquer mieux qu'elles ne le sont; cependant, dès à présent, un fait se dégage de ces travaux historiques, qui les domine et les éclaire : on ne saurait en disconvenir, il sera toujours possible d'arrêter dans son vol l'idée de progrès, de la bafouer, de la calomnier; mais, quant à la supprimer d'un coup, c'est heureusement chose impossible. Car cette idée est à tel point nécessaire à la marche des sociétés humaines, que, si ses bourreaux pouvaient seuls rester debout, elle s'implanterait en eux et les forcerait, bon gré mal gré, à travailler au retour de sa légitime influence.

C'est ce que l'on vit au XVIIe siècle : la réaction se croyait au bout de sa besogne. Promenant sur l'Europe un regard satisfait, elle disait : « Je règne, enfin; tout m'obéit. » Mais ce silence général n'était que le calme précurseur d'un nouveau, d'un plus terrible orage. Au moment où l'on s'y attendait le moins, le champ de bataille entre le vieux monde et le monde nouveau, fermé aux Pays-Bas, se rouvrit en Allemagne. On avait lutté jusque-là sur un coin de terre étroit, menacé de toutes parts par les colères de l'Océan; on va se battre désormais à l'aise sur la moitié d'un continent. Une querelle de ménage, entre un peuple et son roi, était devenue une question de premier ordre, touchant aux intérêts de toute la chrétienté. Espagnols, Italiens, Français, Suédois, Belges, ces derniers ne s'appartenant point, passèrent successivement le Rhin et contribuèrent à réveiller les passions, à ranimer la guerre, plus d'une fois sur le point de s'assoupir.

Ce que les populations allemandes eurent alors à souffrir, défie l'analyse. Aujourd'hui, après plus de deux siècles, elles se souviennent encore de ce long martyre, de ces épreuves sans fin. Les chefs-d'œuvre de Schiller n'ont fait qu'en raviver le souvenir. Tous ceux qui connaissent la dramatique trilogie de Wallenstein, où l'imagination du poète et la réalité se joignent et se confondent merveilleusement, en restent éblouis, pénétrés à jamais. Ils disent avoir appris là l'histoire de la guerre de Trente ans plus complétement que dans les livres; et ils n'ont pas tout à fait tort. Le génie a sa divination. Il ne tâtonne point comme l'historien, que l'indécision peut surprendre au milieu de la richesse des documents. Il frappe juste, parce qu'il voit de haut et de loin. Le présent, qu'il connaît mieux que personne, se transfigure à sa voix et devient, trait pour trait, le passé qu'il veut peindre. C'est en vertu de ce procédé magique d'assimilation, possédé par Schiller à un suprême degré, que les grandes figures de Wallenstein, de Gustave-Adolphe, de Tilly et de Mansfeld apparaissent au peuple allemand complètes, vivantes, sans ombre et sans confusion.

Notre intention n'est point d'invoquer ici le « *Vox populi, vox Dei* » en matière de critique littéraire. Le procédé serait commode, mais rien que commode. Ce qui est certain, hors de doute et de discussion, c'est que, grâce à notre éducation purement française, à nous, peuple d'origine germanique, nos propres illustrations, Tilly et Mansfeld, par exemple, nous sont moins bien connues qu'aux lecteurs de Schiller. Nous nous doutons à peine qu'en suivant, dans ce temps-là, à la voix de nos Archiducs, la fortune des Habsbourgs, nous manquions aux devoirs de notre neutralité politique et tournions le dos à nos intérêts les plus chers (1). Il est arrivé à l'empereur Joseph II de nous traiter d'ingrats, de nous jeter à la tête d'autres épithètes plus malsonnantes encore, et cela, fort mal à propos. Ce souverain voulait notre bien, c'est convenu; par malheur, ses

(1) Est-il besoin de rappeler à nos lecteurs que cette *neutralité belgique* était le résultat des marchés passés entre Charles-Quint et l'Empire d'Allemagne à la diète d'Augsbourg de 1547 et de 1548? Le but et les conséquences de ce détachement, de ce désintéressement des affaires d'Allemagne ont été étudiés par M. Altmeyer dans *la Belgique judiciaire*. Les traités d'Augsbourg avaient empêché, au XVIe siècle, les princes allemands d'intervenir ouvertement aux Pays-Bas contre Philippe II et les Espagnols, mais ils n'empêchèrent point les Archiducs de prendre directement part à la guerre de Trente Ans. Notre châtiment fut l'article X^e^ du traité de Munster de 1648, qui permettait implicitement aux Français et aux Hollandais d'entreprendre sur nous.

aïeux et prédécesseurs nous avaient si intelligemment gouvernés, que nous étions hors d'état de reconnaître la pureté de ses intentions, la générosité de ses idées et la haute portée de ses réformes. A eux seuls la responsabilité d'un malentendu qui se traduisit en une révolution bouffonne ! A Joseph II cependant le reproche d'être venu au monde trop tôt pour l'Autriche et pour nous !

De nos Archiducs, nous aimerions mieux ne point parler; il y aurait trop à dire. Néanmoins, un mot sur leur époque est nécessaire.

Nous avions acheté, en 1609, de la Hollande, cette autre moitié de nous-mêmes, une paix onéreuse, et nous pouvions à peine, malgré les traités, compter sur les bons procédés de la France à notre égard; nous étions donc, à la veille de la grande guerre d'Allemagne, pris et resserrés entre deux voisins suspects, dont les ardentes convoitises n'attendaient, pour se montrer, qu'une occasion favorable. On le vit bien, en 1648, lors de la paix de Munster, par la confirmation donnée à la perte de l'Écluse, de Bois-le-Duc et de Maestricht, par la fermeture de l'Escaut et l'abandon forcé à la France d'une partie de la Flandre et de l'Artois.

D'où venait, de notre part, une conduite si illogique et donnant de si déplorables résultats ? Uniquement de la tyrannie des idées religieuses. L'insuccès de la révolution de 1566 avait tué chez nous toute initiative, toute réflexion, toute logique. Nous ne demandions plus que le repos à tout prix. Voilà comment il a pu se faire que notre sécurité, notre dignité et le peu qui nous restait de nos richesses, furent sacrifiés aux intérêts dynastiques de l'auguste maison d'Autriche. Chaque fois qu'on la mettait en demeure de payer ses dettes, c'était toujours sur la Belgique que se prenait l'appoint.

Ces considérations, inspirées par l'histoire de la guerre de Trente Ans, nous amènent à Tilly et à Mansfeld, qui représentaient, dans ce temps-là, les deux principes ennemis : celui-ci, l'émancipation politique et religieuse; celui-là, la soumission sans condition à l'Empereur et au Pape.

On s'est beaucoup occupé d'eux, dans ces dernières années, et M. le comte de Villermont plus que personne.

Ayant « des loisirs de jeunesse », il caressa « l'idée de tâcher de » payer l'hospitalité de la Belgique par un travail sur un de ses » grands hommes et sur une des époques de son histoire. » (1).

(1) Outre l'ouvrage cité en tête de cet article, on doit à M. le comte de Villermont un éloge de Tilly en 2 v. 8°, publié en 1860 chez H. Casterman, à Tournai, sous le titre de : *Tilly ou la Guerre de Trente Ans, de 1618 à 1632.*

Que M. de Villermont ait été conduit « fortuitement » à s'occuper des premières années de la guerre de Trente Ans, il nous permettra d'en douter, et cela, en partie, pour les bonnes raisons qu'il donne lui-même lorsqu'il dit qu'il s'est mis à l'œuvre après avoir pu « constater le rôle prépondérant que jouait alors en Europe le gouvernement des Archiducs. »

Ainsi donc, ce règne si triste et si plat que, malgré les appels de notre académie, il ne s'est trouvé personne en Belgique d'assez audacieux pour entreprendre d'en écrire l'histoire, « aurait été grand et puissant au dehors ! »

Cette nouveauté valait bien la peine d'être mise en relief. M. de Villermont l'a essayé. Ne pouvant louer Albert et Isabelle chez eux, il a voulu au moins faire leur éloge à l'étranger, et pour cela, il a suivi nos soldats wallons, qu'on vendait à l'Autriche quand elle pouvait les payer, ou qu'on lui prêtait, par dévouement pour la bonne cause, quand elle se déclarait à bout de ressources, ce qui lui arrivait déjà dans ce temps-là.

« Le rôle prépondérant » joué en Europe par nos Archiducs s'est borné, croyons-nous, à ce commerce de chair à canon. Tout ce qu'il est possible de dire à leur décharge, c'est qu'ils avaient la main forcée par le roi d'Espagne, que l'empereur d'Autriche était leur proche parent, et que l'idée de lucre qui poussa plus tard un autre souverain, Frédéric II, électeur de Hesse, à mettre à la disposition des Anglais, ses sujets en état de porter les armes, leur fut étrangère. Mais il faut bien convenir que la bravoure des soldats wallons et la gloire d'un Bucquoy ou d'un Tilly ne saurait en aucune façon rejaillir sur eux. Ces hommes de guerre belges étaient devenus des généraux autrichiens ou bavarois ; ils s'étaient dénationalisés comme l'avait fait Mansfeld en prenant le titre de « colonel des armées du royaume de Bohême et de général des compagnies allemandes au service du duc de Savoie. »

Certes, la gloire est une belle chose ; mais nous ne croyons pas que celle que les soldats belges ont acquise en Allemagne dans la guerre de Trente Ans, suffise à réparer les blessures faites à notre honneur et les rudes coups portés à notre prospérité nationale par une politique mauvaise.

Quoi ! on nous prenait par milliers nos jeunes gens pour en faire les égorgeurs de la liberté germanique, on nous embauchait à beaux deniers comptant nos derniers ouvriers de la Flandre et du Brabant, et, en échange, on nous expédiait des nonnes et des moines qu'il nous fallait héberger, nourrir et pensionner !

Encore, si cette gent dévote, en marmottant ses litanies, en usant ses genoux sur les dalles de nos églises, avait pu arrêter le génie victorieux d'un Maurice de Nassau! Mais non, il était écrit que toute compensation nous serait refusée, et que nous continuerions à perdre des villes faute de soldats pour les défendre.

Le sans façon avec lequel, en ce temps-là, on traitait notre pauvre Belgique retombée sous le joug, est vraiment curieux. Le comte de Khevenhiller, ambassadeur d'Autriche à Madrid, ne se gênait point pour dire, dès 1618, à Phillippe III, qu'il fallait de toute façon à l'Empereur son maître et au duc de Bavière, son beau-frère, un chiffre rond de 30,000 hommes pour se tirer d'affaire, et que l'on comptait sur lui.

— « C'est fort bien, objectait le triste fils du terrible Philippe II, mais le tout est de savoir où prendre ces 30,000 hommes.

— Que Votre Majesté ne s'en tourmente point, répondait l'ambassadeur, j'ai démontré au Père Alliaga que c'est moins la puissance de mon auguste maître que notre sainte foi catholique qui est en jeu, et que rien ne serait plus facile que d'avoir ces 30,000 hommes, si Votre Majesté daignait écrire à la cour de Bruxelles et au marquis de Spinola qu'il faut les trouver absolument. Le Brabant est riche encore en bons soldats. »

Du moment où son confesseur, peu porté pour les Habsbourgs d'outre Rhin, était converti, le roi d'Espagne ne demandait pas mieux que de l'être : Ferdinand II d'Autriche et Maximilien de Bavière eurent, non point leurs 30,000 hommes demandés, mais la moitié à peu près de ce chiffre; Wallenstein fut autorisé à enrôler chez nous ses hallebardiers et ses cuirassiers, et Spinola alla ravager le Palatinat à la tête d'une armée belgo-espagnole.

Ces Belges se trouvèrent partout en Allemagne en face de leur compatriote Ernest de Mansfeld, qui devint bientôt pour eux l'objet d'une terreur superstitieuse, ou, qui pour mieux dire, leur parut cet « homme inébranlable et invincible » que Voltaire s'est plû à voir en lui et que Schiller, nous a dépeint comme « digne d'un meilleur sort et de l'immortalité. »

C'est là justement ce que M. de Villermont ne saurait admettre. Ces jugements si favorables à l'une de nos gloires nationales l'irritent, et il s'inscrit en faux contre eux. Est-ce bien la bonne manière « de payer l'hospitalité de la Belgique » que de ravaler l'un de ses enfants pour grandir l'autre, et de refuser systématiquement à Mansfeld ce qu'on accorde si généreusement à Tilly? Nous ne le pensons pas. La passion est toujours mauvaise conseillère. Nous sommes bien en droit de le répéter à d'autres, pour nous l'être entendu dire souvent. Mais nous avons fini, croyons-nous, par conquérir ce calme que l'âge et la réflexion peuvent seuls donner, et nous nous demandons ce qu'il avait de si séduisant celui que Gustave-Adolphe appelait: « le vieux caporal, » les Jésuites : leur glorieux et bien aimé fils, et Maximilien de Bavière, avec plus de raison que personne : « le plus heureux de ses généraux et le plus fidèle de ses serviteurs. » Tilly n'aimait ni le vin, ni le jeu, ni les femmes; c'est quelque chose, c'est même fort extraordinaire pour l'époque à laquelle il vivait. Mais tout cela ne constitue point un homme « aimable, irrésistible », encore bien moins un type militaire. Disons-le donc, c'est « sa dévotion sans égale à la Vierge Immaculée, dont il avait fait peindre l'image sur ses étendards », qui, pour les historiens bien pensants, orne sa tête de l'auréole de l'immortalité. A notre humble avis, ce grand ennemi des femmes n'avait pas besoin de se contredire en faveur de la Vierge, pour passer à la postérité. Son fanatisme clérical le servit peu, et ne fut, en somme, qu'un incident fâcheux, le côté sombre de sa *grande figure*, la cause des fautes qu'on lui a reprochées, en les exagérant. Né en 1559, en pleine lutte religieuse, et élevé par les Jésuites, — double excuse, — Tilly avait passé le Rhin avec l'idée fixe qu'il était appelé à courber toute l'Allemagne, par la force, sous la loi du Pape, comme on avait fait un demi siècle plus tôt de la pauvre Belgique, sa patrie. Il devait échouer, et il échoua comme tous ceux qui, après lui, reprirent son œuvre.

Il arriva en Allemagne ce qui s'était passé aux Pays-Bas. Il y resta un peuple libre au Nord, un peuple esclave au Midi. Ce double phénomène s'explique quand on songe que, de part et d'autre, au Nord, l'élément germanique régnait sans mélange, opposant à l'ennemi de son affranchissement moral et politique une masse compacte, fortement unie; tandis qu'au Midi, la diversité des races, sans parler du reste, offrait à une perfidie calculée l'occasion de réveiller de vieilles jalousies et de mettre aux prises, pour les ramener tous saignants et meurtris sous un même joug, les Germains et les Slaves, ou les Tchèques de Bohème et les Magyars de Hongrie. Aurions-nous jamais été vaincus par le duc d'Albe, si Wallons et Flamands avaient pu s'entendre et si, sur le terrain religieux, nous avions eu autre chose à opposer à l'unité catholique que la triste et jalouse diversité des sectes protestantes?

Tilly était venu au monde trop tôt pour voir les choses à ce point de vue. Mansfeld, né en 1580, lorsque la réaction dans les Pays-Bas pliait déjà sous le génie du Taciturne et se départissait de ses grandes rigueurs, avait reçu une éducation autre, avait des idées plus larges et plus libérales. La fatale maxime de droit public, généralement admise à cette époque : *Cujus regio, ejus religio,* lui faisait horreur. Il ne se contenta point de le dire, il le prouva en plusieurs rencontres. Nous ne citerons qu'un fait et nous l'emprunterons à M. Rodolphe Reuss, un écrivain, qui, par le calme, la sérénité et la sûreté de sa critique, nous paraît procéder en droite ligne de l'illustre professeur Ranke : Mansfeld était protestant, ses officiers et la plupart de ses soldats l'étaient comme lui. En novembre 1618, il s'empara de Pilsen, l'une des trois villes de Bohême restées fidèles à l'Empereur, et il la garda trois ans. Quand il en sortit au bout de ce temps, l'un de ses accusateurs, le nonce du pape, Carlo Carafa, y arriva et constata avec étonnement qu'il ne s'y trouvait pas un seul hérétique. Nul n'avait été forcé en sa conscience. Ni le culte, ni le clergé catholique n'avait été entravé ou molesté en rien. M. Rodolphe Reuss cite les *Commentaria de Germania sacra restaurata*, et il ajoute : « On voit combien Carafa et » tant d'autres écrivains catholiques après lui, ont eu tort d'accuser » Mansfeld de tyrannie religieuse; rien n'était moins dans ses habi» tudes. »

M. le comte de Villermont peut hardiment prendre sa part de ce reproche. Il ne dit pas un traître mot de la tolérance de Mansfeld, de son mépris pour Scultetus, le chapelain du roi Frédéric, qui joua, à Prague, en 1620, et avec aussi peu de succès, le même rôle absurde que Modet à Anvers, pendant les troubles de 1566. Il le croit fort capable de vendre au plus offrant sa conscience comme il a vendu son épée, et il ne lui épargne point des suppositions plus fâcheuses encore. Mais, dès qu'il s'agit de la tolérance peu connue de Tilly, c'est autre chose; M. de Villermont s'extasie sur la générosité que montre son héros de prédilection, lors de la prise de Heidelberg, en hésitant à chasser les derniers pasteurs calvinistes, et cela au risque de se compromettre à Munich, à Vienne et à Bruxelles. Il n'y a pas de quoi. Pilsen avait tout gardé : ses églises catholiques, ses curés, ses statues et ses reliques. Heidelberg ne conserva rien de protestant. Sa belle bibliothèque palatine, fort innocente sans doute de l'hérésie de ses anciens maîtres, fut offerte en cadeau au Pape et se trouve encore aujourd'hui au Vatican. On ne saurait imaginer un nettoyage plus complet, un plus triste abus de la victoire.

N'insistons pas. Il y a d'autres points noirs à éclaircir dans la vie de Tilly. M. de Villermont ne dit rien, par exemple, des quatre cents héros de Pforzheim, lesquels, après la bataille de Wimpfen, auraient été massacrés de sangfroid jusqu'au dernier, pour avoir déclaré que la mort leur semblait préférable à la clémence du général de la Ligue catholique. Cet oubli involontaire mérite à peine un reproche, car il se trouve fort heureusement que cette histoire-là n'est qu'une légende, remise en circulation, en 1788, et dénuée de tout fondement comme de toute vraisemblance.

Ce qui est plus grave, plus résistant surtout, c'est la destruction de fond en comble de Magdebourg, en 1631. Certes, il y eut là, après la prise de la ville, de grandes barbaries commises, barbaries aussi grandes qu'inutiles; mais il paraît certain que l'accusation d'avoir prémédité, ordonné et accompli la destruction de cette ville, qui avait déjà cours parmi les contemporains de Tilly, tombe et ne peut plus avoir aujourd'hui de défenseurs sérieux. Magdebourg, à ce qu'il paraît, eut l'héroïsme de Moscou : elle s'enveloppa stoïquement d'un linceul de flammes, décidée à ne point survivre à sa défaite et à ne laisser aucun profit à son vainqueur. La meilleure preuve que nous puissions en donner, outre qu'il fallait absolument à Tilly une place d'armes et une base d'opérations et qu'il éprouva un grand dépit d'en être privé, se voit dans un très-curieux exposé de la politique impériale dû à la plume du Père Lamormain. Ce Jésuite n'était rien moins que le confesseur de Ferdinand II, c'est-à-dire le plus puissant personnage de l'Empire. L'importance stratégique de Magdebourg ne lui avait point échappé et il faisait entrer cette ville en première ligne dans son plan de « récatholisation » de l'Allemagne du Nord. C'est pour cela que Wallenstein en fit le siége en 1629, et que, deux ans plus tard, Tilly fut chargé d'y devancer Gustave-Adolphe. S'il nous fallait une preuve de l'authenticité du plan de campagne tracé par le Père Lamormain, nous n'aurions qu'à citer certain mémoire adressé à l'Empereur, par son bon ami et compatriote, le luxembourgeois Aldringer, qui en est la reproduction fidèle.

Pour laver la mémoire de l'illustre général de la Ligue catholique des reproches les plus graves, nous nous adressons à des sources catholiques, parfaitement sûres et authentiques, et, partout où nous la rencontrons, nous combattons la légende, ce mensonge doré, ce lierre parasite qui a la vie si dure, qui rampe d'abord inaperçu sur le sol, qui, pour s'élever, s'attache où il peut, et qui finit, si l'on n'y prend garde, par étouffer le chêne qu'il enlace. L'histoire n'est à tout prendre que la recherche, souvent bien pénible, de la vérité, qui fait revivre avec ses grandeurs et ses misères, sans en rien voiler, une époque, un fait ou un homme. Pourquoi, s'il en est ainsi, M. de Villermont ne rend-il point à Mansfeld la justice que nous rendons à Tilly? Pourquoi ne soumet-il point ses sources à un triage plus sévère et plus consciencieux? Pourquoi n'a-t-il pas fait fouiller les archives de Londres, de Dresde et de Copenhague, aussi bien que les dépôts de Bruxelles, de La Haye, de Vienne et de Simancas? Pourquoi enfin n'oppose-t-il point des témoignages protestants dignes de foi, puisque Mansfeld était protestant, aux pieuses calomnies du parti catholique?

Ces questions et quelques autres encore, nous les trouvons formulées dans le livre récemment publié par M. le comte Uetterodt de Scharffenberg, sous ce titre : « *Ernest de Mansfeld* (1580-1626) *Un Exposé historique.* » Cet écrivain s'étonne de voir un biographe belge, ou supposé tel, — il ignore qu'il s'agit seulement d'une dette d'hospitalité à payer, — faire si peu de cas de Mansfeld, et traiter, dans le cours de deux volumes de 400 pages chacun, le général de l'Union évangélique, le digne émule d'un Bucquoy, d'un Spinola et d'un Tilly, de bâtard, d'aventurier, de fourbe et de débauché. Ces appellations tant prodiguées auraient dû ouvrir les yeux à M. le comte Uetterodt. Il y a de ces géants de l'histoire qui ont le sort des géants de la forêt : ils appellent la foudre. Seulement, les foudres cléricales ne sont pas celles du ciel. Elles noircissent toujours et ne renversent presque jamais. Marnix a tenu bon; Mansfeld fera de même, et cela sans que nous nous en mêlions le moins du monde.

Il est utile cependant que le public sache à quelles exagérations s'abandonne l'esprit de parti, une fois qu'il a enfourché son bidet de croisade. Passons en revue, le plus rapidement qu'il nous sera possible, les soi-disant *crimes* d'un Belge, qui fut l'ennemi constant du mensonge et de la servitude, et qui, à l'exemple du prince Guillaume d'Orange, aurait pu s'appliquer les paroles du fameux *Wilhelmus Lied:* « Né de sang germanique, je suis resté fidèle à la » patrie jusqu'à la mort. J'ai résolu de vivre sous la loi de Dieu, et » voilà pourquoi je suis banni loin de mon pays et des miens. Mais » Dieu me conduira comme un bon instrument. »

Mansfeld fut bon instrument, en effet. On le surnomma l'*Attila des frocards* (Pfaffen-Attila).

Ce fut en 1610, au moment même où Henri IV, à la veille de changer la carte de l'Europe et d'enrayer les Turcs, tombait sous les coups d'un assassin — ce rapprochement pourrait bien n'être point fortuit — qu'Ernest de Mansfeld, désillusionné, abreuvé de dégoût, se brouilla avec les Habsbourgs, avec ceux de Bruxelles, comme avec ceux de Madrid et de Vienne. On lui avait refusé sa part d'héritage; on lui déniait jusqu'au droit de porter son nom. L'esprit de parti dira ici : « C'était bien fait, c'était juste; le titre » de prince de Mansfeld ne pouvait appartenir à un bâtard. » Un moment, s'il vous plaît, nobles et scrupuleux défenseurs de la morale, ou, pour mieux dire, des préjugés qui en tiennent lieu!

Qu'en savez-vous, si la question de bâtardise, qui pour vous ne fait point ombre de doute, a été tranchée de manière à ce qu'on n'y puisse plus revenir? Vous avez cherché, et vous n'avez rien trouvé aux Archives générales de Belgique dans les registres aux légitimations. Mais la lecture de ces registres ne vous a-t-elle pas édifiés? N'y avez-vous pas vu la belle besogne que la réaction, commencée par le duc d'Albe et poursuivie par les Archiducs, a faite chez nous : combien les mœurs étaient alors plus pures que du temps où ces luthériens et ces calvinistes maudits priaient et chantaient les louanges de Dieu en langue vulgaire ; et comment il ne fallait point être gouverneur de province ni dépenser gros pour faire reconnaître ses enfants naturels. Nombre de curés, voire même de vicaires, se donnaient ce luxe. Qu'à l'exemple du curé de Mondorf, son voisin de campagne, le vieux comte de Mansfeld ait « avoué l'extrême fragilité de l'humaine nature, » et fait légitimer d'un coup, en 1591, trois bâtards qu'il avait eus d'Anne de Benzrath, fille non mariée, il n'y avait à cela, pour le temps, rien d'étonnant. Mais convient-il de dire aussitôt, et cela parce que l'un de ces bâtards s'appelait Ernest, que c'était là le célèbre général de la guerre de Trente ans? Nous le contestons sur la foi de son compatriote, le savant Schannat, et de son contemporain, le comte de Khevenhiller. L'un et l'autre disent qu'il s'appelait non pas Ernest, mais Pierre-Ernest, ce qui est confirmé par le fait que son parrain Raville, le maréchal de la noblesse du duché de Luxembourg, portait ces deux prénoms. Le comte de Villermont a écrit Carl-Ernest ; ce ne peut être qu'une faute d'impression ou de copiste. Pour nous, la confusion entre Pierre-Ernest, qui s'illustra sous le nom de comte Ernest de Mansfeld, et Ernest, le fils d'Anne de Benzrath, est logiquement et chronologiquement impossible, soit qu'on mette les amours du vieux comte de Mansfeld avant son premier mariage, comme le fait le professeur Neyen, de Luxembourg, ou après son second mariage, comme le veut le comte de Villermont. Nous laissons les chiffres de côté, malgré leur suprême éloquence, ne voulant point nous arrêter trop longtemps sur ce point ; mais il nous semble constant que, si notre personnage a eu le maréchal de la noblesse de sa province pour parrain, son propre frère, l'illustre général des guerres de Hongrie, pour ami et compagnon d'armes, et sa veuve pour bienfaitrice, c'est la meilleure des preuves que sa mère n'était point la première venue.

Quel était son nom? Nous avons le choix entre Anne van Eycken, belle-sœur du margrave de Bade-Durlach, et Anne de Chalon, veuve de Maliny, seigneur huguenot, mort dans l'exil. La chronique secrète de l'époque et même le comte de Khevenhiller, dans ses *Annales Ferdinandii*, donnent la préférence à cette dernière. On sait que bon nombre de biographies, y compris celle des Belges illustres publiée par MM. Jamar et Hen, ont mis à Malines le berceau de notre héros; cette erreur ne viendrait-elle point du nom de sa mère, mal lu ou mal compris?

Le comte de Khevenhiller fait de Mme de Maliny la troisième épouse légitime du vieux comte de Mansfeld. Lui, au moins, n'aura point été étonné en voyant le fils de cette dame réclamer à plusieurs reprises, de la maison de Habsbourg, des indemnités du chef des biens, titres et droits des Mansfeld dont il se disait injustement privé.

Examinons maintenant, la main sur la conscience, si l'enfant légitime ou non n'est point cent fois plus digne du titre de prince que son père, le gouverneur du Luxembourg, qui, Allemand, répudie sa patrie; qui, luthérien, abandonne son culte pour plaire à César; qui, sujet saxon, conspire contre son Électeur et contribue à sa confusion et à sa honte; qui, enfin, pour rendre la comédie complète, porte, comme Louis XI, ce grand maître en fourberies, une petite Vierge de plomb à son chapeau, affecte de la vénérer, de lui adresser les plus ferventes oraisons, et ne cesse, malgré sa grande piété, de ridiculiser ses cheveux blancs en semant autour de lui des bâtards plus ou moins naturels ou authentiques.

Ernest de Mansfeld, le treizième et dernier venu parmi ceux de ces enfants reconnus bons et légitimes, n'a rien de tout cela à se reprocher. C'est tout au plus si l'on peut dire qu'il est la personnification du repentir paternel. Comme Vénus aphrodite, il sort de l'écume d'une vie aussi déréglée qu'une mer en furie, et il en garde, bien malgré lui, quelque chose. Ce quelque chose ne suffit point à le faire condamner, car son héroïsme le sauve des plus mauvais pas. Jamais il ne désespère, jamais il ne cède aux caprices de la fortune, jamais il ne courbe le front sous l'infamie imméritée de sa naissance. « L'esclave qui cache avec humilité ses fers ou ses stygmates, au lieu de les montrer, mérite de les porter », a dit avec raison M. Emile de Girardin, un autre bâtard qui en a pris son parti (1). Et c'est là, à nos yeux, la principale grandeur de Mansfeld d'avoir voulu conquérir par lui-même et d'avoir obtenu de l'opinion publique et de la postérité cette réhabilitation qu'il aurait pu si commodément aller chercher à la chancellerie impériale au prix de l'abdication de sa conscience et de quelques écus.

(1) Voir sa lettre préface aux bâtards célèbres de M. A. Chargueraud. — Paris, 1859. 1 vol. in-12.

Mansfeld a bien fait. La justice, pour avoir été tardive, a été éclatante, aussi complète que possible. Le « grand bâtard », comme disaient ses contemporains, efface sur les tablettes de l'histoire tous les autres Mansfeld, ceux qui le précédèrent et ceux qui le suivirent.

Vous l'avez dit, M. le comte de Villermont : « Sans lui, l'Alle-« magne n'eût pas été broyée sous les pieds de Wallenstein, de « Gustave-Adolphe et de leurs successeurs. C'est là son mérite « unique, incontestable à la reconnaissance des ennemis de l'Alle-« magne. » — Seulement, vous en dites trop et pas assez. Trop, parce que vous avouez que Mansfeld a été, « pour les amis de l'Allemagne », un obstacle insurmontable, et pas assez, parce que vous ne dites point clairement quels étaient « ces amis de l'Allemagne. » C'est ce qu'il convient d'éclaircir.

Une chanson de 1624, intitulée : *Le Roulement de tambour de Mansfeld* (Mansfeldisch Trommelschlag), le dit brutalement en quelques mots :

> Schlag auf die Trommel wolgemuth
> Triff nur den Esauiter-Hut!
> Dieselben haben's Spiel angefangen,
> Müssen ihr viel am Kühstrick prangen (1).

Cela est confirmé de point en point par le fameux traité de Chemnitz, publié en 1640, sous le pseudonyme d'Hippolyte *à Lapide* et sous le titre de : *Dissertatio de Ratione status in Imperio nostro romano-germanico* (2). On y voit la déclaration de Luther, que : la prétention de la puissance spirituelle à dominer sur la puissance temporelle devait absolument être abandonnée et subir un travail de décantement des formes du moyen âge.

(1) Faites résonner gaiement vos tambours,
Comme si vous tapiez sur des Jésuites !
Ce sont eux qui ont commencé la danse
Beaucoup d'entre eux auront la corde au cou.

(2) A propos de ce livre qui, dans son temps, influença grandement l'opinion publique, Bretschneider raconte l'anecdote suivante. L'empereur Joseph visitait la bibliothèque de l'université de Lemberg, quand, tout à coup, il avisa au dos d'un ouvrage en 9 ou 10 gros volumes in-folio, ce titre : *Cornelii à Lapide Opera.* — « Comment, s'écria-t-il, le gaillard aurait écrit autant que cela ! Vite, qu'on m'en-» lève cet ouvrage ; il a été condamné et brûlé par la main du bourreau ; je ne veux » pas qu'on le lise. »

L'ordre fut exécuté sur l'heure ; et il se trouva qu'une fois par hasard, un jésuite innocent — ce Corneille à Lapide était un savant liégeois — paya pour le vrai coupable. V. *Meusel's Vermischte Nachrichten und Bemerkungen Erlangen,* 1816, p. 44.

L'Allemagne voulait à sa tête un chef national, un empereur germain, et non pas un serviteur très-humble du Saint-Siége, pouvoir sinon hostile, du moins étranger. C'était juste et légitime. Les Jésuites seuls ne furent point de cet avis. Ils avaient d'ailleurs une revanche à prendre. Ils remuèrent ciel et terre, obtinrent de Philippe III, roi d'Espagne, et d'Albert, l'archiduc-infant des Pays-Bas, l'abandon de leurs droits; de Maximilien, duc de Bavière, le retrait de sa candidature; ainsi leur élève, l'archiduc Ferdinand, succéda à Mathias sur le trône des Césars. Si, à ce moment-là, Ernest de Mansfeld n'avait point paru et ne se fût point opposé, avec un héroïsme infatigable, aux entreprises « des amis de l'Allemagne », il est fort probable que tout le pays eût été broyé sous les pieds d'un fanatique sans cœur et sans cervelle comme l'était Ferdinand II, et que ses destinées eussent été semblables à celles de l'Espagne. Dieu et Mansfeld l'en préservèrent. La guerre, une guerre de trente ans, était préférable encore à un sort aussi funeste. Elle dura aussi longtemps, parce que des défaites successives ne découragèrent point les défenseurs de la Révolution, les porte-drapeaux de l'idée germanique d'indépendance et de progrès. Écoutez plutôt parler Chemnitz, c'est la péroraison de la terrible dissertation que nous avons citée :

« Ceux-là qui n'ont point le cœur bien placé seront seuls à s'étonner de nous voir porter la parole contre l'Empereur. Il y a longtemps, bien longtemps de cela, que nous avons résolu de combattre, avec la plume et l'épée et tant que nous aurons une goutte de sang dans les veines, la maison d'Autriche, si funeste à la liberté et à la prospérité de l'Allemagne. Qu'on nous prenne maintenant la vie, nous le voulons bien, le ciel nous reste, et ce sera toujours échapper aux tyrans de ce monde. »

Des hommes de cette trempe, mettant, comme Mansfeld, leur petite cause à la remorque d'une grande mission, devaient accomplir des merveilles. Mansfeld en raconte quelques-unes dans son *Apologie*, publiée en 1621. Toutes ne lui sont pas personnelles. Il ne cache rien des faiblesses de ses co-associés, rien de ses propres misères. Quoi de plus curieux que les révélations qu'il fait sur les causes de l'insuccès de la révolution bohème? On se croirait en Belgique, cinquante ans plus tôt, en plein XVIe siècle. La noblesse veut tout faire et embrouille tout. Les hauts et puissants conspirateurs veulent tous commander, personne ne sait obéir; ils parlent tous de sacrifier, pour la bonne cause, leur fortune et leur vie; mais, quand il s'agit de payer les mercenaires étrangers, l'argent fait défaut. Pour rendre le parallèle plus frappant encore, ces gentilsnommes, qui plus tard perdront tout pour n'avoir point su faire des sacrifices en temps opportun, envient à Mansfeld la réputation militaire qu'il s'est acquise, le prestige qu'il exerce, et ils s'arrangent pour le trahir. Une réflexion navrante, mais vraie, se place naturellement ici : toutes les fois qu'une nation se décide à secouer un joug qui lui pèse, à reprendre possession de sa souveraineté, elle est perdue si elle confie le soin de ses intérêts les plus chers à son aristocratie, à ce parti qui, dans tous les pays, n'a jamais rien appris, rien oublié. Pour conquérir l'avenir, il faut sortir du passé, lui échapper franchement. C'est ce que les *malcontents* belges du XVIe siècle, les Bohèmes du XVIIe et les Polonais de tous les temps ne comprirent point, et c'est pourquoi ils échouèrent.

M. le comte de Villermont cite à plusieurs reprises « l'*Apologie* « *pour le très-illustre seigneur Erneste, conte de Mansfeld, maré-* « *chal de camp du royaume de Bohème et païs incorporez, etc. En* « *l'an* 1621, in-4° ». Mais il n'en tire point tout le parti possible. Il a une préférence marquée pour un pamphlet des plus violents, publié en allemand sous le titre d'*Acta Mansfeldica* (1). Il enlève ainsi à son livre une partie du mérite qu'auraient pu lui donner ses laborieuses recherches.

Nous eussions passé condamnation sur le procès de tendance qu'il fait aux idées libérales, sur sa croyance aux miracles en faveur de Ferdinand II, de Maximilien de Bavière et de leurs généraux ; mais nous ne saurions voir un historien se pencher sur une coupe de poison, y puiser à longs traits, y tremper sa plume et en barbouiller l'un de nos grands hommes, sans protester au nom de la justice et du respect que l'histoire réclame de ceux qui s'enrôlent sous sa bannière. C'est dans les *Acta Mansfeldica* qu'on trouve, contre la mémoire d'un héros, des accusations ridicules. M. le comte Uetterodt a pris la peine de les réfuter. Devons-nous nous y arrêter? Est-il besoin de prouver que Mansfeld demeura fidèle jusqu'au bout à la cause du Palatin, peu digne de tant de dévouement; qu'il ne recueillit que des titres pompeux, ceux que la maison impériale lui avait refusés, et laissa à ses soldats tous ses trésors; qu'il remporta quelquefois des victoires, comme à Wiesloch et à Fleurus, là où l'on veut qu'il ait été vaincu ; que, plus magnanime qu'aucun

(1) *Acta Mansfeldica oder Gründlicher Bericht von des Mansfelder Ritterthaten etc. S. L.* 1623, 4°. Ce volume fut bientôt suivi d'un autre, conçu dans le même esprit de dénigrement : *Actorum Mansfeldicorum continuatio oder ander Theil, das ist, Graff Ernsten van Mansfelt Leben und Ritterthaten, nemblich, was seither jüngsthin aussgegangen seiner Acten Ritterlich von ihme verubt worden sambt etlichen Beylagen*, etc. Im Jahre 1624, 4°.

homme de guerre de son temps, il pardonnait, plein de tristesse, à ceux qui trompaient sa confiance (1); que jamais il ne traîna derrière lui, dans ses rudes campagnes, « un bazar de rares beautés »; que la fille du comte Ennon d'Oost-Frise, qu'il aurait enlevée, dit-on, à ses parents, n'a jamais existé; qu'enfin il est absurde de prétendre qu'il rencontra en Bosnie des prêtres catholiques qui l'assistèrent à ses derniers moments et le ramenèrent à « la foi de ses jeunes années » ? Cela est fait, croyons-nous, pour ceux qui ont pris la peine de nous lire jusqu'ici. L'étude que M. le comte de Villermont nous a donnée n'est point inutile, il s'en faut de beaucoup; mais l'histoire d'Ernest de Mansfeld est encore à écrire. L'envie a fait son œuvre, c'est maintenant à la justice à faire la sienne et à rendre à notre héros, comme dans les contes de fées, sa forme primitive, sa figure vraie et authentique. Si nous ne nous trompons pas, il faut voir en lui un vrai Gueux, un compagnon d'armes du Taciturne, égaré dans le siècle d'Albert et Isabelle. Il veille quand tout dort, il combat fièrement quand on s'abandonne au lâche repos de l'impuissance; tout ce monde qu'il trouble et qu'il ahurit, l'insulte, le bafoue, le calomnie. Il leur répond par son calme, par son dédain; jusqu'au jour où, à Fleurus, en 1622, il leur inflige la plus cruelle humiliation. Sa diplomatie a vaincu celle de Loyola, son armée a battu celle du roi d'Espagne. Plus tard encore, lorsque, mis pour la troisième fois au ban de l'Empire, il a tourné le dos à l'Allemagne, et que la mort le surprend en chemin, nous le retrouvons digne de sa réputation : c'est debout, revêtu de son armure et appuyé sur deux fidèles serviteurs qu'il rend le dernier soupir. Là où la dignité humaine s'affirme et se montre ainsi, il n'y a point de place pour les prêtres. C'est ce que MM. Hurter et Onno Klopp auraient dû comprendre; mais, ici comme ailleurs, la ferveur habituelle aux néophytes les a entraînés au delà des limites du vraisemblable. Le seul châtiment que nous leur souhaitions, ainsi qu'à M. le comte de Villermont pour les avoir suivis, c'est de voir M. Rodolphe Reuss traduire lui-même en français son excellente histoire de Mansfeld. Cet historien a fait, de toutes les sources imprimées ayant rapport à

(1) Aucun des biographes de Mansfeld n'a rapporté, croyons-nous, le fait suivant que nous avons rencontré dans le *Dictionnaire historique de* 1772, v IV, p. 323.
« Ce général (Ernest de Mansfeld) instruit à n'en pouvoir douter que Cazel, celui » de ses officiers auquel il se fiait le plus, communiquait le plan de ses projets au chef » des Autrichiens, ne témoigna ni humeur ni ressentiment. Il fit donner au traître » trois cents Richdalers avec une lettre conçue en ces termes : « Cazel étant votre » affectionné serviteur et non le mien, je vous l'envoie pour que vous profitiez de ses » services. Cette action partagea les esprits et trouva autant de censeurs que de » partisans. »

la guerre de Trente Ans, une étude approfondie, et il mérite l'approbation de tous ceux qui considèrent sérieusement l'histoire en dehors des préoccupations de sectes et d'influence, quand il dit, dans une récente brochure, qu'avant de rien écrire il s'est renseigné auprès des deux partis et a eu soin d'interroger les persécuteurs aussi bien que les persécutés (1).

Il lui reste cependant un devoir à remplir : c'est d'appliquer une fois de plus ces excellents principes à son livre, de le mettre, en le traduisant, au courant des faits nouvellement acquis à la science, et enfin de le conduire jusqu'aux derniers jours de son héros. M. Rodolphe Reuss habite Strasbourg; il est peut-être alsacien, bon patriote sans doute, et il ne saurait manquer de rencontrer en chemin la récompense de ses peines.

Quel beau rôle en effet que celui que le génie de Mansfeld avait rêvé pour l'Alsace! Il voulait y placer la promesse et l'assurance de la paix européenne.

Forcé de quitter la Bohème en vaincu, il apparaissait aussitôt après en vainqueur sur les bords du Rhin, à la tête d'une armée nouvelle. Dans une lettre qu'il écrit, de Selz, en mars 1622, à Jacques Ier, roi d'Angleterre, il lui parle à mots couverts de la revanche qu'il se propose de prendre : « Je vivray en ceste ferme » asseurance, dit-il en finissant, qu'un traicté se faisant, j'y seray » comprins en sorte que me sera un honneur et soulagement à » l'advenir d'avoir esté employé au service du roy mon maistre, et » d'autant que j'ay à demander de grandes sommes qui monteront » à quatre millions de florins d'Allemagne, et que je ne vois pas » comment j'en pourray estre payé de mon dict seigneur et roy » autrement qu'en terres, je supplie V. M. que la ville de Haguenau, la landvogtei avec ses dépendances, que j'ay conquis sur la » maison d'Autriche, me demeurent en payement d'une partie de » ce qui m'est deu. »

Comment se fait-il que ce projet d'un établissement permanent en Alsace ait échappé au comte de Villermont? C'est pourtant d'une importance capitale. Que voulait Mansfeld en se taillant ainsi à coups d'épée dans l'Alsace une principauté?

Il voulait évidemment enchaîner le démon de la guerre que M. le comte de Villermont l'accuse d'avoir de nouveau déchaîné; il voulait sauver au midi de l'Allemagne le protestantisme prêt à disparaître, en lui donnant un point d'appui. Et il aurait réussi, si

(1) *La destruction du protestantisme en Bohême. Épisode de la guerre de Trente Ans*. Strasbourg, 1868, 1 vol. in-8°, p. 2.

l'incapacité notoire de son seigneur et maître, l'Électeur Palatin, si la tiédeur du roi d'Angleterre et de Maurice de Nassau, et la jalousie fiévreuse, presque effarée, du cardinal de Richelieu, n'avaient point été pour lui d'insurmontables obstacles. Quand on voulut y revenir en 1625, il n'était plus temps. Un coup d'œil jeté sur une carte de l'époque nous montre qu'en occupant l'Alsace protestante, Mansfeld séparait la Lorraine catholique de l'Allemagne catholique, les Pays-Bas espagnols, de la Franche-Comté alors espagnole, et qu'il servait également de barrière aux convoitises à peine écloses de la France vers le Rhin. Ce n'est pas tout. En se tenant ainsi l'arme au bras entre l'Allemagne et la France, l'homme de guerre, se faisant politique profond, ce qui n'étonnera que ceux qui ne le connaissent point : il rendait possible et même singulièrement facile la restauration de la maison palatine. Ce qui prouve combien son idée était pratique, utile à son parti, c'est qu'elle fut reprise seize ans plus tard et poursuivie avec avantage par le duc Bernard de Saxe-Weimar, son illustre lieutenant et le vengeur de Gustave-Adolphe dans les plaines de Lutzen. Non plus que lui, le prince saxon ne put s'entendre avec Richelieu. Les plans d'Henri IV avaient fait du chemin en traversant la conscience de l'ancien évêque de Luçon. L'abaissement de la maison d'Autriche était toujours le but principal à atteindre, mais il ne devait profiter qu'à la maison royale de France, nullement aux protestants d'Allemagne, leur cause étant, jusqu'à un certain point, solidaire de celle des Huguenots, toujours redoutés. Voilà pourquoi le cardinal manqua à ses engagements pris vis-à-vis du duc Bernard de Saxe; voilà pourquoi, après eux, la France poursuivit et obtint, par le traité de paix de Westphalie, le morcellement excessif de l'Allemagne du Nord.

Sadowa seul a pu rompre des chaînes séculaires, ignominieuses à porter. La Prusse était prédestinée à ce rôle réparateur. Si, cependant, Mansfeld ou Bernard de Saxe avaient vécu plus longtemps, ils eussent été capables de lui en épargner la peine : en tout cas, la marche de l'histoire aurait été modifiée par eux.

CHARLES RAHLENBECK.

QUELQUES MOTS

SUR LA JURIDICTION MILITAIRE.

L'armée n'est justiciable en Belgique que des tribunaux militaires. Toute infraction, légère ou grave, commise même au préjudice d'un bourgeois par un membre de l'armée, est jugée, suivant le grade de l'inculpé, soit par le conseil de guerre et comme juge d'appel par la Cour militaire, soit par cette cour seulement. Les conseils de guerre se composent exclusivement d'officiers, désignés par le commandant de place; des officiers supérieurs tirés au sort et présidés par un magistrat forment la Cour militaire. La compétence de ces tribunaux ne s'arrête que devant un délit commis à la fois par un militaire et par un bourgeois. Alors seulement, la connaissance de l'affaire, en vertu de la connexité, appartient au juge civil (1).

Ce système qui divise les citoyens en *militaires* et en *bourgeois*, (cette dernière expression n'existe que dans le droit militaire), constitue un anachronisme et un danger. Il a été consacré par le code pénal pour l'armée de terre de 1815.

L'art. 139 de la Constitution a ordonné la révision de cet état de choses, et après trente-neuf ans, ce vœu du Congrès n'est pas exaucé. Il est vrai qu'un projet a été récemment présenté aux Chambres, mais il ne s'occupe que des peines, et la loi qui doit réorganiser la procédure, la compétence et l'organisation judiciaire militaires, reste à faire. Or, s'il est urgent de supprimer une législation pénale absurde, dont nos Chambres ont déjà rayé la bastonnade et la marque, — il n'est pas moins indispensable d'abroger des dispositions contraires et à l'esprit de la Constitution et à ce grand principe du droit public moderne : l'égalité de tous devant la loi.

(1) Il en est de même pour le soldat hors de son corps ou en congé temporaire. Mais deux exceptions ont été introduites : en matière de contraventions fiscales et de chasse, les militaires sont justiciables des tribunaux civils; et l'on peut se demander tout d'abord quel danger il y aurait à généraliser ces exceptions et en quoi la plupart des délits sont plus militaires que le délit de chasse!

Les lois de la Révolution ont aboli les juridictions exceptionnelles; désormais, le noble et le prêtre sont soumis aux mêmes juges que tous les citoyens, et nul aujourd'hui ne songe à faire revivre les tribunaux ecclésiastiques et autres cours spéciales. Comment donc se fait-il que ce système, supprimé pour tous, subsiste pour l'armée, et que seuls les soldats aient le privilége ou la charge de ne relever que de tribunaux extraordinaires?

On a vu là un privilége, parce que, lorsqu'on crée des castes, il est dangereux de soumettre les divisions qu'elles font naître à l'une des parties, et que le soldat dénoncé par un bourgeois doit croire à la bienveillance de ses compagnons d'armes. Mais, sous un autre rapport, la juridiction spéciale est une charge, parce qu'alors que tout citoyen a droit à des magistrats inamovibles ou au jury, il est injuste de substituer à ces juges naturels, des juges ne présentant pas nécessairement les mêmes garanties.

Nous pensons qu'un semblable régime jure avec nos mœurs, et constitue un criant abus. Mais, comme cet abus a résisté à toutes les tentatives de réforme, qu'il fait de l'armée un Ordre dans l'État, nous croyons qu'il importe d'en rechercher l'origine et la portée, et d'affirmer une fois de plus l'inconstitutionnalité flagrante d'une pareille législation.

Et il ne s'agit pas ici d'une question militaire : le débat est purement politique; il intéresse au plus haut point l'avenir de nos institutions.

Si l'on invoque, pour soutenir le Code hollandais, des nécessités professionnelles, nous admettrons l'existence de tribunaux *disciplinaires*; et s'il est vrai que la profession des armes impose à ses membres des devoirs spéciaux, les infractions à ces devoirs peuvent être déférées à une juridiction particulière; mais il faut que cette juridiction exceptionnelle ait ses limites, comme toutes les autres. Les notaires et les avocats sont jugés par des conseils de discipline pour les manquements à leurs devoirs de notaires et d'avocats, et la loi ne les soustrait pas aux tribunaux ordinaires pour les délits de droit commun. Que l'on n'invoque donc pas des nécessités professionnelles pour justifier une compétence sans restriction.

Nous admettons encore que, dans une monarchie absolue, là où il n'existe pas de peuple, mais des sujets, contenus dans l'obéissance par une armée de prétoriens, il convienne au maître de faire de ses gardes une société à part, n'ayant de devoirs qu'envers lui, et indépendants de la justice commune. Mais, en Belgique, où l'armée doit être le pays lui-même, il importe, non pas seulement à l'intérêt général, mais à l'armée surtout, que la présence sous les drapeaux ne soit pas incompatible avec les droits et les devoirs de Belge. Vainement essaierait-on de justifier cette anomalie qu'un citoyen, enlevé à sa famille, non par les exigences d'une carrière librement choisie, mais par la conscription, se voie soumis à une juridiction exceptionnelle; et il y a lieu de s'étonner que les partisans des Codes de 1815, ne comprennent pas qu'en soutenant la nécessité de pareilles lois au point de vue militaire, ils arrivent logiquement à l'incompatibilité des armées permanentes avec les institutions d'un peuple libre.

Nous ne voulons pas approfondir ici cette question, elle sort du cadre de cet article; mais nous avons à cœur de démontrer que cette prétendue nécessité n'est basée ni sur la raison, ni même sur des traditions historiques, et que la plupart des législations la condamnent.

A Rome, l'armée était soumise au droit commun, et le chef ne connaissait que des infractions disciplinaires (1). Le soldat romain était citoyen avant tout.

En France, sous l'ancien régime, l'armée n'avait pas de cours spéciales pour les infractions de droit commun (2); l'ordonnance de Louis XIII, de janvier 1629, ne rendait les tribunaux militaires compétents *que pour les délits prévotaux et non autres* et si plus tard, cette compétence fut étendue, ce ne fut que pour les faits de soldats à soldats (3). Mais les lois de la Révolution rétablirent en son entier la distinction entre les délits militaires et les délits ordinaires; les tribunaux spéciaux ne connaissaient que des premiers, sauf en temps de guerre et pour les armées hors du royaume (4). Les législateurs de cette époque, vrais fondateurs du droit public moderne, avaient compris que le règne de la loi est incompatible avec ces compétences d'exception, et qu'il fallait les abolir toutes du même coup. Mais la Terreur arriva; sous la pression des événements, la Convention trouva les juges civils trop lents pour des armées toujours en campagne, et l'année 1793 vit rétablir une juridiction militaire absolue.

Ce n'est pas évidemment dans la législation de cette période troublée que nous devons choisir des exemples; d'ailleurs ce régime parut tellement exceptionnel et provisoire, qu'une loi du 13 brumaire, an v, décréta qu'il ne serait maintenu que jusqu'à la paix, et ce n'est qu'en raison des bouleversements politiques que, malgré d'instantes réclamations, il s'est conservé jusqu'à nos jours. Il importe aussi de remarquer que la loi française est moins rigoureuse que la nôtre, puisque le soldat en congé, même temporaire, ou hors de son corps, est soumis aux juges civils.

En Angleterre (5), aux États-Unis, en Suisse (6), la loi distingue, et n'attribue, en général, aux tribunaux militaires, que les délits purement militaires.

Le système de la compétence absolue vient de l'Allemagne, où

(1) Fr. 2. *Dig. de re militari*, XII, 36. — Fr. 3. *Dig.* Ibid. — L. 1. Code, *ad leg. Corn., de sicariis*, IX, 16. Voir Chauveau et Hélie, *Traité d'instruction criminelle*, n° 3391.

(2) Déclaration de François Ier, du 8 février 1540.

(3) Ordonnances du 25 juillet 1665 et du 1er juillet 1723.

(4) Lois du 22 septembre 1790 et des 20 septembre — 14 octobre 1791.

(5) Blackstone, ch XIII, 148.

(6) *Code pénal militaire suisse*, 27 août 1851, art. 3.

les princes germaniques l'avaient imposé à leurs compagnies de reitres et de lansquenets mercenaires. C'est de l'Autriche qu'il fut importé chez nous, en 1736 et en 1815.

Avant cette époque, en effet, ce système était inconnu dans nos provinces, et il est à remarquer que, sauf pour des fautes légères, le premier code militaire connu en Belgique, celui du duc d'Albe (5 juillet 1570) avait adopté le régime de la distinction. Diverses tentatives furent faites, il est vrai, pour modifier cet état de choses; il y eut des règlements particuliers pour quelques régiments; mais, en somme, la loi militaire, édictée par nos despotes pour les bandes espagnoles, était, quant à la compétence, plus libérale que celle à laquelle notre armée est encore soumise aujourd'hui.

La juridiction militaire générale ne fut introduite que sous la domination autrichienne (1), et, bien que dans un travail développé sur la matière (2), M. de Robaux de Soumoy, partisan du système actuel, ait contesté ce fait, nous trouvons, pour le maintenir, un argument sans réplique dans le Manifeste insurrectionnel des États du Hainaut de 1789. On y lit en effet :

« Depuis l'édit de Charles VI, du 3 mars 1736, qui met les troupes » des Pays-Bas sur le pied des troupes allemandes et *qui les* » *exempte des juges ordinaires*, la milice nationale se regarda » comme étrangère à sa patrie. »

Notons que, dans la Principauté de Liége, le règlement militaire de 1715, resté en vigueur jusqu'en 1795, consacrait le droit commun.

On peut donc dire que, lorsque la conquête française nous apporta la loi du 13 brumaire an V, c'était un régime antipathique aux idées du pays, qui nous était imposé, et le Manifeste de 1789 le prouve jusqu'à l'évidence. Aussi, à peine Guillaume d'Orange eut-il été installé comme gouverneur général de nos provinces, qu'il céda à l'opinion et abrogea en Belgique les lois militaires françaises, comme il venait de le faire en Hollande. Dès la fin de 1813, les armées impériales avaient quitté La Haye, et Guillaume, appelé au pouvoir, avait rétabli le règlement militaire de la République Batave, du 26 juin 1799, qui rendait l'armée justiciable des tribunaux ordinaires. Ce fut ce même règlement qu'il publia en Belgique le 1er août 1814.

Le sens de ces réformes ne peut échapper à personne. A un régime soutenu par des troupes étrangères, traînant après elles leurs juges et leurs lois, allait succéder une autonomie complète du pays : Guillaume tenait à montrer qu'il s'appuyait sur une nation armée, et non plus sur des régiments à sa solde.

Mais, lorsque la Sainte-Alliance eut constitué le royaume des Pays-Bas, l'élu du Congrès de Vienne changea d'allures et de langage. Il fallait au roi nouveau une armée gouvernementale, pour

(1) Édits du 15 novembre 1732, 3 mars 1736, et 20 mars 1739.
(2) Voir *Revue trimestrielle*, tomes XI et s.

maintenir une conception diplomatique : Le 15 mars 1815, Guillaume Ier octroyait à ses sujets des codes militaires qui soustrayaient l'armée à la juridiction commune, pour tous délits quelconques, et, le 24 août, la loi fondamentale rendait ce principe immuable par son article 188 :

« Des conseils de guerre et une haute Cour militaire, connaissent » de tous les délits commis par des militaires de terre ou de mer. »

C'est ce code hollandais du 15 mars 1815 qui nous régit encore!

Ainsi, le système que nous combattons n'a jamais été établi que par des gouvernements étrangers, et, chaque fois que le pays a été rendu à lui-même, on en est revenu au droit commun.

Il devait en être de même en 1830. L'arrêté du gouvernement provisoire du 16 octobre abrogea la juridiction militaire; mais, le 27 du même mois, en raison de difficultés transitoires, on dut le remettre provisoirement en vigueur. Seulement, et pour qu'on ne pût se méprendre sur le caractère de la mesure, le même arrêté instituait une commission spéciale chargée de préparer la révision immédiate des codes de 1815.

En présence d'actes semblables, accusant l'esprit de l'époque, l'opinion du Congrès national ne pouvait être douteuse. L'article 6 de la Constitution avait proclamé l'abolition des ordres dans l'État; les articles 105 et 139, loin de reproduire l'article 188 de la loi fondamentale, laissèrent à la commission spéciale qui préparait une loi, le soin de limiter la compétence des conseils de guerre.

Cette intention formelle du Congrès est si manifeste qu'un des rares partisans du système actuel lui en fait un reproche :

« L'article 105 de la Constitution, dit M. l'auditeur général » Gérard, suppose la possibilité de restreindre la juridiction des » tribunaux militaires à certaines espèces de crimes et de délits. Le » Congrès a ainsi remis en question ce qui avait été résolu par » l'expérience de tous les temps; il a soulevé une des plus graves » difficultés que puisse offrir l'étude des institutions militaires; » il a, faut-il le dire, jeté une sorte de pâture à l'ignorance pré- » somptueuse qui ne manque jamais de s'attacher aux questions » qu'elle ne comprend pas! (1). »

N'en déplaise au légiste qui a cru pouvoir s'exprimer en ces termes, les faits et l'histoire protestent hautement contre cette prétendue « expérience de tous les temps. » Nous avons suffisamment démontré que, si de telles lois ont pu avoir leur raison d'être chez les Margraves du Rhin, elles jurent avec nos institutions libérales.

M. Gérard invoque aussi des considérations militaires; mais, à cet égard, son opinion est condamnée encore par des hommes dont personne dans l'armée ne peut dénier la compétence. L'empereur Napoléon Ier, présidant, le 21 février 1809, le Conseil d'État, lors

(1) *Corps de droit militaire*, page 84.

de la discussion du Code d'instruction criminelle, s'exprimait ainsi :

« La justice est une en France : on est citoyen français avant
» d'être soldat ; si, dans l'intérieur, un soldat en assassine un autre,
» il a sans doute commis un crime militaire, mais il a aussi commis
» un crime civil. Il faut donc que tous les délits soient soumis d'abord
» à la juridiction commune, toutes les fois qu'elle est présente (1). »

Le Conseil d'État partagea cet avis, et il fut décidé qu'une loi spéciale réglerait les choses sur ces bases. (Séance du 22 juillet 1809.)

Cette loi se fit attendre, mais, lorsqu'au retour de l'île d'Elbe, Napoléon présenta à la France une Constitution nouvelle, il se rappela la réforme qu'il avait préconisée en 1809, et il l'inséra, dans les articles 54 et 55 de l'acte additionnel :

Art. 54. « Les délits militaires seuls sont du ressort des tribu-
» naux militaires.

Art. 55. Tous les autres délits, même commis par des mili-
» taires, sont de la compétence des tribunaux civils. »

Après l'empire éphémère des Cent-Jours, la Restauration avait d'autres soucis que des révisions législatives. Cependant, en 1829, un projet, que la Révolution de Juillet fit abandonner un projet conforme aux principes proclamés par l'Empereur, fut discuté à la Chambre des pairs, et soutenu par des officiers illustres, tels que le maréchal de Gouvion Saint-Cyr et le général Dode la Brunerie (2).

On le voit, les ignorants présomptueux qui, avec les auteurs de notre Constitution, veulent restreindre la compétence des tribunaux militaires, sont en assez bonne compagnie.

Aussi, depuis 1830, les réclamations furent-elles incessantes, en Belgique. La commission de 1830 déposa son rapport en 1835. Comme on devait s'y attendre, elle concluait à la suppression des tribunaux militaires pour tous les délits de droit commun. Seulement, ce document est resté dans les cartons du ministère de la guerre. Depuis lors, au sein des Chambres, six tentatives furent faites dans le même sens (3), et chaque fois la proposition, accueillie par le gouvernement, sans opposition, parfois même avec faveur, alla se perdre dans les sections.

Ce phénomène d'une révision, réclamée depuis trente-neuf ans, dont personne ne conteste la nécessité, et qui se trouve néanmoins toujours ajournée, rien que par cette force de résistance passive commune à tous les abus, doit avoir une fin ; il est temps de mettre nos lois en harmonie complète avec notre état politique.

Nous avons invoqué le témoignage de l'histoire et l'intérêt même de l'armée. Mais que dirons-nous de la nécessité sociale de la réforme ? A part l'absurdité qu'il y a, dans ce siècle de garanties et de lumières, à faire juger par des officiers les questions les plus épineuses du droit pénal, qu'est-ce qu'un tribunal nommé par

(1) Voir Locré.

(2) Voir séance de la Chambre des Pairs du 4 mai 1829, au *Moniteur universel*.

(3) 1836 (proposition Dumortier). 1849 (Lelièvre). 1854 (Orts). 1864 (Jacobs). 1865 (Lelièvre et Guillery). 1866 (Vleminckx)

l'autorité militaire? Telle est pourtant l'institution qui subsiste sous un régime qui proclame l'inamovibilité de la magistrature et l'égalité de tous devant la loi. Ce principe ne peut souffrir d'exception pour personne; la liberté est à ce prix, et son règne doit être, selon l'expression de M. Dumortier, « le despotisme de la justice. »

Mais, à côté des intérêts privés, il y a l'intérêt général; il ne faut pas qu'il existe, dans l'État, des castes, ayant des droits spéciaux. Il ne faut pas, que l'opinion publique puisse accuser une catégorie de citoyens d'être protégés par des tribunaux particuliers; la justice y perdrait sa considération et son prestige. Ne voit-on pas que parquer les justiciables en bourgeois et en militaires, c'est créer des rivalités et des haines, donner naissance à des antagonismes dangereux, et, au lieu de doter l'armée de l'esprit militaire, introduire dans le pays cette plaie qui s'appelle le militarisme?

De cette tendance funeste, viennent ces distinctions entre l'honneur militaire et l'honneur d'un bourgeois, ces susceptibilités et ces préjugés que réprouve la droite raison. En Belgique, l'armée est, non un État dans l'État, mais un corps de fonctionnaires, appelés à un service public au même titre que les autres employés de la nation, et si, comme dans toutes les carrières, ses membres ont des obligations spéciales, elles ne sauraient leur conférer de droits supérieurs aux autres, ni les soustraire au droit commun. Pour qu'il en soit ainsi, il faut que les juridictions militaires tombent; avec elles cesseront ces prétentions et ces erreurs qui finiraient par fausser à la fois l'opinion publique et le sentiment de l'armée.

Il importe qu'on ne s'y méprenne pas : si vous isolez le soldat, si, au lieu de lui enseigner le respect des lois et ses devoirs envers tous, vous lui laissez croire que vous voulez le soustraire à la responsabilité commune, et que ce qui est puni par le tribunal correctionnel, est amnistié par le conseil de guerre, vous amènerez le pays à se dire que l'armée est, non une sauvegarde pour la liberté, mais une entrave à son développement.

En **1831**, sous prétexte d'état de siége, le général Niellon fit condamner par un conseil de guerre, un bourgeois, éditeur du *Messager de Gand*, pour délit de presse. Le jugement fut réformé, il est vrai; mais cette condamnation, prononcée en vertu des lois militaires, montre le danger de laisser subsister, dans notre société démocratique, des dispositions en contradiction avec ses principes.

Nos principes exigent que, loin d'isoler l'armée nationale, on l'anime des sentiments de tous; le pouvoir ne saurait commander en Belgique qu'à des régiments de citoyens. « Pour que celui qui » exécute, dit Montesquieu, ne puisse opprimer, il faut que les » armées soient peuple et aient le même esprit que le peuple (*Esprit des lois*, XI, 6). » Voilà pourquoi, forts de l'autorité des jurisconsultes et des hommes d'État les plus éminents, nous demandons, avec le Congrès national, la suppression des tribunaux militaires pour tous les délits de droit commun.

Émile De Mot.

CHRONIQUE.

Qui se fait petit est foulé. C'est justice. Pour m'être mis l'autre jour au rang de l'âne, des gens charitables abusent de ma modestie. L'un d'eux, ne sais qui, m'envoie les *Études morales* de M. de Monge sur le XVIIe siècle. Cet auteur, un grand moraliste, paraît-il, prouve que, ânerie à part, je suis un affreux pécheur. Et cela pourquoi? Parce que j'aime La Fontaine. Comprenez-vous, à cette heure, avec quel esprit M. Thomas Braun, dans une lettre du 1er mars, m'appelle *disciple du Bonhomme?* La chose semblait un compliment; vous l'auriez cru du moins. Voyez par les paroles de M. de Monge, combien vous eussiez été abusé : « Celui, — dit-il, — qui admire sans réserve La Fontaine, en fait sa lecture habituelle, y voit le guide le plus sûr et le maître le plus aimé, celui-là, est sur une mauvaise pente; ou plutôt cette prédilection est déjà, par elle-même, un mauvais signe. » Où vais-je? où suis-je? car j'aime non-seulement le poète, mais encore, et d'un égal amour, tous ses ancêtres, maître Clément, maître François, la reine de Navarre, Arioste et Boccace :

Pater, avos, proavos, abavos, atavos, tritavos.

Nonobstant, cher frère De Monge, ne vous hâtez pas de dire *Raca* sur le pauvre âne. Daignez d'abord examiner si ces damnés écrivains l'ont gâté jusqu'à la moëlle.

Gageons que, si vous détestez le fabuliste, en revanche vous aimez bien les Bollandistes. Or, comptez-nous cela comme une bonne note, nous partageons votre amour pour eux; davantage : nous soutenons qu'aucun de nos législateurs, véritable disciple de La Fontaine, n'aurait refusé le subside aux révérends pères. Pourriez-vous en douter? Entre la fable, le conte et la légende, il y a tant de parenté : même naïveté de détails, même moralité se jouant par tout le récit, même appât pour l'imagination, qualités précieuses autant que rares en notre époque. Aussi, ni aujourd'hui, ni autrefois, n'a-t-il été donné à tout le monde d'écrire une légende, et nous sommes de l'avis de saint Jérôme qui, occupé à pareille tâche, disait : « Si Homère était vivant, ou il me porterait envie d'avoir trouvé une matière si favorable, ou, s'il entreprenait de la traiter, il y succomberait lui-même. »

Ah! M. De Monge, je dis tout haut ce que vous pensez tout bas : Quand on a de tels hommes qui font ce qu'Homère n'aurait su faire, loin de leur être sévère, il les faut favoriser de tout son pouvoir. Mais leur cause est venue dans un mauvais moment. Nos législateurs avaient justement la veille essayé de proscrire les Grecs. Ils s'étaient à la vérité arrêtés tout court dans cette louable opération. Mais il fallait une hostie au génie barbare qui règne aujourd'hui, et, tout compte fait, j'aime mieux voir sacrifier les Bollandistes que les Grecs.

Puisque nous sommes si accommodants pour vos grands hommes, voyons, M. De Monge, devez-vous être si intolérant pour notre idole? Parce que vous êtes professeur à l'Université catholique de Louvain, ce n'est pas un motif d'être plus dur qu'un janséniste et un jésuite tout ensemble. Arnauld a loué notre fabuliste; le père Commire a daigné faire un *Eucharisticon* à La Fontaine : *clarissimo viro*, dit-il. Ce qui donne du prix à cet éloge, c'est que Commire était un père fort peu aimable, si son épitaphe ne ment pas :

> Commirus jacet hic, non re sed nomine mirus,
> Qui patriâ Thuro, moribus Huro fuit.

Tout ce que nous vous demandons, c'est de n'être pas plus Huron que lui. Est-ce trop vous demander? Vous direz que vous voyez plus clair qu'un autre et que vous découvrez du venin là où d'autres ne voient que des fleurs innocentes. C'est un triste avantage. Mes mauvais yeux, je ne voudrais pas les changer contre ceux d'un aigle. Grâce à de mauvais yeux, toute femme qui passe semble belle à qui la regarde, tout objet dans l'éloignement paraît plein de mystère et d'imprévu. Les aigles ne voient sur la terre, avec leur œil perçant, que des objets de proie; Jeannot Lapin qui fait mille tours sur l'herbe et le fabuliste qui l'a si bien chanté ne sont qu'une bouchée pour leur appétit dévorant.

Quittez ce rôle d'aigle; imitez plutôt en critique les règles d'un grand critique, le père Rapin. (Vous voyez, M. de Monge, que La Fontaine ne m'empêche pas de lire ceux que vous réputez assurément de bons auteurs.) « Il y a des têtes privilégiées qu'on doit respecter, disait Rapin. Traitons-les honnêtement, ne laissons pas échapper d'insolence à leur égard; » et il ajoute : « Tout le monde ne sera pas de mon avis, mais les sages en seront, et je suis persuadé, que quelque mérite qu'il y ait à être sincère, on serait ridicule de l'être en toutes choses. » N'oublions que c'est un jésuite qui parle.

La censure officielle non moins que la critique d'autrefois était beaucoup plus tolérante que ne l'est aujourd'hui la censure officieuse. Vous vous rappelez ce magistrat de l'ancien régime qui, après avoir lu le Coran, en autorisa l'impression, déclarant, en propres termes, n'y avoir rien trouvé qui fût contraire aux mœurs ou *à la religion chrétienne.*

Ces bonnes gens à courte vue se trompaient peut-être moins souvent que les lynx d'aujourd'hui. Vous-même, par exemple, M. De Monge, pour trop raffiner, ne tombez-vous pas en faute lorsque, vous attaquant à la fable du Chêne et du Roseau, vous y découvrez une leçon de très-honteuse souplesse. Prenez garde! Vous courez risque de vous heurter contre la sagesse des Juifs. Ce peuple béni et inspiré de l'Éternel, disait en manière de commun proverbe : *Sit homo lenis instar arundinis, nec sit durus instar cedri.* Que l'homme soit comme le roseau, entendez-vous! Votre critique, sacrilège envers le bon goût, est donc, par dessus le marché, fort peu respectueuse à l'égard du peuple de Dieu.

Que La Fontaine, toutefois, au regard de notre époque, soit à l'abri de tout reproche, nous ne voulons pas l'affirmer. Vous le pourriez à bon droit reprendre d'avoir à deux reprises (I, 19 et IX, 5) mal parlé de l'éloquence parlementaire. Il a eu tort assurément de blâmer ces « gens, qui ne font que songer au moyen d'exercer leur langue. » Il a eu tort quand il a dit : « Je hais les pièces d'éloquence... qui n'ont point de fin. » Mais La Fontaine était poète, non prophète, et ne pouvait deviner, il y a deux siècles, combien nos orateurs et leurs discours contribueraient un jour à la félicité publique. Oublions que La Fontaine a blâmé :

Tout babillard, tout censeur, tout pédant,

de crainte que les mauvaises langues ne nous disent : Vos critiques ne sont que rancune personnelle, suite d'amour-propre blessé.

Ne nous appuyons pas sur le pasteur Vinet, de Genève, grand adversaire du fabuliste. C'est un mauvais appui pour tous deux; pour vous, M. De Monge, parce que Vinet est calviniste; pour nous, parce qu'il est lourd, et qu'un lourdaud ne fut jamais un bon guide dans le pays des Grâces.

Mais relisons les fables, sans prévention; alors peut-être vous arrivera-t-il, à vous comme à nous, M. de Monge, ce qui arriva à Voltaire étant à Berlin. Comme vous, il critiquait La Fontaine. Frédéric le mit au défi de citer une mauvaise fable. Voltaire hésite d'abord, demande du temps, parcourt le fablier, ne trouve pas ce qu'il cherche; enfin, saisi d'une brusque colère, il jette le livre, en s'écriant : *Ce n'est qu'un ramas de chefs-d'œuvre.*

Quelque pointe secrète de jalousie pouvait avoir excité cette mauvaise humeur. Vous, plus heureux que Voltaire, vous n'avez aucun sujet d'envie contre La Fontaine. Donc, il vous sera plus facile de voir des chefs-d'œuvre de morale dans ces fables que vous trouvez, pour employer une expression originale de M. De Closset, « sujettes à caution. » Autre effort n'aurez à faire que de vous inspirer de l'esprit de la bonne compagnie au temps du fabuliste. Ne perdons pas de vue que c'est pour elle qu'il écrivait.

Et si, nonobstant notre désir véhément, vous n'êtes pas charmé par cette morale pure, mais qui se dissimule sous les grâces de la fiction, comme les fleurs les mieux fleurantes se cachent parfois sous un feuillage abondant, même alors feignez d'être indulgent pour celui que ses contemporains appelèrent *l'inimitable* et que les nôtres, par la voix de Lamennais, appellent, en dépit de vous, *la Fleur des Gaules.* Lisez la page que cet écrivain, pas toujours orthodoxe, mais toujours élevé, lui a consacrée. Ou mieux encore, lisez Veuillot. Dans son livre, *les Couleuvres,* qui vient de paraître, certaine pièce de vers est consacrée à une de ces fables sujettes à caution et commence ainsi :

Mes arrière-neveux me devront cet ombrage.
Quel propos de bonhomme, et de père et de sage,
Et, pour dire encor plus, quel propos de chrétien !
N'a-t-on pas sur le front un peu de ce feuillage?
Se sent-on pas neveu de cet homme de bien
Qui parlait un si noble et si simple langage?

O M. De Monge! être, comme vous l'êtes, plus Veuillot que Veuillot lui-même, c'est un bien beau mérite, et si le Saint-Père ne vous canonise pas tout vif, je le déclare bien aveugle au vrai mérite, à l'austérité et à la sainteté la plus éblouissante.

Penser mal des idées ou des mœurs de vos concitoyens sur les livres qu'ils lisent, c'est un genre de critique littéraire fort surannée. C'était, ou peu s'en faut, celle de Torquemada et de son école. Ils faisaient brûler un pauvre diable parce qu'il avait chez lui un ouvrage condamné par les moralistes de leur époque. Vous, ne pouvant le faire rôtir, vous accusez un homme d'être *sur une mauvaise pente*, vous signalez en lui *de mauvais signes*, parce qu'il aime un auteur qui n'a pas l'heur de vous agréer.

Dire du mal des auteurs morts qui ne vous plaisent pas, taxer leur vie, ce n'est guère mieux, à en croire le jugement des anciens. Solon déjà l'avait défendu par une loi. Le Romain Plancus, mieux encore que par une loi, l'avait condamné par un beau mot : *Cum mortuis, non nisi larvas luctari*, disait-il. C'est affaire aux croquemitaines de se colleter avec les morts. Et un philosophe contemporain et compatriote de La Fontaine avait dit tres-bien aussi « de ceux qui semblent déterrer les morts pour les prendre à parti » : « Vous diriez qu'ils ne sauraient vivre contents, s'ils n'évoquent les âmes de ceux qui ne sont plus pour leur chanter mille injures. »

Il est vrai, M. De Monge, que vous mitigez parfois vos critiques sur le caractère de La Fontaine, qu'après l'avoir vertement étrillé, à la fin de votre étude, vous dites : « Les hommes de son temps ont aimé La Fontaine; nous qui sommes la postérité, nous l'aimons aussi. » Si c'est ainsi que vous aimez les gens, de grâce, monsieur, faites-nous l'amitié de ne pas nous mettre au catalogue de ceux que vous aimez.

Manou disait : — « Il ne faut pas battre une femme, même avec une fleur. » — Et nous, prenant la pensée du législateur indien, nous disons : Il ne faut pas, même avec une fleur, frapper ces ombres chères. Nous n'avons pas toujours pensé comme maintenant. Nous aussi, en notre jeunesse, lorsque le sang bouillonnait dans nos veines, saisi d'une généreuse ardeur, nous brûlions d'écraser une foule d'illustres morts. Heureusement pour le repos de notre conscience, nous n'avons lésé l'honneur ni la gloire de ces grandes âmes, et aujourd'hui que nous nous acheminons vers le pays où elles font leur séjour, nous aurions une bien douce satisfaction si, en arrivant près d'elles, nous pouvions dire : Messieurs de La Fontaine, de Montaigne et de La Bruyère (car ces deux-ci ne sont pas épargnés non plus, mais en passant, par notre professeur,) grâce à nos prières, M. De Monge, non moins généreux que sagace, consent à pardonner vos fautes, et, sur nos instances, il s'est désisté du procès qu'il avait intenté à votre mémoire.

Mais, direz-vous, si ma verve de moraliste ne peut plus s'attaquer aux morts, contre qui s'exercera-t-elle?

Contre les vivants, parbleu! Contre les moralistes actuels qui, sous des déguisements artificieux, justifient la guerre, contre ceux qui trouvent de la raison et de la justice dans cette manie homicide dont sont tourmentés les rois et les peuples de l'Europe. Ces moralistes-là, eussent-ils en d'autre temps fait des ouvrages d'une science estimable, fussent-ils membres de l'Institut de France et professeurs au Collége de France, comme M. Franck, ne les épargnez pas et frappez dru, surtout si, comme M. Franck, ces moralistes-là font des *Éléments de morale* (Paris, Hachette, 1868) destinés à l'enseignement secondaire, s'ils les répandent dans les bibliothèques populaires, si leur livre est un instrument destiné à rendre à jamais tortu l'esprit droit, mais encore souple, des jeunes gens.

M. Franck les attire par un air honnête. Il se demande *Quelles sont les guerres légitimes?* Et il répond ainsi : « Puisque la guerre, considérée dans son principe, n'est que le droit de légitime défense transporté de l'individu à l'état, ou le droit de contrainte qui au sein de l'ordre social est exercé au profit des devoirs de justice, il est évident qu'il n'y a de guerres permises ou de *justes guerres*, comme disaient les Latins, que les guerres défensives ou réparatrices, celles qui ont pour but de repousser une agression inique ou d'obtenir la réparation d'un dommage, d'un préjudice matériel ou moral. »

C'est parler d'or, et nous n'aurions rien à objecter à un aussi beau langage, si les mots « préjudice moral » ne nous semblaient de trop. Vous allez voir cependant qu'ils ne sont pas, dans la penséede l'auteur, une superfétation. Il poursuitainsi :

« Quand on justifie, au nom de la morale, les guerres défensives, il ne faut pas prendre cette qualification *dans un sens trop restreint*. Les guerres défensives ne sont pas seulement celles qui repoussent l'invasion étrangère quand elle est déjà commencée ou lorsqu'elle est imminente; ce sont aussi celles qui la préviennent et *l'empêchent d'être* JAMAIS *tentée contre nous*. »

En comparaison du prévoyant M. Franck, l'abbé Galiani, quoiqu'il fût surnommé *Machiavellino*, était plutôt un grand sot qu'un petit Machiavel. Mais il n'était pas membre, comme M. Franck, de l'Académie des Sciences morales; ce qui l'excuse d'avoir dit : « Voyons et ne prévoyons pas. La prévoyance est la cause des guerres actuelles de l'Europe. Parce qu'on prévoit que la maison d'Autriche s'agrandira, que les Américains, dans quelques siècles d'ici, que les Anglais, les Français, les Espagnols, dans cent ans, feront ou ne feront pas certaines choses, on commence par s'égorger à l'instant. Si on voulait se donner la peine de ne rien prévoir, tout le monde serait tranquille, et je ne crois pas qu'on serait plus malheureux parce qu'on ne ferait pas la guerre. »

Dove diavolo, messer Galiani, avete pigliato tante coglionerie? Si vous n'avez pas autre chose à dire, taisez-vous et laissez-nous entendre, dans un silence religieux, Franck, l'oracle :

« Le caractère défensif *n'appartient pas moins clairement* aux guerres que soutient une nation *pour conserver* L'INFLUENCE QUI LUI EST DUE *dans les affaires du monde, en raison de son* RANG *et de sa situation.*

» Les guerres réparatrices ont ordinairement pour but, ou de nous faire restituer un bien qu'on nous a pris, un avantage matériel ou *moral* dont on nous a injustement privés, ou d'exiger *la réparation d'un outrage fait à notre honneur, d'un manque de respect envers le caractère public* qui protége et fait reconnaître les nations dans leurs mutuels rapports, » et cœtera, et cœtera.

Si l'empereur Napoléon voulait s'amuser, je lui conseillerais d'appeler M. Franck et de lui tenir à peu près ce discours : « Mon cousin, le prince de Monaco, est le plus sage des souverains. Ses fils ressemblent à leur père; ses petits-fils ressembleront à leur aïeul, je n'en puis douter. Mais, comme tout va de mal en pis dans ce monde, comme au philosophe pacifique Voltaire succède le philosophe guerrier Franck, qui m'assure que, dans quelques siècles, un descendant du prince aujourd'hui régnant à Monaco ayant par malheur perdu la cervelle, — vous savez, M. le philosophe, que la couronne ne nous garantit pas de ces petits accidents, — ce prince futur de Monaco ne déclare la guerre à mes pacifiques sujets. En prévision de cette agression possible, le parti le plus sage ne serait-il pas d'écraser tout de bon, *hic et nunc*, la principauté de Monaco? » — Je gage que M. Franck répondrait : « Sire! Votre Majesté est aussi intelligente que sage. Mon meilleur écolier n'aurait pas mieux saisi la pensée de mon livre. Le seul moyen d'empêcher que les Monacos nous fassent *jamais* la guerre, c'est, comme je l'ai écrit et démontré dans ma *Morale*, de les détruire à l'instant et sans remise. » — L'empereur rirait sans doute de M. Franck et de sa morale, mais il aurait tort.

Quand Picrochole, après avoir déclaré la guerre à son voisin, délibère, en conseil des ministres, de conquérir le monde entier, afin, la besogne faite, de se pouvoir reposer à l'aise, sans crainte d'avoir *jamais* guerre après cela avec voisin quelconque, que manquait-il à cette belle assemblée où siégeaient, d'après l'histoire, le duc de Menuaille, le comte Spadassin et le capitaine Merdaille? Rien, sinon M. Franck, pour confirmer ces grands personnages dans leur résolution. A la vérité, Rabelais se gausse de Picrochole et de ses conseillers; mais Rabelais n'était pas, comme M. Franck, membre de l'Académie des Sciences morales et politiques.

Lorsque l'ange Ituriel envoya Babouc à Persepolis, Babouc rencontra les armées du roi de l'Inde qui combattaient contre les armées du roi de Perse. Il demanda pourquoi; un des généraux lui dit: « La cause de cette guerre, qui désole depuis vingt ans l'Asie, vient originairement d'une querelle entre un eunuque d'une femme du grand roi de Perse et un commis d'un bureau du grand roi des Indes. Il s'agissait d'un droit qui revenait à peu près à la trentième partie d'un darique. Le premier ministre des Indes et le nôtre soutinrent dignement les droits de leurs maîtres. La querelle s'échauffa. On mit de part et d'autre, en campagne, une armée de plus d'un million de soldats. »

Le sage Babouc s'indigna de ce qu'une cause si futile occasionnait des maux si grands: mais il n'avait pas réfléchi que l'outrage fait à l'eunuque rejaillissait sur la favorite et de la favorite sur le roi et du roi sur l'empire de Perse, que, d'autre part, l'eunuque Perse, en insultant le commis Indien, avait insulté le chef de bureau de celui-ci, son chef de division, son contrôleur, son inspecteur, son directeur général, son ministre et, par conséquent, le roi et la terre sacrée de l'Inde; que, par conséquent, d'après la saine morale et M. Franck, les souverains de l'Inde et de la Perse avaient non pas un, mais deux sujets de *juste guerre*, l'un contre l'autre. Pardonnons, toutefois, à Babouc; ni lui, ni, je pense, l'ange Ituriel, ne faisaient partie de l'Académie des sciences morales et politiques.

Lorsque des jeunes gens de Mégare enlevèrent deux chambrières d'Aspasie qui, comme chacun sait, avait *un caractère public*, Périclès, pour venger l'honneur de la Maintenon grecque et de la ville d'Athènes, déclara la guerre aux Mégariens. Aristophane s'en rit, mais c'était un badin. M. Franck, esprit sérieux, aurait applaudi Périclès.

Si Tamerlan, Gengis-Khan, Attila, Alaric et Genseric avaient voulu se donner le luxe d'avoir une conscience, ils auraient pu, pour la diriger, prendre M. Franck, sans devoir pour cela changer leur allure ordinaire, leurs goûts particuliers, leurs plaisirs d'habitude. Mais c'étaient des hommes simples et qui ne recherchaient pas ce superflu lequel est indispensable à de petits bourgeois comme nous. C'est dommage : à la question que cette conscience leur aurait suggérée, M. Franck eût répondu que les vastes exterminations d'hommes, pourvu qu'on y mêle un prétexte plus ou moins spécieux, sont de *justes guerres* ou des *guerres d'humanité*.

M. Franck explique aussi quelles sont ces guerres-là ; mais c'est assez. Pour nous, lecteur superficiel, à toutes les divisions et distinctions casuistiques de M. Franck, nous préférons la théorie simple, brève et toute claire de Voltaire. A qui demandait : « Quoi ! vous n'admettez point de guerre juste ? » il répondait : « Je n'en ai jamais connu de cette espèce ; cela me paraît contradictoire et impossible. » Et il ajoutait : « La guerre défensive n'est autre chose que la résistance à des voleurs armés. » C'est peut-être moins profond que la doctrine de M. Franck. Mais Voltaire n'avait pas eu, comme celui-ci, l'avantage d'être élevé dans la loi de Moïse, ce doux et bénin législateur.

Quoi qu'il en soit, oserais-je, M. De Monge, vous faire une prière ? Veuillez ne pas me maltraiter comme vous l'avez fait à l'occasion de La Fontaine, si j'aime mieux lire Aristophane, Rabelais et Voltaire, que M. Franck, parce qu'ils me paraissent plus humains, plus sensés, plus aimables que l'académicien franco-hébreu Franck.

Des livres aimables, ils sont rares aujourd'hui. On en fait si peu de nouveaux. Ce n'est pas pour nous que cette disette est regrettable, mais pour nos enfants. Messieurs les fabricateurs d'ouvrages élémentaires, retranchés dans le monopole, disent avec cet aplomb qui est l'égide de la sottise : « Nous sommes en possession de parler à l'enfance ; c'est notre langage, non moins pur que l'onde de la Senne ou les sonnets de M. Ratisbonne qui doit abreuver les jeunes âmes. Vous, père de famille, taisez-vous; vous n'êtes pas pédagogue; donc, vous n'avez pas le droit de parler. »

Comment! j'aurais le droit d'interdire à mon enfant la société de petits polissons de son âge, et je devrais souffrir qu'on l'appliquât à tel livre qui reflète la trivialité dont je crains la contagion.

Le père réduit au silence, l'enfant condamné au goût des choses vulgaires et basses, les jeunes professeurs, qui pourraient faire œuvre utile et saine, découragés et le cœur brisé, voilà le résultat. Une conspiration étendue s'est formée contre la Beauté. Tout ce qu'ont produit les trois derniers siècles, et qui porte l'empreinte de cette ineffable beauté, est successivement attaqué par les hommes qui devraient nous la faire apprécier, admirer et respecter. Sommes-nous revenus aux jours du *Superexcellens necnon scientificissimus magister Ortuinus Gratius* et de sa bande d'écorcheurs de lettres? Il ne fallut rien moins que l'immense huée d'Erasme, de Reuchlin et des auteurs des *Epistolæ obscurorum virorum* pour obliger ces Goths à s'éclipser. Le temps est bon pour eux; ils ont repris leur place au soleil. Dominés par leur influence, les gens qui doivent former élèves et professeurs, écartent soigneusement de ceux-ci les livres qui sont les vrais maîtres, les seuls maîtres, ou ne les leur remettent que lorsqu'ils ont été, convenablement à leur gré, équarris et charcutés. Bientôt, qui sera apte encore à parler à l'enfance un langage digne d'elle?

Dès à présent déjà, il faut qu'un étranger, un professeur français apprenne, avec une parole convenable, à nos enfants à apprécier leur patrie, notre Belgique. « Aimez-le bien, — dit-il, — ce bon pays; étudiez-le, connaissez-le bien. Si ce pays était une maison dont on pût fermer la porte, le Belge, retirant la clef, aurait presque le droit de dire : Je veux vivre ici. Mon pays semble petit, mais il est grand, car j'y trouve tout ce qu'il me faut. »

Qui parle ainsi? M. Wacquez-Lalo, professeur à Loos, département du Nord, dans un livre de lecture et d'exercices divers à l'usage des écoles et qui a pour titre : *La famille boraine*, (Bruxelles, Manceaux, 1869). La trame en est bien simple : on décharge devant l'école trois tombereaux de charbon. « Qu'est-ce que la houille? » demande un élève. — « Mon enfant, c'est du bois et des feuilles. » Cela donne sujet de parler du feu de bois et du feu de houille, du feu en général et de son utilité en toutes choses. De la houille au gaz, du feu à la lumière, il n'y a pas loin, et à propos de la lumière qui éclaire nos nuits, comment ne pas penser à « la vraie lumière qui éclaire tout homme venant dans ce monde? » Sans nous être sensiblement écartés de la gaillette, que le maître d'école examine au début du livre, trente pages plus loin, c'est-à-dire à la fin du récit, nous apprenons, sous la forme d'un apologue, aussi frappant que simple, les origines de la civilisation. L'apologue se termine par cette réflexion qui, pour être fine, n'en est pas moins vraie : « Savoir allumer du feu, le régler, l'utiliser : à ce seul signe, on reconnaîtrait toujours l'homme au milieu de la nature sauvage. »

Quarante pages d'explications suivent. Elles contiennent des chapitres sur la synonymie, la dérivation des mots et le langage figuré, qui sont des chefs-d'œuvre d'analyse. L'esprit des enfants y fera ample récolte, et les hommes mûrs trouveront à y cueillir quelques fruits. C'est ma manie, est-elle bonne? est-elle mauvaise? Un livre d'éducation qui ne peut pas m'apprendre, à moi, quelque chose, rectifier quelque idée, préciser quelque notion vague ou inexacte que je possède, ne me paraît pas assez solide pour mon enfant. Ce n'est pas le cas de l'ouvrage de M. Wacquez-Lalo.

L'auteur est de la famille de Platon. Inspiré par l'étymologie ou plutôt par la définition que le Cratyle donne du mot *homme* (*Anthropos*) : *celui qui observe ce qu'il voit*, il manie avec habileté la dialectique de Socrate qu'il ploie sans effort à l'usage et à la portée des enfants, et il arrive à son but qui est de les exercer à distinguer et à observer en toutes choses. Nous n'avons pas l'honneur d'être versé dans la pédagogie; nous ne savons donc ni ce qu'elle fait, ni comment elle procède; mais néanmoins, nous croyons que tout l'art de développer l'intelligence se trouve dans les dialogues du prince des philosophes, et que ces dialogues incomparables seront toujours le meilleur modèle de livres pour l'enfance. Quand M. le ministre aura une commission d'inspecteurs capables d'expliquer le premier Alcibiade et le Gorgias, il pourra se fier alors à l'intelligence de sa commission et à son aptitude à juger des ouvrages élémentaires. C'est vouloir beaucoup assurément. Mais n'est-il pas juste d'exiger des connaissances suffisantes et même une capacité plus qu'ordinaire de gens qui exercent un pouvoir exorbitant?

MAX. VEYDT.

JEANNE LA FOLLE.

L'article dont nous avons publié la traduction et où M. Bergenroth présentait lui-même le résultat de ses investigations au sujet de la folie de la mère de Charles-Quint, appelait la discussion sur l'important problème historique qu'il soulève. Nous avons offert notre publicité au débat et nous nous sommes promis de tenir nos lecteurs au courant des faits qui se produiraient. Les objections ne se sont pas fait attendre. Dans la séance de mars 1869, de la classe des lettres de l'Académie royale, M. Gachard, archiviste général du royaume, a présenté, au corps dont il est membre, un travail : *Sur Jeanne la Folle et les documents concernant cette princesse, qui ont été publiés récemment*. C'est ce travail que nous devons résumer aussi succinctement que possible.

M. Gachard annonce d'abord qu'ayant lu « les choses véritablement nouvelles et assez extraordinaires » qu'annonçait l'*Indépendance belge* du 15 janvier 1869, sur Jeanne la Folle, l'idée lui était venue aussitôt de faire connaître à l'Académie des *documents rapportés par lui d'Italie* et destinés à jeter « un grand jour sur le caractère de Jeanne, sur ses rapports avec l'archiduc son mari, sur ses actions et sa conduite du vivant de ce prince. » Mais, ayant appris que les pièces invoquées par M. Bergenroth à l'appui de sa thèse avaient vu le jour, M. Gachard commença par examiner ces pièces et se décida à soumettre le résultat de cette étude à la classe des lettres, laissant de côté pour le moment la communication qu'il s'était d'abord proposé de lui faire, c'est-à-dire les documents nouveaux qu'il est à même d'apporter au débat.

Après avoir rendu justice à M. Bergenroth et à ses travaux, M. Gachard aborde le *Supplément* publié par le savant allemand et notamment la seconde partie, concernant seule Jeanne de Castille. Les trois lettres du moine Tomas de Matienzo, prieur de Santa Cruz, envoyé à Bruxelles, en 1498, par les rois catholiques (Ferdinand et Isabelle, père et mère de Jeanne), pour s'enquérir et leur faire rapport de l'état, ainsi que de la manière de vivre de leur fille, ne lui semblent pas permettre d'en induire que cette princesse fût hérétique. Voici les deux passages de ces lettres reproduits par M. Gachard : « Je ne sais si c'est ma présence ou le peu de dévotion de la princesse qui en a été cause, mais, le jour de l'Assomption, deux de ses confesseurs sont venus ici, et elle ne s'est confessée ni à l'un ni à l'autre. » — « Il y a, dans la maison de la princesse, autant de religion que dans une étroite observance, et en cela elle est très-vigilante : ce dont elle doit être louée, quoiqu'ici on trouve le contraire. Elle a les qualités d'une bonne chrétienne. » Après cela vient une lettre d'un moine Andrés, écrite d'Espagne à Jeanne, le 1er septembre 1498, et lui recommandant de se confesser, non à des moines hantant les tavernes, mais à un religieux résidant en son monastère de l'observance. Voilà pour la période du règne de Philippe le Beau, mari de Jeanne. Les autres pièces de cette même période ont trait aux démêlés entre Philippe et son beau-père Ferdinand, ou étaient déjà connues, comme le testament d'Isabelle (morte en 1504), le traité du 27 juin 1506 entre Philippe et Ferdinand, etc., etc.

La correspondance de Ferdinand, des années 1507 et 1508, avec sa fille, la princesse de Galles, et son ambassadeur en Angleterre, contient des particularités curieuses au sujet des démarches faites par le roi Henri VII d'Angleterre, pour obtenir la main de Jeanne, veuve de Philippe le Beau (qui était mort en 1506). Il est fait allusion, dans cette correspondance, à une infirmité ou maladie de Jeanne. Une lettre de Ferdinand à son ambassadeur mentionne aussi que Jeanne a continuellement auprès d'elle le corps de son mari.

Nous arrivons ainsi aux pièces correspondant aux seize premières années du règne de Charles-Quint en Espagne (1516-1531). Un certain Ferrer, à qui le roi Ferdinand avait confié le gouvernement du palais de Tordesillas, où résidait Jeanne, et à qui on avait imputé des excès de pouvoir, écrit au cardinal Ximenes de Cisneros pour se disculper d'avoir été cause que l'état mental de la reine ne s'était pas amélioré et de l'avoir retenue prisonnière. « Est-ce ma faute, dit-il entre autres, si Dieu la fit de telle nature qu'on ne sache obtenir d'elle plus que ce que sa divine majesté permet et veut? Et jamais le roi son père ne put faire davantage, jusqu'au point que, pour lui conserver la vie, il dut ne pas insister sur ce qu'il avait ordonné (*le huvo de mandar dar cuerda*), car elle voulait se laisser mourir de faim plutôt que d'y obéir. » M. Bergenroth a traduit ces mots espagnols par « ordonna qu'on la mît à la torture. » M. Gachard s'étonne de cette interprétation; *dar cuerda* signifie : tirer une affaire en longueur; traduire comme l'a fait M. Bergenroth, fait aboutir à cette singulière conséquence que Ferdinand aurait fait mettre sa fille à la torture pour lui conserver la vie!

M. Gachard passe ensuite aux lettres du marquis de Denia, à qui Charles-Quint avait confié, le 15 mars 1518, la direction de la maison de Jeanne et à celles de Juan de Avila, confesseur de la reine, comme étant les seuls documents qui fournissent quelques indications sur la façon d'agir de Jeanne en matière de religion. Une lettre du marquis de Denia du 22 juin 1518 mentionne qu'il est question de faire dire la messe dans le palais de Tordesillas, et que la reine et lui ne sont pas d'accord sur le lieu de la cérémonie ; une autre, du 13 septembre suivant, rapporte qu'une messe a été célébrée la veille, du consentement de Jeanne; « en entrant, dit le marquis, Son Altesse fit sa prière à l'autel, et on lui jeta l'eau bénite ; au commencement de la confession, elle se mit à genoux et elle y resta jusqu'à ce qu'elle fût finie ; alors elle s'assit. Elle prit des Heures que tenait la dame infante (sa fille, âgée de 12 ans), et y récita les heures de la croix. Pendant toute l'élévation, elle fut agenouillée récitant le Pater Noster et des Ave Maria assez haut pour qu'on l'entendît. Quand on lui apporta l'Évangile et la paix, elle ne les voulut pas, mais elle commanda qu'on les donnât à baiser à la dame infante. » M. Bergenroth avait vu dans cette circonstance une répugnance décidée de la reine à observer une pratique habituelle, à l'église, envers les princes ; M. Gachard n'y voit qu'une marque de bienveillance et de distinction donnée à l'infante. « La messe achevée, poursuit Denia, elle rentra dans sa chambre. Aujourd'hui, elle a entendu la messe de la même manière. Avec l'aide de Dieu, nous ferons en sorte que cela se continue. Il n'assiste à la messe que celui qui la dit, le père gardien (Juan de Avila) et un enfant de chœur. Votre Altesse doit rendre des actions de grâces à Dieu : car bien que Son Altesse soit dans une disposition différente de celle où Votre Altesse désirerait la voir suivant l'amour et le respect que Votre Altesse lui porte, il plaira à Dieu de la guider de manière qu'elle le connaisse et qu'elle se sauve. » Juan de Avila, de son côté, sans entrer dans des détails, confirme le fait de la messe du 12 septembre et ajoute que Jeanne a la volonté de continuer à l'entendre. Six semaines après, il annonce que la reine continue à assister à la messe ; le 8 juin 1519, il fournit des informations semblables. Pendant combien de temps cela dura-t-il? Le recueil de M. Bergenroth ne l'apprend pas. Mais, le 25 janvier 1522, le marquis de Denia écrit à l'empereur : « La nuit de Noël, comme on chantait les matines dans la chapelle du palais, la reine alla chercher l'infante, qui les écoutait, et commença à crier qu'on ôtât l'autel et tout ce qu'on y avait mis. Nous fîmes rentrer Son Altesse dans sa chambre, sans manquer au respect qui lui est dû, mais avec assez de peine. » Dans la même lettre, Denia signale la maladie mentale de Jeanne comme faisant des progrès, et il cite à l'appui le fait que, souvent, la reine appelait les passants et leur ordonnait de faire venir les capitaines et les gens de guerre qui étaient à Tordesillas, afin qu'ils tuassent tout le monde. De 1522 à 1531, plus rien à ce sujet, sinon que, le 23 février 1530, Denia annonce à la femme de Charles-Quint qu'il a de nouveau entretenu la reine du point de la confession, et qu'elle était disposée à se confesser.

De tous ces faits, M. Gachard ne pense pas qu'on soit en droit de conclure que Jeanne fût hérétique. La scène extravagante du 24 décembre 1521 ne peut effacer les actes de dévotion accomplis à cette époque pendant des jours et des semaines par la reine, et dans d'autres circonstances encore, comme deux mois après la mort de son mari (en 1506). Que Jeanne, dont la fin fut chrétienne, ait, pendant les seize années du règne de Charles V, qu'embrasse le recueil de M. Bergenroth, montré parfois une certaine indifférence pour les pratiques religieuses, M. Gachard l'admet, mais il y voit l'effet des aberrations d'esprit de la mère de l'empereur. Il est vrai qu'on conteste la folie de Jeanne. « Cette opinion, dit M. Gachard, qui est en désaccord avec l'appréciation universelle de l'histoire, sera, j'ose le prédire, difficilement acceptée. » Il admet que Jeanne ait eu des intervalles lucides; mais, pour lui, une foule d'autres circonstances, notamment à la mort de son mari, à celle de son père, prouvent qu'elle n'était pas constamment en possession de son bon sens. Bien plus, lors de la révolte des Comuneros, les meneurs du mouvement, eux qui avaient intérêt à faire passer Jeanne pour saine d'esprit, ordonnèrent des processions solennelles et des prières, appelèrent à Tordesillas les médecins les plus fameux pour aider au rétablissement de la santé de la reine, firent même venir des prêtres pour l'exorciser.

Cette question écartée, M. Gachard poursuit sa tâche, en examinant les accusations dirigées contre Charles-Quint. Il prend les quatre lettres de l'Empereur citées par M. Bergenroth. La première, datée du 30 avril 1516, à Bruxelles, est adressée au cardinal Ximenes. Elle est relative à la garde de la Reine; l'Empereur, en attendant qu'il ait nommé et envoyé quelqu'un, recommande au cardinal de pourvoir à ce que la Reine, tout en étant très-bien traitée, soit l'objet d'une exacte garde. « Comme il n'appartient à personne plus qu'à moi, ajoute-t-il, de prendre soin de l'honneur, du contentement et de la consolation de la Reine, ma dame, ceux qui s'en ingéreraient ne le feraient pas dans des vues louables. » La deuxième lettre est écrite d'Aranda de Duero, en Castille, le 19 avril 1518, au marquis de Denia. L'Empereur approuve la conduite du marquis, se réjouit de l'amélioration en la disposition et santé de sa mère, recommande à Denia d'avoir soin d'elle, et il poursuit : « Vous fîtes bien de ne pas la laisser sortir du palais, pour les causes que vous écrivez. A l'égard du langage que S. A. vous tient, soyez sur vos gardes pour lui répondre ce qui convient; et comme les choses de S. A. sont de la qualité que vous savez, quand elle vous parle de semblables matières, ne permettez qu'aucune des femmes qui sont à son service, ni d'autres personnes soient présentes. De même, ne parlez, ni n'écrivez rien concernant S. A. qu'à moi seul, et toujours par des messagers sûrs, vu que c'est ce qui convient. Je vous fais cette recommandation, à cause que le cas est si délicat et me touche tant. » La troisième lettre, écrite de Louvain, le 7 octobre 1520, au cardinal de Tortose (Adrien d'Utrecht, ancien précepteur de Charles V, qui devint pape en 1522, sous le nom d'Adrien VI), témoigne du mécontentement de l'Empereur au sujet des événements d'Espagne, de l'insolence et du manque de respect des *comuneros* envers la reine Jeanne, en ôtant d'auprès d'elle le marquis et la marquise de Denia. La quatrième, qui paraît être de mars 1521, est adressée au marquis de Denia et approuve sa conduite, en empêchant les chefs des troupes royales, vainqueurs des *comuneros*, de faire signer certains mandements par la reine Jeanne. M. Gachard reconnaît qu'il y a dans ces lettres, surtout dans les deux premières, des passages obscurs, énigmatiques ; mais on n'est pas fondé pourtant à en conclure que Charles-Quint était cruel ou nourrissait de mauvais sentiments envers sa mère. On n'est pas plus fondé non plus, selon lui, à prétendre que le marquis de Denia ait proposé à son maître d'employer la torture contre Jeanne, ni que Charles-Quint, par son silence, y ait consenti tacitement. Denia a proposé de faire changer de résidence à Jeanne, et comme Jeanne n'y consentirait pas de bon gré, d'avoir recours, à cet effet, à la contrainte (*hazer premia* que M. Bergenroth traduit par mettre à la torture). Quant à la réponse de Charles-Quint, on ne la connaît pas. Ce qui est certain, c'est que Jeanne resta à Tordesillas. Denia revient à la charge, le 23 mai 1525, et vante de nouveau l'emploi de la contrainte. Mais la réponse de l'Empereur manque. Seulement, M. Gachard cite encore une lettre de Denia à Charles-Quint, en date du 11 octobre 1527, de laquelle il résulte que l'Empereur avait envoyé une dépêche permettant que la reine Jeanne allât à Toro, et prescrivant que cela se fît « avec tout respect envers S. A. »

Les conclusions de M. Gachard se résument en ces points : Le recueil de pièces publiées par M. Bergenroth ne prouve pas que Jeanne ait été hérétique; encore moins qu'elle ait été confinée dans le palais de Tordesillas, en punition de sa prétendue hérésie; ni pas davantage que Charles-Quint ait été un fils dénaturé. M. Gachard ne parle pas du principal argument de M. Bergenroth : l'intérêt que Ferdinand et Charles V avaient à séquestrer Jeanne pour occuper un trône qui lui appartenait de droit. Il fait remarquer combien, malgré tous les efforts de M. Bergenroth, les correspondances publiées par lui sont encore incomplètes et, par conséquent, combien il est difficile d'en saisir le véritable sens, d'en apprécier toute la portée.

Cet examen des documents produits par M. Bergenroth terminé, M. Gachard répond encore à quelques reproches adressés à Charles-Quint, dans l'*Indépendance belge*, par exemple à celui de n'avoir visité sa mère qu'une fois, et à celui de s'être montré insensible à la lecture de ses lettres. Pour y répondre, il prouve que Charles-Quint a visité Jeanne à différentes reprises, de 1517 à 1542, et il soutient que, de 1516 à 1531, Jeanne n'a écrit aucune lettre, ni à Charles-Quint, ni à qui que ce fût, et que non-seulement elle n'écrivait pas de lettres, mais qu'elle ne voulait signer aucun papier, quel qu'en pût être l'objet. On en a eu plus d'un exemple, lors de l'insurrection des *comuneros*. Ce refus opiniâtre de Jeanne dans ces circonstances est pour M. Gachard un argument de plus à l'appui du dérangement mental de la veuve de Philippe-le-Beau.

Tel est, en résumé, le premier travail de M. Gachard. Faut-il maintenant que nous fassions connaître notre première impression personnelle sur les objections qu'il contient? Faut-il avouer que l'honorable archiviste général ne nous semble pas avoir renversé la thèse soutenue par M. Bergenroth? De l'aveu même de M. Gachard, il y a des obscurités dans toute cette histoire. Nous voulons bien que sur plusieurs points de détail, M. Bergenroth se soit trompé, comme par exemple, à propos du sens des mots *dar cuerda* et *hazer premia*. Cela est possible. Mais comment expliquer l'envoi à Bruxelles par Ferdinand et Isabelle du prieur de Santa-Cruz, pour faire une sorte d'enquête sur les sentiments religieux de leur fille Jeanne? Ce fait seul n'indique-t-il pas une sorte de défiance, et cette défiance était-elle donc sans motifs? Le prieur ne reçoit pas très-bon accueil; il n'a pas trop bonne opinion de la dévotion de Jeanne; il constate qu'elle ne s'est pas confessée le jour de l'Assomption, bien que deux de ses confesseurs se soient présentés. D'autre part, voilà le moine Andres qui lui recommande de se confesser à un bon moine, et non à des moines hantant les tavernes. Qu'était-ce donc que ces derniers? N'étaient-ils pas orthodoxes et bien pensants? Pourquoi ensuite la reine Isabelle, dans son testament, semble-t-elle avoir plus de confiance dans son mari que dans sa fille? Pourquoi Ferdinand confie-t-il la garde de sa fille à Ferrer, qui est ensuite accusé d'avoir commis des abus de pouvoir? Que veut dire la lettre de Ferrer à Ximenes? Après le geolier Ferrer, pourquoi le geolier Denia, qui ne paraît pas valoir beaucoup mieux que son prédécesseur et en qui cependant Charles-Quint semble mettre toute sa confiance? Pourquoi ces difficultés à propos de la célébration de la messe au palais de Tordesillas? Pourquoi ces détails si minutieux sur tous les faits et gestes de Jeanne pendant la cérémonie du 12 septembre 1518? Quelle portée donner à ces paroles de Denia : « Bien que S. A. soit dans une *disposition différente* de celle où V. A. désirerait la voir? » et encore : « Il plaira à Dieu de la guider *de manière qu'elle le connaisse et qu'elle se sauve?* » Et la scène de Noël, est-ce uniquement une scène de folie? Et la question de la confession dont parle Denia, en 1530, n'indique-t-elle pas une singulière persistance dans les sentiments religieux de Jeanne? Mettre tout cela sur le compte de l'état mental de Jeanne, ne semble pas une solution satisfaisante. Les arguments de M. Gachard à l'appui de cette folie, mêlée d'intervalles lucides, ne sont pas, en effet, des plus concluants, surtout en présence de la lettre du cardinal Adrien (plus tard pape), du 4 septembre 1520, à Charles-Quint, qui dit formellement, à plusieurs reprises, que Jeanne jouit de la plénitude de sa raison. Quant à disculper entièrement Charles-Quint, la tâche ne nous semble pas non plus aisée. Voyez avec quel soin l'Empereur recommande que sa mère soit l'objet d'une exacte garde; voyez quel est l'homme qu'il lui donne pour geolier; quelle méfiance, quelles précautions, quelles paroles mystérieuses! Voyez les supplications de l'infante Catalina à son frère! Que pour sauver les apparences, Charles aille visiter assez souvent sa mère, qu'il ait l'air de lui témoigner du respect, de l'attention, cela se peut; mais le politique empereur n'a jamais péché par excès de tendresse. Les Belges en savent quelque chose.

En somme, M. Gachard ne nous semble pas avoir rompu le faisceau de présomptions et de faits accumulés par M. Bergenroth, et la question est loin d'être résolue. Ce serait trop nous aventurer, sans doute, que de nous prononcer dès aujourd'hui ; car M. Gachard tient des documents nouveaux et « d'une autorité considérable » qui l'ont autorisé peut-être à juger comme il le fait. Le débat n'est pas clos, d'ailleurs, et, à défaut du savant dont l'Europe déplore la fin prématurée, d'autres historiens ne manqueront pas de défendre sa thèse. La chose en vaut la peine ; on sent qu'on est en présence d'un drame mystérieux, quand on songe à cette malheureuse, fille, femme et mère de rois et d'empereurs, qui a eu pour mère une fanatique, pour père, un fourbe, pour mari, un brutal, pour fils, un hypocrite rusé et égoïste, et qui a passé quarante-neuf années de sa misérable existence dans une étroite captivité, aux risques d'y perdre la santé et la raison.

F. V. M.

M. Altmeyer a commencé, lundi 12 avril, à l'Université de Bruxelles, une série de conférences pour défendre le système de Bergenroth. Nous analyserons ce travail dans notre prochaine livraison.

BULLETIN FLAMAND.

Nous comptions prendre possession des pages que la direction de la *Revue de Belgique*, fidèle à ses principes, met fraternellement à notre disposition, en parlant des livres flamands les plus récents. Le sort en a décidé autrement. Ce sont les morts qui réclament le pas ; les vivants peuvent attendre.

C'est une fatalité bien triste qui s'attache, depuis quelque temps, à cette littérature flamande qui a tant besoin d'infatigables défenseurs et qui voit tomber coup sur coup les plus vaillants et les plus marquants de ses écrivains.

En Jean-Michel Dautzenberg, né à Heerlen, en 1808, la littérature flamande perd un de ses plus charmants poètes et un de ses plus beaux caractères. Nous ne raconterons pas ici quelles furent les vicissitudes que, jeune, il eut à traverser pour arriver à la position distinguée où il sut atteindre par son travail et son mérite, sans laisser aux ronces des chemins un fil du manteau de son intégrité.

Ce qui est incontestable, c'est que sa vie entière fut un noble exemple de travail et d'étude et que jamais le succès ne couronna des efforts plus généreux et des travaux plus honnêtes.

Dautzenberg était une véritable nature d'élite. Indulgent pour les autres, mais sévère pour lui-même, il pardonnait beaucoup à la faiblesse humaine; lui, pour rien au monde, n'eût transigé avec lui-même. Il n'était inflexible que pour ce qu'il jugeait improbe.

Accueillant avec une affabilité sincère les jeunes écrivains chez lesquels il voyait poindre une étincelle de talent, il les aidait de ses conseils, et, pourquoi ne pas le dire puisque cela est, de sa bourse, lui qui gagnait tout par son travail. Jamais l'envie ni la jalousie ne purent pénétrer dans cette âme si bien trempée. Il applaudissait avec bonheur aux succès de ses confrères; il aidait à leur renommée, tandis que pour lui-même, d'une modestie que tout effarouchait, il ne souffrait pas que l'on fît devant lui l'éloge de ses poésies les mieux réussies.

Il disait de lui-même :

« Non, je ne le sens que trop bien,
» Jamais je ne serai un grand poète;
» Car, quand je chante, c'est toujours de mon village,
» Ou de quelqu'amusement futile. »

O brave cœur! Non, vous n'êtes pas un grand poète, si, pour être grand, il faut avoir rempli des dizaines de volumes; si, pour être grand, il faut chanter en termes pompeux des héros qui ont fait plus de mal à l'humanité que maints coquins morts à la potence! Mais si, pour être un vrai, un grand poète, il suffit d'avoir chanté la nature, l'homme, l'amour et la famille, dans des vers harmonieusement rhythmés, remplis d'idées élevées, exprimées avec autant d'originalité que de charme, s'il suffit, enfin, d'être soi, sincère, inspiré, beau, oui, alors Dautzenberg est un grand poète et on lira encore ses œuvres, quand celles de beaucoup de ses émules, dont les vers majestueux, mais faux, remplissent les oreilles d'un bourdonnement ronflant, mais vide, seront tombées dans l'oubli.

Et n'est-ce donc pas un chef-d'œuvre que ce délicieux poème : *De Landbouw* (*Le Labourage*), que — chose intéressante à noter — un inepte jury mit un jour hors de concours, parce que la pièce était écrite dans la forme de l'hexamètre antique. Au jugement de ces doctes Midas, la forme d'Homère et de Virgile était indigne de servir de moule à la poésie flamande; il leur fallait l'alexandrin français!

N'est-ce pas un chef-d'œuvre aussi que *De Doop* (*Le Baptême*), cette ravissante idylle, parfumée des senteurs champêtres, si pétillante de finesse, si souriante de cœur, si vraie d'observation, si irréprochable de rhythme?

N'est-ce pas un chef-d'œuvre que les *Morilles?*

Et puis, dans cette quantité de pièces remarquables formant sous le titre de *Gedichten* (*Poésies*), le premier recueil du poète, et dans le nombre plus grand encore de ses pièces inédites, de ses dernières années, combien ne compte-t-on pas de perles de l'eau la plus pure.

Quoique écrivain lyrique avant tout, Dautzenberg maniait la prose avec un grand talent, témoin le livre de lectures historiques, *Volksleesboek,* pour les écoles moyennes, qu'il publia en collaboration avec son ami, feu le poète P. Van Duyze. Ce livre, plein de poésie, de cœur et de patriotisme, qui fait connaître notre présent sous les aspects les plus pittoresques, qui nous raconte les pages les plus grandioses de notre passé, fut couronné par le gouvernement, ce qui ne l'empêcha pas d'être exclu par nos maîtres d'école, sous prétexte que l'ortographe n'en était pas conforme à celle adoptée par la commission.

Outre les travaux que nous venons d'énumérer, Dautzenberg publia, dans les différentes revues de la Belgique flamande et des Pays-Bas une infinité d'articles en prose, tant narratifs que descriptifs, qui tous se distinguent à différents degrés par cette délicatesse de goût et ces qualités du cœur qui furent les côtés caractéristiques de son beau talent.

Pour peu d'écrivains le mot de Buffon : « Le style c'est l'homme » fut aussi juste que pour Dautzenberg. Chez lui, il y avait harmonie complète entre la pensée intime et l'écrit. C'est ce qui donne à ses travaux, qui se distinguent cependant par une grande simplicité et par un grand amour de la vérité, un cachet d'originalité toute particulière. C'est aussi ce qui explique la vénération que tous ceux qui s'occupaient de littérature flamande avaient vouée à l'homme honnête et affable. Cette vénération allait si loin, qu'il lui suffisait d'entrer dans une réunion un peu agitée pour que d'un accord tacite tout fût immédiatement calmé, tant on avait peur de blesser cet esprit si doux et si bienveillant.

Puis quel désintéressement dans cet homme! Jamais le brave poète ne brigua ni positions ni honneurs, et le jour où il avait reçu son brevet de chevalier de l'ordre Léopold (que certes, si honneur il y a, personne n'était plus digne de porter que lui) il dit à un de ses amis, qui venait le féliciter : « Que voulez-vous, mon ami, cela m'ennuie beaucoup; mais cela fait plaisir à mes enfants! »

Oui, pour sa famille, pour ses amis, pour la cause qu'il défendait, il était tout dévouement, et on peut dire qu'en Dautzenberg la cause flamande perd plus qu'un écrivain; elle perd un caractère, et Dieu sait si les caractères sont rares aujourd'hui!

Nous apprenons avec un vif plaisir que le gendre du défunt, le poète Franz de Cort, prépare une édition complète des œuvres de Dautzenberg, en 6 vol. in-8°. Nous la recommandons vivement à tous ceux qui s'intéressent à la littérature néerlandaise.

G. J. Dodd.

REVUE LITTÉRAIRE.

THÈSES MORALES AU THÉATRE ET DANS LE ROMAN. — La Courtisane amoureuse. — Les secondes noces. — M. Ed. Pailleron, — M. Émile Leclercq.

L'Europe poursuit, sans relâche, un travail de rénovation dont les crises politiques, si nombreuses depuis 1789, sont des symptômes plutôt que la cause. Jamais, peut-être, les lettres ne se sont mêlées davantage à la vie du siècle, n'ont cherché à éclairer ses principes, à renouveler ses mœurs : Le théâtre se donne des thèses, le roman veut refaire l'amour et la famille, l'histoire réforme sa théorie, la science éclaire la philosophie. Jamais, non plus, la littérature n'a été répandue avec une profusion pareille. Où est le temps où le manuscrit était presqu'un immeuble qu'on enchaînait souvent à son pupître? Où est le temps, si près de nous par la date, où les questions de science, de philosophie, de morale, étaient confinées dans les livres? Le feuilleton s'est emparé de tout, le journal multiplie le feuilleton à l'infini, la petite presse précipite le mouvement à toute vapeur. La science vieillit vite de nos jours, l'histoire écrite hier ne sera plus exacte demain; un jour s'écoule-t-il sur une œuvre d'imagination répondant au sentiment public, l'œuvre va sembler en retard. C'est que, chaque jour, la science progresse, l'histoire trouve des documents nouveaux, des vues plus justes, et l'esprit du siècle se transforme. Laissons passer les livres et vieillir les œuvres de l'homme! C'est le fait de la vie! Une verdure nouvelle fera oublier les feuilles mortes, une source plus fraîche remplacera le fil d'eau dévoré par la mer. Nous n'en sommes plus à acheter un livre ou un chapeau pour toute une vie; les temps ont disparu où une épopée devenait une sorte de bible pour tout un peuple, restait maîtresse de la pensée d'un monde, comme ces dynasties qui, pour avoir fondé une nation, gardent le droit de la posséder, de l'opprimer pendant des siècles. Le livre lui-même ne suffit plus à cette mobilisation des idées, qui se succèdent comme des moissons de fleurs. Les revues y conviennent mieux, le journal règne, le répertoire ne survit qu'artificiellement. Le livre, le répertoire, c'est comme l'ancien sac d'écus. La revue, le journal, le théâtre au jour le jour, c'est le billet à vue, et la circulation des idées est plus active que celle de la Banque.

Ce mouvement n'est pas sans but. Il n'est guères d'écrivain qui ne cherche à faire passer dans le siècle un courant moral nouveau, une sève meilleure de justice et d'amour. L'apôtre le plus actif de la rénovation moderne est la littérature.

Cependant, si l'on y regarde de près, on reste convaincu qu'il y a là une tendance plutôt qu'une méthode ; des aspirations, non une œuvre ; l'instinct du but, non la science des moyens. Beaucoup d'hommes de bonne volonté ; peu d'apôtres connaissant réellement les conditions de l'apostolat ; des prêtres de l'art, mal fixés sur les voies et moyens du sacerdoce. La plupart des œuvres littéraires, même celles qui n'ont aucune intention de plaidoyer, s'imprègnent de ce souffle nouveau. Beaucoup traitent de véritables problèmes de psychologie et de morale ; celles-ci même, depuis quarante ans, ne résistent pas toujours à la pierre de touche ; et la critique, aussi mobile que l'art, et qui elle aussi veut être dans le courant, peut bien tendre un peu à le diriger. C'est là peut-être son rôle véritable à une époque où les questions de forme s'effacent devant l'intérêt social.

Il est un sujet qui semble obséder la littérature moderne, non sans raison d'ailleurs. C'est celui que l'Évangile a tranché dans l'apologue de la femme adultère, et que Soudraka mettait déjà à la scène dans l'Inde, il y a seize cents ans. On peut l'appeler : *la Courtisane amoureuse*.

M. Édouard Pailleron, dans les *Faux Ménages*, fait dire à deux amants, par un personnage qui se connaît en fausses amours :

> Vous préférez alors rester en tête à tête,
> Relire *Marion de Lorme* au coin du feu.

Le jeune poète touche juste : c'est de *Marion de Lorme* que date, en France, à notre époque, ce sujet, dont il a essayé la contre-partie.

Disons-le, *Marion de Lorme* nous semble une erreur littéraire ; mais les *Faux ménages*, une erreur morale. Le premier poète s'égare sur le chemin du progrès, l'autre sur la route du préjugé.

Trois drames de V. Hugo, dont deux frappés par la censure et l'autre par la critique, sont inspirés par une même idée : La réhabilitation d'un criminel par une noble passion : L'amour, la paternité, la maternité. « A coup sûr, dit le poète, c'est là une idée morale. » L'idée, oui ; l'œuvre, c'est à voir. Car la bonté d'une œuvre ne tient pas à l'explication qu'on peut en donner ; elle consiste avant tout dans les moyens employés, dans l'effet produit. Ce n'est pas le sentiment qui a dicté un livre qui le rend moral, mais le sentiment qui en ressort, ce qui peut être bien différent.

La vie de l'homme repose sur une foi instinctive dans la constance des lois universelles, physiques et morales. Il se peut que des exceptions, des déviations plutôt, se produisent. Dans la nature, elles sont des monstruosités ; seraient-elles des traits de génie dans l'art ? Non ! Le vrai dans l'art doit être vraisemblable ; Boileau, compris de ses contemporains, dit cela tout simplement. L'art, en effet, se place dans la sphère des principes, il ne se contente pas du fait, il tend à conclure du fait à l'idée, d'un homme à l'homme, d'un héros à l'humanité. Aussi, exige-t-il une vérité générale qui représente « cet ordre invisible, dont parle Platon, et que le sage met son étude à imiter en lui » ; une vérité où, selon la loi de Kant, l'individu agisse comme si son action devait servir de règle au genre humain.

Or, cette vérité artistique, cette logique du cœur, n'admettra jamais qu'un bouffon *qui déprave le roi, qui le corrompt, qui l'abrutit, qui le pousse à la tyrannie, à l'ignorance, au vice; qui le lâche à travers les familles des gentilshommes, lui montrant sans cesse du doigt la femme à séduire, la sœur à enlever, la fille à déshonorer;* — c'est ainsi que la préface du *Roi s'amuse* parle de Triboulet, — qui raille la douleur d'un père dont le roi a profané la fille, qui insulte à cette couronne de cheveux blancs dont M. de Saint-Vallier parle avec tant de poétique grandeur, qui se met gaiement de la partie pour enlever l'épouse d'un gentilhomme, — c'est ainsi que le drame le fait agir, — puisse avoir ce grand cœur de père qui le sanctifie ! Même invraisemblance dans *Lucrèce Borgia!* Erreur non moins flagrante dans *Marion Delorme!* Je vois bien Marion punie, je ne la vois point purifiée; je la vois pardonnée au dénoûment, non sanctifiée. L'héroïne indienne du *Chariot d'Enfant*, Vasantaséna, se laisse étrangler en proclamant son amour. Courtisane, elle ne veut pas sauver sa vie, et l'on sent qu'elle ne sauverait pas la vie de celui qu'elle aime, au prix d'un baiser au prince qu'elle méprise. Marion comprend autrement l'amour : à peine lui a-t-il *refait une virginité*, elle se livre de nouveau; pour sauver son amant, elle se donne à un bourreau.

Quelque honnête qu'une femme eût toujours été, un dévouement de cette nature présenterait encore des difficultés sur la scène. Une légende du moyen âge, *la Vision d'Albéric*, a osé les aborder : Un riche poursuivait l'épouse d'un marchand, qui repoussait l'impie ; mais le marchand tombe aux mains d'un corsaire, et tous ses biens, tous les bijoux de son épouse ne suffisent pas à sa rançon. Alors, reparaît le tentateur, et la noble femme, anéantie, désespérée, mourante, dit : « J'ai voué ma vie à l'honneur, mais ma vie même ne peut racheter celui que j'aime; je lui sacrifierai plus que ma vie. » A ces mots, les nobles instincts l'emportent, le riche voit la laideur de ses projets; c'est à lui de pâlir et de trembler; il pleure, il tombe aux pieds de la noble épouse : tout son bien pour racheter sa faute !

Alors, le poète nous transporte au ciel. Le riche est mort; un anachorète voit avec terreur des esprits se disputer son âme. Le démon tient ouvert l'inexorable livre où sont notés les vices des hommes; mais l'ange porte en main un vase de saphir, où il a recueilli les larmes versées par le riche aux genoux de la sainte épouse. Trois fois, sous l'œil de Dieu, une larme tombe du vase sur la page noire; trois fois, les taches du vice s'effacent, et le riche est sauvé.

Ces larmes expiatoires ont quelque chose de sublime, et cette conversion du riche est vraie, vraie de la grande vérité morale de l'art.

Revenons sur la terre et sur le théâtre. Nous trouverons dans le théâtre espagnol une scène semblable.

Le *Tisserand de Ségovie* présente un sujet à la fois historique et moral. L'horrible trahison du Marquis contre un innocent restera-t-elle impunie? L'Espagne gardera-t-elle un assassin pour ministre de ses destinées compromises? Le drame une fois engagé sur cette double question, les aventures les plus chevaleresques, les traits d'audace les plus étonnants, toute cette lutte du héros contre l'impossible intéresse, car il est fils de la victime et il représente la justice. S'il est vaincu, s'il périt, le crime reste impuni, l'Espagne opprimée. Vers la fin de la pièce, Fernando, cerné, désarmé, reste prisonnier dans les mains de ses ennemis mortels; mais le fils du meurtrier de son père aime sa femme; elle seule peut le sauver. La fière épouse accepte le déshonneur; ce n'est qu'une feinte pour arracher au comte son épée et la donner à son mari : « Théodora : Prends-la, mon amour, et défends-toi. — Fernando : Honneur des femmes! »

« La paternité, dit Victor Hugo, sanctifiant la difformité physique, voilà le *Roi s'amuse*. La maternité *purifiant* la difformité morale, voilà *Lucrèce Borgia.* » Et ailleurs : « *Purifier* Marion de Lorme avec un peu d'amour... »

C'est là une triple et même erreur. Chez Triboulet, la laideur morale vaut la difformité physique et s'y allie; l'amour paternel n'a ni corrigé, ni transformé, ni sanctifié le bouffon, qui continue son rôle. Chez Lucrèce Borgia, le monstre est accouplé à la mère, l'amour conspire avec le crime pour défendre son louveteau, et l'héroïne, malgré sa purification, n'en dit pas avec moins d'infamie, au dernier acte : « Vous êtes tous empoisonnés, Messeigneurs! » Si Marion de Lorme est purifiée, c'est pour une heure; au premier danger, elle ne connaît d'autre héroïsme que son ancien métier.

La vérité morale exige autre chose. On ne laisse pas vivre les monstres nés de la femme; les monstres nés de l'art, sont condamnés de même; les premiers offensent la nature, les autres le sens moral : « Les monstres, dit M. Ulbach, ne prouvent rien que la difformité de l'imagination de ceux qui les inventent. »

La voie ouverte à l'erreur par cette sorte de système a été suivie. Une mission haute, des satisfactions de conscience cherchées dans l'art avaient défendu le poète; ses dénouements répondent au but moral : le bouffon est puni par le père; le monstre, par la mère; la courtisane, par l'amour. Ce malheureux peut souffrir davantage, cette reine impunie peut être atteinte, cette fille de joie trouve la peine. Toujours le châtiment découvre le défaut de l'armure et frappe sûrement. Ainsi, le poète rentre dans le vrai et le juste.

Mais l'école ne devait pas s'en tenir là, et le paradoxe a fait souche. Marion, pour sauver Didier, se donne à un seul. La Dame aux Camélias, pour rendre la liberté à son amant, se rend à tous ; à peine purifiée, elle se dévoue... en redevenant courtisane. Un dramaturge catholique a été plus loin : Didier pardonne et meurt ; la Dame aux Camélias est pardonnée et meurt aussi ; Madeleine, dans *Rédemption*, est pardonnée et épousée. Elle a bien dit : « Pensez-vous que je puisse aimer l'homme qui aurait la lâcheté de m'épouser? » Mais, la rédemption aidant, elle épouse ; et comment a-t-elle levé l'anathème, racheté ses fautes, mis fin à l'expiation? Elle a tenté de se suicider. Évidemment, cet héroïsme suffit à tout. L'écrivain catholique a osé plus que les autres, il s'est trompé davantage.

M. Pailleron a-t-il mieux réussi que M. Octave Feuillet? Voici ce qu'il a fait :

Son héros n'a pas le prétexte de Didier, qui a cru aimer une honnête fille : Marie, et non Marion. Armand savait tout, il a aimé, et Esther s'est relevée, relevée par l'instruction, pour être la compagne intellectuelle de son amant; relevée par le travail, pour être son égale; relevée par l'honneur, pour être digne d'amour. Cependant cette femme, qui possède « la passion du beau, le respect de soi-même, » qui ne rêve que la réhabilitation intérieure; « d'être honorable et non d'être honorée »; qui brave les affronts; mais qui se trouble, cède, fuit, à l'aspect de l'innocence :

O sainte pureté ! t'ai-je fait cet outrage
De croire un seul instant t'avoir conquise, hélas !

Cette femme, qui prend alors la résolution de laisser son amant à une épouse vierge et de rentrer dans la vie obscure du travail :

Elle vous aime ! Et moi, moi, j'étais sa rivale !
Oh ! comme j'ai vu clair dans mon indignité !
L'épouse ! la voilà !

Cette femme, enfin, à laquelle le poète prête tous les traits de l'honneur et de l'héroïsme, comment Armand va-t-il agir envers elle? Il l'a protégée, il l'a imposée à sa mère, il l'a fait respecter de tous, il l'a défendue avec éloquence, avant la dernière preuve de grandeur d'âme qu'elle lui donne.... Puis, il l'abandonne.

Écoutez-le parler :

Oui, c'est la loi du monde ! oui, l'on aime une femme,
On l'aime, on lui refait une âme avec son âme.
Elle est comme l'épouse, on est comme l'époux,
Elle prend le meilleur et le plus pur de nous,
Cette fleur de la foi qu'on nomme la jeunesse !
Et puis, comme après tout ce n'est qu'une maîtresse,
Et que ces femmes-là n'ont droit qu'à notre amour,
Le monde dit : assez ! On la chasse un beau jour,
On rentre honnêtement dans la route suivie,
On déchire en riant un lambeau de sa vie,

Et l'on s'en va léger, insoucieux, moqueur,
Sans même un souvenir, cette aumône du cœur !
Quant à l'autre, qu'elle aille où le hasard l'emporte !
Deviens ce que tu peux ! Vis ou meurs, que m'importe !
Plus je t'ai mise haut, plus tu retombes bas !
Mais c'est affaire à toi, je ne te connais pas !
Remonte ton rocher, Sisyphe, et le remonte !
Recommence à marcher, juif errant de la honte !

Mais comment agit-il? Il subit cette loi du monde, lui, ce héros candide qui a relevé une femme! Et pourquoi, demandera-t-on? Pour rien, en vérité, qui vienne d'elle! Car Esther se montre plus grande à mesure que le supplice approche. Pourquoi? Parce qu'un inconnu, un être qu'il méprise et qui se trouve être son père, l'homme qui a trahi sa mère, qui lui a dévoré, volé sa fortune, comme il le dit lui-même, et qui vit dans l'abjection, vient lui rappeler son exemple, lui rendre son nom, qui, à ce qu'il paraît, est *noble!* et lui défendre de faire une folie, et lui remontrer les préjugés du monde :

Non! non! ne plaçons pas notre idéal trop haut!
C'est déjà malaisé de faire ce qu'il faut.
Croyez-moi, l'on vit mal en dehors de la vie.

Les lieux communs qu'Armand a si bien flétris deviennent décisifs dans la bouche de ce misérable!

Mais est-ce le dénoûment qui compte? Non, c'est l'effet produit. Quelle est donc l'héroïne de cette pièce? Serait-ce Aline? L'innocente va accepter un époux qui ne peut venir à elle qu'en déchirant *un lambeau de sa vie* et chargé des dépouilles opimes d'un noble cœur? Non. C'est Esther qu'on aime, c'est Esther qu'on *admire* et qu'on *plaint*. La mère d'Armand le lui dit elle-même, tout en profitant de sa chute, et le spectateur le pense. Les beaux sentiments que le poète a mis en vers se tournent contre sa thèse. A quoi bon toute cette poésie pour conclure contre toute poésie et toute justice? La même logique de sentiment qui condamne *Marion de Lorme*, *Rédemption* et *La Dame aux Camélias*, plaide en faveur d'Esther, contre un dénoûment impitoyable. Il n'est pas une scène qui ne donne à cette femme le droit de défier les préjugés de lui jeter la première pierre. Le poète croit-il donc avoir plaidé contre les faux ménages? il n'a fait que rompre un vrai mariage que ses beaux vers ont légitimé.

Ce n'est pas ainsi qu'on pourra « reconstituer l'amour, » comme dit Mme Aubray.

M. Méry, dans le *Sage et le Fou*, a traité un sujet pareil sans hésitation : Deux hommes ont suivi une route opposée; l'un a aimé une seule femme, l'autre s'est fait aimer de toutes; le premier s'est attaché de plus en plus; le second ne s'est *livré* jamais; survient l'âge, l'occasion d'épouser une belle héritière, digne d'un honnête homme; qui donc l'obtiendra? Le sage ou le fou? Mais qui donc de ces deux hommes a été le sage? Le monde a ri des folies du Lovelace jetant son cœur à tous les vents de l'adultère ou du demi-monde. Mais, quand le moment vient de rentrer dans la vie régulière, celui qui a été plus sage ne peut se dépêtrer de son amour unique, honnête et équivoque. L'autre, au contraire, il est libre, libre comme l'air et la débauche : n'ayant eu que des maîtresses, il aime pour la première fois; ayant abusé de toutes les femmes, il est à l'aise pour en épouser une; et la belle vierge devient l'épouse de ce prétendu fou qui est le sage de la pièce. Voilà du moins une philosophie qui ne trébuche pas! Ce n'est point la vôtre, lecteurs, ni la mienne; mais on sait à quoi s'en tenir : c'est clairement immoral et trop cru pour être bien dangereux : il n'y a que ceux qui veulent s'y laisser prendre, qui puissent y être pris : œuvres mauvaises que celles qui plaident aussi effrontément pour l'égoïsme! Mais le doute au moins est impossible; l'auteur n'a pas déployé toutes les ressources de la poésie et de l'émotion contre sa thèse et il ne risque pas de mener le public par les sentiers du beau et du grand, au piége d'un préjugé.

Le nouveau roman de M. Emile Leclercq est aussi une thèse, thèse plaidée avec talent, mais qui soulève quelques objections.

Après avoir lu l'*Histoire intime d'un homme*, lorsqu'on s'est senti *empoigner* par les détails vrais et profonds des deux premiers livres, détails où éclatent l'honnêteté d'esprit, la droiture de cœur, la vérité d'observation, l'émotion juste, l'art de ménager l'intérêt; lorsque cette impression produite nous a emportés jusqu'au dénoûment, sans nous laisser refroidir à quelques exagérations inutiles, on désire conserver, d'une œuvre aussi méditée, une impression exacte, durable.

Le problème est clair. L'auteur des *Idées de Mme Aubray* fait dire à son héroïne : « A mon sens, il n'y a pas de place dans la vie d'une femme pour deux amours. Ce qu'une femme qui se respecte a dit à un homme qu'elle aimait dans l'intimité de son cœur, elle ne le doit plus jamais dire à un autre. »

M. Leclercq fait dire à la sienne, au moment où elle se sent envahir par la phthisie : « Un homme qui a été parfaitement heureux, une femme qui a pour ainsi dire trouvé l'*idéal* dans son premier mariage, peuvent-ils se remarier sans commettre une faute? En un mot, peut-on aimer deux fois et jouir deux fois d'une intimité parfaite? *Voilà la question.* »

M. Dumas fils ne parle que de la femme, il se prononce incidemment pour la négative. M. Leclercq pose la question pour les deux sexes et le dénoûment de son roman est en faveur de l'affirmative. Mais ce n'est pas cette conclusion qui peut faire connaître son livre. Sans parler de ces gens, malheureux, ridicules ou ignobles, qui voient dans le veuvage une délivrance, il est plus d'une manière honorable de dénouer ce nœud gordien, serré par la mort. On voit d'honnêtes époux, ayant aimé, estimé, honoré une épouse, trouver tout simple de rendre une compagne intellectuelle au foyer, une mère aux enfants. D'autres, au contraire, sans être de plus grands héros, sans avoir trouvé plus d'*idéal* dans une première union, tiennent leur part d'amour pour complète, leur existence d'époux pour terminée, et survivent, fidèles, paisibles, tout entiers à une autre existence, de citoyen, d'ami, de père. A cette question, comme à beaucoup d'autres, une réponse unique, absolue, n'est donc pas possible. Jeter la variété des esprits dans un même moule, qui le peut? la solution dépend des caractères. Le romancier a le droit de choisir les types qu'il veut peindre. L'art ne lui demande qu'une chose; c'est qu'ils restent dans leur rôle et conséquents avec eux-mêmes. Confondre les rôles, c'est créer des chimères.

M. Leclercq nous semble avoir voulu prouver ceci, avec l'éloquence des faits, palpitants dans son œuvre : Quels que soient la perfection que l'on rêve, le noble sacrifice que l'on s'impose, l'énergie que l'on croit trouver dans une passion, — la nature est plus forte que les résolutions de l'homme. Lui résister, c'est s'exposer. « Fade et insipide comme l'idéal! » dit quelque part l'écrivain. Dangereux et contraire à la nature comme l'idéal! semble dire tout le livre.

Julien donc a beau penser, comme Mme Aubray, qu'on n'aime pas deux fois, a beau jurer qu'il ne cèdera point; il devient malade, il court les brelans et les boudoirs pour rester chaste, — première folie et singulière invention, toute dans le goût du romantisme, — il devient fou tout à fait et, lorsqu'il guérit, il guérit de toutes ses folies, y compris son serment de rester veuf. La nature a vaincu! L'auteur ne nous ménage pas les causes qui tuent, sous cet obstiné cavalier, le pégase de l'idéal : « Cette obsession de la séve, ces désirs du sentiment et de l'intelligence, sont autant d'injures pour Thérèse! »

Se placer au-dessus de tous les rêves, pour chercher la réalité des choses, peindre l'enthousiasme, ses aspirations, ses dévouements, avec vérité, avec émotion, comme si on les partageait, mais en gardant en main l'impassible scalpel de l'observation, pour faire sortir, de cette émotion, l'enseignement brûlant, l'expérience exacte et comme une leçon d'anatomie du cœur humain; nous crier enfin : Point de héros, s'il vous plait; soyons hommes! Qui veut faire l'ange, fait la bête, a dit Pascal; — voilà certes une puissante façon d'envisager la vie et de traiter le roman!

Est-ce ainsi, lecteurs, que vous avez compris ce livre? Quand vous vous êtes intéressés à ce *héros*, avez-vous compris que ce n'était qu'un personnage de haut comique, comique sérieux, profond, comme qui dirait le misanthrope du veuvage; mais comique, après tout; non un héros, mais un homme, qui veut être plus fort que la nature, et qui est vaincu, battu, content; un fou qui croit qu'on résiste à la séve, et qu un beau jour saute comme une chaudière sans soupape; un idéaliste enfin, qui est ressaisi brusquement par la réalité: d'abord, sous la forme terrible de la folie; ensuite, sous l'aspect gracieux d'un *idéal* nouveau : il faut bien dorer la pilule et dame Nature s'y entend à merveille.

Cela est ainsi cependant ! Ainsi comprise, l'œuvre est puissante ; on dirait que l'esprit de Goethe a passé par là. Œuvre puissante ! œuvre vraie, peut-être, pour cette sorte d'hommes qui se laissent prendre aux idées des romans, sans avoir l'énergie de leurs héros ; et, il faut bien en faire son deuil, Julien, ce grand esprit, ce cœur d'or, ce libre penseur, ce philanthrope, ce noble ami, que nous représente le poète, quand l'auteur se fait poète pour servir les plans du réaliste, Julien est un de ces hommes. Un idéaliste eût mis à côté de lui son vrai héros ; mais dans ce système, il n'en est pas d'autre. Julien cependant est père !

Ce roman est-il donc sceptique ?

Tacite, pour présenter à Rome un modèle de mœurs meilleures, vante chez les Germains l'amour tardif des hommes, *sera juvenum Venus*, le mariage sévère, les secondes noces interdites aux femmes. « Je ne doute pas, mon frère, écrit Tertulien, que depuis la mort de ton épouse, tu n'aies sérieusement songé à acquérir la paix de l'âme que tu n'obtiendras qu'en restant veuf. » Aux premiers siècles du christianisme et au moyen-âge, il était d'usage qu'après avoir vécu en époux l'été de la vie, on se décidât, l'automne venue, à vivre en amis. Ainsi fit Eghinart avec l'épouse qu'il a regrettée dans une lettre débordant d'une affection virile. Les motifs que donnent le père de l'Église ou l'historien païen ne sont plus de notre temps, mais nos romanciers n'ont-ils rien de pareil, rien de supérieur à mettre en scène au nom de la dignité de l'homme, pour transmettre à la race « l'héritage de la force : » *robora parentum*, dit Tacite, ou pour « enrichir notre esprit, » comme s'exprime Tertulien. Donner à l'amour ce despotisme sur toute la vie, même après dix années de bonheur *idéal* dans le mariage, n'y a-t-il là rien dont se révolte l'homme moderne qui veut être libre ? Ma guenille m'est chère, certes ; mais je ne veux pas être esclave de ma guenille, non plus que de la *partie pleureuse de notre être*, comme dit Platon. Les Germains, Tertulien, Eghinart, sont pour la liberté.

Mais ne nous hâtons pas de prononcer ! Tout ce qui plaît, tout ce qui attache, tout ce qui intéresse dans ce livre, c'est ce que la conclusion ébranle, ce que la thèse conteste. L'auteur sceptique ? Nul de ceux qu'il a émus ne veut le croire ! Pas même réaliste ! Quoi qu'il en ait, il est croyant, il est poète ! Laissons-le railler l'idéal, il est malgré lui idéaliste. Ce monde qu'il peint pour en montrer les dangers, dangers réels, il en est. L'amour vrai, l'esprit de famille, s'étendant aux amis, à la patrie, à l'humanité ; l'effort du bien, la foi dans la puissance du cœur et dans les énergies de la pensée, le culte du beau, le devoir du philosophe libre et du citoyen indépendant, sont pour lui des réalités. Voilà le feu sacré qui anime ses œuvres. Éteignez-le, qu'y restera-t-il ? Le réalisme souffle bien dessus, par moment ; mais il ne parvient à rien éteindre.

M. Leclercq est maître de son art, il excelle à intéresser par le détail vrai, contenu, ému, bien ménagé ; alors on trouve en lui l'observation, le sentiment, le style, et il se rend maître du lecteur. Les grandes scènes dramatiques lui semblent ici moins naturelles; il ne paraît pas aussi à l'aise quand il sort de la vérité simple. On peut contester la justesse, l'utilité, la moralité même de la tentative de meurtre, que Julien a prévue et qu'il eût dû prévenir. Ce que nul ne contestera, c'est qu'il apporte à ses travaux la conscience de l'étude, l'application d'un esprit sérieux à des idées morales, un talent fait. Mais se préoccuper autant d'être réaliste et de railler l'idéal, ne semble pas fait pour une nature comme la sienne, probe, sincère, vaillante, poétique malgré ses théories, et aimant le simple, le vrai, l'honnête. C'est en restant lui-même, en dehors de tout parti pris, qu'il nous donnera sa mesure. L'auteur de *Gabrielle Hauzy* et de l'*Histoire intime d'un homme* est mûr pour cela.

Ch. P.

Notre histoire à Paris.

La critique littéraire se trouve dans une situation assez difficile en Belgique. L'annonce des nouveautés parisiennes s'y fait sur une telle échelle et sur un tel ton, qu'à respecter l'auteur, le lecteur et soi-même, on court le risque de rabaisser une œuvre qu'on estime au-dessous de ces éphémères. Nul plus que nous n'apprécie le génie de la France, ne suit avec plus d'intérêt le travail de rénovation politique et morale auquel il s'applique. Mais le moyen de faire figure devant cette renommée moderne, qui embouche les trompettes de la *réclame* sur les moindres faits et dires du mélodrame, du roman ou de l'opérette qui passent! Se mettre au diapason, il n'y faut point penser; ce qui s'accepte pour Paris prêterait à rire ici, et c'est alors que l'on comprendrait le ridicule de tout ce bruit.

Notre histoire mise deux fois en un mois sur la scène française! A l'Ambigu-Comique et au théâtre de la Porte-Saint-Martin! Là par MM. Clarétie et Petrucelli della Gatina; ici par M. Victorien Sardou lui-même, l'héritier de Scribe, l'auteur de *Séraphine!* Voilà bien de quoi faire retentir toutes les fanfares de la presse *nationale!* Quelle compensation de toutes les craintes d'annexion qui nous ont coûté si cher depuis certaine nuit d'hiver de 1851! L'Empire français rêve-t-il encore de nous envahir, par les armes ou par la douane? Qui peut le savoir? En attendant, notre histoire envahit la scène française! Le vainqueur de Saint-Quentin et de Gravelines a dû tressaillir dans sa tombe; d'Orange, l'ami de Coligny, trahi comme lui dans la nuit du 26 août 1572 par Charles IX, a été vengé dans la soirée du 18 mars 1869 par M. Sardou! Bréderode doit être fier d'avoir pris la besace, et notre brillante noblesse a-t-elle été bien inspirée de ramasser une injure, pour faire du nom de *Gueux* un titre de gloire pour elle, un titre à effet pour l'Ambigu-Comique!

Notre histoire! certes, il serait honorable et bon qu'elle fût connue au dehors; quand Motley la raconte à l'Amérique, Edg. Quinet à la France, nous avons lieu de nous féliciter; car le récit de nos souffrances, de nos révoltes, de nos martyres, sous la plume de grands écrivains, peut entretenir chez nos frères des deux mondes l'estime d'un petit peuple redevenu libre et les traditions de la démocratie! L'histoire est noble, disait déjà notre Jean le Bel. Le théâtre a sa noblesse aussi; quand Schiller idéalise sur la scène, dans le marquis de Posa, l'enthousiasme de notre XVIe siècle, quand Gœthe glorifie le nom de d'Egmont, quelques erreurs de détail ne nous empêchent pas d'admirer le génie du drame prêtant à nos annales son sublime prestige.

S'il fallait en croire certains journaux belges, nous devrions le même tribut de reconnaissance et d'admiration, sinon à l'Ambigu-Comique, du moins au théâtre de la Porte-Saint-Martin. « M. Sardou, — dit l'un, dans un langage approprié au sujet, — M. Sardou *a fait grand* ». Quand Racine, Corneille, Shakspeare, souvent contestés de leur temps, réussissaient, leurs partisans osaient dire tout au plus qu'ils avaient fait une grande œuvre. Au temps de Molière, on s'excusait d'ajouter à de grands sujets, « ces superbes ornements de théâtre qu'on voit d'ordinaire » au théâtre des Marais, comme le fit ce brave Rosimond pour son drame à grand spectacle sur don Juan. De nos jours, les genres ne se distinguent plus, et nos correspondants parisiens ont bien le droit de marquer le style au coin de l'époque, et de dire : Il faisait beau et M. Sardou a fait grand!

Il est vrai que ce même journal, parlant de l'Espagne, apprenait dernièrement aux Belges de 1831 que, pour la première fois en Europe, on allait discuter dans une assemblée constituante la forme du gouvernement!

Une autre correspondance s'exprime mieux :

« C'est la cause des Flandres, — pourquoi des Flandres seulement et non pas de nos 19 provinces? — qu'on a plaidée hier à la Porte-Saint-Martin, et Dieu sait s'il était possible de la gagner d'une façon plus triomphante. M. Victorien Sardou a le droit d'être proclamé d'office, par votre Chambre des représentants, citoyen belge! »

Il doit y avoir une pointe d'ironie dans ces paroles, car ce même écrivain disait tout récemment un mot bien applicable à ces sortes d'œuvres : « Tant que l'éducation des masses ne sera pas faite, il faudra » bien leur servir des plats de leur goût. »

Il y a bien certains critiques qui pensent, au contraire, qu'on ne changera le goût public qu'en lui donnant des *plats* meilleurs; que les chefs-d'œuvre sont faciles à digérer pour les masses, et que les lettres surtout peuvent rompre le cercle vicieux dans lequel ce raisonnement tiendrait un peuple, éternellement attablé devant de hauts ragouts, si l'on attendait pour faire son éducation par le plus puissant de tous les apostolats, que son éducation fût faite. Mais cette phrase caractérise bien le genre qui triomphe dans la *Famille des Gueux* et dans *Patrie :* Mettre l'art et l'histoire au niveau des masses, certes, nul ne doute qu'on n'y réussisse à l'Ambigu et à la Porte-Saint-Martin.

Nous ne ferons pas l'analyse de ces deux drames, elle a traîné dans tous les journaux belges, comme cela convient à des journaux bien élevés. On sait ce qu'on fait dans ces théâtres, même de l'histoire de France. On y a besoin de traîtres et de tyrans; ils manquent maintenant, grâce à la censure, dans l'histoire de France; quel honneur pour nous que l'on ait permis de mettre en scène, non pas Philippe II et le Duc de Sang, non pas d'Egmont et le Taciturne, mais l'adultère, la trahison, l'espionnage, la vengeance, l'assassinat, le suicide et tous les trucs du boulevard, dans le cadre de notre grande révolution!

Le chef d'une illustre maison de Hollande, le comte de Leyde, a une fille et un petit fils; l'une est maîtresse d'un des tyrans du pays, l'autre est espion des Espagnols. Voilà ce qu'on appelle *la Famille des gueux* et qui doit rendre les badauds belges bien fiers de voir ce nom glorieux sur une affiche parisienne.

Un comte de Rysoer sert sa patrie; mais comment se dévouer *jusqu'à la besace*, sans négliger un peu sa femme? La dame, qui est Espagnole et n'est pas *gueuse*, n'entend point de cette oreille là; elle remplace son mari occupé ailleurs, non par un Espagnol, mais par un jeune gueux, non moins dévoué au pays : Choix mauvais, mais nécessaire... à l'auteur. De là le drame historique de M. Sardou. Ajoutez-y : un duc d'Albe, bourreau féroce et père *dameret*, qui se laisse facilement arracher deux victimes qu'il tient sous le couteau; — un effet de neige, tableau inutile au dire même du journal qui a trouvé ce mot : M. Sardou a fait grand, — un mari qui n'hésite pas entre la vengeance de son pays et la vengeance de son honneur et qui laisse deux fois la vie à celui qui lui a ravi l'honneur une fois pour toutes : la première fois pour être aidé dans un coup de main sur Bruxelles; la seconde fois pour pouvoir se suicider et laisser un vengeur de la trahison qui a fait échouer l'entreprise. Ajoutez que le traître est l'épouse même du comte; adultère cynique au premier acte, délatrice infâme au quatrième. Le complice de l'adultère tue sa maîtresse : tableau! Que faut-il de plus pour écrire en tête d'un drame ce mot sacré : PATRIE!

Ceux qui ont vu *Séraphine*, ceux qui connaissent les drames du boulevard savent combien on peut faire s'agiter en scène de personnages, sans y mettre un caractère; combien on peut y effleurer de pensées de toute sorte, sans y mettre une idée, et quelle dose homœopathique d'histoire y suffit à remplir un drame historique à grand spectacle. L'épreuve est facile : Changez le sujet historique, transportez la scène sous Pierre-le-Cruel, sous Henri VIII, sous Angelo, *tyran de Padoue;* le drame subsistera tout entier, rien n'y sera changé que le nom des lieux et des personnages. Ce genre est si faux que M. Dedecker condamnait il y a trente ans le roman historique tout entier et qu'il vient de reproduire son réquisitoire dans l'éloge mortuaire d'un romancier son ami; si faux qu'une école nouvelle cherche à se constituer au nom de la *modernité*. C'est aller trop loin; il n'est pas plus juste que logique de conclure du particulier au général et des défauts des écrivains à la suppression d'un art.

Le drame historique restera toujours un des sommets de la littérature; la compréhension des événements et des mœurs d'une époque est aussi nécessaire au roman et au drame qu'à l'histoire; mais dans l'une, la carrière est limitée aux faits exacts; dans l'autre, elle est aussi vaste que l'imagination; l'art peut faire revivre tout un siècle, en comblant les lacunes des archives. Tous les Bouchardi du monde ne feront jamais condamner Walter Scott, ni tous les Paul Féval, Manzoni. Aucun mélodrame ne prouvera jamais rien contre les *Perses* d'Eschyle, contre le *Guillaume Tell* de Schiller, contre le *Goetz de Berlichingen* de Gœthe, même contre le *Louis XI* de Delavigne. On a osé prononcer le nom de Shakspeare à propos d'une situation de *Patrie;* quand Shakspeare s'attaque aux annales d'un peuple, son drame devient plus grave, son talent s'élève à un genre nouveau, noble, sévère, où l'on sent le respect du génie pour la majesté de l'histoire.

Nos Shakspeares modernes ont un autre système :

« Combien il en est parmi nos dramaturges contemporains, a dit » M. E. Van Bemmel, qui sacrifient sans façon la donnée historique à » l'effet théâtral, qui plient, mutilent et transforment les faits pour les » adapter à un plan tracé d'avance! Leur méthode est connue, et ils » nous la révèlent sans vergogne : étant trouvé un intérêt dramatique » puissant et quelques situations favorables à une brillante mise en » scène, chercher dans l'histoire un épisode quelconque qui se me» sure à ce lit de Procruste. Au moyen de cette formule fort simple on » fait du drame, comme on fait de l'histoire, mais celle-ci n'est qu'un » prétexte et la forme reste vide. »

Nous n'avons rien à ajouter à ces paroles. La Chambre des représentants ne manquera pas de nommer d'office M. Sardou citoyen belge.

P.

—

Histoire de Saint-Josse-ten-Noode et de Schaerbeek. — Allons à Schaerbeek, nous avons un bon guide, M. Van Bemmel, ou, sinon lui, son livre écrit d'hier, et nous racontant, dans le cadre d'une monographie, une foule de choses intéressantes (1). Allons à Schaerbeek! Mais, hélas! le vieux village n'a pas échappé à la loi commune, la loi du progrès à rebours. Ce qui était Eldorado jadis est aujourd'hui devenu faubourg maussade. Où est le temps, il y a loin, trois cents ans se sont écoulés depuis, où le duc de Bourgogne possédait à Ten Noede des vignobles produisant « du vin que l'on nomme *vin de miracle,* » et qui méritait ce titre par le grand nombre de malades qu'il guérissait? Mais aussi quel respect avaient nos ancêtres pour leurs clos merveilleux. Malheur à qui en frelatait les produits! Comme c'était un siècle de brûlerie, tandis qu'ailleurs on brûlait les mal pensants, chez nous on brûlait ceux qui travaillaient le vin. Le coupable subissait le supplice

(1) *Histoire de Saint-Josse-ten-Noode et de Schaerbeek,* par E. Van Bemmel, *illustrée,* par H. Hendrickx, accompagnée de deux cartes. 1869.

« sur le tonneau renfermant la liqueur frelatée. » C'était sage, au moins relativement. Quand il est de mode de brûler les gens, mieux vaut brûler les trompeurs que les malheureux.

Ayant parlé des vins, oublier les estaminets, c'est une lacune, la seule du livre, grave néanmoins. Parlons en donc, mais brièvement, pour la satisfaction des vieux habitants de Bruxelles qui se rappellent avec attendrissement les guinguettes, depuis longtemps disparues, de leur jeunesse. Parlons des estaminets. Le mot vient du grec; (à ce titre la chose a droit à nos égards), *Stamnos*, pot, ou *stamnion*, canette, et nos fermiers wallons qui vont au *stamné* ont religieusement conservé l'étymologie. Quel dommage que M. Rogier n'ait pas cité ce mot dans sa curieuse énumération faite à la Chambre de ceux engendrés par le grec Il a cité *alcool :* c'est un lapsus, mais il y a si étroite parenté entre l'alcool et l'estaminet, qu'un aussi savant homme d'État peut très-bien avoir pris l'un pour l'autre.

Donc, puisque le mot vient du grec, M. Van Bemmel, professeur de littérature, n'avait aucune raison de se dispenser de parler de la chose. Ce sujet lui aurait donné lieu d'ailleurs de rappeler des faits non sans importance pour l'histoire des sciences en Belgique. Ainsi, en ne s'éloignant guère de la porte de Louvain, il arrivait à la *Maison du Roi*, chez Stockmans, où la triste rue de la Charité a remplacé une vieille allée de beaux arbres. C'est là que bien souvent un de nos concitoyens qui a été l'un des entomologistes les plus patients et les plus sagaces de l'Europe, s'est trouvé mêlé aux bals champêtres qui duraient jusqu'au matin. Il y allait pourquoi? Saint amour de la science l'y conduisait. Là, il attendait l'heure sombre où les Noctuelles prennent leurs ébats; là, il épiait le moment du crépuscule et, quittant aussitôt la fête pour une fête d'une toute autre poésie, il courait, à travers champs, surprendre, dans leur vol fugitif, les tribus de Lepidoptères nocturnes étalant à la clarté du demi-jour leur riche vêtement; ou bien à l'heure où le ciel « s'habille en scaramouche et que pas une étoile ne montre le bout de son nez, » heure où les papillons amis des ténèbres, discrètes bestioles, révèlent à la nuit les merveilleuses beautés de leur plumage que jamais l'aube n'a eu le bonheur de voir, notre ardent investigateur, armé d'une lanterne sourde, évoquait à sa volonté tous ces êtres du petit monde, bien plus beaux, bien plus intéressants, bien plus pleins de charmants mystères que ceux du grand monde, quelque respectable qu'il soit.

M. Van Bemmel aurait pu conduire son lecteur, sans que celui-ci le suivît de mauvaise grâce, car chaque maison a laissé son souvenir, de la *Maison du Roi* au *Cerf*, à *la Société du Beau Site*, (j'en passe bien d'autres), à *ma Chaumière*, dans la rue Verte actuelle, chemin rustique, il y a trente ans, où les bœufs disputaient le passage aux bourgeois endimanchés. Combien de bonnes vieilles se rappellent, en souriant aujourd'hui, les graves accidents de leur enfance, quand, toutes resplendissantes de leur habit de fête, elles faisaient, dans ce chemin malaisé, quelque chute malencontreuse. Mais la mauvaise humeur des grands parents évanouie, ces faux pas n'avaient heureusement pas d'autre suite. Elles se relevaient, les infortunées, comme Ajax, qui

..... En courant chût de plante glissante
En l'endroit où estoit des bœufs tués la fiente,
Et se remplit la bouche et le nez de fumier.

On les lavait, on les grondait, elles faisaient la moue, en tournant la tête vers les prairies que la gare du Nord et les rues qui l'embrassent ont remplacées depuis. Les seuls êtres vivants qui traversaient ces prairies désertes, c'étaient des chasseurs de grenouilles et, à leur suite, des écoliers amateurs d'insectes, accroupis sur le bord d'une flaque d'eau « où, comme dit Nodier, nageait le *ditique* aplati comme un bac, et du fond de laquelle l'*hydrophile* s'élevait sur son dos arrondi comme une carène, » et, à la surface les *gyrins nageurs* qui, avec leur éclat métallique et leurs mouvements de rotation rapide, semblent une troupe de planètes, ayant la berlue, et parcourant leur orbite comme affolées.

Tous ces détails et bien d'autres n'eussent peut-être pas été sans charme pour notre génération qui n'en conserve plus qu'un vague souvenir, mais ce qui sera toujours intéressant, c'est le tableau du courage déployé en toute occasion contre l'étranger par les habitants de nos deux faubourgs. En cette partie de son livre, M. Van Bemmel a été historien. Voyez comme il en a cuit aux soldats espagnols, en 1670, pour avoir pillé et tué un paysan de Schaerbeek. Il en a cuit, en 1581, au noble Alexandre Farnèse pour avoir fait enlever un jardinier de Saint-Josse. Devant l'émeute d'une poignée d'hommes, l'Espagnol dut s'humilier. Il en a cuit même, ce qui semble incroyable, aux braves de la grande armée. Avoir traversé l'Europe en conquérants et venir, tout chargés de lauriers, se faire battre à plate couture, comme de vulgaires coquins, par des paysans de Schaerbeek, dont ils maraudaient les fruits, cela dépasse toute créance ; et ce qui est plus fort encore, sans que l'autorité osât trop rudement sévir contre ces rustres, vainqueurs des vainqueurs de la terre ! Enfin, en 1830, quelques centaines d'hommes, enivrés d'ardeur martiale et commandés par un grand artiste, M. Verboeckhoven, iront fièrement faire tête à l'armée hollandaise. Voyez toute cette histoire dans le livre de M. Van Bemmel.

Où il y a du vin et des héros, il doit y avoir un poète. Nos communes ont eu le leur dans la personne de Houwaert, qui s'est plu à décrire son habitation voisine du Maelbeck « où coule, dit Houwaert, plus d'or que dans l'Hermus, que dans l'Hydaspe et que dans le Pactole. » O poète! Aujourd'hui le noble ruisseau est un infect égoût où les immondices se pressent sans trouver passage ; où la fièvre typhoïde a élu domicile, où le fléau menace de prendre ses quartiers d'hiver.

Mais ne parlons plus de ses ravages. On nous assure que l'administration communale, soucieuse de ne pas laisser dire que l'agrandissement de la capitale n'a apporté à l'agglomération bruxelloise que des épidémies, a mis la main à l'œuvre. Déjà les terrassiers creusent le terrain, les maçons bâtissent, les appareils de ventilation sont prêts, l'État est venu par des subsides au secours de la ville. Il ne nous reste plus qu'à féliciter l'État et la commune de l'empressement que ces administrations ont mis à faire ce que leur devoir exigeait impérieusement.

Ce qui n'est pas aussi louable, c'est le dessein de combler l'étang de Saint-Josse, à l'extrémité nord duquel M. Van Bemmel a retrouvé l'emplacement de la maison de plaisance des ducs de Bourgogne. Pour quiconque parcourt la vieille carte jointe au livre dont nous parlons, et fixe sa vue sur cette longue suite d'étangs voisins du Maelbeek, il y aura lieu de regretter leur disparition. S'ils existaient encore, et qu'on eût pris soin de les aménager convenablement, Bruxelles posséderait une promenade d'un agrément sans pareil. Mais ce qui est fait est fait. Aujourd'hui on prodigue l'argent pour faire des lacs artificiels sur des collines, et pour payer les frais de ces belles entreprises, il faut vendre et détruire des pièces d'eau que la nature toute seule avait créées, qu'elle nous avait données gratuitement, et qu'elle avait placées où il les fallait placer.

Pour nous distraire de ces petites misères et de bien d'autres qui nous affligent, le livre de M. Van Bemmel est un excellent remède, c'est un ouvrage plein de recherches et de science et qui excite d'un bout à l'autre, par l'art de l'écrivain, le plus vif intérêt. M. V.

Nos Flamands, par CAMILLE LEMONNIER. Bruxelles, 1869. — De la poésie en prose; poésie romantique : la forme, le dessin, la couleur, l'empâtement, les rehauts, jetés à pleine main ! De la fougue échevelée, des musculatures à la Jordaens, du nu à la Rubens ! — Poésie satirique aussi, ne ménageant aucune vérité, n'ayant en horreur que la pruderie : « cet art de parler avec élégance des choses sales ; » trempant au besoin sa plume dans nos fanges sociales, pour venger nos vieilles mœurs et nos jeunes progrès ! Ne parlez pas à cette abondance passionnée du précepte d'Horace qui fait consister l'art dans le choix. Cette poésie se prodigue, et souvent, ma foi, elle trouve le ton ! Au milieu de cette exubérance de coloris, après certain tableau d'une verve impossible à reproduire, on trouve, par exemple, une page comme celle-ci :

« La coquetterie, dit-on, est innée chez la femme. J'en conviens, c'est même une grâce toute particulière et très-séduisante : rien n'est charmant comme le soin qu'elle prend de son corps. J'aime l'étude qu'elle fait d'elle-même, l'exquise propreté où elle s'entretient, les beaux linges parfumés qui la recouvrent, les parures qu'elle assortit à son teint, à sa taille, à tel mystère qu'elle seule connaît et qui est une de ses beautés. Mais il faudrait que cette coquetterie fût dirigée...

» Si elles avaient plus d'amour pour leurs enfants, les mères sauraient tirer parti de leurs jeunes instincts ; elles leur apprendraient à chercher la grâce dans la simplicité, et la beauté dans la pudeur... Elles prépareraient ainsi la jeune fille à cet art charmant d'une malice si douce et si bonne par lequel l'épouse embellit le foyer et y retient l'époux... »

Dans la seconde partie et dans celles qui suivent, le genre varie, le style mûrit, l'abondance se règle. Il y a des pages sur la critique à citer tout entières. Celles qui insistent sur la nécessité de l'harmonie d'ensemble d'une œuvre, sont des plus vraies (p. 199 — 204). On ne peut mieux dire :

« Point de lignes inutiles, rien qui ne soit une clarté pour l'ensemble!

» Ramener tous les faits à un même point de départ, tous les caractères à une même mesure, magnificence suprême! »

La troisième partie est plus humoristique, vu le sujet : La littérature nationale, *Welche*, comme dit le titre. La Belgique, véritable Jérôme Paturot à la recherche d'une littérature et d'un théâtre national! Quelle occasion de railler les bourgeois qui n'entendent pas de cette oreille; quel bon motif de flageller les préjugés qui entravent notre renaissance ou les médiocrités qui l'envahissent!

L'auteur cite presque tous nos écrivains, même ceux qui ne savent ni écrire ni penser. Il ne les juge pas de haut, comme il a fait pour nos artistes. Devant le préjugé, le critique hésite et ne se sent le fouet à la main que contre l'ennemi. Mais un écrivain qui rend cette belle justice à la *Revue trimestrielle :* — c'est un monument, dit-il, — n'est pas de ceux qui doutent. Faisons de l'art, qu'importe le reste? telle serait sa devise. Mais imiter en flamand Hugo, ou H. Heine en français; s'inspirer de Musset, de Baudelaire ou de Dickens, rien de cela n'est fait pour lui plaire. Welche ou Flamand, ce n'est pas l'estampille qui compte, ni le drapeau qui donne la victoire. Soyons artistes et nous serons nous-mêmes, chacun selon sa nature; là est la question. École, système, idiôme, qu'est-ce que cela? L'œuvre est tout. — L'œuvre de M. Lemonnier nous montre un jeune talent qui passe d'un ton à un autre et se multiplie pour s'exercer.

—

La Guerre, par OLIVIER GILLES. Bruxelles 1869. Même facilité, même prodigalité dans le vers, que chez M. Lemonnier dans la prose; mêmes tons forcés, mêmes traits réussis, pleins de sève artistique. Mais, prose ou vers, cette abondance ne doit pas déplaire dans un premier ouvrage. Pour se prodiguer, il faut des ressources; quand on a tant de force à déployer, il suffit de se contenir pour être vraiment fort.

CH. P.

—

Catastrophe du mois d'août 1831, par ALEX. GENDEBIEN, ancien membre du gouvernement provisoire. 1re partie, Bruxelles, Lacroix et Ce, 1869. — Dans la séance de la Chambre des représentants de Belgique du 23 septembre 1831, quatorze représentants demandèrent qu'une enquête fût ouverte sur « les causes et les auteurs de nos revers pendant la dernière campagne. » M. Dumortier était en tête des signataires, M. Gendebien n'y figurait pas; mais presque aussitôt il avait rédigé et présenté à la Chambre une liste de 82 faits et articles sur lesquels il demandait que portât l'enquête. Le 6 octobre, la proposition fut adoptée, et M. Gendebien nommé président de la commission d'enquête, M. Dumortier secrétaire. Le 24 novembre, la commission présentait à la Chambre un projet de règlement de l'enquête, et le 28, la discussion fut ouverte par M. Blargnies : « On a organisé notre déroute, » dit l'orateur. Le débat fut vif, passionné, irritant; un seul des anciens ministres du régent, M. Duvivier s'abstint; 48 voix votèrent contre, et l'enquête fut arrêtée court. (1er décembre.)

C'est, à cette enquête, laissée à l'histoire, qu'après 38 ans, l'ancien membre du gouvernement provisoire a voulu apporter sa déposition, ses souvenirs, son opinion. M. Gendebien y met la même ardeur virile qu'au premier jour, à venger nos volontaires, à rejeter le désastre sur l'incurie et la trahison. « On a organisé notre déroute, » ce mot de M. Blargnies contient et résume la déposition d'un citoyen, arrivé à un âge avancé sans que son cœur de patriote et de révolutionnaire se soit refroidi; et le lecteur est reporté bien loin dans cette époque de foi civique et de passion nationale, où un homme, comme l'ancien ministre de la justice, — c'est lui qui le raconte — voulut se frapper du poignard sous le désespoir du désastre de la patrie. A 38 ans de distance, c'est la trahison que M. Gendebien veut frapper, et il le fait d'une main solide et d'un cœur ferme. P.

—

Armée et Démocratie; par le général Cluseret. Chez A. Lacroix-Verboeckhoven et Ce, éditeurs à Bruxelles, Paris, Leipzig et Livourne. — Une des grandes questions de notre temps est celle de savoir comment doit être organisée la défense nationale. M. le général Cluseret, qui a longtemps servi dans l'armée française, notamment en Algérie et en Crimée, est depuis allé faire la campagne contre les esclavagistes aux États-Unis et c'est sur le champ de bataille de la liberté qu'il a gagné ses épaulettes de général et appris ce que valent les différents systèmes militaires en vigueur.

Il vient aujourd'hui, dans un petit volume, intitulé *Armée et Démocratie*, nous apporter le fruit de son expérience et de ses observations.

Selon lui, ce n'est ni par les armées permanentes ni par des armées improvisées en quelque sorte sous les yeux de l'ennemi, qu'un peuple a chance de garantir son indépendance contre les convoitises de l'étranger.

M. Cluseret est très-sévère pour les armées de partisans :

« Aventuriers qui ne se battent pas, ils touchent leur solde et constituent sur les flancs et les derrières de l'armée un essaim de petits groupes uniquement livrés au pillage et à la débauche. »

Mais les armées permanentes organisées à l'européenne, offrent-elles plus de sécurité?

Non, dit M. Cluseret, la discipline et l'éducation de caserne n'inculquent pas aux troupes régulières le sentiment d'abnégation, la force de résistance que peut inspirer au soldat citoyen l'amour de la liberté et de la patrie. Ce dernier seul, s'il réunit les qualités du volontaire à l'instruction du militaire, peut efficacement repousser l'agression étrangère, la seule guerre pour laquelle les peuples libres doivent désormais se tenir en armes.

« Les armées permanentes sont en réalité plus souvent organisées en vue d'assurer le prestige, la puissance de la dynastie régnante que la défense nationale ; c'est la plupart du temps une armée de prétoriens disposés à faire primer le droit populaire par la force brutale.

» Cette chair à canon que Napoléon Ier méprisait et pétrissait en l'assaisonnant de gloire et de désastres ne pouvait lui donner que ce que donne l'obéissance : un instrument passif et docile sous les doigts de l'exécutant.

» Comment aurait-il pu deviner la grande voix de ces harpes éoliennes qu'anime seul le souffle de la liberté et qui répète seulement les mâles échos de la voix populaire ? »

De ce qui précède, il est facile de comprendre à quelle conclusion arrive M. le général Cluseret. Elle est toute entière dans les lignes prophétiques suivantes qu'écrivait, il y a trente ans, un des plus éminents généraux de France :

« Désormais, disait déjà alors M. le général Paixhans, on pourra tout avec les populations ; on ne pourra rien sans elles, et les seuls gouvernements forts seront ceux qui sauront comprendre l'opinion nationale et s'y appuyer. »

« Ce n'est plus dans les casernes qu'est la force, » ajoute l'illustre général. En effet, pour voir où est la force, il suffit d'ouvrir les yeux et de regarder la France de 1792, l'Espagne de 1810, l'Allemagne de 1813, la Belgique de 1830, l'armée de Garibaldi à Naples et en Sicile.

Il faut donc, selon le général Cluseret, écho de la pensée du général Paixhans, chercher à associer, pour la défense nationale, le patriotisme à la connaissance du métier des armes. C'est à ce résultat que vise cet officier général dans le mode d'organisation qu'il préconise, en mettant en évidence tous les vices de l'organisation actuelle, commune aussi bien à la Belgique qu'à la France, dont il s'occupe tout particulièrement.

Sans doute, ce que dit à ce propos le général Cluseret est d'une évidence incontestable, mais pour réaliser son système, il faut avant tout faire des citoyens ayant conscience d'eux-mêmes, fiers des droits civiques dont ils jouissent et disposés au besoin à tous les sacrifices pour les défendre.

Il n'y a pas de devoirs sans droits, et là où le peuple est maintenu à l'état d'ilotes, tenu à l'écart comme dangereux et incapable, n'attendez pas de lui, au jour du danger, une grande dose de sacrifices pour la conservation d'institutions dont il comprend à peine le mécanisme et dont il ne retire que de lourdes charges. H. M.

TABLE DES MATIÈRES

—

1re LIVRAISON. — 15 JANVIER 1869.

2e LIVRAISON. — 15 FÉVRIER 1869.

3e LIVRAISON. — 15 MARS 1869.

4e LIVRAISON. — 15 AVRIL 1869.

EH

REVUE

DE

BELGIQUE

TABLE GÉNÉRALE

DES

DOUZE PREMIÈRES ANNÉES

1869-1880

(VOLUMES I A XXXVI)

PRIX : 3 fr. 50 c.

BRUXELLES

Librairie Européenne C. MUQUARDT

MERZBACH & FALK, ÉDITEURS

LIBRAIRIES DU ROI ET DE S. A. R. LE COMTE DE FLANDRE

RUE DE LA RÉGENCE, 45

MÊME MAISON A LEIPZIG

1882

REVUE

DE

BELGIQUE

TABLE GÉNÉRALE

DES

DOUZE PREMIÈRES ANNÉES

1869-1880

(VOLUMES I A XXXVI)

BRUXELLES

Librairie C. MUQUARDT

MERZBACH & FALK, ÉDITEURS

RUE DE LA RÉGENCE, 45

MÊME MAISON A LEIPZIG

1882

BRUXELLES
M. WEISSENBRUCH, IMP. DU ROI
45, RUE DU POINÇON

AVERTISSEMENT.

La *Revue de Belgique* fut fondée, au commencement de 1869, par M. Ch. Potvin, avec le concours de MM. Pierre Tempels, Vital Descamps, Henri Marichal, Em. de Laveleye, Alb. Picard, Fr. Van Meenen, Xavier Olin, Max Veydt, Ch. Rahlenbeck, Ch. Buls, Edm. Picard, Ed. de Linge, L. Vanderkindere.

Succédant à la *Revue trimestrielle* qu'Eugène Van Bemmel avait dirigée pendant quinze années, avec un incontestable mérite, elle se bornait à reprendre sous une forme plus vivante le programme de sa devancière, qui était d'offrir un centre d'action à notre littérature nationale. Après l'avoir dirigée pendant cinq ans, M. Ch. Potvin la céda à un comité où il entra lui-même avec MM. Émile de Laveleye, Goblet d'Alviella, E. Van Bemmel, J. Stecher et Ch. Waelbroeck, ce dernier remplacé, après sa mort, par M. Alb. Callier.

« La *Revue*, disait le manifeste du nouveau comité, continuera, comme par le passé, à publier principalement des travaux littéraires et historiques, mais elle compte, en même temps, toucher un peu plus à ces questions d'actualité si nombreuses et si graves que soulèvent les mille complications de la vie moderne.

» Tout en s'efforçant de rester dans cette sphère impartiale où la politique cesse d'être la passion pour devenir la science, elle se réserve d'examiner les évènements contemporains à la lueur des grands principes qui non seulement constituent le programme du libéralisme progressif, mais sont encore la résultante de toute notre civilisation, le ressort essentiel de notre société, le secret de sa conservation et de son perfectionnement.

» Il va sans dire que, dans les limites de ce programme, la *Revue de Belgique*, réclamant la signature de ses collaborateurs, leur laisse, en échange, l'entière liberté comme l'entière responsabilité de leurs opinions personnelles. Ainsi, la *Revue* pourra rester une tribune ouverte à tous les écrivains de talent qui voudront contribuer au perfectionnement social ou littéraire de notre pays.

» Aussi est-ce avec confiance que nous venons demander au public un concours indispensable à la réussite de notre œuvre. Nos concitoyens n'oublieront pas, nous en sommes certains, que, parmi les nombreuses publications de notre pays en langue française, nous avons le droit de nous présenter comme la seule *Revue* à la fois littéraire et libérale. »

Cette réorganisation s'était opérée avec la garantie pécuniaire d'un certain nombre d'hommes politiques. Mais le public répondit avec tant d'empressement au premier appel du comité, que, par un succès assez rare dans nos œuvres de propagande — littéraires et autres, — nos fondateurs n'eurent rien à verser sur les cotisations promises. Ils n'en ont pas moins droit ici à l'expression de toute notre reconnaissance. C'étaient — en dehors du comité — MM. Ern. Allard, L. Boulengé, Aug. Couvreur, Alf. de Thuin, L. De Fuisseaux, J. d'Andrimont, Ch. Fontainas, Eug. Godin, Ch. Graux, J. Guillery, G. Hagemans, Ad. Le Hardy de Beaulieu, Ch. Lemayeur, A. Lescarts, X. Olin, Albert Picard, N. Reyntiens, L. Vanderkindere et Sylvain Vande Weyer.

La *Revue de Belgique* n'a jamais perdu de vue, depuis cette époque, le double but qui avait inspiré sa réorganisation : « favoriser le développement de la littérature nationale dans toutes ses branches et » offrir aux diverses nuances du parti libéral un centre d'action commun contre les envahissements de l'ultramontanisme. » On peut ajouter que là est l'explication de son succès. « L'assoupissement des querelles intestines qui affaiblissaient le libéralisme, — pouvait dire le comité, dans sa circulaire du 15 décembre 1875, — l'attention accordée à la question religieuse par des hommes et par des journaux naguère systématiquement hostiles à cet ordre de préoccupations, la popularité rapide de certains organes récemment créés en vue de combattre les prétentions de l'Église romaine, voire le chiffre de nos abonnés et le retentissement obtenu par quelques-uns de nos articles [1],

[1] Les articles de M. Ém. de Laveleye sur la question religieuse, ont été reproduits à plus de 40,000 exemplaires et traduits en cinq ou six langues.

tout nous prouve surabondamment que nous marchons dans le sens de l'opinion publique. »

On trouve, dans nos livraisons des dix dernières années le résumé et l'examen de presque toutes les questions importantes soulevées dans la politique intérieure. Il ne nous appartient pas de déterminer nous-même quelle a été, durant cette période, la part de la *Revue* dans le réveil de l'opinion qui a renversé le dernier gouvernement catho lique, ainsique dans la préparation des réformes que les libéraux ont réalisées depuis leur retour au pouvoir. Nous nous bornerons à constater que la situation n'a pas changé, en ce qui concerne notre programme, depuis les élections de 1878, car les faits démontrent jusqu'à l'évidence que l'union étroite des libéraux sur le terrain d'une politique franchement et résolument anticléricale reste indispensable pour achever de soustraire nos populations au joug du clergé, condition première de leur développement intellectuel, moral et même économique.

D'autre part, le succès de la *Revue*, quelles qu'en aient été les causes, devait donner une nouvelle impulsion à sa mission littéraire, en lui permettant d'échapper au cercle vicieux qui est l'écueil de tant de publications périodiques : l'absence de lecteurs, qui éloigne les écrivains de mérite, et l'insignifiance des articles, qui, à son tour, écarte le public. Nous ajouterons que la *Revue* a tenu à rester une publication essentiellement nationale, en ne faisant appel qu'à des collaborateurs belges ou naturalisés parmi nous.

La table que nous offrons aujourd'hui à nos abonnés comprend trois parties.

I. — *Table analytique des matières.*

Après avoir réparti les articles en treize divisions qui représentent les principales branches de l'activité littéraire et sociale, nous les avons groupés, dans chacune de ces subdivisions, d'après l'ordre suivant :

1° Leur objet ;
2° L'époque à laquelle ils se rapportent ;
3° La date de leur apparition dans la *Revue*.

II. — *Table alphabétique des auteurs.*

Nous avons énuméré les travaux de chaque collaborateur dans l'ordre de leur apparition, mais en groupant séparément les articles proprement dits, les poésies et les simples notices.

Nous ferons observer que cette énumération n'épuise pas la liste de nos collaborateurs ; en effet, les notices bibliographiques, souvent signées de simples initiales, ne pouvaient trouver place dans cette nomenclature.

III. — *Table de concordance.*

Les chiffres que, dans les deux tables précédentes, nous mettons à la suite des articles renvoient au volume et à la page. Comme plusieurs de nos abonnés ont peut-être conservé les livraisons sans les réunir en volumes, nous avons indiqué, dans une troisième table, le mois et l'année de la livraison auxquels ces chiffres correspondent.

I

TABLE ANALYTIQUE DES MATIÈRES.

I. — BEAUX-ARTS, ESTHÉTIQUE.

a. — Peinture.

Rubens en Italie, par Alfred Michiels, I, 113.
L'école de Rubens à la seconde génération, par le même, IV, 41.
La famille Eisen, par le même, XIX, 395.
Etudes au musée de Bruxelles, par Em. Leclercq, *I. Jacques Jordaens*, VII, 192; *II. François Snyders*, VII, 289; *III. Rembrandt van Rhyn* VIII, 224; *IV. Antoine Van Dyck*, IX, 117.
Peintures antiques, par le même, X, 142.
Les homonymes de l'école flamande, par Alfred Michiels, XV, 85.
L'histoire de la peinture flamande de M. A. Michiels, par Ch. Potvin, XXII, 384.
L'art flamand dans l'est et le midi de la France, par Ch. Potvin, XXVI, 223.
L'Art et l'Eglise, par Max Sulzberger, *I. Quentin Metzys*, XXXIII, 249; *II. Bernard van Orley*, XXXV, 175.
Questions d'art, par Em. Leclercq, VI, 157.
La peinture et les peintres belges modernes, par le même XX, 25.
Deux expositions particulières à Bruxelles, par P. Mallet, I, 145.
L'exposition générale des beaux-arts en 1869, par P. Mallet, II, 340; III, 69, 152 et 276.
La peinture allemande à l'exposition de Munich, par Ch. Buls, III, 313.
Les peintures de M. Slingeneyer dans la grande salle du Palais-Ducal, par P. Mallet, IV, 147.
La restauration de la salle des échevins, à Ypres, par Alfred Michiels, VI, 250.
Le Salon de 1872, par Cam. Lemonnier, XII, 59 et 274.
Le sentiment des arts à l'exposition du Cercle artistique, par Ch. Buls, XVI, 110.

Courbet et de Groux, par Max Sulzberger, XVI, 384.
L'exposition d'aquarelles, par Ch. Buls, XVII, 232.
L'exposition des arts industriels. — Le Salon de Gand, par le même, XVIII, 52.
La question Van de Kerkhove, par le même, XIX, 191.
Aquarellistes et aqua-fortistes, par le même, XX, 184.
Le Salon de 1875, par Em. Leclercq, XXII, 51.
L'exposition des aquarellistes, par Ch. Buls, XXIII, 91.
Une visite chez Alfred Stevens, par Max Sulzberger, XXIV, 185.
Alfred Stevens et les Quatre Saisons, par Cam. Lemonnier, XXVII, 426.
Le Salon de 1878, par Em. Leclercq, XXX, 184.

b. — Musique.

Grétry, par Léon de Sagher, II, 277.
L'ouvrage de M. Gevaert sur la musique dans l'antiquité, par Adolphe Samuel, XIX, 302.
Le festival de Gand, par F. Van Duyse, XX, 399.

c. — Sculpture, architecture.

Corneille De Vriendt, par A. Galesloot, VI, 221.
L'architecture moderne, par Ch. Buls, XVI, 324.
Du pittoresque architectural dans les villes, par A. Trappeniers, XXIX, 309.
Les matériaux de construction, par le même, XXXI, 97.

d. — Art industriel, esthétique.

Les musées d'art industriel et les musées de moulage en Allemagne, par L. Solvay, XXX, 395.
Études sur l'esthétique des arts industriels, par Ch. Buls, *I. Les tissus*, XXIII, 305; *II. La céramique*, XXVI, 197; *III. Les métaux*, XXVIII, 66.
A propos d'un rocher, fantaisie esthétique, par le même, XVIII, 309.

II. — BIOGRAPHIE, NÉCROLOGIE.

Lamartine, Bergenroth, Dautzenberg, I, 253.
Alexandre Gendebien, par Ch. Potvin, IV, 67.
Jules Tarlier, par le même, IV, 228.
Le major Bruck, par le même, VIII, 29. Voy. aussi IV, 232.
Le fou Bara, par le même, IX, 5.
Charles Le Hardy de Beaulieu, par E. Van Bemmel, X, 71.
Eugène Defacqz, par Ch. Potvin, X, 118.
Henri Le Hon, par E. Van Bemmel, X, 207.
Mathieu Polain, par A. Micha, XI, 232.
Ch.-L. Spilthoorn, par Ch. Potvin, XII, 245.
Max Veydt, par C. Simonnet, XIII, 158 Voy. aussi XIII, 75.
Vital Descamps, par Ch. Potvin, XIV, 147.
Tony (Anton Bergmann), par Paul Fredericq, XVI, 337.
Derk Buddingh', par C. Van der Elst, XVII, 238.

Sylvain Vande Weyer, par E. Van Bemmel, XVII, 117.
Auguste Visschers, par Caroline Gravière, XVII, 268.
Firmin Lebrun, par E. Van Bemmel, XIX, 411.
Edgard Quinet, par F. Van Meenen, XIX, 414.
Amédée Pichot, par Ch. Potvin, XXV, 335.
Charles Waelbroeck, par Alb. Callier, XXVI, 349.
Caroline Gravière, par Ch. Potvin, XXVIII, 355.
Ernest Allard, par Goblet d'Alviella, XXX, 35.
Charles De Coster, par Ch. Potvin, XXXIII, 161.
François-Julien de Bonne, par E. Van Bemmel, XXXIII, 439.
Nicolas Reyntiens, par Em. de Laveleye, XXXI, 373.
Le général Mockel, par A. Camporino, XXXIV, 84.
Eugène Van Bemmel, par X. Olin, XXXVI, 5.
Nécrologe de l'année, par E. Van Bemmel :
1875 : *Adolphe Roussel, J.-B.-J. d'Omalius d'Halloy, J.-J. Raikem, Adolphe Borgnet, Firmin Le Brun, P.-A. Lentz, Adolphe Dechamps, baronne Ida de Crombrugghe, Nicolas Loumyer, Ernest Vandenpeereboom, A. d'Otreppe de Bouvette, Ch.-V. De Bavay, G.-F. Prat*, XXII, 326.
1876 : *Ch.-G. Hen, J.-Fr. Vleminckx, A.-P.-M.-G. baron de Peellaert, Ad.-Ch.-G.-J. Mathieu, Aug. Bardin, Aug. Lepas, Emile Lion, N.-J. Bosret, H.-A. Langlet, A.-J. Meynne*, XXV, 114.
1877 : *Nestor Considérant, Fr.-Ch.-J. Grandgagnage, J.-M. Funck, A.-F.-J. Vansoust de Borkenfeldt, Ch. De Brou, H.-J. Chavée, Ch.-F. Waelbroeck, J.-J. Altmeyer, Ch. Beck, Ch.-A. Campan, H.-L.-G. baron Guillaume, Lucien-L. Jottrand*, XXVIII, 93.

III. — CRITIQUE ET HISTOIRE LITTÉRAIRE.

a. — Théâtre.

De l'utilité du théâtre, par Em. de Laveleye, I, 13.
Le drame réaliste au moyen âge, par J. Stecher, XXXIV, 135.
L'école de Shakespeare, deux drames relatifs à l'histoire de Belgique, par Ch. Rahlenbeck, XI, 230.
Alexandre Dumas fils jugé par un Allemand, par C. Piqué, XIII, 82.
Un dramaturge de la bohême, par Ch. Potvin, XIX, 96. Voy. aussi XXXIV, 295.
Les matinées littéraires de la Porte Saint-Martin, par le même, XX, 88.
L'art dramatique à Berlin, par le même, XX, 198.
Le Molière de M. Eug. Despois, par le même, XXII, 120.
Du théâtre italien moderne, par le même, XXVIII, 111.
Le soldat fanfaron dans le théâtre ancien et moderne, par Lucien Solvay, XIII, 243 et 320.
Un interprète de Shakespeare, Ernest Rossi, par Max Sulzberger, XXV, 187.
La comédie, critiques théâtrales, par Em. Leclercq, XXIV, 207 et 317.

b. — Poésie.

De la traduction des poètes, par Ch. Potvin, I, 210.
Avant Horace, Perrault et La Fontaine, par le même, XIV, 41.
Dante Alighieri, par Mme Heritte Viardot, XXIII, 54.
Le cinquième centenaire de Boccace, par J. Stecher, XXIII, 128.
Un ami de Boileau, Étienne Pavillon, par Lucien Solvay, X, 300.
Un poète belge inconnu, Henri de Bronckhorst, par Ch. Ruelens, XXI, 171.

André Van Hasselt, poète, par E. Van Elewyck, XXI, 245.
Un poète à Trois-Ponts, par E. Gens, XV, 127 et 187.
Les poésies de Jean Van Beers, par J. Stecher, IV, 81.
La poésie flamande, par Godefroid Kurth, IV, 5.
Une nouvelle traduction du renard flamand, par Paul Fredericq, XIX, 412, et XXVI, 211.
Le Reuzenlied ou chant du Géant, par C. Van der Elst, XV, 55.
La poésie lyrique française en Allemagne, par A. Rivier, XXIX, 424.
Quelques mots sur la traduction des poètes en Belgique, par Ch. Potvin, XXX, 328.
Théodore de Banville et les idylles prussiennes, par Cam. Lemonnier, IX, 69.
Théodore Kœrner, par Godefroid Kurth, X, 263.
Un concours de poésie populaire, par le même, VIII, 81.
Concours de poésie populaire, par Em. Desoer, XVII, 446.

c. — Roman.

Le roman moderne en Angleterre, par Mme Elise Vautier, V, 222.
Une femme de lettres contemporaine, Lady Duff Gordon, par la même, XIII, 300.
Théophile Gautier, par Em. Leclercq, XII, 234. Voy. aussi même volume, 322, et XIII, 171.
Les croyances berrichonnes et les idées de George Sand, par J. Stecher, XXV, 98.
George Sand, par Em. Leclercq, XXIII, 188.
L'Assommoir, dernière expression du roman, par L. Dommartin, XXV, 381.
Un nouveau roman de Spielhagen, par Ch. Potvin, XXV, 212.

d. — Genres divers.

Théophile Thoré (W. Burger), par Em. Leclercq, II, 132.
La correspondance de Proudhon, par N. Reyntiens, XVIII, 322.
La correspondance de Henri de Balzac, par Em. Leclercq, XVI, 357.
Les œuvres choisies de Max Veydt, par Lucien Solvay, XV, 42.
Ecrivains militaires contemporains, Trochu et de Molkte, par E. Van Bemmel, VI, 297.
Les lettres de Junius, par E. Castelot, X, 185.
Humoristes anglais, Jonathan Swift, par Jules Carlier, XXXII, 326.
Un humoriste espagnol, Larra, par E. Castelot, XV, 161.
Un ouvrage inédit de Ghillebert de Lannoy, par Ch. Potvin, XIX, 202.
Restif de la Bretonne, par Ch. Ruelens, XIX, 416.
Un moraliste et un linguiste, par A. Le Roy, XXI, 391.
Jan-Frans Willems, par Paul Fredericq, XVIII, 68.
Les conférences de M. Jules Favre en Belgique, par X. Olin, XVII, 234.
La couleur de la lune, par Ferd. Gravrand, II, 34.
La civilité puérile et honnête d'après Berthall, par E. Van Bemmel, XVII, 105.
Grammairiens réformateurs, par J. Stecher, XIX, 204.
La société des anciens textes français, par le même, XIX, 419.
Les petits livres en France, par Ch. Potvin, XVI, 407.
Une nouvelle revue flamande, par Em. de Laveleye, XVI, 414.
De la nécessité d'une fédération entre les sociétés de conférences populaires, par J. Carlier, XXXVI, 308.
Les Congrès d'Anvers, par Em. Leclercq, XVII, 103.
Histoire d'un concours, par Ch. Potvin, VI, 135.

e. — Chroniques et bibliographies.

Chroniques de Max Veydt :

Assainissement public, I, 43; *Amende honorable*, I, 51; *Le grec jugé par un âne*, I, 239; *Les études morales de M. de Monge*, I, 304; *Pans-Germains et Pans-Latins*, II, 151; *Photographies de village*, II, 235, et III, 56; *Le troisième Dimanche de Juillet*, II, 331; *Le Congrès de La Haye*, III, 141; *A Monsieur le Ministre de l'intérieur*, III, 262; *Au lecteur*, III, 368; *De l'âme*, IV, 59; *A propos d'un arbre*, IV, 200; *La liberté des professions*, IV, 305, et V, 76; *A Liége*, VI, 119; *Comment on devient électeur*, VI, 210; *Aux enfants*, VII, 58; *Les jeunes et les vieux*, VII, 310; *Croyances du pays de Liége*, IX, 210; *Le livre des parfums*, X, 56; *Nonius Marcellus*, X, 145; *Jeunes fleurs et vieilles demeures*. XI, 71; *Caton*, XI, 329; *Un fabuliste liégeois*, XII, 146.

Revues bibliographiques, I, 60, 259 et 324; II, 81, 89, 165, 249 et 347; III, 81, 173, 306 et 389; IV, 77; V, 75, 88 et 259; VI, 156, 226 et 313; VII, 84; VIII, 83, 163, 252 et 329; IX, 75, 142, 228 et 292; X, 76, 149, 211 et 314; XI, 83, 163, 259 et 342; XII, 85, 171, 249 et 325; XIII, 88, 173, 256 et 347; XIV, 72, 150, 224 et 308; XV, 73, 156, 252 et 307; XVI, 120, 235, 323 et 418; XVII, 108, 240, 243, 360 et 452; XVIII, 82, 188, 285 et 384; XIX, 110, 212, 315 et 421; XX, 91; XXXVI, 108 et 423.

Chroniques littéraires d'E. Van Bemmel, XX, 189 et 302; XXI, 98, 186, 274 et 388; XXII, 231, 366 et 439; XXIII, 101, 206 et 417; XXIV, 211, 314 et 426; XXV, 197, 331 et 422; XXVI, 341 et 438; XXVII, 214, 323 et 440; XXVIII, 104, 227 et 331; XXIX, 98 et 327, XXX, 102, 209 et 443; XXXI, 109 et 436; XXXII, 99, 297 et 401; XXXIII, 91, 327 et 445; XXXIV, 101 et 404; XXXV, 198 et 312.

Bulletins de la littérature flamande, par G.-D. Dodd, I, 321.

Chroniques néerlandaises de P. Fredericq, XX, 405; XXII, 107; XXVI, 211; XXVIII, 220.

Bulletins de la littérature anglaise, par Meaning (Fr. Van Meenen), III, 161, 295 et 380.

IV. — DROIT INTERNE, POLITIQUE INTÉRIEURE.

a. — Principes généraux.

Le principe de liberté en matière politique, par H. Pergameni, XXI, 101.

De la liberté politique, par X. Olin, XXI, 197.

Lettre sur la liberté politique, par G. Tiberghien, XXI, 220. Voy. aussi même volume, 401.

Comment les peuples deviennent libres, par Em. de Laveleye, XX, 193.

Les origines du pouvoir, par Em. Leclercq, XXV, 176.

De la nationalité, par Ch. Potvin, IX, 153.

Les manifestations publiques, par le même, IX, 273.

L'assassinat politique, par A. Duverger, XXXIII, 426.

b. — Droit, législation, administration.

La détention préventive, par H. Pergameni, XVI, 241.

Le jury moderne et l'organisation judiciaire, par Ad. Prins, XXVII, 113.

La criminalité d'après la science moderne, par le même, XXXVI, 396.

De la suppression de l'appel en matière répressive, par X. Olin, XIX, 107.

La moralité financière et le Code pénal, par Ch. Masson, XXXI, 121.

La réunion des époux divorcés, par A. Astruc, XXXIII, 260.

Les prisons en Angleterre, par H. Loumyer, XXXVI, 280.

Les droits des auteurs dramatiques et la propriété littéraire, par G. du Bosch, XXVI, 95.

Des chambres de commerce en Belgique, par Ern. De Fuisseaux, II, 123.

Les postes en Belgique avant la Révolution française, par J. Wauters, XV, 241.

La statistique de la population et le chiffre de la représentation nationale, par X. Heuschling, XXX, 425.

Bruxelles et ses faubourgs : Isolement, annexion, fédération, par Goblet d'Alviella, XVII, 127.

La question de l'abattoir central dans l'agglomération bruxelloise, par H. Marichal, XXVIII, 422.

c. — Droit de suffrage.

Des iniquités de la loi électorale en Belgique, par Ch. Potvin, IV, 137.

Nécessité d'une réforme électorale en Belgique, par Ad. Le Hardy de Beaulieu, V, 198.

La réforme électorale et les partis, par Jean Légion (Ch. Potvin), V, 247.

La situation révolutionnaire de nos partis, par le même, XII, 49.

La réforme électorale en Belgique et la représentation des minorités, par G. Duchaine, XII, 23 et 101.

La représentation des minorités, par Eug. Houbotte, XXV, 426.

La réforme électorale, par H. Marichal, XXIII, 282.

Du droit de suffrage, par P. Voituron, XXIII, 375.

Suffrage éclairé, suffrage censitaire, suffrage universel, par Goblet d'Alviella, XXVIII, 51.

d. — Institutions militaires.

La juridiction militaire, par Em. De Mot, I, 297.

La société civile et l'armée, par H. Marichal, III, 36.

L'armée et le régime bourgeois, par Ag. De Potter, VII, 150.

Le mode de recrutement des forces défensives en Belgique, par H. Marichal, XIV, 5.

Soldat laboureur, par Em. Leclercq, XII, 214.

École et caserne, par P. Tempels, XXVIII, 5.

L'éducation nationale par l'armée, par Th. Hegener, XXXV, 82.

e. — Question flamande.

La Belgique en 1870 *et le parti flamand*, par L. Vanderkindere, VI, 261.

La question flamande et les événements de 1870, par Em. Tandel, VII, 70.

Encore la question flamande, par Em. de Laveleye, VII, 169.

f. — Rapports de l'Église et de l'État.

Chroniques de Jean Légion (Ch. Potvin) :

Les causes de la défaite du parti libéral en juin 1870, V, 328. *Les progressistes à la Chambre*, VI, 65 et 309. *L'union des libéraux à Bruxelles*, XIII, 152.

Revues du mois, par Goblet d'Alviella, XV, 151, 228 et 301.

Les partis en Belgique pendant l'année 1873, par le même, XVI, 105.

La franc-maçonnerie et le mandement de Mgr Dechamps, par le même, XVI, 219.

Les élections de juin 1874, par Ad. Le Hardy de Beaulieu, XVII, 365.

La journée du 13 *juin* 1876, par Goblet d'Alviella, XXIII, 202.

L'élection du 11 *juin* 1878, par Alb. Callier, XXIX, 213.

Les élections du 8 *juin* 1880, par Goblet d'Alviella, XXXV, 5 et 105.

Vainqueurs, que ferons-nous? par F. Laurent, XXII, 31.

Le double programme du parti libéral, par Em. de Laveleye, XXV, 5.

Les erreurs du libéralisme, par L. Vanderkindere, XVIII, 97.

L'unité du parti libéral, par Goblet d'Alviella, XVIII, 289.

Les origines de la situation, par N. Reyntiens, XXIII, 229.
Esquisse d'un programme de réformes anticléricales, par Goblet d'Alviella, XXVIII, 337.
Une leçon de droit public à l'université de Louvain, par Em. de Laveleye, XVI, 5. Voy. aussi XVII, 17 et 92.
Le catholicisme libéral, autrefois et aujourd'hui, par Goblet d'Alviella, XIX, 213 et 317.
L'intolérance catholique, par F. Laurent, XXV, 337.
Notre prochaine révolution cléricale, par P.-A.-F. Gérard, XXXI, 233.
L'État et l'Église d'après Minghetti, par F. Laurent, XXVIII, 121 et 233.
Un ouvrage posthume de Montalembert sur l'Église et la liberté, par Goblet d'Alviella, XXV, 318.
L'œuvre de l'ultramontanisme jugée par un cardinal, par E. Castelot, XXIII, 426.
La liberté des processions, par Goblet d'Alviella, XX, 97.
De la juridiction de l'État sur le clergé en Belgique, par F. de Bonne, XXII, 237.
Du droit commun en matière de religion, par Ch. Potvin, XXII, 337.
Retour sur soi-même, par Ch. Potvin, XXVI, 5.
L'indépendance du clergé, par P.-A.-F. Gérard, XXIII, 329.
Les communautés religieuses et la Constitution, par le même, XXV, 217.
L'enquête de la Fédération libérale et l'intervention du prêtre dans les élections, par Goblet d'Alviella, XXIV, 217.
L'ingérence du clergé catholique romain dans les élections, par Ad. Le Hardy de Beaulieu, XXV, 121.
Les fraudes électorales et l'action réformatrice des villes, par L. Vanderkindere, XXVI, 121.
Le plaidoyer des évêques pour *la révision de la loi de* 1842, par Goblet d'Alviella, XXXI, 5.
La politique de Léon XIII et l'échange de vues, par le même, XXXIII, 333.
Le temporel des cultes et les traitements du clergé, par Pierre Splingard, XXXVI, 217.
Un plan de journal pour les campagnes, par le docteur Godineau, XXIX, 363.
La brochure de M. Ad. Dechamps à propos de notre cinquantenaire national, par Goblet d'Alviella, XXXV, 423.
L'enquête scolaire, par F. Coveliers, XXXVI, 205.

V. — DROIT EXTERNE, POLITIQUE ÉTRANGÈRE.

a. — Droit des gens, réforme internationale.

Le droit des gens à l'Université de Louvain, par Ch. Potvin, VIII. 147,
Les Congrès de la Paix, par Ch. Lemonnier, IX, 190 et 267. Voy. aussi XII, 157.

La réforme internationale d'après un économiste anglais, par Goblet d'Alviella, XI, 241.
La science de la paix, par le même, XII, 223.
La guerre et l'arbitrage, par Em. de Laveleye, XIII, 5, 101 et 181. Voy. aussi même volume, 167, correspondance avec M. P.-A.-F. Gérard.
Lettre de M. Bernard Cracroft sur l'esprit de paix en Angleterre, XIII, 339.
Le mouvement pour l'amélioration des rapports internationaux, par Ad. Prins, XV, 210; XVI, 120; XXXIV, 305.
La conférence de Bruxelles et la participation de la Belgique à la conférence de Saint-Pétersbourg, par Em. de Laveleye, XIX, 134 et 408.
Un livre de M. Pi y Margall sur les nationalités, par Eug. Houbotte, XXXIII, 99.

b. — Allemagne.

La situation actuelle du Zollverein, VII, 119.
La guerre de six mois, VII, 158.
L'esprit public en Germanie, par F. Hennebert, VII, 81.
La paix par le droit ou par la conquête, par Ch. Potvin, VI, 146.
L'unité de l'Allemagne et l'unité de l'Italie, par N. Reyntiens, XVII, 5, 150 et 277.
Les progrès économiques de l'Autriche, par Em. de Laveleye, XVI, 116.
Le prince de Bismarck et l'Église catholique, par le comte A. d'Aerschot, XVI, 289.
Du conflit entre l'État et l'Église en Prusse, par G. Duchaine, XX, 5.
Le prince de Bismarck et les scissionnaires libéraux, par Max Sulzberger, XXXVI, 109.
Le mouvement antijuif à Berlin, par Ch. Rahlenbeck, XXXIV, 273.
L'antisémitisme en Allemagne, par Max Sulzberger, XXXVI, 357.

c. — France.

L'empire libéral, par Ch. Lemonnier, IV, 153. Voy. aussi I, 127.
Lettre inédite de Lamennais sur le coup d'État, X, 183.
L'avenir de la France, par Em. de Laveleye, VII, 39.
La revanche de la France, par le même, X, 41.
De la difficulté d'établir la liberté en France, par le même, XXVII, 331.
La pondération des pouvoirs en France, par Goblet d'Alviella, XVII, 355.
L'organisation du parti ultramontain en France, par le même, XX, 411.
Les élections françaises du 14 octobre 1878, par X. Olin, XXVII, 303.

d. — Russie, Angleterre, question d'Orient.

Le Panslavisme, par Léon Syroczynski, II, 151.
Un nouveau livre sur la Russie, par Mlle de L., XXV, 437.
La Russie, par R. de Ridder, XXVI, 287.
L'avènement de M. Disraeli, par Goblet d'Alviella, XVI, 315.
La paix de l'Europe à la Chambre des lords, par le même, XVII, 101.
L'installation du prince de Galles comme grand maître de la franc-maçonnerie anglaise, par le même, XX, 84.
Les races et les religions dans la Turquie d'Europe, par H. Pergameni, XXIV, 177.
La situation actuelle de l'Égypte, par Mlle M. d'Hodinfosse, XXIV, 233.

La question d'Orient et le droit international, par R. de Ridder, XXIV, 321.

La politique anglaise et les rivalités des puissances occidentales, par Ph. Nihoul, XXVII, 371.

La question d'Orient et le protectorat anglais dans l'Asie Mineure, par Goblet d'Alviella, XXIX, 341.

La question de l'Afghanistan et la marche des Russes vers l'Inde, par le même, XXX, 238.

e. — Amérique.

Le journal noir aux États-Unis, par J.-C. Houzeau, XI, 5 et 97.

Une lettre inédite de Proudhon sur les États-Unis, XI, 67.

La question des cimetières au Canada, par X. Olin, XVIII, 378. V. aussi XXXIX, 113.

L'élection présidentielle de 1880 *et les mœurs électorales aux États-Unis*, par Goblet d'Alviella, XXXVI, 325.

Un diplomate et publiciste américain (*Torres Caicedo*), par Aug. Meulemans, VII, 167.

f. — Divers.

Lettre d'Espagne, par G. Coutouly, I, 231.

Les catholiques à Genève, par G. Duchaine, XXIII, 105.

VI. — ÉCONOMIE POLITIQUE ET SOCIALE.

a. — Sciences économiques.

Du jour de repos hebdomadaire, par L. Jottrand, V, 39, 108 et 289; VI, 33.

Le centenaire d'Adam Smith, par Mlle de L., XXIV, 82.

La question monétaire, par Ad. Le Hardy de Beaulieu, XV, 286.

La monnaie bimétallique, par Em. de Laveleye, XXIII, 5.

Les lois belges sur les accises au point de vue scientifique, par P. Dewilde, V, 10.

De l'abus des boissons enivrantes, par le docteur J.-F. Vleminckx, III, 225.

L'impôt sur le capital, par Ch. Potvin, XXIII, 422.

La question de la bienfaisance publique, par le docteur N. Charbonnier, XXVII, 446, et XVIII, 79.

La crémation des morts, par Ch. Potvin, XVII, 349, et XVIII, 79.

b. — Questions commerciales et industrielles.

Les points noirs de la Belgique industrielle, par J. Babut, III, 193.

La crise agricole en Belgique, ses causes et ses remèdes, par Ph. Nihoul, XXVII, 49.

Le crise industrielle et l'extension de nos débouchés, par J. Desvachez, XXV, 138.

La crise industrielle; un projet de travaux publics, par Ph. Nihoul, XXVIII, 295.

La crise économique, par H. Marichal, XXXII, 277.

La colonisation de l'Afrique centrale et le trop-plein de notre population, par H. Marichal, XXIV, 272.
Le marché africain, par Ch. Rahlenbeck, XXXII, 393.
Le port d'Anvers et son importance commerciale, par Grangagnage, XXXIV, 230.
Une récente publication sur les ressources commerciales de la Belgique, par E. Van Elewyck, XXXIV, 395.
Les travaux publics dans l'Inde anglaise, par Goblet d'Alviella, XX, 309.
L'exposition internationale d'hygiène et de sauvetage, par P. Davreux et L. Rommelaere, XXIV, 29.
L'exposition nationale de 1880, par Lucien Solvay, XXXV, 185.

c. — Rapports du capital et du travail.

La classe moyenne et son rôle dans l'État moderne, par H. Pergameni, XXV, 247.
Les attaques contre la propriété et ce qui est à faire pour les classes ouvrières, par F. Laurent, VIII, 293.
Solutions sociales, par Ch. Potvin, XV, 60.
Du travail des enfants dans les manufactures, par C.-J. Van Nerum, IV, 213.
De la limitation du travail des enfants dans les manufactures, par R. de Ridder, XXVIII, 306.
L'éducation des ouvrières et la grande industrie, par P. Wynen, XXI, 228.
L'épargne dans les classes ouvrières, par Ch. Masson, XXIV, 109.
Des caisses de prévoyance pour les ouvriers mineurs, par L. Rivelaine, XXXV, 231.
Le socialisme dans le Borinage, par J. Scloneux, XXXIII, 287.
La situation des ouvriers dans le Borinage, par E. Dufrasne, XXXIV, 74.
La grève de décembre 1879 *dans le Borinage*, par J. Scloneux, XXXIV, 193.

VII. — ENSEIGNEMENT, ÉDUCATION.

a. — Pédagogie et organisation générale.

Des humanités modernes, par Th. Hegener, II, 309.
L'enseignement et ses méthodes, par le même, XXXII, 305.
Une pédagogie nouvelle à l'École modèle de Bruxelles, par H. Pergameni, XXVII, 249.
L'enseignement intuitif, par G. Vander Stock, XX, 307.
L'école et l'État, par G. Tiberghien, VIII, 5.
L'atmosphère religieuse des écoles, par le même, VII, 201.
L'Église et l'enseignement, par F. Laurent, XXX, 5.
Les écoles laïques et le denier des écoles, par Ch. Potvin, XII, 163.
Bulletins de l'enseignement, par le même, XI, 255 et 326 ; XII, 78, 240 et 303.
Le denier des écoles et l'intervention des libéraux dans l'enseignement libre, par Goblet d'Alviella, XXV, 214.
Un projet de musée populaire, par Ch. Buls, XVII, 45.

Les bibliothèques populaires, leur utilité, leur but, par Ch. Masson, XXI, 5.

Les bibliothèques populaires aux Etats-Unis, par P. Wynen, XXVII, 169.

De la nécessité d'introduire la gymnastique rationnelle dans l'éducation, par le docteur J.-F. Vleminckx, IV, 101.

La gymnastique rationnelle, par le capitaine Dockx, VII, 321.

b. — Écoles primaires.

Le premier degré de l'enseignement primaire, par Ch. Potvin, XXX, 130.

De l'éducation primaire, par le même, XXXI, 43.

L'enseignement primaire obligatoire, par le même, X, 211.

Ce qui manque à l'instruction primaire, par F. Laurent, XIX, 113.

La loi de 1842, par le même, XXX, 213.

L'inspection des écoles, par le même, XXXI, 166.

Les écoles d'adultes, par le même, XXXI, 345.

La morale dans l'école primaire, par P Tempels, XXXI, 228.

L'enseignement de la morale, par Ch. Potvin, XXXI, 335.

Un traité d'éducation de M. Ernest Legouvé, par le même, XXXIV, 311.

c. — Enseignement moyen et supérieur.

La réforme de l'enseignement moyen, par H. Pergameni, XI, 295.

La réforme des écoles normales, par F. Laurent, XXX, 333.

L'enseignement historique et la création d'un institut supérieur d'histoire, par L. Vanderkindere, XXXV, 49.

d. — Étranger.

De l'enseignement dans les trois pays scandinaves, par Mlles R. et V. Loveling, VII, 143 et 213; VIII, 68 et 213.

Les progrès de l'instruction en Russie, par Em. de Laveleye, XVIII, 265.

L'instruction publique en Allemagne, VII, 296; VIII, 116.

Le discours de M. Gneist sur le budget de l'enseignement primaire, trad. par Th. Hippert, VI, 99.

Les procédés de l'éducation primaire aux États-Unis, par J.-C. Houzeau, IV, 241; V, 5 et 99.

L'organisation nouvelle de l'enseignement primaire en Angleterre, par Ch. Buls, VI, 5.

Les écoles nationales et les écoles confessionnelles en Irlande, par N. Reyntiens, XIV, 81.

La question de l'instruction publique devant la Convention nationale, par J. Buse, XXXII, 5.

La réforme de l'enseignement primaire en France, par X. Olin, XXXIV, 313.

M. Jules Simon et la réforme de l'enseignement secondaire, par Ch. Potvin, XIX, 309.

Une visite aux collèges anglais, par H. Loumyer, XXXV, 160.

e. — **Education des femmes.**

L'éducation des femmes, par Maurice Van Meenen, VIII, 235.
L'émancipation des femmes, par Mme Elise Vautier, VIII, 308.
L'école professionnelle de jeunes filles à Bruxelles, par E. Van Bemmel, XIX, 200.
L'école professionnelle laïque de filles à Milan, par Ch. Potvin, XXVI, 213.

VIII. — HISTOIRE, ETHNOGRAPHIE.

a. — **Histoire ancienne.**

Les villes détruites de l'ancienne Campanie, par H. Le Hon, V, 66 et 149.
Les historiens modernes de l'antiquité jugés par un historien, par E. Castelot, XVI, 416.
Trois ouvrages nouveaux sur l'histoire ancienne, par Paul Thomas, XXXVI, 415.

b. — **Histoire nationale.**

L'origine de la féodalité, par P.-A.-F. Gérard, VII, 245.
Des origines de la magistrature communale en Belgique, par Ad. Prins, XVIII, 282.
Etude sur les origines des institutions municipales, par J. Lameere, XX, 311.
La crise féodale et les jacqueries du XIVe *siècle*, par H. Pergameni, XXXIV, 5.
Notes pour servir à l'histoire de la principauté de Liége, par P.-A.-F. Gérard, III, 97.
Eginhard, par le même, IV, 161.
La vie et les pamphlets du moine Rather, évêque de Liége et de Vérone, par Ch. Potvin, II, 5.
Des anciennes relations entre la Flandre et l'Angleterre au moyen âge, par P.-A.-F. Gérard, XVI, 232.
Des anciennes cours de justice dans la West-Flandre, par J. Stecher, XVIII, 277.
La question sociale en Belgique au XIVe *siècle*, par L. Vanderkindere, XXIX, 278.
Nos ancêtres à la fin du XIVe *siècle*, par J. Gérard, XXXIII, 195.
Ghillebert de Lannoy, voyageur, diplomate et moraliste, par E. Van Elewyck, XXXIII, 105.
Jeanne la Folle, trad. de Bergenroth par Ch. Rahlenbeck, I, 81.
Jeanne la Folle, par François Van Meenen, I, 315. Voy. aussi II, 78.
La domination flamande en Espagne, par Ernest Gossart, XXV, 398.
Les juifs à Anvers, par Ch. Rahlenbeck, VIII, 137. Voy. aussi IX, 222, correspondance avec M. Astruc.
Le jubilé d'un faux miracle, par Dom Liber (Ch. Potvin), V, 160, 269 et 349.
Aperçu historique de l'Inquisition, par P.-A.-F. Gérard, XIV, 241.
L'Inquisition en Belgique, par Violette (Mme de Roo), XXV, 85.
Le Saint-Office en Belgique, par A. Duverger, XXXII, 26.
Un auto-da-fé à Valladolid en 1559, par Ernest Gossart, XXI, 122.
Guy de Brès, par Ch. Rahlenbeck, XXIX, 105.
La mission du conseiller Boissot à Metz en 1543, par le même, XXXII, 147.

La chronique de Marcus van Vaernewyck, par Paul Fredericq, XVIII, 193.

L'esprit de la Pacification de Gand, par J. Stecher, XXIII, 396.

La paix de religion d'après un historien catholique, par An. Durand (J. Kuntziger), XXXI, 313.

Le bilan de notre seizième siècle, par Goblet d'Alviella, XXII, 87.

Les expositions belges à la cour d'Élisabeth, par Ch. Rahlenbeck, XXXVI, 128.

L'Église et l'État sous Philippe II, par L. Van Keymeulen, XXXIV, 105.

Les problèmes de l'histoire; Philippe II et don Carlos, par E. Castelot, XXX, 322.

Entre jésuites et capucins; l'enlèvement de l'électeur de Trèves, par Ch. Rahlenbeck, XXXV, 381.

Ernest de Mansfeld, par le même, I, 280.

Le dernier procès de sorcellerie au pays de Liège, par Ch. Masson, XXVI, 179.

Un historien belge du XVIIIe *siècle, le feld-maréchal comte de Mérode de Westerloo*, par E. Van Elewyck, XXIV, 292.

Le prince de Ligne, par le même, XXIX, 67.

La censure en Belgique sous l'ancien régime, par An. Durand (J. Kuntziger), XXXIV, 209.

L'inquisition littéraire, par Ch. Potvin, XXI, 191.

Les catéchismes politiques de 1698, par le même, VII, 224.

Bruxelles avant la révolution du siècle dernier, par P.-A.-F. Gérard, XIV, 133.

Essais sur l'histoire cléricale de la Belgique, par le même, XXII, 151, et XXIV, 194.

G.-Jos. Chapuis, par Ch. Potvin, XXXVI, 212.

La vie étonnante et les œuvres du père capucin Auxilius, par Ch. Potvin, XIV, 161.

La Belgique et la Hollande depuis leur séparation au XVIe *siècle jusqu'en* 1790, par P.-A.-F. Gérard, XVIII, 5, 236 et 361.

La Belgique et la Hollande sous le royaume des Pays-Bas, par le même, XX, 201 et 313.

Les souvenirs historiques, par E. Van Bemmel, XXIV, 106.

c. — Histoire générale.

L'utopie dans l'histoire, par Ch. Potvin, XXIV, 282.

Quelques pages des origines de la Prusse, par C. Van der Elst, II, 229.

William Pitt et la France, par E. Castelot, XXI, 293.

Lord Macaulay d'après ses mémoires, par le même, XXIV, 394.

Une nouvelle histoire de la Constitution anglaise, par le même, XVII, 558.

Deux siècles de l'histoire constitutionnelle d'Angleterre, par le même, XXV, 203.

Une histoire populaire de la civilisation anglaise, par le même, XXVIII, 438.

Recherches historiques en Allemagne sur la Révolution française, par A. Rivier, XXXIV, 401.

Le comte de Narbonne, par J.-J. de Bonne, XXIX, 337.

Napoléon Ier et le testament de Pierre le Grand, par L. Van Keymeulen, XXIX, 197.

Une nouvelle histoire de la Confédération suisse, par A. Rivier, XXV, 208.
La persécution des Vaudois, par H. Marichal, XXVI, 370.
L'esprit vénitien au XVIIIe *siècle*, par F. Gravrand, XXVII, 337.
Histoire des pestes, par le docteur Van den Corput, XXXI, 242.

d. — Philologie, ethnographie.

Des effets de la connaissance de l'Inde sur la pensée moderne, par Em. de Laveleye, XXII, 318.
Les langues indo-germaniques et leur classification, par L. Vanderkindere, XVI, 117.
Les Celtes et les autres Aryens, par le même, XXI, 188.
Pourquoi les Wallons ne parlent pas flamand, par P.-A.-F Gérard, XIII, 287.
Le droit romain dans l'ethnographie, par J. Stecher, XXVI, 112.
Une application de la philologie aux études historiques, par E. Castelot, XIX, 113
Les survivances de la civilisation, par J. Stecher, XXVI, 217.

IX. — LITTÉRATURE

a. — Romans, nouvelles, contes.

Le fils de la voisine, par Em. Leclercq, I, 27, 131 et 193.
La perdrix, par Marie Sweerts (Mlle Louise Bovie), II, 59, 109 et 202.
Le fils Dambert, par Em. Greyson, II, 297; III, 19, 110 et 224.
Le sacristain de la paroisse, conte de Ch. Dickens, trad. par Ferd. Gravrand, III, 347.
A la recherche du bonheur, trad. de Paul Heyze, IV, 19 et 113.
Violette, par Mme Marie Gatti de Gamond, IV, 193.
L'éducation particulière, par Marie Sweerts, IV, 200.
Jeanne la Rousse, par Cam. Lemonnier, V, 228.
Caprice de femme, par Ch. De Coster, VI, 81.
La sœur noire, par Marie Sweerts, VI, 237.
L'hirondelle, par Mme Claudine Verhaghen, VII, 5, 85, 178 et 260.
La servante, par Caroline Gravière (Mme Ch. Ruelens), VIII, 173, 257; IX, 28, 99 et 176.
La malédiction d'un père, trad. d'E. Vandriessche par Ed. Barlet, IX, 135.
Sans issue, par Em. Leclercq, X, 19, 92, 161 et 241.
Les gras et les maigres, conte fantastique, par Cam. Lemonnier, X, 285.
Le Taupin croisé et la comtesse d'Artois, par E. Gens, XI, 29 et 123.
Mi-la-sol, par Caroline Gravière, XI, 177 et 273; XII, 28.
Le bon vieux temps, par la même, XIII, 224.
Juffer Daadje et juffer Doortje, par Em. Greyson, XIV, 27, 107, 189 et 263.
Une vocation contrariée, par Victor Lefèvre, XV, 221.
Ginevra Degl'Amieri, par Adrien Campan, XV, 270.
La destinée de Paul Harding, par Ad. Prins, XVI, 51, 165.
Sur l'Océan, par Caroline Gravière, XVI, 267.

Huit jours dans une pension allemande, trad. d'Anton Bergmann par X. de Reul, XVI, 346.
Chambre à louer, par Em. Leclercq, XVII, 70, 202, 323 et 403.
Un nouveau Salomon, trad. d'Anton Bergmann par X. de Reul, XVIII, 31.
Le vicaire de Noirval, par H. Pergameni, XVIII, 155, 208 et 333.
Un mariage à Bruxelles, par Caroline Gravière, XIX, 42 et 157.
Un coin de village, par Cam. Lemonnier, XIX, 337; XX, 57, 147, 273 et 371.
Fraulein Louise, trad. d'Anton Bergmann par X. de Reul, XX, 219.
Marietta la Bella, trad. d'Anton Bergman par le même, XXI, 34.
Une aventure aux Eaux-Douces, par Maurice Reynold, XXI, 242.
Partie perdue, par *** (Goblet d'Alviella), XXI, 314; XXII, 51, 163 et 279.
Jean Fusco, par Joseph Boniface (Louis De Fré), XXII, 125, 261, 393; XXVI, 313, 423; XXVII, 94.
Le sermon de l'abbé Goyet, par Caroline Gravière, XXII, 336; XXIII, 33 et 146.
La maison Ouwewaeter et Huysman, par Em. Greyson, XXIII, 246, 346; XXIV, 58 et 149.
L'odyssée d'une comtesse, par Maurice Reynold, XXIV, 242.
Dans les Highlands, par H. Pergameni, XXIV, 365.
La Sainte-Catherine, par Cam. Lemonnier, XXIV, 422.
Un héros, par Caroline Gravière, XXV, 58 et 149.
Brigitte, trad. d'Anton Bergmann par X. de Reul, XXV, 273.
Erteim le brasseur, par Em. Greyson, XXV, 363, et XXVI, 68.
Ernest Staas, trad. d'Anton Bergmann par X. de Reul, XXVI, 145, 257 et 384; XXVII, 79 et 192.
La légende de Dunblane, imité de l'anglais par Mlle Fr. Vander Leur, XXVII, 141
Le témoin mystérieux, par Maurice Reynold, XXVII, 363.
Le dernier païen, par Ed. Romberg, XXVII, 400.
La fortune de Mira Tavernier, par H. Pergameni, XXVIII, 28, 149, 269 et 400.
Alexandre Legrand, par Em. Leclercq, XXIX, 40, 166 et 244.
La vie et les jouets, contes, par Cam. Lemonnier, XXIX, 433.
La petite sœur, par le même, XXX, 55.
Mademoiselle La Flamme, par le même, XXX, 59.
La maison rose, conte, par le même, XXX, 303.
Le feu, par Em. Greyson, XXX, 159.
Réalisme (nouvelle posthume), par Caroline Gravière, XXX, 256 et 379.
Une nuit de Pâques à Moscou, par Th. Nicolet, XXX, 410.
Le goîtreux, par Maurice du Chastel, XXXI, 74, 203 et 265.
Desdichada, par Remy Barn, XXXI, 386, XXXII, 65, 174 et 238.
Souvenirs de la tyrannie de Rosas, par Mme Emilie C. Fernau, XXXII, 352; XXXIII, 67.
La manie du seigneur de Jouvencière, par C. Lemonnier, XXXIII, 135 et 301.

Les métamorphoses du sire de Vauban-Ghlin, par Mlle Marguerite Van de Wiele, XXXIII, 272.

La bonne madame de Kers, par Violette, XXXIII, 401; XXXIV, 50, 156, 280 et 357.

Vieille chanson, par Mlle Marguerite Van de Wiele, XXXIV, 303.

Yanko le musicien, trad. de Litwos par Mme Poradowska-Gachet, XXXIV, 383.

La Noce d'Avedis, par Th. Nicolet, XXXV, 23.

Un chevalier errant, par Em. Leclercq, XXXV, 130, 258 et 347; XXXVI, 49.

Thérèse Monique, par Cam. Lemonnier, XXXVI, 142, 237 et 371; XXXVII, 75, 274 et 380.

Adam et Ève, trad. de B. Auerbach, XXXVI, 118.

Un regard dans un cœur d'enfant, trad. de l'allemand par Mme Louise Potvin, XXXVI, 354.

Un réveillon, conte de Noël, par Mlle Marguerite Van de Wiele, XXXVI, 346.

b. — Comédies, drames, proverbes.

Au bal, dialogue, par T.-N. Behr, V, 140.

Chacun à sa place, proverbe en un acte et en vers, par Al. Braun, VI, 178.

La Sonnette, comédie, par Cam. Lemonnier, XI, 136.

Londres en danger, ou le sac d'Anvers, drame traduit de l'anglais par E. Castelot, XII, 5, 97 et 177.

Le Patchouli, comédie en un acte et en vers, par Ch. Potvin, XIII, 52.

La Leçon de philosophie, comédie en un acte et en vers, par X. de Reul, XIX, 237.

Adrien Brauwer, drame en cinq actes et en vers, par A.-N. Guillaume, XV, 102 et 187.

Une discrétion, comédie en un acte, par Ed. Romberg, XXV, 230.

La Comédie électorale, en quatre actes et en vers, par Ch. Potvin, XXIX, 386, et XXX, 73.

c. — Poésie.

Poésies diverses, par Ch. Potvin, I, 41. — *Malines et Rome*, par H. Delmotte, II, 151. — *Les Paons*, par Ch. Potvin, II, 163. — *Paris-fétiche*, par Ch. Potvin, II, 225. — *A Eugène Van Bemmel*, par Ch. Potvin, II, 329. — *La Barbe*, imité de l'allemand, par le même, II, 339. — *Le Droit commun*, etc., par le même, III, 65. — *La Milice*, par le même, III, 365. — *Le Baiser du soleil*, trad. de von Kleisheim, par le même, IV, 40. — *La Fleur du tombeau*, par Ed. Van der Plassche, IV, 222. — *A Barine*, etc., par Ed. De Linge, IV, 223. — *Au peuple français*, etc., par Ch. Potvin, IV, 226. — *Poésies d'Horace à Sestius*, par Ed. De Linge, IV, 301. — *Poésies*, par Ch.-G. Ruth, V, 245. — *Musarion*, poème en deux chants, trad. de l'allemand, par le même, V, 315, VI, 15. — *Pendant la guerre*, par Ch. Potvin, VI, 55. — *Neiges d'antan*, par An. Harzé, VI, 98. — *Metz*, par Ed. Baugnies, VI,

295. — *La Vraie Grandeur*, etc., par Ch. Potvin, VI, 307. — *Rêves d'un spleenétique*, par God. Kurth, VII, 206. — *Hermann et Dorothée*, trad. en vers, par Ed. De Linge, VIII, 101 et 275; IX, 45 et 201; XI, 49. — *Le Philosophe*, par L. S., IX, 66. — *Gabrielle*, etc., par Félix Frenay, IX, 128. — *Le Diable en bouteilles*, trad. de J. Van Ryswyck, par J. Claus, IX, 260. — *Tristesse*, etc., par Félix Frenay, IX, 282. — *Humanité*, par Ch. Potvin, X, 53. — *Janvier*, par An. Harzé, X, 69. — *Dimanche d'été*, par F. Frenay, X, 113. — *La Chanson du fondeur*, par le même, X, 205. — *Le Ciel*, par le même, X, 282. — *La Gloire*, par Ch. Potvin, X, 296. — *Ecce iterum*, etc., par le même, XI, 79. — *Les Deux Génies*, par F. Frenay, XI, 215. — *Réflexions*, par le même, XI, 291. — *Poésies d'Horace*, par Ed. De Linge, XII, 55. — *Aux riflemen*, par Ch. Potvin, XII, 129. — *Heure sombre*, par F. Frenay, XII, 209. — *Novembre*, par An. Harzé, XII, 271. — *Les Hiboux*, par Ch. Potvin, XII, 302. — *Le Mont-César*, par F. Frenay, XIII, 150. — *A un père*, par Ad. Mathieu, XIII, 223. — *En carnaval*, par F. Frenay, XIII, 241. — *Souvenir*, par Ed. Minnaert, XIII, 286. — *Sonnets*, par Ch.-G. Ruth, XIV, 26 et 146. — *A Molière*, par E. Minnaert, XIV, 286. — *L'Art moderne*, par Ch. Potvin, XIV, 221. — *Blankenberghe*, par An. Harzé, XIV, 260. — *A la France*, par Ch. Potvin, XV, 25. — *Le Moderne Pontife*, par le même, XV, 299. — *Poésies*, par le même, XVI, 48. — *L'Enfant mort*, par Ch. Masson, XVI, 216. — *Sonnets humoristiques*, par F. Gravrand, XVI, 313. — *Les vieux portraits*, par Ch. Masson, XVII, 228. — *Contre Rome*, par Ch. Potvin, XVII, 441. — *Deux sœurs*, roman en vers, par le même, XVIII, 115 et 252. — *Un poète septuagénaire*, par le même, XIX, 407. — *Poésies d'Horace*, par Ed. De Linge, XXI, 165. — *Poésies*, par Ch. Potvin, XXIII, 98. — *Poésie*, par F. Frenay, XXIII, 407. — *Les Carriers de Quenast*, par le même, XXIV, 311. — *La Poésie nouvelle*, par le même, XXVI, 108. — *Rubens*, par Ch. Potvin, XXVI, 324. — *Songerie d'hiver*, par F. Frenay, XXVII, 319. — *La Chanson de la chemise*, par L. Van Keymeulen, XXXI, 106. *Le Bonheur*, par Mlle Marie Nizet, XXXI, 333. — *L'Écolière*, par An. Harzé, *Automne*, par Mlle Françoise Le Roy, *Quatrains*, par Hipp. Laroche, *Un rayon sur la neige*, par Mlle Françoise Le Roy, XXXIII, 187 et suiv. — *Un rêve*, par F. Frenay, XXXIV, 300. — *La Patrie de 1830*, poème couronné par la commission des fêtes, par Ch. Potvin, XXXVI, 13. — *Songerie d'été*, par F. Frenay, XXXVI, 275.

Chant de honte du soldat revenant dans sa patrie, trad. de Fréd. Ruckert par Fr. Hennebert, X, 145.

X. — PHILOSOPHIE, MORALE ET RELIGION.

Les phénomènes de l'inconscience, par L. Vanderkindere, I, 169.

Le présent et l'avenir de la psychologie, par J. Delbœuf, XVII, 245 et 378, XXI, 77 et 358.

XI. — SCIENCES PHYSIQUES ET NATURELLES; SCIENCES GÉOGRAPHIQUES.

XII. — VOYAGES, DESCRIPTIONS, SCÈNES DE MŒURS.

a. — Belgique.

b. — Europe.

Florence à vol d'oiseau; lettres d'un voyageur, par J. Rousseau, IV, 180 et 288.
L'Ile d'Elbe, par Goblet d'Alviella, IX, 241.
Lettres d'Italie, par Em. de Laveleye, XXX, 365; XXXI, 18, 182, 296 et 363, XXXII; 84; 125 et 218, XXXIII; 36, 233 et 353; XXXIV, 27.
Rome d'après Francis Wey, par Ch. Ruelens, XIII, 66.
Deux voyageurs en Italie, par Ch. Buls, XVII, 353.

c. — Asie.

Souvenirs d'une excursion chez les bouddhistes de l'Himalaya, par Goblet d'Alviella, XXIV, 5, 129 et 344.

d. — Afrique.

L'Empire du Maroc, par Aug. Meulemans, III, 355.
Un prétendu voyageur belge dans l'Afrique centrale au XVIIe *siècle*, par Goblet d'Alviella, XXVIII, 198.
Le capitaine Cambier et la première expédition de l'Association internationale africaine, avec carte, par A.-J. Wauters, XXXIV, 357.
Cent jours d'un voyageur allemand sur le Nil, par H. Pergameni, XVI, 411.

e. — Amérique du Nord.

L'Europe et l'Amérique, par J.-C. Houzeau, I, 265; II, 101; III, 5; V, 271.
La Terre des merveilles, souvenirs d'une exploration au bassin de la Yellowstone, par Paul Le Hardy, XIX, 78.
Les États-Unis en 1878-1879, par Ed. de Laveleye. — *New-York*, XXXV, 61. — *Une excursion au lac Champlain*, XXXV, 111. — *Chicago*, XXXV, 288. — *San Francisco et Salt Lake city*, XXXVII, 35. — *Le Sud, Washington*, XXXVII, 237.
Souvenirs du Mexique, par J.-C. Houzeau, VIII, 89.
Un voyage au Mexique, par E. Van der Donckt, XXXI, 147 et 409.

f. — Amérique du Sud.

Notes sur le Brésil, par W. de Selys-Longchamps, XX, 119, 241 et 333.
Un voyage aux républiques de la Plata, par Alb. Verhaeren, XXV, 292.

g. — Atlantique.

Une ascension au Pic de Ténériffe, par Goblet d'Alviella, XVI, 29, 149 et 295.
Une relâche à Madère, par le même, XXI, 141.
Une traversée dans l'Atlantique, par A. Verhaeren, XXVII, 33.

II

TABLE ALPHABÉTIQUE DES AUTEURS.

Anonyme.

La guerre de six mois, VII, 58. — *La situation actuelle du Zollverein*, VII, 119. — *L'instruction publique en Allemagne*, VII, 296; VIII, 116. — *Adam et Eve*, trad. de l'allemand, XXXVI, 118. — *Un regard dans un cœur d'enfant*, trad. de l'allemand, XXXVI, 354.
Poésie : *A la recherche du bonheur*, imité de Paul Heyze, IV, 19 et 113.

Arschot (**Cte A. d'**).

Le prince de Bismarck et l'Église catholique en Allemagne, XVI, 229.

Astruc (**E.-A.**).

Le prophèle Jonas, XVI, 131. — *La morale de Moïse*, XXXII, 105. — *La réunion des époux divorcés*, XXXIII, 260.
Lettre à M. Ch. Rahlenbeck sur les Juifs, IX, 222.

Bahut (**Jules**).

Les points noirs de la Belgique industrielle, III, 193.

Barlet (**Ed.**).

La malédiction d'un père, traduit d'Ed. Van Driessche, IX, 135.

***Barn** (**Remy**) (Mme Lagrange).

Desdichada, XXXI, 386; XXXII, 65, 174 et 238.

* Les pseudonymes sont précédés d'un astérisque.

Baugnies (Ed.).

Metz, le jour de la capitulation, VI, 295.

Behr (F.-N.).

Au bal, dialogue, V, 140.

Boghaert (A.).

Le mariage religieux, XXII, 395.

***Boniface (Joseph)** (Louis de Fré).

Jean Fusco, XXII, 125, 261 et 393; XXVI, 313 et 423; XXVII, 94.

Braun (Alex.).

Chacun à sa place, proverbe en un acte et en vers, VI, 178.

Buls (Ch.).

La peinture allemande à l'exposition de Munich en 1869, III, 313. — *L'organisation nouvelle de l'enseignement primaire en Angleterre*, VI, 5. — *Un projet de musée populaire*, XVII, 45. — *A propos d'un rocher*, XVIII, 309. — *La question Van de Kerkhove*, XIX, 191. — *L'esthétique des arts décoratifs. I. Les tissus*, XXIII, 305. — *II. La céramique*, XXVI, 197. — *III. Les métaux*, XXVIII, 66.

Le sentiment de la nature à l'exposition du Cercle artistique, 1874, XVI, 110. — *L'architecture moderne*, XVI, 324. — *L'exposition d'aquarelles* 1874, XVII, 232. — *Deux voyages en Italie*, XVII, 353. — *L'exposition des arts industriels et le Salon de Gand*, 1874, XVIII, 52. — *Aquarellistes et aqua-fortistes*, XX, 184. — *L'exposition des aquarellistes*, 1876, XXIII, 91.

Buse (Julien).

La question de l'instruction publique devant la convention nationale, XXXII; 5.

Callier (Albert).

Charles Waelbroeck, XXVI, 349.—*L'élection du* 11 *juin* 1878, XXIX, 213.

Campan (Adrien).

Ginevra degl'Amieri, XV, 270.

Camporino (A.).

Le général Mockel, XXXIV, 74.

Carlier (Jules).

Humoristes anglais du XVIIIe *siècle, Jonathan Swift*, XXXII, 326.

De la nécessité d'une fédération des sociétés de conférences populaires, XXXVI, 308.

Castelot (E.).

Les lettres de Junius, X, 185. — *Londres en danger ou le sac d'Anvers*, drame inédit, traduit de l'école de Shakespeare, XII, 5, 97 et 177. — *Un humoriste espagnol, José de Larra*, XV, 161. — *William Pitt et la France*, XXI, 293. — *Lord Macaulay, d'après ses mémoires*, XXIV, 394. — *Les premiers théologiens rationalistes en Angleterre*, XXVI, 36. — *Les problèmes de l'histoire : Philippe II et don Carlos*, XXX, 322. — *Les libres penseurs et les orthodoxes anglais au* XVIIIe *siècle*, XXXIII, 201.

Les historiens modernes de l'antiquité jugés par un historien, XVI, 416. — *Une nouvelle histoire de la Constitution anglaise*, XVII, 358. — *Une application de la philologie aux études historiques*, XIX, 103 — *La science sociale et la théorie de l'évolution*, XXII, 116. — *L'œuvre de l'ultramontanisme jugée par un cardinal*, XXIII, 426. — *Deux siècles de l'histoire constitutionnelle d'Angleterre*, XXXV, 208. — *Une histoire populaire de la civilisation anglaise*, XVIII, 438.

Charbonnier (Dr Nestor).

La question de la bienfaisance publique, XXVII, 446.

Claus (Aug.).

Le diable en bouteille, légende en vers, trad. de Jan Van Ryswyck, IX, 260.

Coutouly (Gustave).

Lettres d'Espagne, I, 231.

Coveliers (F.).

L'enquête scolaire, XXXVI, 205.

Cracroft (Bernard).

Lettre à M. Ém. de Laveleye sur l'esprit de paix en Angleterre, XIII, 339.

Dauge (J.).

Le passage de Vénus sur le disque solaire, XVIII, 128.

Davreux (P.) et Rommelaere (L.).

L'exposition internationale d'hygiène et de sauvetage, XXIV, 29.

de Bonne (F.-J.).

De la souveraineté de l'État et de sa juridiction sur le clergé en Belgique, XXII, 237. — *De la confession dans l'Église romaine*, XXVIII, 389.

Le comte de Narbonne, XXIX, 337.

De Clève (Jules).

L'abolition du serment proposée au nom des chrétiens, XXVIII, 116.

De Potter (Agathon).

L'armée et le régime bourgeois, VII, 150.

De Reul (X.).

Huit jours dans une pension allemande, trad. d'Anton Bergmann, XVI, 346. — *Un nouveau Salomon*, trad. d'Anton Bergmann, XVIII, 31, — *La leçon de philosophie*, comédie en un acte et en vers, XIX, 237. — *Fraulein Louise*, trad. d'Anton Bergmann, XX, 219. — *Marietta la Bella*, trad. d'Anton Bergmann, XXI, 34. — *Brigitte*, trad. d'Anton Bergmann, XXV, 273. — *Ernest Staas, avocat*, trad. d'Anton Bergmann, XXVI, 145, 257 et 384; XXVII, 79 et 192.

Nos sociétés savantes, XVI, 224. — *Les vétérans de l'Académie*, XVI, 393. — *Les travaux de M. J.-C. Houzeau*, XVII, 432.

de Ridder (R.).

La question d'Orient et le droit international, XXIV, 321. — *La Russie*, XXVI, 287. — *La limitation du travail des enfants dans les manufactures*, XXVIII, 306.

De Sagher (Léon).

Grétry, II, 277.

de Selys-Longchamps (W.).

Notes d'un voyage au Brésil, XX, 119, 241 et 333.

Desoer (Em.).

Concours de poésie populaire, XVII, 446.

Desvachez (Jules).

La crise industrielle et l'extension de nos débouchés, XXV, 138.

Dewilde (P.).

Les lois belges sur les accises, V, 10.

*** d'Hodinfosse (Mlle M.).**

La situation actuelle de l'Egypte, XXIV, 233.

Docx (capitaine).

De la gymnastique rationnelle, VII, 321.

Dodd (G.-J.).

Bulletin flamand, I, 321.

Dommartin (Léon).

La dernière expression du roman, l'Assommoir, XXV, 381.

Du Bosch (G.).

Les droits des auteurs dramatiques et la propriété littéraire, XXVI, 95.

Duchaine (G.).

La réforme électorale en Belgique et la représentation des minorités, XII, 23 et 101. — *Du conflit entre l'État et l'Église en Prusse*, XX, 5. — *Les catholiques à Genève*, XXIII, 105. — *L'évolution progressiste dans les Églises modernes*, XXX, 105.

Du Chastel (Cte Maurice).

Le Goîtreux, conte pour les chasseurs, XXXI, 74, 203 et 265.

***Dufrasne (E.).**

La situation des ouvriers dans le Borinage, XXXIV, 74.

***Durand (Anatole)** (J. Küntziger).

Les conséquences sociales du dogme catholique, XXVII, 5. — *La paix de religion d'après un historien catholique du* XVIe *siècle*, XXXI, 313. — *La censure en Belgique sous l'ancien régime*, XXXIV, 209.

***Duverger (A.).**

Le Saint-Office de l'Inquisition en Belgique, XXXII, 26. — *L'assassinat politique*, XXXIII, 426.

Fernau (Mme E.-C.).

Souvenirs de la tyrannie de Rosas à Buenos-Ayres, XXXII, 352; XXXIII, 67.

Fredericq (Paul).

Tony (Anton Bergmann), sa vie et ses œuvres, XVI, 337. — *La chronique de Marcus Van Vaernewyck*, XVIII, 193.
Jan-Frans Willems, XVIII, 68. — *Une nouvelle traduction du Renard flamand*, XIX, 412, et XXVI, 211.

Frenay (Félix).

Poésies, IX, 128 et 282. — *Dimanche d'été*, X, 113. — *La chanson du fondeur*, X, 205. — *Le ciel*, X, 282. — *Les deux génies*, XI, 215. — *Réflexions*, XI, 291. — *Heure sombre*, XII, 209. — *Le mont César*, XIII, 150. — *En carnaval*, XIII, 241. — *La houille*, XXIII, 407. — *Les carriers de Quenast*, XXIV, 311. — *La poésie nouvelle*, XXVI, 108. — *Songerie d'hiver*, XXVII, 319. — *Un rêve*, XXXIV, 300. — *Songerie d'été*, XXXVI, 275.

Galesloot (A.).

Corneille de Vriendt, VI, 221.

Gatti de Gamond (Mme Marie).

Violette, IV, 193.

Gens (Eug.).

Le taupin croisé et la comtesse d'Artois, XI, 29 et 123. — *Mes vacances à La Roche*, XI, 220, et 316; XII, 116, 193 et 257; XV, 5. — *Un poète à Trois-Ponts*, XV, 127 et 187. — *Le préjugé de la Bible*, XXIX, 141.

Gérard (J.).

Nos ancêtres à la fin du XIVe *siècle*, XXXIII, 195.

Gérard (P.-A.-F.).

Notes sur la principauté de Liège, III, 95. — *Eginhard*, IV, 161. — *L'origine de la féodalité*, VII, 245. — *Pourquoi les Wallons ne parlent pas flamand*, XIII, 287. — *Bruxelles avant la révolution du siècle dernier*, XIV, 133. — *Aperçu historique de l'Inquisition*, XIV, 241. — *La Belgique et la Hollande depuis leur séparation au* XVIe *siècle jusqu'en* 1790, XVIII, 5, 236 et 361. — *La Belgique et la Hollande sous le royaume des Pays-Bas*, XX, 201 et 313. — *Essais sur l'histoire cléricale de la Belgique*, XXII, 151; XXIV, 194. — *L'indépendance du clergé et la constitution*, XXIII, 329. — *Les communautés religieuses et la constitution*, XXV, 217. — *Notre prochaine révolution cléricale*, XXXI, 233.
Des relations diplomatiques de la Flandre et de l'Angleterre au moyen âge, XVI, 232.

Goblet d'Alviella (Cte E.).

Une excursion dans l'archipel des Lipari, VIII, 56 et 105. — *Souvenirs et impressions de l'Irlande occidentale*, IX, 81. — *L'île d'Elbe*, IX, 241. — *La réforme internationale d'après un économiste anglais*, XI, 241. — *La science de la paix*, XII, 223. — *Un fleuve de Laponie*, XIV, 298. — *Une ascension au pic de Ténériffe*, XVI, 29, 149 et 295. — *Bruxelles et ses faubourgs*, XVII, 127. — *L'unité du parti libéral*, XVIII, 289. — *Le catholicisme libéral autrefois et aujourd'hui*, XIX, 213 et 317. — *La liberté des processions et les projets du parti ultramontain*, XX, 97. — *Le congrès de géographie de Paris*, XXI, 19. — *Souvenirs d'une relâche à Madère*, XXI, 141. — *Partie perdue*, XXI, 314; XXII, 51, 163 et 279. — *Le bilan de notre* XVIe *siècle*, XXII, 87. — *Comment on élève autel contre autel*, XXIII, 209. — *Souvenirs d'une excursion chez les bouddhistes de l'Himalaya*, XXIV, 5, 129 et 344. — *L'enquête de la fédération libérale et l'intervention du prêtre dans les élections*, XXIV, 217. — *L'ouvrage posthume de Montalembert sur l'Espagne et la liberté*, XXV, 318. — *Le protestantisme libéral et la question religieuse en Belgique*, XXVI, 225. — *Une excursion au pays des Dolomites*, XXVII, 221. — *Suffrage éclairé, suffrage censitaire, suffrage universel*, XXVIII, 51. — *Un prétendu voyageur belge dans l'Afrique centrale au* XVII*e* *siècle, Pierre Fardé*, XXVIII, 198. — *Esquisse d'un programme de réformes anticléricales*, XXVIII, 337. — *La question d'Orient et le protectorat anglais en Asie*, XXIX, 341. — *Ernest Allard*, XXX, 35. — *La question de l'Afghanistan et la marche des Russes vers l'Inde*, XXX, 238. — *Le plaidoyer des évêques* pour *la revision radicale de la loi de* 1842, XXXI, 5. — *La politique de Léon XIII et l'échange de vues*, XXXIII, 333. — *Les élections du* 8 *juin* 1880 *et le programme du parti catholique*, XXXV, 5. — *Ce que disent les élections*, XXXV, 105.

Revues du mois, XV, 151, 228 et 301. — *Les partis en Belgique pendant l'année* 1873, XVI, 105. — *La franc-maçonnerie et le mandement de Mgr Dechamps*, XVI, 219. — *L'avènement de M. Disraeli*, XVI, 315. — *La aix de l'Europe à la Chambre des lords*, XVII, 101. — *Une nouvelle statistique du catholicisme en Angleterre*, XVII, 236. — *La pondération des pouvoirs en France*, XVII, 355. — *L'accord de la genèse et de la géologie*, XVIII, 270. — *L'installation du prince de Galles comme grand maître de la franc-maçonnerie anglaise*, XX, 84. — *Les travaux publics dans l'Inde anglaise*, XX, 309. — *L'organisation du parti ultramontain en France*, XX, 411. — *La journée du* 13 *juin* 1876, XXIII, 202. — *Le Denier des écoles*, XXV, 214.

Godineau (**D**r).

Un plan de journal pour les campagnes, XXIX, 363.

Gossart (**Ernest**).

Un auto-da-fé à Valladolid en 1559, XXI, 122. — *La domination flamande en Espagne* (1517-1520), XXV, 398.

Gossi (**Max**).

Les origines du sacerdoce catholique, XXXIII, 374.

***Gravière** (**Caroline**) (Mme Ch. Ruelens).

La servante, VIII, 173 et 257; IX, 28, 99 et 176. — *Mi-la-sol*, XI, 177 et 273; XII, 28. — *Le bon vieux temps*, XIII, 224. — *Sur l'Océan*, XVI, 268. — *Ceux qui s'en vont* (*Auguste Visschers*), XVII, 268. — *Un mariage à Bruxelles*, XIX, 42 et 157. — *Le sermon de l'abbé Goyet*, XXII, 336; XXIII, 33 et 146. — *Un héros*, XXV, 58 et 149. — *Réalisme*, nouvelle posthume, XXX, 256 et 379.

Grandgaignage (**E**).

Le port d'Anvers et son importance commerciale, XXXIV, 230.

Gravrand (**Ferdinand**).

La couleur de la lune, II, 34. — *Le sacristain de la paroisse* (*conte de Ch. Dickens*), III, 347. — *L'esprit vénitien au* XVIII*e* *siècle*, XXVII, 337. — *Un prédicateur excentrique au* XV*e* *siècle*, XXXIII, 51. — Poésie : *Sonnets humoristiques*, XVI, 313.

Greyson (Emile).

Le fils Dambert, II, 297; III, 19, 110 et 224. — *Juffer Daadje et Juffer Doortje*, XIV, 27, 107, 189 et 263. — *La maison Ouwewaeter et Huysman*, XXIII, 246 et 346; XXIV, 58 et 149. — *Erteim le brasseur*, XXV, 363; XXVI, 68. — *Le feu*, XXX, 159.

*Guilliaume (Alfred-Nicolas).

Adrien Brauwer, drame posthume, XV, 102 et 187.

Harzé (Anatole).

Poésies : *Neiges d'Antan*, VI, 98. — *Janvier*, X, 69. — *Novemore*, XII, 271. — *Blankenberghe*, XIV, 260. — *L'écolière*, XXXIII, 187.

Hegener (Th.).

Des humanités modernes, II, 309. — *L'enseignement et ses méthodes*, XXXII, 305. — *L'éducation nationale par l'armée*, XXXV, 82.

Hennebert (Fr.).

L'esprit public en Germanie, VII, 81. — *Le chant de honte du soldat* (trad. de Fr. Ruckert), X, 145.

Heuschling (X.).

La statistique de la population et le chiffre de la représentation nationale, XXX, 425.

Hippert (Th.).

Discours de M. Gneist sur le budget de l'enseignement primaire, VI, 99.

Houbotte (Eug.).

La réforme électorale et la représentation des minorités, XXV, 426. — *Les nationalités par M. Pi y Margall*, XXXIII, 99.

Houzeau de Lehaye (Aug.).

Origine de l'homme, XI, 197. — *La science préhistorique et le Congrès de Bruxelles*, XII, 135.

Houzeau (J.-C.).

L'Europe et l'Amérique, I, 265; II, 101; III, 5; V, 271. — *Procédés de l'enseignement primaire aux États-Unis*, IV, 241; V, 5 et 99. — *Souvenirs du Mexique*, VIII, 89. — *Les facultés mentales des animaux comparées à celles des hommes*, X, 5 et 81. — *Le Journal Noir aux États-Unis, de* 1863 *à* 1870, XI, 5 et 97.

Jottrand (Lucien).

La vallée de la Salm, III, 124, 243 et 333. — *Du jour de repos hebdomadaire*, V, 39, 108 et 289; VI, 33.

Kurth (Godefroid).

La poésie flamande, IV, 5. — *Théodore Koerner*, X, 263. — Poésie. *Rêves d'un splénétique*, VII, 206.

Lameere (J.).

Etudes sur les institutions municipales, XXX, 311.

Laroche (Hipp.).

Poésie : *Quatrains*, XXXIII, 191.

Laurent (François).

Les attaques contre la propriété et les classes ouvrières, VIII, 293. — *Ce qui manque à l'instruction primaire*, XIX, 113. — *L'élection de Gand; vainqueurs, que ferons-nous?* XXII, 31. — *Dieu dans l'histoire*, XXV, 28. — *L'intolérance catholique*, XXV, 337. — *L'Église et l'État d'après Minghetti*, XXVIII, 121 et 233. — *L'Eglise et l'enseignement*, XXX, 5. — *La loi de* 1842, XXX, 213. — *La réforme des écoles normales*, XXX, 333. — *L'inspection des écoles*, XXXI, 166. — *Les écoles d'adultes*, XXXI, 345.

Le Boulengé.

Un coup de canon, XIII, 269.

Leclercq (Em.).

Le fils de la voisine, I, 27, 131 et 193. — (*William Burger*) *Théophile Thoré*, II, 132. — *Questions d'art*, VI, 157. — *Musée de Bruxelles*, *I. Jacques Jordaens*, VII, 192. — *II. François Snyders*, VII, 289. — *III. Rembrandt Van Rhyn*, VIII, 224. — *IV. Antoine Van Dyck*, IX, 117. — *Sans issue*, X, 19, 92, 161 et 241.— *Soldat laboureur*, XII, 214. — *Chambre à louer*, XVII, 70, 202, 323 et 403. — *La peinture et les peintres belges modernes*, XX, 25. — *Le Salon de* 1875, XXI, 51. — *Les religions dans la société*, XXII, 216. — *George Sand*, XXIII, 188. — *Le Salon d'Anvers*, XXIV, 91. — *Les origines du pouvoir*, XXV, 176. — *Correspondance de H. de Balzac*, XXVI, 357. — *Les Congrès d'Anvers*, XXVII, 103. — *Alexandre Legrand*, XXIX, 40, 166 et 244. — *Le Salon de* 1878, XXX, 184. — *Un chevalier errant*, XXXV, 130, 258 et 347; XXXVI, 49.

Peintures antiques, X, 142. — *Théophile Gauthier*, XII, 234. — *La comédie*, XXIV, 207 et 317.

Lefèvre (Emile).

Une conférence de Tyndall, XXVIII, 210.

Lefèvre (Victor).

Une vocation contrariée, XV, 221.

Le Hardy (Paul).

La terre des merveilles, souvenir d'une exploration au bassin de la Yellowstone, XIX, 78.

Le Hardy de Beaulieu (Ad.).

Nécessité d'une réforme électorale en Belgique, V, 199. — *La question monétaire*, XV, 286 — *Les élections de juin* 1874, XVII, 365. — *L'ingérence du clergé catholique dans les élections*, XXV, 121.

Le Hon (H.).

Les villes détruites de l'antique Campanie, V, 66 et 149.

Lemonnier (Camille).

Jeanne la rousse, V, 228. — *Les gras et les maigres*, X, 285. — *La sonnette*, comédie, XI, 136. — *Le Salon de* 1872, XII, 59 et 274. — *Un coin de village*, XIX, 337; XX, 57, 147, 273 et 371. — *La Sainte-Catherine*, XXIV, 422. — *Alfred Stevens et les Quatre Saisons*, XXVII, 426. — *La vie et les jouets*, XXIX, 433. — *La petite sœur, Mlle La Flamme*, XXX, 55. — *La maison rose*, XXX, 303. — *La manie du seigneur de Jouvencières*, XXXIII, 135 et 301. — *Thérèse Monique*, XXXVI, 142, 237 et 371.

Théodore de Banville et les idylles prussiennes, IX, 67.

Lemonnier (Ch.).

Chronique parisienne, I, 227. — *L'Empire libéral*, IV, 153. — *Le Congrès de la Paix*, IX, 190 et 267; XII, 157.

Le Roy (A.).

Les philosophes siciliens, XIX, 291.

Un moraliste et un linguiste, XXI, 391.

Le Roy (Mlle Françoise).

Poésies : *Automne*. — *Un rayon sur la neige*, XXXIII, 190.

Loumyer (H.).

Huit jours dans le vilayet d'Andrinople et dans la Roumélie orientale, XXXIV, 177. — *Un tour en Grèce et en Sicile*, XXXIV, 251. — *Une visite aux collèges anglais*, XXXV, 160. — *Les prisons en Angleterre*, XXXVI, 280.

Minnaert (Em.).

Poésies : *Souvenir*, XIII, 286. — *A Molière*, XIV, 186.

Morhange (Salvador).

Les arbres géants de la Californie et la vallée de la Yosémite, XXXVI, 33 et 180.

Nicolet (Th.).

Une nuit de Pâques à Moscou, XXX, 410. — *La noce d'Avédis*, XXXV, 23.

Nihoul (Ph.).

La crise agricole en Belgique, ses causes et ses remèdes, XXVII, 49. — *La politique anglaise et les rivalités des puissances continentales*, XXVII, 371. — *La crise industrielle. Un projet de travaux publics*, XXVIII, 295.

Nizet (Mlle Marie).

Poésie : *Le bonheur*, XXXI, 333.

Olin (Xavier).

De la liberté politique, XXI, 197. — *Les élections françaises du 14 octobre 1878*, XXVII, 303. — *La réforme de l'enseignement primaire en France*, XXXIV, 313. — *Eugène Van Bemmel*, XXXVI, 5.

Les conférences de M. Jules Favre, XVII, 234. — *La question des cimetières au Canada*, XVIII, 378. — *De la suppression de l'appel nominal en matière répressive*, XIX, 107.

***Orderic.**

Nouvelles à la main, II, 178.

Pérard (L.).

L'horloge, XXXVI, 89.

Pergameni (H.).

La réforme de l'enseignement moyen du degré supérieur en Belgique, XI, 295. — *Les sciences géographiques en Allemagne*, XIII, 308. — *La détention préventive*, XVI, 241. — *Le vicaire de Noirval*, XVIII, 155, 208 et 333. — *Le principe de liberté en matière politique*, XXI, 101. Voy. aussi 401. — *Les races et les religions dans la Turquie d'Europe*, XXIV, 177. — *Dans les Highlands*, XXIV, 365. — *La classe moyenne et son rôle dans l'État moderne*, XXV, 247. — *Une pédagogie nouvelle à l'Ecole modèle de Bruxelles*, XXVII, 249. — *La fortune de Mira Tavernier*, XXVIII, 28, 149, 269 et 400. — *La crise féodale et les jacqueries du* XIVe *siècle*, XXXIV, 5.

Cent jours d'un voyageur allemand sur le Nil, XVI, 411.

Philippson (**M**.).

Les recherches historiques en Allemagne sur la période de la Révolution française, XXXIV, 401.

Picqué (**C**.).

Alexandre Dumas fils jugé par un Allemand, XIII, 82.

Poradowska-Gachet (**M**me).

Yanko le musicien, XXXIV, 383.

Potvin (**Ch**.).

De la traduction des poètes, I, 210. — *Lamartine*, I, 253. — *La vie et les pamphlets du moine Rather, évêque de Liége et de Vérone*, II, 5. — *Alexandre Gendebien*, IV, 67. — *Des iniquités de la loi électorale en Belgique*, IV, 137. — *Le jubilé d'un faux miracle*, V, 160, 269 et 349. — *Histoire d'un concours*, VI, 135. — *Le major Bruck*, VIII, 29. Voy. aussi IV, 232. — *Le droit des gens à l'Université de Louvain*, VIII, 147. — *Le Fou Bara*, IX, 5. — *De la nationalité*, IX, 153. — *Eugène Defacqz*, X, 118. — *Avant Boccace, Perrault et Lafontaine*, XIV, 41. — *La vie étonnante et les œuvres du père capucin Auxilius*, XIV, 61. — *Du droit commun en matière de religion*, XXII, 337. — *L'utopie dans l'histoire*, XXIV, 282. — *Retour sur soi-même*, XXVI, 5. — *Caroline Gravière*, XXVIII, 355. — *Le premier degré de l'enseignement primaire*, XXX, 130. — *De l'éducation primaire*, XXXI, 43.

POÉSIE.

Poésies, I, 41. — *Les paons*, II, 163. — *Paris-Fétiche*, II, 225. — *A Eugène Van Bemmel*, II, 329. — *La barbe*, imité de l'allemand, II, 339. — *Poésies*, III, 65. — *La milice*, III, 365. — *Le baiser du soleil*, imité de von Kleisheim, IV, 40. — *Au peuple français*, IV, 67. — *Pendant la guerre*, VI, 55. — *Poésies*, VI, 307. — *Humanité*, X, 53. — *La gloire*, X, 296. — *Aux rifflemen*, VII, 129. — *Satires*, XI, 79. — *Les hiboux*, XII, 302. — *Le patchouli*, comédie en un acte et en vers, XIII, 52. — *L'Art moderne*, XIV, 221. — *A la France*, XV, 25. — *Le moderne pontife*, XV, 299. — *Poésies*, XVI, 48. — *Contre Rome*, XVII, 441. — *Deux sœurs*, roman en vers, XVIII, 115 et 252. — *A un poète septuagénaire*, XIX, 408. — *Poésies*, XXIII, 98. — *Rubens*, XXVI, 324. — *Le filleul de Voltaire*, XXIX, 26. — *La Comédie électorale*, en quatre actes et en vers, XXIX, 386, et XXX, 73. — *La Patrie de* 1830, poème couronné par la Commission des fêtes de 1880, XXXVI, 13.

Jules Tarlier, IV, 228. — *Chroniques politiques*, V, 247, 328; VI, 65, 146 et 309. — *Les catéchismes politiques de* 1698, VII, 224. — *Concours de poésie populaire*, VIII, 81. — *Les manifestations publiques*, IX, 273. — *Une conférence de M. Belly sur l'isthme de Panama*, X, 131. — *Livres sur l'enseignement*, X, 173. — *Enseignement primaire obligatoire*, X, 211. — *Le* Tour du monde, XI, 150. — *Bulletins de l'enseignement*, XI, 255, 336; XII, 78, 163, 240, 313. — *Situation révolutionnaire des partis en Belgique*, XII, 49. — *Ch. Spilthoorn*, XII, 245. — *Théophile Gauthier*, XII, 322, et XIII, 171. — *Max Veydt*, XIII, 75. — *L'union des libéraux à Bruxelles*, XIII, 152. — *Vital Descamps*, XIV, 147. — *Solutions sociales*, XV, 60. —

Les petits livres en France, XVI, 407. — *La crémation des morts*, XVII, 349, et XVIII, 79. — *Un dramaturge de la Bohême* (*F. Zakrejs*), XIX, 96. — *Un ouvrage inédit de Guilbert de Lannoy*, XIX, 202. — *M. Jules Simon et la réforme de l'enseignement secondaire*, XIX, 309.— *Les matinées littéraires de la Porte-Saint-Martin*, XX, 88. — *L'art dramatique à Berlin*, XX, 198. — *L'Inquisition littéraire*, XX, 191. — *Une Église rationaliste à Paris*, XXI, 285. — *Le Molière de M. Eug. Despois*, XXII, 120. — *L'histoire de la peinture flamande de M. A. Michiels*, XXII, 334. — *Les poésies de Freiligrath*, XXIII, 326. — *L'impôt sur le capital*, XXIII, 422. — *Un nouveau roman de Spielhaegen*, XXV, 212. — *Amédée Pichot*, XXV, 335. — *L'art flamand dans l'est et le midi de la France*, XXVI, 223. — *Du théâtre italien moderne*, XXVIII, 111. — *Quelques mots sur la traduction en Belgique*, XXX, 328. — *L'enseignement de la morale*, XXXI, 336. — *Le mouvement théâtral en Bohême*, XXXII, 295. — *Un traité d'éducation de M. Ernest Legouvé*, XXXIV, 311. — *G.-Jos. Chapuis*, XXXVI, 212. — *L'école professionnelle laïque de filles à Milan*, XXXVI, 215.

Revues littéraires, I, 60, 78, 259, 324 ; II, 89, 165, 229, 348 ; III, 81, 273 ; IV, 77, 235 ; V, 95 ; VI, 235, 313 ; VII, 84, 230 ; VIII, 265, 336 ; IX, 79, 150, 299 ; X, 312, 316 ; XI, 83, 90, 163, 259, 343 ; XII, 85, 249, 325 ; XIII, 88, 173, 255, 260 ; XIV, 76, 150, 224, 312 ; XV, 77, 313 ; XXXVI, 423.

Prawdzic.

Les jésuites de l'ancienne Pologne, XVI, 372.

Prins (Ad.).

Le mouvement pour l'amélioration des rapports internationaux, XV, 210 ; XXXIV, 305. — *La destinée de Paul Harding*, XVI, 51 et 165. — *Le jury moderne et l'organisation judiciaire*, XXVII, 113. — *Les luttes du libre examen et du dogmatisme au moyen âge*, XXXIII, 5. — *La criminalité d'après la science moderne*, XXXVI, 396.

La proposition de M. Mancini au Parlement italien, XVI, 120. — *Les origines de la magistrature communale en Belgique*, XVIII, 282.

Proudhon (P.-J.).

Lettre inédite sur l'Amérique, XI, 67.

Rahlenbeck (Ch.).

Jeanne la Folle, trad. de Bergenroth, I, 81. — *Ernest de Mansfeld*, I, 280. — *Un réformateur espagnol*, VI, 199 et 279. — *Les Juifs à Anvers*, VIII, 137. — *Le chanoine Dœllinger*, IX, 57. — *L'école de Shakespeare, deux drames relatifs à l'histoire de Belgique*, XI, 230. — *Gui de Brès*, XXIX, 105. — *La question des consulats*, XXX, 66. — *La mission du conseiller Boisot à Metz en* 1543, XXXII, 147. — *Le marché africain*, XXXII, 393. — *Le mouvement antijuif à Berlin*, XXXIV, 273. — *Entre jésuites et capucins. L'enlèvement de l'électeur de Trèves*, XXXV, 381. — *Les expositions belges à la cour d'Élisabeth*, XXXVI, 128.

Le centenaire de Krause, XXXVI, 319.

*Reynold (Maurice).

Une aventure aux Eaux-Douces, XXI, 242. — *L'odyssée d'une comtesse*, XXIV, 242. — *Le témoin mystérieux*, XXVII, 363.

Reyntiens (N.).

Les écoles nationales et les écoles confessionnelles en Irlande, XIV, 81. — *L'unité de l'Allemagne et l'unité de l'Italie*, XVII, 5, 150 et 277. — *La correspondance de Proudhon*, XVIII, 322. — *Les origines de la situation*, XXIII, 229.

***Rivelaine** (**L.**).

Des caisses de prévoyance pour les ouvriers mineurs, XXXV, 231.

Rivier (**Alph.**).

La poésie lyrique française en Allemagne, XXIX, 424.
Une nouvelle histoire de la Confédération suisse, XXV, 208. — *De l'origine des idées politiques de Rousseau*, XXVIII, 434. — *Les recherches historiques en Allemagne sur la Révolution française*, XXIV, 401.

Romberg (**Ed.**).

Une discrétion, comédie en un acte, XXV, 230. — *Le dernier païen*, XXVII, 400.

Rommelaere (**L.**).

V. Davreux.

Rousseau (**J.**).

Florence à vol d'oiseau, IV, 180 et 288.

Ruelens (**Ch.**).

Un poète belge inconnu, Henri de Bronckhorst, XXI, 171.
Découverte récente de deux drames de l'école de Shakespeare relatifs à la Belgique, XI, 230. — *Rome d'après M. Francis Wey*, XIII, 66. — *Restif de la Bretonne*, XIX, 416.

Ruth (**Ch.-G.**).

Poésies, V, 245 et 315; VI, 15. — *Sonnets*, XIV, 26 et 146.

Samuel (**Ad.**).

L'ouvrage de M. Gevaert sur la musique dans l'antiquité, XIX, 302.

Scheler (**A.**).

La lutte des langues en Belgique, XX, 176.

***Scloneux** (**J.**).

Le socialisme dans le Borinage, XXXIII, 287. — *La grève de décembre* 1879 *dans le Borinage*, XXXIV, 193.

***Simonnet** (**C.**).

Max Veydt, XIII, 158.

Solvay (**Lucien**).

Un ami de Boileau, Étienne Pavillon, X, 300. — *Le soldat fanfaron*, XIII, 243 et 320. — *Les œuvres choisies de Max Veydt*, XV, 42. — *Les musées d'art industriel et les musées de moulage en Allemagne*, XXX, 395. — *L'Exposition nationale de* 1880, XXXV, 185.

Trappeniers (A.).

Du pittoresque architectural dans les villes du moyen âge et de l'époque moderne, XXIX, 309. — *Les matériaux de construction*, XXXI, 97.

Van Bemmel (E.).

Ecrivains militaires contemporains, Trochu et de Molkte, VI, 297. — *Henri Le Hon*, X, 207. — *Sylvain Van de Weyer*, XVII, 117. — *François-Julien de Bonne*, XXXIII, 439.

L'homme primitif, IV, 158. — *La civilité puérile et honnête, à propos d'un ouvrage de Bertall*, XVII, 105. — *L'école professionnelle de jeunes filles à Bruxelles*, XIX, 200. — *Firmin Lebrun*, XIX, 411. — *Chroniques littéraires*, XX, 189 et 302; XXI, 68, 186, 274 et 388; XXII, 231, 326 et 439; XXIII, 101, 206 et 417; XXIV, 211, 314 et 426; XXV, 197, 331 et 422; XXVI, 341 et 438; XXVII, 214, 323 et 440; XXVIII, 104, 227 et 331; XXIX, 98 et 327; XXX, 102, 209 et 443; XXXI, 109 et 436; XXXII, 69, 297 et 401, XXXIII, 91, 327 et 445; XXXIV, 101 et 404; XXXV, 198 et 312. — *Ressouvenirs historiques, le 9 thermidor*, XXIV, 106. — *Nécrologe de l'année* (1875), XXII, 326; (1876), XXV, 114; (1877), XXVIII, 93.

Van Beneden (Ed.).

Le transformisme de M. d'Omalius, XVI, 404.

Vanden Corput (D^r^).

Histoire des pestes, XXXI, 242.

Vander Donckt (E.).

Souvenirs du Mexique, XXXI, 147 et 409.

Vander Elst (C.).

Les origines de la Prusse, II, 229. — *La Bohême*, XIV, 212.
Le Reuzenlied, XV, 55. — *Derk Buddingh'*, XVII, 238.

Vanderkindere (Léon).

Les phénomènes de l'inconscience, I, 169. — *La Belgique de 1870 et le parti flamand*, VI, 261. — *Les erreurs du libéralisme*, XVIII, 97. — *Les fraudes électorales et la mission réformatrice des villes*, XXVI, 121. — *La question sociale en Belgique au* XIXe *siècle*, XXIX, 278. — *L'enseignement historique et la création d'un institut supérieur d'histoire*, XXXV, 49.
Les langues indo-germaniques, XVI, 117. — *Les Celtes et les autres Aryens*, XXI, 188.

Van der Leur (Mlle Fr.).

La légende de Dunblane, XXVII, 141.

Vander Plassche (Ed.).

La fleur du tombeau, poésie, IV, 222.

Vander Stock (G.).

L'enseignement intuitif, XX, 307.

Veydt (Max).

Assainissement public, I, 43. — *Amende honorable*, I, 51. — *Le grec jugé par un âne*, I, 239. — *Les études morales de M. de Monge*, I. 304. — *Pans-Germains et Pans-Latins*, II, 151. — *Photographies de village*, II, 235, et III, 56.—*Le troisième dimanche de juillet*, II, 331.—*Le congrès de La Haye*, III, 141.—*A Monsieur le Ministre de l'intérieur*, III, 262. —*Au lecteur*, III, 368. —*De l'âme*, IV, 59. — *A propos d'un arbre*, IV, 200. — *La liberté des professions*, IV, 305, et V, 76.— *A Liége*, VI, 119. — *Comme on devient écrivain*, VI, 210. — *Aux enfants*, VII, 58. — *Les jeunes et les vieux*, VII, 310. — *Croyances du pays de Liége*, IX, 210. — *Le livre des parfums*, X, 56. —*Nonius Marcellus*, X, 145. —*Jeunes fleurs et vieilles demeures*, XI, 71.— *Caton*, XI, 329. — *Un fabuliste liégeois*, XII, 146.

Viardot (Mme Heritte).

Dante Alighieri, XXIII, 54.

*** Violette (Mme de Roo).**

L'Inquisition en Belgique, XXV, 85. — *La bonne Madame De Kers*, XXXIII, 401; XXXIV, 50, 156, 280 et 337.

Voituron (P.).

Le droit de suffrage, XXIII, 375.

Vleminckx (J.-F.).

De l'abus des boissons enivrantes, III, 255. — *De la nécessité de la gymnastique rationnelle*, IV, 101.

Wauters (A.-J.).

Le capitaine Cambier et la première expédition de l'Association internationale africaine, XXXIV, 357 (avec carte).

Wauters (Jules).

Les postes en Belgique avant la révolution française, XV, 241.

Wauwermans (Colonel H.).

Suez et Panama, XXXV, 213 et 317.

Wynen (P.).

L'éducation des ouvrières et la grande industrie, XXI, 228. — *Les bibliothèques populaires aux États-Unis*, XXVII, 169.

III

TABLE DE CONCORDANCE.

I.	1-80.	Janvier	1869.
—	81-168.	Février	—
—	169-264.	Mars	—
—	265-324.	Avril	—
II.	1-100.	Mai	—
—	101-180.	Juin	—
—	181-276.	Juillet	—
—	277-356.	Août	—
III.	1-96.	Septembre	—
—	97-192.	Octobre	—
—	193-312.	Novembre	—
—	313-392.	Décembre	—
IV.	1-80.	Janvier	1870.
—	81-160.	Février	—
—	161-240.	Mars	—
—	241-320.	Avril	—
V.	1-98.	Mai	—
—	99-198.	Juin	—
—	199-270.	Juillet	—
—	271-352.	Août	—
VI.	1-80.	Septembre	—
—	81-156.	Octobre	—
—	157-236.	Novembre	—
—	237-316.	Décembre	—
VII.	1-84.	Janvier	1871.
—	85-168.	Février	—
—	169-244.	Mars	—
—	245-332.	Avril	—
VIII.	1-88.	Mai	1871.
—	89-172.	Juin	—
—	173-256.	Juillet	—
—	257-338.	Août	—
IX.	1-80.	Septembre	—
—	81-152.	Octobre	—
—	153-240.	Novembre	—
—	241-310.	Décembre	—
X.	1-80.	Janvier	1872.
—	81-160.	Février	—
—	161-240.	Mars	—
—	241-320.	Avril	—
XI.	1-96.	Mai	—
—	97-176.	Juin	—
—	177-272.	Juillet	—
—	273-352.	Août	—
XII.	1-96.	Septembre	—
—	97-176.	Octobre	—
—	177-256.	Novembre	—
—	257-328.	Décembre	—
XIII.	1-100.	Janvier	1873.
—	101-180.	Février	—
—	181-268.	Mars	—
—	269-350.	Avril	—
XIV.	1-80.	Mai	—
—	81-160.	Juin	—
—	161-240.	Juillet	—
—	241-308.	Août	—

XV.	1-84.	Septembre	1873.
—	85-160.	Octobre	—
—	161-240.	Novembre	—
—	241-320.	Décembre	—
XVI.	1-130.	Janvier	1874.
—	131-240.	Février	—
—	241-336.	Mars	—
—	337-432.	Avril	—
XVII.	1-116.	Mai	—
—	117-244.	Juin	—
—	245-364.	Juillet	—
—	365-460.	Août	—
XVIII.	1-96.	Septembre	—
—	97-192.	Octobre	—
—	193-289.	Novembre	—
—	289-392.	Décembre.	—
XIX.	1-112.	Janvier	1875.
—	113-212.	Février	—
—	213-316.	Mars.	—
—	317-428.	Avril.	—
XX.	1-96.	Mai	—
—	97-200.	Juin	—
—	201-312.	Juillet	—
—	313-416.	Août	—
XXI.	1-100.	Septembre	—
—	101-196.	Octobre	—
—	197-292.	Novembre	—
—	293-406.	Décembre	—
XXII.	1-124.	Janvier	1876.
—	125-236.	Février	—
—	237-336.	Mars	—
—	337-474.	Avril	—
XXIII.	1-104.	Mai	—
—	105-208.	Juin	—
—	209-328.	Juillet	—
—	329-432.	Août	—
XXIV.	1-108.	Septembre	—
—	109-216.	Octobre	—
—	217-320.	Novembre	—
—	320-432.	Décembre	—
XXV.	1-120.	Janvier	1877.
—	121-216.	Février	—
—	217-336.	Mars	—
—	337-444.	Avril	—
XXVI.	1-120.	Mai	1877.
—	121-224.	Juin	—
—	225-348.	Juillet	—
—	349-444.	Août	—
XXVII.	1-112.	Septembre	—
—	113-220.	Octobre	—
—	221-336.	Novembre	—
—	337-456.	Décembre	—
XXVIII.	1-120.	Janvier	1878.
—	121-232.	Février	—
—	233-336.	Mars	—
—	337-344.	Avril	—
XXIX.	1-104.	Mai	—
—	105-212.	Juin	—
—	213-340.	Juillet	—
—	341-444.	Août	—
XXX.	1-104.	Septembre	—
—	105-212.	Octobre	—
—	213-332.	Novembre	—
—	333-446.	Décembre	—
XXXI.	1-120.	Janvier	1879.
—	121-232.	Février	—
—	233-344.	Mars	—
—	345-444.	Avril	—
XXXII.	1-104.	Mai	—
—	105-200.	Juin	—
—	201-304.	Juillet	—
—	305-408.	Août	—
XXXIII.	1-104.	Septembre	—
—	105-200.	Octobre	—
—	201-332.	Novembre	—
—	333-452.	Décembre	—
XXXIV.	1-104.	Janvier	1880.
—	105-212.	Février	—
—	213-316.	Mars	—
—	317-428.	Avril	—
XXXV.	1-104.	Mai	—
—	105-212.	Juin	—
—	213-316.	Juillet	—
—	317-428.	Août	—
XXXVI.	1-108.	Septembre	—
—	109-216.	Octobre	—
—	217-324.	Novembre	—
—	325-432.	Décembre	—

CPSIA information can be obtained
at www.ICGtesting.com
Printed in the USA
LVHW040846070223
738797LV00003B/320

9 783382 201470